NO CORAÇÃO DAS PEROBAS

Outras obras do autor

Contos / Crônicas / Novelas
O homem vermelho. Civilização Brasileira, 1977.
Os meninos. Vertente, 1977.
As sete pragas. Civilização Brasileira, 1979.
Paixões. Ática, 1986.
Os meninos crescem. Nova Fronteira, 1988; Buscavida, 1990.
Tempo de meninos. Ática, 1991.
Negócios de família. Ática, 1993.
Meninos e meninas. Ática, 1995.
Tempo de guerra. Cia. das Letras, 1997.
Bicho-gente. Ática, 1997.
Pensão Alto Paraná. Imprensa Oficial do Paraná, 2000.

Infantis / Juvenis
A árvore que dava dinheiro. Moderna, 1981.
As batalhas do Castelo. Moderna, 1987.
Andando com Jesus. Ática, 1994; Círculo do Livro, 1997.
A festa dos números. Melhoramentos, 1996.
A guerra do macarrão. Quinteto Editorial, 1997.
A guerra de Platão. Quinteto Editorial, 1997.
O dia em que Deus criou as frutas. FTD, 1997.
O dia em que choveu cinza. Moderna, 1997.
A última tropa. Moderna, 1998.
Água luminosa. Moderna, 1999.

Biografia
O tempo de Seo Celso. Londrina, 1992.

Poesia
Haicaipiras e quadrais. Fundação Cultural de Curitiba, 1994.

Romances
Questão de honra. Farol do Saber, 1996; Moderna, 1999.
Terra vermelha. Moderna, 1998.
O caso da chácara chão. Record, 2000.

DOMINGOS PELLEGRINI

NO CORAÇÃO DAS PEROBAS

ROMANCE

2ª EDIÇÃO

EDITORA RECORD
RIO DE JANEIRO • SÃO PAULO
2013

CIP-Brasil. Catalogação-na-fonte
Sindicato Nacional dos Editores de Livros, RJ.

P441n   Pellegrini, Domingos
2ª ed.   No coração das perobas / Domingos
         Pellegrini – 2ª ed. – Rio de Janeiro: Record,
         2013.

ISBN 978-85-01-06211-6

1. Romance brasileiro. I. Título.

01-0920   CDD – 869.93
                       CDU – 869.0(81)-3

Copyright © 2002 by Domingos Pellegrini

Capa: Lola Vaz Design
Imagem de capa (alto) e mapa da 4ª capa retirados do livro *As noites das grandes fogueiras*, de Domingos Meirelles.

O autor adota usos e formas próprias de linguagem.

Direitos exclusivos desta edição reservados pela
EDITORA RECORD LTDA.
Rua Argentina 171 – Rio de Janeiro, RJ – 20921-380 – Tel.: 2585-2000

Impresso no Brasil

ISBN 978-85-01-06211-6

Seja um leitor preferencial Record.
Cadastre-se e receba informações sobre nossos
lançamentos e nossas promoções.

Atendimento e venda direta ao leitor:
mdireto@record.com.br ou (21) 2585-2002

EDITORA AFILIADA

1

À COINCIDÊNCIA,
MÃE DE TODOS OS ENCONTROS

— Lá vai mais uma peroba, menino — ela fala para o fusca enquanto estaciona, olhando a enorme árvore com os galhos secos lá no alto, mas ainda cobertos de parasitas verdes; graças às chuvas, conforme ali um jardineiro. Como se lhe adivinhasse o pensamento, mal ela sai do carro o velhote franzininho começa a explicar que só os parasitas estão vivos, a árvore mesmo já morreu faz anos, e agora pode cair com qualquer ventania, e repete triste e conformado que só os parasitas estão vivos. Os parasitas e também as pererecas, em tempo de chuva como agora elas vivem nas poças de água lá nas forquilhas, no tempo de seca pulam de lá e descem planando até o chão, o homem fala olhando a árvore. Está de facão na mão, esperando para retalhar os galhos.

Um caminhão dos bombeiros brilha no gramado, longe da peroba por causa dos galhos caindo. A escada do caminhão deixou dois bombeiros lá na copa, onde a galhada desfolhada parece uma enorme mão aberta pedindo clemência para o céu, os dedos enluvados de parasitas, e assim o tronco fica parecendo um braço, quase da largura do caminhão e reto como um imenso lápis espetado no gramado.

No tronco a casca rugosa parece indestrutível, mas lá no alto os bombeiros vão cortando um a um os grandes dedos da mão, as motosserras só parando de uivar enquanto cai o que acabaram de serrar, em seguida eles desamarram os cintos para amarrar no próximo galho. Ela fica ali em pé no estacionamento, com sol na cabeça, até cair o último galho; então um grupinho aplaude e ela passa por eles bufando. Um lhe barra a passagem com um panfleto, técnica para começar cantada, *já conheço o truque, cara.*

— Já tem candidato a reitor, colega?

Ela pega o papel dizendo ah, ainda não sei em quem vou votar...

— ...mas já sei em quem *não* vou votar — e joga no lixo.

Vai em frente ouvindo risadas e assobios, a cabeça quente, até ser acolhida pelo frescor do prédio, três andares de concreto armado, nu e cinzento, com o irônico nome de Centro de Ciências Humanas, mas a sombra é sempre fresca. Respira fundo, pega lenço na bolsa e passa no rosto. Com cuidado tira da narina esquerda a argolinha de prata, enfia num bolsinho. Sobe de dois em dois degraus os três lances da escada e, no corredor do terceiro andar, vê a doutora olhando a cidade no horizonte, cotovelos na amurada, mãos no queixo, de costas para as salas de aula enfileiradas, parecendo adolescente sonhadora apesar dos cabelos brancos e das rugas fundas. Vira-se para ela com o olhar enviesado, deixando cair os óculos no peito, apontando a peroba com o queixo:

— Lá se vai mais uma, hem? — rouca, *será por causa dos remédios?*

Lá no gramado, o jardineiro com o facão vai para a galhada caída, mas bombeiros chegam antes, mandam se afastar — e acionam as motosserras que roncam com raiva reprimida. A doutora franze a cara fechando os olhos, mãos nos ouvidos, e corre para uma das salas; ela vai atrás, fecha a porta e as motosserras ficam longe. A doutora senta na cadeira entre o quadro-negro e a escrivaninha, *entre o conhecimento e a autoridade*, enquanto ela escolhe na primeira fila uma das cadeiras com prancheta, senta numa com coração desenhado fundo a caneta esferográfica, trespassado por uma seta, talvez dê sorte. A doutora continua com as mãos nos ouvidos e um sorriso torto, até que tira as mãos, chacoalhando a cabeça.

— Parece que cortam com raiva, não?

As motosserras parecem mascar os galhos, em roncos enfezados e curtos, devem estar cortando já as pontas; e a doutora de novo fecha os olhos e fica assim, com o meio sorriso torto, até parar o esquartejamento lá fora. Abre os olhos, ela está ali com a pasta aberta nos joelhos e a pergunta nos olhos.

— Antes que me pergunte se finalmente li sua proposta de tese, Juliana Prestes — *mania de chamar todo mundo pelo nome inteiro* — saiba que só não li antes por falta de tempo... e de ânimo.

Os cabelos estão ralos, vê-se a pele clara da cabeça.

— Se não morrer da doença, morro do tratamento — suspira abrindo sobre a escrivaninha uma pasta igual — Mas, antes, vamos ver isto.

Coloca os bifocais na ponta do nariz e relê em diagonal a primeira página.

— Então você não é mesmo parente de Luiz Carlos Prestes?

— Não, fui averiguar, minha família, antes de vir para Londrina, sempre foi de Minas.

— Sempre desde quando?

As motosserras parecem discordar, nãããooooo, nãããããooooooooo, mas a doutora fica sorrindo enquanto ela já se entusiasma: pois a coluna não era metade formada por tropas da Força Pública de São Paulo, então a melhor tropa do país, melhor até que o Exército, com oficiais cavalheiros e humanistas?

— E a outra metade — com o olhar andando pela sala, pelas paredes — a outra metade... — estrala os dedos — ...não eram militares de carreira, eram recrutas do batalhão ferroviário lá de Santo Ângelo, e logo voltariam para casa, depois de cumprido o serviço militar, e voltariam a ser *civis*, se não partissem para a coluna com o capitão Prestes!

— Mas — a doutora coloca os óculos — não se formula uma tese sobre trocadilhos, será preciso *comprovar* que a Coluna Prestes foi um movimento civilizado, apesar de militar... Com uma fonte só?

Ora, diz ela, pode ser o começo, não? A doutora volta a tirar os óculos e sorrir torto:

— Ora digo eu, você é do tipo que vai mesmo fazer do jeito que quiser, correndo todos os riscos, que que eu posso fazer? — adoçando o olhar, endireitando o sorriso — Aparece um graduando assim de cinco em cinco anos... ainda bem. Só não esqueça — morre o sorriso — que vai enfrentar uma banca examinadora.

As motosserras uivam como se cortando a si mesmas.

— E aquela sua idéia de comparar Prestes com Mussolini?

Ela leva um susto: como uma idéia pode ser deturpada quando recontada, mesmo que por uma doutora! Explica que a idéia era comparar a coluna com o escotismo que Mussolini criou, para forjar uma geração de jovens futuros soldados fiéis ao fascismo, que era ensinado aos meninos por chefetes fanáticos, em redor das fogueiras dos acampamentos.

— Como a coesão da Coluna Prestes surgiu em redor das fogueiras.

— E você desistiu da idéia... certamente porque, como lhe disse, a Itália não é perto, sem falar no probleminha da língua. Aí achou um Juliano aqui perto... Mais uma coincidência de nomes?

Eu acredito nas coincidências, ela fala tão baixinho que nem é para ser ouvida, mas a doutora abre a boca para enfim dizer ah, entendi... — com os olhos estreitando, como a medir se ela estará pegando algum vírus acadêmico. E então vê Juliana Prestes se transformar, primeiro suspirando, a se varrer por dentro, a guerreira enxotando a menina, erguendo o queixo e começando a falar com as mãos, o buraquinho do brinco, na narina, abrindo e fechando como se falando também, a voz tremendo no começo mas logo se firmando:

— *Se não tivesse chovido, o dia seria de Napoleão em Waterloo* — é uma frase sua, professora! E não é nenhum misticismo acreditar no acaso, considerando a quantidade de vezes em que o acaso é decisivo nas relações militares e políticas do poder, meu Deus, estou falando como quem escreve, de tanto pensar na tese...

— Ótimo — cantarola a doutora — Mas a Primeira Guerra, por exemplo, teria estourado de qualquer jeito, com ou sem o assassinato do duque Ferdinando.

— Mas o assassinato foi um atentado, não um acaso — ela abre todos os dedos — Havia uma dezena de assassinos prontos a matar o duque naquele dia!

A doutora assoa, mas de repente geme, como se o sorriso fisgasse por dentro, e enfia a cabeça nas mãos, os cotovelos na escrivaninha, as pontas dos dedos esfregando o couro cabeludo quase sem cabelos. Ela levanta deixando cair a pasta dos joelhos, mas fica sem saber o que fazer. *E se ela não gostar de receber ajuda? E ajudar como?! E também por que discutir com a orientadora da tese, Juliana Prestes, para arranjar problemas? No entanto, ora, será que a grande doutora não pode ouvir uma discordância sem começar a ter chilique ou será que está com dor mesmo?* A doutora levanta a cabeça com olhar doído mas bom:

— Sente, está tudo bem, era só uma dor.

Ela senta, a doutora assoa o nariz num lenço de papel e joga no cesto cheio; continua como se não tivesse parado:

— Certamente a burguesia, por exemplo, não surgiu por acaso nem o trabalho escravo acabou por acaso, não é? Só estou lhe prevenindo que jogar com fatos simbólicos, ou acasos como você diz, é perigoso, um examinador da banca pode apresentar o fato visto por outro ângulo de outra fonte, e desmontar a base da sua argumentação.

As motosserras concordam mascando rancorosamente alegres. O calor volta ao rosto, ela começa a falar engasgada:

— Mas... — *malditas emoções, Juliana Prestes, controle-se!*

Engole tão fundo que a doutora até parece ouvir o caroço de auto-estima passando pela garganta, mas continua:

— ...sem querer contrariar a doutora, tudo indica que a coluna foi mesmo um movimento muito civil, o que não tem nada a ver com acaso, francamente nem sei por que estamos discutindo *acaso*.

A doutora ri:

— Você chama isso de *discutir*?! Devia conhecer gente de esquerda!

O fato, ela continua, é que, pensando bem — e o olhar vagueia lembrando — a coluna foi mesmo muito civilizada:

— O jeito como trataram as mulheres, e o fato de levarem meninos, e pagarem com vales tudo que pegavam do povo...

Fica esperando as correções da doutora:

— O fato de terem *requisitado* regularmente víveres das *populações*, na rota da coluna, não quer dizer que as pessoas tenham gostado disso. Seria preciso uma vasta pesquisa, inclusive de campo, para saber o que realmente pensavam da coluna e como a receberam aquelas pessoas naqueles anos 20? Quantas estarão vivas? E por que a coluna teve boa recepção em algumas poucas localidades e na maioria não, por quê?

Ela volta a engolir. As motosserras riem.

— Pensei em algumas perguntas para fazer a ele — dá dois passos até a escrivaninha, deixa uma folha.

A doutora pega, lê em segundos as sete questões que ela levou meses para formular, depois de ler dezenas de livros e centenas de reportagens e artigos sobre a coluna. A doutora empurra de volta para ela, sobre a escrivaninha, o papel e a fita de vídeo:

— Guarde isso, sempre pode precisar, e eu não sei quando vou ter de pedir licença-saúde.

Ela quer dizer, Juliana Prestes, que pode morrer antes de você terminar a tese! Mas isso também quer dizer que você pode mesmo fazer o que quiser com a tese!...

— e a doutora, como sempre, parece adivinhar pensamento:

— Haja o que houver, não se esqueça que uma tese não é apenas um relato, por mais rico que seja, uma tese é uma proposta e uma conquista do conhecimento, com base em fatos, demonstrações e argumentos reais e comprováveis.

As motosserras trocam risadas e chacotas, ela espera até uma pausa:

— Vou tentar.

Claro, fala a doutora:

— Até porque, para quem ia à Itália, começar por Foz do Iguaçu é bem mais razoável, não?

Abre uma pasta puída e começa a ler. Ela levanta dizendo bem, então... Que é que você está esperando, pergunta a doutora:

— Até já deve ter comprado passagem, não é?

— Como sabe?!

A doutora apenas sorri voltando a ler, e ela sai da sala também sorrindo, até ver a peroba já em toretes no gramado. Aí, girando para olhar todos os horizontes, vê que só restam mais umas poucas perobas no *campus*, chamado Perobal de tantas perobas que tinha.

Quase grita — Vamos lá, menino, vai, menino! — mas o fusca não pega, ela sai no mormaço e abre o motor, estranhando a tampa destrancada. A bobina está solta. Ouve risadas longe, vê o grupinho debaixo duma árvore no estacionamento. Religa a bobina, volta a dar partida e o carro pega mas não sai do lugar. Eles lá se dobram de rir. Ela sai de novo no sol a pino, abre o motor, como se abrisse uma caixa de riso, eles agora gargalham. Por isso mesmo, não deve ser nada no motor; então ajoelha no asfalto quente, olha debaixo do carro e lá estão duas pilhas de tijolos suspendendo a traseira, as rodas um dedo acima do asfalto. Ferve de raiva quando se vira tocada no ombro, o homem até assusta:

— Desculpe, precisa de ajuda?

Ela volta a ajoelhar, olha de novo, os tijolos estão bem empilhados, com o peso do carro por cima, como tirar dali? E também não pode mover o carro sem a tração das rodas de trás.

— Hem, precisa de ajuda? — o homem agacha para olhar.

— Preciso tirar esses tijolos dali, mas como?!

— Do mesmo jeito que botaram: — o homem sorri — erguendo o carro.

Tão simples, podia até fazer sozinha, mas o homem já tira o macaco do porta-malas. É um pouco grisalho mas parece ainda moço, ela deixa que levante o carro sozinho. Agacha perguntando a hora quando ele começa a demorar, o grupinho está indo para o ponto de ônibus.

— Está com pressa? — ele passa a lidar ligeiro com o macaco. *Então estava lerdeando por quê?...*

Com o carro erguido pelo macaco, o homem enfia o braço por trás de cada roda traseira, tira os tijolos; desce o macaco e os pneus voltam a tocar no asfalto. Ela joga o macaco no porta-malas, agradece já dando partida, o homem fica lá entre as duas pilhas de tijolos e um tijolo ainda na mão. O fusca ficou no sol e está um forno, devia ter aberto os vidros. Suando, ela toca para o ponto de ônibus.

Os quatro estão lá, ela encosta o fusca na contramão e eles se assustam, param de conversar, e só começam a rir depois de ver que está sozinha; *covardes*.

Ela está suando no forno de lata, a cabeça ainda quente de sol.

— Que brincadeira besta, não? Vocês não têm mais o que fazer?

Um deles agacha com as mãos na janela, os cabelos ainda curtinhos de calouro; sorri de lado fazendo charme:

— Podemos fazer nenê a hora que você quiser...

Ela fica olhando o sorrisinho, ele enfia o braço pela janela e lhe pega a nuca.

— Fala a verdade: você gostou, gata...

Ela endurece tanto o corpo que ele tira a mão, mas o sorrisinho continua confiante:

— Faz o que, Humanas?

Então ela também sorri e chama com o dedo:

— Vou te contar no ouvido, vem cá.

Ele dá uma olhadinha para os outros, todo se enchendo, ali agachado como um sapo, e chega mais perto da janela, já de novo lhe pegando a nuca, quando ela leva o braço direito para fora — *de mão aberta, menina, de mão aberta!* — e bate na testa, ele rola pelos pedriscos do acostamento. Ela arranca com o carro e quase tromba de frente com o ônibus. O coração vai pulando até a rodovia, aí dá carona para umas calouras e, com a conversa delas, esquece. As duas falam das campanhas para a reitoria, que têm toda a sujeira possível numa eleição com três candidatos fortes, dois homens e uma mulher.

— Um deles já me apertou a mão três vezes em dois dias!

— Ela anda feito doida, de lenço na cabeça, pra cima e pra baixo pedindo voto, em cada sala faz um discurso, tá rouquinha que dá dó!

A que vai no banco de trás conta que panfletos anônimos falam da amante de cada candidato, com nome completo, endereço e telefone; enquanto da candidata dizem ter vários amantes, "todos jovens alunos bem-dotados". Já um jornalzinho de papel ruim e redação pior diz que um dos candidatos dá desfalque na tesouraria e outro é pederasta.

— Sufixos e prefixos, a prova de Português é amanhã! — a da frente vira para trás — Pederasta, por exemplo: é homossexual que gosta de criança ou que pratica sexo com os pés?

— Não — diz ela — Homossexual é um viado culto. Pederasta é um viado erudito.

Estão rindo quando o carro pára num sinaleiro; encosta uma moto, o da garupa olha para ela, é um dos quatro do grupinho. Ela levanta o vidro, a velha maçaneta quase emperrando. O sinal abre, a moto dispara na frente e o da garupa estica o braço apontando para ela.

Ela deixa as calouras no centro, uma diz obrigada pelas lições, e a outra:

— A gente nunca sabe o que vai aprender na vida, né?

Na esquina seguinte, a moto reaparece seguindo o fusca, parando sempre atrás nos sinaleiros. *Fique fria. Você já se meteu nisso por causa de cabeça quente, fique fria.*

Volta a abrir a bolsa, acha o tubinho. *Fique fria, dirija com calma.*

A moto segue o fusca até o prédio, fica longe enquanto o porteiro acorda na terceira buzinada para abrir a garagem, o portão de ferro desliza e ela entra, espera o portão fechar, olhando pelo retrovisor. Consegue estacionar na sua garagem espremida atrás de um pilar. Passa na portaria:

— Tem carta, seo Misael?

— Não-senhora — regando a grama, como sempre depois de flagrado dormindo, e ela já está abrindo o elevador quando ele completa: — Só chegou pacote. *Engraçadinho.*

Pelo tamanho só pode ser mais um pacote de livros, mas é um par de tênis velhos mas limpinhos, com bilhete:

Meu amor, lavei os tênis que você jogou fora na última viagem. Ainda estão ótimos para andar no mato ou tomar banho de cascata — vamos? Quando resolver me ligar, estou no mesmo lugar, esperando com a mochila pronta para partir para onde você quiser, num raio de 200 ou 300 quilômetros, claro. Todo fim de semana é sempre o último fim de semana da vida.

Ela olha para o alto, amassando o papel e fechando os olhos, vendo um sujeito de bermudas e tênis, da cintura para baixo, *todo fim de semana é o último da vida...* e, da cintura para cima, de paletó e gravata, dizendo vamos pas-

letras em cada; a última, um *A* faltando apenas o traço do meio. O garotão sai soltando pela boca uma bola de chiclete, o porteiro chama:

— O síndico quer falar com a senhora.

— Me chame de você, seo Misael, por favor, tenho menos de trinta.

— Sim-senhora.

A salinha do síndico tem uma flâmula do Corinthians e uma escrivaninha com só uma cadeira, ele já sentado.

— A senhora sabe que é proibido criar animais nos apartamentos?

— Antes de tudo, boa noite.

Calma, mulher!

— Sei que é proibido, recebi a carta do senhor. E consultei um advogado. Sei que um casal já ganhou na Justiça o direito de criar cachorro em apartamento, casal Moretto, daqui de Londrina mesmo, um cachorro pequeno que não incomoda ninguém. E o Chico muito menos, portanto vou continuar com ele, mais alguma coisa?

O homem pisca de boca aberta.

— Sei também quem escreve no elevador.

Ele fecha a boca e os olhos estreitam:

— Sabe mesmo?

— Peguei em flagrante agorinha, deve estar por perto ainda.

Ele levanta, ela sai da salinha, vai para o jardinzinho do prédio e vê na calçada o garotão, conversando com outros entre bicicletas e patins.

— Qual deles?

— O que olhou para cá agora.

— Mas é meu filho!

— O canivete ele guardou no bolso da jaqueta.

O homem atravessa a rua com os punhos cerrados, o filho corre. Ele volta passando a mão pelo rosto, como quem tira máscara, é outro homem:

— Desculpe, eu já desconfiava.

Volta para o prédio, ela vai atrás, entra antes na salinha e senta na cadeira dele para anotar num papel:

— Meu advogado. Daqui por diante, fale com ele.

Deixa na mão do homem, ainda abobado; sai dando boa-noite e vai para a garagem, fala alegre com o fusca:

— A vida é boa, menino, mas não me deixe esquecer de avisar o Santelli! Tem de buzinar para passar pelo alvoroço da meninada na rua, só no sinaleiro vê de novo a moto atrás. A maçaneta emperra de vez, não consegue fechar a janela. A moto encosta do lado e ela solta o cinto, o da garupa chuta a porta, ela abre empurrando com as duas mãos, a porta derruba a moto com os dois. Ela fecha a porta e põe a cabeça pela janela para olhar a lataria amassada:

— Pobre menino, voltando da viagem te levo na oficina.

Duas mãos lhe agarram a cabeça, pegando forte nos cabelos curtos, então ela estica o braço, com a cabeça ainda para fora, e aperta o tendão do sujeito debaixo da axila, com o dedão e o indicador em alicate; as mãos afrouxam nos cabelos com um grito de dor, e ela traz a cabeça para dentro, arranca ouvindo palavrões. Deixa o fusca no estacionamento do hotelzinho ao lado da academia — Aqui você fica tranqüilo, menino — e na academia vai direto para o telefone:

— Oi, Santelli, vou te pedir uma coisa, por favor não esqueça. Se o síndico do meu prédio te ligar, sobre o Chico morar no apartamento, você é meu advogado, tá? (...) Eu sei que você é quintanista. Então já é quase advogado, né? (...) Estou a caminho da rodoviária. Também te amo, do meu jeito.

Desliga e fica olhando o telefone.

Por que acabou o namoro com Santelli? Ele é tão bom! Mas você nem lembra como acabou, menina, quanto mais por que acabou! Namoro... palavra que você sempre detestou, e todos eles falavam de boca cheia — Apresento minha namorada... — enquanto você sentia vergonha, medo, o que? Você nunca se sentiu bem com nenhum, menina, nunca, nem um!

Você pode até dizer que tentou. Mas não tentou forte, como diz Bran, você não tentou forte, ou então é da sua natureza ser feliz no jogo da capoeira e infeliz no amor... Ou pode ser só uma questão de tempo, lembre do que conta sua mãe: que já estava chegando nos vinte e cinco, já "ficando pra titia" naquela época em que a maioria casava antes dos vinte, e tinha até perdido esperança de encontrar ou ser achada por alguém, quando na quermesse, com uma assadeira de pamonhas nas mãos, nem achou nem foi achada, trombou com aquele italiano de cabelos ondulados que viria a ser seu pai, uma trombada tão forte, como ela conta, que cada um caiu para trás entre as pamonhas espalhadas. Ela saía depressa da barraca levando pamonhas para as mesas, ele entrava depressa para pegar cervejas, também ajudando a servir o povo, e o mais interessante é que trombaram porque ela olhava para outro, trocando olhares já fazia horas, sem nem reparar no italiano que só viu direito quando estavam os dois no chão e ele estendeu a mão para ela levantar. Obrigada, disse ela. Bom, disse ele, vamos catar e lavar essas pamonhas senão o padre vai dizer que é dinheiro jogado fora...

— E daí você foi feliz, mãe?

— Mas o que é ser feliz, filha? Sei é que arranjei alguém pra minha vida, que a vida é dura, mais ainda sem um companheiro.

Diabo, menina, o que você gostaria mesmo de perguntar é se a sua mãe, beijando seu pai, sentia tesão:

— Eu fui feita com tesão, mãe, vocês estavam apaixonados? A sua vagina estava úmida quando ele entrou em você? Isso é o que eu queria saber, mãe, porque cansei de ver namorado de pinto arranhado e irritado por não conseguir entrar em mim, seca que nem bacalhau e com todos esses pêlos herdados do pai. Doeu para o pai entrar em você, mãe?

Será que meu destino vai ser como o daquela professora de História, de que todos falam tanto, solteirona até os trinta, sapatona antes dos quarenta... Ah, o olho solta lágrima, o ouvido solta cera, o nariz solta caca, o cérebro tem essas idéias de vez em quando. Pare com isso, menina! A vida continua, como dizem... os perdedores.

Suspiro; só então olha a academia. Sentada sobre os calcanhares, uma das mãos no cimento liso, vê o salão que alugaram um dia com o coração cheio de medo; as paredes que lavaram com água fervente, defumaram com incenso e mirra, pintaram; e as coisas todas que foram comprando mês a mês, tostão por tostão, do fogareiro para o café até os ganchos na parede como cabides. Vê o dia em que pagaram o primeiro aluguel, Mestre Bran contando o dinheiro do mês, guardado numa caixa de sapatos porque nem conta em banco tinha a academia, e faltava ainda algum dinheiro, e era o último dia para pagar sem multa, mas então chegaram os dois rapazes gêmeos, com a irmã menina como ela na primeira aula, tão encabulados os dois que a menina quem teve de perguntar — É aqui que ensinam capoeira? Pagaram à vista, era mais do que faltava para o aluguel; e o mestre ajoelhou agradecendo; depois ela perguntou a quem tinha agradecido, aos orixás ou ao deus católico ou evangélico, ainda não conhecia bem o mestre, e ele piscou sorrindo:

— O importante é agradecer.

Então ela agradece ali, ainda agachada olhando a roda de meninas e mocinhas com Bran cantando e batendo pandeiro. As meninas aprendem a gingar, rodando o corpo com os pés afastados, e ela vê a menina que um dia parou na rua e ficou vendo a roda de capoeiras, enquanto a mãe conversava com alguém. Bran sempre teve cara de menino e, naquele tempo, ainda era moço demais para parecer mestre, por isso abria o álbum e mostrava as fotos, ao lado dos maiores mestres da Bahia, o mais jovem mestre do Brasil. E contava para o povo sulista que nunca tinha visto capoeira:

— Quando me formei, perguntei a meu mestre o que devia fazer, trabalhar com ele ou abrir minha própria escola? E ele falou abra a sua escola, é para isso que se forma um mestre, mas longe daqui, não venha me fazer concorrência que você é bom demais nisso, menino! — o povo ria — Vá para o Sul, você que é moço, leve a capoeira para o coração do Brasil!

Riam, ele fazia algumas acrobacias, silenciavam. Dava salto-mortal quase sem tomar impulso, só um balanço de corpo e zupt, pra trás, zupt, pra frente, aí no silêncio do povo pasmado contava como nasceu a capoeira, na África, forma de luta sem arma, luta de prisioneiros de mãos amarradas, daí descobrindo o poder das pernas, tanto para desviar de golpes como para golpear, gingando, desviando e golpeando. Dava uns golpes no ar, o pano das calças zunindo e estalando, a roda se alargava, o povo se afastando com medo; e ele chamava de volta sorrindo, contava que essa luta mortal, nascida entre escravos e adotada por todas as tribos, foi para a Bahia quando esses guerreiros negros viraram escravos dos brancos.

— E não podiam treinar sua forma de luta, que o fazendeiro não deixava, botava o feitor pra vigiar até a folga do pessoal! Então — abria os braços alargando a roda — o pessoal foi treinando com música, pra parecer uma dança a quem olhasse, uma brincadeira, assim!

Chamava seu único parceiro de então, um velho capoeirista carioca cheio de manhas, grisalho mas ainda tão leve que encantava o povo com o gingado e os volteios, dando só um golpe ou outro, levando o pé a quase tocar a cabeça de Bran mas sorrindo, como a dizer vejam, vejam como é fácil e gostoso, en-

Quantas vezes já teve de virar as costas e deixar falando sozinha a fonte de conselhos? Então enxuga com os dedos os olhos úmidos; amarra os cabelos em rabo, com elástico, tira os mocassins, pega o berimbau e vai para a roda.

Uma hora depois, está alegre e suada no meio de novos alunos, meninos e meninas ainda tagarelas e desajeitados como sempre no começo. Brinca com os fortes, elogia os fracos, encoraja os tímidos, vai sondando o jeito de cada um. Bran chama num canto, agachando para conversar.

— Tem muita gente nova, vamos ter de abrir mais uma turma.

Ela fala do mestrado, agora entra na fase de fontes orais — Entrevistas, Bran, ao vivo, de horas e horas cada uma! — entrevistas que depois será preciso transcrever das fitas, sem falar na redação da tese propriamente:

— Só a bibliografia, Bran, já tem cinco páginas!

— E nós temos mais dezoito alunos, mestrina — o mestre fica olhando para ela, com as primeiras rugas mas a cara ainda de menino, os cabelos lisos tão negros que parecem pintados, sempre calmo.

— Não faz isso comigo, Bran, você mesmo disse que, se eu ia fazer universidade, que fosse no mínimo mestra!

— Mas aqui você já é mestra bem antes, não é? — ele aponta o berimbau nas mãos dela, *Mestrina Juliana.*

Ela suspira fundo, concorda em dar mais aulas, mais noites ou tardes perdidas para a tese. Ele lhe dá um beijo na testa — Deus lhe pague, menina! — e ela sorri sabendo que, no fim do mês, ele pagará religiosamente a sua parte, em dinheiro, dentro de um envelope fechado, com *Mestrina Juliana* escrito na mesma letra infantil. *Você vai ter tanto dinheiro sobrando que já podia até ir a Foz de avião, menina — mas de ônibus viaja à noite e chega cedinho para descansar no hotel antes de procurar Juliano Siqueira.*

Pega o fusca, toma um banho no apartamento, já vai saindo com a bolsa de viagem quando a campainha toca três vezes seguidas. Ela não abre a porta, a porta abre e ele entra:

— Oi. Vim dar comida pro Chico.

— Hoje já dei, só amanhã.

Ele continua em pé no meio da sala, abre os braços, deixa cair batendo as mãos nas coxas:

— Juliana, o que você quer fazer comigo, quer me deixar louco?!

Ela olha para a porta.

— Não, não quero enlouquecer você, quero só tocar minha vida.
Ele passa o olhar dolorido pela bolsa, a roupa de viagem, os novos tênis.
— Recebeu os tênis velhos?
— Obrigada. Mas estou com pressa.
— No telefone de tarde você disse que já estava a caminho da rodoviária...
— Mas você está me vigiando, me controlando agora?! — pega a bolsa, ele pega pelo braço:
— Só quero confirmar uma coisa: você conheceu outro, não é?
Ela vê que ele está com olheiras, então fala com dó:
— Mas que outro?! Eu nem teria tempo!
— Você acha que gasta muito tempo comigo?
Ela enche o peito, solta o ar e diz sim:
— Às vezes, como agora, você é um pé no saco!
Sai, esperando ele dizer que mulher não tem saco, como já disse várias vezes, mas ele está sentando devagar numa banqueta quando ela dá uma última olhada antes de entrar no elevador. Lá embaixo o porteiro está cochilando diante duma televisãozinha na portaria, mas se apruma quando ela passa.
Ela pega um táxi, na rodoviária vê o taxímetro em bandeira-2.
— É feriado?
— Não — resmunga o taxista — É adicional noturno.
— Mas ainda não são dez horas.
— Mas é isso aí — o homem bate o dedo no taxímetro, ela sai sem pagar e batendo a porta, ele grita ei, ei, ela agacha:
— Se o senhor quiser receber, eu vou chamar a polícia — aponta o PM que controla a fila para os táxis; o taxista arranca xingando.
No ônibus tira os tênis, confere se o gravador está na bolsa, enfia a bolsa debaixo da poltrona. Só a poltrona a seu lado ainda está vazia, e entra o último passageiro. Ela reclina a poltrona e fecha os olhos, *só falta uma cantada para terminar o dia*. Ele senta:
— Boa noite. Espero que tenha chegado a tempo hoje de tarde.
Ela continua de olhos fechados um tempinho, mas a curiosidade vence:
— Hoje de tarde?
— É, espero que tenha chegado a tempo, estava com pressa, não?
O homem reclina a poltrona, as cabeças emparelham e ela reconhece:

— Ah, cheguei a tempo, sim, obrigada.

Fiquei preocupado, ele fala desafivelando o cinto e tirando os sapatos:

— Eu podia ter te ajudado mais rápido, mas é que ia ver o reitor em seguida e não queria chegar suado, desculpe.

— Oh, desculpa peço eu!

Não core, mulher!

— Mas cheguei suado de qualquer jeito e o reitor gostou, disse que é bom ver alguém de verdade, suando, depois de passar tanto tempo entre papéis e... — ele baixa a voz para imitar o reitor — papéis e burocratas!

Ela não consegue segurar o riso, ainda com o vermelhão no rosto.

Você achou que ele estava demorando para suspender o carro, para usar o macaco de trampolim numa abordagem, e ele só não queria empapar a camisa... Mas rir é sempre o melhor caminho para receber uma cantada, cuidado, então se ocupa em ajeitar o cobertor nos pés, debruçando: haverá recusa maior a uma conversa do que mostrar a nuca, o contrário da boca? Quando reclina de volta, ele está de olhos fechados.

Pode ser um truque; os dissimulados são os piores. Seria melhor ser bem feia para não ter de viver agüentando gracinha e recusando cantada? Mas ele vira de lado, dando-lhe as costas, e logo começa a ressonar; *que inveja e que ironia: deve ser um sujeito bem casado, que nem dá bola para mulheres, enquanto você é que não consegue deixar de pensar em homens...* — o homem que vai procurar em Foz; e os mil e quinhentos homens da coluna.

Setecentos eram pouco mais que meninos, menina, os recrutas do batalhão ferroviário de Prestes, todos em idade militar mas, na maioria, filhos de colonos alemães e italianos, pele e olhos claros, imberbes, parecendo rapazolas ainda. Vinham daquela criação pobre e honrada que não existe mais — como diz teu pai... — muitos calçando sapatos só no domingo para ir à missa, levantando todo dia antes do sol para ordenhar as vacas, desde menino ajudando o pai a arar, puxando o cavalo do arado, e deviam ter as mãos já calejadas de enxada, foice e machado, quando pegaram firme na construção da ferrovia, animados pelo exemplo do capitão que trabalhava com eles, comia com eles e cuidava dos feridos como se fossem filhos. Mas seria só por admiração ou gratidão que deixaram a família para trás e seguiram Prestes, Brasil afora, lutando durante dois anos?

E os homens da Força Pública de São Paulo, que saíram de seus quartéis e de suas casas, jogando fora suas carreiras, para seguir ideais que nem entendiam de seus tenentes e capitães? — ou sabiam por que lutavam? Seguiam só os chefes ou também suas idéias?

Afinal, que idéias? Depois de dois anos lendo sobre a coluna, você sabe o que eles não queriam — um governo corrupto num país atrasado — mas não sabe o que queriam, se é que queriam alguma coisa claramente, além do direito de voto para as mulheres... O próprio Prestes virou comunista só depois da coluna, como Fidel só depois da revolução cubana. A falta de ideologia do líder teria favorecido a unidade da tropa? Mas não foi justamente a ideologia que permitiu a Mao tocar inteira sua grande marcha? Bem, a doutora já brincou dizendo que talvez você deva abrir o leque e incluir Gengis Khan e suas décadas de marcha, a maior das marchas conhecidas...

Concentre-se na Coluna Prestes, Juliana Prestes! Depois de tudo, dois anos e trinta mil quilômetros de marcha, com dezenas de combates, arriscando a vida todo dia, alguns chefes da coluna acabaram políticos na República Nova; com o tempo, políticos tão tradicionais como os que antes combatiam. Outros continuaram na oposição, dentro da ordem republicana, uns poucos viraram revolucionários como Prestes. E a maioria, os trezentos soldados que sobraram, o que foi feito deles, o que fizeram da vida depois da coluna? Terão se espalhado pela vida civil com os mesmos horizontes de antes? Teriam se desiludido da política armada? Será que esse Juliano Siqueira não terá notícia de outros da tropa, que possam revelar a coluna no coração e na mente dos soldados?

O certo, por enquanto, menina, é que eles tiveram tanta sorte quanto ousadia; e só a coesão — ou a irmandade, como diz Bran — é que deve ter salvo aquela tropa sempre carente de munição, de comida, de tudo. Mas só os fogões geraram a coesão? Só por comerem toda noite juntos debaixo das estrelas é que marcharam mais de dois anos combatendo sem abandonar feridos?

Certo mesmo é só que finalmente você vai para Foz, menina, você vai para onde foi o regimento gaúcho de Prestes, marchando centenas de quilômetros, tomando quartéis, batendo tropas veteranas, já criando lenda. Você vai para Foz, para onde também foi lutando a tropa paulista, depois de sitiada meses em São Paulo, soldados calejados se unindo aos moços gaúchos. E de Foz partiram rompendo o maior cerco militar já montado no país, levando junto cinqüenta putas e uma dúzia de meninos, e um deles voltou para Foz depois de tudo, chama-se

Juliano e você vai conhecer amanhã! Tomara que, além de falante como no vídeo, tenha boa memória...

Pega o gravador na bolsa, testa falando baixinho:

— Alô, Papagaio, estamos indo para Foz, ao encontro da coluna!

Aperta os botões, o gravador repete *Alô, Papagaio...* e ela desliga, dorme com o gravador no colo.

Acorda com o ônibus parado, as luzes acesas, o motorista servindo cafezinho. A poltrona ao lado já está na vertical e o homem pega um copinho para ela, avisa que está bem quente. Ela endireita a poltrona, procura o gravador, ele diz que guardou na bolsa:

— Caiu durante a noite.

O ônibus já vai chegando à rodoviária, ele dá um cartão:

— Se precisar de alguma coisa, disponha — já pegando a maleta — E boa sorte com o Juliano!

Ela lhe agarra o braço:

— Como sabe?!

Ele sorri:

— Acho que mais gente sabe — olha em volta — Você falou dormindo.

Passageiros sorriem para ela, e se abana uma mulher com olhar tipo como é lindo o amor. Ela pega a bolsa, confere se está com o gravador, e saindo da rodoviária vê o homem entrando num táxi.

Vai andando sem rumo por ruas cheias de hotéis, enquanto amanhece e cachorros começam o dia farejando as calçadas. Vários, de vários tamanhos, seguem uma cadelinha ligeira.

— Boa sorte, garota!

Passa num táxi o companheiro de viagem, acena sorrindo, ela faz que não vê. O maior dos cachorros tenta cobrir a cachorrinha, que escapa latindo furiosa. Ela entra num hotel, pergunta se tem quarto de fundo, faz a ficha, anda por longos corredores de carpê mofado, acaba num quarto ao lado da central de ar condicionado, a parede vibra. Faz meia-volta e nem responde aos chamados do porteiro. Um cachorro médio cobre a cachorrinha, os outros sumiram.

— É isso aí, garota, você escolhe.

Vira numa transversal, dá com o *Lírio Hotel*, vai atraída pelo nome. Predinho antigo e limpo, de janelas e porta na calçada. Entra empurrando a porta vaivém, um sininho toca e ela se vê de corpo inteiro num espelho de parede. Na outra parede, dois cabides antigos também com espelhos, e na terceira parede um balcão de madeira com tabuleiro para as chaves, um abajur, uma folhinha com fotos de crianças, vasinhos de flor. Duas portas, uma para um corredor, outra para um refeitório, as mesas postas para o café. Da janela, vê no quintal uma senhora de cabelos brancos — como um lírio? — aguando horta com mangueira de chuveirinho, dourada pelo primeiro sol. Ela bate na janela, a mulher olha, chama com a mão, ela vai até lá.

— Bom dia! — sorriso também branco.

— A senhora tem um quarto tranqüilo com banheiro?

— O melhor quarto em Foz — continua aguando a horta — para uma moça bonita de Londrina.

— Como sabe, pelo sotaque?

A mulher aponta adesivo de Londrina na bolsa. *Como você é tonta, Juliana Prestes!* A mulher fecha a torneira e diz vem, vou te mostrar um quarto especial. É no segundo andar, ao lado do próprio quarto dela, mobiliado e decorado não como quarto de hotel, mas quarto de alguém — que gosta de flores, como no papel de parede e nas cortinas, e penteadeira com banqueta de veludo, a cama com colcha florida bordada à mão.

— Era de minha filha — a mulher abre a janela — Só alugo para moça. Meu nome é Ester, mas não me chame de dona Ester. Todo mundo chama de Tia Ester.

Ela diz que vai ficar apenas dois dias, ou até nem isso se uma entrevista não der certo, mas Tia Ester diz filha, fique quanto tempo quiser, e o café da manhã é até as dez. Descanse!

Ela pega da bolsa e pendura no guarda-roupa a saia e a blusa, tira as sandálias, e toda a roupa menos a calcinha. Faz alongamentos, deita e cochila uma hora em lençóis cheirando a alfazema, o corpo se espalhando depois da noite encolhida no ônibus, a mente vazia, *ah, como é bom não pensar em nada, embora isso já seja um pensamento, não é?*

Cochila pensando nas sete questões para Juliano Siqueira.

Depois toma banho e veste saia e blusa, calça sapatos, olha-se no espelho do guarda-roupa:

— Vamos lá, pareço uma historiadora?

A porta do guarda-roupa fecha rangendo devagar: *nnnãããããooo*. Mas Tia Ester bate palmas quando a nova hóspede desce as escadas para o refeitório vazio, é sábado e ainda não são oito da manhã. Depois de lembrar que não jantou nem almoçou direito, toma café com leite, come pão feito em casa, com queijo branco e geléia, salada de frutas, coalhada com doce de leite, *desse jeito você vai engordar em Foz*. Volta ao quarto, escova os dentes na pia frisada de flores em relevo, pega o gravador, a pasta com os recortes, o caderno de capa dura e as três canetas, a bolsa fica murcha de boca aberta.

— Obrigada, menina, sei que você está me desejando sorte.

Deixa as coisas na mesa, agacha sentando sobre os calcanhares, fechando os olhos e juntando as mãos, respirando fundo e expirando forte várias vezes, como antes de jogar capoeira. Aí levanta, pega as coisas e vai para a rua, pega um táxi, manda tocar para a Rua Major Álvares.

— Que altura da rua, começo ou final?

— Tanto faz, né, não é uma rua pequena?

O taxista toca, saindo das avenidas asfaltadas para ruas de terra com casas quase todas mal-acabadas, faltando reboco ou pintura, ou com pilhas de velhos tijolos à espera. Moleques batem bola entre poças dágua, meninas olham de janelas. O táxi pára numa rua comprida a perder de vista, ela não acredita que seja a Major Álvares. Pega na pasta a página de jornal com entrevista de Juliano Siqueira, pela milésima vez confere que ali está, preto no branco: *O veterano da Coluna Prestes reside em Foz do Iguaçu, Rua Major Álvares*. O taxista pega o jornal:

— Moça, isto é de dez anos atrás e a cidade cresceu barbaridade!

— Então me deixa no meio da rua.

Quando o táxi se vai, pergunta a uma mulher num portão se conhece seo Juliano, que esteve na Coluna Prestes.

— Naonde?

— Na Coluna Prestes, que saiu daqui em 1925.

— Mas era navio ou o que?

— Nada-não, senhora, desculpe.

Não seja tão tonta, Juliana Prestes, procure gente esperta! Anda no sol já forte até um bar, onde dois homens entendem logo mas, se não sabe o número da casa, como podem ajudar? Volta para a rua, o sol já subiu o bastante para bater na baixada de Foz, os cabelos esquentam, põe a pasta na cabeça, olha a rua a perder de vista numa ponta e na outra. *Mas se cresceu se esticando para as duas pontas, os primeiros moradores estarão morando no meio, não?* Pergunta a um velho onde é o trecho mais antigo da rua.

— Moro aqui faz pouco tempo, moça.

Vai olhando as casas, procurando sinais de tempo, mas tudo parece recente e ao mesmo tempo envelhecido. *Por que não aparece um carteiro?*

Num bar com lingüiças penduradas, alguém explica:

— Aqui ninguém é daqui, moça, todo mundo veio pra cá faz pouco tempo.

Uma cidade de migrantes, anota no caderno. *O rapazola Juliano Siqueira percorreu treze estados, alguns por duas vezes, para depois o homem voltar a se radicar na terra de onde partiu, hoje uma cidade de migrantes. É bem um brasileiro.*

Casas, casebres, barracos, sobradinhos e até tendas de lona se sucedem atrás de cercas de balaústre, arame farpado, taquara, mato. Entra num boteco forrado de cartazes e fotos de mulheres, dois sujeitos param de jogar esnuquinho; ela diz ao do balcão que está procurando seo Juliano Siqueira, já um dos dois fala moça, a gente não conhece mas acha. Largam os tacos na mesa quando ela abre a pasta para mostrar a foto no jornal. Olham, ela mostra também ao do balcão, um velho negro de óculos escuros que continua olhando a rua.

— Ele tá quase cego, moça.

Ela pede desculpas, o velho sorri. Vamos batendo de casa em casa, diz um dos dois. A rua é comprida, diz o outro. Ali estão, na prateleira envidraçada do balcão, os doces da infância, a maria-mole, o doce de batatas amarelo e o vermelho, a paçoquinha, a cocada e o suspirão, e ela pede uma cocada branca, dá uma nota e espera o troco. O velho bota no balcão uma caixa de sapatos com notas e moedas:

— Pegue o troco.

— Como o senhor sabe se não pegam a mais?

— Aí, filha, é do coração de cada um.

Sai para o dia azul e já abafado pela umidade do rio. Numa sombra de árvore vai anotar mais alguma coisa no caderno, vê que os dois do bar vieram atrás:

— Vamos de carro, moça!

— Eu vou a pé, adeus! — ela cantarola já se afastando, vai esquentando a cabeça pela rua que se estende subindo e descendo colinas, encanamentos à flor da terra, ligações clandestinas dos postes para barracos emendados como favela. Aqui e ali um limoeiro ou mamoeiro, arruda, alecrim; e os cachorros latindo, a cabeça esquentando. Pára numa sombra, olha a rua, precisa achar o começo disso, o começo histórico dessa rua, lá estará seu homem esperando *com limonada gelada* — e então sente a primeira descida da menstruação, anúncio de outras logo a seguir, sem qualquer aviso prévio, como sempre, e depois de dois ou três meses sem, nem lembrava mais. Ciclos muito irregulares, conforme o médico; falta de sexo, conforme Justina, a mulher de Bran de novo barriguda:

— O uso faz a máquina, menina!

Sente a calcinha ensopando, entra numa farmácia de fachada sem reboco, um barracãozinho enfiado entre casebres. Compra absorventes, pergunta de orelhão para chamar um táxi, o da farmácia fala deixa que eu chamo, pegando celular. O táxi chega já com taxímetro marcando e em bandeira-2. *Sábado de manhã já é bandeira-2?* Ela manda tocar para o Lírio Hotel, o taxista tem de consultar uma lista. *Por que não pegou um cartão do hotel, Juliana Prestes?* O Lírio Hotel não está na lista, o taxista fala pelo rádio com a central e, depois de um bom tempo — ali parados com o taxímetro ligado — uma voz enjoada de mulher diz o endereço, e ela terá a impressão de que rodaram muito antes de chegar à pequena porta do hotel. Paga, esperando até as menores moedas do troco.

No quarto, toma banho e deita olhando o teto. *Grande Juliana Prestes! Podia ter telefonado ao jornal, ou à prefeitura, saber enfim o endereço certo, antes de se meter a viajar quinhentos quilômetros! Com um recorte xerocado de uma década atrás, procurando um velho que pode até estar morto, numa cidade que cresce aos pulos cozinhando no calor e no vapor do rio... Você está numa foz, garota, onde o Iguaçu morre no Paraná, sinal de fim de linha, acabou, Juliana Prestes, volte para casa e faça uma tese normal e bem-comportada, como diz a mãe, onde já se viu mulher tratando de assuntos de guerra?*

Mas que são quinhentos quilômetros dormindo num ônibus comparados com trinta mil quilômetros de revolução a cavalo e a pé? Talvez seja apenas sinal de que deve insistir, ainda tem muito chão pela frente, mulher, insista — sem cometer os mesmos erros! Deixe de ser tão auto-suficiente, procure ajuda!

De repente pula da cama, pega o cartão no bolsinho da bolsa:

Miguel Costa
Fotógrafo

Fica de boca aberta olhando o cartão: *Miguel Costa, mesmo nome do oficial paulista que comandou a coluna com Prestes!*

O telefone é cor-de-rosa, na penteadeira, e ela reconhece a voz dele:
— Estúdio Costa, bom dia.
— Oi, é a Juliana.
— Juliana?
Claro, você não se apresentou, Juliana Prestes!
— É a Juliana do Juliano, do ônibus.
— Ah — ele pede a alguém para baixar o som — Pois não.
Ela conta o problema, ele fala estou indo aí, em que hotel você está?
— Lírio Hotel.
— Aproveito pra ver Tia Ester — e desliga; chega logo, com dois mapas da cidade:
— Este, da década de 70. Este, da década de 90.
Estende os mapas na mesa maior do refeitório, e a Rua Major Álvares, de apenas três quadras num mapa, vira a rua comprida que passa por vários bairros no outro mapa. Ele acha as três quadras pioneiras no mapa novo, risca um círculo dizendo é aqui, vamos lá? Tia Ester aparece com café.
— Oi, tia.
— Oi, Miguel. É sobrinho meu, Juliana.
— É mesmo, desde quando?
— Bem — ele bica o café — Desde que eu nasci em 1964, ou desde que Tia Ester casou com o irmão de meu pai, quando foi, tia?
— 1941, filha, por que?

Deus, levam tudo a sério: *"desde quando" é só um modo de dizer não acredito, quem diria,* mas os dois agora esperam uma resposta, com seus olhares honestos, e ela diz ah, é porque sou, quer dizer, quero ser historiadora...
— ...inclusive história familiar, um novo ramo da História.

Os olhos dele se estreitam:
— Tipo história da vida privada?
— Mais ou menos, na mesma linha mas com outros métodos — *Não core, Juliana Prestes, é só uma mentirinha boa* — Mas meu interesse atual é a Coluna Prestes.

Ele enviesa o olhar, olhando aquele ponto para onde se olha na dúvida, *você tinha de topar com um fotógrafo que conhece História, Juliana Prestes!* Na rua, vê que ele tem um jipe Willys 51, como os que via menina em Londrina, sobras de guerra, diziam, e gostava de brincar nos jipes enquanto as meninas brincavam de casinha. Eram jipes abertos, sem capota e só com meias-portas de lona, onde era fácil entrar e também sair depressa se o dono aparecesse. Mas aqueles jipes não tinham cinto de segurança, poltronas reclináveis e sistema de som como o deste Miguel Costa; ele aperta um botão, começa *A grande fantasia triunfal sobre o Hino Nacional Brasileiro.*

Um fotógrafo que toca Gotschalk, Juliana Prestes, não subestime mais!

Passam por várias ruas parecidas com a Major Álvares, até que ele pára falando é aqui. A rua sobe e desce entortando no mormaço, os cachorros de língua de fora na sombra. Ele desce, bate numa casa:
— A senhora conhece um senhor chamado Juliano, que esteve numa guerra?

A mulher aponta a casa em frente, falando alguma coisa que não entendem: passa com alto-falante um fusca roído de ferrugem, *ofertas especiais para você no gigante da economia, Supermercado Rondon...*

(...o mesmo nome do general comandante do cerco da coluna em Foz!)

Atravessam a rua, ela não deixa que Miguel Costa bata palmas, antes fica olhando a casa e anota: *Casa de madeira, varandinha na frente, jardinzinho com rosas, onze-horas, erva-cidreira, alecrim e hortelã. Cerca de madeira pintada, em bom estado, a casa também, quintal com árvores. Sem garagem. Vasos de samambaias na varanda. Parece uma ilha de civilidade* — ou será forçar a barra, Juliana Prestes? Uma ilha de verde, isto sim, numa rua de quintais quase sem plantas.

Estende a mão para o fotógrafo:

— Muito obrigada, Miguel, agora eu me viro e chamo um táxi pra voltar.
— Não é melhor ver se ele está?
Ela bate palmas. Uma velhotinha enrugada e encolhida aparece na varanda, descalça e de calças compridas, camisa folgada de homem.
— Aqui ninguém quer comprar nada, filha!
— Não estou vendendo nada, dona, estou procurando o senhor Juliano Siqueira.
— Jornalista, é?
— Historiadora, dona.
— Que que é isso?
— Com licença — fala uma voz grossa atrás deles, ela se vira e dá com o velho de quase noventa anos, o mesmo que no vídeo diz *é, muita gente fala que não pareço ter tanta idade, quem sabe foi tanta marcha que fortaleceu a gente, pelos menos os que se salvaram, não é?* — decorou de tanto reprisar, e agora eis o homem em carne e osso!
— Bom dia, seo Juliano.
Ele está com saquinho de leite e pacote de pão nas mãos, os olhos negros e miúdos, mulato franzino de voz grossa:
— Moça, só de lhe ver o jeito, com essa maquininha aí, já sei o que tá querendo. Mas não espere nada de mim, da coluna não falo mais. Se quiser entrar, fique à vontade, tá calor e a gente faz uma limonadinha, só isso, dá licença.
Entra e ela vai atrás, Miguel atrás dela. A velha diz ih, velho, não seja intragável. Não sou fumo pra ser tragável, ele resmunga e ela chega a abrir o caderno para anotar, mas ligeirinho que ele já está chegando à varanda. A varanda tem dois cadeirões de vime e ainda o bafo da rua, mas a sala é fresca e sombria, embora tão pequena que alguns móveis quase se tocam. Cortininha rala e desbotada, mas limpa. Ele senta numa das cadeiras da mesa, ela estende a mão:
— Juliana Prestes.
O velho fica olhando para ela enquanto levanta devagar, até apertar a mão com uma firmeza calma e respeitosa, quase reverente.
— Miguel Costa — ela apresenta olhando para o fotógrafo e, quando se volta de novo para Juliano Siqueira, o velho é outro, as narinas infladas, os olhos arregalados, abrindo a boca e os braços:
— É brincadeira?!

— Como assim, seo Juliano?! *(Atenção, Juliana Prestes, que é que foi desta vez?!)*

O velho bate a mão, a mesa bambeia.

— Hem, moça, é brincadeira?!

Ela olha para o fotógrafo, que é que pode estar acontecendo?

— Juliana Prestes e Miguel Costa, é brincadeira!?!

Claro, *Juliasna*: os dois comandantes da coluna foram Prestes e Miguel Costa — o coronel paulista que posava para as fotos com chapéu quebrado na testa, olhar calmo e confiante; mas agora está é diante de um olhar desvairado, o velho crescendo na indignação:

— Hem, é brincadeira?!

— Não! — ela junta as mãos — É coincidência, seo Juliano!

Um custo convencer o velho, mostrando cartão de Miguel Costa, fotógrafo, e a carteira de identidade de Juliana Prestes, nascida em Minas Gerais, com decerto nenhum parentesco com Luiz Carlos Prestes. A velha alivia o clima, entrando alegre com jarra de alumínio toda com velhos amassados e, empilhados na outra mão, copos que foram de geléia.

— A limonada só não está gelada — cantarola — porque a gente não tem geladeira!...

— Obrigada, dona...

— Joana, namorada desse velho turrão aí.

Juliano Siqueira bebe de cara sombria para a mulher, mas ela serve a todos com trejeitos de salão, depois senta sobre um baú e, pegando o copo com dois dedos, fica bicando limonada em golinhos. *Olhe o ambiente, Juliana Prestes! A casa fala pela pessoa!* Velhos móveis de madeira — mesa, quatro cadeiras, uma tevê pequena num canto sobre uma cômoda, o sofazinho onde está sentada com Miguel, uma mesinha de centro com pilha de quatro tijolos no lugar de um pé faltando. Uma casinha pobre mas limpa. A mulher como que adivinha:

— É casa de pobre mas é limpa, fiquem à vontade — vai para a cozinha e logo escutam gavetas e panelas.

O velho bebe de cara amarrada a limonada superdoce, olhando um ponto longe, mascando amargura. Miguel bebe, levanta:

— Vou esperar lá fora.

— Pode ir que eu chamo um táxi.

Miguel vai, logo o jipe ronca lá fora. Acaba a limonada, o silêncio dizendo que ela é visita indesejável, até perguntar se pode fazer uma pergunta, observando o homem. Olhinhos de jaboticaba sempre rolando para lá e para cá, um homenzinho miúdo e elétrico, cabelos ondulados de mulato, quase brancos mas sem sinal de calvície, barba por fazer. Ele deixa o copo e esfrega as mãos, som de lixa dos calos se roçando.

— Pode perguntar, moça.
— O senhor lida com horta?

As jaboticabinhas piscam várias vezes.

— Como que sabe?
— Tem muitas plantas no quintal, e o senhor tem mão calejada.
— E a senhora gosta de plantas? — a voz grossa adoçando um tisco.
— Minha mãe diz que eu já gostava desde que comecei a engatinhar — as jaboticabinhas pela primeira vez olham nos olhos — E o senhor não fala mais com jornalista por que?
— A senhora não pediu se podia fazer *uma* pergunta?

Ela fica quieta olhando uma nuvenzinha na janela, ele solta uma bufada e resmunga:

— A gente fala uma coisa, no jornal sai outra.

Ela garante que historiador é diferente:

— Só me interessa o que é real e verdadeiro.

Abre a pasta, tira o recorte.

— Dez anos atrás o senhor deu uma entrevista em que...
— Nem me fale dessa porcaria! — olhando com nojo a página fotocopiada que ela desdobrou com cuidado — Isso aí é o maior exemplo da gente falar uma coisa e sair outra!

Ela pede desculpa, guarda o papel. Passa alto-falante, *peixe fresquinho, uma delícia para a sua saúde, bom pra memória, pro coração, alimento "afrosidíaco", venha conferir, peixe fresquinho...*

— Antes de eu morrer — resmunga grosso o velho — ainda meto bala num desses...
— Incomoda, não é? — *puxe conversa, Juliana Prestes, puxe conversa!*

Ele esfrega as mãos com raiva:

— Incomoda e é proibido, isso é que incomoda mais! É pro-i-bi-do, e não só por uma lei, mas por várias leis, moça, fui saber, e taí todo dia essa merda dessa barulheira fora da lei!

A mulher cantarola da cozinha: — Olha a boca, véio!...

— Desculpa — ele fica olhando o baú, ela quieta, até que ele fala manso, do fundo: — Mas dá raiva, ver lá na bandeira *Ordem e Progresso*, cadê a ordem?

— Mas progredir o senhor acha que o Brasil progrediu?

— Só se for só na aparência, moça, só por fora! — os olhinhos faiscando — Por dentro, não! No coração, não! — sentado na ponta da cadeira, quase levantando — Continua uma terra onde só pobre vai pra cadeia, o maior ladrão é o governo, municipal, estadual e federal, e só é assim porque o povo também é metade corrupto, metade preguiçoso e metade medroso!

Ela não resiste:

— São três metades, seo Juliano.

— Mas o assunto não é desordem?

Ela ri, ele sorri — *primeiro sorriso, menina, aproveite para anotar!* Mas ele encrispa:

— Tá escrevendo o que, moça?! Já falei que não quero saber disso!

Ela guarda a caneta na lapela, fecha o caderno e se abana. A casa esquenta, diz ele, só aqui na parte da frente:

— Lá atrás tem uma árvore boa.

— Posso ver?

Vão para o fundo; é um flamboaiã ainda em flor em fim de janeiro, e ela diz que os flamboaiãs amarelos são raros; vê que ele gosta de ouvir isso, olha a árvore com olhos de pai. O quintal é fundo — Dois terrenos, moça — e tem horta, galinheiro, trepadeiras, pomar. Na horta ela vai mostrando que, pelas folhas, conhece cenoura, nabo, beterraba, batata, batata-doce e, no pomar, quase todas as árvores de fruta. Come uma goiaba. Fala do pomar da chácara da **vó**, onde menina passava as férias, trepando nas mangueiras, passando de galho em galho de goiabeira para goiabeira, macaca subindo até nos galhinhos **mais** finos das jaboticabeiras, é lá que estão as jaboticabas mais doces.

Passarinhos bicam mamão maduro. Aqui e ali, touceiras de ervas medicinais, cidreira, camomila, milifólio, carqueja, losna, boldo, melissa; algumas **ela** precisa cheirar esmagando folha nos dedos, aí o nome vem junto com o cheiro lá dos chás da **vó**:

— Arnica!

Ele agora não tira mais o sorriso da cara enrugada. No final do quintal, diante de uma cerca de balaústres coberta de chuchuzeiro, vira-se para olhar toda a verdura de seu mundinho, tão florido, diz, que tem sempre no ar zunido de beija-flor. Ela cheira folha duma arvorezinha quase na cerca, ele diz ah, essa aí eu tinha muita fé nela, mas...

— ...peroba só cresce bem na mata.

Sem arvoredo alto em volta, explica, o tronco entorta logo, em vez de subir reto para esgalhar mais alto que todas as outras, a rainha da mata; mas, sozinha, vira assim uma arvorezinha torta.

— Coitada — ela fica olhando a árvore.

Ele colhe três mangas ao alcance da mão, dá a ela num saquinho plástico que tira do bolso; aponta outras mangas altas na mangueira:

— Na coluna, era tarefa de menino trepar em árvore pra pegar fruta, menino é leviano pra subir alto. Uma mangueira dessaí eu rapelava inteirinha, não ficava manga pra passarinho. Pegava, jogava pra baixo, o cozinheiro pegava no avental.

Ela morde os lábios — *Não pergunte nada!* — e ele continua:

— Siqueira mandava a gente comer fruta, que faz bem e afasta doença, nunca mais deixei de comer fruta.

Voltam para a casa, ele colhendo aqui e ali uma flor; troca as flores da moringa na mesa da cozinha. *Anota mentalmente, menina, anota, o veterano revolucionário gosta de flores civilmente.* Fogão a gás, também veterano, armarinho de madeira, na parede folhinha com foto de frutas, e quadro de Jesus jejuando no Horto das Oliveiras. Cozinha de alvenaria, chão de ladrilhos ásperos, alguns cavados de gastos no trilho entre a prateleira e a pia, onde Joana cantarola lavando verduras. No peitoril da janela, violetas muito floridas plantadas em latas enferrujadas. Joana leva a salada para a mesa da sala, agora com toalha branquinha de saco de farinha. Cheiro de feijão com toucinho, e a frigideira esquentando para dois bifes que esperam na tábua.

— Fica pra almoçar, moça!

— Só que eu durmo em seguidinha do almoço, viu? — os olhinhos do velho encaram sem piscar, ela baixa os olhos e dá com um estribo de montaria no pé da porta aberta. Agacha para pegar e ver de perto, e ali está em relevo no ferro — S. S. A. Levanta com os olhos molhados:

— Foi da coluna, não foi?

As jaboticabinhas piscam e ele balança a cabeça:

— Esse estribo foi da coluna, moça. Como que sabe?
Joana aponta outro estribo no pé de outra porta:
— É um casal.
Ela senta numa banqueta de couro, com o estribo nas mãos, o velho agacha a seu lado, os olhinhos bem abertos:
— Moça, como sabe que...
— Pesquisei. A Selaria Santo Ângelo — SSA — fabricou as ferraduras e estribos para o batalhão de Prestes.
Joana põe na mesa uma moringa de alumínio, ela não quer um copo de água fresquinha?
— Quietaí, mulher! — os olhinhos negros arregalam — E você chora por um estribo, moça?!
Ela sente ao mesmo tempo o esquentamento do rosto e mais uma descida da menstruação.
— Eu choro, seo Juliano, porque sei que isto viajou trinta mil quilômetros, é só um par de estribos mas devem ter sido levados na mochila quando a tropa ficava sem montaria, não é? — ele concorda com a cabeça — E disto aqui dependeu a vida de cada um, não é, quando conseguiam cavalos, pra lutar rápido, fugir depressa...
— ...e pra montar tropeada pra conseguir mais cavalhada — ele continua baixinho — ...e pra levar ferido, rancho, arquivo, munição...
— ...embora sempre tão pouca munição, não, seo Juliano?
Ele está com os olhos cravados nela, balançando a cabeça. *Conquiste o homem agora, Juliana, faça um agrado:*
— Imagino se tivessem munição à vontade...
Não, ele corrige, talvez não fizessem mais nem melhor:
— A nossa meta, conforme o chefe, não era matar soldado, nem mesmo cangaceiro, não era nem ganhar uma guerra, a meta era acordar esse país pra lutar! — os olhinhos faiscando.
Ela enxuga os olhos nos dedos, desliza do banquinho agachando, de cócoras como na roda de capoeira, olhos nos olhos:
— Seo Juliano, eu só queria que o senhor me clareasse umas coisas, respondesse só sete perguntas que só quem viveu a coluna pode responder, só isso!
— Então primeiro levanta que eu não sou bispo nem santo.

Ela levanta mas senta logo — *Nunca fique acima do entrevistado!* — e espera com a cara lambuzada de lágrimas. Ele suspira curto, quase uma bufada, puxa uma cadeira e encara, falando como a uma criança:

— Moça, então a gente faz um trato. Primeiro, deixaí a perguntaiada por escrito, pra eu poder pensar no que vou falar. Segundo, você escreve o que eu falar do jeitinho que sair da minha boca!

Ela acha no caderno a lista de perguntas, arranca a página, deixa na mesa.

— As respostas vou gravar, seo Juliano, pra depois transcrever, pra sair exatamente o que o senhor falar, posso mostrar ao senhor pra qualquer correção ou emenda. Assim não sai nada que o senhor não tenha dito ou não queira que seja publicado.

O problema, diz ele, não é desdizer nada:

— É que cortam sempre o mais importante!

Ela lhe pega as mãos, como faz o mestre com o calouro na roda, e ele leva um leve susto, tenta tirar as mãos mas ela segura:

— Seo Juliano, eu podia ter escolhido qualquer outro assunto para a minha tese! Escolhi a coluna porque é a página mais bonita da História do Brasil, só que ainda mal esclarecida, e eu queria esclarecer, historiadores existem para esclarecer a História! Eu queria saber por que vocês fizeram aquilo, como conseguiram marchar mais que qualquer tropa no mundo, sempre perseguidos, sempre lutando, e comendo o que achassem pelo caminho, o que é que movia vocês no fundo, ou lá na frente, que idéias, que utopia, o quê?!

Ele livra as mãos.

— Moça, agora eu vou almoçar, desde o tempo da coluna virei relógio pra comer, meio-dia é hora de comer. Se quiser comer com a gente, desculpe a pobreza e fique à vontade. Só que depois do almoço eu sesteio, também desde a coluna, mas se quiser voltar de noitinha, aí a gente conversa.

De novo os olhos dela se molham, *você é uma pata chorona, Juliana Prestes*. Agradece, beija Joana, pega as coisas e vai para a rua borrada de lágrimas, os postes estão quase sem sombra, o sol só não está ainda a pino porque é horário de verão. *Sestear, Juliana Prestes: chorando com uma simples palavra!* Cobre a cabeça com a pasta. *Mas pudera, talvez seja uma das palavras mais usadas por Moreira Lima em* Marchas e combates, *contando o dia-a-dia da coluna: marchar, sestear, marchar, lutar, marchar, sestear. Comer a sobra da janta, cuidar dos cavalos, descansar antes de voltar a marchar de novo e de novo sestear, de novo lutar...*

Enxuga os olhos com as costas das mãos ocupadas com a tralha, procura uma sombra, cadê árvore, e lá está o jipe com Miguel cochilando de boné nos olhos. Ela levanta o boné, ele abre os olhos sorrindo feito menino. Ela conta que vai voltar à noitinha, ele fala que passa no hotel às seis:

— Pra comprar carne num supermercado. Ele gosta de churrasco. E cerveja — fala girando o volante para desviar de buracos — Perguntei no bar e no açougue. Levamos um isopor com gelo. E uma pinguinha de barril, Tia Ester tem. Aí vamos ver se o homem não se abre!

Ela olha melhor para ele, já com alguns cabelos brancos mas forte, sem barriga e numa alegria de criança, uiva baixinho volteando mais um buraco. Fala entre buracos e quebra-molas de terra:

— Você está tensa que nem corda de viola. Devia comer uma feijoada. Completa, com caipirinha e cerveja. Aí dorme à tarde, de noite vai ser outra.

Não confie, Juliana Prestes, diga não, invente uma desculpa. Mas por que não? Seria tão bom comer uma feijoada e depois dormir de tarde, há quanto tempo você não dorme de tarde? Mas, oh, Deus, não me faça ter de agüentar mais uma cantada, tá?

Siiiiiiimmmm — grita uma serra numa serralheria, e em seguida muda de idéia, grita *nnnnnãããããoooo!*

— Hem, vamos?

No restaurante, um trio paraguaio tenta atacar com entusiasmo velhas guarânias. No balcão de quentes e frios, primeiro ela pega só verduras e legumes, mas ele pede caipirinhas duplas e, bebendo, ela acaba pegando torresmos, lingüiça e, enfim, come feijoada completa. Ele ri. Na segunda caipirinha, já riem de qualquer coisa e também bebem cerveja, dá moleza, o trio paraguaio já cantando mole também, quase todas as mesas vazias, quase três da tarde. Ele é engraçado e ela já ri de quase tudo que ele fala:

— Me formei em Direito, montei escritório e comecei a cultivar uma úlcera. Fim de semana ia fotografar cascata, flor, bicho, paisagens, até pessoas, e fui fazendo álbuns. O pessoal gostava, fiz uma exposição. Vendi quase tudo, ganhei mais dinheiro que num semestre de advocacia, fui abandonando o escritório, tinha cliente querendo mandar me prender por causa das causas abandonadas...

O trio canta com olhos suplicantes para eles.

— Devem comer só depois de cantar — ele vai até lá, deixa uma nota no chapéu e a guarânia aviva, as vozes firmando, a cadência avançando. O último garçom se alegra quando ele pede a conta. Quando estende a mão para a saída — Vamos? — ela sente o coração batendo como ao entrar num bom jogo de capoeira; *cuidado com esse homem, menina, deve ser quantos anos mais velho?*

Ele vai dirigindo já sem desviar tanto dos buracos, o jipe sacoleja, ela vai lembrando do que ele falou entre as caipirinhas e a última cerveja. *Não* falou de mulher e filhos. Falou que são mesmo incríveis as coincidências, só tinha encontrado com ela no estacionamento da universidade porque tinha ido de táxi, e o taxista tinha se enganado nas ruas do *campus*, ele tinha ficado nos fundos da reitoria e, por isso, teve de passar pelo estacionamento...

— Mas deu sorte, a editora da universidade vai publicar meu livro de árvores.

Falou do método de achar árvores nativas altas e frondosas para fotografar, inclusive com frutos e flores:

— Vou em exposição agropecuária, deixo cartão com os fazendeiros, pedindo pra ligarem a cobrar se tiverem na fazenda alguma grande árvore nativa, e prometo dar cópias ampliadas de presente. Antes, não dava nada, dizia que era uma questão ecológica, ninguém ligava. É o país da vantagem...

Pois é, veremos agora que vantagem o senhor vai querer levar por uma carona e um almoço... Ele desliga o jipe na frente do hotel, ela fala menina com as mãos na boca:

— Acho que tenho de te pedir desculpa. Naquele dia, você começou a erguer o carro devagar, pra não suar, né, por causa da reunião em seguida, e eu apressei... Que vergonha!

Ele apenas sorri; e depois ela, no chuveiro, e também na cama, ela verá de novo seu sorriso; *precisa mesmo tomar cuidado com esse homem.* Cochilando, vendo-se pequenina, girando num redemoinho de cerveja entre cubos de gelo e fiapos de limão, a voz dele ecoará com a guarânia ao fundo, falando como quem escreve; na verdade, confessou, dizendo de cor as legendas das fotos do livro:

— A peroba é, ou era, a árvore dominante aqui na floresta subtropical: aquela que mais alto chegou na sucessão vegetal. *Ele fala bem.* A sucessão vegetal começou com o musgo, a planta mais antiga nos continentes. *Ele fala gostoso.* Cada musgo, ao microscópio, parece uma arvorezinha, e uma colônia de musgo é como uma miniatura da floresta. E na sombra da floresta é que

vive o musgo, então são como espelhos se refletindo, o pequeno musgo antigo e a grande floresta nova! *Ele fala bonito!*
Você fala bonito, ela falou a certa altura, com bolero ao fundo, *el día en que me quieras...* e ele ficou sem jeito; onde é que estava mesmo?

— A peroba! Dá em toda a Bacia do Rio Paraná e afluentes. Calcula-se que a espécie começou ali no Pontal do Paranapanema, lá acharam as perobas mais grossas. Numa mercearia em São Paulo, nos Jardins, vi um cepo de peroba-rosa, ali de Presidente Epitácio, com mais de quatro metros de diâmetro!

E no entanto — falando entusiasmado com as mãos — apesar de tão grande, de esgalhar mais alto que todas, a quarenta metros de altura, a peroba é a espécie mais nova da floresta:

— É uma criançona vegetal, de raízes ainda pequenas, tanto que, sem mata em volta, cai com o vento... E tem poças de água lá no alto dos galhos, onde vivem pererecas, até que chega a seca e pulam de lá, descem planando até o chão...

— Você estudou isso?

— O que, pererecas ou perobas?

Lembra de Miguel rindo e dorme sorrindo, abraçando o travesseiro e sentindo entre as pernas, além daquela umidade, um certo calor.

Acorda com Tia Ester no telefone rosa:

— Boa tarde, filha, o Miguel pediu pra te acordar às seis mas é horário de verão, e você precisava descansar mais, são seis e meia. Boa noite!

A caixa-dágua deve ter recebido sol o dia inteiro, a água do chuveiro sai morna quase quente. Lá fora ainda é céu azul sem nuvens. Olha pela janela: no pátio o jipe de Miguel Costa tem na traseira sacolas de loja com pacotes e espetos de ferro. Ela anota: *verificar tralha de Miguel Costa — o da coluna!.*[1]

Quando entra no jipe, fala antes que ele dê a partida:

— Quero te pedir uma coisa.

---

[1]Conforme Lourenço Moreira Lima em *Marchas e combates*, Miguel Costa "possuía uma bagagem constituída de duas bruacas, onde se encontrava um mundo de coisas, ordenadamente dispostas: rapaduras, farinha, doces, cigarros, fumo em corda, palha e papel para cigarros, tesouras, canivetes, facas, lápis, papel para escrever, cartas geográficas, livros, furadores, agulha, linha, cordões, anzóis para pescar (seu passatempo preferido), bálsamo do Peru — seu remédio por excelência, que ele aplicava para todos os males — aspirina, fósforos, escovas, graxa para sapato, jornais, réguas, bicarbonato..." (Nota de Juliana Prestes, como também as seguintes)

Olhando nos olhos:

— Estou vendo que você já comprou as coisas pro churrasco. Mas a gente não ia comprar junto? Por favor, não tome mais iniciativas por mim, tá?

Ele cora, *ele cora!* e pede desculpas, o jipe sai aos pulos. Continua dia azul quando ele pára na sombra da árvore na Rua Major Álvares, vira-se para ela:

— Eu tinha meia hora sem fazer nada, enquanto te esperava, então quis adiantar as coisas, pensei que velho come cedo. E também tenho interesse nisso, se ele deixar vou bater umas fotos um dia, o homem tem história e é uma figura!

É a vez dela pedir desculpa. Descem com as sacolas; Juliano Siqueira e Joana estão nos cadeirões da varanda.

— Chegamos cedo?

— Não — a mulher está vestida e pintada para festa — A gente só estava namorando. Namoro de velho é conversar de mão dada...

— Seo Juliano — ela pede ali de baixo, ainda sem subir a escadinha de madeira — A gente gostaria de oferecer um churrasco ao senhor.

— Bom — ele levanta — Nunca enjeitei um churrasco.

— Ah — diz Joana — A boba aqui fez bolo de banana, mas fica de sobremesa.

Miguel tira duma sacola uma garrafa com rolha e sem rótulo:

— Pinga curtida pelo meu Tio Leonardo, marido de Tia Ester. Ele morreu devagar e então teve tempo de deixar suas coisas para cada um. Pra mim deixou dois tonéis de pinga, tenho pinga pra vida inteira.

Juliano Siqueira pega a garrafa, olha contra a luz, carrancudo; desarrolha, enfia a rolha no bolso da camisa; cheira a boca da garrafa e a carranca começa a desmanchar. Estica o braço, ainda sentado, e pega caneca de lata num prego na parede, enche até a metade, dá um gole bom, bochecha, engole estreitando os olhos e, pela primeira vez, abre sorriso de se ver o que resta dos dentes, a boca rasgando e enrugando ainda mais a cara seca, o vozeirão vibrando:

— Ô coisa boa, sô! Seu tio sabia fazer pinga, moço!

Chama para o quintal, passando por dentro da casa, onde pega dois caixotes; e do corredor se vê uma estante de livros no quarto. No quintal anoitecendo já passam pirilampos, no ar fresco e perfumado: — A murta tá florindo, ele aponta a arvorezinha coberta por um véu branco — e o último beija-flor do dia chega zunindo, pára no ar, como conferindo os estranhos, some zunindo.

Miguel, com as sacolas, pergunta onde é a churrasqueira, Juliano Siqueira fala aqui, apontando o chão coalhado de flores de flamboaiã.

Pega uma vassoura de guanxuma, dá umas vassouradas afastando flores, aparece uma depressão redonda no chão.

— Churrasco de chão? — Miguel agacha ali — Posso acender o fogo?

— Vamos ver se sabe — o velho senta num dos cadeirões de vime que Joana traz da varanda, enquanto Juliana procura onde deixar o gravador; ele diz calma, vem vindo outra cadeira. A senhora não precisava se incomodar, diz ela a Joana, eu podia ir pegar, mas a mulher diz que está acostumada:

— Conheci esse homem num pronto-socorro, filha, onde eu era atendente, sabe o que é atendente? É a última em salário e a única que nunca pode faltar, pra fazer até trabalho de médico que falta todo dia! Aí chega esse homem com peripaque, sabe o que é peripaque?

Juliano Siqueira ignora a mulher, olhando Miguel acender o fogo.

— Peripaque, filha, é faniquito, chilique, fricote nervoso de um homem que nunca se cuidou, vivendo sozinho, e na primeira doencinha que teve na vida, pirou piradinho, piradinho! Mas eu gostei dele desde o primeiro dia, falei comigo eu vou cuidar bem desse aí, e até hoje estou cuidando...

Ela senta com o caderno no colo — *Boa sorte, Juliana Prestes!* — e deixa o gravador sobre um dos caixotes entre os cadeirões, onde Joana põe também copos, facas e garfos. Miguel deixou as sacolas numa mesa que já foi porta, ainda com maçaneta sobre dois cavaletes. Tira do bolso canivete suíço, agacha e abre um dos dois sacos pequenos de carvão, despeja no chão. Amassa o saco em volta da mão fechada, enfia a mão no montinho de carvão, tira a mão deixando a cuia de papel entre os pedaços de carvão, e joga nela um palito de fósforo aceso; começa o fogo. *Um homem habilidoso.*

Miguel põe sobre o fogo alguns carvões que pega com dois dedos; tá certo, diz o velho:

— Gaúcho bom carneia sem sujar a mão — e dá um gole grande na caneca.

Miguel abre os pacotes, desembrulhando dos papéis mas não das folhas plásticas os pedaços de carne; assim trespassa os espetos sem engordurar as mãos, depois tira os plásticos e salga esfregando as carnes espetadas sobre um saco de sal grosso aberto na mesa. Juliano Siqueira aprova erguendo a caneca, dá outro gole grande. *Não perca tempo, menina, antes que esse homem fique bêbado!* Miguel deixa os espetos na mesa, o carvão começando a crepitar, e abre a caixa de isopor, tira do gelo picado uma lata de cerveja, deixa na mão do velho, que agradece já bebendo.

— Seo Juliano — ela destampa a caneta — Posso perguntar seu nome completo?

— Juliano Siqueira da Silva — ele declama enfastiado e já prevendo: — Nasci não sei onde.

A mãe contou mas ele esqueceu, ou nem guardou na lembrança, e que importância tem? A mãe tinha mudado para Foz por causa do pai, sargento mandado para a fronteira de castigo por bebedeira. Era pai mas não era marido e, por não ser marido, era pouco pai, aparecia uma ou duas vezes por semana no barraco, tomava um porre, deixava uns trocos.

— No resto do tempo, moça, só se achava meu pai como sargento em serviço no quartel ou na casa da outra, onde tinha guarda-roupa, que no nosso barraco ele só tinha um barrilzinho de pinga, tá entendendo? Conto isso já adiantando, que me perguntaram muito por que um menino ia sair pelo mundo atrás duma tropa, mas era um menino sem pai nem mãe. Ela vivia de lavadeira, batendo roupa em pedra do rio, e eu cresci por aí, pelo rio e pelo mato, sem sapato nem escola... — o olhar lá no carvão queimando — ...naquele povoadinho que era Foz do Iguaçu, casa mesmo tinha lá uma dúzia, mais um punhado de barraco de pescador, e um quartelzinho onde, de vez em quando, eu via meu pai de longe.

Mais um gole. O fogo acabou, formou-se um braseirinho, Miguel agacha e sopra, as brasas faíscam. É quase noite e ela escreve com a claridade que vaza da porta da cozinha, o perfume de murta no ar. Vê o gravador sobre os caixotes, dá um tapa na testa:

— Esqueci de ligar! — aperta o botão — O senhor pode repetir, seo Juliano?

— Moça, quem repete é relógio, e se a gente der corda.

Miguel vai fincando os espetos um a um em redor do braseiro, em frestas deixadas por outros espetos na terra endurecida pelo fogo. O velho cumprimenta com a caneca, bebe; e quando deixa a caneca sobre o caixote, ela vê que é envernizado e de bom acabamento, passa a mão, madeira lisinha; bate com os nós dos dedos, durinha.

— Eram do Exército — ele afaga como se fosse um bicho — Estão comigo desde o fim da coluna.

— Mais de setenta anos?

— Cuidei bem deles.

— Ih — Joana tem bigodes de cerveja — isso aí é o xodó dele, já-já leva de volta pra dentro de casa, cuida mais deles do que de mim!...

Os caixotes estão sobre tábuas no chão; ainda dá para ver as Armas da República pirogravadas, *Ministério da Guerra, República do Brazil* em letras embaçadas por muito verniz.

— Por que o senhor guardou isso?

— Bom — ele olha de viés, os olhinhos chispando — A senhora me pediu pra responder sete perguntas. Agora já fez mais uma. É pra trocar por alguma das sete?

Não diga nada, menina, faça alguma coisa. O gesto que fala, conforme Bran! Então pega um copo ali no caixote, para botar um dedo de pinga, mas a garrafa despeja quase meio copo, ergue brindando — Saúde! — e dá um gole, engole sem careta porque nem parece pinga mesmo, de tão macia. Ele sorri, enche de novo a caneca:

— Pergunte quanto quiser e eu respondo se quiser.

Miguel inclina os espetos sobre o braseiro, o velho bebe outro gole:

— Nem na coluna vi armar churrasco ligeiro assim.

Miguel cora, ou é o braseiro; lembra Bran: *Agradeça por tudo.* Então obrigada, fogo, obrigada, noite, obrigada, carvão, muito obrigada, Miguel, você é um homem bom... e um belo homem...

Miguel assopra, o braseiro crepita, piscam as primeiras estrelas. E com um suspiro curto, um pigarreio e uma olhadela no gravador, Juliano Siqueira começa a falar, depois de bicar cerveja na lata e pinga na caneca, olhando longe no braseiro.

*P*or que entrei pra coluna é a sua primeira pergunta, que já me perguntaram tanto e nunca respondi direito, como a gente vai falar do que não sabe? Melhor contar não por que entrei, mas como entrei pra coluna, quem sabe aclare.

Eu era menino e Foz, comparada com hoje, era uma cidade ainda menininha, cabia numa vista só, sem precisar virar a cabeça. Tinha o quartel, tinha o mercado de peixe, aquela fila de armazém e mais armazém no cais, e tinha a zona, onde soldado solteiro deixava tudo que ganhava e casado deixava metade. Era uma vidinha beira-rio, animação só no tempo deste ou daquele peixe, ou a novidade era enchente, de vez em quando um vapor chegando ou carregando mate na barranca. A coisa mais animada que podia acontecer era uma luta de faca, uma briga de tiro. Um tenente bêbado atirando no meio da rua, gente correndo, e de repente cai do céu um urubu, ele acertou sem querer! Rodearam, o tenente até fez o sinal-da-cruz, o bicho quase caiu na cabeça! Alguém falou é sinal de coisa ruim. Pra mim? — perguntou o tenente — ou pra cidade, disse alguém.

Eu pescava, nadava, caçava ninho de passarinho no capinzal beira-rio. Dia sim, dia não, fugia da escola pro rio, só não podia deixar a mãe ver. Então ia mais rio acima, junto com molecada, pegando fruta num pomar aqui, pescando num poço ali, pulando de trapiche, fuçando em armazém. E espiando o quartel, chegando cada vez mais perto, olhando do alto de árvore, de cima do muro, até que meu pai me pegou um dia, foi tirar satisfação com a mãe, por que que eu andava longe da escola em hora de aula, e discutiram, ela boquejou, ele meteu-lhe a mão na cara, um tapa de estalar, plá, passarinhada voou no quintal, até hoje vejo, plá, plaf-plaf-plaf!

Acho que foi ali, naquele minuto, que resolvi ir embora de Foz, sair da beira do rio. Quando a coluna chegasse, eu já tinha isso firme na cabeça. Já tinha largado a escola, que custava largar o rio? A molecada seguia a soldadaiada do quartel de bar em bar, igual cachorro segue caminhão de matadouro, e soldado falava com medo da revolução, da tropa rebelde de São Paulo. Que o tal tenente Cabanas galopava atirando com as duas mãos e não errava um tiro, sempre no meio da testa. E mandava capar todo prisioneiro que não passasse pra revolução. Então vi cada baita soldado se benzer, soldado rezar, soldado tremer.

E outro colosso, diziam, era o general Isidoro, o chefe geral da revolução, conforme contou um cabo amigo de meu pai, que eu vivia cutucando pra me contar da guerra, como dizia a molecada, minha mãe também, e também pescador falava assim, a guerra, pra gente era a guerra, pra soldado era a revolução. Perguntei qual a diferença, o cabo disse revolução é guerra com gente do próprio país, e guerra é contra outro país, nunca mais esqueci.

— Mas pro povo — disse minha mãe — é tudo guerra.

Jornal de São Paulo andava de mão em mão, mostrando a cidade bombardeada, gente morta de centena e mais centena, liam em voz alta, trincheira em cada esquina, até tanque tinha entrado lá na guerra! A meninada alvoroçava, só falavam daquilo, e eu comecei a torcer por aquela tropinha do contra, como dizia o cabo. Ele começava dizendo que era um bando de louco, e quem não acabasse morto ia acabar preso. Depois bebia e dava de contar lá da guerra em São Paulo, onde a tal tropinha tinha passado mês e mais mês lutando todo dia, contra cada vez mais tropa do governo, todo dia chovendo bomba na cidade, no povo inocente, até que numa noite eles fugiram de mansinho, de trem, levando até canhão e cavalaria. E agora estavam descendo o rio de navio, e também por terra com cavalaria lá vinham eles, o cabo a contar nos dedos:

— O Isidoro, o Cabanas, o Távora, é demais pro nosso batalhãozinho!

Quando a tropa do contra tomou Guaíra, rio acima, o cabo e todo soldado deixou de falar com civil, era ordem, só cochichavam entre eles.

Gente começou a deixar a cidade, quando até o sargento cozinheiro passou a andar sempre com arma e de uniforme em ordem, e mais gente foi embora, levando até mudança, quando a tropa se fechou no quartel. E o falatório fervendo, que a tropa paulista descia o rio ligeirinha, tinham tomado Guaíra num dia, e eu pensava como é que tomam uma cidade? Aí a tropa do quartel sumiu de um dia para o outro, deixando o quartel vazio e um armazém cheio, que a vizinhança rica esvaziou logo cedinho e se mandaram também, tudo que era autoridade cruzou o rio pra Porto Aguirre, ali na Argentina. E assim Foz amanheceu sozinha na beira do rio, pouca gente, um olhando pro outro e perguntando e agora. A mãe ficou sem roupa pra lavar, sem freguesia, sem o dinheirinho do sargento meu pai, sozinha comigo num barraco na beira do rio. Só continuava em Foz quem não tinha onde cair morto, alguém falou, e outro falou então vambora logo. Aí começou a debandada, gente fugindo de canoa pro outro lado do rio, fugindo de carroção pra Guarapuava, pra Ponta Grossa.

Era gente pegando coisa, juntando tralha, largando tralha, arrastando baú, enchendo sacola, correndo pra barco, discutindo preço. Cada barqueiro cobrava mais caro quanto mais chegava gente, inventando preço pra cada mala, cada sacola. Minha mãe lavava a roupa branca do dono de um barco grande, um comerciante que agora tinha virado barqueiro, já tinha levado pro lado de lá a mercadoria e a família, depois começou a fazer dinheiro levando o povo. Quanto mais tem, mais quer, disse a mãe pra mim, mas no cais ajoelhou nos pés do homem e pediu pra levar a gente, pelo amor de Deus, e de quebra ainda prometeu lavar a roupa da família pelo resto da vida. Embarca, disse o homem, depois a *gente conversa. Chegava mais uma família no cais, achavam caro, ele puxava o apito — puuuuuuu! — e aí pagavam o que ele queria, embarcavam, o barco enchendo, o convés cheio de gente, bagagem, cachorro, gato, galinha e até uma porcada, mas tudo porco morto e temperado em barrica, não queriam deixar nada pra trás. A mãe viu que, naquela toada, ainda levava tempo pra partir, foi pegar mais umas coisas no barraco.*

— Vou e já volto, moleque, ficaí quietinho!

Foi correndo, balançando as banhas, sumiu de vista, mas não demorou, apareceu lá correndo de volta, com sacola e travesseiro, e o barco apitou comprido, depois curtinho, sinal de partida, ela correu mais. De repente parou, já ali perto, largou primeiro a sacola, depois o travesseiro, aí botou a mão no peito e foi baixando devagar, o outro braço estendido assim como quem vai pegar alguma coisa, ali do barco eu via, pensei que ela fosse pegar alguma coisa no chão, quem sabe uma carteira, pensei, até hoje lembro que pensei deve ser uma carteira que alguém deixou cair na correria, mas foi ela quem caiu. Pulei do barco pro trapiche, corri mas, quando cheguei, já tinha gente em volta, ela se torcendo de dor, não me deixaram ver, dali a pouco disseram que a minha mãe tinha morrido.

Fui ver, peguei no braço, ela ali olhando o céu com olho todo branco e boca aberta. Um barco apitava, e eu nem sabia se era ou não o nosso, todo mundo foi correndo e eu fiquei ali com ela um tempo. Gritaram lá do barco, mas eu voltei pra Foz. Os últimos corriam pro rio largando mala mais pesada, sacola cheia de panela. Vi que outros também tinham ficado pra esperar a tropa paulista, gritavam viva a revolução, civil dava tiro pro ar, coisa que até então só soldado podia fazer e mesmo assim bêbado em dia de folga.

Escreveram VIVA ISIDORO com carvão no muro do quartel, depois escreveram também VIVA PRESTES, e um rapazinho descalço escreveu VIVA EU, deram-lhe um carreirão e até jogaram pedra. Eu tinha ficado só com a roupa do corpo e meu único par de sapato[2], que devia ter sido de alguém maior, então usava uma meia por cima da outra, três ou quatro, pra crescer o pé, idéia da mãe e agora eu queria respeitar. Mas a calça era curta e a meia de cima era vermelha, aí alguém gritou ah-lá, já tá chegando gaúcho, e riram, me festejaram, me levaram no ombro, disseram que eu era o mascote da revolução... E viva o mascote, viva Isidoro!

---

[2] A prosódia de Juliano Siqueira é transcrita na sua sintaxe própria, apenas com correções ortográficas, sem as quais o parágrafo seguinte, por exemplo, começaria assim: *Mi dero comida, mi dero u primero i úrtimo cigarro da vida...*

Me deram comida, me deram o primeiro e último cigarro da vida, tossi de quase vomitar e nunca mais fumei. Também me deram não digo o primeiro gole, que esse meu pai, que eu nunca mais vi, já tinha me dado, mas a primeira caneca de cerveja me deram espumando e me jogaram pro alto depois que bebi, e viva o mascote da revolução!

Bebi de ficar zonzo, voltei pra beira do rio, o corpo da minha mãe ainda lá no trapiche, aí uma família foi pegar a última canoa, passaram pai e mãe e criança esticando perna por cima dela. Urubu já ia chegando — quando chegou a primeira tropinha paulista, na verdade uma gauchada de cavalo e poncho, pareciam mais tropeiro que qualquer outra coisa. E a primeira coisa que fizeram, depois de matar um boi, foi enterrar minha mãe, não porque eu pedi, mas porque quiseram. Um dia, já na coluna, lavando roupa lá num riacho de Goiás, junto de um daqueles gaúchos, perguntei por que tinham enterrado aquela mulher em Foz, em vez de jogar no rio, e ele disse que o certo é enterrar toda criatura.

Miguel pega outra lata de cerveja para Juliano Siqueira, que agora da caneca de pinga só bebe um golinho ou outro, falando para o braseiro:

No mesmo dia, vi Foz esvaziar e minha mãe morrer, e só sabia duma coisa: não queria voltar pro barraco na beira do rio. Fiquei zanzando pelo povoado vazio, só se via porta e janela ou fechada ou arrombada, gato miando quando a gente passava. Vi cavalaria saindo do navio-gaiola, aquele tropel pelo trapiche. Também vi cavalo dali comendo horta de quintal em casa abandonada. Vi o barbeiro da tropa cortar cabeleira de dúzia, numa cadeira debaixo duma árvore, o chão pretejando de cabelo. Lembro de dois pés descansando numa janela, e o gaúcho dono dos pés cochilava numa cama de casal no quarto, as pernas e os braços abrindo assim em estrela, quando eu botei a cabeça na janela ele disse aproveite, é difícil ver gaúcho sem botas.

Os mais moços tiravam bota, calça, calção, guaiaca, perneira, poncho e colete, lenço, camisa e chapéu, até ficar só de bigode, aí pulavam no rio uivando igual fazia antes a molecada. Fiquei ali vendo a brincadeira deles na água, depois vendo as armas ali com as roupas, toda roupa tinha seu punhal, e revólver ou garrucha, uns com fuzil, outros com lança, espingarda, carabina de caça, até cacete tipo borduna de índio. Eu só conhecia fuzil de soldado e pistola de oficial, nunca tinha visto tanta arma. Tanto olhei que me viram:

— *Que tá xeretando aí, piá?*

Afastei, voltei a andar à toa, a gauchada fazia fogo aqui e ali na rua mesmo, tomando chimarrão em varanda, tocando sanfona, dançando na sala duma casa ou outra, arrastavam os móveis e toca a dançar, batendo palma e rindo, gaúcho é sempre alegre quando não tá bravo. Fui de fogo em fogo, ganhando aqui um pedaço de carne, ali uma batata-doce assada. Vi que muitos nem pareciam soldados, nem por baixo do poncho vestiam uniforme. O chefe era chamado de coronel, coronel João Ildebrando, vi de longe, e ninguém lhe batia continência, mas ele dava uma ordem a alguém, esse alguém dava a ordem a outro, que dava a outro até que alguém obedecia, como na tropa do quartel, nisso era igual, a diferença era que soldado do quartel obedecia sempre mais devagar, enquanto na coluna, se um chefe dizia vai, o soldado já tava indo.

Oficial do quartel se vestia sempre como se fosse pra festa, mas na gauchada era difícil dizer quem era oficial ou não. Nem soldado se abotoava e aprumava com oficial por perto, como no quartel. Pareciam meio civil, meio tropa, meio tropeiro, pareciam gente.

Por falar em gente, naquele dia, pra cá e pra lá, conheci um moço de Foz zanzando também por ali, o Ari, mulato igual eu, pensavam até que era irmão. Contou que esperava idade pra se alistar no quartel, se a tropa não tivesse sumido, e depois me levou de fogão em fogão apresentando o mascote da revolução, assim a gente comia mais churrasco com chimarrão. Eles comemoravam a tomada de Foz, tinham achado bebida num bar fechado, e passava a cuia de chimarrão, passava a garrafa de pinga. Ari começou a beber, fazendo careta, cuspindo, mas bebendo toda vez que passava a garrafa. Era mesmo bem parecido comigo, mas nunca perguntei de família, ele também nunca perguntou, só sei que também ficou do lado de cá do rio, igual eu, também deve ter pensado fugir pra que? Vida pior, pra mim, seria do lado de lá do rio, que ali eu tinha ficado muito bem, no mesmo dia em que perdi minha mãe, cantei e aprendi a dançar!

Ela confere a fita no gravador. Pinga gordura dos espetos na terra seca em redor do braseiro, a carne dourando. Miguel enrola a mão num pano para pegar em cabo quente de espeto, Joana traz uma tábua de carne.

Ela desliga o gravador. Miguel bate faca na carne, para cair o sal, deita o espeto na tábua e corta várias fitas de carne, enfia o espeto de volta no seu buraco. Abre uma vasilha com tomate já cortado em rodelas, abre saco de pão, Joana põe sobre o caixote a tábua com a carne que Miguel corta em pedaços menores. Joana insiste para o velho comer antes de continuar. Ele enche a boca, enche de novo a caneca de pinga, dá um gole bom, volta a pegar tomate e carne com a mão, mastiga de olhar perdido no braseiro. Quando acabam com a carne na tábua, ela volta a ligar o gravador:

— O senhor estava dizendo que aprendeu a dançar...?

Ele sorri para o braseiro:

A fogueira maior era no pátio do quartel, ali onde a tropa enfileirava todinha todo dia cedo, o único lugar da cidade sempre varrido e limpo. Agora quase não se via um palmo de chão, tudo coberto de bagagem, arreio, arma. Primeira vez que vi de perto metralhadora pesada, de tripé, uma pode acabar com um batalhão. A fogueira tinha espeto de todo lado, em cada rachadinha do cimento tinha espeto fincado, e onde não tinha onde espetar, abriram buraco a marreta. Se não tem jeito, diziam, a gente dá jeito. Alguns entravam ligeiro no braseiro, pisando de bota na cinza e no braseiro, fincavam o espeto, voltavam correndo, iam buscar só quando tivesse assado, dali a um tempinho, gaúcho gosta de carne bem quente e sangrando.

— Deste modo tu pega a saúde do boi, piá — *me falou um gauchão mulato que cuidava duma fileira de espeto, também não esqueci nunca mais. Vendo aquela gauchada, cheguei mesmo a acreditar naquilo, que do sangue vinha a saúde...*

Golão no copo, gole na caneca. Ela aproveita para anotar rapidinho *carne bem quente e malpassada, como recomendam os naturalistas — mas e legumes e frutas?* Joana aproveita para enfiar comida na boca dele:

— Este homem não pode beber sem comer, ele vareia.

Como a confirmar, o velho vira moleque pirracento de repente, tira da boca o pedaço de carne e joga longe na escuridão do quintal — Pra formigaiada, no fim vai comer até a gente mesmo!... — e fica de novo olhando o braseiro. Ela confere o gravador, ele volta a falar como se recebesse corda, *cadenciado e tranqüilo,* ela anota, *mas os olhos sempre meio úmidos ou será alguma doença?*

Era a maior fogueira e era a maior festa que eu já tinha visto, a gauchada fazia farra com a barriga cheia de carne e a cara cheia de pinga, muitos batendo palma, música de sanfona, violão e tambor, homem dançando com homem. No ca-

minho até lá, passando de fogo em fogo, Ari já tinha bebido de toda garrafa que passava de mão em mão, aí já chegou bem alegre no quartel, dizendo que ia entrar pra revolução e comandar um batalhão. A gauchada tinha amarrado um pano vermelho no mastro da bandeira, e todo gaúcho tinha um lenço vermelho no pescoço. Até hoje, quando vejo um pano vermelho, lembro daquela minha primeira noite na coluna.

Ari já entrava na roda como se fosse gaúcho também, já falando igual gaúcho, agachando pra cortar carne do espeto fincado no chão, tomando chimarrão sem queimar o beiço. A meninada que eu conhecia tinha sumido de Foz, eu não conhecia mais ninguém, então acho que dei de andar junto do Ari, desde aquele dia, porque ele ia acabar sendo só o que eu ia levar de Foz, fora a roupa do corpo e um canivete alemão todo de aço, que achei na gaveta duma casa vazia, a primeira de tanta casa vazia onde eu ainda ia entrar.

Também não sabia que ia usar aquele canivete todo dia durante mais de dois anos, ia ser minha faca, meu garfo, minha arma, meu amigo de toda hora. Então olha eu ali usando meu canivete, agachado que nem gaúcho, já conseguindo tirar meu próprio pedaço de churrasco, quando comecei a chorar. Ari pensou que fosse brincadeira, eu continuei chorando, cobrindo a cara com mão lambuzada de gordura, com raiva de me lambuzar assim e sem conseguir parar de chorar. Ari contou pra gauchada que minha mãe tinha morrido naquele dia, e eu nem sabia que ele sabia. Naquele momento eu já devia ter desconfiado do Ari, era fingido e mentiroso, era de natureza ruim.

A fita está no fim; *quase uma hora de depoimento, sem pausas, sem gaguejos, dicção ótima!* Miguel corta mais carne. Ela vira a fita, enquanto Joana quer enfiar comida na boca do velho, mas antes o moleque bica a pinga, e mastiga a carne depressa, engole com cerveja, pigarreia com os olhos úmidos de novo no braseiro:

Eu chorando no meio daquela festa, de repente a sanfona parou e, naquele silêncio, ouvi bem assim:

— Se quer mesmo chorar, chora rasgado, chê! — e me puxaram as mãos da cara, era o Venâncio, que ia ser meu pai na coluna.

A coluna ainda nem era a coluna, mas já tinha uma meninada vinda de São Paulo junto com a tropa paulista do general Isidoro, porque tinha também a parte gaúcha daquela tropa, que tinha se juntado depois de São Paulo e que primeiro tinha chegado em Foz, a cavalo, a meninada tinha chegado com a tropa de navio, meia dúzia. Depois ia chegar mais meia dúzia com a tropa gaúcha do Prestes. Cada menino ia ter mais de um pai na coluna, muito soldado, principalmente sargento, pegava pra cuidar por gosto ou por saudade. Cada homem daquele, que parecia ter nascido sozinho, de tão capaz de se cuidar além de cuidar do animal, tinha deixado família pra fazer a revolução, e sentia falta, então como que botava a gente no lugar da família. Tu é como um filho pra mim, piá, disse um dia Venâncio, um filho do coração.

Venâncio acho que já tinha idade pra ser meu vô, cabeleira quase branca, bigodão amarelo de fumo e um baita barrigão, tocava equilibrando na barriga aquela sanfoninha de gaúcho. Tirou o lenço do pescoço e me passou na cara, agachado na minha frente, deixou o lenço comigo e voltou a tocar e cantar.

Fiquei ali, sentado no chão, vendo a festa até que alguém gritou que mais tropa paulista ia chegando. Era só uma patrulha, uma dúzia a cavalo, uniforme todo rasgado de varar mato, cada cavalo magro de dar dó, só olhando o chão, de cansaço. A festa parou, o comandante saiu do quartel se abotoando pra bater continência, seja benvindo, tenente, e o tenente entrou, junto com outro de chapelão, a patrulha ficou ali com a gauchada e a festa continuou.

Paulista falava diferente, sentava diferente, comia diferente. Logo arranjaram tijolo pra empilhar como churrasqueira, e assim assar a carne com espeto deitado e não fincado em pé.

— Como era o uniforme dessa patrulha, seo Juliano?

O uniforme era da Força Pública de São Paulo, um cáqui que tinha virado marrom, tinham passado por algum brejo, o pano soltava casquinha de lama seca conforme esquentava perto da fogueira, tem coisinha que a gente nunca mais esquece. A tropa paulista vinha descendo o Paraná metade por terra, beirando o rio, metade por navio. Aquela tropa do João Ildebrando tinha chegado antes pra tomar a cidade, pensando que a tropa do quartel ia lutar. A maioria era paulista e arrancharam fora da cidade, a gauchada é que invadia tudo e fazia fogueira em qualquer lugar. Só comecei a notar que eram duas tropas muito diferentes quando o tenente paulista saiu sem o coronel, de cara fechada, o de chapelão atrás. O tenente foi até o sanfoneiro, parou a música, a gauchada gritou, o outro tirou o chapelão e também a capa, bateu palma e falou alto:

— Tropa! Permitam me apresentar — ele falava assim bonito — Tenente Siqueira Campos.

É ele mesmo, falou Venâncio, e a gauchada toda ficou admirando aquele homem miúdo, quase assim como eu, mas todo mundo ali sabendo — e eu ainda não sabia — que era um dos 18 do Forte, um dos dois ainda com vida, depois de sair do forte pra enfrentar três milheiros de soldados[3] *numa praia do Rio de Janeiro. Tinha levado tiro, tinha sido varado a baioneta mas não tinha morrido, e agora estava ali, depois de já ter guerreado em São Paulo e no Rio Grande naquela revolução, em luta de trincheira ou revoltando quartel, de modo que eu via um homem miúdo e a tropa via um gigante.*

Gole na caneca. Joana tenta lhe enfiar mais carne na boca, ele afasta com a mão.

Viva Siqueira Campos, gritou alguém, e a gauchada dava cada viva que batia eco longe no rio. Siqueira ergueu o braço, fez silêncio e falou vamos vivar é a revolução, viva a revolução, depois falou que tava ali pra trazer uma notícia boa e uma notícia má, qual queriam primeiro? Primeiro a notícia má, falou Venâncio:

— *Depois falas a boa e a gente festeja.*

Bem, falou Siqueira, a má notícia era que o governo ia juntando muita tropa pra atacar Foz do Iguaçu:

— *Vai ser o maior cerco militar já montado no Brasil! Capaz de chegar a dez por um contra nós...*

Dava pra ouvir chiando no fogo a espetaiada verde da patrulha paulista. E a notícia boa, perguntou Venâncio.

— *A notícia boa* — *Siqueira falou* — *é que a gente vai sair desse cerco do mesmo jeito que saiu do cerco em São Paulo, lutando e levando adiante a revolução!*

A gauchada urrou, já começando a festejar, Siqueira ergueu de novo o braço mas ninguém ligou, já na farra de novo, aí ele tirou a pistola e atirou pro ar, falou naquele silêncio de se ouvir até gordura de costela pingando, e ele falou que passava ali pra deixar um aviso do comando:

— *É muito simples e é o seguinte: daqui pra frente, quem degolar, vamos fuzilar.*

Eu não sabia que a gauchada degolava prisioneiro e que paulista detestava isso. Só sei que um lá gritou mas se a gente não degola, o que faz com um bicho assim, tenente? Trata como prisioneiro de guerra, respondeu Siqueira.

---

[3] Na gravação, é a primeira vez que Juliano Siqueira fala um plural e corretamente, com todos os esses e soletrando as sílabas.

— Mas como, tenente, se não tem comida nem pra nós?
— E prisioneiro nosso eles matam, tenente!
Mas a gente não é eles, disse Siqueira:
— A gente luta contra eles justamente porque é diferente deles, a gente é decente e decente tem de ser também na guerra!
Ficou aquele silêncio de novo, até que alguém chegou-se a ele com um pedaço de churrasco na ponta duma faca:
— Come com a gente, tenente!
Ele agradeceu, botou o chapéu, a capa, desejando boa sorte a todos, que na guerra a gente tem de ter sorte, e desejou também que aquela faca, como toda faca deles dali por diante, só cortasse carne morta.
— Eu sei o gosto que tem o aço entrando na carne — falou baixo mas se ouviu muito bem, aí bateu continência, a gauchada meio que respondeu, meio que se coçou, e ele se foi com a patrulha, fui atrás.

— O senhor foi atrás de Siqueira Campos?
Ele sorri olhando de viés:
— Sabe aquela perobinha ali no fundo do quintal? Sempre pensei em plantar uma peroba, ser enterrado debaixo dela, mas nem isso deixam, né, a pessoa tem de ser enterrada em cemitério, onde o governo quer. Mas a minha perobinha eu plantei.
Bica a caneca, Miguel torna a encher, ela lhe lança um olhar de censura, não vê que o homem já está trocando as bolas? *Pergunto de Siqueira Campos, ele fala de peroba!*
— A minha peroba eu plantei — repete o velho — E toda luta decente eu lutei.
Volta a olhar o braseiro:
Siqueira pegou o cavalo mas foi a pé, o cavalo ainda suado, cada soldado paulista levando seu espeto ainda mal assado. Foram pro rio, pensei que iam se juntar com a tropa paulista, pra dormir em rede em armazém do cais. Eu quase tinha de correr pra acompanhar enquanto passaram por Foz, depois pegaram a estrada e foram mais devagar na escuridão, mas aí eu conhecia e, quando vi, já ia na frente pra mostrar o caminho. Como é teu nome, guri, perguntou um sargento preto muito risonho, ria de tudo, tropeçava e ria, caía e ria. Cadê tua mãe,

rapaz, perguntou Siqueira, falei que não tinha mãe, ele perguntou do pai, falei que não tinha pai, ele falou que eu também não ia achar pai nem mãe ali, voltasse pra Foz logo que já era tarde da noite.

Não falei nada, continuei com eles. Alguém falou que não via a hora de beber água. Falei que tinha uma mina boa logo adiante, depois da peroba, uma peroba sozinha na beira da estrada. Então pararam pra beber, dar água pra cavalo, e o sargento falou tenente, a gente tá num cansaço de cair, por que não arranchar aqui mesmo? Eu prefiro mesmo dormir debaixo do céu, disse Siqueira, estava estrelado, e o sargento estendeu pra mim um cobertor no chão, deitei vendo a lua alta lá na galhada da peroba, fui acordar com o sargento avivando a fogueira de manhã e me pedindo pra encher um balde na mina.

Quando voltei com o balde, ele me deu um chá adoçado com rapadura, e um pedaço de pão duro pra molhar no chá. O pessoal ainda dormia em volta do fogo que eu nem tinha visto acender. Perguntei o nome, ele falou me chamo sargento João.

— *Mas só oficial me chama assim, a moçada me chama de sargento Janta.*

E ria de acordar os outros. Siqueira já acordou bravo:

— *Que esse guri continua fazendo aqui?*

O sargento riu:

— *Quer entrar pra revolução, tenente!*

Siqueira foi se lavar na mina e eu devolvi a caneca, o sargento disse fica com ela:

— *Cada um cuida da sua tralha — e eu vi que tinha entrado pra revolução, mesmo sem nem saber o que era, como o sargento acho que também não sabia muito bem, e se o Siqueira sabia, também não explicava muito. O governo era ruim, eram contra o governo e pronto. Mas, pra mim, o que eu sabia era que agora tinha o que fazer na vida, como dizia minha mãe, a gente tem de fazer alguma coisa na vida e eu ia fazer a tal revolução.*

B ebe o resto da lata, deixa no chão, bica a caneca de pinga e Joana não deixa Miguel encher mais. Joana e Miguel comeram enquanto Juliano falava e ela ouvia, de olho no gravador. Agora no braseiro só continua o espeto de costela, e Miguel coloca mais carvão, o velho diz que, pra costela, o melhor fogo é de nó-de-pinho. Faz que vai levantar, Joana vai antes até um puxadinho de telhas cobrindo lenha empilhada, pega um nó-de-pinho e ele fala para pegar dois:

— Agora cortam pinheiro tão novo que o nó é pequeninho...

Ela anota. Juliano Siqueira olha bem para ela, o gravador, o caderno, balançando a cabeça e coçando a barba:

— Moça, não sei de qual você gosta mais, de planta ou de revolução — e se estica arquejando para pegar a garrafa: — Menino é macaco, velho é só caco...

Enche a caneca, dá um gole e os nós-de-pinho pegam fogo, a costela brilha dourada, Miguel inclina o espeto e a gordura volta a pingar compassada. O velho fala de novo para o fogo, parando às vezes como para deixar a gordura pingar no silêncio, se não fosse também um grilo cricando por perto.

Em Foz a tropa já começou a se dividir por fogão. Fazer fogo é mania de gaúcho, mas pra todo soldado o fogo é o que mais lembra a vida de civil, e a tropa paulista já tinha ficado tempo sem lenha no cerco de São Paulo, desmanchando até móvel pra fazer fogo, daí fugindo de trem até o Rio Paraná, depois descendo o rio de navio, de modo que saíam do navio loucos pra fazer fogo, comer comida quente, lavar e secar roupa, catar piolho, cortar cabelo, curar ferida, dormir bem esticado com o pé quente. E tudo isso era em volta do fogo.

Cada fogão tinha tenente, cabo, sargento, às vezes mais de um, e cozinheiro, ajudante, caçador, pescador. O sargento ia lutar na intendência pra pegar açúcar, óleo, café, uma parte de cada boi que era carneado, fervilhava de sargento berrando em volta de boi ainda estrebuchando. Soldado catava lenha, desmanchava galinheiro pra pegar a madeira, puxava toco a cavalo de sítio cada dia mais longe, tudo pra virar fogo. Falaram até em desmanchar trapiche, cais, armazém, tudo, fazer tudo virar fogo, pra não servir pro inimigo depois. Mas em cada fogão cada tenente falou que sem ordem ninguém desmanchasse nenhuma serventia, aí a gauchada continuou a buscar toco nos sítios, arrastando a cavalo ou trazendo de carroção, e paulista continuou a desmanhar todo galinheiro, sem serventia mesmo porque já tinham comido as galinhas...

Um gole na caneca, um meio sorriso.

O pelotão é uma linha, quando anda em fila, ou quando faz linha de tiro num campo ou numa trincheira. Pode virar um quadrado pra se defender dos quatro lados: daí o inimigo, venha daonde vier, pega fogo cruzado de dois lados do quadrado. Mas aquela guerra não era de trincheira nem de luta aberta. São Paulo já tinha mostrado que lutar fincando pé só era vantagem pro governo. Em todo fogão esse era o assunto. Em Catanduvas quase mil estavam lá lutando de trincheira, passando fome enquanto a tropa do governo, muito maior, não achava coragem de atacar pra valer, quem sabe esperando que morressem antes de fraqueza ou de doença. Aliás, essa é uma coisa pra escrever: falam muito da coragem da coluna, mas não era tanta, a gente também tinha medo, mas tropa do governo tinha muito, muito mais.

Gole. A costela vai pingando mais lento, a voz também vai lerdeando:

A coluna nasceu ali, naquele mais de mês de espera, esperando pra saber o que iam fazer, esperando Isidoro que vinha do Norte com o grosso da tropa paulista, Prestes que vinha do Sul com a moçada gaúcha. Em cada fogão de Foz, esperando semana depois de semana, cada um foi vendo o que tinha de fazer pra coisa funcionar. Alguém chegava perguntando se podia ficar no nosso fogão, o sargento falava vejaí, a fogueira é redonda, sempre cabe mais um, mas tá trazendo o quê? Na verdade o fogão era só uma roda de pedras no chão, com a fogueira no meio. Se chegava gente, era só aumentar o fogo e aumentar a roda. Se saía gente, era só baixar o fogo e fechar mais a roda. Então pelotão da coluna não era uma linha nem era um quadrado, que onde cai um, fica um buraco. Num fogão, a roda estava sempre inteira...

E o fogão não era só o fogo, mas também apetrecho, panelada, trempe, marmita, machadinha e serrote pra osso, faca de desossar, ralador feito de lata furada a prego, e peneira, bule, espetos de ferro, sal e açúcar que sempre era preciso proteger de chuva, e também o fogão era principalmente o cozinheiro, e até na distância o fogão continuava sendo o fogão, que de noite mostrava pra gente o caminho. O nosso, dizia Ari, é o quinto da direita pra esquerda, olhando do alto da colina. E tinha de ficar sempre aceso, nem que fosse um braseirinho, pra começar fogueira a qualquer hora, sair logo o café de manhã, o chimarrão toda hora, água quente pra depelar caça, fazer xibéu.

— O xibéu, seo Juliano, o chá de tudo, já começou em Foz?

Ele volta a olhar bem para ela, agora dos pés para os olhos:

— É, moça, o xibéu já começou em Foz. Vejo que você estudou mesmo a coluna...

Mais um gole já quase secando a caneca.

No começo, era chá-mate mesmo, que aqui tinha muito, pra vender e pra pegar no campo, era só deixar secar. Mas depois, foi acabando remédio da enfermaria, pra pancada, corte, queimadura, caganeira, pra nada mais tinha remédio, então cozinheiro começou a catar erva daqui e dali pra fazer chá pra isso, pra aquilo, de dor de barriga até mordida de cobra, muito gaúcho índio conhecia mato de só olhar a planta e dizer é de comer, não é, isso é erva tal, boa pra tal coisa...

— O senhor lembra de algumas dessas ervas?

Ah, eram tantas, vou falando conforme vier na cabeça: arnica, tinguaciba, ipecacuanha, vetiver, boldo, losna, manjericão, erva-de-passarinho, semente de abóbora, arruda, amburana, malva da folha grande, chapéu-de-couro, cipó de ciprió, camomila, catuaba, abutua, caraguatá, aperta-ruão, erva-de-bicho, uva-do-mato, canela-preta, taperibá, chá de pipi, assa-peixe, quebra-pedra, cavalinha, garopeba, ih, tanta erva, raiz, semente... Até desconfio que a coluna, moça, só durou tanto tempo graças também a esses matinhos, que tem gente que chama de erva daninha!...

Mais um gole e seca de novo a caneca; depois se cala olhando as estrelas, a costela já não pinga.

— Mas o senhor falava dos fogões...

Meu primeiro fogão foi aquele, debaixo daquela peroba. Era o fogão mais longe de Foz, já perto de linha de sentinela, de vez em quando a gente ouvia o grito — Quem vem lá? Geralmente era mensageiro ou patrulha, vinha pela estrada, passava pelo nosso fogão e sentia cheiro de café.

— Tem café, sargento?

— Depende, que é que você tem pra acompanhar o café?

Era dever do cozinheiro viver pegando, catando, colhendo, pedindo, trocando tudo que fosse de comer. Mensageiro viajava com matula de farofa, de carne-seca com cebola, cavalgando dia e noite, comendo na sela, trocando de cavalo, levando carta de Prestes pra Isidoro, Isidoro pra João Ildebrando, pra Santa Helena, um nome que nunca esqueci, pensava por que uma santa no meio duma guerra, sem saber que era lá um povoado. Sempre que eu pensava em perguntar, acontecia alguma coisa e eu esquecia, só fui saber muito depois, muita coisa só fui saber muito depois...

A voz amoleceu. Mas ele volta a encher a caneca, Joana tenta pegar.

— Não me trata que nem criança, mulher!

— Então fica bêbado, velho tonto, dá vexame, já tá até babando! — ela vai bater gavetas na casa.

Troca a fita já, Juliana Prestes! E mal enfia a fita nova, ele continua depois duma golada:

Nem que fosse um cigarro ou um punhado de sal, quem passasse ali deixava alguma coisa no nosso fogão. Às vezes, meia matula de farofa, que o mensageiro deixava porque dali já dava pra ver Foz, podia tomar um café sem descer do ca-

valo e deixar ali a comida, pensando que no comando ia ter coisa melhor. Mas não tinha... — de repente falando para o gravador — Não tinha porque oficial comia a mesma gororoba da tropa, tudo saía de cada fogão, e, como tudo do armazém era dividido, desde os bois até o açúcar, o que mudava em cada fogão era só o cozinheiro. Em Foz não começou só o xibéu, começou também — presta atenção, maquininha! — começou também a ir-man-da-de na coluna! Mas presta atenção, não é de-mo-cra-ci-a, que nem escreveu jornalista que veio aqui, perguntou, perguntou, escreveu, escreveu, mas depois no jornal não saiu quase nada do que eu disse, só o que ele achou que eu disse, por exemplo, eu disse irmandade, ele escreveu democracia...! — o vozeirão amolecendo, voz de boneco com pilha fraca.

— Então — *cutuca, menina!* — os oficiais comiam o mesmo que a tropa...

...e andavam junto com a tropa, moça, desmontando quando o cavalo cansava, batendo chão até furar a sola da bota, remendando com pedaço de couro cru. E lutavam junto com a tropa, muita vez na primeira linha, trocando fogo com o inimigo na distância de ver o branco do olho, chumbo zunindo por todo lado mas não paravam de dar ordem, defende ali, corre pra lá, cobre aqui, retira daí, metralha lá, linha de tiro aqui! Como dizia o Venâncio, dava orgulho e dava gosto lutar comandado por um oficial da coluna. Gosto de sangue, de morte, de vitória? Não, dava era o gosto de fazer uma coisa bem feita, lutar causando muito estrago lá no inimigo e perdendo quase nada aqui, além de ganhar armamento tomado do inimigo, ah, dava gosto.

A nossa linha de fogo, em qualquer luta, sempre se mexia mais que a do inimigo, fosse pra defender ou pra atacar, porque o oficial estava ali vendo tudo de perto e já botando ordem na tropa pra atacar direito, sempre com cobertura, sempre por dois lados, pra deixar o inimigo sempre no fogo cruzado. O inimigo atacava, a gente recuava já em duas colunas, uma abrindo pra esquerda, outra pra direita, deixando um pelotãozinho, de até dez a só dois ou três com fuzil velho, sem mira mais, só pra responder fogo e chamar o ataque deles pro meio da nossa tesoura, aí ficavam no fogo cruzado e logo o ataque deles virava retirada e a nossa retirada virava contrataque. Assim vinte conseguiam vencer cem, duzentos, que até chegar do oficial deles a ordem de reagir assim ou assado, já estavam no meio de fogo, apavorando igual boiada, um corre, corre todo mundo. Aí, dizia Venâncio, ficava a paisagem mais bonita do mundo, aquela onde o inimigo passa correndo...

Sorri mole para o fogo, os olhinhos piscando na fuzilaria. Outro gole, a caneca já quase seca de novo. Joana vem da casa e estende a mão quase no nariz dele, com um comprimido branco, ele pega.

— Senão amanhã você não levanta, menino.

— Qualquer dia desses não levanto mais mesmo.

Soluço. Sorriso. Engole o comprimido com o último gole de pinga, Joana volta para a casa pisando duro.

Essa aí sempre me chamou de menino sem saber que era meu apelido na coluna. A meninada toda tinha nome, Neguinho, Negão, Polaco, Polaquinho, Alemão, Sarará, Quase-Branco, Gauchinho, Catarina e eu, o Menino, porque no primeiro dia no fogão da peroba um soldado paulista perguntou menino, qual o teu nome?

— Não sou menino, sou homem.

— Não diga, menino!

E Menino ficou. Eu era ainda menino, pinto virando frangote, de noite dormia encolhido ao lado do sargento, bem perto do fogo, de dia ia pular no rio, sem mãe pra gritar sai daí, sem pai pra me mandar pra escola. Nadava até onde queria, de canoa em canoa, mergulhava pulando do cais, depois ia zanzar por tudo que era armazém, onde antes ninguém podia entrar e agora a gente entrava sem nem pedir licença, com quepe da Força Pública de São Paulo, que o sargento me botou na cabeça um dia, dormindo, pra cobrir do sereno, levantei com aquilo na cabeça e ele deixou.

Alguma patrulha subia pela trilha beirando o rio, eu pedia pra ir junto, levianinho podia ir nalgum cavalo de reserva, então já aprendi montar direito, coisa de muita valia quando a coluna saiu de Foz e eu conheci o que é uma marcha militar. Sem cavalo, a gente é quase nada! Com cavalo, a gente pode quase tudo! Eu subia com a patrulha um trecho cada vez mais comprido do rio, pra daí pular do cavalo, e dava adeus pra eles, pulava no rio, descia boiando na correnteza, as pernas pra frente por causa de galho afundado, se batesse não batia a cabeça, descendo sem ter que fazer força nenhuma, só batendo um pouco os braços pra trás, descendo aquele riozão que hoje virou represa, até ver a nossa peroba, aí nadava de viés, ia sair na prainha onde o sargento lavava a tralha da cozinha pra não emporcalhar a mina.

— *Foi refrescar o fogo do rabo, Menino?*

Sorri, olhando a caneca vazia, procura a garrafa mas sumiu.

— Onde enfiou a garrafa, mulher?

— Eu não enfio nada em lugar nenhum, não — Joana fala lá da cozinha — Aliás nem você enfia nada faz muito tempo!

Miguel tenta esconder o riso. Juliano Siqueira levanta, bambeia, apruma afastando os pés, vai num passo duro no rumo da cozinha, dá uma ombrada na porta, o andar amolece já casa adentro. Amanhã tá roxo e não sabe por que, resmunga Joana saindo para o quintal, suspira fundo e junta as mãos falando baixo:

— Moça, esse homem não pode mais beber assim, não traga mais bebida seca, pelo amor de Deus!

Ele volta com a garrafa já abaixo da metade. Enche a caneca, com cuidado, senta com cuidado, a garrafa no pé da cadeira.

Mulher é o maior pro-ble-ma do homem. Tinha mulher na coluna também. Era uma putaiada nova, bonita, a maioria veio do Rio Grande com a tropa do Prestes, que também era uma rapaziada nova, tudo moço de dezoito e muitos de até dezesseis. Era tudo frangote que costumava levar doce ou salame de casa pro irmão, quando o batalhão fazia a ferrovia entre Santo Ângelo e Giruá, indo a cavalo ou mesmo a pé até o acampamento. E essa frangotada também resolveu ir brigar com o governo quando o irmão partiu com o capitão, tudo filho de colono italiano ou alemão, moçada clara, a putaiada se apaixonava e ia atrás.

— E também tinha menino que ia atrás de enfermeira — Joana volta para a casa — Não esquece de contar da enfermeira...

Ele abana a mão para a mulher, como quem afasta mosquito.

Também tinha puta velha, que ia atrás da coluna mais como mãe que como mulher, cuidando da gente, querendo respeito antes de tudo. Uma amigou com um sargento, chegou a pegar fuzil pra cobrir retirada de ferido. E tinha a enfermeira Hermínia, sim, que veio com a tropa paulista de navio, vi quando a cavalhada desembarcou, fazendo tropel no trapiche, tudo de perna bamba da viagem, mas logo pastaram, correram, ficaram uma beleza, paulista cuidava de cavalo até mais que gaúcho, e eu montei nos melhores cavalos da minha vida...

Não sabia que era também a melhor cavalhada do Brasil, cada cavalo tão treinado que só faltava falar, adivinhava pensamento, encarava bombardeio, mas só montado por alguém de uniforme paulista. Estranhavam gaúcho, pinoteavam, a paulistada ria, a gauchada então se exibia galopando, fazendo brincadeira e estrepolia, coisa de circo, aí uma tropinha paulista inventava de desfilar montada, todo cavalo obedecendo igual, marchando igual, a gauchada olhava pro céu, como a dizer nem te ligo mas, no fundo, como dizia Venâncio, agradaste o cavalo, ganhaste o gaúcho.

Tropa que espera ordem precisa inventar o que fazer, senão desanda, acaba matando o tempo em jogatina e, pra desunir uma tropa, não tem nada melhor que mulher sem homem e jogo a dinheiro. Então, um dia, roçaram um trecho grande de mato, fizeram uma raia comprida pra corrida de cavalo, sempre gaúcho contra paulista, apostando comida, peixe que tiravam do rio, ou algum mel de jataí, alguma abóbora, uma galinha, um tatu, um macaco, tudo que fosse de comer por ali. Dinheiro começaram a apostar no começo, aposta sempre crescendo, até que Prestes proibiu. A paulistada continuou querendo jogar por baixo do pano, na palavra, pra pagar depois, mas a gauchada nem quis saber, obedeceram como iam obedecer sempre o seu capitão.

A paulistada não sabia ainda que Prestes não era só mais um capitão do Exército, era um baita capitão, sempre o primeiro da turma na escola militar, e devia estar entre os Dezoito do Forte se não tivesse gripado no dia, coisa louca que é a vida, uma gripe guardou o chefe pra coisa maior que morrer na praia — mas também, se ele estivesse lá na Praia Vermelha naquele dia, decerto ia fazer coisa melhor que sair de peito aberto dezoito contra três mil.

Também a gente não sabia que, no batalhão ferroviário em Santo Ângelo, Prestes tinha melhorado o alojamento e o rancho do pessoal, e tinha feito todo mundo estudar, e fazer marcha e exercício pra valer, mas com comida decente e pão melhor que o de casa. E ainda faziam a ferrovia, Prestes trabalhando junto com eles, ajudando até a carregar trilho e dormente. Comia o que a tropa comia, dormia onde soldado dormia, velava ferido na enfermaria, prometeu à tropa que em menos de um ano o batalhão não teria mais nenhum analfabeto, e foi um mês, dois, no terceiro mês todo mundo já sabia ler uma ordem escrita.

A gente também não sabia que o capitão Prestes era talvez o primeiro, no Exército brasileiro, que exigia disciplina dando o exemplo, feito um pai, exigente mas justo, corajoso e bom. Só depois também fomos saber que quando a tropa *rebelde de São Paulo desceu pra Foz e Prestes ficou sabendo lá no Rio Grande, chamou o batalhão pra revolução, toda a tropa deu um passo à frente. Quando ele disse vamos pra Foz, disseram vamos. Quando em Foz ele disse agora vamos Brasil afora, metade foi pra Argentina, mas a metade que ficou, a moçada nova e um magote de veteranos, não eram mais de voltar atrás. E obedeciam o chefe sempre, primeiro achei que por respeito e admiração, depois vi que, na situação da coluna, o chefe era também a esperança de salvação. O Brasil é grande, e onde quer que a coluna parasse, seria o fim se não fosse o chefe, sempre inventando saída, comandando fuga que parecia ataque, ataque que parecia fuga, volta e volteio por um mesmo vale, pra fugir atacando ou atacar fugindo, varando capoeira, indo por onde ninguém ainda tinha passado, onde passasse um homem nem que a pé levando o cavalo, passava toda nossa tropa. E se o chefe dizia é por ali, a gauchada já estava indo quando ele acabava de fechar a boca, porque sabiam que ele não errava, e com o tempo a paulistada também foi sabendo.*

Então paulista chegava na raia com cavalo tinindo, pronto pra apostar tudo que tinha, até arreio, mas não achava mais gaúcho pra topar aposta. O chefe não quer, diziam pra não dizer que o chefe tinha proibido:

— Não precisa proibir — explicou Venâncio — Falou que não quer, pronto, a indiada respeita.

Aí um gaúcho apostou um lenço vermelho contra um cinturão paulista, outro apostou uma chaleira contra um bule, uma capivara gorda contra um dourado grande, assim começou de novo a raia, mas sem rolar mais nem um tostão de aposta porque o capitão não queria, e a paulistada começou a aprender quem era o capitão Prestes, era um oficial que não precisava mandar pra ser obedecido.

Golada grande na caneca.

Ari eu passava dia sem ver, aparecia no fogão falando que, no fogão tal, a gauchada tinha um cavalo que só vendo, não tinha quem vencesse o bicho tanto na raia quanto em corrida longa. Alguém sempre duvidava, dizendo que tinha cavalo melhor, ele corria de volta, contava que lá no fogão tal tinha paulista mangando, que cavalo gaúcho só serve pra puxar arado e comer poeira, e já voltava espalhando de fogão em fogão que a corrida ia ser hora tal, e na hora a raia enchia de gaúcho gritando de um lado, paulista gritando do outro, se era corrida curta. Se era corrida longa não era na raia, era na estrada, ida e volta até Foz, cavalo voltava bufando suado. Aí Ari ia festar no fogão vencedor, ajudando a comer o churrasco da vitória, depois também ia tomar a sopa no fogão perdedor.

— *O negócio, irmãozinho, é aproveitar a guerra!*

Soluço. Gole na caneca seca.

Um paulista caiu, quebrou braço, um gaúcho quebrou perna, o chefe proibiu corrida de cavalo. A tropa gaúcha acatou, a paulista não. Fizeram uma corrida logo de manhãzinha, uma corrida curta, paulista contra paulista, mas mal acabaram de correr, Siqueira apareceu de pistola na mão, deu voz de prisão pros dois, passaram três dias num quartinho de armazém, nunca mais teve corrida na coluna. Siqueira era desses baixinhos que cresce quando fica bravo, gauchão mais grosso que peroba baixava a cabeça e dizia baixim sim-senhor, sim-senhor... — a voz mole, a pilha do boneco acabando. Ele percebe, pigarreia se aprumando, afina a voz para imitar Siqueira:

— *Isto aqui não é brincadeira, não, é revolução!*

Os nós-de-pinho viraram grandes brasas, Miguel assopra, o fogo volta mas logo apaga de novo, fica o braseiro vivo, palpitando no ritmo dos grilos.

Pra mim era tudo brincadeira. Correr de um fogão pro outro, comer uma batata-doce aqui, um milho cozido lá, um caldo de feijão mais adiante, depois que anoitecia era só olhar em volta e ver onde tinha fogo. Mas dormir sempre dormia no fogão da peroba, com o quepe na cabeça e os pés perto da fogueira, ouvindo a falação depois da janta, ouvindo cantoria do Venâncio e a risada do sargento Janta. Ou então falavam da terra de cada um ou da revolução, como iam sair de Foz quando o inimigo cercasse tudo e ficassem com o rio nas costas?

A gente sai pelo rio, dizia um. Mas do lado de lá é o Paraguai, dizia outro:

— *Então vam' fazer revolução lá também!*

A gente vai é pro exílio, diziam, cada vez mais falavam que iam acabar no tal exílio, lutar não dava mais, e eu ficava pensando onde é que era esse tal exílio. Um dia só se falava que Catanduvas tinha caído, e demorei pra entender que Catanduvas era onde quase mil tinham lutado em trincheira, mês depois de mês, passando fome e doença, até que se renderam sem munição. Agora o inimigo vinha cercar Foz com tudo que era tropa do país inteiro, e eles quase nem tinham mais munição, quanto mais pra tanto inimigo.

Munição a gente pega deles, dizia paulista veterano da guerra em São Paulo, mas gaúcho dizia é, o que não se arranja é campo pra lutar:

— *Guerrear enfiado em buraco já é meia sepultura.*

Venâncio cantava assim uma moda que nunca mais esqueci (cantarolando mole:)

> Governo tem tanta tropa
> tem metralha e tem canhão
> armamento da Europa
> caminhão de munição
> enquanto nem temos roupa
> na botina um buracão
> no almoço e na janta sopa
> sem o fumo pra pitar
> sem o sal e sem sabão
> mas na hora de lutar
> a gauchada galopa
> e eles correm no poeirão!...

— Incrível como o senhor lembra de tudo isso.
— Ouvi tanto que...
— Ih — Joana fala lá da cozinha — Quando ele esquece, vai pro baú, lembra tudo de novo.
— Baú?
Ele ri solto, de boca aberta, o velho arisco virou moço assanhado, a voz enrolando ligeira:
— Eita, esse Brasil é grande, moça! E a gente passou só por treze estados, hem!...
Algazarra de gatos em telhado vizinho.
A coluna só não tinha gato, que até cachorro teve por causa da meninada, eu mesmo não, mas outros iam pegando cachorro aqui e ali, mesmo com sargento falando olha, não tem comida nem pra gente, hem! Neguinho levou um cachorro branco até o Piauí, aí, um dia, saiu da coluna com cozinheiro e pelotão de escolta, pra catar caju num sítio que tinha cajueiral de encher saco. Quando voltaram com aquela cajuzada toda, cada mula com dois sacos, Neguinho demorou pra dar falta do cachorro, naquela festa de caju, a tropa chupando caju, com aquela sede de fruta que a estrada dava, todo mundo comendo caju que nem criança, apertando o bico na boca como se fosse teta, assim, até o Prestes mamando caju, escorrendo pela barba...

A voz amoleceu tanto que parece vai acabar a pilha do boneco. Os olhos olham longe, de vez em quando giram como se procurando, voltam a olhar para além.

E sabe do que mais, menina? (Soluço) *Uma coisa que nunca ninguém falou, tanto estudaram a coluna, tenho a livraiada todaí, uns dizendo que a coluna nunca foi derrotada por causa disso ou daquilo, a mistura de gaúcho com paulista, o brio daquela moçada do Prestes, e o preparo daquela Força Pública paulista, a melhor do Brasil, que hoje virou essa PM aí... Outros falam que foi tudo por causa da idéia do Prestes, de guerra sem destino nem parada, sempre andando e assombrando pelo país!* (Soluço) *Mas será que também* (soluço) *não foi porque nós não tivemos de enfrentar frio? Ia chegando o inverno, a gente saiu de Foz, passando pelo Paraguai, subindo Mato Grosso, Goiás, já terra quente* (soluço) *e depois batendo o Nordeste um ano, até descer pra Minas, quando ia chegar de novo o inverno, mas* (soluço) *o capitão voltou pra trás, pro Nordeste de novo, e de novo a gente não passou frio.*

Ela anota.

No fim da coluna, mais de dois anos depois, quando passamos do Mato Grosso pra Bolívia, só então fui ver de novo uma peroba, só aí lembrei que não tinha mais passado frio, frio mesmo do Sul, frio de geada, frio de doer, desde que a gente tinha saído de Foz.

Tira os olhos do longe, encara apontando o dedo:

— A coluna resistiu (soluço) porque não passou frio. (Soluço) Idéia de Juliano Siqueira, moça!

Soluço. Engulho. Miguel agacha do lado, o velho afasta com a mão, mas puxa de volta, apóia no ombro de Miguel para levantar, vai resmungando para a casa.

— Ele é assim — Joana vai atrás — Sabe que não pode beber, mas bebe até...!

Ele se desvencilha de Miguel, entra ombrando a porta, vai beirando a parede, derrubando coisas. Urina sonoramente no banheiro com janelinha para o quintal, Joana começa a cantarolar para disfarçar, Miguel sorri recolhendo os espetos. O moleque Juliano começa a cantar, ela põe a mão no ouvido:

— Será coisa do tempo da coluna? — mas Miguel lhe pega a mão quando vai ligar de novo o gravador:

— Melhor ir agora, não?

É verdade: ia gravar cantoria de um homem no banheiro, então sente o calor no rosto, Miguel até olha o braseiro para ver se foi o fogo que avivou.

— Claro, vamos — ela enfia com cuidado o gravador na bolsa, aperta a bolsa no peito — Vamos.

Joana sai com eles, moleque Juliano cantarola na cama. Joana sussurra:

— Desculpem qualquer coisa, ele é assim, ainda mais com tanta bebida... Quando falo que bebe demais, diz que bebe desde menino e está com oitenta, fazer o que?

Pede logo, Juliana Prestes!

— Posso voltar amanhã?

A velha bota nela todo o cansaço dos olhos:

— Ah, moça, se depender dele, fica falando dessa coluna a vida inteira... Mas ele gosta, né, fazer o que? Acho que é o que ele mais gosta, não vê essa casa? Isto aqui é um museu da tal coluna! — com um suspiro quase desabafo — Mas venha de tarde, viu, que ele vai acordar cedo e passar a manhã mais azedo que jiló, mas depois do almoço melhora. Boa noite!

Vão pela rua de poucos postes acesos, nos outros as lâmpadas foram quebradas. O jipe não está onde deixaram, mas Miguel só olha em volta e aponta: está na outra quadra.

— Tem pega-ladrão que corta a gasolina. Você não está com fome? Não comeu nada.

— Eu tinha de prestar atenção.

Ela entra num bar a caminho do jipe, toma água mineral no gargalo, até que vê ele sorrindo e engasga, *você não está na capoeira, Juliana Prestes!* Entram duas meninas, mal começando a encher os peitinhos, de minissaia e camisetas enroladas mostrando a cintura.

— Dá um goró aí, tio!

O do-bar serve uma dose de pinga com vermute, cada uma bebe metade, deixam uma moeda no balcão, vão para a noite.

— Mas que é isso, são meninas ainda! É algum baile, carnaval, alguma coisa assim?

— Não — Miguel olha acostumado — São só putinhas novas, as únicas que conseguem enfrentar os travestis.

— Mas essas meninas não devem ter catorze anos, acho que nem treze!

— Pois é — ele põe a tralha na traseira do jipe, olha a lataria, os pneus — Tudo em ordem, ladrão civilizado. Às vezes é só garotada querendo dar um passeio.

Senta ao volante, passa o cinto, olha para ela:

— Vamos, vou te levar pra jantar.

Cuidado, Juliana Prestes!

— Primeiro almoço, agora jantar, você me adotou, é?

Ele sorri:

— Fique tranqüila, vamos pro hotel.

Ela passa o cinto, recosta no banco com a bolsa no colo, fecha os olhos. A voz dele parece vir de longe:

— Valeu?

— Se valeu? — ela sorri de olhos fechados, ele vai devagar para ir olhando para ela — Como valeu! Só essa teoria do frio, que acho que ninguém nunca percebeu mesmo!... E aquilo dos meninos pegarem frutas, claro, são levianos, né, como disse ele, e toda tropa em movimento tem muita falta de vitaminas, devido mesmo à fadiga, então as frutas são essenciais pra manter soldado em pé! E eles passaram por treze estados que devem ter dezenas de frutas silvestres, sem falar nos pomares dos sítios e das chácaras, só que isso pode dar tese é na área de nutrição ou coisa que o valha...

Suspira, abre os olhos, dá com ele olhando, daí olham para a frente corados. *Continue a falar, menina:*

— O que eu quero saber dele, nem perguntei ainda.

— Engraçado é ele também se interessar por peroba.

As duas meninas estão na esquina, debruçadas na janela de um carro com dois homens, um com a mãozona na bundinha duma delas. Ele dirige pelas ruas cheias de hotéis e placas de lojas e bares, meninas e travestis se revezam nas esquinas.

— Mas aquela perobinha dele não vai subir muito alto, sem floresta em volta. Peroba sobe alto pra esgalhar acima das outras, é o desafio dela. Sem as outras em volta, ela desiste.

— É, ele já me disse isso.

Ela olha em volta, luzes salpicam a noite por todo lado, *e pensar que aqui houve uma floresta...* Meu Deus, balbucia, ele pergunta o que foi, esqueceu alguma coisa?

— Não, é só que... Você está dizendo que peroba cresce lutando, certo, lutando contra as outras?

— Ou para subir mais que as outras.

— Que lindo — ela sussurra, ele continua devagar para ouvir cada palavra: — Já pensou? Ele saiu de Foz vendo perobas, e quando voltou pra estes lados mais de dois anos depois, saindo pra Bolívia, vê peroba de novo, uma árvore jovem como ele, e que também cresceu lutando como ele deve ter crescido... Meu Deus! Mas não vamos misturar Botânica com História, né? — suspiro cansado — Que que é isso?!

O jipe se enfia entre carrões reluzentes, num jardim com estátuas gregas de olhos vazados olhando fundo, e plantas tão bem podadas que parecem artificiais. Um prédio de dois andares, enfeitado feito bolo de festa, se estende meio coberto por palmeiras e grandes árvores, tudo tão iluminado que ela cobre os olhos. Ele apresenta com um gesto:

— Um hotel pra turista, pra você não ficar só com más impressões de Foz.

— Mas o hotel da sua tia é muito bom, pensei que a gente fosse jantar lá...

Um manobrista estende a mão — A chave, seo Miguel; e ele cumprimenta de longe os recepcionistas no saguão.

— Mas que é que viemos fazer aqui?!

— Jantar.

— Mas deve ser caro pra danar!

Ele ri apontando um corredor guarnecido de estátuas:

— Já fiz fotos do hotel, tenho desconto de cinqüenta por cento, o dono virou meio amigo.

— Se fosse amigo inteiro dava desconto de cem por cento?

Ela estaca diante de um imenso salão com lustres também imensos, um piano tocando lá no fundo, mesas tão bem-vestidas que ela se olha, sua melhor roupa parece humilde; mas logo dá de ombros, *seja o que Deus quiser, Juliana Prestes, você trabalhou bem, teve sorte e merece!*

O *maître* oferece uma mesa perto do pianista, ela prefere lá fora ao lado da piscina, e acabam bebendo champanhe numa mesa onde quase respinga água, meninos pulam do trampolim. Ele insiste para ela escolher um prato, afinal não comeu nada do churrasco. Ela diz que não quer, come torradas e, só por falar, diz que gostaria é de um mergulho...

Ele levanta, vai falar com o *maître*, volta dizendo que pediu peixe, e continuam a beber champanhe e olhar a lua sobre as árvores. *Coma mais torradas, menina! Ou beba menos champanhe!* O *maître* aparece com meia dúzia de biquínis e maiôs, deixa na cadeira. Escolha um, diz Miguel. *Cuidado, Juliana Prestes!*

— mas crianças brincam na piscina, os meninos pulam do trampolim.

— Você também vai entrar na água?
— Claro.
— De cueca?

Ele tira a jaqueta de fotógrafo cheia de bolsos, a camisa, os tênis, as meias, as calças; está de maiô e tem o corpo em ordem.

— Faz algum esporte?
— Fotografia, mas de campo, levando muita tralha — e vai para um chuveiro entre palmeiras, depois pula uivando na piscina. *Cuidado, Juliana Prestes, não é pelo homem que você se apaixona, é pelo menino no homem, e você sabe, no começo todos eles são meninos, depois viram homens e...*

Só no vestiário, ao tirar a calcinha, lembra do absorvente; troca por um novo, o corrimento parece que passou. Hesita entre o maiô e o biquíni. Veste o maiô, para que facilitar?

Passa pelo chuveiro, pula na água. Miguel traz a taça para a beira da piscina, que delícia o corpo na água fria, a bebida gelada. Ele mergulha com os meninos, pegam tampinhas no fundo. Ela vai pegar mais champanhe na mesa, garçom traz o baldinho com a garrafa para a beira da piscina. As torradas ficam lá, *você não devia beber sem comer. Mas temer o que, menina? Relaxa e aproveita!*

Sentam na beirada, pernas na água, e bebendo ele conta que já fotografou muitos hotéis, indústrias, *shoppings*, mas esses trabalhos grandes aparecem só de vez em quando:

— Nesse meio tempo, vivo de festas e fotos 3 por 4.

Dois auxiliares fotografam casamentos e excursões de turistas, e no estúdio outro bate fotos 3 por 4 para documentos. Estava em Londrina para se inscrever numa concorrência da universidade:

— Para fotografar as últimas perobas do *campus*, inclusive vistas do alto, da copa. Vai ser preciso escada de bombeiro.

Ela olha esse homem de barba já grisalhando mas olhar de menino; e um dos meninos vem mostrar que achou uma moeda. Ele diz que onde tem uma, tem outras, e os meninos voltam a mergulhar animados. Ele pega nas roupas algumas moedas, joga na piscina quando estão mergulhando; logo eles acham, vêm correndo mostrar, vão mostrar aos pais pulando de alegria. Miguel pisca:

— E só me custou umas moedas...

Ela fala que foi com a idade desses meninos que Juliano Siqueira entrou para a coluna, aí lembra do gravador, cadê? Quer sair da piscina para procurar, ele diz que está na bolsa junto com as roupas, e a bolsa ainda será a última coisa de que ela lembrará bebendo da segunda garrafa e comendo salmão, ouvindo Miguel contar das andanças por matos e campos, procurando árvores quase extintas, fotografando bichos e flores, micos e bromélias, tamanduás e orquídeas, riachos e cascatas.

A cascata da piscina borbulha na cabeça. O peixe é delicioso, os vegetais cozidos no vapor, cheios de sabor, ela agradece com olhos úmidos. Quando levanta para ir se trocar, descobre que está tonta, vai firme e retaca, mas precisa segurar na parede para se vestir, depois de trocar de novo o absorvente, o corrimento passou mesmo. Volta com o maiô nas mãos, vê que ele molhou as calças vestindo sobre a sunga molhada, e ri disso como se fosse muito engraçado. *Cuidado, Juliana Prestes, no começo eles são sempre engraçados.*

Mas ele não tenta nada no caminho, ou, se tentou, ela não lembra quando acorda no outro dia.

Está no quarto do Lírio Hotel, a janela um palmo aberta, céu azul lá fora. O maiô numa cadeira, na outra as roupas, arrumadas de um jeito diferente — *quem que...?*

Senta na cama, põe as mãos na cabeça e volta a deitar. *Você tomou um porre, menina!* Mas tudo bem, o gravador está ali na mesa. Apalpa o corpo, tudo em ordem. Passa a mão no meio das pernas, acha o cordão do absorvente, *então nada entrou aí;* levanta e vai para o banheiro. Depois abre a janela, cobre os olhos contra a claridade, olha por entre os dedos; o mormaço entorta os telhados. Procura o sol, precisa botar meio corpo fora da janela para ver que é meio-dia. *Mas então que hora você foi deitar?!*

No chuveiro as lembranças vão voltando; a cascata borbulhando na piscina, champanhe borbulhando na taça, Miguel de bunda molhada, o vômito... *O vômito?!* Fica de olhos fechados no chuveiro, vendo Miguel parar o jipe para descer uma Juliana tonta, tropeçando nas pernas, vomitando no acostamento. *E era um peixe tão gostoso...*

Veste calças de brim, camiseta da capoeira, sandálias de couro; desce a escada sentindo cada degrau no alto da cabeça. Passa pela portaria vazia, do refeitório vêm risadas, ruídos de talheres; e se arrepia só de pensar em comida. Na rua, pára debaixo de árvore para se acostumar com a claridade. A farmácia é logo na esquina mas parece uma longa caminhada.

— Moço, que que é bom pra ressaca?

— Bom pra ressaca é bebedeira — *Que seria do mundo sem os engraçadinhos?* — Já pra acabar com ressaca, tome isto aqui.

Num bar engole dois comprimidos com água tônica, sentada num tamborete alto, cotovelos no balcão, cabeça nas mãos. Assusta quando ergue os olhos, Miguel está ali sorrindo.

— Bom dia e desculpe, te assustei.

— É que eu estava pensando em você. Foi você que me botou na cama?

— Tia Ester. Você ficou um pouco grogue.

— Desculpe, eu não costumo beber.

— Claro, senão não ficava grogue.

— Obrigada.

Ele te protege, menina, e isso é ainda mais perigoso!...

Pede outra tônica, com bastante limão, ele pede um sanduíche quente de pão-dágua, muçarela e tomate com orégano. Pega metade, coloca a outra metade na frente dela. Ela come. Então ele pede mais dois sanduíches, comem se olhando; pela primeira vez, ele vendo nela a argolinha no nariz, ela vendo nele os pés também em sandálias de couro. *E ele não se espantou nem torceu o nariz para a argolinha no teu nariz, menina!...*

O bar está vazio, só algumas moscas. *Ele também gosta de sandália de couro, gosta de plantas, gosta de água e de crianças, mas cuidado, menina, ele mora a quinhentos quilômetros de você!*

Ele pergunta se à tarde ela vai voltar a ver seo Juliano.

— Mas não se preocupe, agora tenho o endereço, não quero te dar mais trabalho.

— Vá mais de tardezinha, descanse mais. Ele também deve estar precisando, bebeu quase uma garrafa de pinga. Mas é um cara organizado, guardou a rolha no bolso. Acho que vai estar esperando você lá pelas cinco. Passo pra te pegar. Leve chimarrão, minha tia tem.

Ela abre a boca para dizer alguma coisa, desiste. *Por que não alguém cuidando de você pra variar?*

No hotel, Tia Ester acerta contas na portaria, o refeitório quase vazio. Ela espera até ficarem sozinhas:

— Me desculpe por ontem. Dei trabalho, né?

— Ah, mas também ri muito, dá cá um abraço!

Abraçada, ela pergunta se falou demais.

— Claro que falou, filha — a voz quente no ouvido — Mas só falou coisa bonita, de luta, e festa em volta de fogueira, tanto fuzil, tanto cavalo, *revolução pra mudar essa putaria*, o que você mais falou é que só mesmo revolução pra mudar essa putaria, filha...

A mulher afasta para olhar nos olhos:

— ...mas toda mudança começa mesmo é no coração, não?

D orme à tarde. Quatro e meia, Tia Ester dá três batidas na porta, espera ela responder e se vai com passos que mal dá para ouvir. Ela levanta com cuidado, chacoalha a cabeça, *passou, menina*, e faz alongamentos antes de ir para o chuveiro. Tira a argolinha do nariz, veste a mesma roupa da noite — Vamos lá, meu uniforme! — e pega o gravador, fitas novas, a sacola de Tia Ester com chimarrão e cuia.

Miguel está com o jipe na frente do hotel. Abre a porta sem dizer nada, ela entra sem dizer nada e vão assim. Juliano e Joana estão sentados em banquinhos, na sombra da árvore diante da casa. Pegam os banquinhos e entram. Domingo, diz Joana, é dia que dá para ficar fora, vendo o fim de tarde, a rua quase sem movimento:

— Durante a semana é um horror.

Juliano Siqueira, empunhando o banquinho como uma arma de quatro canos, resmunga que se aquele caminhão passar de novo...

— ...vou atirar! — o banquinho treme de raiva nas mãos do velho, Joana explica:

— É um caminhão que começou a passar todo dia anunciando um tal bingão, um barulhão de tremer a louça, e esse homem já reclamou pra polícia, pra prefeitura...

...e é a mesma coisa que gritar num poço, diz o velho subindo os degraus de madeira da velha casa. A varanda é fresca, com grandes samambaias penduradas em latas de óleo enferrujadas.

— Vam' pro fundo — comanda Juliano, deixando o banquinho ao lado dos caixotes com as Armas da República, e de novo ela agacha para ver os caixotes.

— São tão bonitos.

— É, naquele tempo até caixote se fazia de madeira boa. Era pra munição, encerado por dentro, por isso é bom pra guardar coisarada, não mofa nada.

— Que coisas, seo Juliano?

— Como, que coisas? Coisas da coluna, ué!

— Posso ver? — ela olha a tranca do caixote, uma língua de metal com cadeado.

Ele não responde, vai pela casa, dizendo que lá no fundo é mais fresco de tarde. Ela fica olhando o caixote até Miguel lhe dar a mão para levantar, *o cavalheiro e a donzela, oh, Deus, me poupe desse joguinho mais uma vez!* Joana está dizendo que "esse aí" é assim:

— Cuida mais dessa tranqueirada do que dele mesmo. Esta noite falou dormindo que era preciso catar mais fruta, mais munição, mais fruta, mais munição, ele ainda sonha que tá guerreando!

Aponta no quarto a prateleira de livros:

— Diz que tem tudo que escreveram da tal coluna, uma papelaiada que só serve pra juntar barata!

— Claro... Mas o que tem nos caixotes?

— Ih, moça, além de caixote tem baú, com tanta coisa, papelada, fotografia, até uma botina velha, isso não vale nada, não! Vão indo lá que eu vou fazer um café.

Ele espera sentado num desses bancos antigos de praça, de ripas de madeira, debaixo da perobinha no fundo do quintal. Ela ajeita o gravador, confere a fita, vai apertar o botão mas ele lhe pega a mão:

— Deixa esse bicho quieto, moça — e lhe bota na mão um tubinho de lata; conta que tirou hoje do caixote; são fotos da coluna que ninguém nunca viu:

— Mande revelar pra mim, e me devolva. Pode tirar cópia pra você. Aí a gente vê mais alguma coisa do caixote...

Miguel enfia a latinha num bolso do colete. Um poente em rosa e amarelo se esparrama por trás da peroba, as folhas brilham mexendo na brisa,

um bem-te-vi canta perto, mas o velho olha o chão com rugas fundas e boca amarga. *Fale qualquer coisa, menina!*
— É gostoso aqui, não é?
— Tanto que queria ser enterrado aqui.
Miguel aponta a sacola do chimarrão, mas Joana vem com o café, num bule tão amassado, diz, que parece até que andou na tal coluna!
O velho resmunga alguma coisa e bebe café sem açúcar, olhando a terra.
— O senhor tem tudo que escreveram da coluna, é verdade?
Ele continua olhando a terra com a xícara vazia nas mãos, como se esperando a terra falar, até que fala ah, e de que adiantou tanto escrito?
— Tudo letra empilhada, e o Brasil continua na mesma.
— Ih, começou — Joana geme baixinho, um passarinho concorda, co-me-çou, co-me-çou!
Ele continua amargo:
— Você me perguntou umas coisas, moça. Mas eu não vou lhe responder agora, não, que hoje a cabeça não levantou boa. Volte amanhã.
— Eu moro a quinhentos quilômetros daqui, seo Juliano.
Ele lhe lança um último olhar, fica olhando as cinzas da fogueira.
— Adeus então, moça.
— Posso voltar daqui a dois sábados?
— Volte quando quiser, com as fotos, né.
Joana vai com ela até o portão. Ela entrega a cuia e o pacote de chimarrão:
— Para a gente tomar na próxima vez.
A mulher devolve:
— Leve isso, filha, ele não gosta nem eu! Traz só cerveja, e da preta também, viu? Com salame, que ele gosta muito, aí fala o dia inteiro sem parar e sem cair.
No jipe, Miguel se desculpa:
— Ele falou tanto em gaúcho, pensei que gostasse de chimarrão.
Você é um anjo, diz ela lhe beijando o rosto, ele cora e, por isso, ela cora também. *E até agora ele não tentou nada, não avançou, não insinuou, não perguntou: realmente um cavalheiro enfim?*

Comem numa pizzaria; na esquina em frente, rapazes de carro param para pegar meninas de saias curtas. Ela come pouco.

— Pensando no que seo Juliano falou, o Brasil continua na mesma... Que miséria pode justificar essas meninas se vendendo na rua?!
Ele pede vinho tinto, apesar do calor, em copos com gelo, e brinda:
— Às mulheres da coluna!
— Você sabe que havia mulheres na coluna?
— Putas, né, algumas de Foz, vivandeiras como eram chamadas, certo? Andei lendo um pouco sobre a coluna.
— É? Desde quando?
— Desde que você me falou dela.
— Mas isso foi ontem!
Ele cuida de você, menina, e se interessa pelo que você faz! Pergunte:
— Você mora no Lírio Hotel, Miguel?
Ele responde sem olhar, cortando pizza; mora em apartamento encima do estúdio. *Agora decerto ele vai convidar para conhecer o apartamento, já que você perguntou.* Mas ele levanta os olhos para explicar, com ar de moleque, que tem mania de cortar a pizza em pedacinhos antes de comer. Lá fora duas meninas entram no carro de um homem bem grisalho. Miguel diz que não adianta ter dó nem raiva:
— Isso já me incomodou muito, agora não mais.
— Acostumou?
— Não, vi putaria maior.
Conta que trabalhou em várias campanhas eleitorais:
— Até enjoar, ou melhor, até enojar. Perdi esperança deste país melhorar por conta de governo, e também vi que o povo todo é que precisa melhorar. Você não imagina como essa gente se vende, vendem o voto por qualquer coisa, até por um boné.
— Eu sei. O povo encheu a praça pra aplaudir o enforcamento de Tiradentes. E na maioria das cidades e povoados por onde passou a coluna, fugiram antes ou se trancaram em casa. Mas saem em massa pra funeral de pai da pátria, artista de música ou novela... Bran diz que, se fosse pela maioria do povo, nunca tinha nada de novo.
Agora ele vai perguntar quem é Bran! Mas ele corta outra fatia de pizza em pedacinhos no prato, sorri ao levantar os olhos dando com o olhar dela, *parece mesmo um menino*. O garçom passa e enche os copos, ela brinda:
— Aos meninos da coluna!

— E aos cozinheiros! — ele fala de boca cheia.

Meu Deus, ele parece que adivinha pensamento. Uma das perguntas a seo Juliano é qual a importância dos cozinheiros na coluna!

— É verdade, o rancho e a intendência são fundamentais em qualquer tropa.

Pare de falar como quem escreve uma tese, Juliana Prestes!

— Obrigada.
— Por que?
— Por tudo.
— É um prazer, tenho aprendido muito.
— Eu também.
— Botânica?
— E fogo de chão...

Riem, *que bom estar com um homem confiável, ao menos por enquanto...* Uma vez, ele conta, foi fotografar uma embaúba lá num grotão, viu longe outra árvore florida, depois outra, e foi fotografando até que, antes do poente, teve tempo de ver que estava perdido, mas não adiantou nada, logo anoiteceu, não achou mais o jipe. Só tinha o canivete suíço e um isqueiro de presente para o capataz da fazenda, que avisava quando floriam árvores grandes e antigas. E estava perto de brejo:

— Ia ser comido vivo pelos mosquitos se não tivesse o isqueiro.

Não tinha lua mas achou galhos, juntou gravetos, fez fogueira, jogou folhas verdes, espantou os mosquitos.

— Depois, catando mais lenha, descobri um riacho.

Tomou banho num remanso, enroscou a perna numa corda; na ponta, a corda tinha um balaio de vime, armadilha para peixe.

— Dentro do balaio, dois peixes! — ele ainda comemora de punhos cerrados.

Cortou taquaras com o canivete, fez um jirau sobre o braseiro, assou os peixes:

— Sem nem sal, e foi a melhor comida da minha vida!

Comem enquanto os olhares falam, os talheres comentam. Quando saem do restaurante, as duas meninas já voltaram para a esquina, carros passam devagar.

Ela tem uma hora para passar pelo hotel e ir para a rodoviária. *Eu te levo,* diz Miguel, *por que não?* Na portaria do Lírio Hotel, uma mulher bem-vestida, alguns anos a mais que ela, está sentada no sofá com um rapazola deitado com a cabeça no colo.

— Boa noite — um olhar gelado para ela, um olhar de fogo para Miguel — Seu filho está com febre, pensei que podia me ajudar mas vejo que está ocupado...

Quer levantar, no colo o rapazola acorda:

— Oi, pai — e vai abraçar Miguel.

Ele gagueja:

— Você pode pegar um táxi pra rodoviária?

— Claro. Obrigada por tudo.

— Não foi nada.

— Podemos ir agora? — a mulher retoma o filho, vai para a rua.

Ele vai com ela até o começo da escada:

— Desculpe, é minha ex-mulher, estamos separados.

— Você não precisa me explicar nada. Boa sorte!

— Boa viagem!

No quarto, fica sentada no banquinho da penteadeira, olhando as roupas espalhadas, a cama de solteira, as estrelas na janela. Depois enfia tudo na bolsa e sai. O táxi passa pela esquina das meninas, elas já não estão ali; estão outras quatro.

Na rodoviária, é como se tivessem preparado tudo para a jovem historiadora passar em revista uma amostra nacional: PMs conversando de costas para o povo; passageiros cochilando sentados, abraçando malas e bolsas sobre os joelhos; famílias pobres dormindo entre sacos no chão; o fiscal conversando baixo com alguém; na lanchonete a quase estupidez das garçonetes cansadas, e os mosquitos; o sanitário fedido; os salgados caros; o copo mal lavado. O bêbado babando desmaiado num canto, torto e invisível para todos menos para as crianças. O rico que chega com enorme mala de rodinhas, um tanto cheio de si mas sozinho, portanto ressabiado. O motorista com palito na boca. O som ranheta do alto-falante.

No ônibus, coloca a argolinha na narina, fecha os olhos enquanto passageiros vão entrando. Pancadas no vidro; abre os olhos, ali está Miguel. Ela tenta abrir a janela, não consegue, sai do ônibus passando pelas pessoas entrando, joelhos e cotovelos, bolsas e travesseiros. Lá fora, Miguel lhe dá um pacote:

— Pra você comer na viagem.

— Obrigada. Como está o menino?
— Bem. Não era nada. Desculpe, ela é rancorosa, não aceita a separação, e já faz dois anos.
— Você não precisa me explicar nada, Miguel.
— Claro, desculpe. Espero que goste. São lichias.
O ônibus começa a roncar.
— Revela as fotos do seo Juliano.
— Claro. Até.
Ela já está na porta do ônibus quando ele diz gostei, ela pergunta do que.
— Do brinquinho no nariz.
O ônibus fecha a porta, arranca e ele fica lá com as mãos nos bolsos. Ela abre o pacote, come uma lichia, crianças olham da poltrona ao lado.
— Peguem, é uma fruta maravilhosa.

É um homem maravilhoso, ou será mais um engano seu, Juliana Prestes? Não estranhou tua argolinha... Fez churrasco de chão, pediu champanhe na piscina, gosta de árvores e de sanduíche de muçarela com tomate, tem jipe e toma vinho tinto com gelo. Mas é ou foi casado, quem sabe, tem filho e é melhor você se hospedar em outro hotel da próxima vez...

Acorda com o dia amanhecendo, quase em Londrina. Toma um suco na rodoviária, encontra um colega de pós-graduação, que chega a colocar óculos para olhar melhor o brinco, mas não diz nada.
— Indo viajar?
— É, vou a São Paulo, meu orientador arranjou um tempinho pra mim... Só viajo de dia.
Parece um bichinho assustado, às voltas com o copo, a colher, o açúcar, muito açúcar, e três canetas enfileiradas no bolso, de cores diferentes, como explicou uma vez, uma para cada tipo de anotação: para a tese, para um livro secreto que anda escrevendo, ou para correspondência e assuntos do departamento. Depois de cada golada dá uma olhada no brinco.
— E você, também indo viajar?
— Não, chegando. Esperando amanhecer pra ir pra casa.
— Por que?
— Pra não ser assaltada.

— Você vai a pé?!

O futuro mestre fica olhando quando ela se vai com a bolsa nas costas; ela acena; o futuro mestre acena, pega o bloco de notas e uma das canetas, não, devolve ao bolso, pega outra e anota.

Ela vai comendo lichias pelas ruas, guardando as cascas e sementes na mão até achar um lixo. A cidade na primeira hora parece flutuar dourada, o sol bate perpendicular nos paredões dos edifícios, que assim ganham brilho e leveza; mas, conforme ela vai chegando perto de casa, o sol já se inclinou e tudo já parece normal na claridade diária. O porteiro não dá bom-dia, dá um envelope que ela lê no elevador:

Sr(a). Condômino(a): convidamos para reunião do condomínio, nesta quinta-feira, 20 horas, no salão de festas, para tratar de assunto de seu interesse. Atenciosamente, O Síndico.

Gira a chave, não ouve Chico. Empurra a porta, nada. Entra chamando, Chico, cadê você, Chico, mamãe chegou! O pássaro-preto está deitado no peitoril da janela, ao lado do bebedouro empoeirado, o bico enfiado na tela, ao menos isso escapando da prisão sem água. Ela pega, está durinho. Deixa na mesa, sobre um pano de prato com florezinhas bordadas, ajoelha com os cotovelos numa cadeira e chora.

Desculpa, Chico, desculpa, repete muitas vezes quase como um mantra. Quando finalmente levanta, enrola o pássaro no pano, pega a pazinha da barraca e vai enterrar na beira do Lago Igapó, onde cantam passarinhos e aves de migração. Duas garças ficam olhando, sobre uma perna só na água rasa, e um menino agacha ao lado.

— Tá enterrando o que?

— Um pássaro-preto.

— Morreu do que?

— Falta de amor. Ciúme, paixão, sei lá, essas merdas mentais do ser humano!

O menino se afasta assustado, *controle-se, mulher!*

Volta suada, toca o telefone.

— Oi, tudo bem? Como foi de Foz? Está cansada, quer que eu ligue depois? Alô?

— Lembra que eu te pedi pra dar água ao Chico?
— Ai! Desculpa! Mas ele está bem, não está?
— Está bem enterrado. Me faz um favor. Não me procure mais, tá? Nunca mais, entendeu?
A vasilha de Chico ali vazia.
— Entendeu?
— Entendi. Mas você tem um maiô aqui, de quando a gente tomou sol no terraço, lembra? E não vamos jogar tudo fora por causa de um esquecimento, de um passarinho!
— Jogue o maiô fora e me esqueça. Adeus!
— Mas você gostava tanto desse maiô!
— Arranjei outro.
Bate o telefone, batem na porta. É a vizinha do lado:
— Deixaram pra você, disseram pra abrir sem virar — uma caixa de isopor embrulhada em papel de presente, com laço de fita dourada.
Ela abre na mesa da copa. É um velho urinol cheio até a borda, embrulhado em plástico para não feder, com um cartão já ensopado do caldo que transbordou: *VOU TE PEGAR, PIRANHA!*

Coloca o gravador à esquerda do teclado, à direita o *mouse*. Tem de ouvir algumas frases, agradecendo por Juliano Siqueira ter a voz grossa e clara que tem, depois apertar o botão de pausa no gravador, digitar as frases, voltar ao gravador. Chico estaria pousado sobre algum livro na escrivaninha, cochilando ou olhando para a grande mãe...
Come bananas com iogurte, geléia e aveia, lava o rosto de vez em quando; quando vê, a janela escureceu. Mas deu conta de um lado da primeira fita.
Toca o telefone, é a mãe convidando para jantar. Toma banho; vai para a garagem escura:
— Oi, menino, com saudade? Conheci um homem que também já foi chamado Menino, sabia?
Só na rua vê as manchas de tinta na lataria. Pára, sai para ver o fusca todo borrado, aqui e ali uma suástica, um pinto, uma bomba. Dirige ouvindo gracinhas nos cruzamentos:
— Artista plástica, é?

— Lançando moda, gracinha?

— Ei, gata, que tal enfiar meu anzol na tua argolinha?

Talvez a mãe tenha razão, talvez deva parar de usar isto.

Estaciona longe da velha casa de madeira onde nasceu, feita pelo próprio pai que ali está na varanda, só olhos, meio corpo paralisado, boca torta, emudecido pelo derrame. A mãe pergunta se está tudo bem:

— Você parece preocupada.

— Só trabalho, mãe, mais nada.

— Não se preocupe demais, filha, a vida é pra viver.

— Olhe quem fala.

O pai sorri, meio sorriso com a metade boa da boca; *como deve ser triste entender tudo e não poder falar.*

— E o pai?

— Do mesmo jeito.

Está fazendo fisioterapia, sim, todo santo dia, suspira a mãe, mas melhorar mesmo, não melhora. O derrame foi quando? — conta os meses nos dedos: faz mais de ano já, e só melhorou nos primeiros meses, depois ficou na mesma:

— E ele não se conforma, diz que quer voltar a andar, quer ir pescar, quer tanta coisa!

O pai escreve com a mão esquerda no bloco de papel ao lado da poltrona: *E ACAD?*

Ela senta ao lado, no banquinho de couro que ele fez quando era menina; pega a mão coalhada de sardas negras, e conta dos novos alunos, das novas aulas.

— A academia vai muito bem, pai.

Ele escreve: *$?*

— Tá, pai, tá dando dinheiro.

Ele balança a cabeça, o olhar ansioso, escreve: *LEMB Q EU DIZIA?*

— Lembro, pai, lembro: que História pode ser muito bonito, mas professor hoje em dia ganha micharia, a não ser que seja dono de escola, e uma academia de capoeira é uma escola, melhor dirigir uma academia do que ser mais uma professora, eu sei. E eu sempre lhe disse, pai, que gosto da capoeira mas também gosto da História, e vou tocar as duas, fique tranqüilo.

Ele quer escrever mais, ela diz que sabe o que, que não dá para tocar as duas coisas ao mesmo tempo, ao menos se quiser tocar bem...

— ...e um dia eu vou ter de escolher, eu sei, pai. Quando o dia chegar, aí eu escolho, tá?

O olhar dele diz que discorda, ela ri:

— Ai, pai, teimoso igual você só você mesmo!

Ele escreve: *V. É + Q EU!*

Riem, ele torcendo meia boca e se contorcendo na poltrona.

Vem da cozinha o cheiro inconfundível de janta da mãe, é parte da casa como as fotos pelas paredes, ela nenê, ela menina, ela mocinha, em desfile no Dia da Pátria, levando a bandeira; e na formatura de capoeira, na formatura do colegial, na formatura da universidade e, num *poster* grande, ela com o pai, quando ele ainda parava em pé, cercados pela sua primeira turma de alunos na academia.

— Nossa, mãe, esta casa parece um museu da minha vida. Já não passou da hora de tirar essas fotos daí?

— Mas você é a coisa mais bonita que nós temos pra mostrar, filha, eu só não gosto é das fotos de capoeira, você sabe. Mas fiz canja de galinha com cambuquira, da última vez você tomou três pratadas, lembra?

Sai da casa às dez, levando uma sacola com queijo, coalhada, doce de abóbora com coco e frutas-do-conde do quintal, além de dúzias de conselhos e recomendações. Pára na casa de Bran, moçada da academia na calçada, avisam que a mulher do mestre teve nenê, em casa mesmo, com parteira.

Bran está na sala transformada em berçário, aprendendo a trocar fraldas com a parteira. Justina sorri cansada na cama. Ela deixa na geladeira as coisas da sacola, chama Bran para a rua, mostra o fusca e conta dos calouros e do filho do síndico.

— Só pode ter sido ele, não?

Bran concorda, o carro estava na garagem do prédio.

— Mas isso não importa. O importante é que você agrediu alguém.

— Ah, Bran, os caras levantaram meu carro!

— E aí você deu um golpe na testa, note bem, na testa de um deles! É uma região mortal, mestrina, e você sabe disso.

— Mas não bati forte, Bran, e foi com a mão aberta!

— Foi um golpe de uma pessoa treinada, sem necessidade, não para se defender mas ao contrário, tomando a iniciativa, e isso foi muito errado. Você deve pedir desculpa.

— Você está brincando, Bran? Pedir desculpa pra um pilantra?!

— Não precisa pedir ajoelhada nem chorando, mas quanto antes melhor.

Ele abraça — Obrigado pelos presentes — e volta para a casa, chamando a moçada para conhecer o nenê. Ela vai para o apartamento, vê tevê sozinha, cochila, acorda com os tiros de um faroeste, vai dormir com vontade de comer fruta-do-conde.

Passa a terça-feira inteira e a quarta de manhã ainda digitando as fitas, revisa e deixa imprimindo. A menstruação parou. Meio-dia, toca o telefone, é Miguel, avisando que o filme de fotos de seo Juliano está totalmente deteriorado:

— Passou mais de meio século numa latinha que enferrujou faz muito tempo. Não dá pra aproveitar nada.

— De qualquer jeito, obrigada.

— Vou deixar no hotel a latinha com o filme, decerto ele vai querer de volta.

Cuidadoso e previdente Miguel Costa.

— Obrigada.

Desliga, ouvindo que ele ainda ia falar mais alguma coisa. Trabalhou com o gravador a manhã toda, comendo só frutas e iogurte desde a janta de domingo na mãe. Então acende o forno, tira do congelador uma lula de meio quilo, salga e embrulha em papel-alumínio com azeite e limão, coloca no forno, vê os telejornais. Come a lula com tomate e bolachas de centeio, vendo na tevê a notícia de um debate entre os candidatos à reitoria. Os três candidatos falam um depois do outro, começando pelo reitor candidato à reeleição. Ele tira o cachimbo da boca como se numa concessão ao público, macaco velho, falando para a câmera e não para a repórter:

— Esperamos que seja um debate produtivo, não contaminado pelos males dos debates político-eleitorais, como o denuncismo vazio, sem provas, os ataques pessoais, a exploração da vida privada. Estamos prontos para participar de um debate de alto nível, de acordo com os altos valores que devem nortear uma universidade. Além disso, o Muro de Berlim caiu há mais de década, e tem gente ainda falando em socialismo...

O segundo candidato tem o tique de passar a mão na careca antes de falar, como se avisando ou acariciando o cérebro:

— Sou vice-reitor atualmente e acho que a gente deve resolver os problemas que pode, por exemplo o trote violento e humilhante, que há décadas flagela a imagem pública do nosso ensino superior e espezinha os direitos humanos. Agora, quando nossa universidade é reconhecida como uma das melhores do país, é preciso acabar com essa indignidade chamada trote! — já raivoso como um troteador.

Corte. Surge então o terceiro candidato, *a doutora, menina, mas que diabo, ela não está com câncer?!* Mas é mesmo ela, até pelo cacoete de, a cada frase, empurrar os óculos com o dedo para o alto do nariz, e, ao contrário dos outros dois candidatos, falando para a repórter e não para a câmera, como quem conversa e não como quem discursa:

— O que não podemos aceitar é um debate morno, para falar de planos de obras, tantos mil metros quadrados disso ou daquilo, enquanto a biblioteca não compra um livro há anos, os salários são achatados e uma série de irregularidades administrativas precisa ser investigada! Queremos uma universidade democrática e progressista, onde a reitoria não seja como um castelinho medieval cercado de correligionários políticos, confrarias e mordomias. Tanto o reitor como o vice-reitor, se perderem esta eleição, saem candidatos a vice-prefeito nas próximas eleições municipais, cada um por seu partido, enquanto eu não represento partido algum, mas quero representar todos os professores, alunos e funcionários que querem a universidade fora desse jogo de cartas marcadas...

Que danada, e não te falou nada, nem te pediu voto! A doutora empurra os óculos mais uma vez, parece até que para religar o raciocínio, mas some da telinha, surge o apresentador com meio sorriso e olhar maroto:

— Enquanto isso, vem aí a divulgação dos resultados do último vestibular, quando veremos se estas imagens realmente acabarão...

Cenas de trote: calouros sujos de tinta, óleo e farinha, os cabelos cortados a tesoura e melecados com ovos, pedindo dinheiro no calçadão, com o constrangimento de mendigos novatos. Um calouro de Medicina diz que teve de tomar água com detergente, e outro de Agronomia conta que foi obrigado a medir um hectare com um palito de fósforo, três horas andando agachado debaixo de sol. Pessoas são ouvidas rapidamente:

— É uma vergonha, entram no ensino superior como se entrassem numa pocilga, não é?

— Degradante! E o pior é que o dinheiro vai para os veteranos encherem a cara!

Volta a doutora na telinha, empinando os óculos no nariz:

— O fato é que o Conselho Universitário proibiu o trote mas a reitoria não dá apoio algum aos calouros que não querem ser troteados. Fomos procurados por vários calouros frustrados, porque acabaram troteados mesmo protestando e ameaçando delatar à reitoria. Ou seja: os troteadores, esses grupinhos de sádicos, contam com a impunidade porque sabem que não há autoridade de fato, tanto que o vice-reitor é médico e os trotes mais violentos acontecem justamente na turma de Medicina, pertinho da reitoria! — e respira para continuar falando, enquanto empina os óculos; corte.

Mais imagens de calouros bêbados, cambaleando maltrapilhos, mais pessoas comentando, e finalmente o vice-reitor com sua careca no anfiteatro vazio:

— É preciso esclarecer que há o trote violento e o trote apenas humilhante, digamos assim, e que parece legítimo porque temos calouros que gostam, fazem questão de ser pintados e cobertos de farinha e ovos, tudo a que "têm direito"!... Mas seria bom que não fossem pedir dinheiro na cidade, é mau para a imagem da universidade e dos universitários. O trote cultural é bom, mas há também quem ache uma chatice e não queira trote algum. Parece que é questão de respeitar a individualidade de cada um, sem impor normas. Não quer trote? Tudo bem. Quer? De que tipo? Com respeito tudo se resolve.

Vaselina! Vamos ao nosso comentário, diz o apresentador virando-se para o comentarista.

Comentarista: — A questão do trote catalisa a opinião pública, e o que se comenta na universidade é que pode ser decisiva na eleição para a reitoria. O vice-reitor, oficialmente encarregado da questão, tem nela seu desafio eleitoral.

Ela desliga, vai para a cama, cochila. *Miguel. Por que você não sai da minha cabeça?*

Acorda sonhando com Miguel, as coxas se esfregando, tão excitada que vai com os dedos e descobre que está úmida, *úmida, você está úmida, menina!* Então com um dedo, depois dois, três, faz o que desde menina tem vergonha de fazer. Mas a vergonha só vem depois.

Quatro da tarde! Veste calças *jeans* mesmo, já que as saias estão todas sujas, afinal são só duas, e uma camisa branca do pai, mas mantendo os punhos abotoados parece blusa de mulher. Deixa o fusca na garagem, vai de ônibus para a universidade. Os jardins do *campus* estão floridos como sempre. *Bendito Trópico do Capricórnio. E esses jardineiros deviam ganhar medalhas com a seguinte inscrição: "Nós Sabemos o que Fazemos na Universidade."*

Cinco horas! Tinha esquecido de como se perde tempo com transporte coletivo. A peroba sumiu, o buraco da raiz já coberto de placas de grama.

A doutora está na sua saleta de coordenadora, um buquê de botões de rosa sobre a escrivaninha. Outro buquê de grandes rosas vermelhas se espreme enfiado numa garrafa plástica cortada quase no gargalo, e a boca da garrafa ainda está ali; foi o jeito, diz a doutora:

— Tinha de arranjar um vaso com água para elas. Me afino mais com as rosas fanadas, as que já abriram, já deram o que tinham que dar, chegaram ao auge e aí caminham para a decadência...

Finge sussurrar como se as paredes ouvissem:

— Agora deram de me dar flores, no aniversário, no Dia do Professor, no final do semestre passado, na abertura deste semestre, outro dia me deram umas orquídeas lindas porque era um dia histórico qualquer, ou comemorativo nem lembro mais do que. E hoje achei aqui essas rosas já abertas, quem sabe uma sugestão para eu abrir logo uma vaga no departamento. Ah, nada como um câncer para mudar a vida da gente!...

No porta-retrato, sorri uma mulher que parece outra, uma jovem com os filhos ainda pequenos, em quase nada lembrando a mulher enrugada e com olheiras fundas, fios brancos escapando do lenço na cabeça.

— Não se espante, fiquei quase careca em poucos dias, eu que sempre brinquei com a careca do meu marido... E vejo que você também mudou.

Jeans só ficam respeitáveis em homens, menina! Que custava ligar para a lavanderia?

— Não estou falando das roupas, mas do brinco.

Ela leva a mão ao nariz, *você esqueceu de tirar*, pede desculpas.

— Por que? Eu só queria saber se você tinha deixado de usar ou se só usava fora da universidade.
— Exato.
— Então você é duas, certo?
— Mais ou menos. A senhora também: por que não falou que é candidata à reitoria? Não quer meu voto?
A doutora ri:
— Ah, é só uma anticandidatura, sem qualquer chance de ganhar. É mais um protesto do pessoal que não é de esquerda, nem de direita nem de centro, nem católico nem evangélico, nem de qualquer grupo ou quadrilha, só pra gente não perder a oportunidade de dizer umas verdades...
Riem, mas em seguida a doutora empina os óculos olhando para as mãos dela:
— Alguma coisa para eu ler?
Ela apresenta as fitas, e as laudas impressas da transcrição. A doutora folheia.
— A senhora vai ler tudo?
A doutora ergue os óculos como sem acreditar na pergunta.
— Claro que vou ler.
— É que eu gostaria de voltar a Foz já no próximo fim de semana...
— Eu vou ler agora, está bom para você? Ultimamente, veja que palavra perfeita para meu caso, ultimamente ando fazendo tudo na hora, não posso deixar nada pra depois. Outro dia tive vontade de nadar, mas não sou mais sócia de nenhum clube, botei umas bermudas, uma blusa velha amarrada na barriga, fui pro Igapó e nadei com a meninada naquela água fedidinha, foi uma delícia!
Põe as laudas e os cotovelos sobre a escrivaninha, coloca os óculos e começa a ler, fala já com voz automática:
— Troque a fita da impressora, está muito gasta. Guarde bem as fitas gravadas com o homem, e tire cópia de tudo em disquete, a pior coisa que pode acontecer a uma tese é um vírus de computador.
Vai à última página:
— Quarenta e cinco laudas, vai demorar quarenta e cinco minutos. Dá tempo de você dar um passeio — e começa a ler com o dedo descendo ligeiro a lauda linha por linha, máquina de ler.

Ela sai do prédio de concreto armado — *Por que arquitetos gostam tanto duma coisa tão feia?* — e vai andando à toa pelo *campus*. É quarta-feira, à noite começam as aulas para as novas turmas na academia; mas vai poder partir de novo para Foz sexta depois das aulas, e... Estaca, vendo vir em sua direção o mesmo grupinho que levantou o fusca com tijolos, e com eles o vice-reitor com sua conhecida careca. Aquele que levou o tapa está com olho roxo e aponta para ela. O vice-reitor tem a precisão dos médicos; olha logo o brinco:

— Boa tarde. Estuda o que, Artes?
— Mestrado em História.
— Faça o favor de me acompanhar.

O grupinho vai sorridente atrás, o vice-reitor entra na primeira sala vazia, fecha a porta. Aponta uma carteira para ela, senta em outra.

— Seu nome, por favor.
— Juliana Prestes.
— Ah, já ouvi falar. A tese sobre a Coluna Prestes.
— Como o senhor sabe?
— De tudo fica um pouco, disse o poeta. Já fui comunista, daqueles de viver para o partido, o Velho era meu ídolo. E ainda considero a coluna a maior façanha político-militar no Brasil.

Só que, quando Prestes comandou a coluna, não era ainda comunista, mas não fale nada, menina! O vice-reitor levanta de repente, abre a porta depressa, o grupinho está ali, embolados na escuta. O vice-reitor apenas olha, eles se afastam pelo gramado, arrastando os pés como meninos de quem se tira a bola. *Seria engraçado se não fosse aquele olho roxo, você não pode ter batido tão forte!* — *embora Bran já venha avisando desde menina, você se irrita, o sangue espanhol ferve, perde a cabeça, embrutece...*

O vice-reitor volta a sentar, passa as mãos pelo rosto, suspira fundo.

— Aquele estudante diz que foi agredido pela senhora no *campus*. Tem testemunhas e registrou queixa na polícia. Já recebeu intimação para depor? Então vai receber amanhã, o próprio delegado-chefe pegou o caso, o rapaz é filho de família forte, digamos assim.

— Mas eles me provocaram!

Ele suspira de novo, voz cansada:

— Pode contar como foi?

Ela conta, vendo que ele não está acreditando.

— Eles são um grupo, estão mentindo juntos!

— Há outras testemunhas que viram a senhora arrancar na contramão, quase trombando com o ônibus, certo?

— Certo — *Engula, menina!* — Mas bati sem querer machucar, mais pra empurrar, que ele estava me pegando na nuca!

O médico inclina para lhe olhar o pescoço, cirurgião avaliando:

— Mas ele não deixou marca... — levanta batendo as mãos nas coxas — Bom, vamos abrir sindicância, independente do processo judicial.

— Mas...!

— A senhora será notificada já amanhã. Com licença.

O último olhar dele é para o brinco na narina, e vai saindo mas ela se põe antes da porta:

— Por favor, reitor.

Ele é vice-reitor, Juliana Prestes! — mas ele sorri: *claro, é candidato a reitor, aproveita, menina:*

— Eles passaram a me perseguir, reitor, de moto, me mandaram um urinol cheio de... — *fezes? excrementos?* — merda e urina, acredite!

Ele suspira agora quase bufando, os olhos estreitando:

— E eu acredito! Estamos de olho nesse rapaz desde o último vestibular, a senhora sabe que há uma campanha contra o trote selvagem? Pois esse sujeito comandou o pior trote do ano passado, com calouros feridos, ou em semicoma por bebedeira, e a intenção seria pegar em flagrante, punir para servir de exemplo mas — bufando — aparece uma graduanda e bate de deixar marca no infeliz! Qualquer punição a ele vai parecer represália! A senhora fez dele uma vítima! Agora quer que eu faça o que, encubra uma agressão com dúzia de testemunhas?!

Sai deixando a porta aberta — e lá está o grupinho com suas poses e sorrisos na sombra duma árvore, o de olho roxo se coçando no meio das pernas abertas.

Ela volta para a sala da doutora, que acabou de ler e está mordendo a perna dos óculos, olhando as flores, e assim continua; ela senta e espera. Até que a doutora volta a folhear todo o depoimento de Juliano Siqueira e sorri:

— Isto aqui é o mais vivo e interessante depoimento histórico que já li, e apenas para responder sua primeira pergunta, de como entrou na coluna! Se continuar assim, terei de admitir que você pode sustentar sua tese com apenas essa fonte.
Aleluia!
— Mas...
Oh, não, lá vem: depois do mas vem o porém, o entretanto e o todavia, o no entanto e o ademais, os detalhes, as premissas e prolegômenos, adendos e ressalvas, notas de rodapé e de capítulo, glossário, bibliografia, enfoques adjacentes e transversais, mas convergência central no tema, já falamos tanto disso tudo, oh, Deus, que será agora?
— ...você trouxe gravador?
Ela tira o gravador da bolsa.
— Pode tocar uma fita?
A voz de Juliano Siqueira sai grossa e clara, a doutora coça a cabeça, morde os lábios, desliga o gravador.
— Juliana — *primeira vez que chama pelo nome* — Qualquer orientador de tese, para ser honesto consigo mesmo antes de tudo, faria o que tenho de fazer neste caso: conhecer a fonte. Não posso recomendar a continuação dessa pesquisa antes de conhecer esse senhor... Juliano Siqueira, certo?
— Eu tenho de trazer ele aqui?!
A doutora ri; não:
— Eu vou até lá com você. Vai quando?
— A senhora está desconfiada de alguma coisa?
A doutora pousa nela todo o peso e a paciência do olhar:
— Olha, um depoimento rico assim, de um idoso com a voz tão boa, daria para desconfiar de fraude, se eu não conhecesse você. Mas quero conhecer é ele, sabe — piscando — E quero também comprar umas coisinhas no Paraguai. Tome um cheque pra comprar minha passagem, quando é que vamos?

E scurece quando ela vai para o ponto do ônibus, que só parte quando está bem lotado. *Maldita ganância! Custaria muito botar mais ônibus nas horas de pico?* Mas um grupo canta alto no fundo, outros riem na frente, e os em redor vão com caras conformadas. *É o povo do seu país, Juliana Prestes. Aceitam qual-*

quer trote, baixam a cabeça para tudo, desviam de todo problema, rodeiam a trombada para ver o sangue e não para ajudar o ferido. Aplaudem e perdoam quase sempre o governo, fogem de quem luta mesmo contra governo ruim. Poucas cidadezinhas receberam bem a coluna...

O ônibus pára nos pontos para pegar ainda mais gente; e todos se espremem, alguns resmungando, alguns gemendo, outros rindo e fazendo piada. Quando não há como entrar mais alguém, embora tentem, os da porta reclamando, o motorista começa a passar sem parar nos pontos. Ela tem de pedir e insistir para alcançar a porta e descer no ponto diante da academia. Está fechada, mas no jardim pega a chave no buraco duma árvore — *Miguel saberia o nome dessa árvore? O nome científico, o popular, a madeira para que serve, para móveis ou lenha, para...*

— Pára de pensar nele! — sussurra deitando no salão escuro, numa esteira tão fina que sente o frescor do cimento liso.

Sindicância. Inquérito. Está tão tensa que a maior parte do corpo não toca o chão. *Talvez você precise de um advogado de verdade, menina. Agora, relaxe!* Respira fundo, relaxando o pescoço, deixando pesar os braços, as pernas, a boca se abrindo quando o queixo amolece, respirando cada vez mais leve... imaginando os olhos como duas bolas negras navegando juntas no espaço negro, e se fundindo numa só bola escura... que se funde com a escuridão...

Está cochilando quando chegam alunos, sempre os novatos primeiro, depois os veteranos, Bran, e ela troca de roupa, veste a camiseta e as calças brancas, e descalça entra na roda e se torna Mestre Ju, agilidade de gata, mas cadê a alegria de menina? O olhar de Bran quando está na roda, com o berimbau ou o pandeiro, cantando e comandando, olhar de menino alegre, agora vira o olhar frio do mestre, *olhando sem emoção para ver melhor. Ele está te examinando, menina, como faz com os novatos!*

Dividem a grande roda em duas, Bran depurando os veteranos, ela ensinando os novos. Quase três horas e duas aulas depois, está toda suada e relaxada. *Sindicância? Inquérito? Veremos amanhã, amanhã é outro dia.* O atabaque bate, o berimbau também, começa uma roda alegre, Bran olha com orgulho:

— Devia ser assim que os escravos brincavam no terreiro, hem?

Sem falar nada, sem ao menos trocar um olhar, vão para a roda, que para eles se abre; e jogam capoeira, soltos, leves, mas com pernadas tão fortes no ar que se ouve a lambada das bocas-de-sino das calças, vapt de cá, vapt de lá, para cada golpe uma defesa e um contragolpe em longas seqüências, como pequenas lutas, pequenas peças de balé que acabam quando um consegue golpear sem defesa, chegando o pé a milímetro do outro, daí voltando os dois a ficar com os pés no chão, gingando, no breve momento antes de começarem nova seqüência de golpes, saltando de costas, girando sobre pé ou mão, golpeando e recuando para voltar a golpear, vupt, vapt, os novatos olham de boca aberta.

Mas às dez horas Bran acaba com a roda, alguns resmungam mas ele diz que é a hora certa de ir dormir:

— Para acordar com o sol nascendo, é o maior espetáculo do dia e é de graça.

Na rua, pergunta do carro dela.

— Está pintando.

— E aquele outro problema?

— Resolvido. Boa noite!

Duas mentiras em seguidinha, menina! Mas o que pode Bran entender de um caso ou outro, mestre apenas de capoeira? E amanhã é outro dia.

Acorda com o interfone às sete da manhã, é o porteiro:

— O síndico diz que é pra lembrar que tem reunião hoje de noite.

Deixa o interfone, pega o telefone:

— Santelli? Preciso de você. É aquele problema, e mais outro. Já tomou café? Estou te esperando.

Prepara com gosto um café completo. Esquentar o leite. *Santelli. Como gostaria de gostar dele mais do que como amigo.* Fazer café forte. *Bonito, inteligente, alegre, meigo, responsável, é sempre bom estar com ele. Mas não foi bom ir para a cama com ele, menina, você só se sentia retribuindo tanta gentileza. E ainda no café da manhã, quando ele falou de se verem de novo, você já disse que o namoro não ia dar certo, e ele terminou o café olhando os farelos da toalha, lembra? Cuidado: com essa sinceridade leonina, pode machucar quem mais gosta de você!*

Queijo branco. Suco de laranja. Torradas. Patê de azeitona. Três tipos de geléia, ele comerá de todos. Quatro ovos quentes, para ele comer três. *Deus, e pensar que é magro!*

— Almoço de manhã e gasto energia o dia inteiro, Ju! Pensa que é mole apontar onde é que está cada revista?

O dia inteiro na banca de revistas, sentado no caixa, estudando Direito sentado num tamborete, entre um troco e outro, e sempre o primeiro da turma, estudando com livros emprestados de advogados fregueses da banca. Falando na língua dos turistas. E aquele dia em que começou a falar numa língua estranha com um freguês?

— Que língua era, Santelli?
— Queria tanto que você me chamasse de Carlos... Era latim.
— Você fala latim?
— Só pro gasto. Ele é padre.
— E vocês falam do que?
— Ah, do tempo, da decadência do Império...

Ela está rindo quando Santelli bate na porta em vez de tocar a campainha, quatro pancadas, mais quatro pancadas, mais dez pancadas, o começo da Quinta de Beethoven.

— Bom dia, Carlos Santelli! Por que o porteiro não interfonou?
— Dormindo.
— Mas é o começo do turno dele!
— Deve ser a crise, tem muito porteiro trabalhando também de guarda-noturno. Oh, Senhor!

Ajoelha diante da mesa do café. Ela pega o interfone:

— Seo Misael? Só pra avisar que subiu uma pessoa, o senhor estava dormindo.

Santelli enche de geléia uma torrada, os olhos pedindo explicações. Ela conta que isso é parte do problema:

— O síndico manda recados através do porteiro, diz que é preciso identificar todos que sobem, por uma questão de moral e de segurança... Fazem cara feia quando trago alguém para cá, especialmente homem.

O olhar esperto dele:

— É? Que mais?
— A questão do Chico: diziam que eu não podia ter animal no apartamento, eu falava que o Chico não era animal, e só cantava, se canto de passarinho fizesse tão mal, estava todo mundo condenado, eu só vim morar aqui porque o prédio é diante duma praça cheia de árvores e de passarinhos! Mas cansei de receber avisinho de porteiro: olha, tem vizinho reclamando do passarinho...

Santelli olha em volta:

— E cadê o Chico?

— Morreu. E agora tem o caso do elevador e do carro. E do grupinho na universidade.

Santelli sabe, antes de tudo, escutar, agora até porque tem a boca ocupada com um café completo. Ao fim dos relatos e das geléias, e depois de quase acabar com o queijo e tomar três copos cheios de café com leite, diz que ela não deve se preocupar:

— Vou ver o que posso fazer. Vou te acompanhar em qualquer depoimento, me ligue, arranjo alguém pra cuidar da banca por umas horas, esperando que o patrão não apareça. Vou te dizer como deve fazer e o que deve falar na polícia, isso é o mais importante. Não tem mais torrada?

Com mais torradas volta a atacar o resto do queijo, agora com café puro, conseguindo falar elegantemente entre mordidas e mastigações:

— Na polícia ou na universidade, não se intimide — mordida — não baixe os olhos — mordida — mas também não eleve a voz — longa mastigação — e pense bem sempre antes de responder, evitando tudo que possa ser usado contra você...

Mordida.

— ...e não aceite que botem conclusões na sua boca ou façam deduções como se fossem perguntas, inquérito é só para ouvir os fatos na versão de cada um, para o promotor examinar se, note bem, se o inquérito deve virar processo, para que finalmente um juiz chegue a uma sentença. Por isso, antes, sempre é possível um acordo. Já tentou pedir desculpa ao sujeito?

— Não, mas já me aconselharam isso.

— Seria bom, pode encerrar o caso. Comece o depoimento pedindo desculpas e se oferecendo para pagar as despesas médicas, certo?

— Certo.

— E não fale que é capoeirista ou sei lá como se chama, é agravante. Não dá pra contestar uma agressão com testemunhas. Se você ao menos tivesse uma testemunha de que foi provocada no estacionamento, ia ser atenuante.

Miguel. Foi só o que você deixou de contar, Juliana Prestes, que voltou a encontrar quem botou o fusca de novo no chão. Oh, Santelli, seria tudo tão fácil se você não me olhasse assim ainda apaixonado e eu pudesse contar tudo sem te ferir, meu amigo!

— Explore o fato de serem um grupo. Diga que cercaram o carro, e que você pensou que ele ia te agredir quando agachou na janela.

— Mesmo não sendo verdade?

— Estamos falando de um inquérito, não de verdade. Diga que ficou muito alterada, porque se sentiu humilhada e ofendida, e perdeu a cabeça. Exatamente assim, *acho que de repente* — não esqueça o de repente — *perdi a cabeça!* Aí configura perda de sentidos, uma grande atenuante. O promotor vai empurrando com a barriga, acaba arquivando se a outra parte não insistir. Que suco doce, hem, começou a usar açúcar?

— Não, é suco de laranja-lima.

Ele bebe de olhos fechados.

— Santelli, quanto cobraria um advogado iniciante por esse serviço?

— Se eu puder comer mais uma torrada, Ju, você acaba de me pagar.

Come a torrada com as três geléias, ainda toma mais suco antes de olhar o relógio e sair correndo, ela mal tem tempo de gritar no corredor:

— Obrigada... amigo!

A moto ronca lá fora, ela começa a chorar como havia tempo não fazia; na última vez, também debruçada assim na mesa, com a cabeça nos braços e Chico ciscando nos cabelos, depois de voltar do hospital onde viu o pai sem voz pela primeira vez.

Canta longe o relógio-cuco do vizinho, ela enxuga os olhos e, *como diz Bran: quando não souber o que fazer, faça qualquer coisa!* Lavar roupa, até para ter o que vestir na reunião do condomínio. Cozinhar arroz integral, a receita de Justina:

— Melhora desde o intestino até a ponta do cabelo, sem falar no humor!

Vai ao sacolão, as frutas colorem a sala e a cozinha. No meio da tarde, come arroz empapado — *por que você nunca acerta um arroz?* — com sardinha em lata e agrião, sobremesa de abacaxi com mel. Está cochilando, toca o telefone, a voz rouca da doutora:

— Juliana? Chegou no departamento um ofício da reitoria para você, com cópia para a chefia, de modo que está todo mundo sabendo, você tem depoimento marcado para segunda de manhã. Sindicância por agressão, é?

Toca o interfone, ela deixa a professora esperando, é o porteiro:

— Tão subindo dois polícia aí.

Volta ao telefone:

— Doutora — toca a campainha — Podemos conversar depois, durante a viagem?

— Então você vai a Foz assim mesmo. Ótimo, sinal de que não deve nada, não é? Ou então está querendo me usar para mostrar confiança — e explode a risada rouca, depois tosse, e toca de novo a campainha — Desculpe, o maldito tratamento dá até tosse! Mas me avise a hora da partida, te encontro no embarque, ao menos os ônibus são pontuais neste país, não é?

Ela tira a argolinha do nariz. Quando abre a porta, a campainha está tocando direto. Dois sujeitos de *jeans* desbotados, camisas justas fora das calças, deixando ver o volume da arma na cintura, um com a identidade policial na mão:

— Juliana Prestes? Intimação.

Um papel dobrado, sem envelope, só um brasão ou coisa que o valha, *Polícia Civil* e datilografia de letras gastas. Duas linhas, uma assinatura e um carimbo.

— Quando?
— Agora.
— Antes vou telefonar.
— Telefona da delegacia.
— Meu advogado — *como eram mesmo as palavras, Santelli?* — meu advogado alerta que é meu direito o uso do telefone mais próximo, e irá apresentar queixa-crime se isso for negado.

Os dois se olham, um baixa os olhos soltando um jato de ar, outro diz vamos lá, entra olhando tudo, e ela tem de virar de costas para não verem o tremor da mão teclando o telefone.

— Santelli? Dois policiais estão me levando pra delegacia.

O policial olha as frutas, andando pela sala, *vai ver as fotos da capoeira!* Santelli:

— Peça identidade deles e ao sair avise o porteiro.
— Meu advogado manda ver as identidades dos senhores.

Os dois apresentam as identidades, trocando olhares e suspiros, ela fala os nomes ao telefone, eles vão para a porta.

— Vamos lá, dona.
— Pode ir — diz Santelli — Te encontro lá, mas não abra mais a boca — e desliga.

Um grupinho já está na portaria, aposentados de bermudas e velhos tênis branquinhos de recém-lavados, umas vizinhas que fingem estar alheias, o síndico e o porteiro conversando com o motorista da viatura. As quatro portas batem uma depois da outra, enquanto o grupinho já está na calçada, bam, que foi, bam, quem sabe, bam, essa aí... bam! A viatura parte guinchando, grilando e trepidando.

Que calor, diz um. O tempo anda mudando, diz outro. Ah, diz o terceiro, são outros tempos, hoje tem até mulher que bate em homem!

Riem, ela não abre a boca, eles também não mais, talvez devido à barulheira da viatura.

Santelli já está diante da delegacia, de terno escuro e gravata, cabelos penteados para trás, sapatos de verniz e pasta preta. Abre a porta da viatura:

— Boa tarde, policial. Estou com minha cliente.

O policial faz que nem ouve, aponta a porta da delegacia. Entram. Escadaria. Corredor. Porta com plaqueta — *Delegado-Chefe* — e um polícia bate antes de entrar, eles ficam na ante-sala, onde o escrivão faz palavras cruzadas. Santelli puxa para um canto:

— Tudo bem?

— Ah, tudo maravilhoso. Como se vestiu tão rápido?

— É o Super-Santelli!

O polícia volta abrindo a porta, entram e, durante um minuto ou dois, o delegado-chefe é só uma careca debruçada sobre papéis na escrivaninha. Quando levanta a cabeça, dá com Santelli estendendo a mão:

— Boa tarde, doutor. Minha cliente pode sentar?

O delegado olha os cabelos ainda úmidos, os sapatos brilhando, a gravata certinha, e estende a mão com a palma para cima:

— A sua carteira profissional, doutor...?

— Santelli. Sou formando de Direito, delegado. Esta cidadã pediu assistência ao escritório público do nosso curso, e eu fui indicado como estagiário para acompanhar o caso, tanto aqui como na sindicância na universidade — e aperta a mão do delegado.

Bom, resmunga o delegado, é um direito...

— ...ou um problema dela.

Santelli senta, abre a pasta.

— É uma honra trabalhar com um delegado tão reconhecido. Trouxe uma revista de armas para o senhor, importada.

O delegado pega a revista, olha bem a capa, aproximando e afastando para ler letras de vários tamanhos, põe sobre a escrivaninha para folhear melhor, a cabeça volta a virar uma careca redonda. De repente ergue os olhos:

— Como sabia que gosto de armas?

— Li no jornal, doutor, faz mais de ano.

O delegado pisca várias vezes, cada vez olhando para um ponto perdido, até lembrar:

— É verdade. Então dá uma olhada nisto aqui — um envelope pardo.

Enquanto o delegado passa em revista pistolas e carabinas, eles vêem foto de um moço claro de cabelos escovinha, olhos de azul quase celeste, queixo comprido de cavalo, a boca num meio sorriso que se torna cômico com a bolsa roxa no olho quase fechado de inchaço. No exterior do envelope, apenas o brasão do Estado e um nome a caneta: Michael Tailland.

O delegado fecha a revista, joga numa gaveta, fecha a gaveta num tapa, bate as mãos:

— Então? Vamos conversar?

— Minha cliente, doutor, com prazer abre mão do direito de responder apenas em juízo, para colaborar com o estabelecimento da verdade e das responsabilidades.

O delegado suspira soltando um som entre o ronco e o rosnado, aponta a sala do escrivão, onde as cadeiras não são estofadas mas mambembes. Lá Santelli oferece cigarros ao escrivão.

— Fique com o maço.

O escrivão olha, o maço só tem mais um cigarro. Joga na gaveta, senta diante da tela do computador, digita num teclado creme já quase cinza.

— Nome?

— Juliana Prestes.

— Idade?

As cadeiras são ao lado da escrivaninha do escrivão, que assim fica de perfil, o cigarro pendurado na boca, os olhos quase fechados pela fumaça. O delegado chega com uma cadeira mas não senta, apóia as mãos e, depois das perguntas de praxe do escrivão, começa a perguntar:

— Reconhece o cidadão desta foto?
Ela pega a foto, Santelli pousa a mão sobre a coxa direita, ela responde sim, a voz quase sumida.
— Já tinha visto antes da última vez, conhecia de algum lugar?
Santelli passa a mão para a outra perna, ela responde não, a voz já se firmando.
— Ele afirma que foi agredido pela senhora. Confirma?
Santelli pousa as mãos sobre os joelhos, ela se ouve falando como ele instruiu, *pausada e claramente, Ju, suave mas firmemente, como uma massagem num nenê*:
— Não me senti como agressora, delegado, mas humilhada e ofendida por uma provocação de um grupo de calouros. Se agredi, foi por defesa, por me sentir cercada e ameaçada, depois de já ter sido ultrajada por eles.
Santelli recolhe as mãos, ela pára de falar, o escrivão pára de digitar logo em seguida, bate o cigarro no cinzeiro. O delegado:
— Confirma também que...
Santelli levanta a mão:
— Mas ela não confirmou nada! Solicito leitura da resposta, delegado.
O escrivão olha para o delegado, o delegado balança a cabeça entre espantado e divertido:
— Calma, *doutor*!...
— Pelo Direito, delegado, tenho o dever de prevenir que qualquer achincalhe à dignidade da defensoria ou da indiciada será comunicado à Ordem dos Advogados e à Corregedoria da Polícia.
Não exagera, Santelli! O escrivão esmaga tão forte o cigarro que faz gemer o cinzeiro de lata.
— Além disso, delegado, como estagiário tenho por tarefa solicitar o cumprimento de todos os preceitos jurídicos e normas inquiriais, para exemplaridade didática do processo.
O escrivão até desloca a cadeira para olhar melhor o delegado, e o delegado olha nuvens brancas pelo vitrô empoeirado.
— Deixa o Rui Barbosa ler aí.
O escrivão se afasta da tela, Santelli lê: *Blá, blá, blá, plam, plam, plam, inquirida a indiciada se agrediu o queixoso, respondeu que sim, embora alterada pelas circunstâncias que passa a relatar.*

— Negativo — Santelli chega a cadeira mais perto — O correto é *respondeu que não se sentiu agressora, mas humilhada e ofendida por uma provocação de um grupo de calouros, acrescentando que, se agrediu, foi para se defender, por se sentir cercada e ameaçada, depois de já ter sido ultrajada por eles.*

O escrivão olha o delegado, que só balança a cabeça olhando nuvens. O escrivão volta ao teclado e pega outro cigarro, Santelli acende falando doce:

— Que tal apagar isso e começar tudo de novo?

O escrivão olha o delegado com os olhos fechadinhos de fumaça. Pode ser, diz o delegado:

— Mas depois ela vai fazer exame de corpo de delito.

O cheiro do necrotério chega até a sala do médico-legista. Ele olha apenas as mãos dela, nenhuma marca, além dos calos na palma.

— Trabalha com que?
— Faço capoeira.

É sol a pino quando saem da delegacia. Na esquina Santelli já tira o paletó.

— Deixei a moto na outra quadra — entrando num boteco — Já volto.

Volta de *jeans* e camiseta, tênis, capacete e maleta, os sapatos numa sacola plástica. Vai até a moto falando sem parar:

— O patrão deve estar pra chegar na banca. Olhou a foto do cara? Aquele sorrisinho é de petulância. Miguelzinho Tailã, quem não conhece? Tailã vem do inglês Tailland com dois éles, é uma das poucas famílias inglesas que continuaram em Londrina depois da guerra, quando quase todos os ingleses voltaram pra Londres. O avô trabalhava na ferrovia, era quem recebia o uísque que vinha da Escócia baratinho pros ingleses, contam que quando ficava bêbado pegava a espingarda e saía dando tiros pela rua. Ficar doidão pode até ser tradição familiar... Você pensou que é calouro por causa do cabelo escovinha, mas é veterano, não sei de que curso. É daqueles tarados por trote, mas é mais conhecido por acabar com festa: onde tem quebra-pau, tá lá o Tailã!

Monta na moto, entrega a maleta e a sacola:

— Leva pra tua casa, chego quinze minutos antes da reunião do condomínio. Tiao!

— Ei, você foi mesmo escolhido pelo escritório de Direito?
— Essa droga de creme de cabelo vai me engordurar o capacete. Tiao! — arranca rápido e some no trânsito.

Ela compra passagens, telefona à doutora dizendo o horário; depois almoça sozinha no silêncio, mastigando bastante o arroz integral, olhando as árvores da praça através da tela da janela. Pega a velha caixa de ferramentas do pai, arranca a tela e a brisa passa a entrar. Escreve prolegômenos da tese até sair para a academia, para as primeiras aulas das novas turmas da tarde. Na garagem, revê a borradeira do fusca, tinha esquecido; aí resolve ir a pé, correndo para não perder a hora. Volta de carona no fusca de Bran, preocupado com o crescimento da academia:
— Temos de tomar cuidado, parece que capoeira virou moda. Não vamos relaxar só porque tem muito novato, e muito novato pó-de-arroz, já notou? Não vamos amolecer, mestrina! Já chega o que tem de picareta na praça, dizendo que é mestre e montando arapuca!

Bran dirige como quem tateia o caminho, motorista novato, o fusca é seu primeiro carro na vida e ele pára em toda esquina. *O mestre é mestre só na sua arte?*
— Sabia que abriu mais uma academia na cidade? Vi o "mestre" na televisão, dizendo que capoeira é uma nova arte marcial... Uma *nova arte marcial*!
— Bran suspira quase bufando — Estou faz vinte anos nessa batalha, hoje dou aula pra filhos dos primeiros alunos... mas às vezes penso se não formei clientela pra esses picaretas!...

O fusca vai grilando, protestando alto nas subidas ou só dando umas griladinhas nas descidas. Ela fica na praça, ele desliga o motor:
— Falou com o rapaz?
— Que rapaz? Ah... ainda não.

Ele apenas sorri, um sorriso de pena ou de dor, o olhar de repente velho e ferido, afinal tem mais de quarenta, embora ainda sem nem um fio branco. *Será que pinta os cabelos?* Ela agacha para falar com ele na janela do carro:
— Bran, vi foto na delegacia, olho roxo, mas eu nem bati no olho, bati na testa, e mais empurrei que bati! E o Santelli diz que o sujeito é pinta-brava, encrenqueiro conhecido!

— Quem é Santelli?

Meu advogado, ela diz baixinho, vendo que ele tem alguns fios brancos acima da orelha. Chegue mais perto, ele pede; ela avança um passo agachada, põe as mãos na porta, como fez Miguel Tailã, e Bran fala frio:

— Pelo que você me contou, ele estava nessa posição em que você está, e você aqui onde estou eu. Quando ele colocou as mãos na porta, você disse que deu o golpe com o braço direito, certo? Veja.

Bran vira o peito para o lado da porta, jogando o braço reto para fora, a mão aberta, até tocar no olho dela, aí se imobiliza:

— Vê? Eu também quis atingir tua testa, mas atingi o olho porque o braço desceu, claro, estou sentado, não consigo fazer o movimento direito. A mestrina deve ter atingido o olho, sim!

Atingiu, atingiu, cantam os passarinhos.

— Mas eu nem quis bater, Bran, quase que só empurrei, não era pra ficar aquele roxo!

— Você estava com raiva, a força dobra, e afinal você é mestre nisso! Perdeu a cabeça, tem que pedir desculpa. Senão o golpe volta pra você, entende?

Entende, cantam os passarinhos, entende?

— O golpe já voltou pra mim, Bran.

Conta da sindicância, do inquérito; ele pergunta o que pode fazer para ajudar.

— Nada. É melhor que nem saibam que sou capoeira, Santelli acha que pode ser agravante.

Agora é dor mesmo que vem do olhar de Bran, ela pede desculpas, ele liga o motor.

— Bran, estou vendo seu primeiro cabelo branco.

Ele diz que Justina já tinha lhe mostrado:

— Acho bom. Tem gente que pensa que pinto o cabelo. Tiao, mestrina!

Ela fica na praça, o fusca vai grilando tiao, tiao, tiao.

Vai até a entrada do prédio mas não entra, vai andando sem rumo, chutando folhas secas, chega aos gramados do Igapó. Vê um buraco onde enterrou Chico. Penas pretas em redor; algum cachorro deve ter cavucado. Nem precisa procurar para achar por perto mais penas e a cabeça roída.

Pega a cabeça, põe no fundo do buraco, empurra terra com as mãos, soca devagar com os pés, enquanto a sombra duma nuvem desce sobre o lago.

Santelli chega quinze para as oito, com macacão de couro, de motoqueiro, pega um sanduíche e vai para o banheiro com a maleta, sai sem o sanduíche e de paletó e gravata.

— Assine esta procuração. Você não vai de *jeans*, não é?

Ela lavou as saias e blusas para viajar, ele escolhe uma saia escura e a única blusa cinza.

— Abotoe o último botão. Tire essa coisa do nariz.

Ele toma dois copos de leite e se penteia.

— Lembre do que combinamos.

No elevador, ela lembra:

— Cadê a revista de presente?...

— Agora é outro caso, a tática é outra.

O salão de festas é no térreo, com uma churrasqueira aberta para o pátio, de modo que, quando se abre o elevador, dão já com alguns ali fumando, aposentados precoces, ex-bancários ou funcionários públicos, sempre à procura do que fazer do resto da vida, aguardando as reuniões do condomínio que a maioria evita; e ali estão também com seus carrinhos de nenê as duas novas mães, unidas pela inexperiência; como estão também, sentadas a tagarelar no salão, baixando a voz quando eles entram, as mães de filhos já criados ou casados, e que, por isso mesmo, agora têm bastante tempo para se dedicar à vida dos outros. Uns dez ou doze, no prédio de trinta e dois apartamentos. E o síndico, único em cadeira de espaldar alto, atrás da escrivaninha trazida da saleta, símbolo de autoridade e ordem, que Santelli contorna estendendo a mão ao homenzinho espantado, falando alto e claro:

— Prazer, Carlos Santelli, representando a senhora Prestes.

Silêncio no salão, os fumantes com meio corpo dentro, ainda fora o braço com cigarro.

— Minha cliente recebeu aviso de que, nesta reunião informal, será tratado assunto de seu interesse. Aqui está procuração para que eu represente a senhora Prestes, podendo inclusive assinar em seu nome.

As velhas mães estão boquiabertas, mas uma das novas mães sorri.

— Se dão licença, a senhora Prestes se retirará da reunião — olhando o relógio — que está marcada para as oito, não?

— Não é uma reunião — o síndico levanta — É uma assembléia.

— Convocada em quarenta e oito horas? Presumo que os estatutos deste condomínio sejam semelhantes aos outros, onde as assembléias só podem ser convocadas com mínimo de semana de antecedência, sob pena de nulidade das decisões. De qualquer forma, mesmo que fosse uma assembléia regularmente convocada, não haveria quórum, não?

Os fumantes — sem os cigarros — agora rodeiam a escrivaninha, alguns olham para ela como se vissem pela primeira vez. O síndico troca olhares com os homens, enquanto Santelli continua já botando uma cadeira diante da escrivaninha:

— Considerando, porém, que geralmente se prevê segunda convocação após meia hora, com qualquer quórum, e também como prova de boa vontade da senhora Prestes para com o condomínio — sentando — participarei da reunião, informalmente, claro, já que se trata de uma reunião informal. Boa noite, senhora Prestes.

Ela passa pelo pasmo das mulheres, o sorriso aberto de uma nova mãe, a cara zangada da outra, enquanto os nenês são muito parecidos, *como diz Bran, a esperança está sempre na juventude, o problema é que a juventude envelhece...* Esperando o elevador, ainda ouve Santelli alto e claro como numa aula:

— Uma assembléia também deve especificar, na convocação, a pauta de assuntos. Sente-se, senhor, fique à vontade. Qual a pauta desta reunião?

Uma hora depois Santelli telefona:

— Eles não têm nada contra você. Quiseram falar do passarinho, contei que você soltou, em respeito ao condomínio, e até já tirou a tela da janela. Falaram que seu carro tem pintura obscena, falei que foi feita provavelmente pelo filho do síndico, e contei a história do elevador. Ameacei com queixa na polícia, por vandalismo, dois condôminos até me apoiaram, parece que o rapazinho não é mesmo flor que se cheire. Pensei que o síndico fosse ter um enfarte, passava de vermelho pra branco, pra vermelho de novo... Falou de "visitação de homens" no seu apartamento, as velhotas apoiaram, falei que você tem o direito de receber quem quiser, desde que não portando explosivos, com doença infecto-contagiosa etc., conforme as leis, e qualquer atitude em contrário pode merecer processo por danos morais. Falei que esses casos são sempre muito acompanhados pela imprensa, já que a maioria dos repórteres hoje é mulher, já notou? Acabou sendo uma reunião bem instrutiva, no fim me pediram umas dicas sobre legislação trabalhista e contabilidade. Até me pediram cartão, procurei em todos os bolsos, falei que troquei de roupa correndo, deixei os cartões em outro paletó, o que não deixa de ser coerente, cartões que não existem num paletó inexistente, certo?

Sexta-feira, ainda prolegômenos da tese. Releitura de alguns trechos de meia dúzia de livros. Reescreve parte da apresentação, revisa e imprime cópia da bibliografia, confere cada ponto-e-vírgula; ao menos isso já ficará pronto, conforme a doutora:

— Não deixe a bibliografia para o final. Vá registrando no computador cada livro lido. E faça imediatamente cada nota de rodapé!

Obrigada, mestra, conforta e anima ver um pedaço da tese já prontinho. Para comemorar, convida Santelli para almoçar fora.

— Num self-salve-se?

— Não, você escolhe.

Ele escolhe uma churrascaria ali pertinho. O churrasco rodízio tem treze tipos de carnes e ele come de todas, repetindo algumas.

— Santelli, como você não engorda comendo tanto?

— Você vê o banquete, não vê o jejum. Tem dia, por exemplo quando sai *Playboy* com alguma supergostosona, não dá tempo nem de fazer xixi! E em dia parado eu estudo, né, leio, e a atividade cerebral gasta tanta ou mais energia que a atividade muscular, as fotos kirlian mostram isso claramente.

Baixa a voz para dizer que não estuda só para passar no curso, nem para ser um bom advogado; nunca contou a ninguém mas é o seguinte:

— Vou ser juiz, Ju. Vou fazer concurso e ser o juiz mais jovem do país.

— Eu acredito, Santelli, depois de ontem eu acredito.

Mas ontem, diz ele entre garfadas, foram outros casos:
— Na universidade vai ser um processo político. Normalmente a sindicância daria em nada, mas com essa campanha da reitoria contra o trote violento, você pode até virar bode expiatório, muita gente diz que só existe ainda essa barbaridade de trote por falta de autoridade, e que é preciso acabar com a impunidade. Então podem querer punir alguém, por que não você? A penalidade vai da advertência à expulsão, mas é uma corporação, né, decerto não vão acabar com tua carreira com uma expulsão.

Quando ele afasta o prato, o garçom apresenta brincando um espeto de costela:
— Nem um pedacinho?
— Vá lá, se você insiste — e pega um baita pedaço.

Depois que empurra o prato de novo, olha para ela agradecido:
— Agora você pagou por ontem. Se a gente conseguir só uma pena branda na universidade, você me paga uma ceia completa num restaurante italiano, com entrada, dois pratos, vinho, sobremesa e licor, certo?

Computador, academia. Computador. Sardinha com iogurte, tomate e torrada. Computador. Coalhada com granola. Computador. Telefone:
— Filha, você não anda trabalhando demais?
— Não, mãe, estava vendo tevê — *mentira boa é a que faz bem*.
— Domingo é teu aniversário, teu pai falou para eu fazer a bandeira da Itália, você sabe, as três lasanhas, a verde, a vermelha e a branca, mas se você quiser outra coisa... É que vou fazer compras agora, preciso saber se compro espinafre, que se não usar na lasanha verde, depois se perde. De sobremesa eu acho que...
— Mãe, vou viajar.

O silêncio da mãe fala tudo, depois são só explicações, desculpas, lamentações, até que ela corta:
— Mãe, tenho de arrumar a mala! Dá um beijo no pai.
— Fazer o que, né, filha? Se um dia lembrar da gente, passa aqui...

Volta para o computador. De alguma tevê no prédio vem o prefixo da novela das seis, das sete, do telejornal, novela das oito. De vez em quando, lava o rosto. Uma tese é uma tese é uma tese é uma tese. Grava tudo em disquete, desliga o computador, pega a bolsa de viagem e sai com o fusca, ligando antes para a a velha oficina onde ia com o pai desde menina. O mecânico se aposentou, mas continua morando nos fundos e o filho espera na calçada, acende as luzes do salão, cheio de carcaças desmontadas. Examina o fusca até por baixo, deitado na tábua com rolimãs, depois faz as contas com a mesma honestidade lenta do pai, garante que numa semana deixa novinho de novo.

— Mas de que cor?
— Vermelho. Tiao, menino!

Passa pela casa de Bran, Justina está dando de mamar. Ela conta o inferno que foi a semana, Justina pergunta quando faz aniversário.

— Depois de amanhã.
— Então: é teu inferno astral. Semana que vem, melhora.

Ah, Justina, eu queria acreditar nos astros, mas... Olha o quarto, as paredes com fotos de gurus, receitas de chás, panôs, amuletos, búzios no criado-mudo, queimadores de incenso, copo com rosa branca, na cômoda o livro do I-Ching com as três moedas. E na porta o *poster* de Gandhi sorrindo, na cabeceira Nossa Senhora com Jesus no colo, como Justina ali com o nenê.

— Vai com Deus e os anjos, Ju.

Bran insiste em ir junto até a rodoviária, tem muito assalto no trecho. Vão conversando da academia, os novos alunos, de repente dois sujeitos saem da noite, um com canivete, outro com faca:

— Passa a grana aí, compadre!

Use a mala, diz Bran, já caindo sobre o braço e girando uma pernada no de canivete, é um rapazola que parece pairar, com as pernas na horizontal, antes de desabar de costas largando o canivete. O outro corre. Ela ainda está estatelada, segurando a mala com as duas mãos como escudo. O rapazola também corre, Bran pega o canivete, examina, enfia no bolso. Ela está com as pernas bambas.

— Nem vi a cara deles!
— Então vamos senão perde o ônibus.

Num dia você perde a cabeça, menina, no outro dia você treme de medo! E escuta o coração, na hora parou, agora dispara!

— Eu senti medo, Bran.

— Ah, é normal, eu também sempre sinto, depois que a coisa passa.
— Na hora não?
— Não dá tempo.

A doutora está na porta do ônibus com o marido, que ainda tenta convencer a mulher de que a viagem é uma loucura, depois fica acenando da plataforma. Na estrada a doutora suspira aliviada:
— Ele ficou todo preocupado porque vou interromper o tratamento, mas é principalmente por isso mesmo que quero viajar! Além disso — inclina a poltrona-leito, já com voz mole de sono — eu não posso deixar de conhecer um menino da Coluna Prestes...
Que olheira funda! Você terá mais quanto tempo, doutora?
— ...nem que seja a última coisa que eu faça, mas acho que ainda vou fazer muita coisa... E a única coisa boa desse tratamento é que perdi a insônia...
Logo está ressonando. Ela demora para dormir. Quando acorda com vozes, ainda retém a última imagem de um sonho: a coluna serpenteando por uma estrada, a cavalhada levantando poeira, e ela chamando — Venham, venham para uma foto! — então desmontam Prestes e os oficiais da coluna, Juarez Távora, Cordeiro de Farias e João Alberto, e Siqueira Campos com seu chapelão, o paulista Emigdio já vestido de gaúcho e gracejando:
— Vam'tirar foto, que se de tudo isso não ficar nada, fica a foto!
O bacharel Moreira Lima passando a pé, com sua cinta de arame para segurar o tampão da úlcera supurada. O coronel Miguel Costa, o único com o uniforme cáqui ainda completo, embora o chapéu quebrado na testa, primeiro mandando amarrar bem a mula cargueira da sua tralharada, depois se juntando ao grupo para a foto. O fotógrafo, ela vai apresentando, também é Miguel Costa:
— Seu xará, coronel!
Miguel apertando a mão de todos. Prestes dizendo que é preciso apressar, e ela ajudando Miguel a arrumar a pose, todos naturalmente em volta de Prestes, Miguel já detrás do tripé da máquina, então noutro tripé aparece uma metralhadora começando a atirar, fuzilaria, todos correndo para os cavalos, os ordenanças, as armas.
Com sua voz seca, apontando aqui e ali nos dois lados da estrada, Prestes mandando duas patrulhas ficarem retardando o inimigo. Ela e Miguel corren-

do para o fusca vermelho e, quando vão seguindo atrás da coluna, vêem que avermelhou, virou uma cobra vermelha na direção do horizonte.

Acorda com vozes, passageiros saindo. O ônibus demora numa das paradas; a doutora continua dormindo, ela sai para saber o que há. Passageiros rodeiam o motorista: outro ônibus foi assaltado, mas ele garante que logo — meia horinha só — continuarão viagem. Assim chegam em Foz já dia claro, a doutora acorda, esfrega os olhos, olha o céu nublado e parece falar para si mesma:

— Vai chover. Se não fosse a chuva, será que Napoleão ganharia em Waterloo?

— Acho que não — diz ela — Mesmo que os prussianos chegassem a tempo, os ingleses tinham mais moral, e aqueles locais que Napoleão desprezou e Wellington fortificou continuariam sendo as chaves da batalha.

A doutora põe os óculos.

— Desde quando você se interessa por história militar?

— Desde menina — ela cora — Com dez anos, um primo ganhou um forte com soldadinhos, índios, paliçada, e eu pedi, pedi até ganhar um igual. Depois comecei a ler *Seleções* porque sempre tinha matérias de guerra.

— É, os impérios sempre guerreiam. Os homens sempre guerreiam. Olhe lá o rio. Veja bem onde vieram se enfiar aqueles gaúchos e paulistas rebeldes: no cotovelo entre dois rios, posição ideal para serem cercados. Mas também ótima posição para o exílio, dando saída para Argentina e Paraguai. Aqui começou realmente a coluna — já falando como quem escreve — porque aqui foi definida a estratégia militar, a guerra de movimento, e a estratégia política, de levantar a nação. Aqui foi a famosa reunião de Prestes com os oficiais, quando metade resolveu se exilar, metade decidiu continuar a luta, começando a marcha da coluna. Você se importa de eu perguntar ao nosso menino se ele lembra de ter ouvido alguma coisa daquela reunião? É o nascimento da coluna, mas todos escreveram ou falaram muito pouco dela, acho que para não ofender os que se exilaram, o velho compadrismo brasileiro... Onde vamos tomar café?

No Lírio Hotel a doutora e Tia Ester já trocam receitas ao fim do café. Quando ela pede um táxi, Tia Ester se espanta:

— Não vai com o Miguel? Liguei pra ele, deve estar chegando, olhaí!

Miguel entra com o filho, o rapazola corre para a vó. Ela insiste em irem de táxi, mas a doutora decide:

— Faz anos não subo num jipe!

Miguelzinho diz que o nome do jipe é Fred, ela fica olhando esse menino que também dá nome às coisas. Tem do pai o jeito calmo e seguro de encarar as pessoas; como quando vêem o jipe com tralha para churrasco e Miguel explica:

— Tomei a liberdade de ir avisar seo Juliano de que você vinha, ele mesmo perguntou se eu ia fazer churrasco...

A doutora levanta o dedo:

— Churrasco, três a um, vence a maioria — pegando o braço de Miguel — Você faz só no sal ou tempera?

No jipe, ela vai entre Miguel e a doutora, tentando esquivar a perna toda vez que ele muda a marcha, até que desiste. Miguel fala da coluna com o entusiasmo de quem andou lendo:

— E pensar que a maioria era de menos de vinte anos! O chefe tinha só vinte e sete anos! O Moreira Lima, um civil, saiu de cinco meses de prisão em São Paulo e foi a cavalo até Foz, sozinho, pra entrar na coluna e andar Brasil afora com uma úlcera aberta! O que é que movia aqueles caras?!

A paixão, diz a doutora:

— Só pode ser a paixão, pela causa, ou pela própria luta, acho que as duas coisas.

Miguel muda a marcha, toca no joelho, ela arrepia.

— A coluna é apaixonante, não é? — a doutora ri com o lenço ao vento, o jipe pulando pelas ruas buraquentas.

As casas com reboco e muros vão virando casebres e meias-águas com cercas até de arame farpado, quintais de terreiros ressecados de sol e erosão, crianças magrelas e barrigudas brincando desanimadas. Aqui e ali uma casa melhor, mas também casebres formando pequenas favelas, fios clandestinos dos postes para os barracos. Também aqui e ali, canos de água vazando à flor da terra, lamaçais. Na porta de um boteco, um bêbado cozinha ao sol dormindo no chão, alguém acaba de sair abrindo bem as pernas para passar por cima.

Miguel consegue uma sombra para o jipe, a doutora ainda olha bem a rua de terra batida já mormaceando às nove da manhã, saiu o sol, e fala baixo:

— Vamos lá. Faça suas perguntas primeiro, eu faço as minhas depois. Cheque o gravador. Boa sorte.

Ela apresenta a doutora como especialista na coluna, Juliano Siqueira mal dá um olhar. E repete-se o ritual: Miguel fazendo fogo, o velho bebendo cerveja — Joana sumiu com a pinga — e a doutora descobrindo o quintal antes de sentar com eles. Ela acaba de entregar a latinha com o filme, diz que estragou com o tempo, receosa da reação dele, mas ele diz que tudo estraga com o tempo.

— Eu mesmo já não posso mais beber uma pinguinha sem fazer besteira — de olhos baixos — Desculpe qualquer coisa da última vez — passando a mão pela cara, como se tirando a máscara da vergonha, pronto — A sua segunda pergunta qual era mesmo?

— Como funcionava a ordem da coluna, havia uma disciplina militar?

— Não é uma pergunta, são duas. Mas eu vou contar.

O braseiro crepita, uma brisa traz perfume de florada, o grilo de plantão começa a picar o tempo; e a doutora senta junto deles perto do fogo, antes olhando se o gravador está gravando.

*O*rdem *eles já tinham antes da coluna se chamar assim, e pra mim foi por isso que aquela mulherada bateu Brasil afora com a gente, que mesmo sendo puta mulher gosta de ordem, nem que seja pra fazer desordem, como faziam algumas quando o chefe andava longe e rolava uma bebida. Mas no geral elas gostavam da ordem, e de viver no meio de tanto homem, mesmo mulher amigada sabia que, faltando o seu homem hoje, por bala ou por doença, amanhã já tinha dez pra escolher. Já mulher solteira podia escolher todo dia quem quisesse, salteando de um fogão a outro, pra ninguém criar querença e acabar em briga de morte, o ciúme é a perdição do coração, como o perdão é a salvação.*

— *Mulher em tropa — dizia Venâncio — é uma bomba armada pra estourar ninguém sabe quando!*

Velho não gosta mesmo de mulher, dizia a moçada. Mas o certo mesmo é que a coluna tinha moço, tinha moça, tinha mulher e tinha homem, tinha velho e tinha velha, por isso funcionava. Uma tropa normal, dessas que só anda debaixo de ordem e já arreia em qualquer sombra, não ia agüentar a nossa batida. Era um povo andando.

— Quer dizer, seo Juliano, que a coluna, na verdade, era civil, ou bastante civil, não é? Em vez de pelotões ou esquadrões, na verdade, fogões. Em vez de apenas soldados, também civis de todas as idades, como na sociedade mesmo, não?

O olhar da doutora diz que não, *você está querendo forçar a barra, Juliana Prestes, tentando entortar os fatos para encaixar na tese!* E Juliano Siqueira olha para ela como se visse só agora, até recuando um tantinho, como se ela fedesse — e fala numa mistura de zanga e paixão:

Não, moça, a coluna tinha ordem mas não era por ser civil não, era por ser militar mesmo, sim-senhora, pelotão formando companhia, companhia formando batalhão, batalhão formando brigada, igual um canhão continua um canhão mesmo se a gente pendurar roupa nele pra secar. A tropa paulista tinha trazido de São Paulo até canhão, deixaram pra trás porque aquilo mais atrapalhava que ajudava, mas eu cheguei a ver canhão com roupa secando. E não deixava de ser canhão, igual a coluna, podia até parecer que não era militar, que era um bando de gente, mas não era. Quem recebia ordem obedecia. Quem dava ordem sabia o que ordenava. E a vida de todo mundo dependia disso.

— *Bravura e burrice* — dizia Venâncio — *são a mesma coisa, e valente tem vida curta. Quero ver é trotear o dia inteiro com mochila e fuzil sem reclamar, sempre pronto a formar linha de tiro ou carregar maca, rachar lenha ou dar sentinela!*

Até a meninada, tomo por mim, também não ia seguir uma tropa sem ordem nem respeito, que a ordem nasce do respeito, primeiro o respeito ao chefe, que também tem de merecer o respeito da tropa, e o respeito de cada um pelo outro, numa irmandade que o inimigo não tinha, daí a nossa vantagem sempre, em cada combate. Cada um cuidava do outro, cada um defendia o outro, cada um cobria o outro em ataque ou retirada, soldado nosso nunca ficava sozinho diante do inimigo, e também sabia que sendo ferido não ia ser deixado pra trás.

Cada fogão tinha um que sabia cortar unha, outro que sabia cuidar de ferida ou de pancada, outro que conhecia tudo que é planta de chá, outro bom de esfolar, outro bom de agulha e linha, pra pano ou pra couro mesmo, quando sapato acabou e era um tormento usar bota no sertão, foi preciso fazer muita sandália. Quem tinha qualquer arte ensinou pra outro, desde trançar uma cesta até fazer um remendo, usar um forno de barro ou limpar carne de caça, era uma ordem que ninguém deu, cada um aprenda tudo que puder. Assim morria um, outro já tinha aprendido aquela arte, e a ordem continuava, que a ordem mesmo é tudo que a gente faz sem alguém precisar mandar, é tudo que funciona naturalmente, como funciona uma árvore ou um coração.

Do mesmo jeito cada pelotão tinha um ou dois de pontaria boa, desses de botar a bala lá onde quiser, e mais um ou dois na arte da montaria, desses de falar com cavalo e entender cada olhar do bicho, que o cavalo bem tratado é o maior companheiro, mas cavalo destratado é mais um peso pra levar. Tratador de cavalo era tão importante em cada fogão como era o cozinheiro, um cuidava da gente, outro cuidava da cavalhada, do burro cargueiro, uma mula ou outra que algum fogão tinha.

— No atacar, é infantaria — dizia Venâncio — No retirar, é cavalaria!

Era outra ordem que ninguém deu e todo mundo obedecia, atacar seguro e recuar ligeiro, coisa que a tropa paulista fazia desde São Paulo, coisa que gaúcho sempre fez, chamam de entrevero. Só que na coluna não se fazia entrevero, que é atacar a galope, naquela imensidão de pampa, matar quantos puder e fugir a galope. Na coluna se atacava com fogo cruzado de fuzil, cobertura de metralhadora, cavalaria pelos lados, fora de alcance de tiro, só pra fazer figuração e assustar o inimigo, pra recuar pensando que ia ser cercado, enquanto a infantaria ia rastejando que nem cobra, colando no chão, pra ir pegando lugar alto pra atirar, dali os de pontaria iam acertando um a um cada valente lá. O valente se mostra, ergue a cabeça e até o peito pra atirar, corre pra lá e pra cá procurando posição de tiro. É igual caçar perdiz, disse um paulista:

— É esperar a levantada e atirar na corrida!

E conforme cada valente caía lá, menos valente se metia a atacar ou revidar ataque. Pontaria certa foi sempre a melhor arma da coluna. Companhia inimiga inteira despejava fogo de lá, atirando acho que até de olho fechado, e de cá atirador esperava até achar um alvo bom, pá, caía um lá. Esses mira-fina a turma até protegia mais, cuidava, como metralhadora, que ia mais cuidada que criança, uma criançona embirrada que volta e meia engasgava mas, quando queria, fazia a diferença no combate. A coluna decerto também tinha acabado logo sem metralhadora.[4] No baú tem uma cinta de munição da metralhadora. Quando o chefe mandou entregar todo o armamento na Bolívia, muitos pegaram munição de lembrança.

---

[4] Havia na coluna duas metralhadoras, trazidas pelos paulistas desde São Paulo, e alguns fuzis-metralhadoras, que ao final também estariam descalibrados pelo uso intenso.

— Ih — Joana põe batata-doce perto das brasas — se não fosse eu cuidar de caixote, baú de lembrança, essa tranqueira toda já tinha mofado, já tinha virado pó! Eu quem limpo, boto pra tomar sol, agora a livraiada já falei que ele cuide, outro dia pegou uma conjuntivite, de lidar com papel velho, que levou uma semana pra sarar!

Juliano Siqueira aproveitou para enxugar um copo de cerveja, faz que nem ouviu e já continua na mesma toada:

Cada fogão tinha também o cantador, que não tinha de cantar música, tinha era de gritar quando era tiroteio perto, pra insultar:

— *Tropinha de merda!*
— *Bernardesco lambe-bota!*
— *Vam'te mijar na boca inda hoje!*

Tinha vez que isso funcionava mais que metralhadora, que como já falei vivia engripando, fosse pra depender da metralha, todo soldado dizia, tava fuzilado. Então cada pelotão atirava um homem depois do outro, metendo cada bala no lugar certo, feito se fosse uma metralhadora sem compasso, que atirava tá, tá, daí parava, tatá, tá, nunca deixando de atirar e nunca atirando à toa. Teve tropa inimiga que, de tanto dar tiro alto, matava mais na nossa retaguarda que na frente, bala perdida caindo achava um cavalo, ou achava alguém, e era maior a tristeza quando algum morria assim, sem arma na mão.

Se a senhora estudou a coluna, sabe que muitos de nós nem tinham arma, eu mesmo só fui ter arma já quase na Bolívia, e não me foi dada, ganhei em combate. Tinha arma que passava de um pra outro. Tinha fuzil tão descalibrado que a gente usava pra atirar em capinzal, a bala sai de ponta e logo já começa a rodar em vez de girar, vai roçando quatro dedos de capim, fazendo aquele barulhinho que parece de lagarto correndo, ou perdiz levantando quando o cachorro aponta, ou parece bomba chiando pra explodir, parece o diabo na cabeça de quem tá com medo. A gente via tropa bem armada e bem municiada, bem entrincheirada e até artilhada, deixar canhão e tudo e fugir correndo quando chegava a nossa cantoria:

— *Chegou a revolução, cambada, vam'mijar nesse canhão!*

Um pelotãozinho de cantoria boa podia segurar um regimento inteiro, só na base de derrubar um ou outro, pra dar trabalho e fazer confusão, tropa de governo faz um tropel danado pra recolher um ferido. Aí era só ficar atirando raso, pra bala passar zunindo pelo resto da tropa, pronto, a soldadaiada virava bicho: co-

lava na terra que nem cobra, ou se enfiava em buraco que nem tatu, ou então corria que nem coelho, quando não atirava à toa feito besta. Tinha soldado que atirava tão pra cima que a gente via o fuzil apontando pro céu, cantador não perdoava:

— *Não tem avião, não, toupeira!*

Metralhadora inimiga o pessoal no começo respeitou, depois foram vendo que eram que nem a nossa, funcionava quando dava de funcionar, mas no meio do combate podia engripar, ou acabava a munição, aí o pessoal avançava dando um tiro depois do outro, cada um bem colocadinho na crista do terreno, pra não deixar nem levantar cabeça lá, e iam rastejando. Aí o cantador gritava bem de perto:

— *Vam' lutar de baioneta, cambada?!*

Diziam que dava pra ouvir o tropel da guarnição da metralhadora, fugindo pirambeira abaixo, de noite no fogão contavam cada combate. Quando chegavam na crista do terreno, onde devia estar a metralhadora, achavam só a cartuchaiada ainda quente, diziam que a bicha tinha fugido, com perdão da palavra, cagando de medo, como se cartucho fosse cocô ainda quentinho...

Já Venâncio dizia que tiro demais só serve pra fazer fumaça. Que cada bala à toa hoje é uma bala faltando amanhã. Mas casar pontaria com cantoria era outra ordem que ninguém deu, e fazia parte da ordem geral da coluna, não sei se me explico bem. A pontaria derrubava meia dúzia, a cantoria espantava o resto. Foram as duas grandes armas da coluna.

Miguel começa a servir carne cortada em pedaços, já no meio da manhã, diz Juliano, parece coisa da coluna. O velho mastiga balançando a cabeça, mal engole e fala que, pensando bem, ela pode ter razão, era uma coluna militar e também muito civil:

Era uma coluna de dia, abrindo capoeira a facão, marchando de sandália com bota pendurada no pescoço, como a gauchada andou na caatinga, e cavando trincheira, fazendo patrulha, trocando tiro, montando metralha, carregando munição, andando com os pés em carne viva mas andando que nem uma tropa, cada um com seu pelotão, cada pelotão com sua companhia, cada companhia com sua brigada.

Mas de noite já virava outra coluna, armando barraca, fazendo jirau, catando lenha, fazendo fogueira, cuidando de ferida, cuidando do cavalo, cuidando do arreio, cuidando de comida, cuidando um do outro, cuidando cada um de si, tem razão, moça, de noite a coluna era civil. Porque de dia era sempre tropa mesmo, tinha de andar que nem tropa senão desandava, e também não podia parar de trabalhar senão amolecia, isso também era da ordem. Como era da ordem estar pronto pra morrer, era a grande diferença. A gauchada era quase tudo moço, com aquela coragem boba que moço tem, e tinham chegado até Foz seguindo o seu capitão, marchando e combatendo, por querença mesmo, nenhuma obrigação, e quem tinha de desanimar ou acovardar já tinha desertado ou exilado, tinha ficado a nata.

Na tropa paulista também, só tinha ficado a nata, então quando a coluna saiu de Foz, era só gente sem medo de morrer, já sem coragem besta, de se jogar na frente de metralha, mas também sem medo nenhum, muita vez o inimigo ia chegando, um ia distrair lá num tiroteio, enquanto o resto liquidava uma costela acabando de assar. Isso também era da ordem.

Mas não pense que era uma ordem certinha, que nem tropa de governo que marcha em fila, acampa quadrado e não faz nada sem ser mandada. Não, na coluna não era preciso mandar, cada um fazia o que tinha de fazer, fosse levar munição no meio de tiroteio ou agüentar numa posição quanto tempo desse. E cada um fazia do seu jeito, atirava do seu jeito, vestia do seu jeito, o próprio chefe parecia um pobre coitado, mas ninguém tremia na luta e essa era a grande diferença.

Outra diferença é que tropa do governo só avança juntando mais tropa, cada dia mais tropa quanto mais perto de alcançar a gente, só que juntava tanta tropa que não andava mais, atolava na própria tamanheza, tendo de levar boiada pra tanta boca, carreta de munição, canhão. General quer tudo em ordem antes de atacar, pra ter certeza de vencer, então, quando tinha tudo prontinho, batalhão pra cá e pra lá, regimento daqui e dali, a coluna já tinha sumido na noite, abrindo caminho a facão em capoeira fechada, rompendo brejo com lama pelo peito, menino ia no ombro de homem grande pra não se afogar, ou então numa sacola de couro amarrada numa vara, cada ponta no ombro de um homem.

A coluna também não era uma, mas várias: a frente... — a vanguarda, balbucia a doutora, olhos arregalados para o velho, o fogo dourando as bordas das olheiras — *a culatra* — a retaguarda — *e o grosso da tropa... E esse grosso da tropa também se dividia, e também tinha patrulha, e tinha tropeada, meia dúzia saindo hoje da coluna pra voltar depois de semana, até depois de mês, com cavalhada, boiada, até porco salgado traziam amarrado em lombo de cavalo. Assim é que a coluna aparecia aqui, sumia ali, voltava a aparecer lá, ao mesmo tempo, parecia então uma coluna imensa, uma cobra gigantesca, mas era só movimento, como dizia o chefe, só movimento. A ordem maior era não parar, cavar trincheira só pra churrasco, não lutar por terra nenhuma, fugir atacando, atacar fugindo, essa era a maior ordem.*

A doutora olha o gravador, ela troca a fita. Joana enfia carne na boca de Juliano, ele só aceita depois de mais um gole; Miguel agora deixa o copo seco um bom tempo. Um grande nó-de-pinho faz um fogo vivo e vermelho sobre o braseiro, o velho diz aproveite bem, é o último. Ela fica olhando Miguel ajoelhado junto à fogueira, cuidando dos espetos, e de repente ele ergue o olhar, comandado pelo deus que rege essas coisas, um olhar pedinte e envolvente; ela cora de pensar que deve estar olhando para ele da mesma forma. A doutora só tem olhos para Juliano, em quem Joana tenta enfiar mais carne, ele não quer, quer falar:

Outra ordem maior pra coragem da coluna, de cada um lutar sem se entregar, era porque a gente sabia bem, tropa do governo não prendia ninguém em combate, a não ser oficial, matavam mesmo. No começo, eu achava aquilo tudo uma grande brincadeira, até que vi morrer o primeiro do meu lado, um mensageiro que chegou, entregou papel pro chefe, disse acho que fui ferido, sangrando no rim, uma balinha de revólver, que se fosse de fuzil já tinha morrido, e morreu se torcendo de dor, eu vi que aquilo não era brincadeira. É só fazer conta.

A doutora acompanha com os dedos o raciocínio dele: de Foz saiu milhar e meio, e mais uns quinhentos entraram na coluna pelo caminho, dá dois mil, mas só trezentos chegaram na Bolívia, mil e setecentos ficaram também pelo caminho, uns duzentos desertando, dá mil e quinhentos mortos, para trezentos vivos, cinco mortos para cada vivo.

— Diz-que a coluna nunca foi derrotada mas, como disse Venâncio, mais um pouco e não sobrava nada pra derrotar...

Miguel vem com espeto, Joana insiste com Juliano, comem pegando pedaços na tábua:

— Como paulista fazia na coluna. Já gaúcho gostava era de comer agachado perto do fogo, cortando a carne direto do espeto fincado no chão.

— Seo Juliano — a doutora com voz doce — posso também fazer uma pergunta?

Ele balança a cabeça, Joana aproveita para lhe enfiar mais carne na boca.

— O senhor falou no chefe várias vezes, mas como via Prestes, quando ele passava naquelas idas e vindas pela tropa? Aliás, o senhor sabe que muita gente discorda que a coluna marchou trinta e seis mil quilômetros, como calculou Prestes, dizem até que ele levou em conta também as suas próprias idas e vindas pela coluna!...

A doutora ri mas logo engole o riso diante da cara do velho, os olhos estreitando, a teia das rugas se mexendo, a boca retorcendo até falar:

— Bem, depois que ele virou político, dona, eu não sei, mas na coluna ele não costumava mentir, nunca enganou ninguém... E eu via sempre ele porque era menino do Estado-Maior.

— Mas o menino do Estado-Maior não era o Gauchinho?

— Não, dona — um cansaço magoado na voz — O Estado-Maior tinha o Gauchinho e o Menino, que era eu. Só que o Gauchinho tem fotografia em livro, eu não. Naquela latinha que lhe dei, moça, tinha foto de Gauchinho e eu, e nós dois com o chefe e o secretário da coluna.

— Lourenço Moreira Lima?

— Perfeitamente, dona, foi quem me ensinou a ler.

Duas lágrimas correm pelo rosto da doutora, ele fica sem jeito, com o olhar pedindo socorro a Miguel, a Joana, que fazer com uma doutora que chora, e ela declama sem enxugar as lágrimas:

— *Tiranos! Os vossos dias estão contados na terra brasileira! Os vossos crimes não ficarão impunes. Respondereis por todos os delitos que praticardes: pelos roubos da fortuna pública; pelos assassínios e torturas contra os presos políticos; pelos mortos da Clevelândia*[5]*, pelos degolamentos dos prisioneiros de guerra, pelos martírios e vexames de toda natureza às famílias desamparadas de vossos adversários políticos, enfim, por todas as misérias e por todos os banditismos de que fostes autores...*

Juliano ficou ouvindo de olhos arregalados, agora pisca e também correm duas lágrimas; a doutora enxuga as dela, pigarreia:

— Eu escolhi História por causa do livro do Moreira Lima...[6] e decorei partes do discurso dele aos mortos da coluna, no Cemitério de La Gaiba. *Soldados da Liberdade!*...

---

[5] O governo mantinha um campo de concentração em Clevelândia, divisa com a Guiana Francesa, aonde centenas de revoltosos e oposicionistas foram enviados para morrer de doenças e inanição.
[6] *A Coluna Prestes, marchas e combates*, Lourenço Moreira Lima

— Então a senhora também estudou a coluna...

— Não — a doutora quase pede desculpa — Queria muito, mas outros já estavam pesquisando o mesmo assunto e...

O braseiro crepita quando Miguel põe mais carvão. Pois é, diz o velho, se a coluna virou só um assunto, quem sabe não seja melhor mudar de assunto, mas a doutora faz que não ouve:

— Seo Juliano, como menino do Estado-Maior, tem alguma lembrança da famosa reunião de Prestes com os paulistas, quando metade das tropas se exilou e metade formou a coluna, ouviu alguma coisa, lembra de alguma coisa?

— Foi no depósito geral, um baita barracão que tinha no cais. Discutiram hora depois de hora. Eu fiquei num canto, do lado de fora, dava pra ouvir tudo.

— E o senhor lembra do que falaram?

— Não, que eu dormi logo, eu era um menino, né?

Miguel ri, enche a caneca vazia, Juliano bebe três goles seguidos antes de continuar:

Quando Prestes chegou com a moçada gaúcha, a tropa paulista já andava enjoada de lutar, em São Paulo, e no caminho pra Foz, tomando cada cidade ou povoadinho de passagem, e já começando a enfrentar o que mais maltrata uma tropa, que é o destrato. A unha comprida que encrava, marchando dia depois de dia sem ter tempo de tirar a botina e cuidar do pé. Piolho no cabelo, um pega, passa pra todo mundo, aí toca a cortar cabelo, caçar vinagre pra passar, ferver roupa, um bichinho tão pequeno fazia uma revolução na tropa. E tinha tanta desinteria quanto intestino preso, uns numa moleza de tanto soltar aquela aguaceira fedida, outros se torcendo de dor de tanto gás na barriga. E o tumor que inflama, e uma pneumonia aqui, outra ali, e soldado que carrega maca também acaba na enfermaria, com calo sangrando na mão, que conforme a retirada não dava nem pra trocar de carregador, légua depois de légua. Em caminhada forçada assim, o chefe enganou o inimigo tanta vez que a gente perdia a conta, diziam que era um chefe sem igual, Venâncio dizia que era graças à nossa canela:

— *Quem não gostava de anda, já ficou pra trás! Agora vam'conhecer o Brasil todo de graça, moçada!*

Venâncio era o cozinheiro e sanfoneiro do Estado-Maior, com uma tropinha de meia dúzia de ajudante, eu e o Gauchinho também, pra serviço que ia desde catar fruta até descascar mandioca, batata, despalhar milho, depenar galinha, uma galinha dava sopa pra vinte, dando só o gosto, que a sopa mesmo era de batata, mandioca, cará, milho, verdura, o que aparecesse. Marchando, ou em patrulha ou tropeada, cada um ia catando ou pegando ou matando tudo que via de comer, fosse fruta ou bicho, criação de pena ou de pêlo, lingüiça, queijo, o oficial dava um papelito...

— Como chamavam, bônus ou requisição? — a doutora pergunta e o menino enrugado sorri:

O pessoal chamava de dindó, valia como dinheiro e dava dó de quem recebia, dinheiro de mentirinha, né, o oficial fingia que acreditava naquilo, a pessoa fingia que aceitava, diante duma tropa em marcha de guerra, que é que podia fazer? Então cozinheiro sempre tinha o que cozinhar no fim da manhã ou no fim da tarde, antes da sesteada do almoço ou do pouso da janta, isso quando a coluna já tinha uma marcha batidona, tudo arrumado e funcionando, em dia sem combate nem manobra acelerada.

Quando a gente saiu de Foz, a coluna ainda era a tropa gaúcha misturada com a tropa paulista, um pelotão de uma, um pelotão de outra, uma companhia gaúcha, outra paulista, e assim por diante, até cozinheiro paulista se estranhava com cozinheiro gaúcho. Paulista só usava costela de boi pra sopa ou pra dar gosto no feijão, enquanto pra gaúcho costela era a carne preferida, pra churrasco sempre. Pra gauchada sopa era comida de doente, pra paulista costela era carne de segunda. Gaúcho não comia filé, achava carne sem gosto, então cozinheiro gaúcho trocava com cozinheiro paulista, me dá cá sua costela, tome lá seu traseiro, que gaúcho também não comia traseiro, alcatra, nada disso...

— Por isso surgiu a lenda de que a coluna era ligeira por comer só o dianteiro dos bois, não é?

Oh, doutora, por favor, que importa isso? A voz dele já começou a amolecer! Faz outra pergunta, Juliana Prestes!

— Seo Juliano, posso fazer outra pergunta?

— A terceira? Mas eu ainda não respondi direito a segunda — e continua a falar para o braseiro, entre goladas:

Aquela divisão da tropa, em gaúcho e paulista, parecia uma coisa boba mas era muito perigosa...

Não lembro quando foi mandado misturar gaúcho com paulista, cada pelotão, cada fogão, metade com metade, mas mesmo assim continuou uma tropa dividida, porque todo gaúcho é churrasqueiro e paulista tem muito de mineiro, mania de comer feijão, virado, angu, que gaúcho chamava de comida de cachorro, de modo que acabava saindo briga até por causa de comida...

No começo a gente levava uma boiadinha, ou matava boi de sítio ou fazenda aqui e ali, e começou tropeada pra trazer cavalo e comida pra coluna, a volta de cada tropeada era uma festa...

A mulherada passou o Rio Paraná sem precisar se disfarçar, como tinham feito no Rio Iguaçu, onde o chefe proibiu mulher de continuar na coluna, mas as que não passaram de casaco e chapelão, passaram até dentro de caldeirão, atrás de cargueiro de munição, todas elas, disse Venâncio ao chefe:

— Não sei quantas são, chefe, mas não ficou nenhuma pra trás!

Venâncio limpava uma galinha e falou arrancando pena: chefe, ouça um índio velho, deixe pra lá a mulherada, que que adianta brigar contra a natureza humana?

— Mulher faz bem pra tropa, chefe! Elas também fazem muito serviço, desde amansar essa moçada até lavar roupa! Além disso, revolução não é uma guerra civil?!

Assim a mulherada continuou na coluna, e isso também era da ordem. Como foi da ordem que, começando a dar uma geadinha num dia, outra no outro, não sei quando a coluna botou o primeiro e único uniforme geral. Não precisa me olhar espantada, dona, que eu explico, a senhora deve saber daquela lã vermelha...

— Os ponchos! — a doutora estala os dedos — Os ponchos feitos com bobinas de feltro vermelho da Companhia Mate Laranjeira!

O menino sorri, isso mesmo, e ficam olhando as brasas, ele revendo o que viveu, elas imaginando o que leram, a coluna ainda toda montada, se esticando pelas estradas toda vermelha por causa da tropa toda de poncho, para cada homem uns metros de pano com um buraco para o pescoço; e de repente estava toda a coluna uniformizada...

Foi o primeiro e único uniforme, e foi a partir dali que virou uma tropa só. Do uniforme paulista, da Força Pública, só restava uma perneira aqui, um quepe ali, e tinha uniforme do Exército, da gauchada, que tinha mudado de cor de tanto remendo e cerzido, cada moço daqueles, filho de colona, sabia costurar desde menino. Aí o poncho cobriu todo mundo, e dum dia pro outro gaúcho quis tomar sopa e paulista começou a comer costela.

Ela está pálida, a doutora pergunta que foi.
— Nada, é que tive um sonho e... *Oh, tonta, a falar de sonhos em conversa de guerra...*
Miguel agachado a seus pés:
— Você está bem?
Ele se preocupa mesmo com você, menina! Oh, maldito calor no rosto, você deve estar um pimentão!
— Nossa! — a doutora põe a mão na testa dela — Ficou branca de repente, agora avermelhou!
Eu sou sangüínea, ela se ouve dizendo, estou bem. Juliano seca a caneca, levanta apoiando na cadeira, vai urinar ruidosamente lá dentro. Joana aproveita para pedir com as mãos juntas:
— Moça, eu lhe agradeço não ter trazido pinga mas, pelo amor de Deus, cerveja também não é uma coisa boa pra ele, exige muito do rim. Sabe, eu sei que você dá bebida pra ele soltar a língua, mas nem precisa, viu? O que ele mais gosta na vida é de falar dessa coluna! Então lhe peço encarecidamente, se quiser trazer bebida da próxima vez, traga uma bebida que ele não gosta, assim bebe pouco...
O sol subiu, a sombra da árvore mudou, Miguel muda as cadeiras, corta carne na tábua, a doutora come lambuzando e chupando os dedos. Juliano volta, Joana obriga que coma, comem todos começando a suar; a cerveja entra no corpo gelada, diz o velho, e já sai na forma de suor.
— O certo é tomar cerveja fresca, guardada em porão ou no fundo de rio, e só, como o Ari fazia no começo da coluna...

Aquele Ari não era gente. Venâncio dizia que quase todo mundo é filho de Deus, menos quem é filho do demônio igual o Ari, sempre encrencado ou arranjando encrenca, pra ele e pra quem andava perto. Não digo que andava junto porque o Ari não andava junto com ninguém, pulava dum pelotão pra outro conforme ia se encrencando, roubava num joguinho de carta aqui, ali mamava escondido numa garrafa, mais adiante sumia alguma coisa de alguém e ele mudava pra outro fogão. Em marcha ia pra cima e pra baixo da coluna, de modo que a gente sempre se encontrava ou alguém contava dele, fez isso, fez aquilo, mas como não era nem paulista nem gaúcho, nem do Exército nem da Força, ia se livrando de castigo, ia viajando pela coluna enquanto a coluna subia o Mato Grosso.

Já na partida me procurou pra trocar idéia:
— *Você vai com eles, Menino?*
Eu não tinha pensado que eles iam embora, nem imaginava pra onde. Pensava que iam lutar ali em Foz, Ari riu:
— *Se a luta for aqui, guri, eles têm de vencer ou então se jogar no rio...*
Eu não entendia: se iam embora, por que tinham arrumado tanto Foz do Iguaçu? Antes Foz nem tinha arruamento, a tropa do quartel nunca tinha feito nada pra melhorar coisa alguma, mas a tropa revoltosa, assim chamada, tinha feito arruamento, limparam todo terreno sujo, enterrando monte e monte de lixo, cavando muita fossa, consertando trapiche que pedia conserto fazia muito tempo, até estrada foi melhorada, e pela primeira vez Foz passou mês depois de mês sem precisar de polícia. Agora eles iam embora — mas pra onde?
— *Quem sabe, guri? Vão pelo mundo, e eu vou junto.*
Tinham feito até um navio, de ferro e madeira, o São Luís, que acabou servindo só pra levar tropa e cavalhada pro lado de lá do rio, depois que a primeira companhia passou de canoa pra garantir o desembarque lá do grosso da tropa. A coluna era sempre feito uma aranha, com perna pra todo lado, um pé ainda aqui, outro já lá na frente, assim ia, e isso também era da ordem. Como era da ordem, depois que entendi, fazer tanta coisa em Foz, pra tropa ter sempre o que fazer, ia ser assim até o fim, mesmo em temporada de descanso, depois de semana marchando pra fugir de cerco, lutando todo dia e andando dia e noite, sempre tinha o que fazer, e se não tinha, o chefe inventava.
Era proibido ter preguiça e ficar à toa, isso também era da ordem. E aquela moçada gaúcha gostava de trabalhar com a mão, lidar com alguma coisa, desde menino ajudando pai e mãe no sítio, cuidando da vaca, tirando o leite e batendo a manteiga. Cada um sabia cuidar de roupa, costurar, cerzir, cortar couro, fazer uma sandália ou até uma botina, tanto que eu agora andava de botina nova, calça e gibão de couro, colete, e até um barbicacho de fita de couro trançada pra segurar o quepe na cabeça quando galopava. Tinha aprendido a galopar e agora iam levar embora a cavalhada toda, aquilo me doeu.
— *Você vai ter um cavalo?* — *perguntei a Ari, ele disse claro, tinha cavalo de sobra, carne de boi todo dia...*
— *...e o mundo é grande, guri, que que eu ganho ficando a pé aqui?*

Então fui falar direto com o chefe, como fazia o Venâncio quando precisava de qualquer coisa que ninguém arranjava, mesmo que fosse só uma frigideira, ou quando tinha problema que ninguém resolvia, ia falar com o chefe.

O chefe tinha ido até um carroção detido por patrulha lá na entrada de Foz. Era um gauchão de Ponta Grossa, contando que tinha sido forçado pelo inimigo a levar carga, mas contrariado, ainda tremia de raiva falando do governo. Contou que na estrada tinha comboio de mais de cem, tudo carroção igual ou maior que o dele, trazendo desde mantimento até munição, com muita tropa marchando pra Foz, oficial berrando com todo mundo, ordem pra cá, ordem pra lá, então na primeira noite sem lua, depois de entregar a carga, levou um garrafão de vinho pra sentinela e conseguiu fugir levando o carroção:

— *Vazio mas entrego de coração, general.*

Não sou general, disse o chefe, e o carroção não ia servir de nada do lado de lá do rio, terra que só tinha trilha onde roda não passava e caminho que ninguém ainda tinha trilhado — de modo então que ele sabia, já desde Foz, que a coluna ia trilhar, muito mais que cavalgar ou marchar. Sempre escrevem que a coluna marchou ou cavalgou tantos mil quilômetros, mas a gente, na verdade, trilhou, é a palavra mais certa. Quem anda, anda. Quem caminha, sabe para onde vai e pra que. Quem não sabe, trilha, vai descobrindo o caminho conforme caminha.

O carroceiro ficou de queixo caído, decerto pensava que ia ser recebido com alegria, revolução pra gaúcho não é uma coisa triste. Até a boiadinha do carroção ficou também de cabeça baixa, mas o chefe sempre achava um jeito pra tudo:

— *Sabe carnear? Vem com a gente, falta açougueiro.*

— E o carroceiro entrou pra coluna assim? — a doutora fala de boca cheia — Só pra ser açougueiro? Nem uma palavra sobre metas ou ideais, revolução, nada?

Juliano Siqueira pega então um pedaço de carne, um que todos deixaram de pegar, seco e engruvinhado de nervura, mas ele fica tempo mastigando. *Oh, doutora, não pergunte mais nada, esse velho vira um moleque birrento depois de uns tantos copos, e já deve estar perto do ponto, se é que não passou.* Mas ele finalmente consegue engolir a carne como se fosse caroço, os olhos umedecem e Joana bate nas costas. Volta a falar só depois que Miguel enche a caneca, aí dá umas goladas, secando as lágrimas nas costas das mãos, sem qualquer pudor, *pois não é choro de sentimento, é só um engasgamento, então o macho não se envergonha...*

Ele pigarreia várias vezes até achar a voz:

Não, dona, não lembro do chefe falando de revolução com soldado, nem com sargento, e se falava lá no Estado-Maior, que era só uma reuniãozinha da chefaiada de vez em quando, ninguém sabia, ninguém podia ficar por perto. O certo é que o gaúcho só perguntou uma coisa (e a voz solta sotaques e modos, imita com respeito o gaúcho:)

— *Vou ter um cavalo, general?*

— *Sabe tropear? Vai com uma tropeada, escolhe um cavalo. E arma, tem alguma arma?*

O gauchão enfiou o braço por baixo do carroção, tirou uma lança de ferro antiga e uma garrucha, o chefe disse que dava pra começar.

— *E quando recebo um fuzil, general?*

— *Quando conseguir um.*

— *Mas onde, general?*

O chefe não respondeu, montou na mula, naquele jeito desajeitado dele montar, voltou pela estrada. Eu fiquei ali vendo a lança e o gaúcho olhando o chefe naquela mula, ele montava duro, perna esticada, tão sem jeito que o gaúcho tirou o chapelão e falou olha, ele pode ser o maior general do Brasil, mas...

— *...se fosse meu filho eu proibia de montar, pra família não passar vergonha.*

Então eu, acho que pra fazer exibição, né, moleque tem o diabo no corpo e a cabeça no vento, galopei pra alcançar o chefe e o cavalo tropicou, quem sabe até cansado de tanto galopeio, corcoveou me jogando numa touceira de capim, acordei com o próprio chefe agachado ali:

— *Sente alguma dor, guri?*

Falei que queria pedir uma coisa, nunca ia ter ocasião melhor que aquela:

— *Se eu for junto com a tropa, vou ter cavalo?*

Ele disse bom, como a gente acabou de ver, o senhor deve é ficar longe de cavalo. Montou na mula e foi, naquele passo miúdo, durinho e batidinho, sempre naquele passo ia pra lá e pra cá, pra cima e pra baixo, o chefe zanzava demais naquela mula, graças a ser miudinho, senão acho que ela não agüentava. Aí Venâncio falou tá certo o chefe:

— *Também acho que guri não deve montar cavalo, nem merece ainda. Mas ele não falou nada de mula, falou?*

Me apresentou a Briosa, uma mula que vinha de São Paulo, mula cargueira da Força Pública, cuidada pelo sargento Janta. O sargento sempre reclamava de muito trabalho, não é fácil cozinhar pra quarenta, que o fogão do Estado-Maior era também o maior fogão, tinha um par de cozinheiros e uma mula só pra levar a tralha da cozinha. E era preciso alguém pra cuidar da mula.

— Você cuida da mula — falou Venâncio — e ajuda na cozinha, tá tratado?

Me deu a mão e não apertei forte, ele deu nela um tapa dizendo segunda chance, guri:

— Vê se aperta feito homem!

Depois do aperto de mão, perguntei se não ia contar pro chefe, Venâncio perguntou pra que:

— Ele vai mesmo ficar sabendo!

Cruzei o rio de navio, com uma mulheradinha, meia dúzia, que o resto já tinha ido de canoa, arriscando ficar no meio de fogo com a tropinha paraguaia lá do outro lado do rio. Mas o capitão paraguaio, todo livro conta, né, aceitou a chamada voz do bom senso, também chamada covardia conforme Venâncio, em vez de fazer que nem aquele tenente Ângelo, que morreu com mais dezoito defendendo o quartelzinho de Dourados, na Guerra do Paraguai, contra uma cavalaria inteira. Tem uns e tem outros.

Eu já no primeiro dia de marcha, depois do rio, marcha forçada pra sair logo do Paraguai, não agüentei andar, Venâncio me botou na mula, e passou a carga da mula prum burro teimoso que insistia em empacar. Venâncio falava na orelha, o burro desempacava, na hora seguinte empacava de novo, lá ia Venâncio bater bigode na orelha do bicho.

Aí o chefe me viu de mula já naquele trechinho do Paraguai até Mato Grosso, não falou nada, também por isso era chefe, o que podia mudar, mudava, o que não podia, deixava assim e continuava, o importante era continuar. Não parar, continuar, fosse pra frente, fosse pra trás, pro lado, dando volta, atacando aqui, retirando ali, mas sempre continuando, a guerra na cabeça do chefe era continuar. E aquela moçada gaúcha ia atrás dele porque era o melhor chefe que se podia ter, de varar a noite ao lado de doente, homem de não tremer diante de nada nem de coisa alguma, sempre pronto a reagir do melhor jeito pra nós, sempre pensando na tropa, e sempre pensando no passo seguinte, nosso destino era continuar.

Já a tropa paulista ia atrás do Miguel Costa porque também era o melhor chefe que se podia ter, um pai e um companheiro, sempre atendendo gente, resolvendo problema, apartava briga de soldado e chamava oficial pro mato pra acon-

selhar, e fazia curativo, emprestava pente pra piolhento, desinfetava o pente depois de devolvido, quanta vez não vi Miguel Costa desinfetando pente. E em tiroteio fazia questão de dar seu tirinho, nem que fosse um só, dizia que era pra sentir o cheirinho.

Já falei que era a nata da nata da Força Pública de São Paulo, a melhor tropa do Brasil, e a nata da moçada gaúcha do Prestes, muito moço ainda de cara lisa e já soldado veterano. Conforme Venâncio, tudo madeira-de-lei:

— Não quebra nem racha, verga mas não entorta!

Gente de qualidade, essa era a ordem maior da coluna, moça, gente de qualidade, ao menos a maioria era gente de qualidade, então a maioria dava a linha, como dizia o Miguel Costa, o rumo, o tino, o jeito certo de fazer cada coisa, ser gente certa, gente boa, de fé e de confiança.

— Fé? — a professora lambe gordura dos dedos — Fé em que?

Ele encara, balançando a cabeça, *ai, meu Deus, esse velho vai explodir agora, doutora, e eu vou perder minha fonte, olha os olhinhos dele fuzilando!* Mas de repente os olhos adoçam, a boca abre um sorriso maroto:

— Fé na gente, dona, fé na gente mesmo, fé no chefe, fé na coluna!

— Então o senhor entrou na Coluna Prestes com catorze anos de idade — a doutora fala para o fogo — sem saber exatamente por que, como tantos outros aliás, aquela moçada gaúcha, como o senhor diz, que é que podiam ter na cabeça, vivendo lá no fundo do Rio Grande, que informação, que discernimento podiam ter...?

Ele balança a cabeça para os lados, antes de dizer baixinho que não, de jeito nenhum:

— Aquela moçada sabia muito bem o que fazia, dona, cada um sabia, desde o berço, o que é certo e o que é errado, o que é o mal e o que é o bem. E a bondade, quem é bom sabe muito bem o que é, e sabe bem o que fazer pra ser bom diante do mal.

— Como numa cruzada, o bem contra o mal — a doutora encara — Mas aqueles mesmos chefes, que diziam a vocês que o governo era o mal e eles eram o bem, acabaram virando homens públicos depois, políticos, tanto das oposições como dos governos. Alguns chegaram até à ditadura militar de 64, que não era melhor que a de Bernardes, era? Como o senhor explica isso?

— Eu não explico nada — brilham os olhos, mas a voz já está entre mole e enrolada — Só sei que neste país onde tem tanta coisa errada, dona, a coluna foi a melhor coisa que já aconteceu, e se não foi bom pro Brasil, pra mim foi o melhor tempo da vida! Jesus fala que é preciso morrer em vida pra renascer, e eu morri no dia da morte da minha mãe, era um morto-vivo zanzando abestalhado, mas renasci na coluna! E a coluna também renasceu tanta vez que a gente perdeu a conta, cercada, acuada, já tida por vencida, mas escapava, renascia, a coluna era ressurreição em vida, dona, o povo é que não percebeu, e, se percebeu, não acompanhou, ficou torcendo sem fazer nada, um povo morto-vivo que merece todo governo que tem!

A doutora fica de boca aberta, Miguel sorri de olhos úmidos, Joana suspira olhando para o alto.

— Agora me dão licença, eu vou sestear!

Levanta com ajuda de Joana, mas logo afasta a mulher, vai para a casa e, antes da porta da cozinha, dá uma paradinha para acertar o rumo, aí vai desabar na cama, ouvem os rangidos e gemidos, Joana decerto lhe arrancando sapatos e roupas.

Ela desliga o gravador. A doutora vai lavar as mãos. Miguel recolhe os espetos. Joana vem com o dedo nos lábios em bico, chama com a mão para saírem por fora da casa, mesmo assim ouvem Juliano Siqueira cantarolando mole. Na rua, Joana espera chegarem ao jipe para juntar as mãos:

— Moça, se esse seu estudo continuar muito tempo, vai matar o meu velho!

— Ah, dona Joana...

— Dona é de pensão, menina, me chama de Joana. Você tá dando nele um porre atrás do outro!

Ela pede desculpas, fala dos quinhentos quilômetros de viagem:

— Quis aproveitar bem o final de semana...

— Não só por ela — continua a doutora — mas por ele também. Pois ele não quis sempre falar da coluna? Taí a chance, e pode ser a última, não?

Joana estreita os olhos, duas bolinhas luzidias no maracujá seco da cara, mas não diz nada, só balança a cabeça. A doutora:

— Além disso, pode ser importante para a História do Brasil colher o depoimento dele.

Joana solta uma risadinha jogando a cabeça para trás:

— Então vão *colher* o velho, é? — encara de mãos na cintura — Vão chupar até o bagaço, né?! Pois saiba duma coisa, dona, escute bem, moça, eu vou deixar até a hora que achar demais, daí chamo até polícia se for preciso! Hoje mesmo, acabou a colheita, tá? E amanhã só de noitinha, pra dar ao menos um dia de folga pro coitado do fígado!

Dá meia-volta e vai para a casa, volta-se a meio caminho:

— E bebida, podem trazer é vinho, que ele não gosta, aí não bebe tanto! E eu gosto...

Vai de novo, e de novo se volta do portão:

— E amanhã *eu* faço a comida! — batendo o portão; late a cachorrada da vizinhança, a doutora ri:

— Ela está com ciúme!

Três da tarde, a Ponte da Amizade já começa a encher de sacoleiros voltando do Paraguai, formigas formando uma multidão que vai afunilando, para se acotovelar na passagem da ponte, roçando sacolas e pacotes de todo formato e tamanho. Na amurada, rapazolas jogam no rio grandes fardos de cigarros, envoltos em plástico; os fardos bóiam para ser recolhidos por botes ou nadadores rio abaixo. Mas isso vai acabar, diz Miguel:

— Quando todo mundo parar de fumar...

A doutora ri, dá-lhe um tapa nas costas; andam de conversa os dois desde que resolveram ir ao Paraguai comprar vinho. Quase na ponte, Miguel conta à doutora de seu trabalho com políticos, em campanhas para candidatos a governador, deputado, senador, prefeito:

— São todos iguais: pensam antes de tudo em se eleger, e depois em se reeleger. Todos concordam numa coisa: os fins justificam os meios, vendem a mãe pra ganhar eleição, fazem acordo com o inimigo de ontem e aceitam ajuda até de traficante, como se não tivessem de pagar o favor de algum jeito depois de eleitos...

O sol queima, o asfalto mormaceia, até por isso é uma delícia o vento no jipe sem capota, a doutora fala ah, querem saber duma coisa? — e desenrola o lenço da cabeça. Miguel olha sorrindo, mas o sorriso murcha assim que vê a careca branca, com fios de cabelo amassados, como cobrinhas surpreendidas nas mais diferentes contorções.

— Oh, não se assuste — a doutora passa o braço sobre as pernas dela para apertar o joelho dele — É só um cancerzinho.

Miguel se concentra no trânsito, gente e carros misturados:

— A Polícia Federal entrou em operação tartaruga, ou seja, revistando direito todo mundo, como deviam fazer sempre, então fica essa fila imensa.

Sacoleiros sentam em pacotes, ou usam sacolas como travesseiros, deitados no cimento quente sobre placas de papelão. São brasileiros de todo tipo racial e de todas as idades acima dos dezoito, e alguns guaranis aqui e ali. O jipe passa devagar ao longo da fila, ouvem pedaços de conversas, os sacoleiros estão revoltados, alguns xingam, mas num volume que não chegue aos policiais. A doutora calca o joelho dele, pedindo que pare o jipe, e olha para trás:

— Por que simplesmente não se rebelam e levam essa barreira no peito? É só meia dúzia de policiais!

Miguel explica que bastaria uma ligação da alfândega para a polícia, e todos seriam barrados antes da cidade.

— Além disso, amanhã vão ter de passar pela ponte de novo, têm de conviver com a polícia...

— ...até porque estão fazendo coisa errada. E a greve da polícia, em vez de parar de trabalhar, é trabalhar pra valer! Que país!

O problema, diz Miguel, é que o errado é quase regra e o certo é exceção, a começar pelo exemplo do governo:

— Desde menino escuto que o governo vive endividado porque gasta mais do que ganha.

— E quem julga os gastos do governo — a doutora cantarola — são os tribunais de contas, de conselheiros indicados pelo próprio governo!

Calca o joelho dele e o jipe volta a rodar, *veja só que sincronia, menina. Será que na volta não seria o caso de você sentar no lado da porta, para deixar os dois juntos? Mas o que você está pensando, Juliana Prestes, a mulher está doente, quem sabe quanto! Um cancerzinho, mas pode ser uma já quase defunta e você... sentindo ciúme?!*

— A primeira vez que passei o rio — conta Miguel — ainda menino, com meu pai, levei um susto em Porto Stroessner[7], quando vi dois soldadinhos de fuzil e pés no chão. Pra mim, as botas eram a base da autoridade militar, em Foz nunca tinha visto um soldado brasileiro descalço, quanto mais fardado, armado e descalço...

---

[7]Então nome da atual Ciudad del Este.

Já rodam por Ciudad del Leste, as cobrinhas da careca da doutora já se soltaram, ela fala com a cabeça meio para fora, olhos fechados ao vento:

— Mas a população do Paraguai era de dois milhões e duzentos mil antes da guerra, depois sobraram só duzentos mil, dos quais só vinte mil homens, na maioria velhos e meninos.

Estica de novo o braço até o joelho dele:

— Então, para o país voltar a ter população masculina, a primeira lei votada depois da guerra foi para reafirmar que a poligamia continuava proibida, mas seria tolerada...

— O que deve ter gerado uma alta taxa de consangüinidade — Miguel fala desviando de buracos na rua, mudando marchas, ela junta os joelhos para não atrapalhar.

— Nunca pensei nisso — a doutora dá a Miguel um olhar avaliador, *é uma tarada, uma tarada por inteligência, como dizem no departamento de História.*

Numa loja, é a doutora quem acaba escolhendo o vinho, um *rosé* português:

— Olha que cor linda — já fala só para Miguel — É chamado vinho de viúva alegre!

Miguel ri, *feito um bobo. Deve se achar no dever de ficar alegre por causa do cancerzinho dela.* A doutora disserta sobre a Guerra do Paraguai:

— Atrocidades houve dos dois lados, guerra é guerra. Mas o Paraguai se vingou ganhando metade de Itaipu, não?

Miguel ri, ensina a arte e as manhas da pechincha com os lojistas libaneses, os coreanos, os chineses, os tailandeses, cada um com sua cultura de defesas típicas para cada proposta de preço do comprador, truques e artimanhas. Sempre que aceita diminuir um pouco o preço, o árabe volta a elogiar a mercadoria e a se lamentar pelo desconto que acaba de dar. Já o coreano diz não e pronto, acabou a conversa; mas fica ali solícito, interessado; cabe ao pechinchador fazer propostas, até que ele diga ah, leva. O tailandês parece levar em muita consideração, repete em voz alta várias vezes o preço proposto pelo comprador, primeiro admirado, depois espantado, em seguida irônico, depois alegre, repetindo sempre o preço proposto mas as mãos já dizendo não, não, de jeito nenhum! Quando aceita um preço, despede-se da mercadoria como se doesse vender.

— E o brasileiro, como é?

— Ah, o brasileiro é malandro e bobo ao mesmo tempo. Compra barato aqui, mas tem de pagar propina pra polícia ali, pra fiscal lá, no fim o lucro é, ó... — Miguel quase junta o indicador e o polegar, a doutora completa:

— ...pequeninho que nem pipi de japonês — mas logo corrige: — Sem qualquer preconceito, claro, até porque nunca vi nenhum.

Ri de braço dado com Miguel pelos corredores cheios de lojas vazias com o despencamento do dólar. Um libanês conhecido conta a Miguel:

— Vamos de volta para o Líbano, freguês, aqui não dá mais. Só pra cigarreiro e bugiganga barata, coisa boa não vende mais, e o freguês sabe que a gente aqui só lida com coisa boa, é da família! Então fazer o que, o movimento caiu mil por cento!

Miguel troca olhares com a doutora, para os devidos descontos.

— Metade da família já foi, o resto vai logo. Fica só um *brimo* tomando conta da lojinha. Infelizmente, o Brasil é o melhor país do mundo, mas...

Depois Miguel conta a elas que os libaneses vão um de cada vez para outros países, dizendo sempre que é para o Líbano. Vão para os Estados Unidos, Europa, alguns até mesmo para o Líbano.

— Vão levando um pouco do dinheiro da família, um por um. As mulheres vão sozinhas com as crianças e um idoso, também levando dinheiro. Se um for roubado por ladrão ou polícia, os outros salvam suas partes. O primeiro que vai já aluga onde morar e fica procurando onde reabrir a lojinha. Existe o grande capital internacional e o pequeno capital internacional...

Ele se esforça para ser brilhante, não?

— Isso é coisa antiga — disserta a doutora — Os judeus foram especialistas em se mudar para lá e para cá, levando ouro, dinheiro e jóias que alguns transformaram em impérios.

— Impérios?

— Cinematográficos ao menos: Warner Brothers, Twentieth Century Fox...

Miguel ri com a doutora pendurada no braço, abrindo caminho com o outro braço, passam sacoleiros, camelôs oferecem coisas, barraquinhas de sucos e churrasquinho disputam as calçadas, é preciso passar por corredores de suor, fritura, fumaça, varais com óculos e penduricalhos estendidos entre as barracas como armadilhas para gente distraída, além das abelhas zoando alucinadas em volta do cheiro doce dos liquidificadores, os rádios em alto volume, gritos, apitos, pregões. Mal conseguem falar, no meio duma disputa entre liquidificadores, Miguel já levando a doutora abraçada pela cintura.

Que linda cena, menina, não parece cinema? Quantos filmes você já viu de homens maduros com menininhas, ou de menininhos com mulheres maduras ou mesmo velhas, como se chama mesmo aquele filme? São trilhas da alma. Talvez você devesse voltar sozinha para o encontro de amanhã com seo Juliano, deixaria os dois à vontade para fazer outro programa...

Ei, Miguel chama, ei, Juliana! Ela vai correndo, a doutora está sentada na caixa de vinhos que deixaram esperando, na loja enorme com atendentes dormitando. A doutora conseguiu ficar mais branca, Miguel põe a mão na testa e diz bem, febre não tem. A doutora sorri mole:

— Câncer não dá febre, pelo menos o meu tipo... por enquanto.

Suspira fundo, mas mal consegue se descurvar.

— É só cansaço. Amanhã vou estar boa pra tomar esse vinho. Agora acho que precisava de alguma coisa doce — aponta a prateleira de licores.

Miguel vai até a prateleira, vacila, a doutora aponta:

— Fra Angelico...

Ele abre a garrafa, alguém traz um copo de plástico. Ela pergunta se isso não pode fazer mal à doutora. Os dois olham para ela, como para uma criança, e voltam ao ritual de beber licor, ele agachado, a doutora sentada na caixa de vinho, *no mesmo copo, símbolo mais claro impossível. Você nunca deu sorte com homem, menina. Toda a moçada da capoeira de paixão por você, e você perdendo tempo com um coroa em Foz do Iguaçu...* Miguel lhe sorri. *Quase coroa.*

A doutora vai se desencurvando gole a gole, até levantar num suspiro curto, com a ajuda de Miguel. Brinda o último gole:

— À ressurreição!

Diz que com uma boa canja e uma boa noite de sono amanhã estará nova de novo. Miguel leva pelo braço, às vezes pela cintura, pela galeria vazia, pelas calçadas-passarelas entre a zoeira das barracas, na frente o rapazola gorducho da loja, abrindo caminho com a caixa de vinhos no ombro.

Passam pela fila de sacoleiros, gente amassada e amarrotada nas roupas, amargurados na cara, num desfile de posturas para fila demorada: sentados em pacotes e sacolões, ou sentados no chão encostados em mochilas, agachados, ou em pé trocando de pé a todo instante, as dores das varizes apertando a cara, braços cruzados, roendo ou lixando unhas, deitados sobre jornais ou cobertas, fumando, comendo bolachas, lendo pedaço de jornal velho, conferindo notas fiscais, ouvindo rádio com fone de ouvido, meio dançando, olhos quase fechados, moço bonito, o único que parece uma pessoa saudável na galeria de mortos-vivos, conformados em perder horas na fila duas vezes por semana, toda semana, para viver disso, e esse moço talvez seja o único que não está aí para ganhar a comida de amanhã, talvez tenha vindo comprar um som e acabou na fila, o único feliz apesar de sofrendo por causa dos outros.

Uma grande fila de carros se estende já do meio da ponte até a aduana:

— E olhe que já foi muito pior — Miguel passa pela fila, acena para um dos poucos policiais, que acena mandando passar entre os carros que estão sendo revistados, pacotes e pessoas se explicando para os policiais entediados.

— Logo eles voltam ao método antigo — diz Miguel — Revista por amostragem, um carro em cada dez. E de vez em quando uma mordida.

— E como é que você passa assim?

— A Polícia Federal às vezes precisa de fotógrafo, para perícia, local de crime, essas coisas. Mas pagavam até com ano de atraso, então comecei a não cobrar mais e agora, em compensação, acho que posso passar por aí de caminhão carregado sem problema nenhum.

O sol poente vai dourando tudo, parecem brilhar as meninas já de plantão na esquina, o carro oficial de chapa branca parando ao lado do jipe no semáforo, motorista na frente, autoridades atrás. As meninas vêem a chapa branca, desdenham, continuam pela calçada com passo ligeiro, passam pelo jipe, no carro de trás uma debruça e outra agacha na janela, o motorista sozinho.

Conversa rápida, e a agachada põe a língua para fora, roda pelos lábios, enquanto a debruçada na janela abre a camisa e mostra os peitinhos. O motorista abre a porta, as duas entram. Abre o sinal, o carro parte e passa pelo jipe, já com apenas o motorista e uma das meninas.

— Cadê a outra? — espanta-se a doutora.

No semáforo seguinte, param atrás do carro e, de repente, a cabeça da outra menina se ergue do colo do motorista, no mesmo instante em que uma menininha de cinco ou seis anos, com ranho seco escorrido do nariz, bate no vidro oferecendo chicletes.

Deus, que ordem é essa? Em plena rua isso, passando por normal, que ordem é essa?!

Chegam ao Lírio Hotel com a doutora precisando apoio para andar — mas diz que não é nada, só fraqueza; e toma banho com ajuda de Tia Ester, por receio de desmaiar no chuveiro, depois toma sopa no refeitório onde os hóspedes baixam a voz em respeito à mulher doente.

— Eu preferia que rissem — a doutora embebe pedaços de pão na canja — Assim já parece um meio velório, não? — e arrisca uma risada, engasga, então se conforma em simplesmente comer.

Miguel foi ao estúdio e ela também toma banho. Esfrega-se olhando o corpo, apalpando aqui e ali, as calosidades da capoeira nos pés, e também nas beiradas das mãos. As unhas, mordidas aqui e ali, a cutícula soltando lascas. Os cabelos de que a mãe vive reclamando, secos, rachados nas pontas, penteados pelo chuveiro e pelo vento. Olha-se no espelho da penteadeira de moça (teria a filha de Ester ao menos se apaixonado antes de morrer? e teria sido amada também?).

Ora, pare com isso, Juliana Prestes! Pense: um homem refinado, que toma champanhe com a naturalidade de quem come amendoim, o que estará querendo de você além de uma transa rápida ou já nem isso mais? Ele te fez botar maiô naquele hotel, sua cretina, para te ver o corpo, julgar se valia a pena pedir um quarto, depois de já ter gastado champanhe com a jeca de calos nas mãos — e nos pés, ele deve ter visto, ele tem olhar treinado para olhar e ver, não é? Te pagou um maiô, e você deixou, e tomou champanhe até ficar prontinha para o que desse e viesse, você foi uma... putinha que nem aquelas meninas lá fora, só que sem pegar dinheiro, só atenções e mordomias, e ele não quis. Era só te pegar pela mão e te levar para um quarto, mas...

Toca o telefone, *deixa tocar. Mas e se for ele?* Vai atender ensaboada. Ele fala do refeitório, vozes e talheres ao fundo:

— Ia te convidar para um restaurante árabe, mas vou ter de viajar bem cedo, para estar de volta a tempo de ir com vocês ao seo Juliano.

— Você não precisa ir, agora eu acho a casa.

— Eu quero ir. E gostaria de jantar com você se não tivesse de aprontar umas coisas pra viagem. Então acho que vou comer uma canja da tia aqui mesmo. Você demora pra descer, né?

— Não, já tomei banho, vou descendo.

No refeitório, Tia Ester conta que a doutora já foi para o quarto, depois de tomar umas pílulas:

— Disse que vai dormir doze horas.

Eles tomam a canja no refeitório vazio, trocando olhares entre as colheradas. Da sala da tevê vem o vozerio de homens indignados com mais uma trapaça dos políticos ou trapalhada do governo, não se consegue entender bem porque logo vem uma gargalhada, depois notícias de futebol que os homens ouvem em atento silêncio. Ele conta que vai cedinho fotografar um pau-amendoim, para o álbum de árvores que está fotografando há mais de dez anos, fotos de cada espécie de árvore, das flores, sementes, frutos, tronco, madeira. A foto da árvore inteira deve ser florida e bem iluminada, por isso precisa sair bem cedinho...

— ...a fazenda é longinho, pra chegar antes das nove, hora de sol ideal.

Faz alguns anos achou também o jeito ideal de fazer com que fazendeiros telefonem avisando das floradas; tira um cartão suado do bolso da camisa:

Miguel Costa
Fotógrafo
Procuro árvores floridas
e gratifico bem!

Ela pega o cartão, vê que o verso tem uma relação de nomes em letras miudinhas:

— Alecrim, balsaminho, braúna, copaíba...

Dezenas de nomes — de árvores nativas, diz ele; de algumas nem se sabe ao certo a época da florada; então deixa o cartão por aí, em hotéis, lojas agrícolas, exposições pecuárias, e, quando menos espera, um fazendeiro liga, então tem de correr para fotografar:

— Tem árvore que a florada cai em poucos dias.

— E qual é a gratificação?

— Um *poster* grande da árvore florida, e outro menor, da flor, mais um livro quando for publicado. Um botânico está fazendo o texto com a descrição de cada árvore, nome científico, ocorrência, utilidades, até previsão de extinção, porque, pelo jeito, de algumas espécies vai restar só a foto...

Os homens urram na sala da tevê, gol.

— Eu também, de certa forma — ela cora — estou escrevendo um livro, diz a doutora que uma tese é um livro, e quero que a minha seja mesmo legível como um livro...

...sem tantos desvios e adendos, ressalvas e hipóteses, distinções e especulações, como tantas teses que mais parecem catedrais de excessos e supérfluos, indo ao infinito para chegar ao ponto. Conta que foi até engraçado descobrir, em História da Arte, que a descrição do barroquismo é tão apropriada para descrever uma tese acadêmica, essa catedral gongórica com todos os rococós, tanto que, para ser publicada na forma de livro, tem de ser reescrita...

Miguel pede desculpas:

— Você tem que pensar na sua tese, e eu falando de árvore.

— Não — ela faz o pão lamber o prato — Estava pensando em você.

Ele espera, ela morde a ponta molhada do pão antes de continuar:

— Você é uma figura, não é? *(Cuidado com as palavras, Juliana Prestes!)* Faz churrasco no chão, toma champanhe em piscina, fotografa árvores, guia historiadoras...

— Bem — ele sorri — De tudo isso que você falou, o que faço sempre é só fotografar árvore.

(Peça, Juliana Prestes, o máximo que pode acontecer é ele dizer não, não?)

— Posso ir com você?

Pula da cama com o telefone, cinco e meia da manhã, ainda tonta de sono mas a voz de Tia Ester já toda iluminada:

— Bom dia, menina, vai sair o sol!

Pega o cartão dele no criado-mudo e cheira mais uma vez, tem mesmo cheiro de madeira, como ele falou, de ficar guardado em gaveta; e ela arrepia. A borda do cartão secou, depois de suada, e ficou toda onduladinha, ela passa o dedo pelas pequenas ondas e se arrepia mais, *meu Deus! Será alguma doença?*

Joga água no rosto, olha no espelho, *fazer o que?* — faz anos que nem batom tem mais, mas molha os cabelos, para pentear com os dedos. Veste bermudas, sutiã e camiseta. Pega a bolsa e vai saindo, volta, larga a bolsa, enfia a mão por baixo da camiseta, em contorções e puxões até tirar o sutiã; enfia na bolsa e sai. Volta, tira o sutiã da bolsa, dobra bem e enfia no bolso, deixa a bolsa na cama.

Toma café com leite e bolo de milho, na cozinha, vendo Tia Ester e a cozinheira preparando café da manhã para trinta, *Deus, como as pessoas trabalham pra viver! Você devia agradecer mais, Juliana Prestes!*

Deixa com Tia Ester o primeiro capítulo da tese, impresso com fita nova, para a doutora ler:

— Se ela quiser passar o tempo...

Miguel aparece de boné na cabeça e com outro para ela. *Ele cuida mesmo de você!* Montam no jipe, vão para o sol nascente, vento nos cabelos, imensos borrões de todas as cores no céu. Ele vai apontando árvores, diz o nome vulgar e o nome científico de cada espécie.

— Como você começou a gostar de árvores?

— Menino ainda. Meu pai tinha fazenda, criava ovelha, tinha erval, passava dias fora de casa na época da colheita, dormia em cabana de retireiro. Às vezes eu ia junto no fim de semana, e ele dizia que eu perguntava de cada árvore, queria trepar nos pés de erva-mate, tinha casinha numa árvore de casa, minha mãe dizia que eu devia ter nascido numa árvore... Fiz Direito, porque por perto não tinha curso de Agronomia, peguei o diploma, tentei trabalhar como advogado, até para o meu ex-sogro — suspira curto, a voz azeda — Foi o pior tempo da minha vida. Às vezes eu fugia pro campo, com a desculpa de tratar disso ou daquilo, passava o dia fotografando. Um dia, minha ex-mulher inventou que eu devia fazer uma exposição, no saguão do hotel do pai dela mesmo, um quatro-estrelas.

O céu azulou, o sol bate de frente, ele precisa prestar atenção na estrada e ela pode olhar bem para ele. *Ao menos para guardar alguma coisa, uma imagem. Que homem interessante você é, Miguel Costa!*

— Eram trinta ou quarenta fotos de árvores, paisagens, gente do campo, animais, coisas que eu gostava de fotografar também desde menino, ganhei a primeira máquina com dez anos. E a exposição foi um sucesso, vendi todos os *posters*, dez cópias de cada foto. Ganhei mais que em seis meses como advogado do sogro.

— E aí...

— Pedi demissão, e ela quase teve um ataque, ele nunca mais falou comigo, montei meu estúdio e queria a separação quando ela ficou grávida. Agora já estamos morando separados faz mais de ano.

Não fale nada, cale a boca, Juliana Prestes. Ou mude de assunto:

— É uma mata lá na frente?

— O Parque do Iguaçu. Bilhões de árvores! Vamos passar pela Estrada do Colono. É uma estradinha curta, mas é por onde chegaram os colonos gaúchos do Oeste do Paraná...

— ...e também por onde Prestes passou quando veio do Rio Grande formar a coluna em Foz!

O coração bate forte. O jipe reclama grilando quando deixa o asfalto para a estradinha de terra, entre os paredões verdes da mata. *Eles passaram por aqui!*

Passam o Rio Iguaçu por balsa. *Como eles passaram?* Naquele tempo, diz Miguel adivinhando pensamento, dependendo da época, com o rio baixo dava para passar a cavalo. Precisam esperar a balsa encher mais para cruzar o rio, ficam sentados no jipe e Miguel pergunta como ela começou a se interessar por História.

Oh, você podia dizer, menina, que começou com as primas brincando com as bonecas e você com os soldadinhos dos primos. Podia dizer que as primas viviam convidando para ir ver de novo Dio, como ti amo, *a fila de mocinhas quase dava a volta completa no quarteirão do cinema, algumas tinham visto o filme uma dúzia de vezes, mas você preferia filmes de guerra. Ou você podia dizer que começou a ler com vontade quando descobriu na biblioteca pública a coleção História da Guerra, chegou a arrancar uma página cheia de soldadinhos com uniformes de diferentes países e épocas. Ou você podia dizer que sua primeira heroína foi Joana d'Arc, mas decerto é melhor dizer como sempre:*

— Foi quando li *Os sertões*, com dezesseis anos. Minha mãe ficou preocupada, fiquei um mês quase sem falar com ninguém.

— Eu li com dezoito, pro vestibular, acho que não lembro mais nada, desculpe.

— Desculpe o quê? Eu também não sei a diferença entre um arbusto e uma árvore!

Alguns tipos, diz ele sério, praticamente não têm diferença. Ela põe a argolinha no nariz. Além disso, ele continua, entende só de árvores:

— Arbusto é outra história.

E o meu interesse não é História, é a guerra, Miguel, a luta pelo poder, a mais antiga profissão humana, esta sim, desde o dia em que os primeiros homens resolveram se unir para caçar, ou para saquear uma tribo vizinha.

— Eu... — ela pensa bem — Não me interesso exatamente por História, mas pelo poder. A luta pelo poder.

Ele olha de cenho fechado, *deve estar pensando que diabo de mulher é essa; se souber da capoeira então...*

— O homem, conforme Jung — ela declama — é um animal obcecado por comida, sexo, segurança e poder.

Ele pede para ela repetir, fica balançando a cabeça; aponta macacos estraçalhando nos dentes um palmito, depois não dirá mais nada até chegarem à tal árvore por fotografar. No meio de um pasto, uma única e grande árvore. Ele suado de carregar a tralha, em passo bem batido para não perder a hora, quase nove — o sol se enfia pelos galhos e ramadas, a árvore toda iluminada parece querer levitar, balão verde inflando. Ela se olha de repente, vieram pelo pasto, levantando os pés no capinzal alto, também está suando, os bicos dos seios espetando a camiseta úmida, *bote o sutiã, menina!* Tira o sutiã do bolso e vai para trás da árvore, enquanto ele está distante montando o tripé. Tira a camiseta para vestir o sutiã, *os bicos estão duros e saltados, que está acontecendo com você?!*

Miguel fotografa a árvore inteira, e o tronco de perto, galhos floridos. Depois corta algumas ramas, com uma foicinha roça uma pequena clareira, deitando o capim por igual, para formar um fundo em que fotografar as flores, trocando lentes, espetando em volta placas prateadas para refletir o sol. Quando termina, a roupa está empapada de suor, mas sorri feliz:

— Mais uma! Pau-amendoim não dá muito por aqui. Quando completar duzentas árvores, publicamos o livro.

Tem fotografado uma média de vinte árvores por ano; mais uns cinco ou seis anos... *Deus, como ele é paciente! Se eu tivesse de passar seis anos para fazer a tese, me matava antes!*

— Você é paciente, não?

— Tenho de ser, estou lidando com árvores. Vamos fazer um piquenique debaixo desta aqui?

Um cachorro da fazenda se aproxima cauteloso, vê que eles agacham na pequena clareira no capinzal. Ele abre no chão forrado de capim o farnel preparado por Tia Ester, e ela — o coração ecoando na cabeça — vê sanduíches, pastéis, frutas, bolo de fubá. O cachorro vê que, antes de começar a comer, agachados, arfando e suados, olham-se tão perto que acabam fechando os olhos e se beijando, joelhos e mãos amassando frutas e pastéis, e arfando continuam a se abraçar, rolando pelo chão enfolhado, as folhas secas de pau-amendoim redondinhas como moedas, os penachos amarelos de flor se esmagando nas costas, *Deus, que é que estamos fazendo?!*

O cachorro senta nas patas de trás, conformado em esperar, mas ela levanta de repente, arrumando o sutiã que ele já ia tirando com a boca, baixando a camiseta que já estava no pescoço, enfiando nas calças, enquanto ele estapeia folhas das roupas, pedindo desculpas, ela também:

— Não posso. Não por enquanto.

Comem em silêncio, mal comem, vão para o jipe, ele levando a tralha, ela levando a única flor que não foi esmagada. O cachorro vai comer os restos. Eles não se olham mais, não falam mais, até passar de novo pela balsa. Aí, sentados no jipe desligado, ela lhe pega a mão, as mãos se apertam de doer, olhando nos olhos até ela encostar a cabeça no peito dele, olhando o rio que viu a Coluna Prestes passar. Com uma vontade de dizer *eu não quero perder você, Miguel Costa*, diz que é uma floresta bonita. Ele diz que a subtropical é a mais bonita das florestas, e continuam sem se olhar.

Por que você é assim, Juliana Prestes? Por que não pode ser uma mulher normal de vez em quando, nem que seja só para variar?

Então ela encara antes da balsa atracar:

— Miguel, sabe aquele hotel, da piscina? É muito caro?

Não, ele balança a cabeça, pode até trocar hospedagem por fotos.

— Quando eu vier da próxima vez — o calorão no rosto — me leva lá?

Beijam-se longa e calmamente, descobrindo os lábios um do outro, os cheiros, a língua, os dentes, e estão arfando e respirando rápido quando o balseiro bate na lataria do jipe, a balsa está vazia.

— Li a abertura da sua tese — diz a doutora — Você comete um equívoco logo no começo: conflito é uma coisa, confronto é outra. Você pode comprometer toda a tese partindo da premissa de que havia conflitos já agudos entre a oficialidade das Forças Armadas e o governo, e que a coluna foi a evolução desses conflitos para um confronto armado. Na verdade, confronto foi o que as forças rebeldes fizeram em São Paulo ou em Catanduvas, se entrincheirando contra as tropas legalistas, para uma guerra de confronto, que depois, a partir de Foz, Prestes sempre evitou, em favor duma guerra de *movimento*! E note que, quando falo em forças rebeldes e tropas legalistas, é porque as rebeldes tinham também voluntários civis, inclusive anarquistas, enquanto os legalistas eram apenas militares. Essas distinções podem parecer acadêmicas mas, para a sua tese, são fundamentais.

Ela vai anotando entre os solavancos do jipe já perto da casa de Juliano Siqueira. Quando viram a esquina, dão com a cena: um caminhão trio-elétrico está parado com as portas abertas, atravessado no meio da rua, o motorista sentado no estribo, olhando o chão; na esquina, juntas pelo medo, meia dúzia de moças de maiô com lantejoulas e bonés na cabeça: *Super Bingão*, como na faixa esticada no caminhão. Diante do motorista, em pé com um baita revólver na mão, o cano chegando até abaixo dos joelhos, Juliano Siqueira fala sem parar — e Joana vem para eles torcendo as mãos:

— O homem endoidou, moço, tira aquela arma dele antes que atire em alguém!

Miguel Costa pergunta o que foi, seo Juliano, que é que há? O velho continua falando sem parar, tremendo de raiva, o revólver batendo no joelho:

— ...eu avisei e cansei de avisar, que essa merda é proibida por lei, e não é uma nem duas, não, é uma porção de lei, mas quem diz que alguém respeita? Respeitam nada, e não adianta chamar PM, não adianta chamar polícia, não adianta ligar pra vereador, prefeito, ninguém resolve nada e essa merda continua passando todo dia pra infernizar a vida da gente!...

O motorista suspira fundo sem levantar os olhos, os cotovelos nos joelhos, mascando um palito.

— ...então agora é isso: se ligar essa merda eu meto fogo, mando bala nessa caxaiada de som e não quero nem saber quanto é que custa! Já chega agüentar vendedor de churro, de peixe, de ovo, sorvete, tanto diabo de carro com alto-falante todo dia nessa rua, ainda vem esse caminhão do inferno com essa barulheira que faz até tremer vidraça!

Joana ajoelha ao pé do motorista sentado no estribo:

— Vai embora, moço, pelamor de Deus!

— Dona — fala o homem, barba por fazer, roupas empoeiradas — eu não vou tirar esse caminhão daqui enquanto não chegar a polícia.
— Essa é boa! — o velho cerra o punho — *Ele* chamando a polícia! Vamos ver se vem, né, porque quando a gente chama nunca vem, é preciso xingar, ameaçar ir pra jornal, aí eles vêm e também não resolvem nada, é só conversa fiada, só lero-lero!
O caminhão tem alvará, resmunga o motorista, o velho ri salivando de raiva:
— Tem alvará! Então a prefeitura ainda ganha com isso!? Quanto?! Quanto é que custa o nosso direito de sossego?!
Quem quer sossego vai pro cemitério, resmunga o motorista.
— Ah, é? — o velho aponta para uma das caixas de som e aperta o gatilho. Clec. Clec. Ele xinga o revólver, bate, chacoalha, atira de novo. Clec. Clec. Clec.
O motorista ri. As moças aplaudem na esquina, dando pulinhos, mas todos ficam parados, ouvindo, enquanto uma sirene vai chegando. A viatura da PM pára perto das moças, elas rodeiam os policiais, eles crescem dentro das fardas, fivelas brilhando, óculos escuros. Caminham para eles, as moças saltitando atrás.
— Boa tarde — para o motorista — Qual o problema aqui?
— Esse velho maluco me apontou esse trabuco pra eu parar com o som do caminhão — só então o PM vê a arma — Aí eu parei o som mas também parei o caminhão e mandei a moçada ligar pra polícia.
O PM se vira para o velho, estendendo a mão:
— A arma, vô.
— Vô é a puta que te pariu!
Os dois PMs caem sobre o velho, para tirar o revólver, mas Juliano Siqueira luta se engalfinhando, agarrando com os braços e chutando com os pés. Miguel entra no bolo de mãos e braços, pega o revólver, os PMs continuam agarrando o velho. Solta ele, pede Joana com as mãos juntas:
— Solta, seo guarda, que ele é meio variado da cabeça, só isso.
Juliano Siqueira bufa:
— Variado coisa nenhuma, essa merda desse caminhão é que tá fora duma penca de lei! Eu estudei, eu fui saber, se essa gente tivesse vergonha não deixava essa merda à vontade desse jeito...
As mocinhas fazem caras indignadas, que isso, seo guarda?!
— ...é mesmo um povinho de merda, reclamar todo mundo reclama, todo mundo fala que ninguém agüenta mais tanta barulheira, mas na hora do vamovê, cadê o povo?!

— Cala a boca, cidadão, senão vai preso por desacato! — o PM já tenta pegar a algema no cinto, Joana ajoelha:

— Não faça isso, seo guarda, ele tá fora de si!

Então, diz o PM, melhor cair em si, aquietar senão vai acalmar lá na delegacia.

— Não — berra o velho feito moleque embirrado — Eu tô com a razão, não vou ficar quieto, não! É po-lu-i-ção sonora, tem lei federal! Também é con-tra-ven-ção penal! — declama com os punhos cerrados, agarrado pelos braços — *É proibido perturbar o sossego público com corneta, tambor, motor, alto-falante,* é a lei!

Joana junta as mãos olhando para o céu, os PMs se olham, o velho continua tremendo de raiva e falando alto:

— Tem lei até municipal: *é expressamente proibido o uso de veículo com alto-falante!*

— Mas eu tenho licença da prefeitura — o motorista pega um papel no porta-luvas, o PM lê com os braços ainda agarrando o velho, Juliano Siqueira não desiste de se livrar.

Miguel chega junto e olha nos olhos do PM:

— Solta ele, não vai fazer mal a ninguém. É boa gente, eu garanto.

Os PMs se olham, soltam, o velho massageia os braços, Joana abraça.

— Me larga, mulher! — dá um safanão, estende a mão — Devolve minha arma, soldado!

Joana põe as mãos na cabeça e volta a olhar o céu, o PM tira a arma que enfiou no bolso, olha, procura como abrir o tambor, põe as cápsulas na palma da mão e olha que estão todas picotadas pela agulha:

— Disparou todas, não explodiu nenhuma. Há quanto tempo o senhor tem essa munição, vô?

— Desde o tempo em que PM tinha brio!

Já anoitece quando Miguel e a doutora conseguem convencer os PMs de que o velho é mesmo meio lelé, neurótico de guerra, sabe como é, enquanto Joana e ela vão levando Juliano Siqueira para casa, uma pegando em cada braço, ele insistindo que só vai com a arma que Venâncio lhe deu:

— Esse revólver foi de um homem de bem, não pode ficar na mão de PM!

Joana lhe cobre a boca com as mãos, a doutora gira o dedo sobre a orelha, os PMs resolvem deixar pra lá. Miguel dá um cartão:

— Já fiz muita foto pro batalhão, na faixa — os PMs já relaxam o passo a caminho da viatura, ouvindo uma linguagem que entendem — Precisando de foto, até da família, diz Miguel, é só chegar no estúdio...
Eles agradecem, olham a arma.
— Nossa, de que guerra ele é veterano?
— Pois é — Miguel pega a arma delicadamente — Isto aqui só tem valor histórico. Vamos doar ao museu.
Os PMs se olham, o rádio chama, as moças sobem no caminhão, eles entram na viatura, baixam o rádio e ficam posando para elas, sorrindo até que o caminhão se vai. Aí voltam às carrancas usuais, a viatura manobra e também se vai. Na esquina, o caminhão liga o som e, do portão, Juliano Siqueira grita para a vizinhança:
— Obrigado pelo apoio, gente covarde!
Joana puxa pelo braço, com uma força que ele acaba respeitando, entram. Miguel vem com a arma:
— Devolve você, Juliana, ele vai gostar! Vou pegar as coisas no jipe.
Ela entrega a arma no momento em que o velho acaba de lembrar:
— Cadê o revólver do Venâncio?!
— Está aqui — ela entrega o revólver sobre as mãos estendidas; ele pega como se fosse um troféu, agradece se inclinando, juntando os calcanhares, as botinas embarreadas, suado, Joana diz que estava capinando quando o caminhão passou.
— Não sei pra que capinar num sábado de tarde!
— Pra dar sede — ele leva o revólver para o quarto, vai para o banheiro e logo ouvem o chuveiro.
Ai, meu Deus, diz Joana vendo Miguel chegar com uma caixa de isopor:
— É hoje!...
Não se preocupe, diz a doutora, um bom vinho jamais faz mal algum — e destampa a caixa cheia de garrafas cobertas de gelo. Miguel abre a primeira antes de ir buscar outra caixa de isopor — daonde tira conservas de legumes, ovos de codorna cozidos, latas de patês e caviar, queijos e baguetes. Venta forte lá fora, batem janelas.
Você adivinhou, diz a doutora, o tempo é pra ceia dentro de casa. Não adivinhei, diz Miguel, ouvi a meteorologia. Riem arrumando a mesa, *um belo casal, Juliana Prestes. Faça alguma coisa!*

Ela põe o gravador sobre a mesa, senta, ajeita o bloco de notas, testa o gravador. Joana e Juliano discutem alto no quarto:

— Você já pensou se essa porcaria atira?! Você tinha matado alguém, podia ir preso!

— E será que assim não resolvia alguma coisa? Porque amanhã aquela merda taí de novo, *ooolha o Bingão da Sorte!!!*

— Seo Juliano — a doutora fala alto — Tem um ótimo vinho esperando o senhor!

Ele aparece de sapatos, enfiando camisa nas calças, cabelos molhados. Miguel trouxe cálices bojudos; o primeiro, o velho toma como água realmente, para matar a sede, diz estalando a língua. O segundo cálice, toma em duas goladas longas, na segunda apreciando de olhos fechados antes de engolir:

— Coisa boa, hem? Como dizia o Ari, tem muita coisa boa nesse mundo!

O terceiro cálice, toma em três goladas longas, então olha para ela:

— Não vai ligar a maquininha, moça? Qual é a pergunta hoje?

Ela liga, encara sorrindo e pergunta:

— Seo Juliano, como eram tratadas as mulheres na coluna?

Ele encara com os olhinhos piscando, sorri torto, traz a garrafa para perto — e Miguel já tira outra da caixa, suada de gelo. Às vezes se engasgando de indignação, e se desengasgando com um bom gole de vinho, Juliano Siqueira falará olhando para a porta, a noite e a chuva lá fora.

Moça, não sei por que essa pergunta, tomara que você não seja igual um jornalista que esteve aqui uma vez, até agora o único que perguntou da mulherada, perguntou dos meninos, perguntou do uniforme, que uniforme a tropa usava, e eu disse que, já quando a gente cruzou o Paranazão, não se podia dizer que a tropa usava uniforme, mas resto de uniforme, tanto do Exército, a moçada gaúcha, quanto a tropa paulista da Força Pública, cada um com uma ou outra parte do uniforme de mistura com roupa civil, roupa de gaúcho, muitos de bombacha, uns de bota, outros de botina, e a partir de Goiás, com o calor, começaram a usar alparcata, enquanto a caboclada, como a gente dizia, os que tinham costume desde menino, deram de andar descalço mesmo, com pé mais calejado que pata de cavalo.

Aí saiu na revista, que era um jornalista de revista, A FARSA DA COLUNA PRESTES — Depoimento de um sobrevivente!

Sobrevivente! Como se a coluna fosse um desastre! E de-po-i-men-to de um sobrevivente, como se eu tivesse ido procurar ele pra falar mal da coluna, quando foi uma entrevista que ele pediu, telefonou de São Paulo pra prefeitura, veio puxa-saco do prefeito me procurar, que tinha repórter da tal revista me procurando. Parecia que de repente eu era importante, até marcaram almoço com o prefeito e o tal jornalista, todo cheio de pose, com gravador, fotógrafo, caneta duma cor pra anotar uma coisa, caneta doutra cor pra anotar outra coisa, pra no fim só sair na revista coisa que eu não disse, ou disse de outro jeito, que cada um tem um jeito de dizer a mesma coisa e, conforme o jeito, parece até outra coisa. Tanto que quem lesse ia pensar que a coluna foi só um bando de aventureiro com vivandeira, numa bagunça de dois anos, comendo e bebendo às custas do povo e brincando de fugir de tropa do governo, só isso, mais nada, só isso foi a coluna no de-poi-men-to de um so-bre-vi-ven-te, eu!!

Engasga inchado de braveza, a voz torcendo. Bebe e pigarreia, pigarreia e bebe, enquanto Joana aproveita a brecha para contar depressinha lhe dando tapas nas costas:

— Ih, esse homem ficou louco, queria ir pra São Paulo esfregar a botina do Prestes na cara do tal jornalista! Foi na prefeitura, entrou na sala do prefeito chutando a porta, queria por toda lei que a prefeitura pagasse passagem pra São Paulo, com aquela botina velha do baú na mão e um relho na outra, um relho do tal Miguel Costa lá da coluna, o seu xará, moço, ih, o trabalho que deu esse velho!... No fim um jornalista da prefeitura escreveu uma carta rebatendo tudo tintim por tintim, do jeitinho que esse aí queria, mas saiu só um pedacinho lá num canto, aí esse homem passou ano jogando praga em jornalista.

Juliano diz baixo a Miguel para deixar uma garrafa fora do gelo; vai até a cozinha, volta pigarreando, com uma caneca — De caneca é outra coisa — e senta, voltando a olhar para a porta escura, a coluna lá fora.

Como é que se tratava mulher na coluna, pergunta simples mas como é que vou dizer, moça, como é que se trata mulher nesta vida? Naquele tempo, só mulher-da-vida podia fazer da vida o que quisesse, quem sabe daí veio o nome, né, mulher-da-vida, vivandeira como diziam naquele tempo, tudo mulher já bem vivida mesmo que ainda nova, mas a maioria era já de mulher bem an-

dada, como diziam, chamavam moço de menino e menino de nenê, e no fim cada uma acabou sendo amiga da moçada, sendo puta pra quem quisesse e irmã de todo mundo. De mais de cinqüenta sobrou meia dúzia, as últimas foram ficando pelo caminho no Mato Grosso de novo, já a caminho da Bolívia, foram ficando, dizendo que tinham ido com a gente sem nunca perguntar pra onde, mas pra outro país não queriam ir, uma até falou sou puta mas puta brasileira.

Muitas morreram, de doença, teve até mulher que morreu lutando de arma na mão, outras sumiram, de se atrasar, de se perder, que muito oficial não queria mulher perto da tropa. O chefe mesmo já tinha proibido mulher de atravessar o Iguaçu pra chegar em Foz, mas a mulherada sempre dava um jeito de passar rio com roupa de homem, ou dentro de carroça ou no fundo de barco, ou de noite, ou depois da tropa passar, correndo atrás até ver fogueira do pouso, aí pousavam perto, fazendo lá a fogueira delas. De noite a moçada ia lá, tinha mulher com homem certo, tinha mulher pra certos homens e tinha mulher pra qualquer um.

Tinha mulher que era só duma turma, tinha mulher que era da companhia toda, tinha mulher que cuidava de todo mundo, tinha mulher de quem todo mundo cuidava, que nem uma mulatinha que ia de chapelão de fogão em fogão, comia um pouco aqui, um pouco ali, aí deitava com algum, quem ela escolhia. Dizia o Venâncio que o plano dela era passar em revista toda a coluna:

— Até achar o príncipe encantado.

Então ela ficou sendo a Princesa, andava de botina com perneira, camisão de homem, chapelão, um fuzil velho sem culatra sempre nas costas, de longe assim parecia um hominho mesmo, uma vez o chefe até lhe deu uma ordem, vá chamar não sei quem, ela foi, daí pra frente dizia que era ordenança:

— Respeito comigo, Menino, senão conto pro chefe!

Uma só vez aconteceu de alguém querer ficar com a Princesa na base da força, foi o Ari, mas levou um talho de canivete de mais de palmo, no braço: no que abraçou ela por trás, ela tirou o canivete da cinta e zap, passou-lhe no braço. Parecia uma menina, baixinha, miudinha, mas contrariada virava uma onça, Venâncio dizia que era igualzinha a coluna:

— Nunca dorme com ninguém mais de uma vez, como a gente não passa pelo mesmo caminho outra vez...

A doutora e Miguel comem pão com patê, na gravação ela ouvirá o ronco da faca cortando o pão na mesa de madeira. Joana tenta enfiar na boca de Juliano agora um picles, logo um legume, ele às vezes pega, às vezes afasta com a mão:
— Pára de me pajear, mulher!
Engole vinho, o olhar volta a viajar.

Tinha mulher na coluna que era assim, querendo cuidar da gente o tempo todo, eu querendo crescer, deixar de ser guri, e sempre alguma por perto querendo me tratar feito criança! Venâncio era quem cuidava de mim, sempre que eu precisava, e só no fim da coluna fui saber que era ordem do chefe: quem quisesse levar guri, cuidasse. Cuidar era dar comida, roupa e sapato, e ficar de olho vivo, pra não deixar fazer besteira de moleque no meio duma guerra, que pra mulherada e meninada era uma farra muito mais que qualquer coisa, e era uma aventura pra moçada também, dizia o Venâncio — e eu só muito depois fui saber o que é aventura...

Então era tudo irmão de aventura, aquela moçada que, sem a coluna, decerto nunca ia sair do Rio Grande, do pasto e da lavoura, e aquela mulherada que, se não seguisse aquela moçada, ia envelhecer na maior pobreza, que é virar puta velha em cidadezinha antiga. Pra tropa paulista não era uma aventura, era tudo oficial e praça de profissão, lutando pra derrubar o governo e voltar pro quartel, a maioria com família em São Paulo. Vi muita fotografia de mulher, de filho, até de pai e mãe, muita foto tão gasta e amassada que não dava pra ver nada, mas ia embrulhada em couro, em lona, embrulhada de qualquer jeito, molhando de chuva ou de suor no bolso do coração.

Mas com o tempo e tanta luta, ataque, cerco, retirada, marcha, ataque, retirada, cerco, marcha, e também depois que o chefe mandou misturar a tropa paulista com a gauchada, o que fez misturar também a mulherada pela tropa toda, virou tudo irmão de aventura mesmo porque, depois de um certo ponto, quando se perde o medo de morrer e a gente luta até brincando, vira tudo uma aventura mesmo, meio guerra, meio farra, meio rotina, meio revolução, vira a aventura de viver cada dia sem saber se vai ser o último. Aí seja o que Deus quiser e meta bala se o inimigo der a cara, fuja logo se o inimigo atacar, coma o que puder se tiver o que comer, beba sentindo o gosto da água que pode não ter mais pra frente, e vá, vá indo, que é tudo uma aventura e, sendo a gente tudo irmão de aventura, como é que irmão trata irmão?

Então mulher na coluna era como se fosse irmão, era tudo uma família, senão a mulherada tinha picado a mula bem antes, nem tinha morrido tanta mulher ali, do lado do seu homem ou da sua turma, né, ali firme mesmo debaixo de fuzilaria. A negra Dita comandava a lavação de roupa, um dia acabou sozinha num riacho, com roupa pra lavar, ali pertinho do pouso da tropa, e de repente a ordem era retirada ligeira, quer dizer correndo, a cavalhada batendo casco, e aquela gritaria pra arrumar a burrada de carga, recolher tudo, que o inimigo ainda vinha longe, não ia ouvir nada, sargento berrando, boi mugindo, aquele tropel. Mas ela não ouviu nada porque lavava roupa do lado duma cascata.

Só deram pela falta da Dita dois dias depois, um aqui pensando que ela ia na culatra da coluna, outro lá pensando que ela ia na cabeceira, também era de viver rodando pela tropa, enchia a cara numa companhia, dava escândalo, ia pra outra companhia. Também dormia com quem queria e lavava a roupa só de quem queria, mas chegava a comandar turma de lavadeira em dia de sol, quando a tropa descansava perto de água corrente. Aí a coluna parou num riacho, daqueles de Goiás, de se ver pedrinha do fundo naquela água verdinha, e foi todo mundo bater roupa em pedra, cada um cuidando do seu pedaço de sabão, alguém lembrou, cadê a Dita?

Acho que só o chefe não ficou sabendo que a Dita tinha sumido, até o coronel se interessou, mandou fazer contagem geral em toda a companhia. Só faltava uma tropeadinha que campeava boi e cavalo pela região, meia dúzia, então o coronel mandou um caboclo bom achar, com ordem de procurar pela Dita no caminho batido pela tropa. Um tempo depois, assim uma semana, a tropinha voltou com uma boiadinha boa e a negra Dita. O coronel mandou chamar.

— *Onde achou essaí, sargento?*

— *Não me achou, não-senhor, eu que achei eles, vi o jeitinho da fogueira assim de longe, falei é nossa.*

— *Sabia que a tropeada tinha ordem de procurar pela senhora?*

— *Não sabia, não-senhor, mas não vou lavar roupa de ninguém por causa disso!*

O coronel riu, riram, ela perguntou rindo do que:

— *Tão pensando que é circo? Eu não sou palhaça, viu bem?! Eu não perdi uma peça de roupa e vocês já perderam até canhão!*

Pegou a trouxa de roupa e virou as costas, coisa que nem o chefe fazia com o coronel, mas ele só falou ah, vai cuidar da vida, mulher, e ela ainda falou é isso que eu faço todo dia, sem nunca ter te pedido nem uma linha nem uma agulha — porque era difícil quem na coluna podia dizer nunca pedi nada ao coronel.

— Desculpe interromper — a doutora está com a boca cheia e os olhos úmidos — Quem era o coronel?

Juliano Siqueira suspira fundo, bebe um golaço, fala olhando a testa da doutora:

— Quando eu falar chefe, dona, é o Prestes. Quando falar coronel, é o Miguel Costa. Era igual esse Miguel aí, sempre cuidando de tudo.

Oh, não pergunte mais, doutora, eu já tinha anotado pra perguntar isso depois, vamos deixar o homem falar!

— Mas o senhor — ela checa o gravador — estava falando das mulheres da coluna.

A doutora pede desculpas com as mãos, ergue a taça de plástico que Miguel trouxe entre tanta tralha, a mesa está cheia, falta espaço para o bloco de notas — e a voz de Juliano Siqueira parece começar a amolecer:

Então era assim que se tratava mulher na coluna, igual a Dita quando encarou o chefe. Ele tinha costume de chegar de repente em cada companhia, na culatra, na cabeceira, no meio da tropa, de repente chegava ele naquela mula, montado desengonçado, perna espetada pra frente, parecia sempre com medo da mula disparar, a gauchada contava que no começo riam dele, como podia guerrear quem não sabia nem montar? A visão do gaúcho é de cima do cavalo.

Então o chefe chegou de repente, pegou a Dita no meio da companhia sesteando, ela limpando um peixe, e a ordem era pra mulherada ficar sempre fora de rancho da tropa, longe de fogão, fizessem o fogo delas.

— *A senhora faz o que aqui?*

— *E vai fazer o que, me prender, me bater?!* — *ela batia no peito* — *Isso já me fizeram muito na vida, só falta me matar, vai me matar?!*

Continuou limpando peixe, o chefe encheu o peito, parecia que ficava maior quando ficava brabo, aí o coronel entrou no meio mandando prender a mulher, prender e levar longe da coluna, pura conversa fiada só pra acalmar o chefe, no outro dia Dita continuava lá ajudando cozinheiro. Muita mulher era ajudante de cozinha, mas tocar fogão de tropa mesmo, só homem tocava, igual no mundo, né, foi a Joana aí que me falou um dia, mulher só toca melhor que homem o fogão de casa, em restaurante por exemplo é sempre cozinheiro, não é?

Muita vez alguém tinha de ir lá no pouso delas acender o fogo, quer dizer, arranjar lenha, que não é fácil, procurar pau seco, rachar no machado, tendo muita vez de trepar em árvore pra derrubar galho seco. E carneiro era bicho que mulher não conseguia destrinchar fácil igual homem, principalmente com fome, um homem com faca boa destrincha rapidinho até boi. Mas também não tinha como mulher pra cuidar de roupa, pregar botão, cerzir, coisa pra dedo fino, capricho. Paulista na maioria sabia bem se virar, já tinham vida de quartel antes da coluna, e a moçada gaúcha também, mas a mulherada fazia bem-feito o que eles faziam de qualquer jeito. A Cida era uma que gostava de cuidar de doente, vivia na enfermaria e o chefe fazia que não via, uma enfermeira sempre fazia falta, e ela dizia o seguinte daquela moçada:

— Se tirar o fuzil e desmontar do cavalo, é tudo piá!

Eles nem tinham tido tempo de aprender a se cuidar, tinha uns de dezesseis anos, pra eles cada mulher era mãe, era tia, irmã, namorada, enfermeira e arrumadeira, cuidando de cortar cabelo, cuidar de calo, de ferida, tirar piolho, passar enxofre na sarna, uma vez a sarna atacou tanto a tropa que não tinha quem não se coçava. Uma patrulha foi procurar enxofre na região, a gente ficou esperando e se coçando, até o chefe se coçando, ele que nunca reclamava, nunca ficava doente, nunca parava, nunca ria, nunca perdia a calma. Mas até ele se irritou de tanto coçar, chegou a bater na mula, de quem diziam que ele gostava mais do que da gente, falatório de tropa, serve pra animar a marcha, só quem marcha um dia inteiro depois do outro sabe o valor duma piada boa.

Quando acontecia alguma coisa engraçada, um contava pro outro pela coluna inteira, como quando o coronel correu a tropa e pegou a Marli jogando baralho mais uma vez. O coronel já tinha cansado de avisar, não queria roda de jogo na coluna, que só serve pra começar briga, e o maior medo dele, mais que do inimigo, era divisão na tropa, um paulista matar um gaúcho por causa de jogo ou de mulher e aí...

— Eu avisei — ele pegou o baralho e já foi rasgando, cada carta tão velha e usada que rasgava fácil — Quem tem carta na mão vai tirar sentinela a semana todo! E a senhora, em toda roda de jogo, a senhora!!

Ela pediu desculpa, com uma mão entregou suas cartas, com outra quis puxar o dinheiro do couro de boi estendido no chão. O coronel mandou um sargento pegar.

— Vai servir pra comprar remédio pra sarna.

Ela disse certo, se é pra isso tá certo:

— É uma causa boa, né, Chapéu?

Ela chamava o coronel assim por causa do chapéu que ele usava quebrado na testa, só ele na coluna inteira. Por isso mesmo acho que ele respeitava a única mulher jogadora da coluna, a Marli era viciada em qualquer jogo, apostava até a hora de cair chuva, se a primeira pessoa a ir no mato se aliviar ia ser mulher ou homem ou paulista ou gaúcho, vivia apostando, mesmo sem dinheiro, só por apostar.

— A senhora não tem jeito, é um tumor, e tumor a gente tira fora. Vai embora com a primeira tropeada!

— E quer apostar quanto que eu volto?

O coronel riu, aí o caso corria a tropa, sabe o que a Marli falou pro Chapéu? A coluna certas horas também era uma farra. Mas também mulher marchava igual, a pé, légua e mais légua, muita vez nem parando pra sestear, tocando direto, pé esfolando. Muito gaúcho ia com bota pendurada no pescoço, penando de alparcata, mas mulher ia até descalça, com pé em carne viva, mas iam em frente atrás dos homens. Era tudo mulher casada, dizia Venâncio:

— Casada com a coluna...

Ei, tinha noite que era aquela gemeção, égua velha com cavalo novo, ei!

A doutora ri, Joana resmunga olhando para o teto, lagartixas. Juliano Siqueira pega mais vinho, os olhinhos faiscando, a magreza quase saltitando na cadeira. Na mesa, duas garrafas já vazias, a terceira pela metade. A doutora esfrega as mãos, suspira e dá o bote antes que o velho dê o último de três goles seguidos:

— A mulherada, como o senhor diz, cobrava pelos, digamos assim, serviços prestados?

Juliano Siqueira olha, desolha, dá uma olhadinha de viés, ou vai rir ou vai explodir, mas ri, uma risadinha de quem diz ah, que bobagem:

— E com que dinheiro um soldado da coluna ia pagar qualquer coisa, dona? Tropa do contra, não sei se a senhora sabe, não recebe soldo, nem tem correio pra chegar dinheiro de casa, e roubar a gente não roubava...

Fala olhando o *rosé* da garrafa, onde a luz da lâmpada fraca, pendurada do teto por um fio, consegue virar uma pequena chama, *uma fogueirinha*.

*T*inha *mulher que amigava, só ficava com aquele homem, enquanto durasse a amigação, coisa bem diferente de só amizade, amigação é casamento na palavra, mas só funciona se a mulher for só daquele homem e ele nem olhar pra outra mulher. Tinha casal assim na coluna, todo mundo sabia, aquela é do sargento tal, aquela é do Catarina, aquela é do Otto, que era um eletricista anarquista de São Paulo. Amigou com uma gaúcha alemã, ele de fuzil, ela de pistola, dava seus tirinhos de vez em quando, e também essa o chefe fazia que não via, vestida de homem com cabelão loiro comprido saindo do chapéu. O Otto gostava de guerrear mas do jeito dele, um dia num pelotão, outro dia noutro, onde ficasse mais perto do inimigo, na cabeceira, se a coluna atacava, na culatra, se a coluna recuava, queria era ver fogo e dar tiro avulso, que é o tiro dado por um homem só, fora de linha, pode até acertar um inimigo lá, mas fica no mesmo lugar, não avança, fica na mesma e cada vez pior quanto menos munição e mais na mira do inimigo. Ninguém queria o Otto, e o Otto vivia grudando em todo mundo, alemão carrapicho, dizia o Venâncio:*

— *Onde chega, traz azar!*

A tropa paulista tinha lá uma dúzia de anarquista, cada um guerreando do seu jeito, mas o Otto era o mais assanhado pra dar tiro à toa e chamar fogo do inimigo. Pipoqueiro, chamavam, onde o Otto chegava, logo pipocava tiroteio. O alemão mal via o inimigo, ia atirando, e não adiantava deixar sem munição, de noite ele roubava de alguém, era danado. E onde ele ia, a mulher, não lembro o nome, ia atrás, uma moçona maior que a maioria, matava perdiz com revólver, a bicha levantava vôo, ela seguia mirando com o braço esticado, pá, a perdiz caía lá, ia pro embornal.

Mulher recebia paga, isto sim, se é paga, quando alguém pegava uma galinha aqui, uma lata de mel de açaí que outro catava ali, milho-verde mais lá, pra virar polenta, angu, ou cozido ou assado na espiga mesmo. Então, depois da bóia no fogão do seu pelotão, cada um podia ir lá no fogo da mulherada e pegar sua parte daquilo que tinha dado a elas durante o dia, fosse caça, peixe, fruta, batata, a gente dava a elas mandioca mesmo que de tardezinha, de noitinha já tinha sopa. De modo que a coluna de noite era uma correição pra lá e pra cá, gritando senha pra sentine-

la, passa milho, volta com angu, fruta duma companhia passando pra outra, trocando goiaba por ovo, lingüiça por galinha, e tome aqui uma cerveja que o Ari pegou num bar, não deixa nenhum chefia ver, ei, tempo bom, acho que porque a gente vivia com fome, tudo era mais gostoso e qualquer coisa era uma delícia.

Pra catar fruta trepava moleque ou moço miúdo na árvore, lá de cima jogava fruta, mulher catava embaixo, na saia, ou nalgum pedaço de pano, pra isso mulher era sempre mais jeitosa, e também pra pedir comida ou sal em casa que a gente achava aberta, a maioria fechava e corria pro mato.

— Dá uma ajuda, dona — *pedia a Toninha, todo mundo queria a Toninha por perto na hora de pedir, pedia com o olharzinho triste, enrolando o dedo no cabelo encacheado, que nem menininha* — Dá uma ajuda pra quem não come uma comida de gente desde... ih, quanto tempo!...

A doutora arrota, tapa a boca pedindo desculpa:

— Mas esse Miguel trouxe tanta comida, eu me sinto na obrigação de comer! — e toma mais um gole, pega mais uma torrada com caviar, enquanto Juliano Siqueira toma seus três goles regulamentares e vai urinar. Joana aproveita:

— Moça, se você continuar a dar bebida desse jeito pra esse homem, não sei o que pode acontecer, ele é meio virado da cabeça, eu já avisei! Se eu lhe contar como conheci ele, você já vai ver do que ele é capaz. Eu era atendente no posto de saúde, aparece ele, mal se agüentando nas pernas, com tontura, aí o médico examina e diz olha, seo Juliano, vamos lhe dar aqui um remédio mas o senhor precisa se alimentar melhor, o senhor está com fraqueza. Coma mais carne, legumes, pão integral... E ele: que mais, doutor? E o médico, novinho, sem malícia, continuou: coma queijo, coma frutas. E que mais, doutor, fale, doutor, é bonito ouvir o senhor falar, que mais que eu devo comer, doutor? E quem vai me pagar essa comida toda, doutor, se a aposentadoria do governo mal dá pra comprar feijão?!

Joana suspira, fundo e rápido.

— Foi aí que eu prestei atenção nele, vi que era um homem de valor, mas sozinho ia acabar só Deus sabe como. Então adotei, igual a gente adota uma criança, me aposentei e peguei esse homem pra tomar conta, sempre quis ter um filho, né, nunca tive, pois se nem marido tive, então de repente esse moleque velho virou meu filho, meu marido, minha cruz e minha luz, que sem ele não sei o que ia ser da minha velhice, nem tenho parente, ia acabar em asilo. Mas também não sei se, com ele, tem hora que pareço viver num hospício!

Ele volta, ela pega pelo braço:

— Lavou as mãos? Vai lavar as mãos!

Ele vai, volta com as mãos molhadas.

— Vai enxugar a mão, moleque, vai!

Ele vai, ombrando na porta.

— Aí, já começou a andar torto! É assim todo dia, toma três pinguinhas ou então duas cervejas, depois fica trombando em porta, vai discutir no bar, reclamar do governo na padaria, lá tem televisão que a gente também podia ter mas ele diz que não quer nem ver, mas vai ver lá na padaria, em pé, com cotovelo no balcão, mesmo o padeiro tendo botado uma mesa só pra ele! Se ele não é maluco, deixa a gente maluquinha!

Ele volta, senta, enche a caneca e ri, olhando a fogueirinha *rosé* na garrafa.

Checa o gravador, menina! Deus, como a doutora bebe! Fique sóbrio, Miguel! Pronto, fita nova. Uma hora de gravação. Você podia beber um pouco, Juliana Prestes, afinal é teu aniversário, embora você não ligue pra isso, não é?...

Pega a garrafa, Miguel já lhe dá um copo da casa, desses que foi de queijo fundido ou massa de tomate, e a pequena fogueira brilha e se multiplica nas facetas de vidro, enquanto Juliano Siqueira já voltou a falar com o vozeirão amolecido e amolecido.

Esse vinho é da corzinha do xibéu, que o sargento fazia de noitinha e era a hora do Valêncio tomar uma pinguinha, duma garrafa encapada de couro que ele levava na capa, botava no xibéu, ia pro mato como quem vai se aliviar, lá bebia quietinho agachado olhando o céu. Bebia, arrancava algum matinho pra mascar, conhecia toda folha boa de disfarçar bafo, e se por perto não tinha nenhuma, mascava cravo que sempre tinha no bolso.

Ari também bebia, volta e meia aparecia bebum, tropicando de quase cair na fogueira, tinha faro pra bebida, chamavam de Colibri, ia de fogão em fogão, bicando aqui e ali. No começo, quando a tropa ainda era meio nervosa, lá pelo Mato Grosso, Ari só escapou de tiro de sentinela por causa do poncho vermelho. Uma vez, a bala atravessou o poncho mas não pegou o corpo, e outra vez só lembrou a senha depois da sentinela dar o primeiro tiro. Então ele inventou uma senha só pra ele, chegava gritando de longe:

— É o Ari Colibri, é o Ari Colibri!

Civil na coluna obedecia quando queria, mas também ficava sozinho no mundo se não seguisse a batida da marcha. Tinha mulher, tinha menino, tinha anarquista, tinha gaúcho avulso, grupinho de gaúcho, tudo pilchado, com toda aquela roupaiada e apetrecho que gaúcho usa diz-que desde antes de nascer. Tinha o doutor Lourenço, esse sabia por que lutava, com aquele revólver num lado da cintura, do outro lado um tampão de couro pra hérnia que ameaçava sair fora da barriga, um arame em volta da cintura, por cima do cinturão, apertando o tampão, e sempre andando, sempre a pé porque a cavalo podia se destripar. Um dia me perguntou:

— Menino, o senhor sabe *ler*?
— Em Foz comecei a aprender.
— Leia aqui.

Era um jornal velho, que ele lia livro, revista, jornal velho, tudo que aparecesse. E eu li foi nada, mostrando assim a qualidade do ensino que eu tinha tido, ele falou então a partir de hoje vai começar a aprender:

— Quem lê manda, quem não lê só é mandado.

A doutora não resiste:

— O senhor quer dizer que aprendeu a ler com Lourenço Moreira Lima, na coluna?

— Ler e escrever. A senhora acha que só se aprende em escola, um sentadinho atrás do outro?

Oh, doutora, deixe o homem falar!

A doutora se desculpa erguendo o cálice, com os olhos molhados, e ele ergue a caneca, bebe, volta a encarar a fogueirinha, enquanto Miguel abre a quarta garrafa.

Aprendi a ler, escrever, cozinhar, lidar com couro, desde botar meia-sola até fazer uma alparcata, e lidar com madeira, desde a lua certa pra cortar a árvore até o tipo certo de madeira pra cada coisa, e tratar de todo bicho de serventia, menos cachorro que a coluna não podia ter, teve alguns no começo mas depois se viu que não era bicho bom pra tropa militar. Cachorro late quando é preciso silêncio, com cachorro não se faz emboscada, nem se faria nenhuma retirada como o chefe gostava, de noite, o inimigo em volta, pensando na coluna cercada, esperando amanhecer pra atacar, quando amanhecia a gente já ia longe, escapando por trilha aberta a foice em capoeira, ou achando caminho em brejo, espinheiro, catingal. Ei, como era bom ouvir de longe tropa inimiga trocando tiro com outra, *mais tiro quanto mais amanhecia e mais fechava o cerco, até algum mais esperto perceber que atirava em tropa amiga, a gente já longe, ei, beleza, aí dava orgulho do chefe, do chefe e do pessoal que tinha aberto o caminho a foice. De arma, a coluna tinha fuzil, revólver e um par de metralhadora, com tanto uso que já não tinham mira, mas quem enfrentava? E de ferramenta a coluna tinha foice, facão e machado, uma santa trindade. A gente via caboclinho descalço, miúdo, dando feição de fracote, mas de foice na mão virava um demônio, o mato tremia só de ver tanta ligeireza.*

Três goladas, os olhinhos parados enquanto procura o fio da meada:

Também aprendi a lidar com arma, acho que é um dom, o primeiro revólver que peguei na mão, já desmontei ligeirinho só de ter visto como faziam pra limpar. Nossa, disse alguém, esse menino parece que nasceu armado! Então vamos ver se desmonta fuzil também, disse outro, e até a mola do pino que bate na bala consegui desmontar sozinho, não é fácil, muito homem feito apanha ali daquela mola, mas eu consegui ligeirinho e no mesmo momento virei armeiro, quase todo dia algum me procurava com arma enguiçada. Menino, esse fuzil engasgou. Menino, limpa esse trabuco pra mim. Arma virou parte da minha mão.

Três goladas. Joana balança a cabeça censurando, ele sorri:

A coluna tinha de tudo, tinha bebum, tinha até bandido, gente ruim, cabra que gosta de guerra pelo sangue, então é mesmo uma pergunta boa: como é que não maltratavam a mulherada? Por que aquela farra não virava uma bagunça? Sabe por que, doutora, sabe por que, moça? Porque tinha bastante cavalheiro! Menino tonto, eu pensava que cavalheiro era quem andava a cavalo, até saber, já na Bolívia, que cavalheiro é o homem que é gente-boa sempre, que tem força e por isso protege o fraco, cavalheiro é quem acredita na irmandade e no coração!

Começava pelo chefe, que cuidava de cada um, via doença na gente antes do médico, olhava cada ponto e cada nó, cada unha encravada, sabia onde andava cada coisa, quanta bala tinha ainda cada metralhadora, quantos pra levar quantas macas, quantas léguas até onde, e depois de marchar o dia inteiro podia passar hora e mais hora na enfermaria do lado de algum ferido. Além do chefe, que mandava na moçada igual pai manda em filho, tinha toda a chefia paulista, tudo cavalheiro, tratando puta que nem moça e batendo continência até no meio de combate. E tinha o coronel, que só não botava mais ordem naquilo porque afinal a nossa grande arma, conforme o chefe, era o movimento, não parar nunca, Venâncio imitava a vozinha ranheta do chefe:

— *O inimigo vem, a gente vai. Ele distrai, a gente ataca. Ele cerca, a gente escapa. Ele cansa, a gente descansa...*

A doutora olha se o ponteirinho do gravador está mexendo, troca com ela um olhar arregalado, *sim, doutora, ele está falando até de estratégia! Por que não mais uma taça, menina?* Miguel lhe enche a taça.

Juliano Siqueira bebe os três goles, como quem bebe água, esvaziando a caneca e já enchendo de novo, alegre:

E se você quer mesmo saber, moça, eu acho que a coluna deu certo porque juntou tudo, a falta de frio, o melhor chefe que uma tropa podia ter, o xibéu, coisa de índio, a cavalaria, coisa de gaúcho, de tropeiro, e a fuzilaria paulista, a mulherada e até a meninada! Sem vitamina de fruta, a doutora deve saber, só comendo feijão e carne, dá doença de cair dente, do cristão feder antes de morrer! E a coluna chegou a andar empesteada, já no Nordeste, a pé mesmo, sem cavalo nem pra comer, tendo de carregar tanta maca de ferido que quase não tinha tropa pra lutar, pela primeira vez teve fuzil pra todo homem que parasse em pé.

A dez quilômetros de Teresina a gente já ouvia a fuzilaria, o inimigo — note que falo sempre "o inimigo", como o chefe falava — o inimigo tinha cavado trincheira em volta da cidade, com tanta munição que já atirava antes até da coluna aparecer no horizonte, um desperdício de tanto cagaço. A cidade parecia um bicho rugindo de tanto tiro, fuzil, metralha, até canhão pipocou, e a gente ainda longe, a passo de marcha de estrada, então a coluna deu certo também por isso: a gente não tinha mais medo, e o inimigo tinha cada vez mais, a coluna virou o assombro da soldadaiada nacional.

Mas acho que já falei isso, a questão agora é a mulher, né, e não sei onde foi, sei que foi no Nordeste, mulher teve de pegar em arma também, numa trincheira, pra se defender, cuidando de ferido. Guerra tem muito mais ferido que morto, e o morto não luta mais mas também não dá trabalho, enquanto o ferido dá uma trabalheira danada, cada ferido tira pelo menos dois da luta pra carregar fora do alcance de tiro, pra poder ser medicado, o que não era muita coisa, que a coluna não tinha médico nem remédio na maior parte do tempo, só a Hermínia.

— A enfermeira paulista — a doutora fala meio mole — Como era ela?

Joana diz ah, nem pergunte:

— *Era a paixão desse aí, nem sei se ainda não é...*

O velho bate na mesa a caneca vazia, enche o peito.

O fato, dona, é que homem não pode viver sem mulher, nem que seja só pra ser espelho, só pro homem se olhar nela e se arrumar, já viu o que acontece quando num lugar só de homem entra uma mulher? Muda até o jeito de sentar de cada um, o jeito de falar, que tendo mulher por perto homem muda até de voz, fica em pé mais aprumado, então a minha idéia é que a mulherada aprumava a coluna!...

A doutora ri, bate o cálice na caneca:

— Então brindo à mulherada, como diz o senhor!

Vazia a quarta garrafa, Miguel pega mais uma, Joana surrupia da mesa o saca-rolhas; Miguel tira do bolso um canivete suíço e abre a garrafa, Joana ergue as mãos:

— Ah, vocês vão matar esse velho!

Juliano Siqueira bebe, arrota e ri:

— O que mata é o tempo, mulher, mais nada! — e volta a falar para o gravador, a voz mole, de olho na fogueirinha da garrafa.

Se você vive muito tempo, morre, por mais que se cuide, um dia morre. Já se você gosta de viver em perigo, dizia o Venâncio, morre antes, a não ser que tenha muita sorte, mas também acaba morrendo quando menos espera, quem morre de repente morre sempre quando menos espera, não é? Se estivesse esperando a morte, não se arriscava. A coluna era isso também, ninguém esperava morrer, e foi tanta luta, durante tanto tempo, que a gente ia esquecendo quem tinha morrido, pensava que ia sobrar muito gaúcho, muito paulista ainda no fim de tudo, que tudo tem um fim, mas no fim das contas, na Bolívia, o que se viu foi só trezentos.

Conta nos dedos:

Da moçada gaúcha, de setecentos sobraram cem.

Mais um dedo, a voz se torcendo.

Paulista, de oitocentos sobraram também cem.

Suspira, o peito tremendo.

E mais cem de caboclada do Piauí e do Maranhão, que entraram tarde na coluna mas foi o que salvou o resto, ensinando a lutar contra jagunço, que não luta, nunca, só tocaia, e de tocaia a jagunçada matou trezentos de nós!

Bica a caneca vazia, bate na mesa.

— Trezentos! Só de tocaia!

A doutora enche a caneca, ele bebe um gole furioso, engasga, tosse, Joana lhe bate nas costas com as duas mãos. Ele lacrimeja, tenta falar, dá um gole, fica respirando fundo, enxugando os olhos com os dedos. Começa a falar com a voz ainda torcida:

Era tudo gente muito boa pra morrer de tocaia. Gaúcho gosta de brigar de frente, já gritando com o inimigo de longe, de perto até falando enquanto luta, a vida pro gaúcho é um teatro, dizia Venâncio:

— *E a luta é uma dança, a morte é uma china bonita que um dia te visita!*

Foi um custo aquela moçada gaúcha aprender a lutar deitado, desmontar e trocar tiro sem já avançar de peito aberto, estudar o inimigo em vez de atacar gritando, uivando que nem índio:

— *Grito de guerra de gaúcho vem do guarani, piá, vem do tape, do índio que aprendeu a montar pra defender a missão do padre, depois pra defender a estância, depois pra defender o pampa, o país, é grito com muito século de luta!*

Um gole.

Foi um custo ensinar gaúcho a lutar sem se deixar matar, como dizia o coronel. Lá do Rio Grande até Foz já tinham perdido muito moço morto em combate e muito desertor, mas quem sobrou era porque aprendeu a lutar direito e queria lutar, gostava de lutar. Vez ou outra a coluna ficou de trincheira, o inimigo lá no alcance de tiro ou de voz, então gaúcho tinha gosto de ficar gritando na crista da trincheira:

— *Cambada de cagão!*

De lá vinha um tiro.

— *Tua tripa vai conhecer minha baioneta, infeliz!*

Aí chovia tiro, o inimigo tinha um medo danado só de ouvir falar em baioneta, a coluna tinha fama de gostar da luta com baioneta. Chovendo tiro, gaúcho acendia cigarro, dizia que foguetório lindo! Um dia vi numa trincheira uma cartuchada cobrindo o chão, muito cartucho ainda morninho, o inimigo tinha atirado adoidado até ouvir nosso corneteiro, aí debandava. O corneteiro tocava e a gauchada gritava — *Lá vai baioneta, cambada, baioneta!* — *aí um lá corria, corria o resto, daí a cartuchada ainda quentinha na trincheira. A gente podia aproveitar o calor, falou o sargento:*

— *Fazer a trincheira virar valeta de churrasco...* — *e botaram lenha ali e fizeram mesmo um churrasco.*

Teve um tempo, ainda no Nordeste, ou já em Minas, Bahia, não sei, só sei que comida não tinha nem pra doente, cavalo só meia dúzia, levando metralhadora, tralha de cozinha, a munição nem ia mais em caixote, cada um levava o que podia, artilheiro de metralhadora ia brilhando com fita de munição enrolada no corpo, todo mundo tropeçando de fraqueza, aí teve lá um entrevero, patrulha com patrulha, um cavalo morreu de tiro perdido. Venâncio já começou a esfolar:

— O fígado vai pra sopa da meninada.

Dividiu o bicho, de noite assou um traseiro do cavalo no nosso fogão, mas muito gaúcho não quis comer.

— Come, peão! — Venâncio insistia — Senão tu morre de fome!

— Mas ao menos morro gaúcho — dizia um.

— Não como quem me dá de comer — dizia outro, tinha sido menino de arado.

E a mulherada gostava tanto deles por causa disso, gaúcho é cavalheiro. Vi gaúcho indo pra cima de inimigo com fuzil mas já sem munição, então o gaúcho também jogava fora o seu fuzil, ia de baioneta ou de punhal, no meio de tiroteio, arriscando levar tiro mas lutando honesto.

— Gaúcho não guerreia, luta!

Três goles, já secando de novo a caneca.

E trezentos morrendo de tocaia... Dia de céu bonito em Goiás, cada riacho lindo, estrada plana, a coluna já com dois anos de chão, de chão e de luta, eu era ainda um menino em Foz, mas na volta já tinha virado um moço, um mocinho de taturana na boca, como dizia o Venâncio, de bigodinho, uma penugem grossa mas era já o meu bigode, já tive bigode na vida. E tocaia era assim, num dia assim, bonito, eu olhando lá meu bigode, num espelhinho, a coluna sesteando na beira de riacho, sombra de arvoredo, de repente pá, um tiro! Veio daonde, difícil saber, e de qualquer jeito o jagunço atirava e fugia, ou se escondia, se enfiava na terra igual tatu, chegou a pé, o jegue amarrado longe, atirando também de longe, pontaria fina, um tiro só, um atropelo, uma sesteada perdida, um morto ou ferido, e no dia seguinte o mesmo jagunço, viajando de noite, podia esperar a gente de novo mais pra frente...

Mais dois goles, caneca de novo vazia, a boca meio aberta, Joana aproveita para enfiar uma torrada com caviar.

— Que geléia é essa?

Miguel diz que é ova de peixe, o velho diz ah, bom, e estica o braço com a caneca vazia, Miguel volta a encher. Juliano recomeça com a voz retorcida mas logo adoçando:

Foi de tocaia que pegaram Venâncio, que era meu protetor, meu professor de cozinha, de tralha e de tempo, como o doutor Lourenço era professor de leitura e de escrita. Professor de tempo é aquele que sabe ler no céu, no ar, pra saber se vai chover ou firmar, coisa muito importante tocando uma tropa. O chefe tinha lá uma dúzia de mestre do tempo, um ou outro mineiro ou goiano, caçador ou vaqueiro, conhecedor de tanta manha que o tempo tem. Por exemplo: sinal de mau tempo é montanha nevoada lá no alto, é sol morrendo vermelho forte ou laranjadão, é céu pesado de nuvem escura, ou então, amanhecendo, céu vermelhão. Também vai fechar o tempo se não tiver orvalho de manhãzinha, ou se formar uma coroa em redor do sol, ou um embaçado em volta da lua. Até bichinho ajuda a saber do tempo, Venâncio via andorinha voando baixo ou então agachava de repente, olhava uma teia de aranha:

— A aranha sumiu, vem tempestade aí.

Sinal de bom tempo era o sol nascer em céu rosadinho, ou então era o céu com nuvaiada branca e alta, ou depois de chuva um nevoeirinho leve... ou um friozinho de repente, ou passarinho voando alto pra caçar comida, ou o céu clarinho, mesmo meio fumaceado, ou noite clara com muita estrela pequena e brilhando pouco, ou mesmo uma cigarra cantando:

— Tá escutando cigarra? O tempo vai firmar!

Venâncio me ensinou o tempo, ensinou cozinha, ensinou caça e pesca, fogo e faca, como dizia, receber um pouco de lenha e meio boi com osso, descarnar e fazer comida pra vinte ou trinta, dando corte certo e fogo certo pra cada tipo de carne, com a sobra fazendo o virado ou a sopa do dia seguinte. E me ensinou a rezar antes de dormir:

Com Deus me deito
com Deus me levanto
com a graça de Deus
e do Espírito Santo

Obrigado, chuva
obrigado, ar
obrigado por tudo
que não posso pagar

Quando meu bigode virou uma taturana tão peluda que começou a entrar fio na boca, Venâncio foi quem aparou, com a tesourinha que levava amarrada com correntinha no cinturão, pra ninguém emprestar e sumir, a coluna era um sumidouro de tesoura, navalha e canivete.

Minha primeira unha encravada, foi o Venâncio quem cuidou, ensinou a cortar direito. Um dia me deu um febrão, não parava em pé, fui de maca, Venâncio escolhendo a dedo quem ia carregar, só soldado pequeno de passo miúdo:

— Pra não chacoalhar muito o menino!

E na hora de varar rio a vau, Venâncio pegava a rédea da minha mulinha, é, eu já tinha deixado a velha Briosa em paz e tinha a minha mula de carreira, a Briosinha, e prestava serviço, levava recado, caçava fruta, buscava sal, enchia penca de cantil em riacho, lavava panelada esfregando com areia até brilhar. Venâncio brincava dizendo que mesmo cozinhando pra porco não se deve fazer porcaria...

— Esfrega até ver a menina do olho, Menino! — e eu me via no fundo areado de panelão de alumínio (que panela de ferro era muito pesada pra levar), me via nalgum espelho de mulher, via que ia perdendo a feição de menino, virando um hominho. Tinha agora minha faca além do canivete, tinha minha mula, muito parecida com a do chefe, que caiu numa ribandeira lá do Nordeste, onde tudo de ruim começou a acontecer com a coluna. Nordestino dizia que era praga jogada pelo padre Aristides, aquele daquela maldita Piancó, uma cidadezinha enfiada no cu da Paraíba, como dizia Venâncio, mas que foi a nossa Vaterlu, conforme doutor Lourenço, a partir daí a coluna desandou.

Quem podia pensar que aquele casariozinho, vazio como vazio ficava quase todo lugar por onde a gente passava, quem diria que ia virar praça de guerra, de tanta fuzilaria que muita parede quase desabou de tanto buraco de bala! Quem sabe por que o padre resolveu resistir daquele jeito, com bando grande de jagunçada boa de tiro, acertaram quarenta da coluna, meia dúzia só na primeira descarga. Foi fuzilaria que durou hora, e nossa companhia chegou quando já iam tocar fogo na casa do padre, entocado com o resto da jagunçada, que a maioria fugiu antes. Então sai o padre de faca na cintura e mão pra cima, pra se salvar de morrer queimado com a família, tinha penca de filho o danado do padre, e se queria fazer mal pra coluna, fez o pior que o demônio podia ter feito, enfeitiçou a cabeça do povo contra a gente! E o pior, disse depois Venâncio, é que a coluna mereceu.

Eu vi quando mataram o padre degolando que nem faziam com carneiro ou bezerro, mandando ajoelhar e puxando a cabeça pra trás pra abrir a garganta. Bicho, basta encostar a faca na ponta do focinho, o bicho levanta a cabeça, mas gente não. Diante da faca o padre começou a chutar e espernear mais que boi bravo, quatro tiveram de segurar, dois puxaram a cabeça pra trás, pra um quinto cortar o *pescoço de orelha a orelha. A cabeça, mesmo assim, não separou do pescoço, começaram a cortar com sangue esguichando pra todo lado, Venâncio correu gritando que isso, pelo amor de Deus, que isso!? Que Deus nada, gritaram, esse padre era um demônio, e apontavam o sargento Laudelino morto ali debaixo duma janela, tinha tentado jogar lá dentro uma garrafa de gasolina, levou um tiro no peito.*

— *A gente nunca lutou com fogo* — *Venâncio falou e ninguém escutou, degolando a capangada do padre, enquanto oficial fazia que não via.*

Jogaram numa vala do lado da cadeia, cheia de água, a água avermelhou. Venâncio ia de um pra outro, pegando pelo ombro, falando mas será que ficou todo mundo louco, parem com isso, isso não vai ficar assim! Um enfiou baioneta no corpo do padre já sem a cabeça, dizendo vai ficar é assim, ó, assim, ó, enfiando e tirando a baioneta até cansar, aí foi o inferno. Cortaram o saco do padre e enfiaram na boca, eu vi. Furaram mais de baioneta, gastaram muito tiro naquele corpo, que assim já começou a dar prejuízo, retalharam a facão, cuspiram, fizeram miséria. Venâncio sentou num degrau e chorou de olho aberto, o choro escorrendo pela cara, pingando da barba.

— *Perdoa, meu Pai, que essa moçada não sabe o que faz.*

Chorava de olho aberto, nunca mais vi ninguém chorar de olho aberto. Aí chegou o chefe com o coronel, quando viram aquilo botaram a mão na cabeça. Um grupo ainda ia degolar um jaguncinho no fundo duma casa, o coronel chegou de arma na mão e salvou, o coitadinho até entrou pra coluna, primeiro como carregador de tralha e depois combatente de primeira, e Venâncio um dia ia dizer que foi só o que a coluna ganhou de Piancó pra frente. A Tia Maria, uma cozinheira que vivia de cara cheia, se perdeu alguns dias depois, uma patrulhinha de três foi procurar, acabaram os quatro na mão do inimigo, foram levados a Piancó pra morrer de degola, depois de cavar a própria cova, vingança pura. E pior foi uma moçada da região que chegou a Piancó logo depois da nossa partida, pra entrar na coluna, uns trinta, e acharam foi o inimigo doidinho de ódio, morreram os trinta de degola, oh, coisa triste, mas a partir daí seria assim, só morte, só desgraça, doença, sarna, traição, tocaia, deserção, o inferno da coluna.

A caneca secou faz tempo, os olhos da doutora também, e a fogueirinha *rosé* na garrafa encolheu conforme o vinho baixou. Miguel serve o resto, a garrafa volta vazia para a mesa; mas ele já desarrolha outra, Joana ergue os olhos para o céu. O céu, diz Juliano Siqueira depois do primeiro gole, agora tomando só de gole em gole, o céu tinha sido até então, agora era o inferno.

O que o povo nordestino não perdoou, além de terem matado o padre, foi terem lhe cortado o saco e enfiado na boca... Eu vi, e era como se o padre tivesse morrido querendo jogar praga, querendo amaldiçoar, com aquelas duas bolas enchendo a boca. Aquele povo não perdoou nem esqueceu, e mandaram cangaceiro atrás da gente, cangaceiro e mais cangaceiro, jagunço de passar fome durante semana, pra não fazer fogo, seguindo no rastro da coluna que nem caçador seguindo a caça, esperando a hora de dar o bote. E era um tal de soldado cair baleado de repente, num tiro só, era um tal de correr pra lá e pra cá, procurando pelo mato, subindo em morro, escalando ladeira no tropel, pra lá nem encontrar cartucho vazio, que o jagunço levava pra encher de novo...

Antes, onde a coluna chegava, encontrava alguma gente amiga, gente contra o governo, a dar comida e água, a trocar cavalo cansado, oferecendo arreio, batendo palma quando a cavalhada passava em ordem pela rua, com tanto barbudo, cabeludo, piolhento, descalço, mas na ordem, a bandeira nacional levada na frente com todo respeito. Doutor Lourenço chegava, fazia seu jornalzinho nalguma tipografia, Hermínia conseguia lá algum remédio pra levar, cozinheiro conseguia sal, açúcar, farinha. Tudo pago com papelzinho assinado por oficial, dindó, pra valer só quando o governo caísse e a revolução vencesse, eh, o povo é sempre quem mais sofre guerra, isso também se vê todo dia na televisão. Agora guerra nem precisa mais de soldado, só avião jogando bomba, acertando onde quer, mas tem vez que erram, aí acerta o povo, sem falar na miséria que a guerra traz, então nisso guerra não mudou, o povo é quem mais sofre sempre.

Dá uma golada, a doutora dá um suspiro, Joana balança a cabeça concordando, mas não descuida de enfiar mais uma torrada com caviar na boca do velho, ele começa a reclamar de boca cheia mas resolve mastigar, ela enfia outra, vencedora:

— Gostoso, né? Você devia aproveitar mais a vida, isto sim, em vez de viver guerreando com o mundo!

— E eu não aproveitei a vida? Eu aproveito a vida todo dia!

— É verdade — ela se dá por vencida — Mas todo dia também arranja alguma briga!

Ele sorri, pega caviar enfiando a torrada na lata, come, bebe, encara:
— Que pergunta mais você tem pra fazer, moça?
Ela olha no caderno as perguntas que sabe de cor:
— Seo Juliano, minha tese é sobre a civilidade da Coluna Prestes, apesar de ser uma coluna militar, claro. Eu ia perguntar sobre degola, o senhor já falou alguma coisa. Também quero perguntar sobre estupros, aconteceram mesmo? E os culpados foram punidos? Foram julgados antes de punidos? E tiveram direito de defesa no julgamento?

O sorriso do velho vai murchando enrugado, até a voz grossa sair de novo da boca quase fechada:

*V*ou contar o que eu *vi*, não o que li nem o que ouvi, só o que *vi*.

Chegando em cidade, vila ou povoado, onde fosse que tivesse bar ou boteco, mesmo só uma vendinha de pinga e feijão, uma patrulha já ia na frente, por ordem do chefe, pra quebrar ou despejar toda garrafa, garrafão ou barril de qualquer tipo de bebida com álcool, até licor feito em casa, que a turma bebia que nem água tudo que encontrasse, daí já começava a farra e depois da farra vinha o saque, e pior que o saque só mesmo a degola.

— Sabe por que lenço de gaúcho é vermelho? — perguntou um dia um gaúcho avulso, desses que entravam pra coluna com sede de sangue, só pelo gosto de campear e guerrear.

Ninguém respondeu, ele garganteou:

— Lenço de gaúcho é vermelho de degola e de donzela, chê!

Então tinha tarado assim, um aqui num pelotão, outro ali, outro lá, um gaúcho, outro paulista, mas quando aparecia tentação, logo davam de se juntar, aí eram quem primeiro gritava mata, pega, corta, bate, toma! E cada um é um, até que se encontra um com o outro, já viram mais do que dois, já farreiam por quatro, depois junta mais um, já é maldade e ruindade duma dúzia de demônios! O bem divide, o mal multiplica, como dizia Venâncio:[8]

O bem aparece, o mal se disfarça.
O bem sabe bem o que é o bem, o mal faz que não sabe o mal que faz.
O bem não precisa do mal, mas o mal não vive sem o bem.

---

[8]Trecho entoado como ladainha, por isso transcrito em forma de oração.

O bem faz bem sem ver a quem, o mal faz mais mal a quem conhece bem.
O bem faz bem a quem faz e a quem recebe, o mal faz mal a alguém e se sente bem.
O bem pode não saber direito por que, nem para que, mas sabe que precisa fazer o bem.
O mal não precisa saber de nada, só que fazer o mal faz ao malvado bem...

Gole miúdo na caneca cheia, olhar de novo na fogueirinha *rosé* da garrafa, enquanto a doutora enxuga os olhos nos dedos e começa a chuviscar lá fora.

Se teve estrupo, estupro na coluna, eu nunca sei qual o certo, não sei, a coluna era uma cobra com mais de um corpo, tinha vanguarda e retaguarda, no meio o grosso da tropa, que podia se dividir em três ou quatro, conforme a manobra ou a necessidade, conforme o terreno, conforme o combate, e eu era menino da cozinha do Estado-Maior, não podia ver tudo em todo lugar. Sei de um caso que eu vi, moça, justamente o que a senhora quer saber, com julgamento e defesa, tudo no conforme da lei militar.

Foi o caso do Ari. Não me pergunte onde, nem se foi em cidade ou sítio, o caso é que o Ari pegou uma mulher, o marido acudiu, ele acabou com o homem a tiro, a patrulha prendeu Ari, acabou na frente do chefe, do coronel e mais meia dúzia, tudo oficial, numa noite sem lua, por isso não me viram dormindo atrás duma tralha de cozinha, pra proteger do vento. Quem sabe também queriam ficar longe da fogueira, onde ficou um pelotão de guarda, pra não deixar ninguém passar. Até Venâncio teve de ficar lá esperando enquanto a chefia discutia o caso, em volta dum lampião, de modo que parecia um bando de fantasma, de assombração discutindo o destino de um peão.[9]

É um civil, disse o coronel. Mas a coluna é militar, disse Siqueira:

— Na minha companhia não tem mulher nem desgraça por causa de mulher!

— A questão — falou o coronel — é que o desgraçado matou um civil, melhor deixar preso na primeira cadeia que a gente achar.

Alguém falou que aí o inimigo matava de qualquer jeito, então era melhor aplicar — nunca mais esqueci da palavra — aplicar a justiça militar:

— Pra dar exemplo.

---

[9]Como em outras passagens, o depoente relembra as falas alternando vozes, daí a transcrição em diálogos.

Não só pra isso, disse o chefe:

— *Mas também pra limpar a coluna na boca do povo. A imprensa é do governo, mas o povo tem de ser nosso!*

Ari gemia, o chefe perguntou:

— *O que o senhor tem a dizer em sua defesa?*

Ari só gemeu, pediu pelo amor de Deus. O chefe falou em chamar a guarda e fazer um pelotão de fuzilamento, aí alguém, que eu nunca vou dizer quem, falou que era besteira gastar munição com um diabo daquele, que só tinha trazido o mal pra coluna desde o primeiro dia:

— *Não vale mais que uma bala e pronto.*

Ouvi tiro de pistola, um só mesmo, depois Venâncio contou que foi na nuca. Chamaram a guarda mas foi pra cavar a cova. O chefe mandou alguém escrever a tal de ata, ali mesmo, debaixo do lampião. Cada oficial assinou, e foi contar pra sua companhia. E nunca mais teve esse tipo de caso, ninguém mais fez aquele tipo de coisa na coluna, o que não quer dizer, moça, que não tivessem vontade de fazer.

— De qualquer modo, a coluna tinha civilidade, não é?

— Autoridade, moça, eu sei que tinha. Tem gente-grande que é que nem criança, precisa autoridade. E autoridade parece que é o que menos tem hoje em dia neste país, né, tá tudo ao deus-dará e seja o que Deus quiser, não é? Governo só tem dinheiro pra ajudar quem não precisa, é ou não é?

Gole na caneca, suspiro fundo emendando com bocejo.

— Desculpe, chuvinha miúda assim me dá sono. E eu tô cansado de me revoltar neste país de povo cordeiro, quem sabe o certo era mesmo eu calar a boca, como quer essa aí — Joana se apruma — e vestir camiseta de político pra ganhar alguma coisa em eleição...

Mais um gole, careta amarga, seguida de sorriso:

— Mas vai pra pergunta seguinte, moça.

A chuva engrossa, é preciso erguer a voz:

— Seo Juliano, a coluna requisitava alimentos à força por onde passava?

Os olhinhos do velho se fecham, para abrir olhando as mãos a se apertar:

Eh, quanto sofrimento e miséria tinha e tem por esse Brasil! A coluna passou por tanta cidadezinha deserta ou povoado quase vazio, o povo remediado escondido no mato, levando comida, roupa, jóia, muita casa ficava só mobiliada, sem nada mais, nem um copo pra beber água do filtro de barro, e muita vez até isso levavam. Ficava quem não tinha medo porque não tinha nada pra perder, nada pra esconder nem pra levar, gente tão pobre que oferecia tudo que tinha, uma galinha, um cobertor, uma panela de feijão, uma abóbora, um pé de mandioca.

— *Obrigado, dona* — *disse Venâncio muita vez* — *A senhora precisa mais que nós.*

Isso, quando a gente ainda andava no céu, antes da praga do padre. Numa cidade acho que de Goiás, uma turma de velhota apareceu dando boa-vinda mas pedindo pra gente não pegar nada de ninguém, que mal tinham pra se sustentar. Ofereceram lá uma galinhada, cada casa deu galinha, arroz ou polenta, padre discursou, discursou prefeito, olhando assim tanto tempo depois fica tudo embaralhado, mas lembro até de foguetório recebendo a coluna. E também lembro de fazenda recebendo a gente a tiro, depois que a fama da coluna mudou de redentora pra assassina, aí cabra perdia o medo, queria era vingança, passou a ser uma honra morrer lutando contra a coluna, e uma garantia de chegar ao Céu...

Doutor Lourenço não entendia como o povo podia se iludir tanto. Vivia lendo livro, jornal velho, revista antiga, sempre se enfiando no papel, como dizia Venâncio, o chefe se enfiava no próprio pensamento, sempre pensando, e o doutor se enfiava no papel, no pensamento escrito de outros. Enquanto isso, a gente ia vendo quanta miséria tem o Brasil, quanta gente que só tá viva porque existe milho pro fubá e mandioca pra farinha, tanta gente que vive de polenta e merenda, como chamam no Nordeste, uma farofinha de farinha com ovo, ou nem isso, farinha com qualquer coisinha, abobrinha picada, ou quiabo, ou meia dúzia de fava, pronto, taí a merenda, comida pra sustentar uma pessoa um dia inteiro, uma dúzia de colheradas numa marmitinha, merenda... É pra ter peixe pra comer que tanta gente vive na beira do mar ou de rio, disse alguém um dia, e Venâncio disse pois é, gaúcho tem sorte até nisso:

— *Nosso mar é o pampa, que em vez de peixe dá boi!*

Gaúcho velho só conhecia verdura lá do Rio Grande, mas foi aprendendo Brasil afora, assuntando daqui-dali, catando folharada pra secar e levar, fazer chá pra cada tipo de doença ou ferida, pra tudo Venâncio tinha um chá, num saco cheio de saquinho de folhagem seca. O coronel chamava de farmácia do índio velho, Venâncio tinha orgulho de ter sangue índio:

— *Reconheço planta que nunca vi, e no olhar já vejo o coração!*

Já o sargento Janta tinha orgulho de ser paulista. Meu sangue veio da África, dizia, mas eu vim duma casa paulista de trezentos anos, meu pai foi libertado muito antes da abolição, pra trabalhar de parceiro na fazenda de café, onde eu nasci vendo ainda muito cafezal. Por isso um ou outro chamava também de sargento Café, mas, quando chegou o tempo da miséria na coluna, chamavam só de sargento, nem Janta nem Café...

— O que tem hoje, sargento?

— Ih, fio, pra beber tem um xibeuzinho, mas pra comer...

Quando a fome passou a bater fundo todo dia, sargento Janta fazia sopa de osso hoje, amanhã Venâncio fazia mingau fervendo de novo o mesmo osso. Vi soldado roendo couro cru, ou já enfiando ovo na boca quando achava um, ou comendo peixe cru talhado a canivete, que nem japonês, só que sem tempero nenhum. Vi soldado trepar em mamoeiro, que nem moleque, de tão magro, e todo dia via alguém fazendo mais buraco no cinto, os que tinham cinto ainda, também se amarrava calça com corda ou cordão. No fim, a gente tinha virado uma tropa miserável igualzinha o povo mais miserável do Brasil, que a gente ia descobrindo sertão afora, miséria atrás de miséria, ignorância criando mais ignorância, como dizia doutor Lourenço:

— A maior prisão do Brasil é a ignorância.

Cavalo virava comida, saco virava roupa, e todo fuzil antigo da coluna já andava descalibrado, depois de tanto tiro em tanto tiroteio, então o pessoal já usava também como cacete, como muleta, ou pra matar codorna. A bichinha corria, a gente só via o capim mexendo, aí era só jogar o fuzil onde o capim tinha parado de mexer, então a codorna morria fuzilada, como dizia Venâncio, sem gasto de munição.

Tô lembrando tudo isso pra mostrar aonde a gente chegou, numa tal miséria que até panela foi ficando pra trás, que era peso morto, e era preciso marchar ligeiro pra se livrar da jagunçada, todo dia tinha tocaia, enterrar morto todo dia, ver cavalo deitar pra não levantar mais, de tão cansado, ver o chefe com cada olheira tão funda que dava dó e dava medo. Onde a gente ia parar? O que ia comer no fim de um dia marchando com fome já de semana?

Gole na caneca, a chuva amansa, a fogueira *rosé* já está de novo miúda na garrafa. E já é a quarta ou quinta taça que você toma, Juliana Prestes, cuidado! E a fita!? Troca a fita do gravador enquanto Joana enfia mais uma torrada na boca do velho, que mastiga, bebe, fala olhando a lata quase vazia de caviar:

Acho que o que salvou a coluna, no fim, não foi a sorte, foi a morte, a morte de tantos, deixando cada vez menos pra alimentar, ou a gente tinha morrido de fome antes de entrar pra Bolívia...

Comi lingüiça crua, dada por Venâncio — Vai comer longe, piá — senão tinha de ir pra sopa geral no caldeirão. Geral era o nome da nossa sopa, quando se conseguia o que botar no caldeirão. Um trazia ovo, outro lingüiça, outro uma codorna, outro um galo velho, pedaço de mandioca, milho mesmo que seco, tudo servia pra ferver e enganar a fome. Vi mulher de vaqueiro ajoelhando e se benzendo diante da gente, o vaqueiro explicou: parecia tudo profeta, tudo magrelo e cabeludo, de olheira e barba comprida, o povo ajoelhava e se benzia.

Nessa altura, já passando de novo por Goiás, a gente marchava hora sem ouvir uma piada, só resmungo, só homem xingando bicho, bicho coiceando homem, soldado cochichando de oficial, oficial reclamando de tudo, até da chuva ou do vento que ninguém pode mudar, não adianta reclamar. Cada galinha, cada meia saca de farinha, cada cavalo que era tomado do povo, oficial assinava o tal bônus de guerra, que o pessoal também chamava de bobo-de-guerra — Ô tenente, assina um bobo-de-guerra aqui! Com o tempo, pra pegar galinha, porco, carneiro, já não precisava mais de papel nenhum, só pra boi e carneiro, e depois nem pra isso, era cada um pegar o que pudesse de quem deixasse. E quem é que não deixa, quem é que abre a boca diante de boca de arma?

Então foi assim, moça, a coluna foi Coluna Rebelde, Coluna Prestes, Coluna da Esperança pra oposição, Coluna da Morte pra jornal do governo, coluna da fome na verdade, por onde a gente passava ia deixando saco murcho e despensa vazia, fazer o que? O que o governo não conseguiu fazer em mais de dois anos, a fome quase fez num par de mês.

Fome de doer, fome funda, fome de todo dia, toda hora, todo minuto, marchando e pensando em comer, deitando sem conseguir dormir, só pensando em comer, sonhando com costela pingando gordura em braseiro, sopa borbulhando, peixe frito, polenta com molho de frango, pão com manteiga...

— Que que tem pro café, sargento?

— Com que tu sonhou, chê?

E tome xibéu, sem açúcar nem mel, xibéu até de palha, xibéu de galho, xibéu de couro fervido, Hermínia dizia melhor assim, ao menos com água bem fervida não dá tanta caganeira.

— E por falar nisso, se me dão licença...

Levanta, oscila, acha o rumo, vai pelo assoalho rangente, o chuvisco fazendo pingar a calha, homem e casa desaguando.

Ela desliga o gravador, a doutora soluça:

— Acho que bebi demais. Também acho que ele nunca vai contar qualquer barbaridade que fizeram, seria condenar a coluna, que foi decerto a grande passagem da vida dele...

Descarga da privada. A torneira da pia, lavando as mãos. Miguel enchendo as taças. A chuva. *Tanto líquido, que vontade de urinar também!* Pega a bolsa, vê se está ali a caixinha de lenços e vai, cruza com o velho no corredor, ele pega pelo braço, fala baixinho:

— Escuta, moça, e essa tal tese sai antes de eu morrer?

Antes que ela responda, ele volta para a sala resmungando, esse vinho é clarinho, parece levinho, por isso mesmo sobe, hem! Ela entra no banheiro de rodapés carcomidos, chuveiro com cortininha de plástico, privada, pia, armarinho, tudo velho. Urina de olhos fechados, zonza, ouvindo trovões e se sentindo afundar, abre os olhos, *você bebeu demais de novo, menina!* Lava o rosto na pia, enxuga na toalha úmida, volta para a sala e a doutora está com sua carteira de identidade nas mãos:

— Caiu da sua bolsa, fui enfiar de volta, não pude deixar de ver que é seu aniversário!

Oh, Deus, não cantem parabéns!

Joana lhe aperta as mãos, desejando parabéns, felicidades e muitos anos de vida, enquanto Miguel abre mais uma garrafa e a doutora brinda com voz mole:

— À Coluna Prestes!

— Que aliás — o velho enche a caneca — não devia mais se chamar Coluna Prestes depois que o chefe virou comunista. Virou uma besta quadrada, conforme escreveram numa revista que até guardei no baú.[10]

A doutora engasga, tosse, espirra vinho na mesa, Miguel lhe bate nas costas. Joana passa pano de prato na mesa, no gravador; a doutora fala com olhos molhados:

— Seo Juliano, o senhor é uma figura!

---

[10] Joel Silveira, em entrevista à revista *Manchete*.

Não, diz ele voltando a olhar a fogueira renovada da garrafa:
Figura era o Venâncio. Tinha barriga, e não tinha preguiça. Não tinha arma, e não tinha medo, nunca deu um tiro, mas podia chover bala que não se alterava, e não recuava antes de recolher e embalar toda a tralha. Sargento Janta gritava vem, Venâncio, vem, que já dava pra ver o branco do olho do inimigo, e Venâncio ainda pegava trempe, grelha, frigideira, amarrava direitinho, cobrindo com estopa pra não machucar o animal, e antes de partir ainda urinava no braseiro:
— Nem fogo vamos deixar pra eles.
Mas tiro de soldado do governo era fiasco quase sempre, atiravam com medo, quem sabe até de olho fechado, e tiro de jagunço era tiro certo. Foi já em Mato Grosso, ele foi pegar água num riachinho, ia voltando, segurando caldeirão cheio em cada mão, a bala pegou nas costas e ele primeiro deixou devagar cada caldeirão no chão, meio se curvando, de longe pensei ih, o Venâncio tá ficando velho, não agüenta mais carregar peso, aí ele caiu de bruço no capim e, do jeito que caiu, ficou. Não derramou nada da água. Até o coronel e o chefe ajudaram a cavar a cova. Doutor Lourenço falou que o Brasil ainda ia lembrar por muito tempo o nome desse herói, Venâncio Alves de Lima, e eu, criança, acreditei...
Melhor disse depois o sargento Janta:
— Gaúcho velho morreu de arma na mão. Os dois caldeirão, ué, arma do cozinheiro é panela! Com aquela água foi feita essa sopa que ocês tão aí tomando...
E no dia seguinte, foi a vez do sargento Janta. Tiro na cabeça, tão de longe que quase nem deu pra ouvir, e por isso mesmo a bala também deve ter chegado fraca já, rasgou a pele, sangue desceu em cascata mas osso não quebrou. Hermínia pegou pra cuidar do sargento, a cabeça toda enfaixada. Depois Siqueira e o chefe conversaram ali do meu lado, eu arrumando a tralha de cozinha, que de ajudante passei a cozinheiro. Desse jeito, disse o chefe, vão acabar com a coluna homem por homem.
— Pior — disse Siqueira — se topar com tropa inimiga.
Tudo fuzil descalibrado, munição quase nada, a metralhadora engasgava mais que atirava, a coluna então só tinha fama.
— Peço autorização, comandante — *Siqueira falava assim* — para montar uma diversão.
Do seu destacamento de cento e cinqüenta, oitenta foram com ele cutucar tropa do governo e fazer fumaça até no sertão de Minas, pro governo pensar que era a coluna, e deixar a tropa doente e mais fraca chegar sossegada na Bolívia. Só de-

pois é que a tropa do Siqueira foi pra Argentina, depois de três mil quilômetros de diversão... E ninguém sabe direito como foi, porque o Siqueira não levou escrevente, só combatente. Eu quis ir, que ele não tinha cozinheiro, ele me olhou de alto a baixo, falou que isso, guri, vê se cresce e aparece... Mas eu fui, eu já tinha virado um combatente e já tinha até morte nas costas...

Ela chega o gravador mais perto dele, a chuva rufa nas telhas, a fogueira sumiu da garrafa mas Miguel não abre outra. Joana descobriu o caviar e come uma torrada depois da outra. A doutora está com a cabeça sobre os braços na mesa, olhando através de Juliano Siqueira, que fala de olhar perdido e voz mole:

Depois da morte do Venâncio, eu já tinha sido ajudante de cozinha da companhia do Cordeiro de Farias, na retaguarda, que era pra ser a mais segura. Mas a jagunçada atacou foi a retaguarda, quando a gente atravessava o Rio Jauru de balsa, e de repente rebentou o tiroteio, mas tiroteio daqueles cerrado. Otto foi o primeiro que caiu, e a alemã nem chorou, pegou o fuzil dele e devolveu chumbo pra lá, aí até ferido levantou da maca pra lutar...

A chuva afina, ele bebe o último gole da caneca.

Uma hora a jagunçada avançou, chegaram perto do valão onde a gente tinha se enfiado, com lama pelos joelhos... Eu peguei a pistola de um morto. Um pulou dentro do valão, pistola numa mão, peixeira na outra, atirei. Pulou outro, e já ia furando a alemã, de costas pra mim, de modo que tive de atirar nas costas do segundo homem que matei...

Joana fala de boca cheia — Credo em cruz, Deus te perdoe — e ele olha o gravador, pergunta se ela vai escrever tudo:

— Não, seo Juliano, essa parte, não.

Ele sorri triste, arrota, boceja. É cedo, diz olhando o relógio na parede:

— Não vai abrir mais uma garrafa?

Joana diz de jeito nenhum, chega, mas a doutora diz por que não?

— Faz tanto tempo que não tomo um porre... — também com a voz mole e o olhar vago.

Miguel abre mais uma garrafa, *e você não beba mais, menina*, mas ele enche as taças e... Bebem ouvindo a chuva, até que a doutora pede desculpas por querer esclarecer um ponto:

— O senhor diz que leu sobre a coluna. O que, livros, jornais, revistas?

Joana **ri**:

— Ele leu foi tudo!

Não, ele corrige, não leu tudo porque tem muita coisa escrita em outras línguas, sem tradução, e também livro que nunca conseguiu achar.

— Mas o que achei, taí na prateleira, no quarto, a senhora pode ir ver.

A doutora vai, de taça na mão e passo incerto, ela vai atrás. Joana acende a luz numa pera que pende de um fio do teto, a lâmpada pendurada a meia altura. A prateleira toma metade da parede. Entortando a cabeça elas vão lendo as lombadas de títulos de livros, conhecidos uns, outros desconhecidos, os trinta mil quilômetros da coluna condensados em dois metros de livros, nas memórias de ex-combatentes e dos inimigos, nas análises frias dos historiadores, nas narrações apaixonadas de repórteres e escritores. A doutora brinda à prateleira:

— Tem coisa aqui que eu desconhecia!

Você não beba mais, menina — mas bebe. Agacham, acham revistas e jornais antigos encapados de plástico. Joana diz que ele cuida disso aí que nem fosse um tesouro, e abana a mão diante do nariz:

— Ih, essa poeirinha velha já me deu até conjuntivite! Mas pior é o baú, que chega a mofar!

Ali está o baú que antes estava na sala, uma grande arca de bicos metálicos polidos de tão lustrados, o couro também brilhante:

— Quando ele quer mostrar pra alguém, dá uma limpada geral, engraxa... Querem ver?

Pega a chave num prego na parede, abre o baú. Elas agacham, a doutora deixa a taça vazia na cama, e vai tirando do baú, olhando e deixando no chão: um capacete do tipo francês da Primeira Guerra, um pente de balas de fuzil, castanho de ferrugem, uma bolsa de lona embolorada, um cinturão-cartucheira, também com manchas de bolor antigo escovado, e um canudo de papel que abrem com cuidado, a quatro mãos, é um cartazete em preto e branco, uma gravura de soldado avançando com fuzil, a baioneta furando as letras: *Avante São Paulo!*

— Ih, esse não é o baú da coluna — Joana aponta outro baú atrás da porta — Esse é o baú de depois.

— Depois?

É, diz Juliano Siqueira na porta:

— Esse aí é de lembrança de 30, 32... até de 64 tem coisa aí.

Elas olham os baús, Juliano Siqueira ali agigantado até porque continuam agachadas. A doutora se esforça para falar sem entortar as palavras:

— O senhor... também esteve em 32? Na Revolução de 32?

Ele balança a cabeça, aponta o capacete.

— E no outro baú tá até aquela ata, do caso do **Ari**.

A doutora levanta, cambaleia, ampara no ombro de Joana.

— Seo Juliano, o senhor sabe que esse é um documento muito importante, que pode revelar...

— Só sei que dei aí pra moça um filme, pra revelar foto, cadê?

— Mas eu já expliquei pro senhor que... — ela começa mas a doutora corta:

— O senhor tem toda razão — caminhando e abrindo os braços para ele — Tem toda razão.

Abraça, o velho sem jeito, Joana dizendo ih, moça...

— ...essa sua amiga, sei não...

A doutora sai do abraço enxugando os olhos.

— O senhor me desculpa, eu...

— A senhora bebeu demais, eu também — diz Juliano Siqueira sentando na cama — e vinho com chuva dá um sono...

Tira um sapato.

— Tem mais alguma pergunta, moça?

Tira o outro sapato. A doutora olha para ela com olhos molhados.

— Bom, só tinha mais uma pergunta... Não sei se o senhor vai querer responder agora ou pensar, posso ficar mais um dia pra voltar amanhã.

— Pergunta logo, moça, que eu já vou deitar — e deita, rola vazio na cama o copo da doutora.

— Seo Juliano, por que vocês da coluna lutavam?

Ele ri com a mão cobrindo os olhos, de cara para a lâmpada:

— Por que que a gente lutava, moça? E sei eu?! Eu era um menino! Acho que a maior parte lutava por aventura, por falta de destino, por gostar de chefe, que era o que a gente tinha de melhor, uma porção de chefe bom, e mais o gosto de lutar, quem sabe talvez até a vontade de endireitar este país, mas isso não sei, não sei...

O braço relaxa sobre a cabeça, a boca quase fechando:

— Eu sei por mim, eu fiquei com a coluna até o fim porque me tratavam que nem gente...

Joana acende a luz do corredor, apaga a do quarto, elas saem se amparando, *não beba mais nada, menina!* O velho fala baixo antes que ela saia, a voz já quase um ronco:

— Moça, se quer ver os baús, pode ver... mas não leva nada...

— Obrigada, seo Juliano.

Ele ronca, Joana ri:

— Ih, ele deita e desmaia, que nem nenê, diz que é assim desde o tempo da coluna, de tanto marchar o dia inteiro, anoitecia, comia, deitava e dormia.

Miguel já arrumou a mesa, as garrafas enfileiradas num canto, Joana diz ah, eu queria um homem assim pra mim! Miguel cora, *como ele parece menino quando cora, menina!*

A doutora quase derruba a cadeira para sentar, agarrando a mesa:

— Minha querida graduanda, quero te contar que só vim aqui para me cerfiti, certificar que esse homem existia — engasgando — e existe, taí, é um femônemo histórico, é... — soluço — uma testemunha que não pode deixar de ser ouvida...!

— Mas eu ouvi, não? Só a última resposta não gravei mas...

— Minha querida — a doutora balança sentada — Não estou falando da coluna, mas de 30, 32, sei lá mais — soluço — o que, sei lá mais o que mas — soluço — você tem o dever de ouvir, minha filha, você — soluço — tem o dever de gravar tudo!

— Mas a minha tese é só sobre a coluna!

— Pois eu acho que, se você não gravar tudo que esse cidadão tem pra — soluço — pra dizer, você vai ser a última desertora da Coluna Prestes!

— Tá brincando comigo, né, doutora, não quer que eu pare a tese e passe a...

— ...registrar toda a memória dessa fonte, sim — soluço — e também dar uma geral nesses baús — soluço — identificar tudo isso, classificar, você sabe, isso é um acervo e você é a curadora!

— Mas quem disse?

A doutora inclina até quase o queixo tocar na mesa:

— O teu coração.

Ela olha para Miguel, Miguel sorri, Joana desvia os olhos. A doutora diz que ela deve encarar positivamente:

— Como um presente de aniversário, quiçá um sortilégio. Como eu, caminhando pra morte e candidata a reitora... A vida não é só o que a gente quer, é também o que o destino manda. Espero que tenha boa sorte, porque tempo e disposição eu sei que você vai arranjar! — soluço.

2

Aos acasos,
primos dos imprevistos e da sorte

L*ondrina, começo de fevereiro. Os passarinhos quase se matam de tanto cantar.

— I-Ching, tarô, runas, leitura da mão ou das cartas, é tudo bobagem, a gente vê no horóscopo apenas o que quer ver, cada um interpreta como quer as profecias ou os búzios — ela explica a Santelli enquanto põe uma colher lambuzada de mel em cada caneca para o chá — Então, se é pra confiar na sorte e interpretar à vontade, prefiro consultar o dicionário...

Despeja água da chaleirinha nas canecas, senta com as pernas cruzadas no meio da sala, o dicionário entre os joelhos. Quando Chico era vivo, botava o bichinho entre as pernas, jogava um grão de milho-pipoca sobre o dicionário em pé no tapete, Chico brincava de rolar o grão ali, como se fosse um cocho de papel, antes de bicar para engolir, com o bico tão fino que sempre deixava um buraquinho como de uma agulha; então ela abria o dicionário na página bicada, para ir lendo as palavras...

— ...até alguma me dizer alguma coisa. Três grãos de milho, três palavras e pronto, eu já tinha a minha sorte, a minha profecia, ter três palavras em que pensar já é muito, vem tanta coisa na cabeça da gente! Mas agora sem o Chico... Você não quer me ajudar?

É só pegar o dicionário, diz ela, e abrir onde quiser. Ele ainda está com o capacete nas mãos, deixa de lado antes de ajoelhar, cavalheiro como só Santelli, e abre o dicionário mais ou menos no meio. Ela vai passando o dedo pelas palavras da página, até que lê:

— *Dever: ter obrigação de...* Ô Santelli, parece até brincadeira mas a primeira palavra já me diz tanto... Abre em outra página, por favor.

Ele enfia o dedo entre as páginas, abre e dá para ela ler:

— *Prazer: júbilo, alegria, contentamento, deleite, satisfação, delícia...* Ai, meu Deus! Abre mais uma página!

Ele folheia, abre numa página do começo e devolve. Ela corre os olhos, fala abafando a boca com a mão:

— *Amor: afeição profunda...!* Ah, você abriu nessa de propósito!...

— É, mas você quem escolheu essa palavra! Na mesma página tem *amonitídios, amontilhado, amora-do-mato...*

— Não estou brincando, Santelli — ela fala olhando longe; explica que tinha de tomar uma decisão, cumprir um *dever* mesmo custando muito tempo, esquecendo porém, coisa que só agora percebeu, que também será um *prazer...*

— Mas e *amor*? — Santelli pisca sorrindo.

Conta, menina, é teu melhor amigo!

— Santelli, acho que estou gostando de alguém.

— Apaixonada, você quer dizer. Mas tem algum problema, senão você não estava procurando conselho em dicionário. Ele é mais velho?

— E casado, ou ainda casado. Mas isso não é o problema, o problema sou eu mesma... Será que eu não vou decepcionar mais um? Com você mesmo, eu acho que não deu certo por minha causa, né? Eu sou... — *maldita palavra!* — frígida, não sou?

Ele ri, sentando também com as pernas cruzadas, o olhar esperto e doce:

— Ju, diante disso tenho de te contar uma coisa, que só descobri depois que o nosso caso, digamos assim, acabou. Eu sou da turminha, minha amiga, da coluna do meio, *gay*, homossexual, entendeu? Então não deve ter sido só por sua causa que nosso digamos-assim-caso acabou, certo? Agora vamos cuidar do que interessa, você diz que chegou uma notificação da reitoria, é? Feche a boca.

Ela fecha a boca, engole o espanto — *como é que nunca...?* — e tira o envelope do bolso do camisão folgado, herança do pai depois que perdeu as roupas de botão com o derrame. Santelli passa os olhos pelo papel.

— Convocação para depor na sindicância, Santelli. Você vai comigo?

Ele pega a caneca, brinda:

— Ao Direito.

— Às revoluções — ela brinda e ele engasga; ela conta do baú de seo Juliano, a missão de resgatar — ô, verbinho da moda, mas é o caso — resgatar a memória do velho, enciclopédia revolucionária e civilista, conforme a doutora...

Fica olhando esse desconhecido Santelli beber o chá, até que ele levanta os olhos, como se adivinhasse pensamento:

— A gente desconhece até a gente mesmo. Você nem calculava que ia bater tão forte naquele imbecil, não é? Você foi fazer uma tese, pegou uma missão. E eu, enfiado o dia inteiro naquela banca, já vivia pensando se um dia ia ter coragem de alugar uma sala com telefone e uma placa de doutor na porta, porque advogado formado tem até varrendo rua, todo ano a universidade bota turmas de advogados no mercado da Justiça, e eu não tenho pai doutor pra herdar escritório com clientela. Mas agora, com o seu caso, estou achando que posso ser e vou ser advogado, Ju. Obrigado.

Termina o chá, levanta. Parece um soldado de um futuro qualquer, com a roupa de couro de motoqueiro, as botas, o capacete nas mãos.

— Bom que você tomou uma decisão sobre a sua missão de resgate, como você diz. Mas não se esqueça da sindicância, é o teu futuro em jogo, mulher. Te encontro na reitoria quinze minutos antes da hora, sem brinquinho no nariz, certo?

— Certo, Santelli, mas ficou faltando uma palavra, que *amor* não valeu, você escolheu a página.

Ele agacha, abre o livro, levanta e vai. Ela procura na página, *o que faço com Miguel, livro meu, dizei-me,* e o dedo pára na palavra *marcha*:

— Marcha...!

Fecha o livro, suspira e diz ah, que bobagem...

...*mas será mesmo uma marcha, menina, pensando bem será uma marcha, ir a Foz todo fim de semana, encher fitas e mais fitas para transcrever, mexer naqueles baús, oh, Deus, até aqueles caixotes devem ter valor histórico! É bom levar luvas de borracha, e máscara contra poeira e fungos, além de óculos de natação para proteger os olhos, você já pegou duas conjuntivites por mexer com livros velhos. E não esqueça de levar granola da Justina e jinseng, que vai ser uma marcha, menina, por dever e com prazer, mas vai ser uma longa marcha.*

Transcrevendo fitas; três toques na campainha, tropel no corredor. No capacho, um rato morto. Na porta, em grandes letras vermelhas:

P U
T A

O elevador está ali, então ela desce correndo pelas escadas, ainda a ouvir que alguém também desce correndo alguns andares abaixo. Na portaria, o porteiro atarantado.

— Alguém passou aqui agorinha, seo Misael?

— Que eu vi, não.

Ela vai para a garagem, o homem vai atrás. Lá está no carro do síndico o filho, janelas fechadas com som alto. Ela gesticula para ele baixar o vidro, ele demora, gira a manivela em câmera lenta e, finalmente com a janela aberta, o som aumenta.

— Pode baixar isso, por favor?

— Por que, não se pode mais ouvir um som?

Ele tira o chiclete da boca, põe no cinzeiro, desliga o som e encara reclinando o banco, ainda ofegante.

— Você vai pintar aquela porta ou vou chamar a polícia.

— Que porta?

Cinco minutos depois, já no meio duma roda de palpiteiros discutindo o caso, ela escuta mais uma vez o porteiro garantir que "o menino" estava no carro o tempo todo...

— ...senão eu tinha visto passar pela portaria.

Mais uma vez ela pergunta:

— Mas não pode ter subido pelo elevador de serviço que não dá pra ver da portaria? E desceu pela escada, saiu direto na garagem!

Os homens falam entre si, mas não com ela. As mulheres cochicham de longe. Ela abre os braços:

— Querem saber duma coisa?

Todos silenciam olhando para ela.

— Querem mesmo saber duma coisa? Vão todos — *à merda!* — pentear macaco, tá?!

Sobe as escadas de quatro em quatro, acha o tubo de tinta, pega com cuidado. Ainda arfando telefona para contar a Santelli.

— Agora estou com o tubo de tinta aqui, não dá pra tirar impressões digitais?

Ele ri, ah, Juliana Prestes...

— ...acorda, você está no Brasil, mulher!

Ela bate o telefone, vai ao corredor, escreve palavrões sobre o palavrão na porta, até acabar a tinta e a porta ficar ilegível.

Vai a pé para a casa dos pais, passando por cochichos e olhares na portaria ainda cheia. *Como adoram um escândalo, e você deu o que eles querem, Juliana Prestes!*
Vai chutando todo papel ou folha pela calçada, *igual quando era menina, e a mãe dizia ah, parece moleque... Mas se você fosse sapatona, sentiria atração por mulher, Juliana Prestes...*
Chuta uma lata, um velho olha, ela sente o rosto esquentar. Vai sem chutar mais nada até a casa dos pais. A mãe pergunta o que foi, o que ela tem; nada, mãe, nada; e o pai só olha, olha, de vez em quando ajeitando o braço morto com o braço bom, até que pega a caneta e escreve:

Q FOI?

— Não foi nada, pai, nada, mãe, pelo amor de Deus!
Vai para seu antigo quarto, lá está sua cama desde menina, a penteadeira, igual no quarto do Lírio Hotel, e de repente está deitada chorando no velho travesseiro, ouve a voz longe da mãe fazendo cafuné:

— Fica tranqüila, tudo vai dar certo, mas chora baixinho pro seu pai não ouvir, senão ele fica tão angustiado...

Oh, Deus, nem chorar à vontade!...
Mas depois come sopa de fubá com couve picada e costelinha de porco, renasce. O pai quer mostrar como está comendo bem com a mão esquerda, acaba derramando no pijama e ela ajuda a mãe a trocar, vê que ele virou um boneco destroncado — mas só no corpo. Os olhos continuam bem vivos, olhando cada gesto dela, até que de novo ele escreve:

VAI EM FRENT
FILHA!

Então ela abraça e chora no ombro morto do pai, que antigamente cheirava a suor e graxa e agora cheira a naftalina, enquanto a mãe abraça os dois, balançando o corpo para a frente e para trás, como quando ela era menina e...

— Mãe, lembra que eu chegava chorando por causa dos moleques?

— Hum-hum. Te puxavam o cabelo, tomavam tua bolsa, mexiam com você, quase todo dia era aquela choradeira...

...até o dia em que você, já na capoeira, deu uma pernada num e ele levou tempo pra levantar do chão, levantou sem fala, e nunca mais mexeram com você.

— Era um terror — a mãe fala flauteado, como se contasse uma historinha
— Até que um dia eu fui falar com a diretora, e acabou o problema.

Ficam sorrindo as duas, *ah, mãe, se você soubesse...* enquanto ele escreve:

DÁ NELES!

Ela ri enxugando lágrimas:
— Já dei, pai, o problema é que eu já dei...

Na capoeira se lava de suor, ensinando a melhor turma de meninas até hoje, conforme Justina, já de volta à academia com o nenê:
— O bichinho começou a jogar capoeira já na barriga, agora continua no colo...

Mas alguma coisa ruim está no ar, como na água fica o gosto de rato morto na caixa, cheiro de carniça em quintal, presença de indesejado em festa...
— Que que há, Justina? Todo mundo parece meio sem jeito...

Justina olha para ela com espanto, depois com doçura:
— Ah, é, você foi viajar... Não tá sabendo de nada?

No pequeno escritório da academia, onde cabem apenas a mesinha com duas cadeiras, burocracia mínima conforme Bran, Justina tira da gaveta uma folha de jornal e aponta com o dedo:

RIXA DE CAPOEIRAS
ACABA NA POLÍCIA

Ela lê sem acreditar.
— Mas, Justina, aqui diz que...
— ...exatamente, mestrina — na brabeza Justina infla as narinas de mulata — Você deve estar espantada como eu fiquei. Eu vi você entrar aqui me-

nina, como eu, que acabei casando com o mestre, mas sou só uma capoeira, enquanto você é mestre mesmo, coisa que ele deixou de ser quando fez isso aí.

Ela relê a notícia. Bran sempre reclamou publicamente dos "mestres" de araque, formados ninguém sabe onde, alugando um canto qualquer onde enganar a moçada com preço barato e capoeira malandra, alguns vendendo pomada cura-tudo na rua, mergulhando através do círculo de facas, dando salto-mortal, mistura de camelôs com palhaços e acrobatas e uma pitada de capoeira. E sábado de manhã, conta Justina, chegou carta da federação estadual, nomeando Bran delegado regional, coisa que vinham esperando fazia tempo.

— Junto com a carta — Justina balança o nenê no colo — veio uma papelada para um tal censo regional, querendo saber quanta academia e quanto mestre tem por aí. Papel com monte de pergunta, daonde veio cada mestre, onde foi formado, com quem e quando, e quanto cobra de mensalidade, se dá bolsa pra pobre... Aí Bran falou ah, agora vamos ver daonde vêm esses cabras, e na mesma hora saiu com aquela papelada numa pasta e eu falei cuidado, hem, vê bem o que você vai fazer...

— Queria que eu fizesse o que? — Bran está na porta da saletinha — Chego lá, toco a campainha, num terceiro andar de um cortiço ali em frente do terminal de ônibus, ponto de malandro de dia, por causa de tanta gente passando, e ponto de puta de noite... Abre a porta uma menina de seus catorze anos, se tivesse isso, me pergunta que que é, hem, sem nem bom-dia, e o detalhe é que estava só de calcinha e blusa dessa curtinha...

Bustiê, diz Justina.

— ...e acho que ainda meio bêbada, acredita? Porque tem gente que não acreditou, nem na delegacia nem minha própria mulher!

Justina sai com o nenê como um escudo, empurrando para abrir passagem — Eu já cansei dessa história! — mas fica ali diante da porta, balançando o corpo com um pé para a frente e outro para trás, o nenê dormindo no ombro. Bran fecha os olhos suspirando fundo, continua calmo olhando longe:

— Meu erro acho que foi ter entrado, a menina falou olha, se tá procurando alguém vai entrando aí que eu tô saindo, e enfiou uma saia e desceu pela escada, que o elevador parou faz tempo, fica no térreo de porta aberta, virou casinha de mendigo. E eu acho que entrei na tal Academia Marte mais por curiosidade, mestrina, intrigado mesmo, até meio me divertindo de chamarem aquilo de academia, cheiro de maconha e de chulé no ar, bafo de porão de navio. Uns doze dormindo no meio de um salão, encima de papelão, um ou outro enrolado em cobertor, uma mulatada de cabelo sujo, não digo sujo de raça, que eu sou neto de negro, digo sujo de folhinha seca de árvore de rua...

— Sibipiruna — o nome vem com a visão de Miguel apontando a árvore de florada amarela.

— Então até agachei pra comprovar que a maioria ali era meninada de rua, menino na cara, corpo já de trombadão, os pés com calos de capoeira. E num canto uma lata de cerveja amassada e furada, formando um cachimbo pra fumar o tal... como é o nome? Não importa. E noutro canto seringa...

— Ou seja — a voz clara de Justina — ele estava varejando mais que cachorro perdigueiro, que nem polícia!...

— ...aí um acordou, levantou num pulo e perguntou que foi, quem é tu, tá querendo o que aqui, falei sou delegado da federação, os outros já levantando também. Um me encarou — Esse é o mestre Bran — mas outro disse mestre lá pras negas dele: — Pra mim, é um mestre de merda, um boca-mole que agora vai engolir a dentadura, bicho! E partiu pra cima de mim, que que eu podia fazer? Fugir?!

— O jornal diz que ele chegou ameaçando fechar a academia deles e chamando pra briga.

— Mentira!! — Bran fecha as mãos como ela nunca viu, tremendo de raiva de repente — O jornal conta o que eles disseram na delegacia, e é tudo mentira!! Aquilo não é academia, é um mocó, um muquifo!!...

— ...mas é o lugar onde mora alguém, é sagrado — a voz fria de Justina — Ninguém deve entrar sem pedir licença, que nem na casa da gente.

Ela lê de novo a notícia, em voz alta. Na Academia Marte, antes que a PM chegasse...

— ...*Ildebrando de Sousa Reis, conhecido como Mestre Bran, teria insultado e finalmente agredido vários capoeiristas e mestres, que afirmam ter evitado uma luta para valer com o delegado da federação, como Bran se identificou ao chegar, quando teria ameaçado fechar o local.*

— Foram pra cima de mim com pau, garrafa... — Bran abre os braços — Que que eu podia fazer?!

— Correr — a voz seca de Justina — Correr pra se salvar, correr pelo bem da sua família, correr pra longe da encrenca que foi procurar!

Bran baixa a cabeça, o peito arfando, as mãos tremendo.

— Mas não, foi lutar com meia dúzia! — a voz de Justina fervendo — Depois boquejou com os guardas até acabar na delegacia, e lá ainda armou a maior confusão, a academia nunca foi tão falada!

Ela lê em voz baixa ouvindo a respiração de Bran:

— *Enquanto eram tomados depoimentos conflitantes, com as duas partes denunciando agressão e insultos, alunos de Bran, alertados pelo noticiário de rádios, começaram a chegar à delegacia. Impedidos de entrar, ficaram na rua cantando pontos de capoeira até Bran sair para pedir que parassem, o que foi presenciado pela reportagem. Mas, ao ver os ferimentos do mestre, seus discípulos invadiram a delegacia para surrar os da Academia Marte, iniciando uma pancadaria com muita confusão e correria, que só terminaram com a intervenção da guarnição da carceragem.* Você foi ferido, Bran?

— Nada demais, mas na hora sangrava, aí...

— Aí ele tinha de ter controlado a turma, mas deixou — a voz desanimada de Justina — Deixou, lavou as mãos, ficou na calçada enquanto alguém podia até levar um tiro naquela confusão, a polícia chegou a atirar, sabia? — a voz vai voltando a ferver — Não taí no jornal, mas atiraram pro ar, e eu sempre ouvi falar que, quando a polícia atira pro ar, acerta alguém! — já ferveu — Já pensou que propaganda pra academia ter um aluno morto a tiro numa briga na delegacia?!

Justina engasga, tosse, o nenê acorda e começa a chorar, a mulher vai para o salão onde alunos constrangidos cochicham entre toques de berimbau e atabaque, o nenê pára de chorar com o andar balançado da mãe.

— Bran, não faz mal ela andar com o nenê assim de poucos dias?

Ele olha a mulher lá no meio da roda, exibindo o nenê, e sorri:

— Ela diz que teve o parto que nem índia, de cócoras, e vai criar que nem índia, pra crescer forte.

Ele cobre o rosto com as mãos; quando descobre, é de novo o mestre sempre tranqüilo.

— Ela tem razão, eu errei. Fui procurar encrenca e aceitei provocação.

— E agora? Vai pedir desculpa?

Ele olha como se ela fosse uma desconhecida:

— Pedir desculpa? Praqueles pilantras?!

— Foi o que te falei do cara em quem bati na universidade, Bran, é um pilantra. E você disse que, quanto mais cedo eu pedisse desculpa, melhor...

Ficam se olhando até sorrir, aí ele só diz é, balançando a cabeça, pimenta nos outros é refresco, e vai para a roda; só aí ela vê que ele está mancando. Justina foi deitar o nenê numa cesta sobre a escrivaninha.

— Justina, machucaram o Bran, é?

Justina fala baixinho olhando Bran lá no salão, e não consegue deixar de sorrir:

— Pois você devia ver como ficaram os outros...

Quarta-feira de chuva fina, céu negro, pressentimentos. Varrendo a cozinha, acha uma pena, de Chico decerto, luzidia de tão negra como são as penas dos pássaros-pretos. Pega coalhada da mãe na velha geladeira que o pai arrumou pela última vez um dia antes do derrame; o motor ronca e pára várias vezes toda hora. Transcreve fitas, a voz de locutor de Juliano Siqueira enchendo o apartamento. Passam vultos, Miguel Costa a cavalo, com seus burros carregados de tralharada; Lourenço Moreira Lima, a pé, segurando a úlcera com a mão; Siqueira Campos de chapelão e lenço vermelho, soldados vestidos como matutos agachados em volta da escrivaninha como se fosse uma fogueira...

Toca o telefone.

— Juliana?

— Miguel?

— Aquela concorrência pra fotografar as perobas aí do *campus*, lembra? Ganhei.

Mas ainda não sabe quando virá fotografar.

— Não demore muito, que estão caindo as últimas perobas...

A geladeira começa a roncar censurando. *Diga alguma coisa menos idiota, Juliana Prestes!*

— Juliana, por mim eu ia praí agora. Mas você tem alguém, né, e...

A geladeira começa a grilar: *fale, mulher!*

— Miguel, eu não tenho ninguém.

— Que bom.

Fale!

— ...e sabe, Miguel, eu... tenho pensado em você.

— Eu também, Juliana, só ando pensando em você. Ontem bati foto sem botar filme...

O coração batendo. *Em frente, marche!*

— Miguel, eu...

...te amo, diga!

— ...eu vou praí no outro fim de semana, aí a gente conversa.

— Tá, claro. Mas, olha, desde já eu queria dizer que — a geladeira pára — que eu gosto muito de você.

Fale "eu também", fale!

— Tá.

— Então até.

— Até.

Clic. *Imbecil: você tem medo de ser feliz?* Fala para o apartamento vazio:

— Eu também te amo, Miguel Costa, mas tenho medo de você descobrir que eu não sou quem você está pensando, e medo de descobrir que você não é quem eu estou pensando...

A geladeira volta a roncar protestando, ou ironizando ou debochando, que importa; ela abre, vê que só tem mais um pouco de coalhada, tira o fio da tomada:

— Pronto, sua resmungona, censura total, ditadura!

E volta ao computador, ao gravador, à voz de marcha batida de Juliano Siqueira. Passam vultos de mochila, vultos carregando arreios, fuzis nas costas, cavalos magros...

Cochila diante da televisão depois do almoço, cenoura ralada com o resto de coalhada, sardinha em lata com farinha de milho.

— Como são boas as coisas simples, Chico, e como são simples as coisas boas... E como eu gostaria de saber cozinhar... — e Chico teria cantado sempre quando ela parasse de falar, mas agora só o silêncio.

Toca a campainha, é Bran:

— Justina te mandou isto — uma travessa de pamonhas — Vou lá, vem comigo?

— Lá onde, Bran?

Ele vai pelo corredor, ela mal tem tempo de botar as pamonhas na geladeira, ligar na tomada, chavear a porta e ir, *é uma das vantagens de usar cabelo curto.* Na rua, Bran entra num carro da polícia civil, o brasão pintado na porta, um tipo grisalho ao volante. É um escrivão pai de aluno da academia, Bran apresenta, vai junto como amigo:

— E como testemunha de que não vou insultar nem agredir ninguém. Vou pedir desculpas.

Sobem a escada estreita do predinho, a parede manchada de umidade. A porta da Academia Marte está aberta, pintores — as roupas salpicadas de tinta — lixam as paredes, contam o que sabem logo que o escrivão se identifica. O dono vinha pedindo a sala de volta fazia tempo, a tal academia não pagava o aluguel...

— ...e fizeram isto aqui virar um chiqueiro.
— Mudaram pra onde?

O pintor ri, sabe Deus. Bran abre os braços:
— Que faço agora, mestrina?

Deixa pra lá, diz o escrivão:
— O povo logo esquece tudo.

Mas eu não esqueço, diz Bran:
— Um mestre não pode agir como eu agi.

O escrivão pisca para ela, como dizendo ah, esse é louco mesmo — e ela, mais para dar força a Bran, ou porque vem lá do fundo, de onde saem as palavras muito sentidas e pouco pensadas, ela diz que ele está certo:

— Eu também vou pedir desculpas, Bran — e no mesmo instante sente um grande alívio.

De volta ao apartamento, liga para Santelli:
— Quero pedir desculpas ao tal Tailã.
— É, talvez seja mesmo a melhor coisa a fazer, depois do que deu na tevê.
— Que que deu na tevê?
— Você não viu?
— Acho que dormi na frente da televisão.
— Bem, então veja o noticiário da noite, vai reprisar.

Ela volta ao gravador, mas não consegue se concentrar na marcha das palavras, sai para andar. O porteiro abaixa o olhar e não responde ao boa-tarde. Na calçada, ela cruza com o filho do síndico, o rapazinho com ódio no olhar. Anda até voltar suada de noitinha, aproveita para fazer uma faxina no apartamento, depois passa pelo chuveiro, senta diante da televisão, com as pamonhas de Justina, come uma, salgada e com recheio de queijo, uma delícia, e vai comer mais uma, mas perde o apetite com a notícia em rede estadual:

Em Londrina, continua a polêmica em torno do trote aos calouros, assunto que está dividindo as opiniões e pode se tornar decisivo na eleição para reitor. A violência nos colégios, que já foi tema de várias reportagens aqui, chega também à universidade, onde muitas denúncias, atendendo a campanha da vice-reitoria, apontam os trotes como violentos além de humilhantes. Os candidatos à reitoria divergem sobre o assunto, e o próprio reitor, candidato à reeleição, é contra a campanha antitrote promovida pela vice-reitoria:

REITOR (sem cachimbo) — *O trote, com brincadeiras aparentemente humilhantes mas apreciadas e esperadas pelos calouros, é uma tradição universitária* (falando como quem lê o texto decorado). *A campanha da vice-reitoria, infelizmente aprovada pelo Conselho Universitário, distorce a imagem e o espírito do trote, ao focar apenas casos isolados de violência e excessos. Eleger o trote como o mal dos males serve só para tentar ofuscar as realizações da nossa administração, que...* (pausa para respirar; corte)

VICE-REITOR (recitando fervorosamente) — *O trote é um ritual medieval e deprimente, em que minorias de sádicos, todo ano, submetem a civilidade e a dignidade dos calouros. O trote significa que, para prazer dessa minoria psicopata, é preciso se emporcalhar para entrar no ensino superior, é preciso aceitar humilhação, brincadeiras grosseiras e violentas, depois de esmolar pelas ruas dinheiro para a bebida do sempre mesmo grupinho de veteranos em cada curso...* (pausa para respirar; corte)

Imagens de calouros emporcalhados pedindo dinheiro na rua, alguns visivelmente bêbados. Calouro entregando dinheiro a veteranos em mesa de bar no calçadão; um veterano pega o dinheiro, outro gesticula para o calouro ajoelhar e abaixar até o chão antes de voltar a pedir dinheiro, melecado de ovo, farinha, óleo, *até mesmo tintas tóxicas. Vários calouros são hospitalizados todo ano com intoxicação ou coma alcoólico; mas o pior, conforme a também candidata à reitoria, é a hipocrisia:*

DOUTORA (enfiando e rodando o dedo no ouvido) — *É uma hipocrisia o vice-reitor transformar o trote em plataforma eleitoral, depois que proposta nossa, simplesmente proibindo o trote fora e dentro do* campus, *está na gaveta dele há mais de ano. Ele engavetou nossa proposta, de solução radical, para apresentar a proposta paliativa dele, nas vésperas da eleição... Defendo que devem ser erradicados o trote e também a politicagem da universidade! Calouro que não quiser, reaja! A universidade não quer? Proíba e puna! E chega de hipocrisia!*

Voltam imagens de calouros emporcalhados e bêbados, e calouro ajoelhando até tocar a testa no chão diante dos veteranos sentados tomando chope. Fotos do calouro afogado na piscina da USP. Seqüência de imagens do médico residente que jogou álcool e ateou fogo no calouro dormindo. Volta o apresentador:

A polêmica sobre o trote e a violência nas escolas aumenta, agora com o primeiro caso de agressão de professor a um aluno, ocorrido também na Universidade de Londrina, onde a professora Juliana Prestes é acusada de surrar, deixando marcas evidentes, um estudante de Direito.

ADVOGADO *(ao lado de Miguel Tailã de olho roxo)* — *Muito mais que uma agressão, um caso de violência física, trata-se de um atentado à democracia, à liberdade política!*

MIGUEL TAILÃ — *...eu estava distribuindo folheto da campanha contra o trote, no estacionamento, aí ela passou, pegou um, olhou e jogou fora, falou que eu era um imbecil. Depois eu estava no ponto de ônibus, ela encostou o carro na contramão, me chamou, agachei até pensando que ela ia pedir desculpas, ela bateu...* (ZOOM NO OLHO ROXO)

Sexta-feira de sol. Da janela do apartamento, vê as perobas do *campus* recortadas contra o azul, e vê Santelli chegando de moto, paletó e gravata. Ele lhe diz para vestir roupa boa, mas não tão boa que pareça burguesa, um membro da comissão de sindicância é de esquerda. E sem decote, que outro é católico. Ela veste uma saia escura, uma blusa cinza. O porteiro olha o casal elegante, ela pergunta se tem correspondência, não tem, então não resiste:

— Seo Misael, se alguém perguntar por mim, diga que saí com meu advogado mas volto antes do almoço.

Vão rindo até a oficina mecânica, a pé, é perto. O fusca está vermelho, brilhante e polido. Ela assina o cheque resmungando, o mecânico pergunta se não achou o serviço bom.

— Ficou ótimo. Mas custou metade da minha bolsa mensal.

Santelli diz para pedir nota fiscal, o mecânico diz que com nota devia ser outro preço, é sua vez de resmungar escrevendo a nota. Santelli pega a nota, ela pega o carro e, na primeira esquina, vê que está sem gasolina.

— Mas estava com o tanque cheio!

Santelli cantarola:

— Brasil...

Outro cheque para encher o tanque.

— Mas o pai desse mecânico era tão honesto...

— Pois é, é uma guerra civil, Ju, e às vezes o honesto e o ladrão estão na mesma família.

Toca para o *campus*, no rumo das perobas no céu azul. Ali está a reitoria, o estacionamento coberto de árvores, normalmente cheio e tranqüilo, os carros como bichos quietos coalhados de flores caídas — mas mal estaciona, até meio longe da reitoria, já aparece repórter com microfone e cinegrafista. Lembra o que eu disse, diz Santelli, não diga nada. Vão para a reitoria já com outros microfones atrás, perguntas pipocando: O que tem a dizer sobre a denúncia de agressão do estudante? É advogado dela? Perfeitamente, diz Santelli. Entram, a turminha vai atrás.

— Fale alguma coisa, doutor!

— No que vai basear a defesa?

Santelli pára no corredor com as mãos nas costas, professoral entre luzes e câmeras:

— Evidentemente que, não obstante a denúncia consignada, há que se considerar o direito de defesa inerente à prática do Direito e à garantia dos direitos individuais previstos na Constituição, em comunhão com as leis magnas das democracias avançadas.

— Pode repetir, por favor? — mas ele já está levando a cliente pelo braço, de forma que só ela vê seu sorriso.

— Não brinque, Santelli! Eu não posso perder minha bolsa!

— Nem você vai perder sua bolsa — ele cantarola — nem eu vou perder minha primeira causa.

O vice-reitor espera de cara fechada na porta duma sala. Entram; uma funcionária de meia-idade está numa carteira com caneta e bloco de notas, o vice-reitor apresenta, é uma taquígrafa emprestada pela Câmara Municipal. Santelli pergunta por que não usam gravador, ninguém responde. Um a um, entram os três da comissão de sindicância, o de esquerda com sua barba, professor de Sociologia, e o padre com sua sandália franciscana, professor de Latim, o último a ainda usar batina; a terceira é uma professora miúda de Literatura.

Bem, começa o vice-reitor, antes de tudo são indispensáveis algumas considerações:

— Este caso tornou-se de conhecimento público, e ganhou uma importância simbólica de todo o processo que estamos desenvolvendo para civilizar o trote e abolir a violência no meio universitário.

A mão da taquígrafa desliza no papel.

— Portanto, esperamos desta comissão um desempenho coerente com nossos esforços pela boa imagem da universidade.

— Uma questão de ordem — Santelli ergue a mão — O senhor está querendo que a comissão aceite um pressuposto, de que é preciso punir a professora Prestes, antes mesmo de ouvir sua defesa! Esperemos que o mui digno representante do Direito — apontando para o padre — não deixe essa aberração jurídica ser perpetrada no recinto democrático de uma universidade!

— Aliás — o padre aponta para ele — o senhor já terminou o curso?

— Sou formando, professor, e permita lhe dizer que suas aulas mudaram minha visão da língua e também do mundo.

— Espere um pouco — o vice-reitor ergue as mãos — Se o senhor não é advogado formado, nem podia estar aqui exercendo a profissão!

Não exatamente, diz o padre:

— Os formandos fazem estágios, no escritório de aplicação, já prestando serviços jurídicos a pessoas carentes. Não vejo por que um formando não possa orientar uma professora numa sindicância administrativa, se o risco é dela.

— Obrigado, professor — Santelli abre a pasta — O delegado já disse o mesmo. Mas vamos aos fatos?

Uma hora depois, ela repetiu tudo que contou à polícia, com mais detalhes, e o vice-reitor passa a mão pela careca, chacoalha a cabeça inconformado:

— A senhora diz que foi insultada e provocada, e ninguém viu! Mas sua agressão ao estudante várias testemunhas viram...

— Esperemos — Santelli quase cantarola — que não sejam apenas testemunhas da turma dele... Aliás, parece necessário apresentar aos senhores quem é o agredido.

Lê papéis da pasta:

— Miguel Tailã, vinte e cinco anos, segundo ano de Direito, quatro anos prestando vestibular, duas vezes por ano, até ser aprovado em 97. Em 96, foi um dos indiciados em inquérito policial por participar de esquema de fraude no vestibular de Maringá. Vários foram condenados, alguns absolvidos por falta de provas, entre eles Miguel Tailã. Na polícia, ficha por agressão, duas vezes, numa delas depois de provocar grave acidente de trânsito. Teve a carteira de motorista cassada. No fórum, dois processos por agressão, um por estelionato: pegou um talão de cheques do pai, telefonou ao banco dizendo ser o pai e pedindo para sustar os cheques, porque teria perdido o talão, aí foi para a praia e comprou até iate. Os comerciantes lesados entraram com processo que corre, é modo de dizer, corre na Justiça. Esse é o cidadão que diz não ter insultado nem provocado a professora Prestes...

A mão da taquígrafa está parada sobre o papel.

— A senhora só anota as acusações?

Ela olha para o vice-reitor, que olha para o padre, que só ergue a sobrancelha numa peluda interrogação. O vice-reitor pigarreia:

— Conste da ata que a indiciada apresentou documentos sobre a vida pregressa do agredido.

— Denunciante, o senhor quer dizer — Santelli corrige docemente.

De-nun-ci-an-te, soletra o vice-reitor; o padre sorri para Santelli, que sorrindo tira mais papéis da pasta:

— São cópias de fotos sobre trotes, de arquivo de jornal. Há muitas fotos, mas trouxe só as em que aparece como um dos troteadores, mesmo quando nem era universitário, Miguel Tailã. É o mesmo cidadão que, diz ele, estava distribuindo propaganda contra o trote, magnífico vice-reitor... Será que mudou tanto ou será que mente?

A professora de Letras ergue a mão, já também com sorrisinho:

— Sabe o que eu ainda estranho, Juliana, se me permite chamar assim? Estranho que uma moça, uma mulher, reaja como você reagiu, a ponto de deixar marca no rapaz, e depois de ter ido ao encontro dele! Como explica isso?

Santelli junta as mãos para que ela responda *não sei*, mas ela diz que foi talvez o sol, estava um sol muito quente, a cabeça quente, o sangue fervendo depois de encontrar o carro daquele jeito...

— Ou então — o vice-reitor tira papéis duma pasta — talvez a explicação esteja no fato de que a professora Prestes não é uma mulher, digamos assim, normal, no aspecto físico, digamos assim.

— Por favor, deixe claro, magnífico, o que quer dizer com "digamos assim" — Santelli fala frio — E que conste da ata, que minha cliente só assinará devidamente transcrita em Língua Portuguesa.

O vice-reitor olha o padre; é um direito dela, diz o padre.

— Quero dizer — o vice-reitor também fala frio — que a professora Prestes é também "mestra" de luta marcial, daí a sua reação violenta, na certeza de que tinha condições técnicas, digamos assim, de surrar o... denunciante. Aí estão fotos da professora com brinco no nariz, ou com seu carro pintado como podem ver aí, e aí está também cópia de reportagem recente sobre a academia, digamos assim, onde ela dá aulas, inclusive, pelo que apuramos, ganhando mais do que como educadora, talvez daí sua opção pelas tais artes marciais...

— Capoeira — ela corrige baixinho, e baixinho repete — Capoeira.

Na saída, quase sol a pino, apenas uma repórter continua esperando, e se aproxima com respeito, o cinegrafista atrás com a câmera abaixada.

— Quer dizer alguma coisa, professora?

— Não sou professora, sou bolsista de pós-graduação.

— Desculpe. Quer dizer alguma coisa?

— Queremos — Santelli se adianta, o cinegrafista bota a câmera no ombro — A professora Prestes está prestes a ter sua carreira acadêmica sacrificada, como bode expiatório, para benefício de um esquema eleitoral! Esperemos que a verdade vença e a justiça se faça, beneficiando uma pessoa de bem que foi provocada e desequilibrada emocionalmente por um agressor contumaz!

Tira papéis da pasta:

— Entregamos à comissão de sindicância as provas do que estamos dizendo.

A repórter pega as cópias, olha, folheia, o cinegrafista baixa a câmera. Santelli fala das fotos de trote e da fama de Miguel Tailã.

— Mas estão com tanta pressa de condenar minha cliente, que provavelmente não darão atenção a essas provas que, claramente, contradizem o denunciante. Até taquígrafa arranjaram para apressar o processo. Pode levar essas cópias, bote no ar.

Para o jornal do meio-dia não dá mais tempo, diz a repórter; Santelli abre os braços, fazer o que? Assim que a repórter se vai, ele pisca e diz melhor assim, o telejornal da noite tem mais audiência. Vão para o fusca pisando um tapete amarelo de flores de sibipiruna...

— E agora, Santelli?

— A comissão pode recomendar arquivamento ou penalidade, da advertência à exclusão. Aí fazem um processo administrativo, outra comissão, que vai analisar tudo de novo e referendar ou não a conclusão da comissão de sindicância. Se referendar, aí a reitoria cumpre a sentença, ou seja, adverte ou suspende ou expulsa você. Agora acho que tudo é possível, pois tem alguém profissional do lado de lá, aquelas fotos não caíram do céu. A do brinco deve ter sido batida com tele, e a do carro no dia seguinte à ocorrência, quer dizer, à pancada que você deu nele.

— Santelli, você acredita que eu não bati com força?

— Acredito, só espero que você nunca me bata, nem com pouca força...

Estacam diante do fusca: ali está, sorrindo feito modelo *country*, vestido de *cowboy* da cabeça aos pés, Miguel Tailã.

— Bom dia, professora. Gostou das fotos?

O olho roxo já sumiu, é um olho azul e frio.

— Eu quero pedir desculpa ao senhor — ela se ouve falando — Sinto muito, eu perdi a cabeça.

— Pare de me chamar de senhor, meu bem — levando a mão ao meio das pernas — E chupar aqui você não quer?

Ele quer te irritar, diz Santelli, entra no carro.

— Por favor — ela ouve a própria voz tremendo — aceite minhas desculpas.

— Hem, não quer chupar aqui? — ele sorri com os olhos gelados — Pra ficar bem grande e entrar rasgando o teu cuzinho...

Santelli lhe pega as chaves da mão, abre o carro, senta ao volante chamando — Vem, Juliana, vem! — e ela passa ao lado de Miguel Tailã rindo, chega a sentir cheiro de perfume ou coisa que o valha. Santelli dirige de dentes cerrados, tão bravo que cospe pela janela, a janela está fechada, o cuspe escorre pelo vidro, ele limpa com a gravata.

— Desculpe, aquele cara me tirou do sério. Agora já até acho que você devia ter batido com mais força!

Ela pede para passar pela rodoviária, vai comprar passagem para Foz.

— De novo? Ah, então é lá que ele está!

— Ele quem?

— O sujeito que te deixou olhando pra dentro, mulher, nunca te vi assim! Quando a gente se apaixona, fica sonhando com o outro de olhos abertos... Vai tranqüila, deixe esse caso comigo.
— O caso e o carro, pode ser? Corre perigo na minha garagem...

Na academia. Bran sozinho na saleta da secretaria, às vezes chega bem antes da primeira aula e fica lendo até chegar o primeiro aluno. Ela ajoelha ao lado da mesinha, nem dá tempo dele se espantar, vai direto ao assunto:
— Bran, não posso dar mais aulas.
Ele fecha a revista, fica olhando através dela, até dizer que entende, tudo bem, não precisa dar mais aulas, basta que dê as aulas de sempre.
— Nem essas, Bran. Não posso mais dar aula nenhuma, tá acontecendo uma revolução na minha vida!
O mestre sorri e diz apenas vai com Deus então, mestrina Juliana, e volte quando quiser.
O primeiro aluno, entrando, cruza com ela saindo de olhos molhados; e se afastando da academia, longe, ainda ouve o berimbau gemendo.

Foz do Iguaçu, amanhecendo. No Lírio Hotel, explica a Tia Ester que ia vir a cada duas semanas, sim, mas resolveu vir antes:
— Pela curiosidade de ver o que tem naqueles baús.
— Ah... — Tia Ester faz cara de boba — Os baús, claro... — e diz que Miguel vai fotografar uma árvore hoje, passa daqui a pouco para pegar o Miguelzinho...
— ...que eu vou acordar agora, vai passar o fim de semana aqui, pra não ficar no meio de mãe e pai brigando...
Oh, Juliana Prestes, onde é que você está se metendo?...
Toma o café da manhã, vai para o quarto, toma banho; quando desce, o menino está no refeitório comendo salada de frutas. Já tem buço no bigode, e veste o uniforme do adolescente de classe média: boné virado para trás, bermudões abaixo dos joelhos, camiseta estampada e colete militar. Tia Ester apresenta:
— Juliana, professora de História.
Ela diz que não é professora, não ainda; é pesquisadora, diz Miguelzinho:

— Meu pai falou.
Ela estende a mão, ele acena, fala de boca cheia:
— Também é namorada dele, minha mãe falou — e continua a comer a salada de frutas.
Chega Miguel, abraçam-se meio sem jeito.
— Filho, vai escovar os dentes e vamos passar na casa da mãe pra pegar maiô.
O menino sobe pulando os degraus.
— Você também, pegue seu maiô.
— Está na bolsa. Mas não ia fotografar uma árvore?
— A árvore vai continuar lá. Quero que meu filho conheça você.
Miguelzinho desce pulando degraus, sai correndo e logo está buzinando o jipe. Céu azul depois de chuva, ar lavado. Param diante duma grande mansão cercada de jardins cercados por alambrados. Miguelzinho entra correndo.
— Casa do meu sogro, ou ex-sogro — diz Miguel — Entrei com pedido de divórcio.
Miguelzinho volta andando devagar, olhando os pés.
— A mãe falou que eu não posso ir.
— Pegou o maiô?
— Vesti por baixo.
— Então sobe aí e vamos!
Miguelzinho pula na traseira, o jipe ronca alegre no dia azul.
Azul também a piscina do hotel. Nadam, mergulham, brincam na água, três crianças. Na beira da piscina, ela fica de ponta-cabeça, anda sobre as mãos, Miguelzinho boquiaberto. Tomam sucos de frutas, os olhos enchendo de cores: laranja com cenoura, o vermelho da melancia, o verde brilhante do suco de *kiwi* com pedras de gelo. Cor por cor, diz Miguel, venha um Campari. Ela bebe deitada no cadeirão com guarda-sol, feliz de ver pai e filho brincando alegres na piscina.
Fecha os olhos. *Não beba mais, Juliana Prestes, você tem uma missão. O dever. Só não sabia que o prazer seria antes...* Abre os olhos para ver o sol e calcular a hora, um baita homem de paletó grande pára diante dela fazendo sombra. Fica parado, com as mãos atrás, pernas abertas, e ela só entende que é um segurança quando vê outro do lado e, na beira da piscina, a mãe de Miguelzinho começando a gritar:

— Sai já daí, meu filho, vem cá, já! O senhor faça o favor de entregar meu filho aqui ou eu mando pegarem aí!

O segurança olha por cima dos ombros, um mulatão gordo e largo; o outro é um árabe tão peludo que a barba raspada do pescoço desce colarinho adentro.

— Eu vou contar até três — a mulher grita tremendo de raiva — Um! Eu quero meu filho de volta já! Dois! Ninguém vai levar meu filho pra putaria, não! Três!

— Que putaria?! — Miguel continua na piscina com Miguelzinho de olhar baixo — Que putaria?!

Já vai juntando gente, hóspedes e funcionários, ela ri e esganiça:

— Se não é putaria, o que é?! Piscina, bebida, a gostosa aí, deve estar ganhando quanto? Quanto é que você cobra, minha filha?!

Não fale nada, Juliana Prestes!

— E você traga meu filho aqui já ou eu mando pegar!!

Os seguranças se olham, o pomo-de-adão do árabe sobe e desce pela barba cerrada do pescoço. A mulher bufa:

— Agora chega! Você, como é seu nome?

Armando, diz o mulatão.

— Armando, você ou o outro aí, ou os dois, entrem nessa piscina e peguem meu filho, já!!

O mulatão sua tirando o paletó, deixa numa mesa, e o celular, o revólver, a carteira, chaves, papéis, caderneta, a mulher se torce de raiva:

— Eeeeeentra nessa merda dessa piscina e pega jááááá meu filho!

Que foi, pergunta um funcionário de gravata, o árabe fala baixinho com ele, o homem empalidece e se afasta, acenando para outros se afastarem. Miguel vem para a beirada. Miguelzinho sai da piscina, Miguel vai sair, o árabe empurra de volta. O mulatão está olhando, de costas para ela, afinal não teve de entrar na piscina; então ela passa rápida por ele, plantando um pé no chão e, com o outro, empurrando o árabe na piscina, já no rodopio pegando o mulatão com rabo-de-arraia antes que ele alcance a arma na mesa. O monte de banha cai e não levanta mais. O outro está saindo da piscina, lado a lado com Miguel, as mãos apoiadas na borda levantando o corpo, e ela dá com o calcanhar no peito, o homem volta para a piscina e fica se debatendo.

— E eu não sou puta! — diz à mulher assustada atrás duma mesa, antes de ir com Miguel para o jipe, andando juntos, sem falar nada, *mas juntos, marchando... Ora, deixe de ser romântica, menina, veja com quem está se metendo! Você não é mais nenhuma mocinha, mas veja que ele já tem os primeiros cabelos brancos... E teu último namorado matou teu passarinho, teu penúltimo namorado te deu um aborto, teu antepenúltimo namorado é gay... para que arriscar de novo?*

Alguém grita para alguém ajudar o homem a sair da piscina.

— Miguel, quem era aquele que falou com um deles e se afastou?

— É o gerente.

— E por que ele não fez nada?

— Porque os dois são guarda-costas do pai dela, que é podre de rico, como dizem, a palavra certa é essa, podre.

— Mas eles não podiam fazer aquilo, não? Afinal de contas, você é o pai e...

Pois é, diz Miguel, mas quem manda é a grana. O jipe tosse na partida, uma nuvem escura avança pelo céu azul.

— Lamento pelo teu filho.

— Ele conhece a mãe que tem — Miguel dirige estrangulando o volante, tentando falar frio — Em Foz sou conhecido como Rei dos Cornos, fui o último a saber que eu viajava pra fotografar, ela botava um amante no carro e ia farrear pelos hotéis. Chegou a viajar com o menino e um amante, o pai continuou a lhe dar mesada depois de casada...

Branqueiam os nós dos dedos no volante, o jipe geme.

— Faz anos que peço o divórcio mas ela insiste em ficar com nosso filho. E agora...

— Agora...?

O jipe ronca aliviado numa descida, Miguel também relaxa, solta do volante uma das mãos, pega-lhe a mão:

— Você viu o fotógrafo?

— Que fotógrafo?

Ele lhe beija a mão, levando até os lábios, enquanto estaciona diante do Lírio Hotel, aí suspira fundo e conta quem é o pai da mãe de seu filho, um desses ricos que só pensam em ficar mais ricos, um homem capaz de mandar acabar com uma festa de funcionários de uma de suas empresas porque não foi convidado:

— Sempre tinha sido convidado e nunca tinha ido à tal festa anual dos empregados. Aí esqueceram de mandar convite naquele ano, então no meio da festa, pouco antes do Papai Noel chegar, ele telefonou mandando acabar com a festa ou iam ser despedidos. Metade foi embora, metade ficou na festa. Os que ficaram foram despedidos no dia seguinte, véspera de Natal.

O vento secou os cabelos, o sol a pino esquenta a cabeça, a nuvem escura já tomando quase metade do céu. Miguel volta a agarrar o volante.

— E esse sujeito é avô de meu filho, e contratou o melhor advogado da cidade pra melar meu pedido de divórcio, só concordam com o divórcio se Miguelzinho não ficar comigo — suspira soltando o ar pela boca em bico — E o pior é que nem cuidar direito do filho ela cuida, é só pra me punir mesmo. E agora...

Suspiro fundo e pesado.

— ...eles conseguiram o que queriam. O fotógrafo estava lá já fazia algum tempo batendo fotos, algumas da gente, outras das pessoas na piscina, pensei que estivesse fotografando para o hotel... Agora já tenho certeza de que vou ver essas fotos no fórum, vão usar para mostrar ao juiz que não tenho condições morais de ficar com meu filho.

On-de vo-cê se me-teu, me-ni-na!...

— Mas eu vou tentar, eu vou lutar — ele solta a mão — Então... é melhor a gente não se ver por um tempo, tá?

— Tá. *Parece tão simples, não?*

— Tiao.

— Tiao.

Ela desce, o jipe vai roncando — tiaooooooooo... — e a nuvem escura finalmente alcança o sol. Ela fica na calçada olhando tudo sem ver nada, até entrar no hotel, e quando chora, deitada na cama, acaba passando as mãos molhadas de lágrimas nos cabelos e descobre que ainda estão quentes de sol, de repente tudo acontecendo tão depressa!

Nada acontece depressa, diz Juliano Siqueira capinando o quintal; por isso não acredita em signo de horóscopo, que é conforme o dia do nascimento:

— E o tempo passado na barriga da mãe? A gente já nasce com idade, tanto que tem bebê de sete-mês e de nove-mês!...

A nuvem escura passou sem chover, levada por ventos altos, mas novas nuvens vêm do horizonte. Ele está com um velho macacão azul de frentista de posto de gasolina, capinando com uma enxada miúda de tão gasta, cabo curto:
— Peso é pra moço. Corta um matinho aqui, outro ali, entre os canteiros e arbustos do quintal, quer acabar com esses matinhos antes que sementeiem:
— O segredo contra o mato é não deixar florir, pra não sementear.
Apóia na enxada curta como se fosse bengala alta, suado, os olhinhos negros faiscando:
— Já com gente é o contrário, né, é deixar florir...
— Florir...?
— Fazer o que o coração mandar, moça, isso é florir.
Começam a cair as primeiras gotas, grossas, com vento e folhas secas pelo ar. Aqui não se queima folha, diz ele, tudo que cai no chão fica...
— ...e porisso, ó, a terra tá sempre fresca e vivinha — bate enxada, minhocas se mexem na terra remexida.
— Por falar em fazer o que o coração manda, seo Juliano, vamos falar do que o senhor fez depois da coluna?
Uma coisa de cada vez, diz ele, primeiro um banho. Vai para a casa, e ela pensa que vai para o banheiro, mas ele fica na varanda vendo a chuva engrossar, ela senta no outro cadeirão de vime. Ele precisa falar alto, acima da metralha da chuva:
— Lembra Londrina.
— Londrina? O senhor conhece Londrina?!
— Desde o primeiro rancho, moça.
Um jato grosso de água cai da calha numa pedra chata no chão.
— Naquele tempo, com a mata, tinha vez de chover semana, então eu ficava com o Jorge na varanda da casa tomando uísque e vendo a chuva...
— Que Jorge?
— Chimit.
— George... Smith?
— Esse aí. Agora me dá licença um pouquinho, já tá caindo água boa.
Você está vendo o que está vendo, Juliana Prestes?
Ele tira as botinas, o boné, e vai de macacão ficar agachado sobre a pedra, *parece um macaquinho de circo*, mexendo-se para receber o jato na cabeça, nas costas... Joana fala da porta com pano de prato nas mãos:

— Ih, não se espante que ele é assim mesmo... E, se não fosse por você, tirava o macacão e ficava só de calção, diz que é a cascata dele, que só funciona com chuva e só chuva de verão, então não pode perder nenhuma! É um moleque!...
Trovão.
— ...mas é por isso que eu gosto dessa peste — Joana olha com olhar de mãe o moleque brincando na cascata.
— Joana, é verdade que ele esteve no começo de Londrina?
— Moça, ele só atendeu você porque é de Londrina.

O moleque vem da chuva feliz, pedindo toalha a Joana, e a ela pede licença para tirar o macacão e se enxugar na varanda, ridiculamente magro em velhos calções de banho de tamanho muito maior, mas os músculos secos ainda ressaltando entre rugas e pelancas. Joana joga o macacão sobre a pedra — Já vai lavando — e ele entra molhando o assoalho, Joana vai atrás reclamando e enxugando.

Depois de seco e vestido, ele toma chá com gengibre na caneca, a mesma de sempre, que Joana lhe põe nas mãos, e, enquanto a mulher vai enxugar mais o assoalho, ele pega uma garrafa detrás de um baú e despeja uma dose na xícara. Ela liga o gravador.

— Como o senhor foi parar em Londrina?

Não foi por acaso, diz ele, tudo vem de antes; mas também foi por causa de um punhado de imprevistos.

Antes da coluna acabar, eu já não era mais um menino, tinha meu bigodinho firme e até um começo de barba, e tinha minha arma, conseguida em combate. Era um fuzil belga de ferrolho, que só consegui pegar depois que Venâncio morreu, porque aí fui deixando de andar sempre com o Estado-Maior, fiquei zanzando de fogão em fogão, onde também não me deixavam sair com patrulha nem chegar perto de combate. Mas um dia acabei no Terceiro Destacamento do Siqueira Campos, junto com o sargento Janta, o homem mais calmo que já vi neste mundo. A coluna raleando, cada dia perdendo um, dois ou até três baleados de tocaia, morte besta, de repente, nem se pode dizer que morreu lutando, e o sargento Janta dizia que matava um jagunço daqueles se pegasse vivo.

O pessoal ria, o sargento não matava nem mosca... Se dependesse dele, pegava pra cuidar todo vira-lata pelo caminho... Mas sempre levava o revólver no cinturão, e era o único que ainda vestia uniforme quase completo da Força Pública de São Paulo, tão remendado e costurado que parecia um mendigo militar. Aí um dia, de volta a Mato Grosso, a coluna com menos de quinhentos já, tudo estropiado, lá num pouso na beira de um riacho, de repente um tiro derruba um homem, outro tiro fura o caldeirão de feijão. Tiro de tocaia, a tropa deitava, uma patrulha ia ver se pegava o atirador, não era fácil, muita vez morria outro e não pegavam o danado. Naquele dia, os tiros foram tão juntinhos que Siqueira gritou cuidado, cuidado que são dois!

A patrulha foi uma turma pela direita, outra pela esquerda, pra fechar em pinça lá adiante, deixando o par de jagunço debaixo de fogo cruzado, a gente ali esperando tudo colado no chão, a jagunçada tinha mira boa, já tinham acertado mais de uma cabeça de curioso. O caldo do feijão vazou tanto pelo buraco de bala no caldeirão, que quase apagou o fogo. Então o sargento primeiro botou uns paus no fogo, depois conferiu a munição no revólver, e nunca mais vou esquecer que tinha até esquecido pra que lado girava o tambor, e faltava uma bala das seis. Com o revólver na mão, ele levantou e foi em frente, na direção da tocaia, marchando como se fosse um desfile, Siqueira gritou:

— Vai aonde, sargento?! Se cobre aí!

Mas o sargento nem piscava, passou por mim só olhando em frente, e foi, fui atrás andando agachado, chamando, mas ele nem ouvia, só em frente apontando o revólver. Uma ala da patrulha viu e começou a atirar lá no ponto da tocaia, a crista de um barranco meio encapoeirado. Outra ala foi por atrás do barranco, de modo a cortar a fuga, e o sargento continuou em frente, eu atrás. Ouvi que gritavam — Ficaí, guri, ficaí, piá! — mas o sargento passou o riacho com água pelos joelhos e começou a subir o barranco, a patrulha parou de atirar pra não atingir a gente. E lá no alto do barranco, deitado de cara pro céu, com o fuzil no peito, um jagunço rezava de terço na mão. Não assustou nem piscou quando viu o sargento apontando o revólver, só disse pronto, eu esperava mais um pra levar deste mundo, aparecem logo dois!... — e levantou o fuzil, o sargento atirou.

O tiro pegou na barriga, o jagunço largou o fuzil e se enrolou, parecendo um bicho naquela roupa de couro, caiu o chapéu de couro de vaqueiro nordestino, a cabeleira desabou na cara. Ficou com as mãos na barriga, como se segurando pra não sair tripa, de repente tirou a mão com uma garrucha pra atirar, mas eu já *vinha perto e já tinha pegado o fuzil no chão, dei-lhe no braço como se o fuzil fosse um cacete, deu pra ouvir o estalo do aço no osso, a garrucha caiu, peguei também. Aí o sargento atirou de novo e o revólver só fez clic, munição velha, clic, clic, clic, e nesse instante o segundo jagunço apareceu rastejando, chamando baixinho pelo outro — Zé, Zé! — e eu sabia que o revólver do sargento nem tinha a sexta bala, então atirei de garrucha, não sei se acertei, o segundo jagunço sumiu. O outro continuava ali, sangrando e se torcendo de dor, mas sem falar um a, então o sargento pegou o fuzil, falou desculpa, moço, desculpa, e atirou no coração. Largou o fuzil e eu peguei. Siqueira chegou nesse momento, olhou e falou bom, voltem pra tropa:*

— Mas antes dá aqui esse fuzil, guri.

Falei que eu tinha pegado, era meu. Que seja, ele falou, mas quem carrega chumbo deve saber que chumbo chama chumbo.

— E, além disso, quer ser mesmo soldado, guri? Começa ajudando a enterrar o nosso morto.

Jagunço a gente deixava pra urubu ou bicho comer, não por ódio nem desfeita, mas porque dá um trabalho danado abrir uma cova boa. A garrucha não tinha mais munição, Siqueira jogou no riacho, o fuzil ficou mesmo comigo e pela primeira vez ajudei a cavar uma cova, e o que aprendi é que dá muito mais trabalho que apertar um gatilho. A patrulha achou morto ali perto o que levou meu tiro de garrucha. Depois tomei banho no riacho, o fuzil sempre no alcance da mão, sargento Janta sentado numa pedra olhando a água, falando baixinho, pensei até que fosse reza.

— Que foi, sargento?

Cheguei perto e ele repetia eu matei um homem, eu matei um homem. Eu também, falei, e ele ficou olhando como se não me conhecesse, e vi que eu também não me conhecia muito bem, tinha matado um homem — mas já não era o primeiro — e depois tinha tomado um banho e agora queria jantar. Ele começou a chorar feito uma criançona, a cara preta lambuzando toda, os ombros sacudindo como se estivesse sentado numa carroça em estrada buraquenta, sacudia, sacudia, o pessoal olhava quieto. Chegou uma tropeada, trazendo lá uma muladinha, e um já chegou perguntando cadê a janta, ia anoitecendo. O sargento levantou da pedra, como se o corpo pesasse muito, e falou já vou, Siqueira falou não precisa, descansa hoje, mas ele foi pro fogo, ficou olhando o caldeirão com o buraco de bala bem embaixo, e era nosso último caldeirão. O pior, disse ele, é que a gente perdeu também o feijão.

— Será que a intenção do danado foi atirar mesmo no caldeirão? — ele se perguntou baixinho, depois ele mesmo respondeu — Se foi, mereceu mesmo morrer.

Voltou a cozinhar, mas também nunca mais municiou a arma. Já eu...

Bom, o primeiro imprevisto foi aquela tocaia que me botou o fuzil na mão. O segundo imprevisto foi a fala de Siqueira no dia seguinte, o dia amanhecendo, chamou todo o destacamento em redor do fogo, o sargento fervendo ali um xibéu, e Siqueira tirou o chapéu pra falar, o pessoal sabia que vinha coisa quando ele tirava o chapéu pra falar. Falou que o chefe ia levar o grosso da coluna pra Bolívia, mas achava que o inimigo ia tentar uma pinça antes da coluna chegar na fronteira, e a gente quase nem munição tinha pra dar combate, fuzil na maioria descalibrado de tanto uso, fazendo muito barulho mas só acertando por acaso...

— Então — ele passou a mão na cabeça, lembro como se fosse hoje, deu aquele sorrisinho dele — vai ser preciso o terceiro destacamento fazer uma diversão... Mas pode ser meio perigoso, e eu não quero levar ninguém que não queira ir. Todo mundo tire o chapéu.

Todo mundo tirou o chapéu, eu tirei o meu quepe.

— Quem é voluntário, bote o chapéu e vamos. Quem não é, vá se juntar ao grosso da coluna.

Botou o chapéu, pegou a mochila com o cobertor e o cantil, e foi andando pra longe dos cavalos. Pensei que ele ia desaguar ali nalguma árvore, mas não, foi em frente, na direção do Estado-Maior, acampado ali perto. Mas de repente virou pra trás e falou ué, vamos ou não vamos? Alguém falou — e montaria? Aí ele sorriu, aquele sorrisinho dele, e agachou chamando: venham aqui, arrodeiem. Arrodeamos, agachando e sentando no chão, indiaiada velha de guerra, falou um gaúcho, nunca esqueci.

— Quem vai montado — Siqueira contou — é doutor Lourenço e a patrulha do Emídio, que vai de escolta.

Iam levar mensagem do chefe pro general Isidoro na Argentina:

— A coluna vai acabar, companheirada, e é melhor que acabe bem, numa retirada em ordem. Não vamos deixar ferido pra trás, não vamos deixar um papel pra trás. Então vão precisar de toda a cavalhada. E cavalo a gente vai arranjando por aí. Dizem que a polícia do Mato Grosso tem muito cavalo bom...

Esfregou as mãos, deu uma palmada assim, dizendo bom, boa sorte pra quem fica, bom combate pra quem vai e, se vai, vamos — virou as costas e foi de novo *na direção do fogão do chefe. Dos cento e tantos do Terceiro, oitenta também botaram o chapéu e foram atrás, rapidinho, catando coisas, pegando tralha e arma, que com ele era assim, não esperava ninguém. O sargento Janta começou a arrumar a tralha do rancho no burro cargueiro, Siqueira falou não, sargento:*

— *Isso vai ser coisa só pra moço, e o pessoal vai precisar da sua comida na Bolívia...*

Além disso, falou, não ia levar tralha de cozinha:

— *Não vai dar muito tempo de cozinhar...*

Mas esse menino fica comigo, disse o sargento pegando a rédea do meu cavalo, é, agora eu já tinha cavalo, um baio pequeno que eu chamava de Pequeno.

— *Ele não é mais menino, já carrega arma — disse Siqueira — então ele é quem sabe. Esse cavalinho, se quiser, pode levar.*

Peguei de volta a rédea e fui com Siqueira, já longinho ainda ouvi o sargento gritando — Se cuida, guri!... — e acho que Deus cuidou mesmo de mim. Tropa de Siqueira não levava mulher, que ele não deixava e não fazia vista grossa que nem o Prestes, então já era por isso uma tropa mais ligeira. E, como a intenção era "divertir" o inimigo, fazer pensar que a coluna estava aqui, ali e lá, a ordem era sebo nas canelas. Comida, só o que se pegava pelo caminho, e churrasco de boi, de porco, de capivara e até de cavalo, com farinha e mais nada, e tome marcha. Só muito depois fui saber, lendo livro, que de quilometragem foram nove mil, mês foram cinco, marchando, tomando povoado aqui, estaçãozinha de trem ali, campeando uma cavalhada mais adiante, montando cavalo novo e comendo o cavalo velho. Até o gaúcho mais cavaleiro não enjeitava mascar aquela carne dura e escura, era preciso cuidado pra não engolir pedaço e engasgar, um morreu engasgado assim, Siqueira falou ih, agora até a gente mesmo tá se matando...

Na guerra, quem tem coragem vai na frente, quem tem cabeça vai atrás. Já no primeiro combate, quando alguém avança e alguém precisa cobrir o avanço, atirando, então o corajoso vai e o outro fica. Com o tempo, na tropa, a gente vai vendo que até na marcha é assim, os de mais coragem vão na frente, os outros vão atrás. Porisso jagunço atirava sempre na testada da marcha, pegando justo quem mais combatia e menos merecia morrer emboscado. Lenço vermelho no pescoço ninguém usava mais, que prefeririam atirar em quem usasse lenço, que era o que a gente tinha de uniforme, mistura de roupa de vaqueiro e lavrador, perneira de um, botina do outro, muitos só de couro cru enrolado no pé, amarrado por cordão, fedendo carniça.

NO CORAÇÃO DAS PEROBAS

Siqueira era acho que coronel nessa altura, promovido lá do estrangeiro pelo general Isidoro, mas quem olhasse não ia ver diferença entre o comandante e qualquer um de nós. Barbudo, cabeludo, mistura de tropeiro e sertanejo, cada um era um bicho coçando a bicharada que vivia na gente, piolho, berne, percevejo, mosquito, o diabo, a gente trazia no corpo bicharada do Brasil todo, cada um era uma amostra de tanto caminho da coluna, e quase nenhum deixava de ter também cicatriz de bala e muito calo na mão, de ferramenta, e no pé, de andar, e na bunda, de cavalgar.

Não sei como aquela tropinha, vai ver que só por isso mesmo, agüentou tanta tropeada, olhando o mapa no livro se vê que a gente se separou da coluna antes de Coxim, no Mato Grosso, descendo como se fosse para o sul, daí voltando a subir para o norte, virando como quem vai pra Bolívia mas voltando pro sul, contornando Cuiabá, indo então pro leste, porém voltando de novo na direção da Bolívia e, quase na fronteira, descendo de novo pro sul, aí ziguezagueando pra lá, pra cá, até disparar pra Goiás, indo beliscar Minas Gerais lá em Paracatu, daí mais ziguezague, costurando ali entre Mato Grosso e Goiás, pra no fim de tanto volteio tocar pro Paraguai, já no terceiro ou quarto cavalo depois do Pequeno, depois dele não dei mais nome a bicho. Chamo de gato, cachorro, cavalo.

Aquele Pequeno foi o maior cavalo que alguém pode querer, adivinhava pensamento, era matreiro e corajoso, sempre alerta e sempre alegre. Morreu de pata quebrada, nem tive coragem de lhe dar um tiro, alguém deu por mim. Virou churrasco e sopa, deixavam ferver bastante e tomavam o caldo com farinha de mandioca, que sempre se acha em todo canto do Brasil, mas naquele dia eu não comi, e chorei. Não chorei quando matei um homem pela primeira vez, porque era inimigo matador e em caso assim a cabeça defende o coração, mas chorei quando morreu meu primeiro cavalo, bicho nunca tem culpa de nada.

O cheiro que vem da cozinha é conhecido, *mas do que, daonde?* Joana deixa travessa na mesa, bolinhos de banana, *igual a mãe faz!* Desliga o gravador, come com o olhar longe, vendo a mãe a dar conselhos. Cuidado com isso, cuidado com aquilo, e sempre achando que "essa mania de capoeira" vai acabar mal.

— Mal como, mãe?

— Mal assim, filha, a gente vendo você na televisão que nem bandida! Eu nunca apoiei essa mania de capoeira. E na capoeira você já chegou a mestre,

não chegou? Então agora é hora de largar disso e ser mestre da universidade, ou uma coisa ou outra, minha filha!
— Por que não as duas, mãe?
— Porque — a mãe juntando as mãos como em prece — a gente não pode se dedicar a deus e ao diabo ao mesmo tempo, minha filha!
— Oh, mãe, a senhora ainda pensa assim da capoeira, depois de tantos anos? Mas a senhora nunca vai lá, né, como vai saber?
— Eu sou católica, minha filha.
— Mas, mãe, capoeira não é religião!
— Não sei o que é, mas mudou sua cabeça, né? Aqui em casa você não aprendeu a bater em ninguém!
— Oh, mãe...
O pai grunhindo a pedir papel, entortando a boca para escrever:

BATA M Ñ

Escreve tão penosamente que ela tenta adivinhar:
— *Bata mas não machuque*, é isso, pai?
Ele balança a cabeça que não, mordendo a língua, continua escrevendo:

DEIX

— Bata mas não deixe... o que, pai?

MARCA

— *Bata mas não deixe marca*. Obrigada, pai, conselho meio atrasado mas obrigada...
Vê que Juliano Siqueira e Joana estão olhando ela ali a mastigar um bolinho depois do outro, olhando longe de olhos molhados.
— Desculpe. É uma delícia seu bolinho de banana, igual minha mãe faz. Eu estava lembrando dela.
— Melhor assim — Juliano Siqueira respira aliviado — Pensei que fosse pelo que eu lhe contava, moça, aí ia pensar que a senhora é mesmo louca por História...

— Talvez apenas louca — ela liga o gravador — Mas só um pouquinho. Eu acho que devia até ser menos ajuizada.

E eu, com menos de dezoito, também já tinha muito juízo quando acabei no Paraguai com Siqueira e o resto do Terceiro Destacamento. Morreram meia dúzia dos oitenta, e meu fuzil deu tanto tiro, cobrindo retirada, que descalibrou naquela temporada de corre-corre e ataca-e-foge. A minha especialidade era pontaria fina, acertava de longe e então virei culatra da tropa. Numa tropa pequena como aquela, o culatra é aquele que vai atrás, vigiando contra perseguição de cangaceiro, caso visse qualquer montado no rastro da tropa, abria fogo de longe, nem que fosse só pra derrubar a montaria. Nenhum homem aqui vai morrer de cangaceiro mais, Siqueira falou pra mim, e você vai cuidar do cu da tropa, Menino. E eu cuidei.

Tinha um cabo e um praça pra ficar comigo, fechando a marcha, sempre esperando uma horinha depois que a tropa partia, aí era tocar *atrás, mantendo a distância de avista. Vendo qualquer rabo, como a gente dizia, alguém seguindo a tropa, eu procurava um lugar bom de tiro, esperava, atirava, via cair lá longe, montava de novo, continuava. Assim derrubei meia dúzia mas nem vi a cara, nem sei se não acertei só mula ou jegue, que até de jegue deram perseguição na gente.*

— Meu Deus, homem — Joana esfrega o braço arrepiado — Você não devia nem lembrar dessas coisas, quanto mais contar!...

— Se foi crime — ele resmunga — já caducou.

Agora só uma gota ou outra pinga nalguma calha, últimas balas da metralha da chuva.

Mas eu falava do imprevisto, que primeiro foi na forma duma bala que furou um caldeirão, de repente eu de fuzil na mão, descobrindo também aquele dom, imprevisto também, de ter pontaria fina, acertar longe, dom de lidar com arma como se fosse parte do corpo. Qualquer arma emperrada, davam na minha mão, eu devolvia prontinha pra fazer fogo. E Menino já era só meu apelido mesmo, de menino eu já tinha quase nada, nada mesmo. Siqueira me chamava de seo Menino. Pegue a culatra, seo Menino.

Siqueira ainda não sabia pra onde a gente ia depois daquela estrepolia toda, parecia até se divertir mesmo. Alguém escreveu que foi a marcha militar mais ligeira já feita no lombo de cavalo, ligeira e cheia de entrevero, tiroteio, assalto a quartel, delegacia, estação de trem, a ordem é agitar, dizia Siqueira:

— É botar eles pra correr!

Se vinha contrataque, virava a ordem no avesso:

— Agora é correr deles! — e a gente galopava até dia e noite sem dormir, trocando de montaria, pegando água de riacho sem apear do cavalo, cada um tinha seu cantil ou sua guampa com cordão, era só deixar descer até a água, encher, puxar de volta, jogar na cabeça, encher de novo, beber e continuar. Siqueira dizia que marcha batida é marcha batida, nada de tirar a bunda da sela:

— Quem apeia arreia. Então vamos!

Pra onde, perguntava um ou outro lá numa horinha de parada, num pouso onde dava pra fazer fogo, que na maior parte do tempo a comida era o-que-Deus: o que Deus quisesse ou deixasse a gente achar em vila abandonada, casario tudo de janela fechada, nem cachorro na rua, então a gente rapeava quintal, pegava galinha, porco, cabrito, só não vaca de leite nem touro. Boi virava churrasco ou charque, pra secar não em varal mas em lombo de burro, que a marcha não parava, e tome tiro e lá vai tiro, mas eu só ouvia de longe, em entrevero Siqueira me mandava ficar longe, esperando na entrada do povoado.

Prestes era um chefe sério, calado, pensativo, no passo picadinho daquela mula dele, que quando morreu caída numa ribanceira, lá pelo Nordeste, ele ficou uma semana sem falar com ninguém! Já Siqueira era um chefe alegre, falador, fazia primeiro pra pensar depois, e mesmo sem nunca ter montado antes da coluna, montava como se tivesse nascido a cavalo, e trocava de cavalo mais do que de roupa. A roupa, aliás, chegava a desmanchar no corpo, então o jeito era bater em porta fechada, abrir a pontapé, pegar o que precisava vendo criança te olhar que nem bandido.

Siqueira mandava dar recibo de tudo, mas muita vez era um lugar tão pobre que nem se achava papel. O Terceiro Destacamento não tinha mula carregando papelada, nem tinha doutor Lourenço lendo livro, escrevendo, que já tinha se separado da gente fazia tempo, nem tinha rancho, panela, frigideira, nada, só trempe pro café e grelha pro churrasco. Espeto era grande, de ferro, gaúcho levava pendurado na cintura, igual oficial de cavalaria leva o sabre, era uma arma no corpo-a-corpo e, no fogo de chão, virava espeto de novo.

A ordem era ligeireza, não sentar a bunda de dia, não pousar mais de uma noite no mesmo ponto, não ferver água mais de uma vez do mesmo rio. Algum ainda perguntava por que, pra que essa correria:

— A gente nem luta direito, nem deixa de lutar o tempo todo, ou correndo pro inimigo ou correndo do inimigo, que diabo, onde é que isso vai parar¡

Numa noite calma, quando pudemos parar na beira de um riacho, ali perto de Santa Ana do Paranaíba, perguntaram direto a Siqueira:

— Onde a gente vai parar, chefe?

Bem, disse ele, dali tanto podiam ir para oeste, Mato Grosso, como para leste, Minas, ou mesmo São Paulo. Falou que a gente estava num ponto de Goiás pertinho de três estados:

— Podemos dividir o destacamento em três e invadir os três. Que tal?

Sorriu, era brincadeira, aí ficou sério, falou que era uma boa pergunta, onde é que a gente ia parar.

— Porque parar mesmo, a gente nunca pára. Ninguém pára de morrer, todo dia, cada dia de vida é um dia a menos, é um dia que morreu.

— Sem brincadeira, chefe, com todo o respeito — falou outro, com a sinceridade de veterano, era um daqueles gaúchos de primeira hora, lá do batalhão ferroviário do Prestes, mocinho ainda, mas já parecia um velhote, falou riscando o chão com o punhal em voltas e volteios — Olhei no mapa, a gente já tropeou tanto por aí que... tá mais parecendo que tu estás mais perdido que procurando.

— Eu? — Siqueira riu — Eu não procuro nada, eu sei o que eu quero!

Então outro falou pois é:

— O que é que a gente quer afinal? Por que estamos fazendo tudo isso?

— Fazendo o que? — Siqueira sorria — Não fizemos nada ainda, moçada, só resistimos, tá tudo ainda por fazer neste país!

A gente chegou a fazer noventa quilômetros num dia, a tropa toda montada, armada e municiada, pela primeira vez na coluna, cada homem com fuzil ou mosquetão e cem tiros, mais dez mil tiros de reserva nos burros! Aquela tropinha tinha enfrentado pantanal, cerrado, campina, mata, mas o cansaço bateu, e bateu pesado, o cansaço de lutar sem pra que, sabendo que a coluna já devia estar entrando na Bolívia, se já não andava por lá. Começou a desertar um hoje, outro amanhã... Então naquela noite Siqueira falou olha, eu prefiro quem sai pedindo licença do que quem sai batendo a porta:

— Quem quiser sair, pede licença e sai de dia, vai caçar serviço em sítio ou fazenda.

Daí desde Santa Ana começou a sair um ou outro. Um dia, não lembro onde, nem sei se antes ou depois disso, chegou telegrama do Prestes, a coluna já estava na Bolívia fazia cinco dias.

— Então — reclamou um — faz cinco dias que a gente taí lutando à toa.

Siqueira tirou do alforje o talão de recibo, escreveu lá, entregou ao tal:

— Tome um vale.

— Vale o que?

— Vale cinco dias.

Esse no mesmo dia disse que saía, nem se despediu. Siqueira falou bem, vamos então pro Paraguai acabar com esse passeio e dar um pouco de paz ao governo...

— ...por enquanto.

No rumo do Paraguai, a marcha já foi batida pela pressa nem de atacar nem de escapar, só a pressa de sair daquilo, a gente vivia pelo campo e se sentia preso, preso ao destino, e com vontade de viver vida de gente, vida normal, num lugar, com pé no chão. E o Brasil...

— ...ora, que se arrebente o Brasil — diziam — Eu quero é cuidar da minha vida! Esse país não melhora — disse um paulista — E esse povinho não merece — disse um gaúcho.

O que mais magoava veterano era que só no Maranhão e no Piauí teve muita adesão, muito recruta pedindo pra entrar na coluna e pegar arma, e até hoje desconfio que a maioria queria era lutar de qualquer jeito contra quem fosse, alma cangaceira. Mas ali, naquela correria louca do Terceiro, não é que também teve adesão? Eram oitenta no começo, perdendo uma dúzia em combate, mais uma dúzia saindo, mesmo assim o Terceiro chegou a Bela Vista, no Paraguai, com sessenta e cinco.

A última coisa em terra brasileira foi esconder armamento. Munição, não, disse Siqueira, que estraga logo, a ordem foi esconder só o armamento. Uma metralhadora, fuzil quase cem, tudo ficou guardadinho em caixote igual esse aí. Esse, depois o sargento Janta, lá da Bolívia, levou pra São Paulo com tralha de cozinha, e mais depois ainda eu peguei de lembrança, é por isso que taí. Mas a caixotada com armamento ficou numa caverninha seca, achada pelo Franciscão no alto de um morrote, debaixo duma pedra grande, mas a boca tão estreita que foi preciso entrar deitado. Franciscão de fora empurrou cada caixote, eu lá dentro ia pegando, meio deitado, e empilhando encima de pedra, mal via o que fazia que era quase escuridão. Cobri com encerado a caixotada. Saí, Franciscão fechou a boca da caverninha com pedraiada grande, cada pedrona do meu peso ou mais. Era um mulatão forte que só, brigava com quem lhe chamasse de Chico — Chico é nome de macaco, falava, mas não reclamou quando chamaram de Franciscão, ficou Franciscão. Era o melhor mateiro da coluna, na mão dele foice zunia e facão sumia de ligeiro abrindo trilha, onde era preciso enfrentar mato lá ia Franciscão mostrar o jeito... E por causa dele é que um dia fui parar em Londrina.

Mas vam'voltar pro armamento. Siqueira fez direitinho o mapa daquele esconderijo, desenhando demorado, daí dobrou e enfiou num cantil.

No Paraguai, o Terceiro entregou, de fuzil, vinte, e de munição, um milhar de cartucho, que o resto Siqueira preferiu jogar no rio do que entregar. Dos sessenta e cinco, dez foram com ele pra Assunção. O resto, foi um pra cá, dois prali, três pra lá... Parecia fim de festa, quando sai todo mundo desanimado e cansado de festar tanto...

Mas Siqueira ainda tinha uma missão pra dois, escolheu primeiro o cabo Honório, um mulato da Força Pública paulista, mas que então parecia uma mistura de gaúcho e jagunço, facão no cinturão, alparcata, poncho. A missão era levar uma carta ao Prestes na Bolívia, e precisava alguém de escolta, que o cabo Honório era bom mensageiro, ia e voltava sempre, por isso na coluna tinha andado mais que todos, mas não pegava em arma nem pra se defender. E eu não queria ficar ali naquela pobreza paraguaia, mais miséria que no Brasil, então me apresentei, mas outros também, um até falou de formar uma tropinha paulista pra voltar. Não, falou Siqueira:

— Vão de dois em dois, não dá na vista.

Era preciso só um pra ir com Honório e, sendo assim, falou Siqueira, melhor era sorteio, a gente até podia se distrair um pouquinho. Pegou um punhado de feijão-branco, e num escreveu um xis. Botou todos num embornal e cada um enfiou a mão, tirou um feijão, eu tirei o feijão marcado e Siqueira falou esse Menino é um homem de sorte. Foi a primeira vez que alguém me chamou de homem.

Antes da partida, eu já num cavalo paraguaio comprado caro e ruim de monta, Siqueira chegou com Franciscão e o cantil do mapa, falou fecha esse cantil pra mim, Franciscão, de um jeito que ninguém abra mais. O mulatão pegou o cantil e rosqueou a tampa até ranger, depois torceu mais ainda, e Siqueira me deu o cantil e uma piscada:

— *Entregue ao Prestes, mas não conte ao Honório.*

Assim Honório ia entregar a carta, e eu o mapa. Além disso, eu levava só um cobertorzinho fino, um facão, meu canivete e um dinheirinho dado por Siqueira nota a nota, moeda a moeda:

— *E se sobrar, entregue a Prestes, que não é dinheiro nosso, é da revolução, é como se já fosse dinheiro público, do povo, entende?*

Siqueira era assim, tão corajoso quanto honesto, moça, tudo que falta em político de hoje, nele sobrava.

O velho levanta com um arquejo, vai para o quarto, volta com um livro velho. Tira do livro um papel dobrado, desdobra com cuidado na mesa:

— O mapa daquele armamento, moça.

Conta que foi preciso serrar o cantil para tirar o mapa em La Gaiba. O papel está puindo nas dobras, esfarelando nas beiradas, os traços de estradas e rios quase sumiram, mas as letras ainda estão nítidas.

— O senhor quer dizer que Siqueira Campos desenhou isto?

— Eu não quero dizer, moça, eu digo. E agora é seu.

— Meu?! Por que?

— Ora, moça, o seu negócio não é História? Então: depois de tanto tempo, aquele armamento, se não apodreceu, hoje só deve ter valor histórico... Se quiserem pegar, tá lá.

Senta na varanda, olhando a chuva miúda, e ela arrasta um banquinho para perto, volta a ligar o gravador.

Já na viagem pra Bolívia fui vendo que a coluna tinha mesmo acabado, quando perto de La Gaiba, já que tinha sobrado metade do dinheiro pra viagem, Honório falou em ficar pra nós em vez de devolver. A gente tinha dividido o dinheiro pro caso de um se perder do outro, e falei que a minha parte eu ia entregar, ele não falou mais nada. Entreguei o cantil e o dinheiro ao Prestes, e ele me deu um abraço cheio de osso. Todo pessoal da coluna estava magro, e, aliás, acho que isso também ajudou muito: magro cansa menos, come menos, tem menos enguiço de pé e joelho, ou de coluna, que tanto estropia em quem caminha ou monta muito.

Muitos tinham cortado a barba, quase nenhum vestia mais poncho como na coluna, pra trabalhar agora em emprego arranjado pelo chefe em armazém, serraria, fazendas. Uns trabalhavam erguendo rancho ou até casa de madeira. Outro era ferreiro, outro era alfaiate, outros tocavam lavoura como empregados ou como vaqueiros, aproveitando o que sabiam da roça ou tinham aprendido na coluna. Um arranjou um boi, montou um carro de boi, vendia legume e lingüiça pra cima e pra baixo. Até mulher da coluna tinha virado cozinheira de pensão. E deu desgosto ver aquele pessoal, que tinha lutado tanto, comer com prato no joelho uma comida pior que na coluna. Mas mais desgostoso foi ver o Ferreirinha, um que era chefe de fogão, soldado de primeira, ali trabalhando de relógio, batendo as horas com martelo num pedaço de trilho de trem...

— ...como a dizer que agora tinha acabado a aventura, agora era a rotina, é isso?

— Você que está dizendo, moça, o que eu sei é que aquele martelo bateu no meu coração...

— É — Joana fala de pé na porta — Conte também que um tal tenente Firmino estava erguendo casa pra morar com a enfermeira Hermínia...

Juliano Siqueira olha o chuvisco com os lábios apertados, Joana ri, vai para dentro. Os lábios dele se soltam devagar, relaxam, até sorrir:

A Hermínia tinha uma cadela que levou o tempo todo pelo Brasil afora, primeiro porque era uma cadela que não latia, senão não podia ir na coluna, segundo porque caçava galinha que era uma beleza, muito doente comeu canja de galinha da cadela da Hermínia... E em La Gaiba a cadela continuava com Hermínia, agora vigiando uma casa em construção, e tudo aquilo me disse que a coluna não existia mesmo mais. Falei ao chefe, quando mandou chamar Honório e eu, pra gente levar carta a Siqueira, que eu andava desconfiado que agora a vida tinha feito com a coluna o que o inimigo não tinha conseguido fazer. Ele então me olhou bem, acho que pela primeira vez, e perguntou com aquela voz meio rouca, meio ranheta:

— E o que é isso que a vida fez com a coluna, seo Menino?

— A vida amansou a coluna, chefe.

Ele ficou me olhando, com umas olheiras grandes que nunca tinha tido na coluna, falou é, a coluna pode ter acabado, sim:

— Mas a revolução continua bem viva! Nós vamos voltar ao Brasil, camarada, mas então vai ser pra lutar e vencer! O povo brasileiro está despertando para a revolução!

Eu até quis perguntar o que afinal de contas era a tal revolução, e por que o povo demorava tanto pra despertar, mas Honório já foi pegando o dinheiro da viagem — o mesmo que a gente tinha devolvido, pois, conforme o chefe, se metade dava pra vinda, metade dava pra volta. Só que agora Siqueira não estava mais em Assunção, mas em Buenos Aires, e fosse como fosse, Honório passou a falar comigo quase nada, enquanto a gente viajava a cavalo, de mula, carona de caminhão, barco, até achar Siqueira em Buenos Aires, o que levou mais um dia de pernada pela cidade.

Siqueira agora andava de paletó — Pareço até gente, não é, Menino? — e me abraçou alegre. Honório entregou a carta do Prestes, Siqueira leu e disse que bem, agora tanto um como outro tinham endereço, iam usar o correio dali pra frente. Então, falou Honório, acho que é hora de eu ir cuidar da vida, peço dispensa, coronel. Está dispensado, falou Siqueira quase que batendo continência, mas Honório só deu assim com a mão, virou as costas e se foi. Quando lembrei que ele tinha ficado com o restinho do dinheiro da viagem, que eu tinha economizado muito, ele já tinha ido embora, depois ficamos sabendo que pediu dinheiro de vários, emprestado por uma semana, sabendo que ia sumir no dia seguinte.

— Revolução é assim — falou Siqueira — Só os melhores continuam. Se fosse coisa fácil de fazer, todo mundo fazia todo dia.

Perguntei o que eu ia fazer, se não precisavam mais de mim também, e Siqueira falou Menino, você fica comigo, vai ser meu guarda-costas.

— Mas isso fica entre nós — pediu com a mão no peito — Não fica bem eu andar com guarda-costas, isso é coisa de político e coronel do sertão... Mas não posso facilitar, tenho aqui meu brinquedinho... — e mostrou uma pistolinha que levava no bolso — mas preciso de alguém junto, pra sustentar fogo enquanto eu fujo, Menino, porque eu não posso ser preso, entendeu?

Falei que não só entendia como já aceitava, mas precisava duma arma, tinha viajado só com canivete, porque o pior que podia acontecer era ser detido com arma por polícia estrangeira, mas pra cuidar mesmo dele agora era preciso uma arma boa.

— Mas quando você faz dezoito anos, Menino?

— Hoje — menti sem nem piscar, ele falou bom, então vai ganhar um presente, e foi mexer numa tralharada no armazém, sei lá o que era aquilo, onde viviam vários revolucionários, como eles se chamavam com orgulho. Também era só o que tinham, o orgulho. Dormiam em beliche, ou em colchão no chão, comendo

sanduíche, trabalhando de garçom de noite, dormindo de dia, ou trabalhando de taxista de dia e dormindo de noite, uma cama para dois, um fogareiro num canto, noutro canto um cabide tão cheio de casacos que parecia um monte de roupa. Ele fuçou naquela tralharada até tirar um embrulho, desembrulhou e me deu um revólver 38 com cinco balas no tambor e mais seis:

— Não é pra guerrear, não precisa muita munição.

Perguntei o que é que eu devia fazer exatamente, ele disse que não existe nada exato:

— Você foi culatreiro da coluna, Menino, agora vai ser meu vanguardeiro e culatreiro, olho vivo pra todo lado, só isso.

Então passei a andar pra lá e pra cá com Siqueira. Reunião em fundo de casa, apartamento — primeira vez que subi tanta escada — e até em açougue, reunião com tenentaiada, sargentaiada, pessoal civil, gente que vivia ali, no tal exílio, desde várias revoluções passadas. Só então também fui entender o que era o tal exílio, que eu pensava fosse um país. Siqueira era o líder, era o herói, era aquele que por todos era esperado, parecia o Messias, o salvador que vinha trazer a esperança, o alento, a palavra, e a palavra era a tal revolução:

— Desta vez — ele prometia juntando as mãos — vamos levantar os quartéis e a sociedade também! E vamos fazer a revolução que vai mudar o país!

Comecei a prestar atenção no palavreado, uma zoeira de palavrório, que todo mundo fazia questão de falar em reunião, até os que nada tinham a dizer. Democracia, ditadura, voto livre, voto feminino, socialismo, social-democracia, essa era pra mim um palavrão, e marxismo-leninismo eu nem conseguia falar, parecia nome de doença feia. Mas eu nunca falava nada mesmo, só ouvia, e nem me olhavam, era como se eu nem estivesse ali. Já na coluna eu tinha visto como o mais valente é o que menos fala, aquele que vai na frente no combate, e ainda socorre ferido, ajuda o cozinheiro e cuida das próprias feridas, enquanto aquele que menos luta, que só atira no inimigo de longe, nunca arriscando um tisco, é o que mais vai cantar vitória depois, contar bravata, inventar lorota. Em reunião política vi que é a mesma coisa: quem mais bate no peito, dizendo podem contar comigo, vai ser o primeiro a bater em retirada na hora do vamovê... Siqueira, por exemplo, não gostava de elogio, detestava ser chamado de herói, Herói do Forte de Copacabana, diziam, e ele dizia herói só na Grécia Antiga, não gostava de aplauso nem de confete, ia direto ao assunto e falava olhando nos olhos de um por um.

A revolução, ele garantia, ia fazer o governo funcionar, sem roubalheira e sem abuso, como ele dizia, abuso de autoridade, abuso de injustiça, abuso de privilégios, outra palavra que levei tempo pra entender. E a Justiça seria ligeira, as leis seriam pra todos. Mulher ia votar. E o governo ia des-cen-tra-li-zar, outra palavra que até hoje não falo fácil, mas quanta vez ouvi a tenentaiada falar em des-cen-tra-li-zação ad-mi-nis-tra-ti-va!... Eu começava a entender por que a gente tinha lutado mais de dois anos na coluna, e por que tanto militar brasileiro vivia no exílio na Argentina, no Paraguai, no Uruguai, na Bolívia.

Mas não entendi quando a tenentaiada, tudo vestido de civil mas tudo ainda militar na cabeça e até no jeito de andar, deram de fazer reunião com políticos do governo que a coluna tinha combatido, e que agora estavam na tal oposição. Eu não entendia como é que podia o inimigo de ontem ser companheiro de hoje.

— É a política — disse Siqueira, o único que me perguntava o que eu andava achando de tudo — A maldita política, mas parece que sem política não se faz revolução.

— E o que é revolução, professor? — a gente chamava ele de professor, às vezes professor Toledo, às vezes professor Aranha, questão de segurança.

Ele ficou me olhando, eu dormia do lado da cama dele, no chão, que eu achava melhor pro meu serviço de cuidar dia e noite: se alguém quisesse chegar nele, tinha de passar por cima de mim. Na coluna eu já tinha visto que, numa tropa ou numa empreitada, tem lugar pra todo tipo de gente, é só deixar cada um fazer o que gosta e o que sabe, e eu descobri que sabia cuidar de alguém que pode levar um tiro ou ser preso a qualquer momento, o homem mais procurado do país, num governo de polícia assassina, um herói nacional que podia acabar preso na estreitura duma rua, depois de campear pelo país afora... Então eu tinha olho na nuca, sempre atento e pronto, a arma na mão dentro do bolso, e sempre olhando baixo pra não cruzar olhar com ninguém, pra não ser lembrado, mal ser visto, guarda-costas bom é o que menos aparece mas tá sempre pronto, igual cobra.

Melhor é quando a pessoa de quem você cuida se cuida também. Siqueira não ficava em linha de horizonte, não andava sem olhar, sabia muito truque, jogar chaveiro no chão pra catar olhando atrás, ou usar vidro de vitrine como espelho pra olhar toda a rua sem se virar, ou entrar num armazém ou numa loja pela frente e sair pelos fundos, e nunca repetir trajeto, nunca anunciar onde vai. Um dia, ele falou que eu era o guarda-costas perfeito porque era pequeno, tinha cara de menino, valentia de leão e instinto de cão de guarda, e eu até dormia do lado da cama dele, que nem cachorro mesmo, mas quem conhece cavalo e cachorro sabe que é uma honra ser comparado com eles.

— Revolução, Menino — ele falou naquela noite, depois de tempo balançando a cabeça com a boca apertada, pensando, ele que sempre respondia tudo de pronto — Revolução acho que a gente vai sabendo o que é conforme vai fazendo. Mas primeiro é querer, querer mudar tudo, a maioria do povo querendo junto com a gente, nós somos só o sal da massa. Depois, é preciso tomar o poder, arrancar essa politicalha do governo que nem se arranca craca de navio. E aí montar um governo trabalhador e honesto, combater a fome, a miséria e a ignorância do povo! Pra mim, Menino, isso é revolução...

E me botou a mão no ombro, falou olhando no olho com aquele sorrisinho:

— ...mas revolução também é mudar você mesmo, melhorar, entender, compreender, que tem diferença entre entender e compreender, sabia?

Aí alguém chamou pralguma coisa e ele nunca mais me explicou a diferença entre entender e compreender. Mas eu entendia que até se podia precisar dos políticos pra tomar o tal poder, entrar no palácio do governo e dizer pronto, agora quem manda aqui é a gente, mas eu não compreendia como iam fazer a tal revolução depois, junto com políticos que eram contra a revolução no governo passado. Siqueira também eu via que, por mais que tentasse entender aquilo, não compreendia, resolveu ir falar com Prestes na Bolívia. Fui junto, e como foi bom sair daquela fumaceira de reunião todo dia, como fumam em reunião política! Neste século passei por muita reunião de esquerda, de direita, de militar, de liberal, de estudante, de anistia, e numa coisa são iguaizinhos: *fumam de defumar a sala, a roupa, o cabelo da gente, soltando palavreado e fumaceira pela boca tarde adentro, noite afora.*

Além da tramação política, o pessoal no exílio tinha de lutar pela vida, trabalhar, arranjar um bico, ou ter algum político brasileiro mandando dinheiro por mensageiro ou por banco, de modo que era todo dia um tal de falar em dinheiro, buscar dinheiro, arranjar dinheiro, falaram até em assaltar banco. Tinha república de exilado — que nome, hem, república... — onde se passava semana só à base de pão com leite... Siqueira, sempre que ganhava uma lata de sardinha ou uma broa, dividia comigo. Vi o herói nacional lamber lata com pão, comer sanduíche de verdura, lavar a própria cueca. Ele fazia questão de andar limpo e bem-vestido, paletó, sapato brilhando, até pra parecer professor.

O que não tinha como mudar era o jeito de andar com as pontas dos pés pra frente, qualquer um que já tivesse visto Siqueira andar, reconhecia mesmo que ele usasse qualquer disfarce.

Um dia, falou que não agüentava mais tanta falação, ia a La Gaiba falar com Prestes. Falou pegue suas coisas, Menino, mas eu só tinha que pegar a outra muda de roupa, só tinha duas, o resto andava comigo, a arma, o canivete e nenhum documento, nada, eu andava sem documento junto com o revoltoso mais procurado do país, então podiam dar sumiço em mim que ninguém podia nem reclamar, quem era eu? Hoje penso nisso, mas naquele tempo, nem pensava, só agia, como dizia Siqueira, o importante é agir.

Em La Gaiba, o sargento Janta agora cozinhava numa pensão, esperando a anistia do governo pra voltar a São Paulo, tinha família. Contou que o chefe andava esquisito, só lia, lia.

— Um cidadão de São Paulo trouxe uma mala de livros pra ele, Menino, e eu dei uma olhada: tudo livro comunista!

Doutor Lourenço passava os dias copiando papelada da coluna, pra escrever seu livro. Prestes e Siqueira passavam dia inteiro conversando, e numa paradinha que deram pra respirar, contei a Siqueira da livraiada comunista, ele riu:

— O Prestes, comunista? Larga de ser bobo, Menino!

Me envergonhei, prometi nunca mais me meter em política de falação, só de ação. Siqueira voltou a Buenos Aires, eu fiquei pra escoltar doutor Lourenço ao Brasil, ia operar a úlcera que vivia a ponto de abrir, andava torto, ainda com aquele arame amarrado na cintura pra segurar o tampão da úlcera... Um dia, inauguraram lá um cemiterinho com meia dúzia de mortos de doença ou de ferimento ainda da coluna. A tropa formou direitinho, tinha caboclo e índio gaúcho descalço, pé cascudo que nem pata de cavalo, mas ouviram aquele discurso do doutor Lourenço, um discurso comprido mas todos ouviram quase sem piscar, só espantando alguma mosca de vez em quando, e quase todos choraram assim de mansinho, deixando escorrer. Na hora não prestei muita atenção, ficava era lembrando da coluna, e achando sem sentido tudo acabar ali, num discurso na beira dumas covas, depois de tanta andança e luta, depois de assombrar o governo e varar o país, depois de nunca ter sido derrotados, virar uma tropinha maltrapilha olhando pros mortos no chão.

Depois, com o tempo e a leitura que o próprio doutor Lourenço me ensinou, quase decorei aquele discurso de tanto ler no livro dele, um discurso muito com-

prido mesmo, mas com muito trecho bonito que vale até hoje, mais ainda que naquele tempo:
(Muda a voz, como se falasse de longe:)
"Soldados da liberdade, sentido!
Num país como o nosso, onde a quase totalidade dos políticos visa tão-somente locupletar-se com a fortuna pública e sobrepõe as suas ambições inconfessáveis aos interesses nacionais, políticos esses que primam pela mais absoluta inépcia como administradores e pela mediocridade e acanhamento das suas visões de régulos de aldeias, a Revolução armada é o último recurso que resta ao povo para fazer triunfar as suas justíssimas aspirações de aperfeiçoamento político e moral...
Não temos a vaidade de haver feito a Revolução, porque as revoluções sociais não têm autores. Nascem do íntimo da alma humana e se propagam impetuosas e irreprimíveis pelas camadas populares, como esses formidáveis movimentos cósmicos que irrompem do âmago misterioso da natureza e transformam a face das coisas...
Domina-se um motim, mas não se mata uma Revolução, cujas raízes mergulham nos espíritos e nos corações dos povos oprimidos...
O espírito divino de rebeldia, que levamos através de todo o Brasil, nessa marcha formidável de perto de quatro mil léguas, combatendo dia a dia, permanecerá eternamente vivo no coração do povo, desse povo humilhado, explorado e escravizado, para quem a vida tem sido um desdobramento secular de todas as misérias; povo de párias curvados duramente a uma minoria audaciosa de senhores ferozes e desumanos..."
Joana vem da cozinha com avental, pára na porta e arregala os olhos:
— Por que estão os dois chorando?!
Ele engole, enxuga lágrimas com os dedos e continua, a voz grossa enrouquecendo:
"Tiranos! Os vossos dias estão contados na terra brasileira! Os vossos crimes não ficarão impunes!..."
— Ah, meu Deus — Joana amassa o avental diante da barriga, volta para a cozinha — Um dia esse velho ainda morre do coração...
A voz dele agora vem do fundo do peito, quase uma voz infantil:
"Soldados da Liberdade! Dormi tranqüilos na terra estrangeira que vos acolheu com tanta nobreza, porque os vossos nomes e os vossos feitos serão eternos no coração generoso do Brasil que não teme os tiranos, do Brasil que esmagará os

déspotas, do Brasil heróico, cuja espada cavalheiresca jamais deixará de ser brandida para maior glória do Direito, da Justiça e da Liberdade!"

O gravador faz um clic quando a fita acaba, logo depois da última palavra, e ficam os dois de olhos molhados olhando longe através das paredes.

Joana traz chá de camomila.
— Ainda bem que parou a bebilança nesta casa, pensei que você fosse matar esse velho de tanto beber.

Juliano Siqueira sopra sua caneca, estica o corpo para enfiar a mão no sofá, de onde tira uma garrafa, despeja na caneca. Joana balança a cabeça:
— Sabe do que você vai morrer? De teimosia!
— Agorinha mesmo você achava que ia ser do coração...

O sol borra o céu acima do casario, ficam olhando ali da varanda, ela lembra:
— O senhor disse que ficava na varanda assim com o George Craig Smith quando Londrina era povoado na mata... mas como foi parar lá?

Ele sorri olhando longe, um passarinho canta no quintal.
— Conheci o Jorge por acaso.
— Deixa trocar a fita.

Eu vou fazer a janta, diz Joana:
— Alguém tem de viver no presente, né?

Fui parar em Londrina porque cansei: cansei de Buenos Aires, que eu conheci só por dentro, dentro de casa, dentro de armazém, dentro de quarto, dentro de escritório, reunião depois de reunião, então cansei. E cansei de ver candidato a herói de terno e gravata, cansei de ouvir discurso, cansei de comer pão com queijo, vendo que outros iam comer em restaurante. Cansei de ver que, quando aparecia dinheiro do Brasil, mandado por algum político, a turma esperta dava uma merreca pros outros e ia tomar vinho, comer em churrascaria, enquanto os meia-pataca comiam o tal puchero de almoço e janta, e eu cansei de soltar gás de tanto feijão. Cansei até do Carlos Gardel.

Siqueira ia a Montevidéu de vez em quando, o cão de guarda sempre junto. Lá a coisa era igual, reunião depois de reunião, palavrório e falatório, mas tinha noite do Siqueira ir ouvir o Gardel cantar lá num cassino. Na primeira noite quase não me deixaram entrar, mesmo já com bigode bem formadinho, acho que eu ainda tinha cara de menino. E o 38 debaixo do braço, paletó com ombreira, eu me via em espelho, parecia um homenzinho, mas tinha cara de menino.

Nunca fechei um olho, mesmo quando Siqueira ficava conversando com Gardel até alta hora depois do show. Nesse tempo acho que perdi a conta da idade, de tanto mentir, e por me confundir mesmo com a passagem dos anos, lembro de muito fogo de artifício na passagem de 1927 pra 28, mas não consigo lembrar onde, acho que foi em São Paulo já. Siqueira voltou ao Brasil, junto com outros oficiais da coluna, pra botar fogo na revolução, que no exílio nunca ia acontecer mais que reunião. Lembro de Prestes dizendo vão, é no Brasil que temos de fazer a revolução. Mas ele mesmo foi é viver na Argentina, enquanto Siqueira, que era o maior chefe depois do Prestes, foi viver três dias numa casa aqui, uma semana noutra casa lá, naquela São Paulo que já não era pequena, de modo que só de andar a pé ou de carro pra cima e pra baixo, a gente gastava boa parte do tempo. Outro dia vi na tevê que continua igual, o povo perdendo tempo no trânsito.

Os borrões do céu não são mais em amarelo e laranja, mas roxos e azuis. Da cozinha vem o chiado de tempero caindo no óleo quente, logo o cheiro de cebola e alho chegará à varanda.

Eu tinha saudade da coluna, de andar despreocupado, que na coluna só se andava aperreado mesmo quando combatia testa a testa com o inimigo, ou quando tentavam mais uma vez cercar a gente, aí era preciso escapar logo. São Paulo era a maior cidade que eu já tinha visto, cheia de tanta gente, uma cidade, conforme Siqueira, onde ninguém conhecia ninguém na rua, mas Siqueira era conhecido e procurado no Brasil todo, porisso a mudança de casa quase toda semana. Siqueira levava uma maleta, a roupa do corpo e o cão de guarda, que também levava uma maleta, com outra muda de roupa e só. Eu tinha um par de sapatos. Quando furou, botei meia-sola num sapateiro. Quando furou de novo, passei o inverno usando papelão como palmilha, até que Siqueira viu, ele via todo detalhe, e me mandou comprar sapato.

O governo brasileiro deu a tal anistia pra todo praça da coluna, mas pra sargento e oficial, não, e Siqueira resolveu me avisar que, em caso de receber voz de prisão, ia resistir até a morte. Eu não sabia bem o que era "voz de prisão", mas já conhecia "voz de comando", da coluna, então imaginei e disse que estava preparado. E ele preocupado:

— *Não sei se não estou usando você, Menino, mas também sei que não ia achar alguém melhor.*

Eu era invisível, ele dizia, eu entrava e saía tão manso e escorrido, sempre olhando baixo, sempre ficando meio afastado, mas não muito, uns passos só, ou mais ou menos, dependendo do lugar e da situação. E em São Paulo eu pensava que a revolução não ia ficar só na falação, mas continuou só na falação, mesmo que já falando mais de armamento e movimento de tropa, quem ia levantar tal ou qual quartel, desde o Nordeste até o Rio Grande, quem ia assaltar rádio e delegacia de polícia. Sargento Janta aparecia em reunião, já gordinho de novo, que no fim da coluna até ele já andava magro. Agora aparecia, escutava, com aquele jeito de santo, um São Benedito gordinho, e só falava quando lhe pediam a opinião. Que acha, sargento?

— *Tá tudo muito bom, mas agora, se me dão licença, vou voltar pra casa que a mulher pensa que fui só no mercado. Quando a coisa estourar, podem contar comigo.*

Saía com a sacola cheia de verdura e legume. Um dia fiquei com ele na porta da casa duma reunião, um casarão, enquanto ele esperava voltar o segurança, que ia levar cada um até o bonde ou até o quarteirão seguinte. Assim ficava um movimento tão grande que dava na vista, mas eu ia aprendendo que revolução é assim mesmo, tudo meio improvisado, meio no peito, no risco e na aventura. Era susto toda hora, imprevisto todo dia, medo de denúncia de vizinho, vigilância sempre, um cão de guarda sempre espiando de vão de janela, outro cão de guarda levando até o bonde um homem depois de outro, mas todos sempre com o chapéu enterrado e o andar de quem esconde alguma coisa, no mínimo arma. Minha maior preocupação era o andar do Siqueira na rua, os pés pra frente, acho que já falei que só ele andava assim, e gente até parava pra ver na rua, eu ficava alerta, mas nunca foram além de sorrir e apontar, olha lá, o meio-dia em ponto...

— *Meu medo* — *disse um dia Siqueira* — *é ser preso e ser usado contra a revolução. Já pensou num julgamento do Salteador da Coluna da Morte?*

Coluna da Morte era como jornal do governo, quase todo jornal, portanto, chamava a coluna, e tinha sido mesmo o Terceiro Destacamento, comandado pelo Siqueira, o que mais tinha requisitado mantimento, montaria, mas era pra toda a coluna, afinal de contas era milhar e meio de homens lutando pelo povo, muita boca pra sustentar. Mas acho que a grande maioria do povo não sabia disso ou nem queria saber, queriam era defender a galinha e o ovo, deixando o galinheiro vazio e indo se esconder no mato com roupa e tralha. Os heróis chamando pra luta, o povo fugindo pro mato... Mas em SãoPaulo a gente tinha saudade da coluna.

Era mesmo de cão aquela vida em São Paulo. Siqueira de vez em quando me fazia um elogio, como quem dá osso ou agrado a cachorro:

— Quem dera todos fossem como você, Menino. Todo mundo quer discutir demais, planejar demais, palpitar demais, mandar demais!

Agora, além dos abusos com o dinheiro da revolução, como dizia Siqueira, e do medo sempre de denúncia e prisão, o ar ficava grosso de desconfiança porque uns pensavam de um jeito, outros pensavam de outro, uns gostavam mais de tal chefe, outros mais daquele, e formavam grupinho daqui, grupinho dali, converseira que parava quando chegava alguém fora da turminha. Um dia, sentado numa privada numa casa de madeira, ouvi que noutro cômodo me chamavam Matador, Matadorzinho, e Siqueira chamavam O Príncipe, O Príncipe Pato, talvez pelo jeito de andar. Chamaram Prestes de velho, já naquele tempo, muito antes de virar o santo figurão chamado de O Velho pelos comunistas, como católico chama Deus de O Pai...

Comecei a notar que a maioria não luta pela revolução, pelo tal poder, por idéia esta ou aquela, a maioria luta pelo chefe. E também fui vendo tanta intriga, inveja, ouvindo tanto boato, ouvindo tanto falarem de dinheiro, dinheiro, depois que a gente tinha andado mais de dois anos lutando na coluna sem nem lembrar de dinheiro, foi dando nojo. Acho que fiquei mais encasulado ainda, Siqueira até reparou:

— Que foi, Menino?

— Nada-não, chefe, vam'frente — mas eu não via pra onde, era um tal de se enfurnar aqui, enfurnar ali, lembro duma reunião de Siqueira com uma turminha de político e figurão da indústria e do comércio. Um já foi falando que era um perigo se reunir com o homem mais procurado do país, aí Siqueira falou bem, se é assim, vamos logo com isso, o senhor dê tanto, o senhor tanto, o senhor mais tanto:

— Assim a gente acaba logo a reunião, e os senhores podem voltar pra casa com o bolso doendo e a consciência tranqüila. E amanhã, a revolução vencendo, sempre vão poder dizer que ajudaram desde o começo, não é?

Por essas e outras Siqueira era tão mal falado pelas costas quanto aplaudido pela frente. Ele era sincero sempre, honesto sempre. Arranjava mala de dinheiro pra revolução e andava com tostão no bolso. Dia quente, me chamava, vamos nadar, e acredite quem quiser, o Tietê, que na última vez que eu vi tinha a água tão grossa que parecia lama, o Tietê era um rio de água tão limpa que se via o pé. Siqueira nadava desde o tempo do Forte de Copacabana, cruzou a nado muito rio pra trazer bote e passar a coluna, porisso ia parecer tão esquisito o jeito como acabou morrendo.

No lembrar uma coisa puxa a outra, no contar a outra puxa mais outra, e você quer saber é como fui parar em Londrina. Por um acaso. Um dia Siqueira falou Menino, faz mais de ano você vive colado em mim, sem um dia nem um momento de folga. Pois hoje você vai tirar um dia de folga. Foi como abrir gaiola pra passarinho que desaprendeu de voar, eu tinha esquecido como era andar pela rua sem ter pra onde ir, passear vendo vitrine, andar de bonde olhando a cidade em vez de olhar Siqueira, comer pipoca, tomar chá-mate espumante e geladinho. Pra quem só tinha tomado mate como chimarrão, amargo, tomar aquele chá docinho parecia até um luxo e um pecado.

Eu tinha um dinheirinho, uma pistola, um sapato novo, um paletozinho já puído na gola, e andava cansado daquilo, se era pra enfrentar miséria pela tal revolução, que fosse lutando, que fosse no campo, tinha saudade de riacho de Goiás, de estrada boiadeira do Mato Grosso, tinha saudade do sertão de Minas e até da caatinga. Tinha saudade do Brasil, parecia que continuava no exílio, sempre com parede em volta, sempre reunião e discussão, plano e falação. Eu tinha visto a miséria do interior do Brasil, agora a miséria na cidade grande, na forma de mendigo, família de peão dormindo na calçada, saqueiro tossindo de tuberculose e engolindo mais uma pinga pra voltar a carregar saco de sessenta quilos...

Mas uma coisa era melhor que na coluna, o café, e eu tomava mais um café num bar, ali na Avenida São João, com leite e bastante açúcar que sempre faltava na coluna, de repente me batem nas costas, já virei com a mão no bolso pegando a arma, Franciscão falou calma, Menino, não lembra mais do companheiro? Era mesmo difícil reconhecer o Franciscão naquele cidadão embotinado, camisa pra dentro, paletó de brim mas limpo, a mão porém como sempre calosa e lixenta, perguntei o que andava fazendo. O de sempre, falou:

— *Abrindo trilha, só que sem bala de fuzil batendo em volta...*

E riu, contando que outro dia tinha queimado uma touceira de taquara, e com o taquaral pipocando que nem tiroteio, tinha lembrado da coluna, acaso eu sabia onde andava o pessoal? O pessoal era aquela mulatada igual nós, que era a maior parte da tropa junto com a moçada gaúcha, os queimados e os claros, como dizia Venâncio. Contei o que sabia, fulano virou ajudante de padeiro, beltrano ficou na Bolívia como carpinteiro, ciclano abriu um boteco no Brás, sargento Janta faz coxinha e pastel em casa, pra meninada sair vendendo de cesta pela rua. Quando vi, Franciscão esfregava a cara lambuzando de choro, aquele baita mulatão, de ombro largo e cintura fina, o paletó esticando de tanto músculo, chorando feito menininho sem o pirulito.

Levei pra fora, fomos andar por São Paulo, eu prestando atenção pra não me perder, já tinha muito prédio não deixando ver o céu direito, e já fazia muito tempo fechado em São Paulo, não dava pra se orientar por estrela. Franciscão contou que na mata fechada também é assim, não se vê estrela, tudo fechado de árvore, palmital e pinheiral abaixo das árvores mais altas, e abaixo ainda a capoeira alta.

— *Não se vê nada, Menino.*

— *Mas essa mata é aonde, na Amazônia?* — *porque no resto do Brasil a gente tinha passado e não tinha visto mata assim.*

— *No Norte do Paraná* — *ele botou a mão no meu ombro* — *Vão lotear uma imensidão de terra, Menino, quer ir pra lá?*

Contou que já tinha aberto trilha a facão pra um inglês com um alemão, no começo da estação de chuva no ano passado, o inglês patrão, o alemão com aquele medidor de terra de tripé igual metralhadora, só que mais alto[11]. *Tinha ganhado um bom dinheiro, guardadinho na Caixa, mostrou a caderneta, agora ia em outra caravana, já pra abrir clareira duma futura cidade. Eu achei muito esquisito aquilo de abrir cidade assim no meio da mata, mas ele falou que precisavam de mateiro e não queriam pegar gente da região, pra não dar falatório e terra subir de preço. E os ingleses tinham medo de cobra, de onça, até de índio que nem existia mais por lá, então davam valor em quem sabia varar mato e usar bem uma arma.*

Perguntei o que era preciso fazer pra conseguir emprego na tal caravana, ele falou que era só continuar com ele, iam partir no trem daquela noite pra Ourinhos. Perguntei se tinha rio por lá, ele falou nossa, cada rio que nem te conto:

---

[11] A primeira caravana da Companhia de Terras, britânica, foi reconhecer no então chamado Sertão do Tibagi, o Norte do Paraná coberto de florestas, a área onde seria Londrina. Eram o escocês Arthur Thomas e o engenheiro William Reid, penetrando na floresta virgem através de trilha já usada antes por agrimensores, garimpeiros da Serra de Apucarana, talvez Fernão Dias e mesmo os incas, que muito antes de Colombo já vinham à região pelo caminho pedestre de Peabiru.

— Dá pra pegar peixe com a mão.
Falou que tinha arara despencando da mata, de tanta, e macacada que fazia mais barulho que festa de gaúcho. Tinha visto onça bebendo água, tão tranqüila que olhou pra ele, lambeu os beiços e se foi devagar. Tinha mel em tronco de árvore, tamanduá esperando pra te abraçar, mas saúva não tinha, tinha era peroba tão alta que doía o pescoço de olhar, figueira-branca com raiz subindo acima da terra mais alta que um homem montado. Não acredito, falei, ele falou então vai ver. Falou que eu tinha tempo antes de ir pegar minha mala, convidou pra tomar cerveja.

Tomei o primeiro copo achando amargo, sentado numa mesa de bar pela primeira vez na vida, e com empadinha o segundo copo desceu melhor, com pastel o terceiro copo já desceu bem. Franciscão falou quanta coisa boa tem de comer e beber no mundo, Menino, eu tinha até esquecido. E eu nem tinha conhecido, falei, ele falou pois é, com dinheiro você pode conhecer tudo.

Fui até a pensão rindo à toa, chamando atenção no bonde, Franciscão fazendo graça. Siqueira ainda não tinha voltado, deixei um bilhete com a letra que consegui fazer: vou cuidar da minha vida, começando a luta apareço. Peguei minha maletinha de papelão, de biqueira de metal, deixei meu 38 com alguém, num embornal com o bilhete pra entregar a Siqueira, e fui com Franciscão pegar a bagagem dele, ele já tinha bagagem, mala grande e sacola de comida, alho, lata de doce, manta de charque, costelinha defumada, limão. Perguntei pra que tudo aquilo, ele falou você vai ver, Menino, nós vamos pra um sertão, coberto de mata mas sertão, o Sertão do Tibagi!

Na estação tinha uma tralharada com outros que iam junto, meia dúzia de peão, e um cidadão com tralha de medidor de terra, Franciscão apresentou como doutor engenheiro. E tome trem. Oh, coisa triste é cada hora num trem pra quem já viajou anos a cavalo, parece uma prisão sobre roda, condenada a só andar naquele trilho, mas carro consegue ser pior, eu vejo cada dia mais carro na rua e mais gente gorda demais.

Joana consegue ouvir lá da cozinha, de onde vem agora o cheiro de feijão fervendo:

— Ah, pra esse aí, magrelo é gordo, mas ele mesmo come tanto que não sei como não engorda!

Agora é o arroz molhado que chia na panela quente. Ele pega mais chá da chaleirinha já fria, e mais uma dose de líquido castanho da garrafa sem rótulo.

— Conhaque?

— Não, pinga curtida com cobra, quer? É cobra aqui do quintal mesmo. Bebe uma golada, fala já na quase escuridão, o casario pisca na noite. Mas uma fatia de luz da sala deixa ver o gravador, e também dá para ver que ele sorri:

Como eu era besta. Ourinhos, com esse nome, pensei, devia ser uma cidade rica. Era uma pobreza. Mas Franciscão falou aproveite, aproveite, depois já é sertão. Em Ourinhos fizemos baldeação, carregando aquela tralharada até outro trem que era só de dois ou três vagões, Franciscão explicou, agora a gente ia pela Ferrovia dos Fazendeiros, como chamavam, trinta quilômetros até uma cidadezinha lá no meio da mata.

Cambará, diz ela; ele diz que não, terminava em i, não em á, e ela cora:

— Claro, o nome antigo de Cambará era Alambari.

Então. Eu imaginava sertão uma terra seca, mas passando o Paranapanema, já na tal terra vermelha tão falada, entendi que sertão era terra sem gente, e também vi que a mata não era mais alta que de Mato Grosso ou Goiás, mas era uma mata tão fechada que parecia um paredão verde de cada lado do trem. E tome trem, até que, no fim da linha, estamos descendo a tralha, chega um mocinho, olho azul que nem o céu, fala em Inglês com o engenheiro, aí fala na nossa língua com Franciscão:

— *Vamos então?*

Franciscão ficou olhando pra ele. Depois me contou que conhecia o mocinho lá duma fazenda da Companhia de Terras, ali perto, onde já tinha pousado de outra vez. Ele trabalhava no escritório da fazenda mas era empregado da companhia, e parecia assim pouco mais que um rapazinho, acho que nem barba tinha ainda. Vamos pra onde, Franciscão perguntou de volta, ele disse vamos pro Três Bocas, ué.

— *E o que você vai fazer lá, rapaz?*

— *Eu vou chefiando a caravana* — *o mocinho sorriu, Franciscão perguntou se era brincadeira, não era. Acho que a tal companhia não tinha mais ninguém à disposição, e além disso era melhor mandar um moço, que moço agüenta tudo, ou custava pouco, sei lá, mas eu, que fui menino da coluna, é que não ia estranhar nada. O engenheiro era russo, ficou resmungando lá na língua dele, nós fomos com o Jorge*[12]*, o tal mocinho, juntar com outros que também iam, um carpinteiro português, um italiano, um cozinheiro alemão, todos falando mal nossa língua, de modo que quanto mais falavam, menos se entendiam.*

---

[12]George Craig Smith, aos vinte anos, chefiou a caravana que abriu a clareira onde seria Londrina, a 21 de agosto de 1929; a companhia usava como funcionários moços filhos de paulista com inglês.

Mas Jorge nunca perdia a calma, o mocinho ia dizendo vamos, vamos, apressanao o pessoal, então se entendiam ajudando a arrumar a tralha, de cozinha, de medição de terra, muita ferramenta, mantimento pra mais de semana, num carro e num caminhão. Fomos pousar na fazenda de um escocês, dormindo em rede numa tulha, e partimos antes de amanhecer, Jorge apressando, vamos, vamos. Fomos no carro o engenheiro e o cozinheiro, no caminhão o pessoal, até Jatay, um povoadinho tão antigo quanto pequeno, descarregamos tudo, depois Jorge foi comprar mulas, fomos junto.

O melhor muleiro por ali disseram que era o capitão Julião e, como Jatay tinha sido quartel, pensei que devia ser mesmo um ex-capitão, mas era um capitão-do-mato: cabelo comprido feito rabo de cavalo, amarrado na nuca, chapelão, todo enroupado, bota com perneira, poncho, lenço no pescoço igual gaúcho. Era mestiço de índio e devia ter bastante idade, era bem enrugado, porém o cabelo escuro que nem jaboticaba, e liso de brilhar, cabelo guarani. Mas olho claro de espanhol, e falava olhando no olho da gente, o preço e o nome de cada mula. Jorge quis pechinchar, o homem falou o preço é esse que já falei:

— Da minha boca sai um preço só.

Jorge já ia pagando, Franciscão falou peraí, patrãozinho, era preciso trocar uma mula ou outra que parecia geniosa. O muleiro disse que ele estava certo, mas que geniosa era toda mula por ali:

— Mula criada em cidade, na mata empaca com qualquer coisa, canto de passarinho, urro de onça...

Franciscão chamou Jorge de lado e falou que esquisito, patrãozinho, o homem desfeitea a própria mulada... Jorge falou bem, pode ser um homem honesto. Franciscão riu. Jorge voltou pra perto do muleiro, fui junto e aí senti o cheiro do homem, cheiro de bicho, não de cavalo ou mula, mas de bicho do mato. Jorge botou o olho azul bem no olho claro do homem e perguntou:

— E o que é que você faz quando mula empaca?

— Eu falo na orelha até ela entender.

Jorge ficou sorrindo, olhando aquele capitão-bicho, e depois fomos saber, era mestiço de índia com espanhol, tinha vivido em São Pedro, aldeia índia ali do outro lado do rio, onde um tal frei Timóteo tinha cuidado dos índios muito tempo. Moço, tinha sido mateiro do quartel, depois tinha garimpado nas serras e nos rios, tinha sido porcadeiro, criando porcada com milharal e mandiocal no meio da floresta, agora era posseiro do lado de lá do Tibagi.

Bem, falou Jorge, se é assim, por que ele não ia com a gente?
— *Como peão ou como guia?*
Os dois, disse Jorge, então ele disse o seu preço por dia, era o dobro do que ia ganhar cada peão. Mas cada peão vai como peão, disse Julião:
— *E eu vou como guia e peão, não?*
Jorge disse que estava certo, e partimos de Jatay já com Julião na testa da caravana. Cruzamos[13] *o Tibagi de canoa, dois de cada vez, com mula nadando atrás puxada pela rédea, e o Tibagi não é um riozinho. Era preciso um remador traquejado em cada travessia, pra levar um peão e uma mula, voltar sozinho, levar outra mula e outro remador, aí ficava do lado de lá e o outro remador fazia mais duas viagens, e o seguinte mais duas também, até passar todo o pessoal sem cansar um remador só. Primeiro remou Julião, depois Franciscão, depois remei eu, era pequeno assim mas levava bem uma canoa, acho que aí Jorge prestou atenção em mim.*

Depois do rio era só mata, tinha lá uma prainha que ficou pequena pra nossa mulada, e mata fechando em volta. Por ali, apontou Julião, e pegamos uma picada que, conforme Jorge, tinha sido aberta pela companhia, pra medir as terras. Julião riu, disse que a mãe dele contava que, por ali mesmo, tinha passado muito índio, muito bandeirante, até inca, que vinha lá dos Andes por um caminho de a pé[14]*, e depois também tinha passado garimpeiro por ali, pela mesma trilha, conforme a vontade da mulada, que mula tem o sentido de procurar sempre o melhor caminho pra varar mata fechada, vai pelo espigão, terreno alto e seco. Acontecia que, todo ano, com a chuvarada, a mata quase fechava ou fechava mesmo a trilha, era só não passar facão um ano, no ano seguinte já tinha arvorezinha da grossura de um braço...*

Mal se via o céu aqui e ali, e a macacada gritava, tanto macaco, mas mesmo tanto macaco nunca que ia acabar com tanto palmito. Era um palmital debaixo da mata maior, e debaixo do palmital a capoeira, onde o pessoal ia abrindo de novo a trilha a facão e foice. Julião cuidava da mulada, de vez em quando uma mula empacava, lá ia ele falar na orelha da mula. Um peão derrubou um galho com caixa de marimbondo, foi aquela correria, a mulada disparou escoiceando

---

[13] A linguagem de Juliano Siqueira vai mudando, empregando plurais, deixando de ser tão "cabocla" como no começo, talvez por considerar já desnecessário provar pela rudeza da linguagem a autenticidade das suas narrativas.
[14] Caminho de Peabiru.

em toda direção pela mata, pra juntar de novo foi um custo. Até que ouvimos um marulho de água, numa baixada, eram três minas, aí entendi por que chamavam Três Bocas. O engenheiro saiu batendo mato, várias trilhas partiam dali, aí gritou, tinha achado uma estaca numerada. É aqui, falou, e o português já mandou derrubar palmito pra abrir uma clareira e fazer rancho, o alemão foi procurar lenha pro fogo, o italiano foi caçar.

— Não será melhor pousar mais pra cima? — perguntei por costume, acho, que na coluna sempre se pousava no alto de preferência, pra evitar ser atacado em baixio, mas George falou que não:

— Aqui é o ponto mais alto da gleba.

Eu quis falar que não, mesmo com toda aquela mata em volta, sentia que o espigão era mais pra cima, mas fiquei quieto, era trabalho a menos. Também fui caçar junto com Julião, pra não me perder, e a mata parecia fervilhar de bicho, a gente ouvia bicho de todo lado, passarinho principalmente, mas só via um ou outro. Macaco e arara se via muito, mas Julião falou que não era carne boa de comer. Eu de carabina, ele só com uma marreta, é, uma marreta, que usavam pra bater na lâmina do facão e rachar tronco de palmito de comprido. De repente ele fez sinal pra agachar, olhou pela folhagem, não vi nada, jogou a marreta, depois explicou: macuco, quando anda, mexe a folhagem de baixo da capoeira. Onde a folhagem parava de mexer, ele jogava a marreta, pegava o macuco, tipo de galinhão peitudo que acabou junto com a mata, diz que ainda tem no Paraguai.

Franciscão meteu facão numa touceira de taquara, George reclamou — pra que cortar planta tão bonita?

— Pra fazer jirau procê mesmo dormir no rancho. E também porque facão é pra isso, né, mato passou na frente, ó!...

Franciscão falar aquilo, ficou na minha cabeça, mas quem diria que era como se fosse uma profecia, né, como dizer essa mata toda vai acabar, quem diria.

Uns dormiram logo, outros ficaram fora do rancho em volta da fogueira, bem perto do fogo pra espantar os mosquitos, chegando a suar. Só Julião não se incomodava com a mosquitaiada, Franciscão falou que devia ser por causa do cheiro de bicho que ele tinha. O engenheiro se queixou da caminhada pela mata, Franciscão riu, disse que pra mateiro da Coluna Prestes aquilo não era nada, muito pior era recuar atirando em ordem, levando ferido e abrindo trilha em capoeira durante a noite, ou cruzar de bote um rio como a gente tinha feito, mas debaixo *de fogo... Começou a contar casos da coluna, a essa altura só Julião ouvindo, o resto dormindo, até que começou a falar de mim e eu falei olha, se quer contar história, conta, mas me deixa de fora. Ele me olhou arregalado:*

— Tá com medo do quê, Menino?

— Medo, não, mas pra que lembrar duma guerra perdida? A gente perdeu, companheiro!

Ele não abriu mais a boca pra falar da coluna.

O casario da vizinhança dispara sons na noite, música, tevê alta, os acordes do *Jornal Nacional*. Ninguém respeita ninguém, diz Juliano Siqueira: só porque têm parede em volta...

— ...pensam que podem botar som nessa altura! Cidade é um inferno. Ou gente é um inferno, não sei.

Na cozinha, agora é bife chiando em frigideira, *hora da janta já!* Mas ele continua sem pressa:

Tinha uma peroba bem ali nas Três Bocas, com uma clareirinha embaixo, e o fogo era no pé dela, já um anúncio, né, um anúncio do fogo de queimada que ia torrar toda a mata depois, mas só hoje que penso assim. Naquela noite eu queria era comer, e a janta foi feijão com arroz-tropeiro, mas o macuco ficou assando ali numa grelha e acho que só por isso eu ainda não tinha ido dormir. Jorge perguntou a Julião onde era sua posse, que a essa altura ele já tinha contado que tinha posse por ali. Aqui, disse ele.

— Aqui?!

Julião respondia tintim por tintim tudo que lhe perguntavam:

— Minha mãe diz que nasci aqui, depois que ela fugiu de São Pedro[15] comigo na barriga. Porque eu podia nascer de olho claro, como nasci, aí iam ver que era filho de branco. Cresci aqui, debaixo desta peroba, aqui é pouso de índio desde muito antigamente. E quando era menino, ela morreu de doença de branco, fui pra Jatay, aprendi língua de brasileiro.

Fazia uns anos que tinha rancho mais adiante, num riacho. Franciscão perguntou quando ele tinha feito o rancho:

— Depois de saber que vão lotear tudo isto aqui, né? A terra vai valorizar...

Não, disse Julião:

---

[15] São Pedro de Alcântara, aldeamento dirigido por frei Timóteo, que durante quarenta anos albergou índios da região até serem transferidos para as reservas.

— Eu não sabia dessa companhia, até hoje. Eu sou honesto.
Franciscão riu:
— Pode contar aí, homem de Deus, tá todo mundo dormindo... Você vai pedir um dinheirão pela terrinha, não vai?
A companhia queria limpar a terra, pagava bem a posseiro e a grileiro, Franciscão disse que ele ia ser trouxa de não aproveitar. Não, falou aquele capitão-do-mato cheirando a bicho:
— Eu acredito na honestidade, e pra ser honesto é preciso ser sincero. Vou aceitar o que quiserem me pagar, que eu não esperava nada. Só fiz rancho pra vir caçar de vez em quando, com o tempo virou minha posse.
Reclamou que, agora, com aquela falação de que ele ia enriquecer, no comércio queriam lhe cobrar mais por qualquer coisa, desde um botão até um arreio. Então ia pegar o dinheiro e comprar terra bem longe, onde cidade nenhuma nunca ia chegar...
Joana começa a botar a comida na mesa:
— Vamos jantar, doutora?
Haverá uma ironia nesse "doutora"?
— Não, obrigada, desculpe a demora. Vou indo.
Desliga o gravador.
— Posso voltar amanhã? Antes de ir agora, só mais uma coisinha, seo Juliano, aliás, duas.
Pergunte, menina, cheque a fonte, comprove! É a sua tese de mestrado e esse homem pode estar simplesmente inventando coisas pra te agradar ou pra se exibir! Ele é leitor, pode ter lido a História de Londrina, sabe que não anotaram os nomes dos peões da caravana, então pode se dizer um deles e...
— Por que um moço como o George teria se metido naquele fim de mundo, chegou a perguntar a ele?
Porque você mesma perguntou duas vezes, uma quando era menina ainda e o velho George visitou a escola, o primeiro pioneiro de Londrina, e você perguntou: por que veio viver no meio da mata tão moço? E ele, sorrindo com os olhos azuis:
— Por aventura, só por aventura...
Depois, já estudante de História, você repetiu a pergunta, ele na cama onde morreria alguns dias depois, e a resposta foi a mesma, por aventura, só por aventura...

Juliano Siqueira bate as mãos:

— Ah, aquele olho-azul era um moleque. Perguntei bem isso mesmo um dia, quando choveu e a gente ficou olhando a chuva, na primeira varanda de Londrina, e ele respondeu bem assim:

— Por que vim pra cá onde dizem que não tem nada? Mas tem tanto bicho, tanto passarinho, tanta borboleta, até índio eu achava que ia encontrar! Porque eu vim por aventura!

A janta está esfriando, diz Joana, e o velho amiúda os olhinhos para olhar bem:

— Está chorando de novo, moça, por que?!
— Eu estava lembrando do George.
— Você conheceu aquele inglesinho danado? Como anda ele?
— Ele morreu, seo Juliano.

Uma última gota pinga na calha. Joana repete que a janta está esfriando. O velho fica com os olhos perdidos no tempo, até piscar e olhar para ela também com olhos molhados.

— Mas você disse que tinha duas perguntas, moça.
— A segunda não é uma pergunta, seo Juliano, é um pedido. Eu gostaria de ver tudo que tem no seu baú.

Duas lágrimas correm quando ele ri.

— Pra isso você vai ter muito tempo: eu vou dar esse baú pra você mesmo que no meu caixão não vai caber...

Põe o brinco no nariz para jantar com Miguel. Restaurante italiano, mesa de canto, e só não é à luz de velas, diz Miguel, porque faz quase quarenta graus em Foz. Pede vinho branco com gelo nas taças, conta com a voz cansada:

— Fui fotografar uma peroba hoje. Não a peroba mesmo, mas a copa, de perto.

E estava florindo, bem fora de época, sinal dos tempos será? Ela já viu flor de peroba? Não? É miúda, uma árvore tão grande com uma florzinha, que dá uma semente também miúda. E as raízes também são pequenas:

— Por isso peroba cai tão fácil fora da mata, qualquer vento derruba. É uma bebezona vegetal, dependente da floresta. Bebê também é todo disforme, né, cabeça grande, mão e pé miudinhos...

Que calor é esse, menina? Que homem interessante é você, Miguel Costa! Quem mais compararia uma peroba a um bebê?
— Nossa, estou suando!
— Deve ser reação ao vinho gelado.

Ele lhe encosta três dedos na testa, para ver se está com febre, a mão está com esparadrapo:

— Machuquei fotografando a peroba lá no alto — e fica com os dedos na testa dela, se olham e ele diz que também está suando, deve ser o calor mesmo, apesar do ar condicionado, aí riem sem motivo, a mão dele já passando pela cabeça dela, os olhares envesgando conforme as cabeças se aproximam, e se beijam com línguas ansiosas, coração ribombando. Até que uma taça cai e derrama vinho gelado no colo dele. O garçom acode, outra mesa tem gente olhando.

— Bem — ele olha as calças molhadas na virilha — isto deve querer dizer alguma coisa.

Diga, Juliana Prestes, diga agora! Sinceridade!

— Miguel, do jeito que vamos, a gente vai acabar transando.

Ele olha para ela de boca aberta, mas logo fecha e concorda balançando a cabeça.

— Mas eu acho que não devemos, Miguel. Primeiro, porque a gente mora longe.

— Eu vou mudar daqui.

— Segundo, porque, se você vai mesmo divorciar, isso pode fazer você perder a guarda do seu filho. Eu tenho uma prima que...

— Eu estou divorciando, o advogado já entrou com a petição. E o meu filho, se você quer saber, me ligou pra falar de você...

— Deve estar assustado, né?

— Admirado. Virou teu fã. Perguntou se você faz artes marciais.

— Fala pra ele que quem faz arte marcial é marciano, eu faço capoeira. Meu calcanhar é áspero, Miguel, uma vez um namorado me disse isso e, aliás — *bate, coração, bate!* — se a gente transasse você ia descobrir que também sou frígida, desculpe, é verdade, você ia desgostar logo e...

Ele sorri lhe apertando a mão, fecha os olhos e, quando abre, com olhar rendido diz estou apaixonado por você, Juliana, não sei o que dizer mais. Mas depois de tempo, com o olhar perdido nas mãos sobre a mesa, diz com voz distante:

— Luta por luta, eu treinei boxe no Exército — voltando a encarar — E, se você é frígida, minha ex-mulher dizia que eu virei broxa...

Chega a comida, comem se comendo com os olhos, *como diria Santelli, nossa, por que será pensei em Santelli agora?* Pergunta a hora a Miguel, dez horas. Lá fora meninas de sainha curta se penduram em janelas de carros, combinam preço, entram — ou saem, ainda arrumando as roupas.

Depois que comem, ele pede outra garrafa de vinho e ela conta, até para entender melhor, a história de Juliano Siqueira até 1929.

— ...E, quando eu ia saindo da casa, ele disse que lutou também na Revolução Paulista de 32 e na Revolução Comunista de 35, e que me conta amanhã. Meu Deus, se for verdade, e acho que deve ser verdade, ele até já deixou ver o baú, então, se for verdade, o que faz alguém lutar tanto assim, gostar tanto assim de revolução?!

— Hoje — conta Miguel — o peão que me levou até a peroba disse que eu tinha sorte dela não ter mata alta em volta, sozinha lá num capãozinho de mato, senão não ia conseguir subir fácil daquele jeito.

— Que jeito?

— Um caminhão me içou. Um caminhão dos bombeiros, com aquela escada comprida... Mas valeu mesmo, fotografei perereca numa poça de forquilha, lá a trinta metros de altura! Quando desci, o peão me perguntou por que peroba cresce reta só no meio de mata, sozinha logo pára de crescer e até entorta, por que será? Eu falei que é porque a peroba busca a luz do sol lá acima de todas, e sabe que pode chegar lá então sobe reta. Então, disse o peão, tá no coração da peroba. E lutar, se revoltar sempre, fazer revolução, também deve estar no coração de alguns homens, né, porque se o mundo fosse depender da maioria, parava...

As mãos se apertam sobre a mesa. *Fala, mulher!*

— Miguel, eu também estou apaixonada por você.

No jipe, nalgum canto escuro de uma das ruas escuras de Foz. Começaram a se beijar nos cruzamentos, esperando o sinal abrir, e acabaram ali onde já se beijam tanto que o câmbio do jipe atrapalha, essa coisa rija no meio dos abraços, e arfando os seios saltam para fora da blusa como se decidissem sozinhos, e ele está beijando os mamilos, a cabeça ali sobre o coração que bate que bate, bate alguém na lataria do jipe.

Uma lanterna lá fora, a voz profissional do PM:

— Boa noite, cidadão. Infelizmente, temos que pedir que nos acompanhe à delegacia.

Ela arruma a blusa, erguem as mãos no rosto quando o outro soldado acende os faróis da viatura diante do jipe.

— Por que, soldado, qual motivo?

— Atentado ao pudor, cidadão, a vizinhança reclama.

A rua tem uma casa ali, outra lá, escuras, os postes apagados. O outro policial vem gingando, mão na fivela, olha a placa do jipe, dá boa-noite, olha bem para os dois. Pega a lanterna do outro, facha na cabeça dela:

— Tira a mão do rosto, boneca! Brinquinho no nariz, hem, olha só!...

O primeiro soldado se curva para olhar, o segundo adoça a voz:

— Mas podemos quebrar teu galho, cidadão, mediante uma contribuição pra nossa associação.

— Eu já contribuo — a voz fria de Miguel — Faço de graça fotografia pro batalhão inteiro. Ontem mesmo o coronel levou o menino dele pra tirar foto lá no estúdio...

Os dois se aprumam, claro, diz um, bem que estava reconhecendo, perfeitamente, diz outro, pode ir, desculpe.

— Vamos ficar mais um pouco.

— Cuidado, chefe, aqui já teve assalto.

Vão para a viatura, apagam os faróis e o luminoso da capota, continuam pela rua.

Desgraçados, filhos da puta, lazarentos, cornos, putos, cretinos, cadelos, imbecis... ela fala até engasgar. Calma, diz Miguel:

— Só querem achacar alguém.

— Atentado ao pudor?! — *oh, raiva, oh, vontade de... de...* — E aquelas meninas se vendendo lá na avenida?! Oh, dá vontade nem sei do que, de...

— Fazer uma revolução? Por hoje, acho que foi um sinal, vou te levar pro hotel.

O Lírio Hotel é uma ilha de paz na cidade barulhenta. A televisão baixinho num filme de ecologia. Meia dúzia de hóspedes cochilam na penumbra, mas olham todos para ela quando entra e pára no meio da sala, Tia Ester levanta da poltrona perguntando o que foi. Os homens já se mexem, jacarezões despertando, já-já estarão prestativos em volta da mulher que olha no espelho e se vê de cabelos mexidos, e se arrepia sentindo ainda na nuca as mãos de Miguel, e a blusa amassada, o último botão na penúltima casa e... *você está bêbada de novo, mulher!*

— Hem, filha, tá sentindo alguma coisa? — Tia Ester abre os braços quando ela tropeça, sobem a escada abraçadas.

— Estou sentindo, sim, tia, estou sentindo tanta coisa...!

Cai vestida na cama, *primeiro dia de marcha, Juliana Prestes!* — e já está dormindo quando Tia Ester volta de abrir a janela.

Acorda de pijamas tipo bermudas, e no café — *quase dez da manhã!* — Tia Ester diz que é um *baby-doll* que era de sua filha.

— Devia guardar então.

— Ah, mas você já é como minha filha.

Então ela pergunta de Miguelzinho, o neto continuará a visitar a vó?

— Não sei, filha, do jeito que está ninguém pode dizer nada. Sei que Miguel deu queixa na polícia, de agressão e coação não sei que, mas lá no hotel da piscina todo mundo diz que não viu nada. E ela também deu queixa na polícia, com advogado, por agressão, diz que Miguel quebrou costela de um funcionário dela e bateu na cabeça de outro com alguma coisa, mas o Miguel que eu conheço acho que nunca ia pegar alguma coisa pra bater em alguém.

Tia Ester fala de olhos bem abertos, olhando farelos de pão na mesa, conta que fizeram o tal exame médico na delegacia, o homem levou uma pancada atrás da cabeça.

Pancada, não, tombo no chão, batendo a cabeça de tão gordo e tonto! Mas no outro quebrou costela, menina, então pode ser que você esteja mesmo perdendo a cabeça e batendo forte demais!

— Miguel confirmou que bateu nos dois?

— Não — Tia Ester mexe farelos na toalha — mas o advogado dela diz que tem testemunha que viu. E o delegado falou que, se Miguel quisesse mostrar boa vontade, fazia também o tal exame, mas ele está com a mão machucada...

— Mas machucou fotografando uma árvore!

— Eu sei, ele me falou. Mas...

— Mas é a verdade, tia, a verdade tem de valer!

Tia Ester olha doce, pega-lhe as mãos:

— Você tem um coração bom, você acredita na verdade, não é? E no bem também, né, você também acredita na bondade, certo? Então saiba que gente assim, filha, ou se conforma ou sofre muito a vida inteira...

Caminhada para limpar os músculos e aclarar a cabeça. Almoço, só salada e iogurte. Meia hora de sesta, ouvindo longe os barulhos da cidade. Mais um banho, a cidade já é um forno de céu azul. Tira o brinco no táxi, mas volta a colocar. Joana olha estranhando e não diz nada, seo Juliano está no chuveiro.

— Você não gosta de mim, né, Joana?

— Não desgosto de você, o que não gosto é de tanta bebida! Se vocês forem varar a História do Brasil bebendo uma garrafa por revolução onde esse homem se meteu, ele vai morrer de beber loguinho!...

Ela ri, Joana continua catando feijão na mesa da cozinha:

— Na vida é assim, igual catar feijão: este sim, este não... A gente escolhe o feijão ruim no meio de muito feijão bom, pra jogar fora, e na vida é preciso escolher a pessoa boa no meio de muita ruim. E um dia eu, já quase aposentando, um salarinho até bom pra uma solteirona, entra esse homem no pronto-socorro, sem um tostão, sem documento, com taquicardia, azia de beber sem comer, pressão desregulada, tendo chilique, com peripaque, como se diz em pronto-socorro. Peguei na mão dele, coisa que a gente faz com muitos, pra acalmar e dar confiança, perguntei o que ele estava sentindo, ele disse estou sentindo que já é hora de deixar este mundo de merda e este país de povinho sem vergonha!... Aí o médico chegou e me perguntou o que ele tinha, eu falei peri geral, doutor, o médico perguntou se alguém estava com ele. E eu falei ele tá comigo, doutor, não sei, como se fosse mandada, falei ele tá comigo e comigo taí até hoje...

Pára o chuá do chuveiro, ele começa a cantarolar, Joana continua:

— Ele vive falando de luta, lembrando de luta, dizendo que o povo tem de lutar, mas luta foi tirar documento pra ele, conseguir registro na previdência, aquilo foi uma luta! Fui mexendo pauzinho daqui e dali, pedindo a vereador, deputado, sem ele saber, que não queria nem falar do assunto. Quando consegui, disse a ele, porque afinal de contas ele tinha de ir receber a aposentadoria todo mês, é uma micharia mas ajuda muito porque a minha também é, e ele falou que não ia receber esmola de ninguém, tive de inventar que ficou paralítico pra ir receber em nome dele!... Esse velho é peste, é encruado, é caroço de abrir só com martelo! Mas deve ser por isso mesmo que eu escolhi ele, né...

Abre a porta do banheiro, a cantoria aumenta, Joana diz que ele só não esquece das músicas do tal Venâncio porque canta todo dia no banheiro. Quem não quer esquecer, diz ele voltando, tem de lembrar, e já senta, desta vez na sala, na varanda bate sol.

— Onde a gente andava mesmo, moça?

É, cansei de ver chover naquele Patrimônio Três Bocas. Ganhava bem, o dobro de salário de peão, e não tinha de pegar no pesado, enxada, facão, machado, nada disso, só cuidava de arma e de caça, depois que me viram lidar com um fuzil que tinham desmontado e ninguém conseguia montar de novo. Eu caçava pro rancho, o pessoal abrindo a clareira pro povoado, eu caçando na mata em volta. Com Julião aprendi a caçar macuco, capivara, cutia, veado, jacutinga, e pescar com pari, fazendo uma represa de pedra empilhada no riacho, em forma de funil, pra pegar peixe com uma esteira de palha lá na ponta. Ou então matava macaco e sangrava na água, dourado sobe o rio louco pelo sangue, na corredeira dava pra matar a pau e pegar com a mão, cada peixe que dava pra uma turma jantar.

Quando chegou o Natal de 29, a clareira já tinha uma dúzia de ranchos de palmito e um hotel de madeira, feito por carpinteiros portugueses que serraram cada tábua à mão, de troncos tirados ali da mata mesmo. As telhas de zinco, Jorge foi buscar em Jatay com uma tropinha, cada mula parecia que levava uma pirâmide brilhante. Mas colonos, só chegaram uma dúzia de japoneses num fordeco um dia, que agora já tinham feito da trilha uma estradinha, e a japonesada olhou a mata, andou pelas trilhas, achou tudo muito bom, riam de tudo, agradeciam tudo, curvando o corpo, mas foram embora sem comprar um lote. No Natal, como a companhia já tinha mais gente ali, mandaram vir de Jatay uma dúzia de porcos, e na véspera me mandaram matar duas dúzias de macucos na mata, dava pra ceia de todo mundo.

Falei que matar doze macucos não era fácil, só com capitão Julião ajudando e mesmo assim... É um bicho arisco, a gente dá um tiro, mata um depois de muita espera na ceva, e o resto do bando aí desaparece. Me disseram pra levar junto Julião, que estava lá no seu rancho, onde eu nunca tinha ido, fui seguindo uma trilha que quase não se via, mata fechada, mas ele tinha falado: se perder a trilha, segue o riacho. Acabei seguindo o riacho, cheguei ao rancho já no meio da manhã, suado, picado de mosquito, perguntei se dava pra caçar duas dúzias de macucos até o meio-dia do dia seguinte, que ainda iam assar os bichos pra comer de noite... Voltamos pro povoado, já meio-dia, tendo de esperar o gerente do escritório almoçar, cochilar meia hora, aí atendeu, disse que pagava a Julião uma diária de peão, metade do que eu ganhava, e, como ia caçar só aquela tarde e a manhã seguinte, ia receber por um dia.

Julião disse que devia receber mais que eu, pois tinha me ensinado a caçar os bichos dali, e caçar uma dúzia de macucos não ia ser fácil, nem podia garantir duas dúzias, mesmo usando suas próprias cevas. O gerente era um meio-inglês como Jorge, barrigudão e vermelhão, olhou bem pra ele, perguntou se não era o índio que tinha uma posse ali no ribeirão tal. Julião confirmou, o homem falou que, pelo jeito, se discutia preço de macuco, também ia querer discutir o preço que a Companhia queria pagar pela posse... Não, disse Julião:

— Eu não esperava ganhar nada por ter feito aquele rancho lá. Mas caçar macuco é outra coisa.

O inglês riu, ofereceu uísque, Julião não quis:
— Isso é veneno pra índio, e eu sou meio índio.

O inglês ficou olhando de novo pra ele, perguntou o que faria se a Companhia resolvesse não pagar nada pela sua posse. Bem, falou Julião, como já tinham falado que iam pagar, e como andavam pagando pra todo posseiro, ele também tinha de receber.

— Senão você faz o que? — o inglês sorria.
— Bem — Julião falou baixo mas bem batido — Na primeira noite sem lua eu queimo todo rancho por aqui e depois mijo na cinza.

O inglês engasgou com o uísque, mas riu e disse que pagava o que ele queria. Então fomos pra primeira ceva imediatamente, onde ele me deixou, foi pra outra, que era a distância de ouvir o tiro. Matei o primeiro macuco, ele o segundo, e já veio me encontrar, levar pra outra ceva, e assim até a noite, chamando macuco no apito, esperando, atirando, indo pra outra ceva, até que anoiteceu. No dia seguinte começamos cedinho, já na ceva quando o primeiro solzinho entrou na mata. Só às quatro da tarde completamos duas dúzias somando com as de ontem, fomos pro povoado, entregamos pro cozinheiro, o inglês mandou chamar no ranchão que servia de escritório e armazém. Deu os parabéns, a gente tinha conseguido...

— ...mas o prazo era até meio-dia, não era? Não será o caso de pagar só metade ao senhor?

Julião virou pra mim:

— Eu falei, chega cidade, chega falsidade, porisso que é melhor viver no meio dos bichos.

Virou as costas e foi na direção da mata, o inglês chamou, disse que era brincadeira, mas Julião continuou, entrou na mata e nunca mais vi. Costumo dizer que o homem mais honesto e corajoso que já vi, desapareceu... Dali a uns dias o ranchão amanheceu queimando, prejuízo bom, transtorno grande, eu ria por dentro vendo o inglês nervoso, parecia que ia explodir de vermelho. Depois deu uma chuvarada de semana, quando eu ficava com Jorge naquela varanda, sem poder caçar, ele sem fazer nada porque não chegava colono, a estradinha atolada. Um dia, me deu de presente um 38, cabo de madrepérola, disse que não tinha jeito pra arma e eu tinha tanto jeito...

Chovia e foi me dando uma vontade de ver gente, ver mulher, que até na coluna tinha mulher e ali, fora uma ou outra mulher casada que não botava os pés fora do rancho ou do hotel, só tinha homem, mula e mosquito. Saiu o sol, pedi a conta na companhia, o inglês não brincou comigo, pagou, juntei com o que já tinha juntado mês a mês, meu primeiro dinheiro na vida, esperei dois dias a estrada secar pra ir de caminhão até Ourinhos. Primeira vez na vida entrei numa pensão e pedi uma janta, depois um quarto, pagando à vista pra não me olharem torto. Era um homenzinho, o bigode tinha firmado mais e eu não fazia questão de esconder a arma na cintura, por ali muitos usavam cinturão com arma e munição, mas no trem pra São Paulo enfiei na maleta, agora eu tinha uma maleta.

Em São Paulo, pensei em procurar Siqueira, mas onde? Ele não parava uma semana numa casa, nem voltava a casa já usada. Fiquei pelo centro, tresnoitado da viagem de trem, tomando um café aqui, outro ali, e de repente pensei ué, por que é que tenho de encontrar Siqueira, reunião, falação? Eu era um moço com dinheiro no bolso naquela São Paulo tão cheia de coisa pra se aproveitar, então entrei num restaurante, pedi o prato mais caro, que era peixe com camarão, bebi cerveja, comi sobremesa, tomei licor e chá, tive saudade do xibéu da coluna. Saí zonzo, pensando em achar uma pensão, trombo com o sargento Janta na rua, veja o acaso. Trombou comigo porque na rua sempre andava depressa e olhando pra baixo, e pediu desculpa, falei não tem de que, sargento, ele me olhou dizendo Menino, você virou um moço, e me abraçou, aí já perguntou igualzinho na coluna: tá com fome, quer comer?

Me levou até uma pastelaria que estava no nome da mulher, uma porta encravada ali na Avenida São João, mas enchia de gente comendo no balcão e do fundo saía molecada com cesta pra vender na rua.

— *Me aprumei, Menino!* — *ele contou feliz* — *E logo deve sair anistia também pra sargento, não vou mais precisar me esconder.*

Ele trabalhava no fundo da pastelaria fazendo os pastéis, a mulher vendia no balcão com o filho já mocinho, na idade que eu tinha quando entrei pra coluna.

— *Feliz da vida então, sargento?*

— *Olha, Menino, se me chamarem de novo pra luta, não sei se vou de novo. Cansei. Essa revolução não desenlaça nunca!*

Perguntou se eu queria trabalhar ali, podia começar a fazer minha vida, um dia podia até montar minha própria pastelaria. Mas mudei de assunto perguntando de Siqueira, ele disse que sabia que eu continuava com revolução na cabeça, tinha sentido a arma ao me abraçar, mas me levava até alguém que me levava a Siqueira.

— *E aproveite pra levar isto aqui* — *mostrou num quartinho dos fundos, que servia de despensa para as sacas de trigo, esse baú e um caixote do Exército* — *O caixote pode ficar pra você, o baú tem papelada da coluna que o chefe pediu pra guardar mas...*

O menino dele foi chamar um caminhão de mudança, o homem estranhou quando viu que era só pra levar um baú e um caixote, que cobri com pano pra não se ver que era do Exército. O sargento foi comigo na boléia até uma casa, mais uma de tantas casas sem mobília e sem flor que conheci por causa da revolução, lá me apresentou a nem lembro quem, apareceram vários pra descarregar o baú, um deles já veio abraçando, era um cabo da coluna, e naquele mesmo dia entrei de novo pra revolução.

— Não trouxe nada pra molhar a garganta, moça?

— Seo Juliano, dona Joana me pediu que...

— Mas ela não é dona de mim! E você não traz mais nada porque já ganhou o velho, né, então já trata à míngua... Que isso, moça, é brincadeira, não precisa avermelhar assim! E eu não posso mesmo abusar de bebida, se quiser chegar ao tal ano 2001, né, o novo milênio... Mas onde eu andava mesmo?

Agora eu tinha motivo pra procurar Siqueira, com aquele baú pra entregar, aí ele resolvia o que fazer, meu medo era aquilo cair na mão da polícia e servir pra prender gente, ou servir pra falarem mal da coluna, que ali tinha cópia de toda decisão do Estado-Maior, tinha a relação dos jurados de corte marcial, a lista dos que foram expulsos por roubar dinheiro, beber ou abusar de mulher. E a lista de quem deu dinheiro pra revolução, e quanto deu. E mapas, e cartas do general Isidoro e outros chefes, naquela mesma noite dei uma olhada geral e vi que tinha de esconder aquilo num lugar seguro. Na casa das três irmãs, falou alguém, e cedinho, em quatro, levamos o baú pela rua até a casa das três irmãs ali perto.

Eram as irmãs ABC: Ana, Beatriz e Corina, as três professoras, as três morando com a mãe viúva, num sobradão cheio de quartos, com porão e sótão, sobrava lugar onde esconder um baú, e já escondiam armamento e munição, mais explosivo pra granadas que o Josias, armeiro da coluna, ia fabricar ainda não sabiam onde, ali não podia ser. Uma das irmãs foi até o porão mostrar onde podia ficar o baú, vi os explosivos, que o pessoal bestamente já mostrou com orgulho, perguntei se aquilo não podia explodir. Um deles era um ex-tenente artilheiro e disse que explosivo sempre tem risco de explosão:

— *Mas tem outro tanto em outro esconderijo.*

— *Oh, que consolo* — *a professora falou cantadinho, o tenente se desculpou.*

A revolução tinha homem acoitado em muita casa de família, esperando a hora, e numa casa de família fui achar Siqueira numa reunião. Ele me viu entrar, parou de falar, veio me abraçar, também sentiu a arma:

— *Voltou preparado, Menino. Mas agora a coisa piorou, já quase me pegaram outro dia.*

Fui pra cozinha tomar um café pra pegar no serviço, vigiar a reunião e ficar olhando pelas janelas, rondando a casa a cada quinze minutos, feito um cão doido que não pára quieto mas também não faz barulho nenhum, um fantasma, um bom segurança é um fantasma. E eu me sentia bem naquilo, me sentia mais velho, era o Menino, mas o Menino da Coluna, até capitão me olhava com respeito. Alguém me disse que eu tinha fama de mira-fina, culatreiro matador de ninguém sabia quantos, acho que aquilo me subiu na cabeça. Dei de perguntar a Siqueira por que disso, por que daquilo:

— *Professor* — *por segurança eu só chamava assim* — *por que o senhor tem de ir a tanta reunião? Desse jeito vai acabar preso mesmo, devia se entocar um pouco.*

Ele ria, dizia que, com ele cutucando, a revolução se arrastava, sem cutucar então...

— *Professor, se político inimigo de ontem, hoje é nosso aliado, como dizem, quem garante que amanhã não vai estar contra a gente?*

— *Em política ninguém garante nada, Menino, isso é o pior de tudo.*

E lia de madrugada, e escrevia carta, e cedo era o primeiro a querer sair pra isso ou aquilo, até ver a fábrica de granada foi, meia dúzia de malucos mexendo com explosivo num apartamento. E o Menino da Coluna junto, de bigodinho e chapéu, paletó largo por causa do 38 grande.

— *Mas, professor* — *eu insistia* — *e se a revolução vence, e os políticos vão governar junto com a gente, será que vão deixar a gente endireitar tudo? Quem mais abusa e tem mamata são eles mesmos!*

Vamos ver no devido tempo, dizia ele cansado:

— *Por enquanto precisamos deles.*

— *Como eles podem só precisar da gente por enquanto. Depois...*

— *Foi o que eu disse* — *disse ele* — *Por enquanto. Depois...*

Ele gostava do incerto, aceitava risco, jogava forte, pra ele não era preciso estar tudo pronto e preparadinho pra rebentar a revolução, mas os outros... A boataria corria solta. Que Prestes tinha virado comunista mesmo, ia lançar manifesto na Argentina. Que Siqueira queria apressar a sua revolução pra não dar tempo de Prestes começar a dele. Que Miguel Costa e Siqueira iam lançar manifesto contra Prestes. Que Prestes já recebia dinheiro de Moscou, por isso continuava no bem-bom na Argentina. E que muito industrial dava dinheiro pra revolução e pro governo também, pra se garantir, coisa que fazem até hoje em eleição, né, dão pra um candidato e pro outro também, vença quem vencer...

Mas de casa em casa, onde Siqueira se acoitava, eu via que tinha também gente a fim mesmo de revolução, como as três professorinhas naquele casarão. E também via que a polícia prendia cada dia mais gente nossa, o governo não dormia mas a gente também não descansava, era reunião por todo canto, arma pra lá e pra cá, notícia do Brasil todo dizendo aqui estamos prontos, a revolução parecia pronta pra começar mas ninguém começava. E todo mundo nervoso. Um dia, viajando pro Rio de Janeiro, num comboio de três carros, de repente aparece barreira policial lá na frente. O pessoal do carro de trás já foi pros matos, ouvi até alguém ordenar linha de fogo, como se fosse uma guerra de campo aberto. Siqueira só pegou a pistolinha dele e ficou frio.

— *Pessoal assustado, hem, Menino?*

Ficamos ali, os dois de arma na mão no meio das pernas, esperando, então ele falou que, caso fosse preso ou pior, eu devia procurar pelo João Alberto. Eu estava no banco de trás, ele no da frente, então virou pra trás com aquele sorrisinho, mas triste:

— *Menino, preciso te contar. O pessoal achava que, fora da coluna, você ia se perder na vida por aí, resolveram cuidar de você. Mas quem? Ficou resolvido que seria o João Alberto[16] ou eu, entendeu? Então não precisa se arriscar agora, Menino, pode sair do carro e fugir, você tem a vida inteira pela frente, procure o João Alberto.*

Falei que todo mundo tem a vida inteira pela frente até que morre, ele deu um apertão no meu joelho e voltou a olhar pra frente, a fila de carros andava e o nosso motorista, branco de susto, tocou o carro, a gente ali com as armas no meio das pernas. E não era barreira policial coisa nenhuma, era uma moçada obrigando a parar, na simpatia, pra pedir dinheiro pra um asilo ou orfanato, sei lá. Sei que tinha reunião até em fazenda, e uma foi num rancho, Siqueira de bigodinho e de óculos, chapéu como sempre, pediu pro pessoal ali da região não falar muito de revolução, não:

— *Fiquem prontos, mas fiquem quietos, a surpresa vai ser nossa maior arma! Lembrem-se: quem muito fala antes, na hora da luta fica quietinho em casa... Vai ser preciso assaltar quartéis, tomar umas cidades, isolar outras, cortar comunicações, bloquear estradas, na hora todos vão saber direitinho o que fazer. Mas agora, pelo amor de Deus, não fiquem por aí falando em revolução que é só o que o governo quer pra prender e vigiar mais!*

No fim da reunião, alguém falou que o fazendeiro devia conservar aquele rancho como relíquia da revolução:

— *Aqui esteve o Herói de Copacabana! Podemos até colocar uma foto!*

Siqueira ficava fulo:

— *Por que não colocam também um altar?*

Deixava o pessoal falando sozinho: vambora, Menino! E eu sentia que iam começando a ter ciúme de mim, o protegido do Siqueira. Quem é esse tipinho aí? E se atacarem ou quiserem prender o Siqueira, de que vai adiantar esse aí?

Mas vieram me dar tapinha nas costas depois que salvei Siqueira de prisão. Era numa casa alugada, com um casal de caseiros pra disfarçar, e aquele entra-e-

---

[16] Tenente revolucionário desde a Coluna Prestes, um dos líderes da Revolução de 30.

sai da revolução, armamento já escondido no porão, a gente ali de passagem por dois ou três dias. Siqueira tomou um banho de chuveiro, coisa que eu só fazia quando ele dormia, e trocou de roupa, deixou a roupa suja pra caseira lavar, aí foi olhar duma janela e disse bem, tudo calmo...

— *...mas calmo demais. Vai dar uma olhada lá fora, Emídio*[17].

Emídio, voltou, disse que estava tudo em ordem. Mas Siqueira tinha faro, muita vez salvou a coluna de emboscada ou de cerco porque pressentia o inimigo. Disse pra armar o fuzil-metralhadora, se fosse o caso de resistir enquanto a maioria fugia pelos fundos, naquele momento a casa devia ter uns doze "filhos" dos caseiros...

Siqueira saiu com Emídio para dar uma volta no quarteirão, continuava desconfiado, e eu fui mais atrás. Siqueira deixou cair lenço no chão, pra pegar olhando pra trás. Emídio agachou pra amarrar sapato, outro jeito de olhar disfarçando, e foram em frente. Aí um par de polícias começou a seguir os dois, e logo chegaram junto, falaram alguma coisa, eu chegando perto ouvi:

— *Nós sabemos quem são os senhores, o delegado Abreu está esperando.*

Tanto tempo, tanta coisa, e fica um detalhe pra sempre, um nome, delegado Abreu. Mas o que bateu em mim foi a palavra delegado, eu já vinha com a arma na mão, no bolso do paletó, e vi o Siqueira enfiando a mão no bolso do peito, como se fosse tirar documento, tirou foi a pistola e atirou, mas o polícia gordo se esquivou, tirou uma faca, eu nem acreditei, uma faca, já quase furando Emídio que avançou pra ele. Siqueira deu mais um tiro, eu chegando dei outro e falei vai, Siqueira, que a gente segura! Já chovia polícia, sirene, Siqueira correu enquanto o polícia magro mandava bala. Mandei bala também, e descobri que sou bom mesmo é de tiro parado, de longe, arma longa. De perto, com arma curta, não acertei um tiro no polícia e ele quase acertou Siqueira correndo.

Emídio se atracou com outros e gritou foge, Menino! Vi que, até municiar a arma, ia morrer metralhado ali, então corri, e como é bom ser leve e moço nessas horas! Voei, alcancei Siqueira! Ele pulou um muro, pulei atrás, e um ajudando o outro pulamos o muro do fundo da casa, mais alto, e depois mais um muro, um telhado, até que entramos por uma janela e acabamos na sala duma casa, os dois de arma na mão, a família comendo numa mesa grande. Ele baixou a arma e deu boa-noite.

---

[17]Emídio Miranda, também veterano da coluna.

— Sou o tenente Siqueira Campos, e tem polícia atrás de nós! Se acham que devo ser preso, é só sair na rua e gritar que estou aqui.

A família olhava de boca aberta, só faltavam babar a sopa.

— Mas, se não querem que eu seja preso, por favor me dêem uma roupa, um disfarce!

Siqueira já tinha sido salvo várias vezes por disfarce, levava a sério bigode postiço, barba, tintura branca pra cabelo, chapéu grande pra cobrir os olhos, e andava humilde pela rua, pra não dar na vista, embora, quem conhecia, só não via que era o Siqueira se ele pudesse andar sem os pés de pato. E aí o pai da família se levantou da mesa, branco que nem a toalha, e falou que não podia acoitar a gente ali, não tinha onde, mas um filho moço falou que podia levar de carro...

— ...um no porta-malas, outro na cabine.

E ninguém mandou parar o carro que saiu daquela casa, com um velho sentado ao lado de um moço ao volante, e no porta-malas ia eu, ainda com o gosto de sopa na boca, e a lembrança da mulher dizendo:

— Vão com Deus! Quem luta pelos outros, Deus ajuda mais!

Bem, até aquele momento eu ainda não me achava lutando pelos outros, mas por um país melhor, fim de tanta injustiça, miséria, abuso, e pela primeira vez eu via que lutava por gente, como aquela gente ali que parou de jantar pra dar palpite no disfarce de Siqueira, as moças pintando o cabelo, o homem cortando um pincel de barba pra fazer um bigode postiço grande, que cobrisse o bigodinho de Siqueira, e a mãe embrulhando sanduíche pra levar. Saindo, já um velho de cabelo branco e bigode ainda escuro, Siqueira perguntou se, no dia em que rebentasse a revolução, iam fazer alguma coisa, o que iam fazer.

— Ficar em casa — a mãe falou por todos — A gente aqui é de paz.

Siqueira sorriu, agradeceu, vamos, Menino! — mas antes de fechar o porta-malas suspirou me olhando ali encolhido, falou que gente é assim, fazer o que?

— Se o povo não tivesse medo, não existia tirania.

Ah, hoje lembrando eu vejo que ele era um sonhador, lutava por sonho, lutava por lutar, acho que Siqueira, se vivo fosse, tavaí lutando contra esse governo que, como todo governo desde aquele tempo, custa caro e não funciona direito!

Viajar num porta-malas não é bom, pior é ir pensando que a lataria pode virar uma peneira a qualquer momento. Siqueira tinha deixado a porta aberta, eu segurava por dentro pra não escancarar, mas sem nem deixar brecha pra olhar, só quando o carro parou é que abri um pouco e olhei, a Estação da Luz ali. Siqueira e o moço ficaram na frente do porta-malas pra eu sair, saí e o moço deu adeus, Siqueira disse vai com Deus. O carro partiu, ele falou que desperdício:

— Um baita moço desses dava um combatente!

Lembrou que era preciso avisar não lembro quem, que ia chegar de trem e ia lá pra casa onde, fomos saber depois, não tiveram chance de dar um tiro, choveu polícia quando começaram a ouvir sirene, devia estar tudo cercado. Retrato dele andava na mão de polícia, carregador de mala, porteiro de hotel, garçom, bilheteiro, era um perigo andar pela rua, quanto mais na Estação da Luz! Mas ele sentou num banco, baixando o chapéu na cara, olhando o chão, e ficou ali sem se mexer, como se cochilasse, esperando o trem chegar. Pra não dar na vista, ele ia ficar horas ali sentado, sem levantar os olhos, eu meio longe, também pra não dar na vista, a polícia procurava uma dupla.

A certa altura, noite alta, ele levantou pra ir urinar, passou por mim e falou baixinho: vou dormir um pouco quando voltar, me acorde quando o trem chegar. Quando chegou o trem, amanhecendo o dia, dormia ele sentado lá num banco, eu aqui em outro. Acordei primeiro, chamei: professor, professor! Ele acordou sorrindo:

— O melhor sono que tive nos últimos tempos!

Avisou o outro que vinha no trem, e esse outro nos levou a outra casa, onde Siqueira lavou o cabelo pra tirar a tintura, tirou o bigodão, raspou o bigodinho, depois pegou um táxi e fomos pro Estadão, o jornal. Doutor Julinho, como chamavam, ouviu Siqueira contar que estava perigando ser preso, precisava se esconder. Fomos parar na casa de um artista, depois na de dois irmãos jornalistas, depois na de um comerciante, tudo gente que apoiava a revolução mas com medo, e isso incomodava Siqueira, ou, na última casa, gente que nem sabia que ele era chefe duma revolução, pensavam que era só amigo de um amigo, e isso incomodava Siqueira mais ainda.

— Já fizemos muita gente deste país sofrer com a coluna, Menino, vamos fazer a revolução sem fazer gente sofrer mais.

Acabamos num apartamento alugado, todinho vazio, onde Siqueira falou que ao menos numa coisa se sentia de volta à coluna, dormindo no chão e comendo na mão, de marmita que alguém trazia fria depois de muito caminhar pra despistar. Siqueira saía menos, só pra reunião já sem falação, só plano de ataque a delegacia, a quartel, quem ia dinamitar o que. E um dia estamos no apartamento, Siqueira na cama, eu no chuveiro gelado, ensaboado, batem na porta, era o

Josias, de mala na mão, abraçou Siqueira, me deu um tapinha, que eu estava ensaboado e enrolado em toalha de arma na mão, perguntou onde ia ser a oficina. Siqueira disse que a gente dormia na sala, ele podia usar o resto do apartamento. Perguntei oficina pra que, Josias riu:

— Pra que podia ser? Pra fazer bomba, Menino!

Fui com mais dois buscar explosivos na casa das três professoras. Elas tomavam chá com bolo de fubá, convidaram, e tinha também queijo, coalhada, biscoito, geléia, compota de fruta, coisa que eu via pela primeira vez na vida, tão admirado que elas me deram um vidro. Fiquei com medo de levar aquilo no bolso do paletó e parecer uma arma, chamar atenção, sem imaginar que semana depois entrava e saía homem do nosso apartamento, cada um levando embrulho com granada, todos os embrulhos feitos do mesmo jeito, com o mesmo papelão que Josias arranjou num armazém de secos e molhados.

Aí estourou um outro tipo de bomba, a notícia de que Prestes ia mesmo anunciar que era comunista. Atordoou todo mundo. Eu não sabia o que era comunista e nem procurei saber, devia ser pior que doença feia, pensei, se o pessoal ficava atordoado daquele jeito, o povo como ficaria, o que pensariam as três professoras que tinham crucifixo na parede da cozinha? Eu só sabia que o comunismo era contra religião, mas pela converseira geral logo fiquei sabendo que a tenentaiada não tinha gostado era do chefe decidir aquilo sozinho.

— O Prestes é assim, dado a rompante — explicou Siqueira, sempre defendendo Prestes — Na Escola Militar foi católico fervoroso, de comungar todo dia e rezar terço, e depois virou materialista!...

O palavrório me confundia, parecia um nevoeiro, eu tentava entender uma palavra, falavam outra e mais outra, como quando você avança no nevoeiro e só vai enxergando o que passa por perto. Mas Siqueira logo viu o rumo:

— Se Prestes lançar manifesto comunista, perdemos apoio civil e racha a revolução. Vou falar com ele em Buenos Aires.

Assim era Siqueira desde o Forte de Copacabana, conforme contavam, depois também na coluna, agora ali armando a revolução, onde estourava emergência ele mesmo acudia logo, não mandava ninguém, ia ele mesmo. De lá pra cá, nunca deixei de ler jornal, saber do mundo, e só apareceu um assim igual Siqueira, o tal Guevara, que porém militarmente foi um boboca, né, na Bolívia ficou rodando a pé pela mata, perseguido, até ser cercado e acabou. Mas era um sonhador igual Siqueira, e levava gente junto. Quando li que Guevara lia poesia pro pessoal *de noite em redor do fogo, pensei olha o Siqueira aí, lendo antes de dormir num canto qualquer, num colchão no chão ou numa rede esticada num quarto, de repente parava e lia um trecho do livro, ou perguntava por exemplo:*

— *Sabiam que a Floresta da Tijuca foi toda plantada?! É uma floresta artificial! Se conseguimos fazer até uma floresta como aquela, o que é que não podemos fazer?!*

Podia ser medicina, economia, política, ciências, poesia, ele pegava livros por onde passava, ia lendo, deixando em outro lugar para alguém devolver, mas a pessoa, geralmente mulher, quase sempre pedia para ele assinar no livro e guardava para si... Li que, devido a ele não ter namorada nem procurar mulher, podia ser menos homem, homem que gosta de homem, mas o que acontecia era que ele era casado, casado com a revolução. Tem gente que casa com a rotina, tem gente que casa com a segurança, basta ver tanta casa tão fechada e gradeada que parece prisão, e tem gente que casa com a religião, com o trabalho, com a vigarice, com a preguiça, com o ciúme, e Antonio de Siqueira Campos era casado com a revolução.

Já viu beato que vai levando beato atrás de si feito cauda de cometa? Quem de beato tem um pouco, seguindo o beato fica louco por fé, como o revoltoso é louco por ação e faz a gente fazer de tudo pela revolução, como o beato faz a pessoa penar em vida pra alcançar o Céu!

E que céu bonito tinha o Rio, antes de ir a Buenos Aires ele foi pro Rio. Céu bonito e o pessoal de lá de cara fechada, porque uma carta de Paris, muito importante, alguém tinha enfiado por baixo da porta duma casa que agora a polícia vigiava, cercada, arapuca esperando. O pessoal do Rio, pensando que a carta podia prejudicar muito a revolução, queria entrar na casa de qualquer jeito pra pegar e queimar:

— *Entramos atirando, queimamos a carta e daí seja o que Deus quiser.*

Siqueira achou desperdício:

— *Vão morrer e a carta pode não ser tão importante.*

Nisso de discutir se faz assim ou assado, a polícia fez: invadiu a casa, vazia, e começou a revistar e revirar tudo. A carta era de um tal Orlando[18]*, devia falar de armamento. Então, viatura de polícia chegando de todo lado, sirene e tal, aquela confusão que polícia faz, o pessoal ali até com medo de estar espiando duma casa à distância da vista, Siqueira me cutuca:*

---

[18] Orlando Leite Ribeiro enviara carta de Paris sobre a possibilidade de comprarem armas tchecas.

— Vamos, Menino — e saiu pra rua, passamos em frente da casa, pela outra calçada, polícia de punhado cercando o portão.

Fomos até a esquina, voltamos como quem passeia, já tinha gente rodeando a casa, Siqueira foi conversar com um polícia, eu juntinho. Eu sou médico, disse, posso ajudar no caso de alguém ferido. O polícia já se endireitou, pois não, doutor, obrigado, doutor, mas não era preciso, e Siqueira sabia que a casa não tinha ninguém, só a tal carta. Até hoje lembro direitinho o papo do Siqueira com o polícia:

— Mas é uma casa boa, hem... Estou pensando em me mudar para este bairro, procurando casa...

— Ah, quem dera eu pudesse morar numa casa assim, doutor, nem ia ter família pra encher tanto quarto!

— Tem muitos quartos, é? Justamente como eu preciso...

— É mesmo, doutor? Vou ver se o chefe não deixa o senhor entrar pra dar uma olhada, que essa casa aí, depois disso, decerto vai ficar de novo pra alugar.

Entramos, eu como sobrinho do doutor, polícia e soldado revirando tudo, abrindo colchão a baioneta, e lá na cozinha, tremendo de medo, a empregada da casa, chamada Flor de Caju, a única flor de caju que vi em toda a vida, que aqui no quintal plantei caju e nunca deu, e quando a coluna passou pelo Nordeste acho que não era tempo de caju florir. E a tal Flor de Caju era uma negra ali segurando um bolo, dizendo que queria ir embora daquela confusão, levar ao menos um bolo pra filharada, já que o salarinho combinado, pelo jeito, nunca ia receber mesmo... Siqueira falou com um polícia, a mulher queria ao menos levar o bolo pra casa:

— A coitada foi lesada por esses revolucionários que só sabem explorar o povo.

Claro, doutor, perfeitamente, doutor, e fomos pra rua levando a mulher e a mulher levando o bolo. Fomos pra casa do pessoal ali perto, aí a negra falou obrigada, doutor.

— De nada, mas não viu uma carta enfiada por baixo da porta?

— Vi, e tinham falado pra eu não mexer em carta — ela falava mole — Mas pela janela eu vi muito homisquisito na rua, peguei a carta e botei debaixo da travessa do bolo.

Abraçaram a mulher, beijaram, mas a carta era só uma carta de amor do tal Orlando, pra uma das mulheres ali. A Flor de Caju até ficou chateada, se arriscar por aquilo, mas logo um tenente leu melhor a carta e disse que estava em código. No fim das contas, era mesmo sobre armamento, e Siqueira esfregou as mãos:

— Bem, a coisa anda, a criança vai nascer, nem que seja tirada a ferro!

E fomos pra Argentina falar com Prestes — Siqueira, João Alberto e eu. Agora eu tinha documento, e levava uma pistolinha 22 num coldre na canela, o 38 debaixo do braço e, por via das dúvidas, um punhal com bainha, curto, pra caber no bolso. Depois do entrevero com polícia na rua, quando disseram que salvei a vida do Siqueira, todo mundo passou a achar natural eu ser o guarda-costa dele, acho que até porque viram também que era trabalho perigoso... Uns até passaram a me chamar seo Menino, passa a manteiga por favor, seo Menino.

Em Porto Alegre, depois de viajar dois dias de ônibus, carro e trem, eu tinha o corpo moidinho que nem no tempo da coluna, e um sono de não conseguir parar em pé, mas Siqueira já começou a fazer reunião. Mandou chamar um tenente preso num quartel, mas que tinha regalia de sair de dia, e tome revolução. Eu fui tomar banho frio, tomei café forte e agüentei. Lá pelas tantas, ele diz ao tenente preso:

— Quando eu voltar da Argentina, você foge desse quartel e vamos nos matar em São Paulo!...

Epa, pensei, que negócio é esse de se matar? Mas deixei pra lá, que o Siqueira ria, a criança parecia mesmo que ia nascer, vamos lá, é assim o motor da revolução, o chefe quer, alguns apóiam, a turma vai atrás, muitos nem pensando em fazer revolução, mas em seguir o chefe, se vingar do governo, conseguir algum cargo no novo governo... Tem gente que nasce pra ser chefe, como tem gente que nasce com falta de chefe.

Dormi no carro em Buenos Aires, a caminho da reunião com Prestes, acordei com torcicolo, no meio do dia, o carro vazio parado numa rua, um homem no portão. Tinham saído do carro, batendo as portas, e eu não tinha acordado! Entrei envergonhado, a reunião já tinha começado, lavei o rosto, molhei a cabeça e procurei um canto. Prestes me viu, chamou pra abraço e disse baixo no ouvido:

— Conto com você, camarada.

Era um aperto de mão firme, um abraço duro, uma voz seca, parecia o nosso chefe da coluna, mas já era mesmo outro. Tinha cada olheira de assustar quem conhecia o Prestes de antes, depois João Alberto me disse que era de tanto ler. O Miguel Costa, também exilado ali, tinha contado que o homem lia pilhas de livros do tal comunismo, que para mim era um monstro capaz de encantar gente, já que tinha encantado até o Prestes!

Naquela reunião ele falou, falou, sempre falando mal de algum chefe da coluna, depois de outro, mais outro, todos para ele eram molengas, revolucionários só de pose:

— Como tem militar que é cabide de farda, tem revolucionário que é só conversa e pose!

Siqueira perguntou como ele podia dizer aquilo de homens que ele tinha visto marchar e combater mais de dois anos todo dia.

— Mas isso foi ontem! — Prestes rebateu — Hoje é outro dia, eles mudaram, seduzidos pela politicagem e comprados pelo capitalismo!

Não queria mais saber de anistia, de aliança com político, queria era a tal revolução socialista, outra palavra a infernizar minha cabeça. Miguel Costa tinha feito um cigarrinho de palha, acendeu e perguntou, como quem fala uma bobagem:

— Se ninguém mais presta, Prestes, por que só nós três aqui ainda prestamos?

Prestes não vacilou, disse que não sabia ainda se eles prestavam ou não:

— Mas vou saber logo, porque ou vocês me seguem, ou também estão vendidos!

Lembro como se fosse hoje, Prestes tremendo, Miguel tranqüilo, o que deixava Prestes ainda mais bravo.

— Não, Prestes — falou Miguel baixinho — Ninguém me comprou, nem com dinheiro, nem com idéias prontas! Você sabe que eu sempre fui contra a Força Pública ser treinada por francês, você sabe que eu sou nacionalista e você também já foi, a gente tem de achar nosso próprio caminho sem França nem Inglaterra nem Rússia!

Aí Prestes soltou mais uma palavra nova pra mim:

— O caminho é a revolução proletária!

Revolução pra otário, falou Miguel — e Prestes avançou, foi preciso Siqueira segurar, João Alberto levou Miguel pra fora. Eu não acreditava: os chefes da coluna, aqueles que eu tinha visto combater quase sem munição, na confiança de logo tomar munição do inimigo, aqueles que não perdiam a calma diante de bombardeio, cerco, metralha, agora só faltavam se atracar por causa de palavras que eu nem conhecia! Então ali mesmo me prometi que ia perguntar, ler, estudar, até entender aquele palavrório.

A discussão continuou dia afora, noite adentro, mesmo porque em muita coisa Prestes não deixava de ter razão. Que revolução dava pra fazer com os políticos inimigos de ontem, que só queriam governar de novo?

— Depois decerto vão dar uma banana pra vocês, se não ganharem prisão mesmo!...

— E com base nisso, Prestes — falou Miguel — você quer que nosso pessoal vire comunista de repente? Quer que a gente peça ao povo para esquecer a religião e se tornar ateu, para nos ajudar a fazer uma revolução comunista num país católico?!

— Ora — disse Prestes — Deus, pátria, família, tudo isso é ópio do povo, é anestesia da miséria, é o que impede a revolução!

— Mas então, Prestes, a sua revolução não é com o povo, é contra o povo!

Até João Alberto, que ficava quieto só ouvindo, disse olha, chefe, com o devido respeito...

— ...se pátria e família é ópio do povo, então eu prefiro viver dopado!

Prestes agora já tinha contra ele Miguel e João Alberto, só faltava Siqueira. Prestes disse que uma revolução precisa de uma filosofia política, jamais vou esquecer, eu pensava que filosofia era uma coisa, que eu não sabia o que era, e que política era outra coisa, e de repente existia uma filosofia política?... E Prestes dizendo que a revolução precisava da tal filosofia política como o corpo precisa do esqueleto, e essa filosofia política era o tal marxismo, que eu entendia marchismo, pensando que tinha a ver com marcha, uma revolução nascida duma marcha. Siqueira já tinha me explicado:

— Filosofia é o que a gente pensa do mundo ou como a gente gostaria que o mundo fosse. Já política é tudo que a gente faz pra mudar e melhorar este inferno deste mundo!

Prestes disse que, além da filosofia política, uma revolução precisa ter um plano, e tocou a falar do que devia ser feito quando se chegasse ao tal poder, que eu via como uma montanha forrada de mortos, cercada de milhares de mesas de reunião, onde muitos ainda continuavam discutindo como lutar enquanto outros morriam lutando.

Siqueira ouvia, até Prestes falar que a revolução, no poder, não devia pagar a dívida externa, aí Siqueira abriu os braços:

— Mas, Prestes, você esqueceu que a Inglaterra tem a maior Marinha do mundo?!

Vamos para o interior, disse Prestes. Siqueira pegou o chapéu:

— Ora, Prestes, pro interior foram os índios quando chegou o homem branco. Pelo interior nós já lutamos mais de dois anos, lembra? Nós não queremos *mais assombrar o governo, nós queremos tomar o poder onde ele está, nas capitais! Por isso mesmo, adeus, temos mais o que fazer no Brasil!*

Saindo atrás de Siqueira, olhei Prestes e ele levantou a cabeça, como quem pergunta e você, Menino? Eu continuei atrás do meu chefe, a encarnação da revolução, fosse lá a revolução o que fosse, Antonio de Siqueira Campos, que na coluna, quando morria alguém, mesmo que fosse alguém de pouca valentia e serventia, dizia é assim:

— *Os melhores vão primeiro* — *coisa que logo ia servir perfeitamente pra ele mesmo...*

— O senhor está bem, seo Juliano?

Ele enxuga os olhos numa toalha que Joana traz do banheiro, e se assoa, Joana diz que ele sempre fica assim quando lembra do Siqueira.

— Se ele acreditasse em Deus, eu diria que esse Siqueira pra ele está acima de Deus!

Ele assoa, funga, estica o dedo para a mulher:

— Eu não ia beber, mas agora, só pra te contrariar... — vai à varanda, sobe numa cadeira, pega garrafa enfiada no beiral do telhado.

— Cada dia ele arranja um esconderijo novo, cansei de procurar. Quer morrer de cirrose, morra!

— Com noventa — ele oferece um copo — é mais capaz de morrer de tanta coisa, deixa eu comemorar mais um dia de vida! Ao Miguel Costa, moça!

Bebe sorrindo com malícia nos olhos, ela bebe corando, muda a fita no gravador. Ele suspira fundo, como ligando o motor, e fala olhando um mar na **caneca:**

O Rio da Prata, *quando desemboca no mar, depois de juntar água do Paraná, do Paraguai e tanto rio grande que deságua neles, forma uma embocadura tão grande que chamam de Mar do Prata, onde a água doce já vai misturando com a salgada. Na viagem de ida, minha primeira viagem de avião, eu ainda meio assustado com aquilo, Siqueira tinha falado que aquele mar era como a revolução:*

— *Só vai crescer e vencer misturando civil e militar.*

Depois de muito olhar aquela água sem fim lá embaixo, tinha falado que talvez fosse muito otimista, vendo o encontro do rio com o mar, talvez devesse ser pessimista também:

— *Na verdade, o rio morre onde começa o mar...*[19]

João Alberto foi procurar avião pra volta, enquanto Siqueira deu um pulo até o correio, pegar uma carta[20]. *Ali mesmo ele escreveu a resposta da carta e despachou. Comemos pão com manteiga e café com leite, que por uma questão de custo a revolução, tanto aqui como no estrangeiro, era sustentada a pão com manteiga ou ovo frito.*

Dez da noite, chovendo, depois de quadrar a bunda esperando num salão, fomos pro campo de aviação, o carro rabeando na estrada lamacenta, e lá toca a esperar mais, até que duas da madrugada o avião levanta vôo debaixo de chuva. Era um avião que tinha de sair de qualquer jeito, pra levar mala postal internacional. Um passageiro desistiu, ficamos só nós três e outro passageiro, além do piloto e o homem do rádio. Foi sentar e dormir de cansaço assim que o avião partiu naquele aguaceiro.

Gole na caneca.

— Não gostou da pinga, moça? Essa é curtida no capricho.

— Com cobra?

— Não, essa é uma mistura de sete ervas.

Ela bebe.

— E é bom pra quê?

— É pra disposição geral, chama chá-da-lua...

Ela bebe o resto do copo.

— ...porque costumam tomar antes da lua-de-mel...

Velho assanhado, diz Joana entredentes, ele solta um risinho, volta a encher a caneca e o copo, e de novo perde o olhar no mar.

---

[19]Na biografia *O revolucionário Siqueira Campos* (Glauco Carneiro, Editora Record, Rio de Janeiro, 1966), é contado que "meses antes, por pilhéria, Siqueira Campos fizera ler sua mão por uma cartomante. Ela disse: 'De balas e combates não morrerás e sim afogado, em conseqüência de um naufrágio...' Siqueira brincou na ocasião, dizendo que não costumava andar de barco. Mas não é só barco que naufraga..."

[20]Carta da escritora brasileira Rosalina Coelho Lisboa, em que perguntava a Siqueira se valeria a pena tanto esforço pela revolução, "sem encontrar, por parte da maioria de seus patrícios, o mínimo reconhecimento, para não falar em apoio". Siqueira escreveu em resposta: "À pátria tudo se deve dar e nada pedir, nem mesmo compreensão!"

Acordei com o avião batendo na água, já perto da praia, dava pra ver luz de Montevidéu. João Alberto sangrava da cabeça, tonto, mas só, e o piloto falou bem, o avião vai afundar logo, era melhor tirar a roupa pra nadar melhor. Jogou pra nós uma bóia, Siqueira deu a João Alberto. Perguntou tudo bem, Menino? Continuava calmo como quando, debaixo de fuzilaria, dizia que era hora de pensar em alguma coisa pra sair daquela situação:

— Tá afundando do lado do motor. Quem sabe não afunde inteiro, podemos ficar agarrando.

O passageiro, o único além de nós, balançava uma lanterna como se alguém pudesse ver. O homem do rádio disse adeus e entrou na água, pensei que ia nadar, afundou e não voltou mais. O piloto e o passageiro foram em seguida, o avião já quase todo debaixo dágua, não tinha nem mais onde segurar direito, Siqueira fachou a lanterna, vimos os dois afundando também.

— Quem vive no planeta Terra — falou Siqueira — tem de saber nadar.

Pois é, falou João Alberto:

— Cuida da minha família, pelo amor de Deus!

Deu um maço de dinheiro a Siqueira, que era dinheiro da revolução, e repetiu cuida da minha família, mas Siqueira falou ih, João, pare de drama, procure é nadar perto da gente.

— Mas eu não sei nadar direito, Siqueira.

— Então nade torto, mas nade!

Fomos nadando do lado de João Alberto, de vez em quando empurrando, acalmando o homem, que o mau nadador mais espalha água do que nada, e mais nada mal quanto mais fica nervoso. Depois de um tempo, João Alberto sossegou, passou a nadar mais compassado. Pensei comigo Deus é grande, as luzes já mais perto, aí Siqueira grita ei, Menino, espera, João!

Pra ele pedir a João Alberto pra esperar, alguma coisa devia estar muito errada, e no clarinho do dia amanhecendo ainda vi ele dar com a mão, mão mole de cansaço ou já de morte:

— Se cuida, Menino, e cuida do João!

Afundou e eu mergulhei atrás, não achei nada, voltei, tirei o revólver do ombro, tentei de novo, depois tirei a pistolinha da canela, tentei mais uma vez, já tão cansado que João Alberto falou Menino, ele falou pra você se cuidar... e cuidar dele, João Alberto, no que lembrei de Siqueira na coluna, dizendo que o segredo de nunca deixar ferido pra trás é só estar disposto a morrer por eles, então falei vamos, *tenente João, vamos em frente. E do avião só salvamos nós três, João, eu e a mala postal que não molhava e o piloto tinha jogado na água pra ser achada depois, como foi. Nós nadamos até não poder mais, aí falei chefe, infelizmente acho que vou dar baixa, e me deixei afundar, bati os pés no chão, talvez já desse pé fazia tempo. Fomos andando até a praia, e o primeiro uruguaio que me viu, pelado, mas de coldre vazio no ombro e na canela, perguntou se não tinha esquecido alguma coisa.*

Ela desliga o gravador para trocar a fita, pergunta se pode pegar mais um pouco do chá da noiva, ele diz moça, fiz pra você, tome à vontade. Vai anoitecendo. Bebem em silêncio, depois ela põe a fita nova, ele fala olhando a quase-escuridão lá fora.

Mesmo sem dinheiro, que afundou com Siqueira, arranjar roupa foi fácil, muita gente ajuda na desgraça, um me deu calça, outro camisa, e um sapato folgado é melhor que descalço. João Alberto foi pra hospital, eu fui me acoitar com a turma no exílio. E começou a falação se Siqueira morreu, se não morreu, cadê o corpo. Eu não podia dizer que tinha visto o corpo morto, mas, dias depois, se ele não tinha se salvado nem o corpo tinha dado na praia, só podia estar morto, mas a turma não acreditava. Pra uns, Siqueira tinha de estar vivo, pra outros, Siqueira não podia morrer, e tinha até os que achavam tudo um plano do Siqueira:

— Sumir pra aparecer chefiando a revolução em armas no Brasil, vão ver!

Alguém viu foi uma notícia num jornal, um corpo tinha sido achado setenta quilômetros rio acima. Se fosse de Siqueira, falou um, ia ser a primeira vez, no mundo, de um cadáver nadar tamanha distância contra a corrente! Mas podia ter sido levado de lancha e jogado lá, pra não pensarem que era o corpo de Siqueira. Então um médico[21] uruguaio amigo dele falou vamos lá ver esse corpo, e eu falei vou junto que eu também conheço ele bem. Por telefone, o médico ficou sabendo que o corpo já tinha até sido enterrado, e que o morto era negro, mas falou que, por isso mesmo, o certo era ir lá desenterrar e ver. E fomos, de carro, um grupinho, eu só com uma pistolinha na canela, que já tinham me arranjado, parecia que era moda aquele tipo de pistolinha, mas pra mim parecia sinal de que a revolução ia michando, passando de arma grande, fuzil e metralhadora, pra arminha de mão que parecia de brinquedo.

---

[21]Alberto Gáscue.

Primeiro fomos dar num povoado beira-rio, onde o corpo tinha sido achado, e um pescador já contou que era branco. Também confirmou que o morto tinha cicatriz nas mãos, aquelas de agarrar a baioneta com que foi trespassado no Forte de Copacabana. Fomos pra cidadezinha onde tinham levado o corpo, e se chamava, veja só, Liberdade. Estrada que era só lama, tivemos de deixar o carro e chegar a pé, todos armados menos o médico, prontos pra desenterrar e levar o corpo mesmo que à bala.

Mas de Montevidéu já tinham mandado a polícia de Liberdade desenterrar, só que, acho que por pirraça, o tenente, veja a ironia, um tenente do pelotãozinho dali tinha batido o pé, que o cadáver ficava na capela e só podia ser visto de dia! Tudo bem, falamos nós, nem temos como levar sem carro, e fomos dormir ali pelos cantos. Mas no meio da noite o médico me acordou — Vem comigo — e foi pra capela, a guarda uruguaia dormia a sono solto. Na capela o médico me deu uma sacola que levava, e acendeu uma lanterninha, fomos achando o caminho até uma sala onde lá estava deitado Siqueira, inchado e fedendo bastante, mas era o Siqueira. O médico me mandou segurar a lanterna pra clarear o que ele ia fazer. Abriu uma baita maleta de instrumento, e a sacola estava cheia de garrafas de formol, começou a embalsamar.

Fedia tanto que várias vezes quase deixei cair a lanterna ou desabei eu mesmo, tonteava, mas vi que era meu último serviço a Siqueira, e agüentei ali horas, até que o médico falou pronto, por enquanto fica assim. Já ia quase amanhecendo, deitei no chão lá fora e dormi até acordar com uma galinha ciscando perto dos olhos. Comemos pão velho com café sem açúcar, lembrando de quanta vez Siqueira chegou na coluna com seu destacamento carregado de comida e com cavalhada:

— Só não trouxemos champanhe, moçada, porque a safra não era boa... Mas trouxemos bastante rapadura!

A moçada, que já andava bebendo xibéu puro, batia palmas, Siqueira ria, Prestes olhava sem dar nenhuma risadinha, nenhum sorriso — e, hoje, acho que olhava com inveja.

Lembramos de Siqueira tanta vez mandando abrir cadeia de cidadezinha pelo Brasil afora:

— Tá preso por que, cidadão?

— Nada, não-senhor, só furei um vizinho que olhava demais pra minha mulher.

— Pois então tá solto. Quer pegar em arma pela revolução?
— Que revolução, que mal pergunte?
— Vem que no caminho vai aprendendo.

Partimos dali só quando o sol secou um pouco a lama da estrada, e o corpo de Siqueira começou uma longa marcha, como disse alguém, uma longa marcha. De carroça até o carro na estrada. De carro até um necrotério em Montevidéu. Dali, saiu de caixão, pra ficar num tal Clube Brasileiro, onde começou a chegar gente, gente passando pelo caixão, olhando a madeira como se visse dentro, chorando e deixando flor, flor e mais flor, volta e meia a gente tinha de levar umas coroas de flor pra fora. Montamos guarda dia e noite, vendo por ali secretas da polícia que todo mundo conhecia. E nenhum navio queria levar o corpo de volta ao Brasil, o governo tinha ameaçado não deixar mais aportar em porto brasileiro, não só o navio, mas todos os navios da companhia. E os dias passando.

Uma noite, eu de guarda com mais dois, um cochilando e o outro lendo, entram dois sujeitos com andar esquisito, tanto um quanto outro, de capa e andando esquisito, pensei ou os dois machucaram a perna e porisso mancam juntos, ou estão levando carabina por baixo da capa, de modo que, quando levantaram a capa, eu já estava atirando de trás do caixão, nem pensei em Siqueira, fiz como vi tanto soldado fazer na coluna em emboscada, procurei abrigo e mandei bala, até porque estava com um 44 que era um canhão. Depois da fumaceira vimos meia dúzia correndo lá fora, dois deles mancando, mas agora mancando de verdade. Decerto queriam sumir com o corpo, e não voltaram mais.

O pessoal resolveu então levar o caixão para o cemitério de Montevidéu, até conseguir navio para o Brasil, e lá foi o Siqueira com multidão atrás, parando a cada esquina pra ouvir discurso. Algum engravatado erguia a mão de repente, no meio daquela gentarada, muita mulher de olho vermelho de chorar, muito homem de lenço na mão, e de repente:

— Senhoras e senhores!

E tome discurso. Herói pra cá, herói pra lá. Siqueira detestava ser chamado de herói, mas agora não podia fazer mais nada. Prestes ia na frente do cortejo, e falou só na beira da cova, depois que alguém fez mais um discurso comprido e cheio de palavra doce, como Siqueira detestava. Prestes disse só que ia seguir o ensinamentos de Siqueira:

— Os ensinamentos da sua grande vida em busca de um Brasil melhor!

Era como Siqueira resumia o que a revolução queria, para algum recruta que de nada sabia ou entendia muito pouco:
— Enfim, o que nós queremos é um Brasil melhor!
Como ia ser esse Brasil, o que devia ser feito, eu acho que ele não sabia, além de que deviam acabar os abusos e a miséria, as mulheres deviam votar, descentralizar o governo, que eu me lembre era só. Enquanto isso, hoje é que vejo, Prestes tinha tudo pronto na cabeça, como me disse na volta do velório, emparelhando comigo um minuto:
— Como vai, seo Menino?
— Bem, chefe. Meio confuso com essa revolução que não anda nem desanda mas...
— Fique comigo, camarada. O que a revolução brasileira precisa é de uma doutrina, e a doutrina comunista tem respostas para tudo. Preciso de alguém para minha segurança vinte e quatro horas.
Ele falou andando, continuou andando e olhando em frente, e aquilo já me fez decidir, não gosto de combinar nada sem olhar nos olhos. Falei chefe, é uma honra, eu agradeço, mas meu plano é outro.
— E qual é seu plano?
— Não sei, chefe, por enquanto é terminar o serviço.
— Que serviço?
— Cuidar do Siqueira.
Então ele me olhou, mas aí eu é que olhei em frente, tinha de arranjar outra muda de roupa, tomar um banho, voltar ao cemitério para guardar o caixão enquanto não arranjavam navio. Até que um capitão francês topou, dizendo que era um dever, já que o avião que tinha matado Siqueira também era francês, mas a verdade é que Siqueira sempre achava o homem certo pra fazer cada coisa, e sempre tem homem de brio por esse mundo. Meteram o caixão num outro caixão de zinco e levamos pro navio, lá ficou num salão, onde o pessoal chamou o capitão num canto e pediu pra ir uma turma junto fazendo guarda:
— O governo tem tanto medo desse cadáver estourar a revolução no Brasil, capitão, que é bem capaz de tentarem jogar no mar!
O capitão disse que manteria guarda de dois marinheiros por turno durante toda a viagem, não podia levar escolta, mas insistiram tanto que ele ameaçou retirar o caixão do navio. O pessoal ainda tentou mais um pouco, e aproveitei pra ir me afastando dali, entrei por um corredor, abri uma porta, era um quartinho

cheio de vassouras e material de limpeza, falei comigo é aqui mesmo. Me acomodei como pude atrás de uns caixotes, pro caso de alguém abrir a porta, e fiquei esperando o navio partir.

O quartinho não tinha janela, se é que navio tem janela, só um buraco pra sair ou entrar ar, acho que era só pra sair, porque faltava mais ar quanto mais eu ficava ali, a barriga me dizendo que já fazia um dia, dois, eu tinha experiência de dias de fome na coluna, aí ligaram o motor, demorou mais um tempão e o navio partiu. Esperei quanto pude, sentindo falta de ar e frio, duas das paredes eram de ferro e pareciam de gelo. Quando não agüentei mais, porque se saísse antes podiam me mandar de volta nalgum barco, saí, vi que o caixão continuava no salão com dois marinheiros de guarda, pedi pra falar com o capitão. Como o navio não era de passageiro, já me levaram escoltado e revistado, sem a arma. Pra resumir, o capitão disse que eu ia desembarcar no Rio Grande, eu perguntei que diferença fazia:

— *Me deixe ir até o Rio de Janeiro, capitão, pois é em porto brasileiro que podem tentar pegar o caixão!*

Ele ficou me olhando, um francês corajoso e bom, lembrava o Venâncio, e perguntou quantos anos eu tinha. Falei que, só a serviço da revolução na Coluna Prestes, onde entrei com catorze anos, tinha mais de dois anos...

— *...mais dois anos como guarda-costas daquele homem no caixão, um serviço que comecei e quero terminar.*

Ele suspirou fundo, olhou pra cima, olhou pra mim e disse que estava certo, eu ficava até no Rio, mas como clandestino:

— *Por sua conta e risco!*

Falei que então ia ser como sempre, e fui ficar com o caixão, arranjando um canto pra dormir sentado de costas na parede, com a faca que tirei da primeira refeição que me mandaram, quando então também fiquei sabendo que, desde a hora em que nosso pessoal saiu do navio em Montevidéu até ali, eu tinha passado mais de três dias sem comer. A cada turno de seis horas, trocavam os dois marinheiros da guarda, que na verdade ficavam por ali descansando ou jogando baralho, mas no porto de Rio Grande, como em Santos, ficaram alertas. Em cada porto o navio ficou dois dias, e passava muito barco em volta com gente curiosa, olhando de binóculo, de luneta, tocando comprido o apito, parecendo um bando de bicho triste do mar, rodeando o navio a se lamentar.

Mas eu via que pra um barco encostar e um pelotão subir aquele casco, era facinho, e como a esta altura a marujada toda já me conhecia melhor, tinham um terceiro fuzil prontinho num canto, além das minhas facas, uma marreta e um facão que arranjei e que também podiam valer muito num corpo-a-corpo. Depois até me arrependi de zelar tanto assim, acho que era até melhor jogar o caixão no mar do que passar pelo que passou no Brasil.

Ele seca a caneca, ela deixa um pouco no copo, mas ele torna a encher. Ei, diz Joana passando roupa a ferro numa tábua no corredor:

— ...ei, fígado velho de guerra, pensam que você é de ferro!...

Ele emenda resmungando:

— ...mas pra agüentar você, mulher, tem que ter é saco de ferro! — e fala isso sorrindo e, *olhe só, menina, ela também está sorrindo! Eles se entendem assim, se provocando, será que toda vida de casal é isso, será que com uma pessoa como Miguel, só por exemplo...*

— Acordou, moça?

— Desculpe, seo Juliano, vamos em frente?

— É o chá-da-lua....

— O senhor chegou a achar que era melhor ter jogado o caixão no mar por que?

Por que pergunto eu. Por que o povo é assim, adorador da morte, principalmente da morte dos grandes, grande herói como Siqueira ou depois Getúlio, depois Tancredo, os maiores funerais do século, se não fosse também o do Chico Alves, um cantor, ou da Clara Nunes ou da Elis Regina ou... eu anotei tudo, os grandes enterros, quando e de quem e também por que, porque o povo adora enterro de quem morre de desastre ou se mata de alguma forma, como aquele piloto de corrida. O povo que ouvia Tiradentes pelas estradas foi o mesmo povo que foi ver Tiradentes na forca, não foi?

Sei é que mal o navio encostou, a escada bateu lá no cais, o povo avançou contra a polícia, invadiram o navio e entraram no salão em silêncio, perguntei querem o que, parem aí, querem o que?!

— Queremos levar o caixão, moço — respondeu um cidadão negro, tão musculoso que pensei nossa, um jagunço desse não derrubo nem a marreta, mas perguntei quem eram eles, uma dúzia de homem musculoso como eu nunca tinha visto, e na mesma voz calma o homem respondeu:

— Eu sou José dos Santos Silva, seo moço, estivador, sim-senhor, e por lei tudo que chega no porto só pode ser desembarcado por estivador, mas viemos pegar o caixão pra levar pro povo não porque é obrigação, mas porque é uma honra pra nós!

Falaram que caixão esquisito, falei que o caixão mesmo estava dentro daquele caixotão de zinco, então num instante desmontaram o de zinco e pegaram o caixão de madeira e, a partir daí, eu vi que Siqueira não precisava de guarda mais, agora ele estava no mar do povo, levado por um mar de mãos, navegando naquela gente que levava no alto o seu tenente, feito uma bandeira finalmente, sem medo nem pressa, a maré do povo que é o que move toda revolução. Desci a escada depois do caixão pra entrar no mar de povo lá fora, e no meio da escada o capitão me chamou, eu não estava esquecendo minha arma?

— Não — falei resolvendo — Pra mim chega de revolução.

Fui vendo aquela multidão a perder de vista atrás do caixão, parando aqui e ali pra ouvir discurso, uma espremeção de gente que dava aflição, tanto choro, tanto olho vermelho, mulheres rezando em sacada de prédio, homens tirando o chapéu, gente ajoelhando pelas esquinas onde passava aquele mar de gente, até pensei comigo, o destino do Siqueira parece que é mesmo morrer no mar. Porque o povo parece que, levando assim em maré o morto, se desobriga de fazer o que ele queria, e depois cada um volta pra sua vidinha como se os rios pudessem voltar do mar.

E tome discurso. Até que, pra entrar na igreja[22], já não tinha estivador levando o caixão, só militar e jornalista, ao menos aí se juntaram civil e militar.

E tome missa, pra Siqueira que não era disso. E depois tome serviço: cuidar de controlar aquela multidão, fazer sair quem já tinha visto o caixão e feito sua oração, organizar fila, montar guarda, tudo isso só com o pessoal da revolução, enquanto lá fora polícia civil e militar cercavam a igreja. Era o dia 3 de junho já, mais de um mês da morte, e muita gente chorava diante do caixão como se tivesse recebido a notícia naquele momento, gritando, se descabelando, pra Siqueira que não gostava de chilique nem de escândalo, detestava a mulherada na coluna justamente por causa disso.

---
[22]Igreja da Santa Cruz dos Militares, Rua Primeiro de Março.

Dormi num canto da igreja, eu era craque em dormir em qualquer canto, o segredo é arranjar papelão, estender direitinho, encolher as pernas pra ficar menor ainda, e pronto, era como um cachorro ali, deixavam. Eu só queria ver o fim daquilo, ver que teatro era aquele, que eu conhecia teatro de circo, menino lá em Foz, e aquilo era o mesmo que um teatro, a polícia lá fora, cercando a igreja, a multidão entrando sem parar pra passar diante do caixão, rezar e chorar, e ali em guarda nove tenentes. Fosse de que patente fosse o militar, o povo, que não entende de farda, chamava de tenente, nove tenentes se revezando a cada duas horas, de modo que até o fim da tarde do dia seguinte toda a tenentaiada da revolução passou por ali, o inimigo lá fora, a revolução ali dentro, o povo passando, pobre, rico, moço, velho, criança, doente carregado, um tenente até brincou:

— Ué, o Siqueira já tá fazendo milagre?

No fim da tarde do dia seguinte, lá vai o caixão pegar o trem pra São Paulo, e tome discurso no caminho, tome discurso na Central do Brasil. Quase partindo o trem, um figurão gritou — De joelhos! — e toda aquela multidão ajoelhou enquanto o trem partia. Gente da família de Siqueira ia no trem, tirando flor de cima do caixão e jogando pro povo, e o povo disputava cada flor com uma garra que Siqueira decerto ia gostar de ver lutando pela revolução.

Mas que revolução, será que vai um dia existir mesmo uma revolução? — no trem eu ia pensando. Cada estação pelo caminho ia estar cheia de gente, e tome discurso, e tome flor, Siqueira, tome flor, o caixão sumia debaixo de tanta flor, desde coroa enorme com fita roxa e dourada, até buquezinho de maria-sem-vergonha, essa florzinha que dá em todo canto e já chegava murcha. E assim, duma estação pra outra, continuei a serviço de Siqueira, jogando muita flor fora do trem pra caber mais flor na próxima estação, e assim a última marcha de Siqueira foi, quem diria, de ferrovia e deixando um trilho florido.

Em São Paulo, cedo no dia seguinte, a polícia esperava com caminho já preparadinho pro cortejo, pra passar por ruas fora do centro e não ir juntando muita gente até o cemitério, mas aconteceu que o povo também esperava, na estação e fora da estação, povo por todo lado, povo de não acabar, povo que, quando quer, tudo consegue, faz até tremer o chão como faz o terremoto, é o povomoto, o motor que tudo pode mas só funciona de vez em quando.

O povomoto desconheceu a polícia, pegou o caixão e o caixão foi pelas ruas que o povo bem quis, e até o Cemitério da Consolação foi juntando gente, feito uma cobra crescendo, enquanto em muita janela, tanta janela, velas acesas, e gente ajoelhando na calçada, todo homem de chapéu na mão, toda mulher de olho molhado, até criança ia séria naquela marcha, aquela grande marcha popular pra enterrar o homem que, na coluna, gostava de enterro rápido:

— Já perdemos o companheiro, não vamos perder tempo.

O pessoal da coluna, hoje eu vejo, não tinha medo porque tinha raiva, e ali naquela marcha eu via que o povo também, ao menos ali, não tinha medo porque tinha dor, uma dor funda, uma dor de quem perde um irmão de todo mundo, uma dor que une todos e manda em todos, formando um mar como as ondas formam um mar, que vai até onde quer e faz só o que quer. E assim, levado por esse mar, o caixão ainda ficou tomando sol na beira da cova enquanto tome discurso e mais discurso, até que acabou a falação, até pelo calor do sol no céu de inverno, sem nuvem, um céu claro e limpo inteirinho, o melhor tempo pra tropear, dizia Siqueira.

Quando foram enfiar na cova, vendo que junto ia a bandeira do Terceiro Destacamento, rasgada, costurada, furada de bala mas, por isso, era a primeira e única bandeira do Terceiro Destacamento, lembrei de Siqueira:

— Não pergunte por que ninguém faz, faça! Tome a iniciativa! No Exército, é dever do oficial tomar iniciativa! Na revolução, é dever de todos!

Como ele sonhava! Hoje, vendo esse povo que continua a aceitar tudo, fila aumentando e imposto também, posto de saúde sem remédio nem médico, fiscal mordedor, banco mordedor, política podre, escola até sem giz, comércio agiota, água ruim, energia cara, vendo tudo isso e o povo sempre aceitando, eu vejo como Siqueira era sonhador! Que seria dele se continuasse vivo? Cheguei a ouvir ou ler, não sei, que, se Siqueira continuasse vivo, Getúlio não teria sido Getúlio e o Brasil teria sido outro. Será? Será que adianta mudar um homem e o povo não mudar?

Eu não sei, só sei que ali, vendo aquela bandeira já quase entrando na cova, falei epa, com licença, esta é a bandeira do Terceiro Destacamento, e peguei, dobrei e enrolei direitinho como o próprio Siqueira tinha ensinado, e taí nesse baú, guardada até hoje, pronta pro uso se um dia esse povo deixar de ser cordeiro e resolver se juntar e lutar todo dia, em vez de se juntar só um dia na vida pra enterrar alguém que sempre lutou.

Quase dez da noite, no refeitório vazio do Lírio Hotel, ela etiqueta as fitas, suando no fevereiro de Foz do Iguaçu.

— Faz sempre calor assim aqui?

— Não está tanto calor, filha — Tia Ester faz contas num cadernão de capa preta; a contabilidade do hotel, para o imposto de renda, não deixa para a última hora.

Ela acaba de etiquetar as fitas, sorri lembrando:

— Acho que a maior alegria que dei a meu pai foi quando fiz minha primeira declaração de renda, por causa de bolsa de estudo, e vi como era fácil, falei que podia fazer a dele dali pra frente. Ele dispensou o contador no mesmo dia, telefonou pro homem e disse olha, fulano, você disse que este ano ia aumentar o preço do seu serviço, pois eu tenho uma novidade pra você, você está dispensado! Ah, meu pai... Aliás, aí eu vi que ele pagava uma micharia de imposto, mas disse que não sonegava: — Só me defendo, filha, pois que é que eles dão pra mim em troca?!

Ah, diz Tia Ester, eu pago tudo que devo:

— Seja pro verdureiro, seja pro governo. Aí minha declaração do ano passado.

Ela olha o total no canto da folha cheia de números:

— Tudo isso? A senhora paga tudo isso de imposto?! Mas então declara tudo que ganha...

— ...e mais o dinheiro da poupança, que até o Miguel já falou pra trocar em dólar, que aí não tem imposto, mas eu acho que, se a gente tem um país, tem de usar o dinheiro do país.

— Mas a senhora sabe que todo mundo declara menos do que ganha, não sabe?

Menos quem vive de salário, diz a velha tranqüilamente:

— Não é o meu caso, mas a maior injustiça não é muitos pagarem menos do que deviam, é tantos terem de pagar sem escapatória, porque é descontado no salário, não é?

Ela concorda, é o seu próprio caso, a bolsa de estudo já vem com o imposto de renda descontado, como se bolsa fosse renda!

— Além disso, gostaria de pagar imposto pra governo que funcionasse.

Tia Ester sorri com os olhos claros, a voz quase cantante:

— Pois é, eu vejo tanta notícia de roubalheira, corrupção, mas se a gente quer que melhore, cada um tem de fazer sua parte, não é? O certo é pagar imposto, eu pago imposto. Pois o dinheiro pra escola, pra merenda, pro posto de saúde também vem do imposto, né, podem roubar muito mas não roubam tudo, e como é que eu ia saber pra separar? Este tostão eu pago, porque vai pra educação, este tostão eu não pago porque vai pra corrupção, como é que eu ia saber? Então pago tudo e pronto...

— Pois eu estive com uma pessoa hoje que, com quase noventa anos, se não colher legume, verdura e fruta do quintal, a aposentadoria não dá pra comida... Me disse a mulher dele que, quando ela tem crise de bronquite, só de remédio vai metade da aposentadoria dela, que é o dobro da dele, e as duas, somadas, são metade do que ganho de bolsa de estudo!

— É — Tia Ester fecha o cadernão — O Brasil não é fácil. Mas é que não é só o governo que é corrupto, o povo também!

— O povo?

— É, filha, o povo — com a voz ainda doce e cantada — Você não vê que vendem voto toda eleição, em troca de dinheiro, emprego, dentadura, até um sanduíche e um guaraná, toda eleição não encosta caminhão cheio de eleitor aí na rua!? E o açougueiro não mói sebo junto com a carne se você não presta atenção? E... ih, tanta coisa! Não é um povo de respeito, não, mais da metade dos hóspedes mija fora da privada, e só isso, pra mim, já diz muita coisa!... E chegou o porteiro, vou dormir. Boa noite, filha.

Ela fica sozinha no refeitório e, do Horto das Oliveiras pendurado na parede, Jesus olha para ela. O relógio bate dez vezes, ela vai à portaria usar o telefone, explica ao porteiro:

— Já pedi à Tia Ester. Depois das dez é mais barato.

A doutora atende logo, ela pede desculpas pela hora e vai logo ao assunto:

— Seo Juliano me deu, deu assim dado, sem condição nenhuma, para eu encaminhar como quiser, o baú e mais um caixote de documentos e lembranças, como diz ele. O que acha que devo fazer?

A voz da doutora despeja as instruções metodicamente:

— Não manuseie nada sem luvas e óculos, você sabe. Enfie cada documento num envelope plástico separado. Relacione tudo, com uma descrição sumária. Antes, claro, submeta tudo a um banho de radiação antiácaro, você deve achar esterilizador baratinho por aí. Depois vemos como transportar daí pra cá esse material todo, talvez até o próprio baú também, por que não? Na próxima viagem você leva um documento para ele assinar, cedendo esse acervo à universidade. Mais alguma coisa? Quando você volta? Mande um abraço pra esse velho teimoso, diga... — a voz de repente perdendo a cadência — ...diga que este país bundão precisava de mais gente como ele!

— Ele sabe disso, doutora, acho que esse é o problema dele. Obrigada por tudo.

— E não use talco para enfiar as luvas, use bicarbonato de sódio!

Ela desliga o telefone, pensando longe, leva susto de ver Miguel ali.

— Oi, a tia já foi dormir? Já jantou? Você está bem? Está suando!

Ela fica olhando para ele, pega pela mão, diz apenas vem, vem. Sobem as escadas, o porteiro faz palavras cruzadas, cachorros uivam para a lua cheia e, na porta do quarto, ela diz entra, mas no meio do quarto pára e se volta — Será que Tia Ester não vai achar ruim? mas ele já está pegando seu queixo com as duas mãos, e se beijam leve, depois beijam fundo, e enfim, já caindo na cama, beijam como querendo se engolir. *Oh, menina, seja o que Deus quiser! O máximo que pode acontecer de ruim é ele brochar com a sua secura, desistir, ou gozar de repente e se vestir, como se tivesse nojo ou culpa como os outros e... Oh, onde ele vai com essa mão? Onde ele vai com essa boca?!*

— Miguel, quero te pedir uma coisa.

— Deixa ver se eu adivinho — ele enfia a mão no bolso, tira a carteira, da carteira tira um papel: — Resultado de exame de sangue feito há um mês, quando te conheci. HIV negativo. Você ia me pedir pra usar camisinha, não era isso? Bem, por mim, não precisa.

— Mas e por mim?

Ele não responde, a boca ocupada em beijar orelhas e seios. Ela insiste enquanto ainda consegue:

— Hem, Miguel?

— Eu confio em você.

Amanhecendo, abraçados na cama vendo a janela clarear, ela diz nossa, o calor passou. Não, diz ele:

— O *seu* calor passou. Você estava brincando quando disse que era frígida, né?

Depois que tomam banho, ele diz que vai descer primeiro, para Tia Ester não perceber que dormiu ali, mas quando abre a porta, ali está, sobre um carrinho de madeira, uma bandeja com café completo para dois, e flores ainda molhadas de orvalho.

Miguel pegou a lista de compras dela, falou é tudo fácil de comprar aqui mesmo em Foz, e foram fazer compras na cidade cheia de lojas, lojinhas e lojonas. Ela tem de se conformar com óculos de mergulho, comprados num bazar, mas acha o esterilizador numa casa de esportes e os envelopes plásticos numa livraria que vende de tudo menos livros. Saindo da livraria, Miguel diz sorria, estamos sendo fotografados.

— Ou o jipe é fácil de achar ou já estavam me seguindo.

Sobem no jipe, ele vai devagar, de repente acelera, furando um sinal vermelho e virando em várias esquinas, até olhar pelo retrovisor, pronto, sumiram.

— Por que estão fotografando, Miguel?

— Pro processo do divórcio, para eu perder a guarda do meu filho.

— Mas a gente só estava fazendo compras juntos!

Ele suspira fundo, relaxa as mãos no volante:

— Pois daqui pra frente, mesmo que você esteja agarrada em mim como uma pererca num galho de peroba, podem fotografar à vontade!

O jipe ronca satisfeito, mas ela morde os lábios.

— Miguel, você não está escolhendo entre eu e o seu filho?

— Não, ele eu sei que vai acabar voltando pra mim, ele gosta de mim e vai entender. E você, se eu perder agora, sei que vai ser pra sempre. Eu não estou escolhendo, estou fazendo o que o destino manda. Não esperava alguém, não queria alguém, queria só levar minha vida, fazer minhas fotos, e de repente aparece você me pedindo pra erguer um carro e depois senta do meu lado no ônibus e se hospeda no hotel da minha tia! E agora...

— Abriu o sinal, Miguel.

— ...agora parece que passei a vida esperando você!

Carros buzinam atrás, um motorista passa xingando enquanto eles ainda se beijam, e o jipe morre quando ele quer partir, o sinal fecha de novo e então voltam a se beijar, ela assustada com as batidas do próprio coração, *é uma revolução, Juliana Prestes!*

— Dona Juliana Prestes — Juliano Siqueira abre os braços para o baú agora na sala — É tudo seu! Já era tempo de eu entregar isto a alguém, antes de ir pro céu encontrar os amigos, como dizia o Venâncio, ou ir pro inferno encontrar os inimigos...

Ela diz que nada será seu, mas tudo poderá ser guardado pela universidade, desde que ele assine uma doação e...

— Não! — ele endurece a voz — Estou dando pra senhora, não pra universidade nenhuma, não conheço nem confio em universidade nenhuma!

— Decerto não confia porque não conhece, não é? E não conhece porque não confia...

— Moça, eu confio é em gente, uma pessoa por vez. Mais de uma, pronto, já podem se juntar e te trair ou te usar. Governo é só gente que vive às custas do povo, se juntam pra explorar todo mundo. É o que eu penso hoje, depois de conhecer tudo que inventaram de governo, e universidade é a mesma coisa.

Ela liga o esterilizador ao lado do baú, sentada num banquinho, levanta a tampa. Coloca os óculos e as luvas, Juliano Siqueira agachado do lado feito criança curiosa. Ela começa a pegar primeiro os objetos, espalhando sobre a mesa e depois sobre as cadeiras e o sofazinho, cada um dentro de um saco plástico com etiqueta e número, e ele vai comentando um por um:

1. Capacete paulista da Revolução de 32: — Amassado duma bala de raspão.
2. Baioneta também de 32: — Podia ter alguma serventia num corpo-a-corpo, que no dia-a-dia da trincheira, como faca, não servia, cortava mal.
3. Canivete: — Me acompanhou desde a coluna até 1992, quando fui pra rua com aquela gentarada, aquela moçada de cara pintada, criança, velho, todo mundo junto de amarelo, pensei ah, agora o Brasil vai tomar jeito, agora vai...! Mas que, cada um voltou pra sua vidinha, a corrupção aumentou, o presidente impichado foi inocentado e taí de volta... Então aposentei o canivete como quem se aposenta de luta.
4. Colherona de madeira: — Era do sargento Janta. Um dia vi na pastelaria dele, lá entre a revolução Integralista e a Revolução Comunista, que agora era uma baita pastelaria com filial aqui e ali, filho cuidando, empregado por

todo lado, vi essa colherona na parede. Perguntei se não era a mesma com que ele mexia os ovos no frigideirão na coluna, ele falou é ela mesma. Posso levar, sargento? Faz esse favor, Menino, não quero mais nem lembrar daquele tempo, hoje acho até que foi tempo perdido...

5. Um distintivo de latão, com cartolina colada — *MMDC* — *Grupamento Santa Cecília* — *Honra ao Mérito*: — É que na Revolução Paulista a gente fazia de tudo, fardamento, coturno, cinturão, munição, granada, até criança trabalhando pra armar a revolução, e quando souberam que eu entendia de arma, começaram a me trazer arma velha ou quebrada pra consertar, até que um dia, já quase pra terminar a luta, fizeram medalhas e me deram uma, isso aí é uma medalha.

6. Uma foto de...

— Londrina, 1932. Se você tinha alguma dúvida de que andei por lá, moça, taí. Jorge e eu, naquela praça ao lado da igreja. A inglesada resolveu fazer as passarelas da praça em forma de cruz e xis, assim como a bandeira da Inglaterra, e eu trabalhei ali uma semana cavando, aplainando, acho que já andava pegando gosto de lidar com terra.

— Então o senhor voltou a Londrina depois da morte de Siqueira? Não participou da revolução de 30? Cadê o gravador?

Bom, enterrado Siqueira, já antes de sair do cemitério começou a falação: quem ia ficar no lugar dele no comando da revolução, como fazer a revolução sem ele e, agora, contra Prestes também... Para mim, aquilo tudo parecia um absurdo, um sonho louco, uma revolução que juntava inimigos de ontem, apartava amigos antigos, tudo pra chegar ao tal poder, um infernal caminho pro céu, o tal país onde tudo ia funcionar direito, com governo honesto e fazedor, povo ordeiro e trabalhador, e, como dizem nos cartões de ano-novo, cheio de prosperidade...

Aí de repente, saindo do portão do cemitério, ali na Rua da Consolação, vendo passar bonde pra lá e pra cá, aquela gente indo pra um lado ou outro, eu vi que não tinha pra onde ir. Eu tinha servido a um homem feito um cão, em nome duma revolução, e agora estava ali perdido mesmo feito um cachorro de rua. Uma mão me bate pesado no ombro, antes de me voltar já sabia quem era:

— Sargento Janta?

— Não me chame mais assim, Menino, essa história acabou — foi a primeira coisa que falou. Disse lá o nome dele, que esqueci logo em seguida, e perguntou o que eu ia fazer da vida:

— Quer trabalhar na pastelaria?

Ofereceu um salário, além de um quartinho nos fundos:

— Assim de noite você ajuda também a vigiar, tem muito ladrão de farinha...

Passou um cachorro, olhou a rua, esperou um bonde passar, devia ser cachorro já atropelado, daí passou ligeirinho, e eu vi que era um cachorro de rua, sim, mas era livre, podia ir pra onde quisesse, daí falei não, sargento, eu não quero morar num quartinho e viver coberto de pó de farinha.

— Eu não quis lhe ofender, Menino.

— Não me chame mais assim, senhor, meu nome é Juliano Siqueira.

Era idéia do Siqueira, eu viajar como sobrinho dele, com documento e até uma historinha pra contar, caso a gente acabasse preso: nascido onde, filho de quem, tinha vindo visitar o tio pra ver se arranjava emprego, Siqueira era meticuloso nessas coisas, não dava chance pro azar. Então eu disse ao sargento que guardasse bem aqueles caixotes de munição da coluna, que ele agora usava pra guardar fermento, e que um dia eu voltava buscar, e fosse feliz.

Ele me deu um abraço apertado e, quando voltou a me encarar, estava de olho molhado e disse que feliz, feliz mesmo, tinha sido na coluna:

— Quando todo dia a gente perigava morrer e então cada dia era melhor que o outro, mesmo marchando com fome e...

Deu outro abraço, sumiu no povo e eu fiquei ali, com fome, que tinha até esquecido de comer acho que fazia dias, aí me lembrei de que não tinha um tostão. Fui andando, desci a Consolação, virei pra Santa Cecília e, quando vi, passava na frente do sobradão das três professoras. Já tinha batido em muita casa e rancho pelo Brasil afora, pedindo alho, ou sal, ou remédio, sendo atendido por gente que mal abria a porta, homem barbado olhando por fresta de janela, Venâncio dizia eh, povo cagão, apanha do governo e tem medo de revolução...

Bati palmas e uma das três já veio abrindo o portão e me pegando pelo braço:

— Seo Juliano — assim me chamavam — Venha tomar um café com a gente! Também acabamos de chegar do cemitério, depois da noite inteira no velório, estamos com uma fome! Porque a vida continua, né?

Era café com leite, pão com manteiga, queijo, mortadela, mel, e umas pamonhas que nunca mais vou esquecer, eu não conhecia, e elas se espantaram tanto disso que me botaram mais uma no prato e acabei comendo foi quatro. O cansaço devia ser tanto que elas acho que perceberam, perguntaram onde eu ia dormir, onde andava minha mala. Minha maleta, disse eu, não anda mais, tá atolada no fundo do Mar do Prata:

— E eu só tenho a roupa do corpo e esta bandeira aqui, pra guardar naquele baú.

O baú já tinha passado por várias casas e estava de volta no casarão delas. Me levaram até o baú e uma apontou uma casinha nos fundos, era onde guardavam as ferramentas, um velho jardineiro vinha toda semana cuidar do jardim mas tinha caído doente:

— Se o senhor quiser, pode limpar, morar aí até se ajeitar.
— Mas nem me conhecem direito.
— Ah, nem fale...
— ...o senhor foi da Coluna Prestes!
— E era anjo da guarda do Siqueira! O senhor é nosso hóspede quanto tempo quiser!

As três me ajudaram a carregar cama e colchão do sobradão para a casinha, que era debaixo dum velho tamarindo, de modo que mesmo em dia quente estava sempre fresca, e ali, com a ferramentaiada pendurada nas paredes, foi a minha segunda casa na vida, se puder chamar de casa o barraco da mãe lá em Foz do Iguaçu. Dormi a noite inteira até o meio-dia, quando uma delas bateu na parede de madeira:

— Seo Juliano, o almoço está na mesa!

Pra mim, almoço na mesa era outra novidade na vida, nem no barraco da mãe tinha almoço na mesa, porque a mesa era pra passar roupa, cada um fazia seu prato no fogão e comia sentado num banco com o prato nas coxas, muita vez era preciso esperar a comida esfriar pra não se queimar com o prato quente. A mesa das professoras tinha até vaso de flor, e a salada era tão colorida que dava dó de comer, o feijão caldoso, o arroz soltinho, com bife acebolado e repolho refogado, lembro até hoje perfeitamente porque foi a primeira refeição completa, como se diz, que comi na vida: cereal, carne, verdura, legume, só depois de velho fui ler que pra viver bem é preciso comer de tudo. Hoje, tiro mais de trinta tipos de raiz, legume e verdura deste terreninho aqui, fora fruta e planta de tempero ou de chá, ao menos nisso evoluí, porque hoje acredito mais em evolução que em revolução. Revolução é bom pra chacoalhar de vez em quando, mas o que resolve é evolução, principalmente na cabeça e no coração, mas até no intestino evolução chega também.

Então passei um tempo ali, comendo bem, dormindo bem, porque deitava cansado de lidar com o jardim e o pomar, acho que quem passou pela Coluna Prestes não se acostuma mais ficar parado, e também era um jeito de pagar a comida. Elas diziam o que era preciso fazer e eu, que já tinha traquejo de facão, aprendi a lidar também com a enxada, a pá, o rastelo, a serra. Deixei o jardim um brinco e o quintal uma beleza, mas justo quando ficou tudo arrumadinho, me deu enjôo daquela vida, só que eu continuava sem um tostão. E também tinha enjoado daquela revolução, daquele fala-fala, então nem podia procurar alguma casa de tenente, já iam querer me botar uma arma na mão e tome arroz com ovo.

Resolvi ir até a pastelaria do sargento Janta, e ele:

— Boa noite, seo Juliano.

Eu tinha esquecido o nome dele, dei só boa-noite, pedi logo o que tinha de pedir, dinheiro pra passagem até Três Bocas. Ele perguntou onde diabo era isso, falei que era no Sertão do Tibagi, uma clareira no meio da floresta:

— Longe de revolução, de traição, de falação, sargento.

— Então vá com Deus, seo Juliano, só não me chame mais de sargento.

Eu sabia que isso queria dizer também não me procure mais, então peguei o dinheiro e fui pra estação sabendo que não tinha nada pra trás, ninguém, só podia ir pra frente. Ou pro sertão.

Enquanto ela remexe no baú, enfiando papéis em envelopes, etiquetando, mas sempre vigiando o gravador, Juliano Siqueira conta que só na ferroviária contou o dinheiro dado pelo sargento, e era bem mais do que custava a passagem:

— Acho que o sargento pagou pra se livrar do passado...

No trem, foi meio espantado com aquele sentimento de liberdade, que fazia até com que chorasse um pouco, assim de só molhar o olho, vendo molecada a acenar pro trem, mulherada lavando roupa em beira de rio, vaqueiro levando pela estrada uma boiadinha, velho mexendo em horta, roupas ao vento num varal, gente tocando a vida sem nem pensar em revolução, vivendo simples e sem ambição. E estava assim, na plataforma do vagão, olhando tudo passar na rapidez do trem, uma mão leve pega no ombro e, antes de virar, já sabia que era Honório, devido ao cheiro de colônia ou perfume ou fosse lá o que, nunca tinha gostado de homem perfumado.

— Como vai, Menino? Não vai pra revolução?

Contou que tinham matado o João Pessoa[23], e agora ia estourar a revolução a qualquer momento. Por isso mesmo, falou, estava indo para longe, não queria correr o risco de acabar de fuzil na mão atrás de barricada, que a luta agora ia ser nas capitais, nada mais disso de ficar zoando pelo país como na coluna:

— Vão é tomar quartel no Brasil inteiro, Menino...

Disse que até tinha pensado nele, achando que decerto ia pra primeira linha de tiro:

— Onde bala pipocar, Menino tá lá...

Não, ele falou, queria era distância daquilo tudo, ia pra Três Bocas justamente pra ficar longe. Honório disse que também ia lá pro sertão, mostrou um cartão, Honório de tal, corretor de terras. O Honório mensageiro da coluna, que varava léguas a mais que todos todo dia, porque tinha de ir e de voltar levando papel de Prestes pra comandante de destacamento, aquele Honório magro e empoeirado tinha virado um tipo de paletó, sapato brilhante, cabelo brilhante, camisa sempre limpinha:

— Mas sem gravata, que o jacu não gosta.

Chamava de jacu o peão que vinha de São Paulo ou Minas, com dinheirinho guardado de anos, dinheiro suado no cabo da enxada, com a família e aquele monte de mala e saco, querendo comprar uma terrinha para virar sitiante, plantar café, fazer a vida:

— Compram de olho fechado.

Ele perguntou onde eram as tais terras, Honório riu:

— Por aí tudo, Menino! É só levar o jacu por uma picada qualquer, até alguma beirada de fazenda ou fundo de vale, é tudo mata mesmo, e dizer é aqui sua terra.

---

[23] A 26 de julho de 1930 foi assassinado João Pessoa, presidente (governador) da Paraíba, que tinha sido derrotado como candidato a vice-presidente da República pela Aliança Liberal, formada pelos políticos de oposição ao governo e pelos tenentes, na tentativa de chegar ao poder eleitoralmente. O candidato da Aliança a presidente tinha sido Getúlio Vargas.

Antes, era preciso fincar lá umas estacas numeradas, pra figurar loteamento. Depois era só receber a entrada e sumir, dizendo que o primeiro pagamento seria só em quatro anos, na primeira colheita de café.

— A jacuzada fica maravilhada, Menino, querem até me beijar a mão!

Ele perguntou de quanto era a tal entrada que pagavam:

— Depende de quanto dinheiro você acha que o jacu tem, e uns até fazem o favor de dizer.

— Mas você, que foi da coluna, Honório, não tem vergonha de enganar assim gente pobre e trabalhadora?

Honório riu:

— Vê se cresce, Menino! Jacu existe pra existir o picareta, que nem no mato: gavião come codorna, codorna come minhoca! E eu já fiz muito sacrifício por esse país, agora vou é aproveitar a vida, com licença.

Virou as costas e foi, o ar ficou perfumado ainda um tempinho. Em Ourinhos, ainda viu Honório na estação, já conversando com um casal com mala, saco, criança, deu vontade de ir avisar os coitados, de longe vendo Honório dar cartão ao homem. Um paletó, um cartão, uma conversa e lá ia o jacu virar posseiro pensando ser dono, arranchando em terra alheia para um dia receber visita do dono, e saber que pagou para ser enganado... Ô, dó! Mas agora tinha resolvido cuidar da própria vida, virou as costas e foi para Três Bocas.

A trilha tinha virado uma estradinha, aberta e endireitada a trator, uma fita esticada mata adentro, de cada lado um paredão verde, cada cipó da grossura de coxa, cada peroba de entortar pescoço. Folhagem coloria de tanta arara, remexia de macacada quando a jardineira passava. Era um fordeco com capota e bancos, em vez de carroceria, mas o molejo continuava de caminhão, a roda batia numa pedra, com o pulo a cabeça batia na capota. Não tinha lataria dos lados, de modo que, onde a estradinha estreitava, galhos passavam batendo nos passageiros das beiradas dos bancos.

O rio que tinham cruzado de canoa, levando as mulas a nado, agora tinha uma balsa. E a primeira clareira que tinham aberto estava abandonada, Jorge explicou assim que ele desceu da jardineira, o único sem bagagem:

— Menino, que bom que voltou! Viu que você estava certo, né, trouxemos o patrimônio cá pro alto!

O Patrimônio Três Bocas era meia dúzia de ruas de barro, cruzando a estradinha que virava rua e ia até um alto onde ia ser a igreja. Mas o escritório da companhia já estava lá, um barracão comprido de madeira, coberto de zinco, onde Jorge lhe deu água e café, depois perguntou se queria mais alguma coisa.

— Quero um emprego, mas de lidar com terra, plantar.

Jorge perguntou quanto dinheiro ele tinha, era uma micharia mas Jorge foi falar com alguém numa sala, voltou e disse que aceitavam só aquilo de entrada, ele podia pagar o resto da entrada trabalhando para a companhia seis meses, depois podia ir abrir a própria terra. Ele perguntou qual seria o trabalho, Jorge sorriu:

— Mexer com terra, não era o que você queria?

Assim foi cavar valeta, abrir rua, numa turma de doze que chegava a levar um dia inteiro para destocar uma figueira-branca, cavucando e cortando as raízes até poder arrancar aquela enormidade da terra. Comia de marmita, dormia em rede num barracão com outros, a pouca roupa pendurada em pregos na parede de palmito, cada vão da grossura de dedo. Para espantar mosquito, faziam fumaça jogando folhagem verde num braseiro no chão batido, e até para tomar banho em riacho era preciso um se lavar enquanto outro espantava a mosquitada, agitando folha de palmeira em redor.

Descobriu que a terra vermelha tem um visgo, quando vira barro, que chegava a chupar galocha. A pessoa ia cruzar a rua, na verdade um barreiro entre poças dágua, de repente puxava o pé atolado e a galocha ficava; e então se ficava só num pé, procurando enfiar o outro de volta na galocha, equilibrado no meio do barreiro igual uma cegonha, conforme Jorge era o passo da cegonha. E todo dia era possível saber a hora do chá, cinco horas, sem olhar o relógio:

— Passa um casal de araras cantando sobre a clareira.

A companhia era econômica, inglês é pão-duro: a maioria do pessoal do escritório era solteira e moravam juntos na Casa Sete, assim chamada por ser a sétima das casas feitas, que vinham da Inglaterra de navio, com todas as tábuas numeradas para montagem. E da forma como montavam as casas, com tudo numeradinho, iam colonizar aquela terra que dava espiga de dois palmos e mandioca de arroba. Jorge mostrou mapas de glebas, divididas em sítios compridos, todos com boca para o rio e bunda para o alto do espigão, onde ia passar estrada. Cada colono teria oito anos para pagar, só seis por cento de juros ao ano, primeiro pagamento só ao fim de dois anos e, de entrada, davam o que pudessem, até mesmo trabalho.

— É gente que sempre quis ter terra, é uma revolução na vida deles!

Jorge tinha orgulho de ficar naquele escritório, quente feito um forno — pois tinham derrubado todas as árvores da clareira — para receber colonos, mostrar mapa, receber a entrada, dar recibo; mas ainda chegava tão pouca gente, que tinha tempo de andar à toa pelo povoado enquanto não chegava a jardineira. E, se chovia, não chegava, mesmo dias depois, enquanto não secassem os atoleiros na estrada.

Então pescavam no Tibagi dourados enormes, um tão grande que quase levou o pescador franzino para a água: tinha enrolado a linha grossa na perna, enquanto iscava outro anzol, e o puxão do peixe fisgado foi tamanho que, não fosse Jorge ali, teria sido arrastado para o rio. Depois de consertar espingarda do gerente da companhia, já tinha passado de peão a faz-tudo dos ingleses, à disposição para caçar, fazer ceva, dirigir turma em abertura de picada, ensinar colono a fazer rancho de palmito, usando só traçador, para serrar o tronco, ou mesmo facão, e daí cunha e marreta para rachar de comprido. Não usava um prego, só encaixes e amarração com cipós, cobertura também de palmas também de palmito ou outra palmeira, tudo coisa da mata. Chão de terra batida, fogão e forno de barro, copos de bambu, peixes do riacho, aves da mata, tanta caça.

— O melhor tempo da minha vida, eu que pensava que não pudesse existir tempo melhor que na coluna...

Um dia, voltando de um riacho com Jorge, por uma trilha na mata, viram um bando de catetos, atiraram em dois, depois subiram correndo numa árvore para fugir dos outros. Passaram a noite inteira ali, amarrados nos galhos pelos cintos, para não cair de sono, até que amanhecendo o bando de catetos deixou o pé da árvore para ir ao bebedouro no riacho. Estavam inchados de picadas de mosquitos, com febre, e Jorge, mal saíram da trilha para a clareira, bambeou e caiu. Ainda sentado no chão, tonto, pediu com aqueles grandes olhos azuis:

— Se eu morrer, cuida dos cachorros.

Ele era o único que dava comida a meia dúzia de cachorros surgidos ninguém sabia de onde, que viviam debaixo das poucas sombras, de língua de fora, esperando chegar a jardineira para ir pedir aos passageiros, com os olhos, um resto de sanduíche ou de frango com farofa. Jorge era mais pesado que ele, tentou carregar, depois foi correndo chamar o médico, um alemão que tocava com duas freiras o hospitalzinho da companhia, na verdade uma casa de madeira com três quartos. Ali ficaria Jorge, com febre amarela, enquanto ele ensinava colonos a erguer rancho, caçar, pescar, derrubar árvore, destocar, achar mel de jataí, não ter medo de bicho a não ser onça, que alguns corriam até de guará, então ele explicava:

— É um tipo de lobo, sim, mas não ataca gente.

Os colonos vinham do Japão, da Alemanha, da Polônia, Espanha, Portugal, Itália, trinta países do mundo, fora os sotaques do Brasil inteiro, de modo que andar ali num dia bom, sem chuva nem barreiro nem poeirão para melar com o suor do corpo, era como andar mesmo numa Babel. Muitos ainda viviam suando debaixo de roupas européias, casacos e vestidos pesados, e os japoneses ainda se curvavam para qualquer um que cumprimentasse ou acenasse. Jorge dizia que eram todos iguais numa coisa:

— Querem vida nova, e agora, pela primeira vez no Brasil, podem dizer a verdade.

O japonês tinha vindo ao Brasil por causa da miséria do Japão mas, agora que não trabalhava mais para ninguém, podia dizer que assim que ficasse rico voltaria ao Japão, sem saber que quem faria isso seriam seus netos muito tempo depois, para trabalhar... O alemão podia dizer que estava fugindo por causa de política, o espanhol podia dizer que estava fugindo do serviço militar, ou também da miséria, como o russo podia dizer que fugia de perseguição religiosa.

— Aqui, seo Menino, é a terra da verdade! E da liberdade, e da igualdade, diante dessa mata e pisando nessa terra vermelha, fica todo mundo igual! Mas, se eu morrer, plantem árvores!

Jorge talvez variasse, embora o pior da febre já tivesse passado, o doutor achava que ele tinha malária também. Saiu magro do hospitalzinho, passeou um pouco, aproveitando o dia nublado e o chão seco, antes de ir para a Casa Sete:

— Uma terra de liberdade, verdade, igualdade, fraternidade, já pensou? Podemos fazer um mundo novo aqui, onde todos se entendam e... — apontou um rancho, intrigado — Por que deixam vassoura em pé na porta?

Ele contou que, como porta de rancho de palmito não tinha trinco nem maçaneta, só uma tranca por dentro, quem saía deixando a casa sozinha deixava a vassoura em pé na porta:

— Pra avisar que não tem ninguém.

Jorge todo se iluminou:

— Claro, honestidade! E liberdade, verdade, igualdade, fraternidade...

Como todo sonhador, Jorge era um homem tão bom que ele resolveu deixar com ele o dinheiro que ganhava, comia do ranchão da companhia, não pagava para dormir, guardava o salário inteiro, juntando para pagar sua terrinha. Jorge disse que melhor era já ir pagando à companhia, em vez de guardar — pois onde guardaria, na Casa Sete, onde os moços davam as primeiras festas do povoado? Assim seu salário nem precisava sair mais do cofre da companhia, já ficava lá — e já tinha três salários naquele cofre quando um dia Jorge, já corado de novo, chamou de noitinha para uma beirada de mata, na horinha mesmo dos mosquitos.

— É que é importante, tem um sujeito procurando por você...

...e, como o tal estava armado, Jorge tinha resolvido avisar.

— Como você soube que tá armado?

— Falou que era seu amigo, dei um abraço, senti a arma...

Foram até o escritório, entraram pelos fundos, por uma fresta ele viu o homem, era Honório, aborrecido com a perda de tempo, o calor, os mosquitos, a poeira. Contou que andava vendendo terra ali em volta das terras da companhia, confiando no progresso da colonização dos ingleses, que ia valorizar as terras vizinhas, mas por enquanto achava aquilo tudo um fim de mundo:

— Vou levantar mais uns cobres, Menino, e volto de vez pra São Paulo!

Era em São Paulo ou Ourinhos que pegava o trem para ir espiando as famílias de colonos, fazendo amizade, apresentando o cartão como quem não quisesse nada...

— Aliás, topei lá com um companheiro da coluna — lembra da coluna?...

— e ele diz que estão procurando você, me fizeram jurar que ia achar você e dar o recado, e como eu queria mesmo conhecer isto aqui... É verdade que tem uísque escocês a preço de pinga?

A companhia trazia uísque da Escócia em barris, como se fosse material ferroviário, que não pagava imposto, então sobrava uísque e o pessoal vendia para as vendas, que vendiam a preço de pinga. Aí Honório ficou se embebedando no único hotel dali, uma casona de madeira tocada por um casal alemão. Ele e Jorge tomaram umas doses, em caneca de lata que cada um tinha a sua, ordem da companhia para cada um não passar doença a outros, e voltaram ao tronco de peroba à espera de ser levado para a serraria, olhando a lua até que ele resolveu:

— Vou embora, Jorge, vou pra revolução.

— Vou junto.

Foi um custo convencer que não, ficasse ali na terra vermelha, fazendo a revolução dos ade, honestidade, verdade, liberdade:

— Você não vai gostar dos ão: falação, enrolação, eleição, cagão, ambição...

Mas seu dinheiro só podia sair do cofre com ordem do gerente, que estava em São Paulo sem dia para voltar, então ele pegou um vale de Jorge, no valor, e pegou a jardineira, de novo só com a roupa do corpo, deixou as outras para os peões. Em São Paulo, bateu na primeira daquelas casas onde tinha passado semanas com Siqueira, e um tenente da coluna, agora começando a ficar grisalho, abriu os braços e ele voltou à revolução.

*P*recisavam *de gente com experiência de combate pra botar na testa de tropa que ia assaltar quartel, tinham medo de tropa nova ou sem traquejo sofrer contrataque e, daí, o que era pra ser um assalto virar um combate. A idéia era assaltar quartel como quem assalta banco, chegar de repente, ir dominando sentinela, atirando em quem resistisse e levando tudo no peito, até chegar ao comandante, dar voz de prisão ou matar e pronto.*

— Mas do pessoal da coluna, Menino, metade sumiu ninguém sabe pra onde...

Pensei em Honório.

— ...e da outra metade, metade não quer mais lutar...

Pensei no sargento Janta.

— ...então cada um que sobrou é precioso, vai na prática comandar o ataque, mostrar pra moçada como se luta!

Aí fico lá esperando alguém resolver pra onde eu ia, quando chegou Franciscão. Contou que tinha arranjado uma posse muito boa em Cambará, perto do Três Bocas, tinha já uma casinha e uma vaca quando soube que andavam procurando a companheirada da coluna.

— *E a única coisa que ia me segurar numa terra ia ser uma companheira, mas não apareceu... vou pra revolução!*
Combinamos de ir juntos, fosse pra onde fosse, um não ia sem o outro. O tenente que nos entocava numa casa, com um barril de granadas e caixas de munição, passou o recado ao chefe, e eu nem sabia quem era o tal, e o tal chefe autorizou, a gente ia juntos. Então toca a esperar a ordem, e tome arroz com ovo, pão com mortadela, pão com queijo, pão com manteiga, peguei até nojo de pão. Franciscão falava ué, mas que revolução é essa que nem comida decente tem?
— *Na coluna, marchando e combatendo, tinha comida melhor que isto aqui! Ao menos feijão, quando tinha, o cozinheiro botava na panela e cozinhava, ué! Aqui o feijão fica mofando porque ninguém tem coragem de botar na panela!*
Fomos pra cozinha na decisão de aprender a fazer arroz, feijão e picadinho de carne com batata ou mandioca, que era a melhor comida da coluna. Era meia dúzia numa casa, quatro exilados, nós dois da coluna, os quatro tenentes e nós civis, e a primeira diferença era que eles não lavavam o prato depois de comer, deixavam na pia empilhados, como se um anjo fosse passar por ali e deixar tudo lavadinho. Daí comeram nossa comida e elogiaram, um até disse que entendia agora como a coluna tinha agüentado tanto, e Franciscão disse que era porque, na coluna, o cozinheiro tinha muito ajudante:
— *Pra trazer lenha, buscar água, descascar mandioca, desossar boi... E também cada um lavava o próprio prato, né...*
Mas não tivemos nem tempo de apreciar os quatro tenentes lavando prato, chegou a ordem pra gente partir. Pra onde não disseram, questão de segurança. E tome carro, tome caminhão, tome trem, tome ônibus, tome carro, tome trem. A certa altura vi que o destino devia ser Curitiba, onde eu já tinha estado com Siqueira, só lembrava de pinheiros do Paraná, tão altos e em forma de taça, Siqueira até tinha brindado com a mão como se erguesse uma taça:
— *À Revolução!*
Cada trecho da viagem era com um guia diferente, questão de segurança, embora fosse muito mais seguro a gente ir sozinho. Eram todos cheios de medo, olhando tanto em volta que dava na vista. A um Franciscão falou calma, rapaz:
— *Se você perde a calma, perdeu tudo...*
Olhavam a gente como quem olha santo no andor. Nunca mais esqueci o que disse cada um, quando perguntei o que queria da revolução:
— *Eu quero matar ao menos um...*

— Eu? Nada, só um emprego tranqüilo...

— Eu quero governar! Lá na minha terra já mandei avisar: vou pessoalmente bater na cara do prefeito, do delegado e do juiz, e vamos virar aquilo de perna pro ar! Quem mandou não vai mandar mais, e nós vamos cobrar com juros todos os votos que roubaram em tanta eleição!

Pra um, a revolução era uma luta de morte, só, um candidato a herói ou a carrasco. Pra outro, era só um jeito de arrumar a vida, ter um empreguinho, se possível daqueles que nem é preciso ir trabalhar, né, só receber no fim do mês... E pro terceiro, a revolução era vingança, e vingança miúda, queimar casa de inimigo de família, mandar derrubar a cerca do vizinho pra avançar na sua terra...

Nosso último guia foi um gaúcho de meia-idade, todo pilchado, embornal com cuia de chimarrão, duas facas na cinta, só faltava a lança e a boleadeira. Fazia uns três dias que a gente viajava sem parar, dormindo sentado, comendo pão, pastel, pão, um arroz-feijão aqui, mais pão e pastel adiante, o corpo moído, já sem ter como sentar, tudo doía, nenhum jeito se ajeitava, eu já tinha visto doente morrer assim na coluna, querendo se ajeitar pra ter um último descanso antes de morrer, pra morrer em paz ao menos, sem conseguir, porque o corpo parece que, depois de muito sofrimento, não sabe mais deixar de sofrer ou então quer acabar de vez, não melhora. Nem me lembro desse último trecho, já nem queria comer mais, só tomava leite, e o gaúcho tomando chimarrão em janela de trem, em janela de carro, em janela de caminhão, até que chegamos a Porto Alegre, eu só queria cair numa cama, ou no chão mesmo, e dormir, dormir, mas o gaúcho falou agora vamos comer comida de gente:

— Gostam de costela?

Era uma casa, isso lembro, onde no fundo tinha um ranchão coberto de palha, com uma churrasqueira de pedra. O gaúcho meteu fogo a lenha enquanto espetava e salgava a carne, cada baita pedaço de costela, última coisa que lembro até acordar sacudido por João Alberto. Franciscão mexia num fuzil.

— Sou o chefe aqui, Menino, ainda bem que vocês chegaram a tempo. Vamos atacar hoje no fim da tarde.

Já era no meio da tarde, o gaúcho falou que eu podia ter comido costela no primeiro ponto, que é vermelha e suculenta, mas peguei no sono e agora já tinha passado desse ponto, só ia ficar macia de novo depois de mais umas três horas, quando a carne ia ficar escura e seca.

Era 3 de outubro, falou João Alberto, e a revolução ia começar naquele dia e ia começar na hora:

— Às dezessete e trinta vamos atacar o quartel-general do Exército, e o paiol. Você vem comigo, Menino, e você, Franciscão, vai com o tenente...

— Não, falou Franciscão, eu vou lutar do lado do Menino, chefe. Muito bem, João Alberto levantou, falou que sendo assim ficavam os dois ali mesmo, esperando o Osvaldo Aranha que ia comandar o ataque ao quartel-general, ele ia comandar o ataque ao paiol. Bom, disse o gaúcho:

— Dá tempo de forrar o bucho antes da briga.

A costela pingava gordura no braseiro, aquele cheiro de carne assada foi assanhando uma fome que, quando o gaúcho falou podem ir beliscando, a gente atacou de facão e garfão, e ele também tinha cozinhado mandioca e picado tomate e cebola, comemos até dizer chega. Aí, tomando chimarrão, perguntei o que ele queria da revolução.

— Moço, querer pra mim não quero nada. Mas vejo muita miséria do povo, muita riqueza no governo, muito sofrimento do povo, muita pouca-vergonha no governo. Eu não entendo de política, não, mas duma coisa sei: se não montar, não doma, se não forçar, não muda. E, nessas horas, podem precisar de um burro velho como eu...

Disse que sabia da gente ter sido da coluna, porisso tinha feito questão de ser o guia no último trecho:

— Pra poder lhes fazer esse churrasco como prova de admiração e de gratidão. Só não tem vinho porque daqui a pouco...

Dali a pouco passaram chamando, a gente devia ir pra rua, o gaúcho foi junto. Franciscão levava o fuzil debaixo dum capotão de boiadeiro, eu levava dois revólveres debaixo da camisa fora das calças. Nossos tenentes iam com pistolas automáticas, um deles com sabre, Franciscão me perguntou pra que, se não era ataque de cavalaria. Quando vejo, o gaúcho vem atrás da gente:

— Só pra dar uma olhada, mano, não é todo dia que tem revolução!

Falei que, quando a fuzilaria começasse, ele devia ficar longe se não quisesse se machucar, e ele perguntou se não era muita desvantagem lutar de arma curta contra fuzil. Foi bom aquele gaúcho ir junto, que a gente devia ir andando até diante do quartel como quem não quer nada, era o plano, daí entrar no ataque com a nossa experiência, tinham repetido os tenentes, com a nossa experiência pra dar exemplo aos outros, e na última vez que falaram isso a voz do tenente já tremia. *Agora a gente ia andando pela rua, vazia, o comércio tinha fechado uma hora antes, sabendo de tudo, e no entanto era pra ser um ataque de surpresa. Porisso concordo com quem falou que o Brasil não é um país sério, nem revolução fazem direito, sendo que revolução é pra endireitar as coisas, não?*

O que sei mesmo é que o gaúcho valeu porque fui falando com ele, o coração batendo de um jeito que parecia os outros iam ouvir, afinal a minha experiência de combate era quase nenhuma, só tiro de longe na coluna, de perto é outra coisa. Conforme o quartel ia chegando perto, Franciscão na frente, como se passeasse, os tenentes atrás de nós, o coração foi acalmando, até que fiquei frio como antes de atirar na culatra da coluna, fiquei frio. E o gaúcho junto.

— *O senhor não vai voltar? O senhor tem filhos, não tem?*

Ih, disse ele, tinha até netos.

— *Mas agora já vim até aqui, vou com vocês.*

Ele acabou de falar, estourou o primeiro tiro e Franciscão já procurou abrigo, eu corri pra dentro do quartel, passando pela primeira guarita que os tenentes já tinham rendido. Franciscão correu atrás, me alcançou no pé duma guarita:

— *Menino, não era pra ficar junto?*

Invadi a guarita e atirei no soldado que atirava de fuzil pela viseira. Atirei de novo, pra ter certeza dele não sofrer, e começamos a avançar quartel adentro, um cobrindo o outro, o gaúcho atrás. E tome fuzilaria, que o quartel estava desavisado, mesmo com todo o comércio sabendo do ataque, mas não estava morto. Perguntei a um tenente, que ainda atirava com sua pistolinha, se o quartel não ia todo se botar na defesa se a gente não tomasse conta logo.

— *Claro!* — *falou o tenentinho* — *Mas fazer o que? Estamos diante de fogo cerrado!*

— *Mas então* — *falou Franciscão* — *pra que tanta granada?!*

Acontece, gritou o tenentinho na fuzilaria, que pra lançar granada é preciso chegar mais perto!

— *Sim-senhor* — *foi só o que Franciscão falou, sim-senhor, e enfiou a mão no bolso do capotão, tirou uma granada, respirou fundo e já levantou correndo de viés pra não dar pontaria. Caiu antes de jogar a granada, ela explodiu perto dele. Aí o gaúcho foi correndo, em linha reta feito um alvo que vai crescendo, pra um bom atirador é tiro certo, mas o gaúcho chegou a pegar o fuzil de Franciscão e tentou atirar, meio ajoelhado, um verdadeiro pato, pá, pá, pá, deve ter levado mais de um tiro ao mesmo tempo, foi jogado pra trás como eu nunca tinha visto, aí o pessoal avançou gritando e jogando granada, tomaram o quartel. Eram cinqüenta, uma dúzia morreu, outra dúzia de feridos, uma perda pequena, disse alguém, pra tomar um quartel tão grande, que bobagem! Na coluna, que tinha muito mais tropa, perder meia dúzia era uma perda muito grande! São os primeiros heróis da revolução, disse outro, e Franciscão morto parecia rir disso, nunca mais vou esquecer, parecia rir de tudo ainda sangrando ali no chão com a boca aberta. E me batiam nas costas, me batiam continência, davam parabéns. Mas eu só conseguia dizer que o que eu queria da revolução era que aquele gaúcho tivesse ao menos conseguido dar um tiro.*

À noite, no apartamento de Miguel, suados na cama:
— Como vai seo Juliano?
— Daquele jeito. Pergunta de você, cadê o homem do churrasco.
— Vou lá amanhã, depois da audiência no fórum.
Silêncio, só o ronco longe de trânsito, as mãos de cada um descobrindo devagar detalhes do corpo do outro, na moleza de amantes depois do amor.
— Miguel, sinto você perdendo seu filho por minha causa.
— Não se culpe. Conversei com ele, ele entendeu. Não posso é perder você por chantagem da mãe dele.
— Mas ela vai fazer tudo pra vocês não se verem mais, não é?
Ele demora a responder, é, apenas é, e enche o peito num suspiro fundo, diz que a vida é assim, como diz Tia Ester: — Este sim, este não, na vida é como escolher feijão...
Um cachorro late longe.
— Quando era menina, eu tinha um cachorro tão bonito, mas latia tanto, um vizinho jogou carne com veneno...
De outro apartamento vem voz alta de homem, depois mulher gritando, porta batendo. O amor é vizinho do ódio, diz Miguel, ou até moram na mesma casa:
— Casais se amam e depois se odeiam.
— Foi assim com você? Como você conheceu a... Como é o nome dela?
— Princesa. Não é apelido, é o nome mesmo.
— Mas pode esse tipo de nome?

— Pagando, Juliana, pode tudo. A mãe se chama Regina, rainha em latim, então o pai invocou que a filha devia se chamar Princesa. Princesa Stella, com dois eles, eu devia ter me tocado desde o começo...

Não pergunte nada, menina, não pergunte como ele conheceu ela, não queira saber, faça como diz Santelli: só esquecendo totalmente o passado temos direito a um futuro pleno, seja lá o que significa esse pleno e...

— Sabe como eu conheci ela? Fui fotografar um casamento chique, desses onde a gente vê os homens mais poderosos da cidade sofrendo com sapato apertado, colarinho, gravata, fraque, as mulheres todas tão emperiquitadas que maquiagem escorria pelo rosto. Era o casamento civil em casa, depois do religioso, todo mundo já suado, debaixo duma enorme tenda montada no jardim, uma beleza de jardim, aliás, ficou todo pisoteado.

Os corpos já secaram, ela lhe dedilha as costelas com carinhos circulares.

— Então o juiz de paz, um velhinho de guarda-chuva pendurado no braço mesmo durante a cerimônia, a certa altura fez aquela pergunta, se alguém tem algum impedimento ou coisa que o valha para este casamento, fale agora... E todo mundo enxugando suor, trocando de pé naquele calor, era no meio da tarde, de repente uma voz de mulher: — Por mim, podem casar e ir pro inferno!

Era ela, conhecida de todos, figurinha carimbada das colunas sociais, filha de quem era, já bêbada porque não tinha passado pela igreja, tinha ido direto beber na casa da noiva, ex-colega de colégio, filha de pai quase tão rico quanto, mas que agora se casava com um seu ex-namorado.

— E nem era namoro recente, era coisa antiga, depois é que fui saber. Na hora, segura daqui, afasta dali, aquele bando de seguranças querendo mostrar serviço, madames assombradas — é, porque ela continuava a gritar, por exemplo, que ele metia bem mas era burro, esse tipo de coisa, e na confusão ela foi dar uma garrafada num segurança, acertou a máquina do meu ajudante. Que também não fez falta porque, assim que conseguiram tirar ela da festa, o pai da noiva me falou que chegava de fotos, dali para a frente tinha perdido o gosto no casamento. De modo que nossa, digamos, relação... já começou dando prejuízo, mas nem pensei mais nela...

Dali a uns dias, ela aparece no estúdio, olhos baixos, vinha pedir desculpa:

— Não me saía da cabeça eu quebrando uma máquina fotográfica, e de tripé, né, deve ser cara, e garrafa de champanhe é tão pesada...

Tirou o talão de cheques e...

— ...eu não devia ter aceitado, porque depois da máquina ela me deu também um belo colete de fotógrafo no aniversário, me convidou para uma festa que era só ela, eu, a criadagem e um casal que logo se mandou, muito champanhe e... Bom, você deve adivinhar o resto. Enquanto isso, as empresas do pai dela começaram a me pedir serviço, foto pra catálogo, cartaz, folheto. Eu era solteiro, batalhando pra manter o estúdio, falei ah, seja o que Deus quiser, vou aproveitar. E também fui aceitando convite dela pra mais festas, piquenique — de helicóptero, sobrevoando as cataratas do Iguaçu! — e fim de semana na praia, em casa com piscina e adega, e eu até gostava dela, a gente, como se diz, fazia sexo numa boa, vamos dizer assim, mas nunca falamos de namoro. Ela é que sempre me procurava e falava de outros, pra me fazer ciúme, mas eu sempre ignorei. E ela também parecia conformada, até o dia em que disse que estava grávida de mim. Perguntei como ela podia ter certeza, tendo me falado de tantos, e ela disse que era tudo mentira, eu era o único...

— E já contei pro meu pai, ele disse que ou você casa ou...

Então ele foi para São Paulo, com a cara e a coragem, trabalhou em revistas e jornais, e como frila fotografou até motores e bois, até Tia Ester ligar:

— Miguel, vi o menino daquela moça (Tia Ester evita falar Princesa) numa fotografia no jornal, e é a tua cara!

Então voltou a Foz, reabriu o estúdio, ela apareceu com o menino:

— Era mesmo a minha cara. E ela falou que tinha mudado, era outra. E eu acreditei. Um dia depois do casamento, ela voltou a ser a mesma de sempre, e minha vida virou um inferno... Antes de separar, a gente já não transava cama, por exemplo, fazia anos...

A mão dela desce pela barriga dele.

— Nossa! Já de novo?! — e os corpos voltarão a suar, indiferentes à vizinha batendo portas e gritando palavrões para o marido.

Mas, depois, já vestidos e saindo, no corredor ela pega o olhar amargo dele para um quarto com taco de beisebol sobre a cama feita, cartazes de *rock* na parede, e uma escrivaninha com o computador encapado...

O tempo é uma sanfona que parece esticar ou comprimir, conforme a vida que se vive, e parece que faz tanto tempo, mas ainda é apenas o terceiro dia do que parecia uma longa marcha e está sendo tão rápida. Como dizia o pai, diante

de um carro trombado por consertar: todo serviço só parece difícil antes de começar. Mas hoje ela acorda tarde, fica olhando o céu já azul forte na janela, aí lembra, claro, esteve no apartamento de Miguel, e cora mesmo sozinha no quarto do Lírio Hotel. *Nós transamos três vezes — ou quatro? Acho que foram quatro!!*
 É a primeira vez que toma café tão tarde, os hóspedes são outros, outro o clima. Tia Ester pergunta se ela está bem, diz que sim, Tia Ester diz você anda trabalhando muito, e ela cora de novo. Na mesa, só vê Miguel, cheira Miguel, come Miguel. As palavras dele voltam, frases soltas entre quatro sessões de gemidos:
 — *Acho que me apaixonei por você desde aquele dia no estacionamento... Mas depois, no ônibus, quando vi você de argolinha no nariz, pensei ih, Miguel, você se engana sempre... Veja o que é o preconceito, uma argolinha...*
 — *Desculpe se eu pareço meio adolescente às vezes, é que nunca aconteceu comigo, mesmo com a mãe de Miguelzinho, eu... Sabe, Juliana, acho que nunca tinha me apaixonado por ninguém, além da primeira namoradinha, lá no grupo escolar ainda, e eu nem lembro mais o nome dela...*
 — *Eu jamais vou dizer que te amo, Juliana Prestes, porque essa história de ficar falando eu te amo, eu te amo, é o começo do fim e eu quero você pra sempre.*
 — *Tá, mas eu te amo, Miguel Costa.*
 — *Eu também te amo, Juliana Prestes.*
 Tia Ester dá uma palmada e segura as mãos espantada:
 — Nossa, menina, você tá vermelha como esse mamão, quem sabe o que não vai nessa cabeça!

Juliano Siqueira está na rua numa roda de moradores. Param de falar para a chegada do táxi e a descida da passageira, depois continuam a discussão. Uma mulher gorda, com nenê no braço, diz que é um absurdo:
 — Ter de fazer abaixo-assinado pra asfaltar uma rua antiga como esta aqui é uma vergonha, é um desaforo, eu não assino, não as-si-no!
 — Mas o pior — diz um mulatão tranqüilo — é que, se asfaltarem, vão cobrar...
 — Eu não vou pagar — grita um baixinho elétrico — Quem quiser que pague, eu não, eu não pedi asfalto, quando vim morar aqui não tinha asfalto, mas eu até quero asfalto, por que não? Só que pagar não pago um tostão!

Outros reagem dizendo que não, que é preciso pagar pra ter, e se um não pagar...

— ...o asfalto não sai pra ninguém e essa rua vai continuar essa bosta.

Por falar em bosta, fala Juliano Siqueira, e o esgoto?

— Tomara que não asfaltem sem esgoto, só pra ganhar voto, pra depois quebrarem o asfalto e botar o esgoto em outra eleição...

Ih, diz uma mulher tão enrugada quanto alegre:

— Já vem esse que só pensa em política, em tudo vê política!

— E não é verdade?! — Juliano Siqueira abre os braços — Não é verdade que tudo é política? Se a gente fosse aqui tudo rico morando em palacete e edifício, a senhora acha que esta rua já não tinha asfalto?!

Mas a gente paga imposto da casa do mesmo jeito, diz alguém, e outro já se irrita:

— O assunto é o asfalto ou é a riqueza dos outros ou imposto ou o quê?!

— O caso é o seguinte — a mulher gorda troca o nenê de braço — A gente nem devia estar aqui gastando saliva com isso, que aqui, aqui onde nós estamos, eu vi e ouvi o prefeito prometer em comício, diante de todo mundo, que esta rua ia ser asfaltada, foi ou não foi? Então!

O caso, diz uma alta magra com vassoura nas mãos, é que a rua tem muito terreno vazio:

— Meu marido trabalha na prefeitura, e diz que, com tanto terreno vazio, fica difícil, porque os donos não querem nem pagar pra roçar mato, quanto mais fazer asfalto.

Mas quem são esses donos, por que a prefeitura não multa eles, pergunta a gorda de novo jogando o nenê para outro braço. Ah, diz a magra, é o pessoal que compra terreno pra valorizar, né:

— Meu marido diz que não pagam nem imposto do terreno, um chegou a dizer na cara dele que sai mais em conta dar dinheiro na eleição e depois não pagar imposto, não...

O caso, diz a mulher com o abaixo-assinado nas mãos, é que, se todo mundo assinar, o asfalto sai, porque quantos votos essa rua deve ter?

O mulatão ri:

— Ih, dona, não dão mais bola pra abaixo-assinado, não, governo não tem mais dinheiro pra nada, então perderam a vergonha de vez!

A mulher quer falar, mas fecha a boca, baixando o braço que segura o abaixo-assinado como se pesasse de repente; e suspira, troca olhar com Juliano Siqueira, que olha para o céu, também suspirando fundo, enquanto voltam a falar ao mesmo tempo a gorda, a magra e a velha, o mulatão falando com o baixinho e gente parando para perguntar o que foi.

— Querem saber duma coisa? — Juliano Siqueira começa calmo e vai se inflamando — O que funciona é chamar a imprensa e fazer barulho, queimar pneu, invadir, quebrar, brigar com a polícia se for preciso, aí ouvem a gente! É ou não é?! Morre criança atropelada, o povo faz arruaça, pára a rodovia, aí fazem passarela. Quer terra? Invade primeiro e conversa depois. Quer casa? Invade prédio abandonado e vai ficando... Quer mais médico no posto? Quebra o posto que aí reformam e botam mais médico. Não é o que a gente vê todo dia na tevê?! Esse país parece que só funciona no pau, então vamos no pau, ué, que que custa?!

Formou-se uma roda de passantes cercando os vizinhos, e ele fala no meio da roda, magreza de mártir, secura de velho, mas ainda um pouco menino:

— Podemos fazer o seguinte. Cada pai de família sai de casa levando mulher, criança, até cachorro se for na coleira, e um pneu velho cada um. Vamos até lá na frente da prefeitura, cada um joga seu pneu numa pilha, depois só precisa um litro de gasolina e um fósforo, pronto, televisão adora notícia com fogo atrás!... Aí vão ouvir a gente, podem crer!

E vai todo mundo preso também, diz baixo e no entanto bem claro a mulher magra, enquanto a gorda concorda balançando a cabeça, queimar pneu, que isso, resmunga alguém, coisa desse velho maluco, diz que foi pracinha na Segunda Guerra, é verdade? Uma mulher vai para casa chamando os pintinhos, as crianças. O mulatão coça a cabeça e olha o céu. A mulher do abaixo-assinado oferece o papel a alguém, que devolve:

— Ninguém assinou ainda...

Juliano Siqueira chacoalha a cabeça, resmunga que esse povo não tem jeito, não tem jeito:

— Povo cordeiro, só sabe sofrer e apanhar.

Pega Juliana pelo braço e vão para a casa, a roda se abrindo para passar o velho com a moça de bermudas e argolinha no nariz. Joana está na varanda quieta como uma cobra, olhando essa doutora de argolinha no nariz, agora já mostrando as pernas e começando até a pegar no seu homem, então levanta na sombra quando eles chegam à escadinha:

— Moça, escute bem! Você pode gravar ele falando, pode embebedar, pode fuçar no baú dele, mas pegar, não, viu?

Ih, resmunga Juliano, o ciúme é uma coisa que enlouquece a pessoa:

— Essa aí tem ciúme até da Hermínia, enfermeira da coluna!

— É mesmo! — Joana fecha as mãos, os braços duros — Porque você chama por ela dormindo, sabia?!

Juliano Siqueira olha abobado para a mulher.

— Isso mesmo, velho tonto, você deve sonhar com ela, porque chama por ela feito bezerro desmamado!

Parece que Joana vai chorar, mas acaba rindo:

— E pensar que ela casou lá na Bolívia e ficou por lá, e decerto deve até ter morrido sem nunca pensar em você...

Aí chora, um choro de poucas lágrimas e muitas rugas. Juliano Siqueira entra na casa balançando a cabeça, Joana pega uma sacola e sai:

— Podem ficar à vontade aí, vou demorar o mais que puder!

Baú. Gravador.

Onde a gente tinha parado? Ah, a vitória da revolução! Como aparece revolucionário depois que a revolução vence! Já no Rio Grande, enquanto ia caindo capital de tudo que era estado do país, fui vendo brotar revolucionário que nem brota cogumelo em bosta de boi depois de chuva. Imagino que deve existir muita fábrica de lenço no Rio Grande, nunca vi tanto lenço vermelho, e não só no pescoço dos homens, mas também na cabeça de moça, mulher, criança, velha, e em sacada de prédio, em lapela de paletó, em mastro de bandeira, quanto pano vermelho! E desfile de tropa, desfile de civil, e tome discurso, e comemoração por mais uma capital tomada pela revolução. Eu ia de churrasco em churrasco, de festa em festa, anunciado e exibido como veterano da coluna e agora "revolucionário de primeira hora"...

Então vi a revolução virando festa, enfeitada de lenço vermelho e bandeira por todo lado, e povo acenando com lenço e chapéu em toda estação de trem, sim, trem. De trem subi até perto de Itararé, vendo o povo aplaudir Getúlio Vargas como se fosse um deus, e era só um baixotinho barrigudo que sabia sorrir e acenar de volta. Eu via veterano da coluna preocupado com marcar lugar em mesa de banquete, pra poder sentar perto do chefe tal ou do político tal, pra pedir em-

prego disso ou daquilo, uma colocação, diziam, "estou pleiteando uma colocação", um cargo, e foi quando comecei a perceber que a tal república é uma vacona cheia de cargos que nem tetas, e também fui vendo que, para muitos, a revolução servia só para arrumar a própria vida, de modo que aquele foi o trem da verdade pra mim. Chegava um:

— E aí, Menino, conseguiu o que? Eu vou ser fiscal de porto, sempre quis conhecer navio!

Chegava outro:

— Vai trabalhar com quem, Menino? Eu vou pro Ministério do Comércio, não se sabe ainda quem vai ser o ministro, mas de guerra cansei.

E mais outro:

— Menino, quer entrar pra polícia? Pode ser nomeado hoje mesmo, fica aqui em Ponta Grossa já como detetive de polícia, que tal?

O trem apitava, o povo aplaudia em cada estação e, entre uma estação e outra, iam discutindo quem ia ficar com que cargo, quem ia pra qual ministério, até que na estação seguinte o rádio já dava novidade de mais um quartel caído, mais uma cidade, e depois a discussão no trem já tinha mais assunto, que nem a fornalha do trem pedia lenha.

Em Itararé o governo tinha lá sua última tropa, que não era pouca, e o caminho pra São Paulo tinha de passar por ali, de modo que afunilou, a revolução de um lado, o governo do outro e o rio no meio, um rio que volta e meia se enfia na terra, passando por cada garganta tão apertada que se espreme, rugindo feito um bicho, e ali tive de novo medo de morrer.

— Vai ser a maior batalha da História do Brasil — dizia um tenente, para outro corrigir: — Da História da América!

Um rio estreito entre duas grandes tropas, é aqui que vou morrer, pensei comigo. Vários grupos de gaúchos tinham subido junto com o trem, a cavalo, e eu pedi pra entrar num grupo que tinha cavalo sobrando. Me olharam, perguntaram daonde eu era, falei que tinha sido da coluna, não acreditaram, um até falou que eu podia ser desertor do inimigo.

— Além disso, pra ter lutado na coluna, só se foi ainda menino...

Falei que era isso mesmo, quis contar minha história, mas me tomaram a arma, me jogaram num barreiro e riram, foram matar boi num pasto pra carnear, revolução pra gaúcho civil é uma briga por dia entre dois churrascos. E me vi de novo sem dinheiro, com a roupa do corpo, aliás embarreada, sem cavalo e no meio

duma batalha por começar. Mas não começou. Antes o Washington Luís pegou o chapéu e foi pro exílio, a gauchada subiu até o Rio de Janeiro e Getúlio virou presidente.
   E o povo fazendo festa! Como o povo gosta de revolução sem sangue! Parece que vai mudar tudo sem custar nada, então tome música, tome dança, discurso, festa, banquete, comemoração, criançada com bandeirinhas, mas, desde o primeiro discurso que ouvi de Getúlio já presidente, uma coisa ficou zoando na minha cabeça.
   — *Os meus deveres são duros* — *disse ele* — *e as minhas responsabilidades são imensas...*
   Que diabo, Siqueira sempre falava "nós", teria falado os nossos deveres, as nossas responsabilidades, mas Getúlio só falava "eu", os meus deveres, o meu governo, os meus homens, e eu não queria mais ser homem de ninguém.

Ela vigia o gravador, enquanto continua a manusear com luvas os documentos do baú, enfiando cada um num envelope plástico, etiquetando e anotando num caderno.
   — Moça, veja bem o que vai fazer com essa papelada...
   ...que aí tem, ele explica enumerando nos dedos, os olhinhos faiscando, tem a lista dos desertores da coluna, os oficiais e muitos soldados também, mais a lista dos estupradores, os salteadores, que foram expulsos, e os nomes dos oficiais que foram jurados nas cortes marciais...
   — ...e até um caso de amor entre dois oficiais, moça, taí relatado e assinado por quem relatou.
   Há também listas de simpatizantes da coluna pelo Brasil afora...
   — ...tão pouca gente que dava pra listar, ê povo cordeiro! De mil tira uma dúzia, da dúzia meia dúzia presta, da meia dúzia os melhores morrem lutando, sobra que revolucionário mesmo são três ou quatro que, na hora da vitória, acabam ficando pra trás, no atropelo dos que querem seu carguinho, seu empreguinho, se possível desses de só ir na repartição pra receber o salário, como era antigamente, hoje nem isso, o salário sai pelo banco e pronto....
   — Mas então o que o senhor fez depois da vitória da revolução?
   Ele olha para os lados, lembra que Joana saiu, sorri olhando longe:
   — Conheci minha primeira mulher, comemorei, fui convidado pra todo tipo de cargo e emprego, ouvi tanta intriga entre o pessoal de cada grupo, de

cada chefe, de cada estado, que chegava a ficar pasmo, feito cavalo na chuva esperando o dono: então aquilo era a revolução? E que mais?

Enfia a mão por trás do armário, pega uma garrafa com uma cobra enrolada dentro, pega dois copinhos, enche e brinda:

— À revolução, mãe de tanto vagabundo e carrasca de tanto herói...

— O senhor não está sendo amargo?

Ele olha a cobra na garrafa.

— Moça, de tanto ouvir tenente falar em miséria e injustiça, comecei a prestar atenção, deixei de achar normal passar fome, por exemplo, não saber ler, trabalhar muito e ganhar pouco, ver a justiça proteger o rico e a polícia humilhar o pobre, ver tanta terra sem uso na mão de uns e tantos querendo um pouco de terra pra plantar o sustento, e gastança de governo, regalia de militar e de juiz, malandragem de político, e o diabo é que, desde então até hoje, o que mudou? Mulher passou a poder votar, sim, mas nem por isso eleição deixou de ser uma sujeira, comparo sempre com essa estudantada que passa no tal vestibular, entra no chamado ensino superior, mas vão pra rua tudo sujo, assim numa mistura de mendigo com palhaço, pedindo dinheiro pro povo pra fazer zoada... Político é a mesma coisa, vai entrar no governo, no tal poder, então primeiro precisa se sujar bastante na eleição...

Emboca o copinho, fala com os olhos úmidos do ardume:

— Beba, moça, esse tipo de cobra índio dizia que é bom de comer pra tomar coragem, é uma cobra corajosa! Só que índio comia a cobra, a gente bebe...

Ri. E o que mais ele fez depois da revolução, ela quer mesmo saber?

— Na hora em que peguei nojo de revolução, de revolucionário procurando emprego que nem rato procura comida, fuçando pra lá e pra cá, falei quer saber duma coisa, Siqueira? Vou conservar teu nome mas só, a tua revolução deu em mais um governo, só isso, adeus. Fui bater na casa das três irmãs em São Paulo: ainda precisam de jardineiro? E vi que já floria planta que eu tinha plantado antes da revolução, ao menos isso.

Ficou naquele casarão com aquelas irmãs, sentindo-se um velho aos vinte e um anos, magro feito cachorro de rua, e só ali, naquela casinha debaixo do tamarindo, foi que se deu conta: tinha passado seis anos da vida comendo o que davam na hora que davam, como podia não ser magrelo? Depois de um dia inteiro lidando no jardim, no pomar ou na horta, tomava um banho de chuveiro com sabão de coco, deitava na rede esticada entre a casinha e o tamarindo, ou, se chovia ou ventava, deitava na cama, olhando as telhas da casinha sem forro, na sua primeira cama da vida, já que a cama de menino dividia com a mãe, antes da coluna e de tanto chão. Olhando as telhas viu que, tirando fora da conta o sono, que leva, vamos dizer, ao menos seis horas por dia, um quarto do dia portanto, vinte anos de vida viravam quinze — e, desses quinze anos de olho aberto, tinha passado seis entregue à revolução.

Mas um ano depois da revolução tomar o tal poder, todo dia, como sempre, batia gente no portão pedindo comida, os ricos continuavam ricos, os pobres continuavam pobres, se muita mudança aconteceu foi lá no tal poder, porque no povo, não. O governo continuava a mandar, o povo continuava a obedecer. Do lado de lá do balcão, o funcionário do governo nunca tem pressa, do lado de cá do balcão o cidadão pode ter toda a pressa do mundo, não adianta, tudo leva dias, a menos que pergunte se não tem um jeito disso sair mais ligeiro, precisa do documento pra isso ou aquilo, mas ah, sendo assim, tem jeito, sim, aí o funcionário baixa a voz e diz o preço...

— Então desde aquele tempo é o país do jeitinho, da caixinha, vi quando fui tirar meu primeiro documento verdadeiro, até pensei: então foi pra isso a revolução?

Ah, mas nada melhora assim de repente, disseram as professoras. É preciso dar tempo ao tempo, acreditar nas pessoas boas, esses abusos vão acabar... Concordou, até porque seu próprio documento era meio falso, usando o nome de Siqueira, mas o nome de família do pai, para que ia querer se nunca teve mesmo pai? E o nome de solteira da mãe não sabia mesmo, ou não lembrava de ter sabido, mas, olhando as telhas da casinha, ou deitado na rede olhando as folhas do tamarindo mexendo com o vento, viu também que era uma vantagem ter um documento novo, era como nascer de novo, não devia nada a ninguém, nem a Siqueira, podia ser o que quisesse, fazer o que quisesse, acreditar no que quisesse.

— Mas o diabo é que não tinha no que acreditar...

As três professoras insistiam para ele ir à igreja, foi uma vez, viu que igreja continuava igreja, cheia de gente rezando e passarinhos piando, ilha de sossego no inferno da vida — mas de que adianta se ninguém, a não ser o padre, pode viver em igreja? As três professoras não acreditavam que ele pudesse não acreditar em nada:

— Nem em Deus, seo Juliano?
— E de que adianta?
Elas faziam o sinal-da-cruz. Eram tão boas que chegavam a ser bobas, três solteironas, ou como diziam, casadas com a escola. Mesmo a caçula sendo ainda moça, não levantava o olhar na rua para homem nenhum, só se fosse um palhaço batendo bumbo ou algum vendedor de doce, conheciam todos que vendiam doce e fruta e ovos e o diabo pelas ruas. Talvez fosse um jeito de se defender num mundo onde os homens avançam sobre as mulheres sozinhas. O certo é que viviam uma vida quase de santas ou de freiras naquele casarão, uma saindo de manhã para a escola, as outras duas arrumando a casa, lavando roupa, fazendo o almoço, quando chegava a que tinha saído, almoçavam, depois saíam as outras duas para as suas escolas, e a primeira passava a tarde passando roupa, cuidando dos vasos, lavando as cortinas, botando móveis pra tomar sol, é incrível como arranja trabalho quem gosta de trabalhar.

Juntando o que ganhavam as três, vivendo sozinhas e sem pagar aluguel na casa herdada da mãe viúva, podiam guardar dinheiro, viajar para a tal praia que ele nunca tinha conhecido, mesmo tendo chegado tão perto e até visto, como em Teresina, ou mesmo já tendo nadado no rio-mar do Prata... Mas nada, as três ajudavam igreja, asilo, orfanato, compravam rifa de todo mundo, faziam comida dobrada para ter sempre o que dar, compravam cadernos e livros para os alunos mais pobres, e durante ano tinham ajudado a revolução com dinheiro todo mês, uma parte do salário religiosamente — e ele tinha visto como os tenentes esperavam o dinheiro civil, como diziam, muitos se acostumando, já desde o exílio, a viver do povo como, no governo da revolução vitoriosa, continuariam a viver...

Agora as três irmãs, filhas de engenheiro do governo que se matou de trabalhar fazendo estrada e ponte em serra e pântano, estavam felizes pela vitória da revolução, ainda mais com pouca luta e poucos mortos, agradeciam a Deus, e se sentiam ricas por não precisar dar mais um terço do que ganhavam para o bem do Brasil. Deviam se sentir ricas quando foram dizer a ele que iam dobrar seu ordenado:

— O senhor está ganhando muito pouco.
— E está cuidando do jardim, do pomar e da horta.
— O senhor concorda?

Além de ganhar bem, não tinha qualquer despesa, até sabonete elas lhe davam, como lhe deram roupas do falecido pai, mantidas em tão bom estado que ele pensou tivesse o homem falecido fazia poucos anos, e tinha sido quando a caçula era menininha, lavavam e passavam aquelas roupas como se o pai fosse voltar a usar a qualquer momento. Cheiravam a naftalina as roupas, e eram ternos completos, com colete, e casacos de inverno, camisas de pano bom, tudo um pouco maior que ele, mas ficava até melhor para não parecer tão magro, embora nem tão magro fosse mais. A comida do casarão era famosa na paróquia desde o tempo da mãe, tinha noite de ser preciso lavar pratos para atender mais mendigos no jardim, comiam em bancos de madeira debaixo de um caramanchão, onde os maracujás nunca chegavam a amarelar, já eram arrancados por um ou outro, mordidos e achados depois, verdolengos e enformigados no chão.

— Por que não esperam amadurecer?

— Coitadinhos, seo Juliano, se tivessem juízo não eram o que são...

De paletó e com os primeiros sapatos que comprou na vida, ele andaria pelo centro de São Paulo vendo as luzes, os bondes, as luzes no asfalto molhado, as luzes na garoa, as luzes dos palacetes, os prédios iluminados, viu que cidade é luz. E miséria: andando meio tontinho com cerveja na cabeça, acabou numa favela, lembrou de Foz, os barracos na beira do rio, a vida de farinha e peixe dos pescadores, pé no chão e dente podre, barriga-dágua na criança e a mulher barriguda outra vez, mas toda lembrança de miséria ficava até bonita, mesmo as do sertão do Nordeste, diante daquele ajuntamento de gente debaixo de tetos tão mambembes, se é que se pode chamar de teto chapas e latas e tábuas amarradas por arames e sustentadas pela graça do tal Deus.

De paletó, limpo e com dinheiro, todo mundo é chamado de senhor e tratado como cavalheiro, e ele conheceu os bares e as putas, sentindo remorso depois ao voltar para o casarão. O santo dinheiro das três mal tinha lhe esquentado o bolso e já tinha se enfiado no meio das pernas de uma pobre que se vendia para viver; porisso fala baixo ao gravador, com poucas palavras mas bem pausadas:

— Conheci mulher... mulherada, né... E até em jogo cheguei a gastar dinheiro, que dinheiro em bolso de bobo é brasa, o bobo quer jogar logo fora...

O segundo par de sapatos que comprou já era de verniz. Bigodinho, paletozão, brilhantina no cabelo, dinheiro no bolso, achou que já era homem, como diria Venâncio, e foi se meter em carteado grosso um dia, grosso no sentido de dinheiro grosso, mas até o ar ficou grosso quando, aos poucos, percebeu que era o único sem arma na mesa, o pôquer rolando solto, com piada e risada, mas o monte de dinheiro na mesa e cada um com um canhão. Perdeu a calma, e com a calma a frieza, com a frieza a sorte e enfim, jogando o que tinha sobrado do salário, perdeu tudo e saiu da mesa como sai um cachorro duma roda de gente numa festa, onde se enfiou pra lamber farelo no chão, e alguém bate o pé e ralha, o bicho se abaixa e sai com o rabo entre as pernas.

De noite as irmãs corrigiam cadernos e provas, ou bordavam para as rifas do colégio, grandes panos de parede com, por exemplo, uma paisagem tipo tudo-feliz, casinha com cavalo pastando e horta florindo, homem pescando no açude ao entardecer, mulher sorrindo na janela, crianças brincando no pomar, e o letreiro *Deus ajuda quem cedo madruga*, ou seja, já ajudou, o homem acordou cedo, a mulher também fez suas tarefas, e agora, enquanto o sol vai descansar depois de um dia de trabalho também, estão colhendo o prêmio diário do sossego e da bastança com trabalho e amor... Mas na coluna, lembrou, acordavam todo dia antes do sol e acabaram na Bolívia daquele jeito.

Naquela noite, ele chegou de olhar perdido nos pés, nos malditos sapatos de verniz que pareciam agora um espelho da própria bobice, perder o salário de um mês numa noite... e de repente a luz da cozinha acendeu quando passava para o fundo, e a voz da irmã mais velha deu boa-noite — Ou bom dia, né... — e, quando ele já ia chegando à casinha, emendou, voz vinda não via daonde, parecia sair do próprio casarão:

— Não precisa trabalhar de manhã.

Mas ele nem dormiu, mostrou que não conheciam um homem da coluna, amanhecendo começou a varrer, podou, adubou, queimou, capinou, colheu, catou, ensacou, enterrou, estaqueou, serrou, enleirou, espalhou, juntou, cavucou, fez todo tipo de serviço que se pode fazer em jardim, pomar e horta, o dia inteiro. Só parou para comer agachado debaixo do tamarindo, o prato queimando a mão, para logo voltar à lida até não ver mais com que lidar, a menos que podasse um pouco mais o que já tinha podado ou desenterrasse adubo duma planta pra enterrar no pé de outra... Quando deitou na rede no fim do dia, depois do banho, sentindo que ia acabar dormindo ali antes mesmo de escurecer, as irmãs chegaram de repente:

— Seo Juliano, quer comprar uma rifa pro asilo?
— É uma micharia.
— Mas vai valer muito pros velhinhos.

Falou que comprava, sim, mas pagava só no mês seguinte, no momento estava totalmente sem tostão.

— Mas...

— ...o senhor não recebeu...

— ...ainda anteontem?

Ele fechou os olhos e, quando abriu, elas tinham sumido, viu só o céu cinzento de São Paulo, onde já não dava mais para ver horizonte e toda a pintura do sol poente; então lembrou do Três Bocas, o povoadinho na clareira que se abria alargando o horizonte.

— No fim do mês, recebi mais um salário, que achei merecido pelo brinco que deixava aquele jardim, uma verdadeira quitanda a horta, o pomar um mercado. Falei que precisava partir, perguntei se podia levar as roupas, disseram que eram minhas, podia fazer o que quisesse...

— ...até dar, seo Juliano...

...como devia ter feito com o ordenado de vários meses, deve ter sido o que pensaram, mas desde aquele momento na rede, quando tinha fechado os olhos para elas, sabia que tinha cortado as três irmãs da sua vida, nem desconfiando que a vida ainda daria muitas voltas, embora devesse desconfiar porque é só isso que a vida faz. Comprou uma mala decente, meias e cuecas, porque até então as calças cobriam a falta tanto duma coisa como de outra, e foi para a ferroviária; mas parou no primeiro boteco, bebeu um copo de vinho, resolveu voltar e dar uma última olhada no casarão. Era um sobrado de respeito: construído por engenheiro, habitado depois por quatro mulheres, agora por três ainda, mas já virando paiol de munições, albergue noturno, almoxarifado das festas da paróquia, quitanda do asilo e mercado da escola. Todo dia saía dali gente com sacolada de frutas e legumes, e agora ele ia deixar o casarão, e a casinha, e o tamarindo, até das telhas já sentia saudade quando tocou a pé depressa para a estação. Então quase foi atropelado e passou a prestar atenção, ao menos até poder sentar no vagão e dizer bem, estou a caminho duma terra de honestidade, sinceridade, verdade e veremos.

Enquanto ela troca a fita do gravador, Joana volta com sacola cheia e cara ainda fechada, vai para a cozinha bater gavetas, a porta da geladeira bate forte várias vezes. Ah, diz Juliano baixinho, é só ciúme, depois faço uns carinhos nela...

— E o Miguel Costa?

— Qual Miguel Costa? — ele sorri, dá uma piscadinha, *o filho da mãe está se divertindo com você, menina!* Mas logo volta a ficar sério, olhando o baú quase vazio, as coisas espalhadas sobre lençóis nas poltronas e cadeiras, até no chão em redor do esterilizador; a sala virou oficina. Ela diz que colocará tudo de volta no baú depois, mas ele parece nem ouvir, já de novo olhando longe.

— Sabe, moça, tem uma coisa que não contei e não sei se tem importância mas, pra mim, acho que no fundo foi o que me fez afastar daquela revolução. Todo mundo gosta de viver bem, e quando recebeu o segundo salário das três irmãs, já tinha aprendido a gostar de gastar dinheiro, que é a única coisa boa do dinheiro, já que ganhar é difícil e guardar mais ainda. Então tomou banho no meio duma tarde, vestiu o melhor dos paletós, foi engraxar os sapatos e, vendo de cima a cabeça do engraxate, lembrou de quando tinha sido engraxate em Foz. Ficou se vendo ali naquele menino que, no entanto, levaria outra vida, teria outro destino, e então compreendeu, ali, vendo o guri cuspir no sapato antes de estapear com o pano para dar brilho, compreendeu que tem dois tipos de gente o mundo:

— Quem espera e quem faz. Quem abre caminho e quem depois usa a estrada. Quem não se conforma e quem nem percebe que é conformado...

— Ou os que fazem e os que sofrem a História...

Ele fica pensando no que ela falou, depois fala que não foi bem isso que quis dizer...

— ...e, além disso, tem também os que nem fazem nem sofrem, só se aproveitam, né...

— Mas o senhor disse que ia me contar uma coisa.

Sim, uma visita que fez a alguém. Paletó passadinho, sapato brilhando, até lenço botou na lapela como era moda, foi bater no palácio do governo. Guarita. Quem é, onde vai, falar com quem. Vou falar com o João Alberto. Com quem?! Com o comandante João Alberto. Sim, agora o governador de São Paulo era João Alberto, interventor como diziam os jornais, o mesmo homem que com ele tinha nadado no Rio do Prata, e agora era chamado de ditadorzinho cabeça-chata, porque era nordestino, e ladrão, coisa em que ele não podia acreditar, tinha visto aquele homem se lembrar de salvar dinheiro da revolução quando achava que ia morrer afogado.

Ele ia perguntar a João Alberto, comandante, sabe o que dizem do senhor por aí?

— É verdade que fizemos a revolução pra virar uma ditadura? É verdade que esse Getúlio manda e desmanda pior que Bernardes? Então por que a gente lutou?!

Mas o máximo que conseguiu foi falar com um tenente que parecia saído duma vitrine, um verdadeiro cabide de farda, bigodinho tão aparadinho que ele até ficou pensando se também não iria acabar assim, um pó-de-arroz civil, um daqueles que desfilavam pelas ruas com chapéus e bengalas, gravatas e coletes, lenços de seda e abotoaduras de prata, bigodes e suíças, cavanhaques e peras, longos cabelos, peito estufado de pavão, barriguinha de vida-mole. Uma vez, na Avenida Paulista, viu um carro buzinar atrás de três homens, modo de dizer, porque pularam feito galinhas e ficaram se abanando de susto como mulheres. Quanto mais enfeitados, mais fracotes. O tal tenentinho mesmo, que atendeu lá numa sala, então o senhor quer ver o comandante João Alberto? É.

— O senhor disse ao sentinela que participou da chamada Coluna Miguel Costa-Prestes. Foi do destacamento de João Alberto?

— Não, fui do Estado-Maior e depois do Terceiro Destacamento.

— Então por que chama de comandante um homem que nunca lhe comandou?

— Porque queria que voltasse a comandar e fizesse uma revolução pra acabar com gente como você, que ganha dinheiro do povo pra ficar aí fazendo pose e alisando bigode.

Levantou e foi saindo, o tenentinho deu a volta na escrivaninha e falou o senhor considere-se preso, mas ele continuou saindo e a voz do tenentinho, espremida de raiva, falou alto, alto ou atiro, mas ele continuou corredor afora, recortado contra a claridade da porta devia ser um alvo perfeito, era só atirar. Mas o tenentinho não atirou nem falou mais nada, embora até o fim do corredor ele ainda lhe ouvisse a respiração raivosa.

— Entrei no primeiro bar, pedi uma cerveja e uma pinga, dali a pouco já ouvi alguém falando que o Miguel Costa andava brigado com o João Alberto, trabalhando juntos no mesmo governo, no tal poder onde iam fazer tanta coisa e agora o que faziam era brigar um com o outro nem se sabia direito por que.

E o povo paulista, diziam pelos bares, pelas esquinas, não queria nem um nem outro, Getúlio menos ainda. Era só abrir os ouvidos para ouvir gente rica ou pobre, remediada ou miserável, civil e militar, falando mal do governo como a gente fazia no tempo da coluna... Só em duas ou três cidades do país a coluna tinha sido recebida com festa e fervor, no resto foi como quem recebe visita mal conhecida no meio da noite, apesar de mesmo o vilarejo mais micho ter sempre ao menos um revoltado que recebia a coluna batendo palmas e gritando viva.

— A gente sonhava levantar o povo mas, na maioria, o povo acho que não gosta nem de levantar da cama...

Ele se sentia quebrado por dentro, Prestes comunista, preparando *outra* revolução, Miguel Costa e João Alberto brigados, tenentinhos de merda tomando conta de detalhes e as grandes coisas na mão dos políticos como sempre, e o pior: os revolucionários viravam políticos! Bebeu com nojo a cerveja, não nojo da cerveja, mas do mundo, de tudo, todos, aquele reino de falsidades e aproveitadores. Dava saudade da coluna, sol no horizonte, vento na cara, mesmo do bafo seco do sertão nordestino tinha saudade. Foi quando começou a lembrar sem parar do Três Bocas, o povoadinho na boca do Sertão de Tibagi, aquele sertão de mata alta, deserto de gente, onde Jorge disse que os bandeirantes tinham acabado com os índios três séculos antes. Quem sabe não devesse começar vida nova lá, entre gente trabalhadora e fantasmas de índios?

No povoado de ranchos atolados no barro e casas suspensas sobre tocos, veria chegar gente dos quatro cantos do mundo e do país, cada família com sua língua, suas malas, baús e crianças, descendo espantados da jardineira com correntes nas rodas. Os acostumados a viver em cidade, na Europa ou no Japão, ficavam indecisos um tempinho, olhando o barreiro em volta da jardineira, sem saber para onde ir, onde pisar, até que começavam a escolher caminhos pelas fitas de barro amassado pelos pneus. De meia dúzia de bares, na verdade botecos em casebres ou barracos, olhava uma ou outra pessoa. O Hotel Campestre, um casarão alto sobre toras, com varandão e refeitório, era caro para ele, até porque achava desaforo pagar para dormir, ele que na coluna tinha se acostumado a dormir no chão.

Desceu da jardineira e foi direto para o escritório da companhia, Jorge estava debruçado num mapa, ergueu a cabeça e a cara se iluminou, a primeira reação não mente.

— Menino, você parece até corretor!

Os corretores de terras andavam bem-vestidos, para impressionar os colonos, e ele tinha chegado de paletó amassado da viagem mas o pano bom não se nega e a mala também fazia bela figura.

— Quer tentar vender terra, Menino?

A companhia usava corretores meio-sangue, mestiços de japonês ou de alemão, que falassem a língua dos colonos e também a inglesa. Mas, para vender aos colonos brasileiros, estavam procurando corretores brasileiros, de Minas ou São Paulo, daonde vinha a maioria. Então mentiu que era paulista, virou corretor de terras e foi morar num quartinho no fundo da Casa Sete, a casa dos moços solteiros da companhia. Eram quatro moços, e o povoado tinha meia dúzia de moças, se muito. Então os quatro davam festas, convidando as moças e, para disfarçar, convidavam também algumas famílias. Acendiam lanternas chinesas na varanda e velas e lamparinas na sala, faziam ponche com champanhe, vinho e até licores, com passas e figos secos picados, já que fruta não existia no Sertão de Tibagi, a não ser as da mata, jaboticaba, pitanga, gabiroba, que só os índios saberiam achar caso existissem índios ali.

Os moços se vestiam a rigor, como diziam, com aqueles paletós de gola brilhante, as mulheres de vestido comprido, e tocavam músicas numa vitrolinha de manivela. Para comer, peixe frito ou caça assada no forno de barro, e, quando as famílias já tinham comido e bebido e começavam a bocejar, eles serviam mais ponche às moças, com uma boa lambada de uísque em cada copo, e logo a clareira toda se enchia de risadas...

— ...que mulher nova bêbada é um escândalo pra rir de qualquer coisa.

Notícia chegava por jornal atrasado: os chefes da revolução, agora no governo, continuavam brigando e se traindo como inimigos, e nada faziam de revolucionário, de mudar tudo logo para melhor, como dizia Siqueira, nada se lia ou ouvia falar. Enfurnado naquela clareira, achou consolo no uísque escocês, no conhaque francês e na cachaça mineira; os primeiros colonos mineiros chegavam com garrafões de cachaça da terra, e com as bebidas aprenderia o que vale também para gente: o que importa é qualidade, pois pinga ruim já tinha tentado engolir e não conseguia, enquanto aquela mineira descia bem e subia bem também. Num domingo, comemorando sua primeira comissão como corretor de terras, bebeu uísque com Jorge até mal poder andar e, pela primeira vez, sentiu o mundo rodar.

Nunca tinha ganhado dinheiro na vida. A família descia da jardineira, ele se apresentava, mostrava a carteira da companhia, *Juliano Siqueira, corretor de terras*. Pegava uma das malas, levava a família primeiro ao escritório, onde Jorge ou outro mostrava mapas de glebas ou da futura cidade, e falavam de preços, prazos, depois ele levava para verem a gleba ou o quarteirão e escolher o lote ou terreno. No primeiro aperto de mão, depois de descer da jardineira, o colono era frio, às vezes nem chegava mesmo a apertar a mão, principalmente os mineiros, arredios na desconfiança. Depois, já no sítio onde plantaria café ou no terreno onde ergueria casa, já confiante, o colono dava um aperto de mão forte e sacudido.

A companhia tinha aberto estradinhas no espigão de cada gleba, carreadores como chamavam, de modo que, na testada do sítio, o colono não podia ver nem ouvir o riacho ou rio que corria lá no baixio, mas acreditava que água lá haveria, como havia, e ficava agradecido diante da mata bruta, onde teria de abrir clareira para o primeiro rancho. Enquanto isso a família ia ficar no povoado, nalguma casa da companhia ou na Pensão Paulista, onde um feijão bem-feito e uma canja de macuco reuniam quase todo dia os solteiros do povoado e os colonos recém-chegados. O refeitório, porém, era um salãozinho de poucas mesas, que às vezes era preciso esperar desocupar.

(Fala baixinho para Joana não ouvir, mas ainda olhando longe.)

Numa noite de chuva, quando jantava com Jorge a canja de macuco, nem foram ver a chegada da jardineira, atrasada, devia ter encalhado, e de noite não veriam nada mesmo, continuaram ali a tomar a canja depois de umas canecadas de uísque, quando entrou uma mulher gorda e alta, falando alto, com três moças em quem Jorge bateu os olhos e falou são putas, são putas e a grandona é a cafetona. Com aquelas três, na primeira casa de mulheres ali, ele gastaria todo o dinheiro que podia ter guardado. E, enquanto esperava colonos lendo livros de Jorge, tinha se apaixonado por Solange, justamente a que, por ser a mais bonita, era a mais procurada das três...

Na casa de madeira da cafetona, sem forro, na sala dava para ouvir bem tudo que se fazia em qualquer um dos quatro quartos — por isso tinha ela um fonógrafo que tocava quando começavam gemidos ou rangidos. Solange não só fazia gemer como gemia, "só pra aligeirar o freguês, bem", garantindo que gosto, mesmo, tinha só com ele; até que ele, urinando um dia lá fora, no pé de uma das toras que sustentava a casa acima do barro, ouviu, quando acabou a música e a cama parou de ranger, a voz dela clara e doce falando na cama a um outro qualquer:

— Só com você que eu tenho gosto, sabia?

Então quase se matou de paixão e foi salvo por Jorge. Tirou da mala um revólver novo que jamais tinha usado, enojado de arma, e foi para a beirada da mata, sem ver que Jorge preocupado foi atrás. Quando chegou lá no paredão verde, entre troncos caídos esperando o caminhão da serraria, tirou o revólver do bolso e, na claridade da lua cheia, rodou o tambor para a agulha não bater na gaveta sem munição, talvez não tivesse coragem de apertar o gatilho uma segunda vez. E já estava com o cano no ouvido, o metal na carne, o frio no quente, entre a vida e a morte, quando Jorge gritou procurando por ele. Estou aqui, falou, e Jorge apareceu, andava procurando entre os troncos mais altos que eles de tão grossos, alguns ainda cobertos de cipós e parasitas, e viu o revólver na mão:

— Vai caçar o que com arma curta de noite?

Ele encostou num tronco e começou a chorar, bestamente como se chora quando menos se espera, represa que rompe, ponte que desaba, fruto que amadurece até cair, um dia cai, um dia se chora tudo que se guardou, para que não apodreça no peito, como nenhuma fruta apodrece na árvore. Chorando ouviu Jorge dizer que sabia o que acontecia com ele:

— Mas comigo é pior, Menino — baixando a voz como se a mata pudesse ouvir — Eu estou apaixonado pela mulher de um médico!...

Como havia só dois médicos no povoado, um deles solteiro, trabalhando no hospitalzinho da companhia, só podia ser a mulher do outro, médico moço que ia atender parto em sítio, cuidava de cada doente em casa, com duas visitas por dia, ou, se o doente não tinha casa, levava para cuidar na própria casa dele, médico, a mulher servindo de enfermeira.

— Me apaixonei, Menino, quando tive malária de novo e o hospitalzinho estava lotado, acabei lá na casa do médico com ela de enfermeira e...

Ficaram ali suspirando e vendo a lua e, quando viu, voltavam para o povoado a procurar uma garrafa de uísque...

— E stá se sentindo bem, seo Juliano?
— Claro — enxugando os olhos na camisa — Estava só lembrando uma coisa... Onde é que parei mesmo?

Jorge ficava sem jeito quando ele dizia que, se fosse para valer mesmo a honestidade, a companhia não devia trazer uísque da Escócia como material ferroviário para não pagar imposto... E o jornal *Paraná-Norte*, que era sustentado pela companhia e impresso em São Paulo, que verdade podia contar além do que interessasse à companhia? E, se fosse valer a sinceridade...
— ...você diria ao médico: eu quero tua mulher, e pronto, não é?
Jorge sorria triste, olhando as janelas acesas da casa-enfermaria, onde o vulto dela passava às vezes, e a cada vez Jorge suspirava com uma pedra entalada no peito. E ele olhava as janelas da casa da cafetona, que acendiam e apagavam várias vezes, principalmente nas noites de fim de semana, depois que a companhia pagava seu pessoal na sexta-feira...
Na Páscoa de 32, fizeram uma festa na Casa Sete, e Jorge ficou bêbado de quase não parar em pé. Quase arrastando, de tanto que caía, foi gritar na frente da casa do médico: fulana, eu te amo, fulana, vamos fugir! Quando ele soube, que já estava dormindo, foi lá a tempo de levar Jorge para um riacho na entrada do povoado, onde de dia as lavadeiras batiam roupa nas pedras, de noite moços bebiam ali e faziam serenatas para a lua. Embarreado da cabeça aos pés, Jorge soluçava, gemia, chorava, gritava o nome da mulher, mas tirou a roupa e foi se lavando, e o corpo branco devia parecer um manjar para os mosquitos da noite... Botou as roupas logo, já sóbrio pelo efeito do banho frio, já devia ser abril ou maio, a água geladinha. Voltando para o povoado, resolveu:
— Menino, vou voltar pra São Paulo.
— Vou com você.

De *modo que, em maio de 32, voltei a São Paulo, sem saber que, por causa duma mulher, iria cair de novo, como dizem, nos braços de outra revolução.*

São Paulo tinha um fervor paulista e fervia de raiva contra o governo, o estadual e o federal. Do barbeiro ao açougueiro, do padeiro ao quitandeiro, do pedreiro ao picareta, todo mundo só falava contra o governo. E que era preciso lei, era preciso uma constituição. O governador não era mais João Alberto, mas um tal Pedro de Toledo também mandado por Getúlio, o povo não queria do mesmo jeito. E tome passeata e comício contra a ditadura, ora, a nossa Revolução de 30 tinha virado uma ditadura. Eu via o povo na rua, velho, mulher, criança, não só a moçada que é fácil inflamar, seja num quartel ou num comício, mas quando a família toda se junta contra o governo, a ponto de ir pra rua, é outra coisa. Era, eu sentia que era, aquilo sim é que era ou devia ser revolução ou, ao menos, o começo dela!

Primeira vez que ouvi a palavra constituição, eu que andava lendo e já não era um ignorante perfeito como dizia Siqueira, pensei que constituição fosse tudo menos leis, apenas leis, mas Jorge disse que lei nunca é apenas, lei é tudo.

— Sem lei o homem vira bicho.

Jorge tinha estudado em colégio na Inglaterra, filho de pai inglês e mãe paulista, na mesa sabia lidar com tudo que era talher, gostava de ordem até no arrumar a mala, daonde as roupas saíam depois prontas pra usar, enquanto eu jogava a roupa dentro da minha e tirava toda amassada. Fiquei em São Paulo num quartinho no fundo da casa da mãe dele, viúva, parecia que meu destino era morar nos fundos, ainda pensava em destino, quando era nada mais que condição. Conhece a história da menina e da melancia? Morreram os pais da menina, a comadre pegou pra criar como filha adotiva, na verdade empregada de graça. Dormia no fundo, comia depois dos outros, o que sobrasse, e lavava a louça de todos, arrumava as camas, limpava a casa. Um dia, com visita na mesa, melancia pequena pra tantos, cada um recebeu seu pedaço, aí a visita lembrou da menina lavando roupa no tanque lá fora:

— Ah — disse a comadre — Pra ela a gente guarda a parte branca da melancia, ela adora a parte branca!...

Eu ainda não sabia que era como a menina da melancia, só Siqueira tinha me tratado como igual, comendo igual, dormindo igual, até as três irmãs professoras, se quisessem me tratar como igual, tinham me deixado gastar meu tempo e meu dinheiro como quisesses, como elas faziam com igreja e caridade. Mas naquele maio de 32 não sobrava muito tempo pra pensar essas coisas, a política fervia, o povo se assanhava, a estudantada começou a ir pra rua gritar contra Getúlio e até contra Miguel Costa. O coronel agora comandava uma tal Legião Revolucionária, getulista, veja só como revolução é como uma carne com que cada um faz o que quiser, lingüiça, salsicha, assado, bife, quibe, mas uma coisa é certa: tem uma hora em que a revolução chega no ponto, aí ninguém segura. O povo é uma massa que, com o fermento certo, cresce e transborda e vira uma maré que ninguém segura. Assim foi 32.

Jorge falou pra mãe que eu ia procurar emprego em São Paulo, e eu ia era zoar pelo centro, ouvir conversa de rodinha, ver jornal pendurado na banca, tomar café e ver o movimento e, se passava passeata, eu ia junto. Um dia, uma irmã de Jorge me viu numa passeata, que era um passeio mesmo, a moçada saía da Faculdade de Direito, ali no Largo de São Francisco, um fazia um discurso, pronto, marchavam pra Sé, da Sé pra República, aqui e ali parando pra discurso, e mulheres jogavam flor e papel picado dos prédios, e na calçada os homens acenavam com chapéu, muitos vinham engrossar a passeata e a gente ia, gritando contra o governo, contra Getúlio, por São Paulo. E eu ia me tornando paulista, conhecendo cada rua do centro, cada praça, com dinheiro no bolso e todo o tempo do mundo, só tinha de voltar para a casa de Jorge antes das onze da noite, porisso até ri quando a mãe dele disse que era melhor eu arranjar outro lugar onde ficar, tinha medo por Jorge:

— Ele me falou que o senhor já andou em revolução e eu não quero isso para o meu filho.

Passei no escritório da companhia em São Paulo, recebi a comissão da venda do último lote, dava pra passar uns três meses morando em pensão e comendo em restaurante. O que faria depois, depois ia resolver. Mas três meses de férias eu ia ter, já andava cansado de passeata e comício e discurso, já era vacinado contra jogo e mulher, pela primeira vez na vida ia descansar e ver o tempo passar, como faziam aqueles que ficavam nas confeitarias e nos cafés naquelas mesinhas de mármore redondo, lendo jornal com nariz empinado. Mas logo enjoei daquilo também. Jorge passava na pensão, pra bater perna pelo centro, naquela cidade tão limpa e tão certinha, bonde passando, gente passando, cavalheiros ainda tirando chapéu pra qualquer mulher branca, homens da prefeitura recolhendo na rua bosta dos cavalos, e vendedor ambulante de amendoim torradinho, pamonha, quebra-queixo, sonho de creme e de goiabada, empadinha, coxinha, pastel, cada um cantando sua musiquinha ou gritando cantado, oooolha o pastel com molho, oooolha o pastel com molho!

Era um rapazola, com a idade que eu tinha quando a coluna passou por Foz, vendia pastel numa cesta coberta por um pano branquinho, e no meio da cesta, equilibrado entre os pastéis, tinha o caldeirãozinho do molho com uma colher. De tanto comer pastel com molho, eu estava com diarréia na pensão quando passou Jorge naquela noite. Eu tomava chá de abacateiro na sala da casa, que tinha virado refeitório quando a casa virou pensão, e um tal Miragaia tomava ali uma sopa, moço também. Jorge riu: um no chá, outro na sopa, parecia asilo. A pensão era entre o Arouche e a República, ali onde pipocava comício toda hora, e começou gritaria lá fora. Engoli o chá, o Miragaia engoliu a sopa, saímos pra ver o que era. Começou a revolução, passou uma mulher dizendo, quem não quer morrer vai pra casa que começou a revolução! Porta e janela batendo por todo lado, pá-pá-papá-pá, feito o vento do medo passando, até me confundiu, que quando começou o tiroteio ainda pensei que era o medo batendo porta.

Estavam atacando a sede da tal Legião Revolucionária do Miguel Costa, o povo, estudantes e trabalhadores contra o antes revolucionário Miguel Costa, o povo querendo uma revolução, como a coluna tanto tinha esperado do povo. Vi também que, se batiam janela e porta por toda a rua, em volta de toda a praça, também de muita casa e prédio saía homem armado, revólver, carabina, espingarda, garrucha. Um velho saiu de chinelos, apontou malemá e apertou um gatilho da espingarda de dois canos, depois o outro gatilho, e nada. Trocou os cartuchos, disparou de novo, nada de novo, a munição devia ser muito velha, e da janela uma velha gritou:

— Vem pra dentro, velho maluco, revolução é coisa pra moço!

Atiravam de fuzil e revólver na casa da tal legião lá na esquina, de lá respondiam com metralhadora, eu e Jorge atrás de árvore. Falei Jorge, vou voltar pra pensão, não quero saber disso, não. Ele ficou. Eu ia voltando, correndo agachado, parando aqui e ali pra tomar fôlego, ele me alcançou: eu lembrava do moço que tomava sopa na pensão? Tinha morrido com uma bala na nuca. Fui ajudar a pegar o corpo, no meio do tiroteio. Vi um homem vestido de branco se arrastando, fui ajudar.

— Meu nome é Dráusio — ele falou sem eu perguntar, e vi que era pesado demais pra eu sozinho carregar, fui procurar Jorge pra ajudar, não achei mais. Voltei pro tal Dráusio, morto também. Então uma janela abriu e saiu um braço *de mulher, fino, magro, com uma pulseira e um revolvinho 22, deu cinco tiros, tec, tec, tec, tec, tec, aí gritou — Viva São Paulo — com uma voz tranqüila e até meio cantada, deu mais um tiro, tec, fechou a janela. Eu até já pensava que era assombração, esfreguei os olhos, mas a janela abriu de novo e a mão com pulseira despejou mais seis tiros, que decerto nem iam chegar lá do outro lado da Praça da República, iam ficar pelas árvores, era preciso atirar mais de perto ou de fuzil.*

Então voltei pra pensão, peguei meu 38 e fui pra praça. Fui de árvore em árvore, atirando, até que peguei um fuzil caído, atirei até acabar o pente. Um homem agachou atrás da mesma árvore, disse que estava à paisana mas era da Força Pública.

— Se não tem mais munição, o senhor me dê esse fuzil que nós vamos precisar pra revolução.

Falei que não, o fuzil ficava comigo e eu entrava na revolução. Me apresentei, dizendo que tinha experiência de combate, falei da coluna, ainda ali debaixo de tiroteio, e ele falou então vem comigo. No dia seguinte, já morava de novo no casarão das três irmãs, que agora era quartel-general não oficial dos oficiais da Força Pública que esperavam a Revolução. Mas não era aquela espera da revolução de 30, com os dias passando em conversa e cigarro, era uma espera cheia do que fazer.

Naquela noite na praça tinham morrido quatro, Miragaia, Martins, Dráusio e Camargo, MMDC, disse alguém e MMDC ficou o nome daquele movimento que juntou todo o povo de São Paulo ajudando a revolução. As irmãs tinham enfiado os móveis num dos quartos, dormiam em outro, e o resto da casa era da revolução, dormia gente até no corredor, era preciso passar com cuidado pra não pisar alguém. No porão, fizeram uma fábrica de granada, de modo que, se explodisse, jogava a casa pro ar. Na cozinha o fogo vivia aceso, café com leite e pão com manteiga a qualquer hora pra quem chegasse. E entra sargento e sai capitão pra reunião nalgum quarto, enquanto na sala mulherada do bairro todo se reunia pra resolver o que fazer, as mulheres também iam, disseram, lutar por São Paulo.

Quando rebentou a revolução, dominando São Paulo ligeirinho mas aí ficando São Paulo sozinho contra o Brasil, já tinha mulher costurando fardamento de zuarte no casarão das três irmãs. A partir daí, elas botaram uma placa grande na fachada — MMDC Santa Cecília, com Deus por São Paulo — e aquilo virou um formigueiro de gente dia e noite.

Era velharada trazendo aliança de casamento, ouro pro bem de São Paulo.

Era criançada trazendo caixa de sapato cheia de moedas, que iam pedir de casa em casa.

Era mulher, era moça pedindo pra trabalhar pela revolução, ah, eu nem acreditava, velho pedindo fuzil, mulher trazendo meia dúzia de ovos, dizendo que era tudo que podia dar por enquanto, mas que logo ia trazer mais.

Era padeiro perguntando onde podia entregar todo dia uma carroça de pão pra São Paulo, aí percebi que eles não lutavam pela revolução, lutavam por São Paulo.

Mas quem luta mesmo é tropa, e a tropa era de novo a Força Pública, mais os batalhões formados pelos civis, que foram logo para a luta no interior do estado, e a criançada desfilava com cartaz — SE FOR PRECISO, NÓS TAMBÉM IREMOS!

No bonde, mulher levantava, dava o lugar pra homem de saúde que não tivesse se alistado pra lutar por São Paulo... Eu saía de manhã, voltava de noite, moído, depois de passar o dia ajudando capitão a treinar tropa civil alistada um dia antes, pra ir pra trincheira um dia depois. Nisso passei umas duas semanas, até ser mandado pra Buri, onde o primeiro que vi, quando cheguei, foi Jorge, coberto de lama depois da noite na trincheira. Perguntei como era a luta, ele mostrou: uma trincheira lá, outra aqui, e na crista de cada trincheira uns pares de tijolos, pra enfiar o cano do fuzil e atirar na crista da trincheira de lá, espirrando terra, às vezes matando um ou outro que demorava pra atirar, acabava levando tiro no alto da testa, aí espirrava miolo. Fora isso, falou, era uma luta muito sem graça e com muita lama:

— *São Pedro resolveu chover bastante no inverno, pra atrapalhar a revolução de São Paulo...*

A comida era arroz azedo, feijão azedo, carne-seca azeda e farinha mofada. Caganeira derrubava muito mais tropa que o inimigo. Todo mundo de uniforme novo, capacete velho e arma antiga. Tinha munição, lembro bem, de 1885, conforme escrito no cartucho. E a tropa no maior entusiasmo, a maioria recruta civil que nem sabia apontar um fuzil, quanto mais disparar e acertar. Mas estavam ali, prontos pra morrer, ricos e pobres, de mistura com tropa do Exército e da Força Pública, todos unidos por São Paulo, esperando ajuda que nunca veio de outros estados. Foi uma revolução bonita, a mais bonita de todas, se é que uma revolução pode ser bonita, é uma moça faceira no dia em que começa, acaba uma velha fedendo carniça e roubando pra se salvar.

Sim, porque meteram a mão no ouro pro bem de São Paulo, só um vigarista fugiu com uma mala de ouro. E a Força Pública ia se render sozinha, quando a coisa encruasse, São Paulo cercado, invadido por tropa gaúcha, mineira, carioca. E isso foi justo quando o povo mais se juntava e mais trabalhava pra apoiar a tropa, na enfermaria a gente via cabocla de pé no chão trabalhando junto com moça fina e senhora da sociedade, como diziam, como se as outras não fossem da sociedade, enfermeiras, cozinheiras, costureiras por São Paulo.

Depois da rendição a gente ia ficar sabendo que até fábrica de macarrão tinha virado indústria de guerra, fazendo não só macarrão mas também munição, e que milhares de mulheres tinham costurado meio milhão de fardas. Quando a revolução acabou, todo dia chegava munição nova, já fabricada por São Paulo, e também morteiro, bomba, granada, até lança-chamas, tudo feito por São Paulo, e dava aquele orgulho de lutar com arma paulista, dizia Jorge:

— Nós vamos botar ordem no Brasil!

Pobre Jorge, enfiado em revolução pra matar a paixão, não esquecia a mulher do médico no Três Bocas, arranjava papel, escrevia cartas para ela e guardava todas na mochila. Eu sabia que lutar entrincheirado, contra inimigo mais forte, é ir morrendo dia a dia, como em Catanduvas, mas era uma febre paulista tão forte que nem se podia falar em derrota. São Paulo tinha até poeta da revolução[24], liam poesia na trincheira!

> Bandeira da minha terra
> bandeira das treze listras
> São treze lanças de guerra
> cercando o chão dos paulistas!

Mas eu sentia que, mesmo com munição começando a chegar e com a tropa toda querendo lutar, ficar plantado em trincheira era suicídio — pois se descia tropa do norte e subia tropa do sul, feito um alicate apertando São Paulo, ficar ali esperando o que? Falei com uma dúzia de chefes, até concordavam comigo, mas dependiam de seus próprios chefes, era uma guerra de centenas de quilômetros de trincheiras, e era preciso pensar na tal de logística, que quando ouvi falar pensei que fosse um novo tipo de arma, e tinha de se pensar também na

---

[24] Guilherme de Almeida.

tal estratégia... Só depois fomos saber que muita tropa carioca ficou esperando São Paulo invadir o Rio, pra aderir... E de repente, puf, acabou, a Força Pública se rendeu, e acho que ali começou a deixar de ser a saudosa Força Pública pra virar, já na mentalidade, o que virou depois, essa Polícia Militar que chamam de gloriosa não sei por que, de lá pra cá só foi contra o povo, quem sabe glória hoje seja isso...

Eu tinha vinte e um anos, pela lei só agora chegava na tal maioridade, mas na verdade era um veterano cansado de revolução, por já desconfiar então duas certezas de hoje. Primeiro, que toda revolução, sempre em nome do povo, usa o povo. Segundo, que toda revolução tem quem é bom, quem é mau, quem é sonhador, quem é prático, quem vive a serviço da revolução, quem vive se servindo da revolução, como tem os que pensam alto, os que sentem de verdade o que estão dizendo, os que querem mesmo mudar a vida pra melhor, e os que estão de arma na mão, prontos pra morrer também, mas só por aventura, pela diversão, e às vezes são os melhores na luta porém, embora morrendo cedo porque os melhores morrem cedo, sem esquecer de lembrar dos que só estão na revolução pra pegar o tal poder, seja como ditador, seja como inspetor de quarteirão, e tem até os que entram na pior batalha só pra pilhar morto e saquear casa.

É o bicho homem, né, bicho que às vezes também é gente, eu pensava vendo cada baita homem chorar por São Paulo, na volta pra casa, a tropa recebida com festa na estação, como se a revolução tivesse sido vitoriosa, e tome discurso dizendo que São Paulo foi vendido, mas não foi vencido... Eu sentia que olhava aquela revolução de fora, já não me sentindo mais paulista, mas vazio, vendo o que não viam e como se enganavam.

Contavam rindo uma história que me doía ouvir, talvez porque meu pai era nem sei de que canto do Nordeste, eu que pensava ter esquecido meu pai, ou talvez porque essa história mostrava mais claro que qualquer outra como pode ser enganosa uma revolução. Muito nordestino tinha se alistado em São Paulo, onde o melhor emprego aberto naquele ano foi o alistamento pra revolução, foram lutar por São Paulo, ou pelo prato de comida que pra nós era ruim, pra eles era muito boa. Uns quatrocentos tinham sido presos, mas como só queriam bóia e cantoria, foram soltos, a tempo de receber uma tropa pernambucana que chegava pra ajudar no cerco aos paulistas. Aí foi aquela festa de conterrâneos, e os quatrocentos se alistaram de novo, agora pra lutar contra São Paulo...

 E eu tinha usado meus três meses de férias treinando recruta, fazendo patrulha e dando tiro de longe com fuzil descalibrado, ou enfiado em trincheira e depois cuidando de Jorge ferido, quando anunciaram a rendição e vi que estava também sem dinheiro, tinha dado tudo pro MMDC.
 Bati palmas no casarão das três irmãs, apareceu Corina, a caçula, abraçou, me pegou a mão e levou pra dentro, com uma firmeza doce assim de repente, pensei até, epa, será que se engraçou de mim? Mas já na varanda vi um médico, só podia ser médico um moço ouvindo peito de mendigo com aquele aparelhinho que eles botam no ouvido. Era o Samuel, Corina apresentou, e eu nem dei atenção, só perguntei se precisavam de jardineiro, ela disse que as três já tinham conversado, e estavam mesmo esperando eu voltar da revolução pra dizer, primeiro, que tinham guardado pra mim metade do dinheiro que dei pra revolução, e segundo, eu podia entrar e sair quando bem quisesse. Falei que tinha mais uma coisa, eu tinha perdido toda a roupa do pai delas. Tem mais no guarda-roupa, disse ela me dando um sorriso e...
 Moça, vou falar baixinho isto, aquela moça foi pra mim uma grande paixão, eu que achava bobeira do Jorge se apaixonar por mulher casada, como se paixão pudesse escolher... Era dez anos mais velha que eu mas parecia uma menina, ria solto, colhia um buquê de flor toda manhãzinha, botava num vaso da sala, fazia geléia e doce de tudo que dava no pomar, cuidava de mendigo conversando e rindo como se fosse, e devia ser pra ela, uma grande diversão... e... bem, vida particular não interessa, né? Mas o curioso é que acabei não saindo mais daquele quintal, praticamente exilado ali, sem nem pôr os pés na rua, durante meses, acho que quase um ano, porque ali me aconteceu também uma outra paixão, a paixão mais perigosa na vida duma pessoa. Sabe qual é? Amanhã eu conto.
 Da cozinha vem cheiro de bife acebolado, Joana logo vai aparecer com a comida e então ela começa a recolher envelopes espalhados pela mesa e pelas cadeiras. Vou botar a janta aqui na cozinha, diz alto Joana:
 — Pra comida não chegar perto dessa papelada velha!
 Ele pergunta que pastilhinha é essa que ela enfia nos envelopes, ela explica que é para matar insetos e seus ovos, ácaros, fungos, tudo. Um raminho de arruda, diz ele, também é bom pra isso.
 — Come com a gente.
 — Obrigada, seo Juliano, mas...

Ih, Joana fala de lá, ela vai comer melhor por aí...
— ...tem a vida dela, deixa ir com Deus!

Acaba a noite na cama com Miguel, depois de, Joana tinha razão, um belo jantar.
— Queria saber cozinhar, Miguel, mas parece tão complicado...
— Te ensino, um prato de cada vez.
Fez carneiro à caçadora com arroz integral e lentilhas, ela fez a salada, agrião com coalhada. Estiveram na cama também antes do jantar, *e você gozou nas duas vezes, menina!*
— Não ria, mas acho que hoje me tornei mulher.
Ele não ri, demora para falar:
— Você sempre foi mulher, só não tinha se dado conta.
Ou ainda não tinha achado um homem, vontade de dizer, mas em vez disso, diz que seo Juliano começou a contar que teve uma grande paixão...
— ...a "paixão mais perigosa na vida duma pessoa", o que pode ser?
— A política?
— Mas política ele fez desde a coluna, toda revolução é, antes de tudo, política *(pare de falar como quem escreve!)*. Quando resolveu lutar por São Paulo, pode ter sido movido só pelo coração, mas era também um ato político. Será que ele se apaixonou por uma mulher casada, ou até por uma freira?...
Miguel ri. E a tal paixão não pode ser o jogo, naquele tempo não havia cassinos? Mas parece que disso se vacinou. Então pode ser droga, cocaína era estimulante de artista na época. Pode ser. Ou pode ser bebida mesmo, quem sabe o homem já bebeu naquele tempo muito mais do que hoje...
— Uma vez, fui fotografar numa ilha com um pescador de guia, e ele bebeu um litro de pinga num dia. Perguntei como agüentava, ele perguntou se eu estava brincando: — Beber, doutor, era antigamente, quando eu era moço, hoje é só pra molhar a boca!...
Uma brisa mexe leve num móbile do teto, Miguel diz que é coisa de Miguelzinho.
— Você sente falta do seu filho, não é?
Miguel sorri olhando longe: e se a paixão de seo Juliano for a política eleitoral?

— Eleição é uma paixão, cega e transtorna o candidato. Em tempo de eleição faço foto de dúzias de candidatos.

Manda o candidato tirar os óculos, pentear-se de outro jeito, indica cabeleireiro que sabe o que fazer para suavizar ou endurecer uma feição, conforme o caso. E escolhe a roupa, e arruma iluminação, fundo, finalmente a expressão, o olhar, o sorriso, olhando de lado ou de frente, conforme o caso — é preciso parecer mais confiável ou mais inteligente?

— Candidato que fotografo sai sempre com uma bela expressão, sabe o segredo? Falo pra eles pensarem em coisas boas, nas melhores coisas que gostariam de ter, olhando a câmera como se essas coisas estivessem ali, e aí vou batendo chapa. Vários me contaram depois o que pensaram: churrasco, sorvetes, macarronada, mulheres, pescaria com helicóptero, discursar para multidões aplaudindo, viajar no avião presidencial...

Avião presidencial? Sim, tinha confessado o candidato, já bem bebido, o fato, meu prezado artista da foto, é que todo candidato, a qualquer cargo, sonha encerrar a carreira como presidente da República!

— E olhe que era só um candidato a deputado estadual, hem! Então, quando você vê foto de candidato por aí, com os olhos cheios de esperança, confiança e entusiasmo, pode ser que, na verdade, tenha pensado em viajar no avião presidencial cercado de mulher com champanhe a destino de férias no Caribe...

Nossa, como dá tesão ouvir você falar, Miguel Costa!

— Nossa, Miguel, de novo?!

— Eu?! Você fica me pegando assim, fico assim mesmo, fazer o que?!

Depois ela se vestirá enquanto ele ressona, e sairá de leve cobrindo seu peito com o lençol, e resolve ir caminhando até o hotel, olhando o chão, *ora, uma coisa é certa, Juliana Prestes, paixão, como revolução, tem muitos lados, muitas caras, muitos usos e larguras, pode ser a paixão por uma causa ou por uma pessoa, a revolução por um Brasil melhor, fosse isso o que fosse, e revolução pode ser até a industrial ou a revolução nos costumes depois da pílula. Outro dia a tevê disse que o computador revolucionou o mundo. E tanto paixão como revolução passam, são novidade no momento, são apaixonantes no começo, veja a Revolução Cubana e tantas outras; começam lindas, acabam ridículas... Então, mulher, aproveite! Não sinta culpa, do que?! De ele ter filho? Que é que você podia fazer?! Vai em frente, como diz o pai! Só queria saber em frente pra onde... Mas pra que rumo? A coluna, por exemplo, não tinha rumo — mas também não chegou a lugar algum, se é que é preciso chegar a algum lugar na vida, em vez de simplesmente viver, dia a dia...*

— Boa noite, gata.

É um tipo de cabeça para fora num carro rodando devagar rente ao meio-fio. Ela está a duas quadras do Lírio Hotel, já vê lá a placa cor-de-rosa, então apressa o passo, o carro acompanha.

— Pare um minuto, garota.

— Meu senhor — ela pára e se volta para o carro — eu sou casada e estou indo para casa! — aí reconhece o cara: é o árabe peludo segurança da mulher de Miguel, e a porta de trás se abre, sai o mulatão gordo:

— Desculpe, dona, o nosso amigo aí é gozador, é brincadeira dele. É a patroa aqui que quer falar com a senhora.

Princesa Stella deve ter sido uma mulher bonita antes de se estragar com tanta maquiagem, parece uma boneca, se não fosse o fogo dos olhos:

— Boa noite... professora. Entre um pouco.

— Não.

O mulatão escancara a porta do carro. O árabe sorri ainda com a cabeça para fora.

— Quer falar comigo, fale.

Princesa Stella escorrega pelo couro do banco, chega à claridade do poste, aí se vê ainda mais a maquiagem, pousando na porta um pé tão bem-tratado que parece irreal, até por causa das unhas bordô, e a sandália rebrilha como uma jóia.

— Minha querida professora — a voz é suave — Eu queria lhe fazer uma proposta.

Se manda, Juliana Prestes, corre!

— Escute, calma, não custa ouvir um minuto. Eu tenho fotos de você com meu marido de todo jeito, abraçados, beijando, ele pegando na tua bunda no meio da rua... O juiz não vai ter dúvida de com quem deixar o nosso filho, mas acontece, minha querida, que eu quero também meu marido de volta...

O mulatão troca de pé, ela também.

— Quanto você quer pra sumir da vida dele?

Agora o árabe está sério, a cabeça pousada na janela do carro, e o mulatão também espera respeitoso. Princesa Stella já interpreta o silêncio dela como interesse e a voz torna-se um pouquinho metálica:

— Apenas diga quanto você quer, meu bem — pegando a bolsa e tirando talão de cheques — Dou o primeiro cheque agora, os outros mês a mês, durante um ano, mando ordem de pagamento — arranca o cheque — Mas preciso saber o número da sua conta, querida — a mão também irreal estendendo o cheque.

Ela pega. Equivale a um ano de bolsa. Então dá um passo atrás e vai rasgando o cheque, primeiro em dois, mais um passo, depois em quatro, em oito, e joga para o alto a chuvinha de papel picado, Princesa olha para o mulatão, que olha para o chão, o árabe também, então ela dá as costas e vai para o hotel, ouvindo como aquela voz suave pode esganiçar gritando:

— Sua cadela, sua putinha, eu vou desgraçar a sua vida!

Dorme até o meio da manhã. Compra mais fitas. Almoça sem ver o que come. Começo da tarde, chega à casa de Juliano Siqueira, Joana já avisa no portão: ele está sendo entrevistado por uma turminha de estudantes, meninada ele sempre atende. Na sala, ele está sentado reto numa cadeira, as meninas e meninos afundados no velho sofá e suas duas poltronas. Cada um faz uma pergunta e anota a resposta no caderno, embora estejam gravando também.

— É verdade que o senhor é o último sobrevente — risinhos — sobrevivente da Coluna Prestes?

— Não sei. Quando o Prestes andou por aqui pela última vez, em oitenta e pouco, uns companheiros chamaram por jornal e rádio, pra ir encontrar com ele, cheguei a ver até foto, ele com meia dúzia, todos com lenço vermelho no pescoço, mas não reconheci nenhum...

O menino começou a anotar, parou, fica olhando para ele como esperando a resposta, fala decepcionado:

— Então o senhor não é o único sobre-vivente da Coluna Prestes?

— Não sei. Pode haver outros, havia outros meninos.

Uma menina lê a pergunta no caderno:

— O que foi a Coluna Prestes?

— Um bando de tontos querendo acordar um povo cordeiro.

— O senhor pode repetir?

Ele repete, a menina anota. Outra pergunta sem ler:

— O que queria a Coluna Prestes?

— Liberdade, governo de qualidade, justiça de verdade, uma revolução que ninguém sabia direito pra que, mas ao menos isso a gente sabia que queria.

A menina pede para ele repetir, liberdade e que mais? — e anota. Outro menino:

— O que é revolução?

— É a evolução com pressa.

O menino anota. A primeira menina:

— O que é democracia?

— Bom — ele sorri amargo — Eu podia dizer que é o governo dos tontos pelos espertos, mas, pra não ofender ninguém, digo que é o governo dos menos espertos pelos mais espertos...

A menina fica pensando de boca aberta, a outra menina pergunta:

— E o que o senhor acha que falta para o Brasil?

Ele suspira fundo, espalma as mãos na mesa, fala com todos os esses e erres:

— Falta só vergonha, do povo e do governo, pra trabalhar mais e mamar menos! — inclinando-se para o gravador — Sabiam que o governo paga aposentadoria de filha de viúva da Guerra do Paraguai?! É, a guerra foi em mil oitocentos e sessenta e tantos, mas, como filha de viúva de militar pode continuar recebendo a pensão da mãe, o povo sustenta duas velhotas que têm pencas de netos e bisnetos, mas oficialmente solteiras porque senão perdiam a pensão...

Vai disparando as palavras com dicção perfeita para os meninos aturdidos, as meninas trocando olhares espantados:

— Sabiam que deputado brasileiro ganha mais que deputado inglês e trabalha muito menos?

— Sabiam que os juízes brasileiros empregam parentaiada em gabinetes de outros juízes? E têm férias de três meses por ano, aliás como os deputados, sabiam?

— Sabiam que esse governo falando em reformar, reformar, já empregou mais gente no governo que qualquer outro governo antes?

— Sabiam que o que o governo tira do povo, em imposto, dava pra funcionar uma saúde muito boa? Mas o que se vê é hospital fechando...

— Sabem o que é imposto indireto? É o imposto que a gente paga em tudo que compra, uma caixa de fósforo que seja, o governo já pegou sua parte lá na fábrica...

A primeira menina quer desligar o gravador, a segunda não deixa, pergunta se ele quer dizer mais alguma coisa, ele diz que não, já falou demais, mas...

— ...se querem saber, também falta pro Brasil é inteligência. Onde a maioria quer ser malandro, estão sendo burros, né, porque não dá pra sustentar tantos vivendo bem às custas da miséria dos outros! Só sobe salário de juiz e político! E o povo tome aumento no remédio, no cimento, na comida, na água, na luz, no telefone, no correio, no lotação, é tudo cartel, sabem o que é cartel? Vão ver no dicionário. É tudo cartel e a pessoa vai reclamar pra quem?!

As mãos agora agarram a mesa, incham as veias do pescoço entre pelancas:

— Da gente só tiram, só espremem mais, e tome juro, e tome taxa, e tome escola ruim, hospital ruim, rua sem esgoto, loteamento fajuto, e a pessoa vai reclamar pra quem? Pra essa Justiça que demora uma vida inteira?! Pra polícia que trata bem o rico e destrata o pobre?! Pra ouvidor que tudo ouve e nada resolve?!...

Os meninos trocam olhares, um desliga o gravador, levantam homenzinhos estendendo a mão, agradecem, e uma das meninas apresenta um embrulho plano e quadrado:

— Para o senhor, uma lembrança nossa, pintada pela Larissa.

A menina pintora baixa o olhar modestamente, ele desembrulha. É uma aquarela emoldurada, com o título a nanquim em letras femininas, cheias de volteios e arabescos — *Coluna Prestes, 1925-1927*, como enfeitado epitáfio, e abaixo a pintura colorida, uma fila de soldados de fuzil no ombro marchando retinho, como numa parada oficial, como nunca marcharam na coluna...

Sabe, moça, vendo você mexer nessa papelada desmanchando de velha, lembrei duma quadra que o Venâncio volta e meia cantarolava:

> *Nada como matar tempo*
> *sem nem saber até quando*
> *sabendo que todo o tempo*
> *o tempo está nos matando*

Venâncio falava muita poesia, acho que inventava na hora, que às vezes algum pedia pra repetir uma quadra sobre isso ou aquilo, ele já tinha esquecido. Algumas os outros lembravam por ele, um lembrando um verso, outro lembrando o verso seguinte. E tinha as poesias compridas, que ele falava de um fôlego só, na verdade dando umas respiradinhas curtas enquanto a voz subia e descia, afinando e engrossando, adoçando e endurecendo, de um jeito que só gaúcho faz:

*Eu vivo entre o meu povo
que é e não é feliz
povo que diz o que faz
porém não faz o que diz
é honesto e é desonesto
povo que presta e não presta
sempre pronto a ser povo
que ama e depois detesta
povo que aplaude e lincha
às vezes é muito gente
às vezes é muito bicho
por isso digo de novo
jamais me queira perfeito
eu sou assim deste jeito
pois vivo entre meu povo...*

— Seo Juliano, desculpe, mas o senhor falou numa paixão, a paixão mais perigosa...

...na vida duma pessoa, sim. *Paixão que te toma a cabeça, o coração, e manda no corpo, te faz suportar o que você jamais suportaria, reunião, fumaceira de cigarro, até charuto, essa paixão andou comigo desde 33 até aquele tempo quando foi moda fumar charuto, depois da Revolução Cubana. Essa paixão é daquelas que, mesmo depois que você deixa, continua a pensar nela, com dúvida, com remorso, achando que, quem sabe, tudo fosse diferente se você tivesse feito mais do que fez, ou que podia ser uma bela viagem se o timão não estivesse na mão daquele timoneiro, né, homens como nós, como dizia o Venâncio, os chefes são homens como nós, também erram, mas eu sou assim deste jeito, Stalin era daquele jeito, eu erro e ninguém morre por isso, Stalin errava e milhões morreram por isso, acho que é só essa a diferença.*

O fato é que virei comunista, só isso e tudo isso. Só isso porque bastou um livro, um livro fininho, chamado Manifesto do Partido Comunista, *pra me fazer ver sentido no mundo. Engraçado é que quem me apresentou o comunismo foi o Samuel da Corina, me roubando uma paixão e dando outra, desculpe se falo demais de mim às vezes, moça, é que perdi a vergonha desse bichinho comedor de fita aí. E virei comunista acho que na melhor época do movimento comunista no Brasil, quando o partido era cheio de gente generosa e patriota, gente de bem e de brio, acreditando num mundo melhor e prontos a morrer por isso, e morriam, e hoje, quando se vê o que o comunismo deixou no mundo, o que eu sinto é que morreram à toa. Porque muito antes do Muro de Berlim se desmanchar, que não caiu, se desmanchou, só quem queria ser cego não via que a tal ditadura do proletariado só tinha levado ditadura pro proletariado.*

Ah, como eu acreditava na ditadura do proletariado, como se por ser "do proletariado" pudesse ser menos ditadura. E aceitava como bom e certo o tal centralismo democrático, sem ver o que as próprias palavras já estão dizendo, quanto mais centralizado, menos democrático, meia dúzia do tal comitê central sempre decidindo tudo pra todos, o próprio partido já era uma ditadura e eu não via.

Os tenentes chamavam o governo de Bernardes de ditadura, como depois Bernardes, na oposição, chamou o governo de Washington Luís de ditadura, Washington que foi eleito mas, em nome da democracia, acabou trocado por Getúlio Vargas, que tinha perdido pra ele a eleição e que acabou ditador também, veja as voltas e reviravoltas da política. Depois da ditadura de Getúlio provamos também a ditadura militar, de 64, e o meu balanço é que, sem deixar de lado as ditaduras comunistas, nas ditaduras é que a rataiada rouba, na ditadura é que puxa-saco sobe, na ditadura malandro vira mestre e ladrão vira santo. Deu até na tevê que na Rússia tinha fábrica com mais chefe que operário, não admira que a máfia tomou conta quando virou democracia, né, a máfia já estava lá.

Bem, hoje vejo que o comunismo, marxismo-leninismo, socialismo, com qualquer nome que queiram dar, sem liberdade é só mais uma ditadura, que começa perdendo a sinceridade, quando fala que é do proletariado pra disfarçar o fato de que é só de um partido pequeno e único. Depois perde a honestidade, falando no bem do povo e agindo pra bem próprio, mas ninguém pode mais dizer a verdade porque, em nome do povo e da segurança nacional, não tem mais liberdade... Que diferença tinha da ditadura do proletariado pra nossa ditadura militar?

Mas no começo toda paixão é linda... Li em dois dias, atarantado, aquele primeiro livro comunista, e o mundo pra mim se abria como a gente abre bem uma jaca com uma boa faca, sem se lambuzar, sem se perder no visgo das dúvidas e no bagaço da descrença. Agora eu tinha uma chave pra entender o mundo, que passou a se chamar sociedade de classes, passei a ver em tudo a lógica cruel da exploração de umas classes por outras, como a gente dizia, a lógica cruel da exploração, os proprietários e os proletários, os que faziam as leis e os que sofriam as leis, os que vendiam a força de trabalho pros que tinham os meios de produção, ou propriedade ou dinheiro. E assim tudo se explicava: por que tanta miséria, por exemplo? Porque, camarada Juliano, os que nascem sem berço ou herança têm de lutar sozinhos e sem preparo, contra tudo e contra todos, vendendo-se por ninharia e ganhando só pra sobreviver, e ainda assim sem garantia de emprego, porque há sempre o exército de desempregados de reserva...

Ah, cada palavra da cartilha batia fundo no meu fundo, era isso mesmo que eu achava que pensava ou queria pensar!

— *E a primeira coisa a fazer, companheiro, é se organizar como partido, para organizar o operariado, o campesinato e os soldados para a revolução! E como nos organizar?*

Samuel me passava cada livro recomendando cuidado, não mostrasse a ninguém, eram encapados em papel grosso e pardo, meio sujo, e, quando devolvi o quarto ou quinto, pedindo mais, me perguntou todo sério se eu queria ingressar, lembro bem da palavra...

— *...ingressar no Partido Comunista Brasileiro, Juliano, quer?*

E eu, confuso com aquela palavra ingressar, perguntei...

— *...qual o preço do ingresso?*

Ele riu, me abraçou, disse que o Partido Comunista Brasileiro não lidava com dinheiro como os partidos revolucionários que eu tinha conhecido, nem tinha a bagunça dos tenentes, nem a ingenuidade dos paulistas. Dinheiro, pra nós comunistas, era só um dos meios de tomar o poder, pra implantar o socialismo democrático através da ditadura do proletariado... E hoje vejo que o incrível da história é que eu acreditava no que ele dizia, e ele também! Depois eu ia ver que, no comunismo, tem o pessoal sonhador como Samuel, gente com remorso de ter nascido na classe média, e tem o pessoal prático, gente que pega a revolução à unha e dirige pra onde e como quer, veja Fidel e aquele monte de ditadorzinho que caiu com o Muro, sem falar no grande Mao que no final da vida se dedicava a comer mocinhas todo dia, desculpe, é a amargura falando por mim, quanto mais alto o sonho, mais alto o tombo.

Tentei ler até O capital, *do deus em pessoa, e depois nunca mais consegui ler Marx, dá arrepio, que nem quando vejo quiabo, até hoje me dá nojo que comi quiabo demais um dia na coluna, quase morri de caganeira, Venâncio me salvou com chá próprio pra segurar tripa. Lembro que lia horas, noite inteira quase, acordava tarde com sol na cara, livro no peito, na cama ou ainda na rede, sem jantar, tonto de fome e cheio de entusiasmo! Agora, não se tratava mais de tomar o poder e melhorar o país, mas de salvar o mundo do capitalismo e, com o comunismo, fazer um mundo de justiça e prosperidade para todos, fraternidade, igualdade...*

Mas logo descobri que o partido já era um mundinho de oportunidades melhores... pra quem puxava mais o saco do chefe da célula, o chamado contato. O contato era a única ligação dos da célula com o resto do organização, como a gente dizia, o partido era como um organismo, onde as pernas e os braços e dedos eram os militantes, que faziam o partido funcionar, enquanto o cérebro era o comitê central, e o cérebro já fica perto da boca... Também vi logo que aqueles que só vivem levando recado, ou dando palpite sem pegar tarefa, sempre escapando com alguma desculpa, esses aproveitam tudo que sobra, tiram vantagem de tudo, nunca se arriscam no perigo mas na vitória sempre querem prêmio, esses são a barrigada, as tripas, a merda de qualquer partido...

Mas o sonho, como era bonito! Os operários iam trabalhar direitinho nas fábricas, trabalhando cada vez menos pra ganhar cada vez mais, sem a exploração do lucro capitalista, a mais-valia, que transforma o trabalho em mercadoria e escraviza o homem ao salário. Não, no mundo comunista, do qual o socialismo da Rússia era ainda só ensaio, no mundo comunista os operários ouviriam mais música, leriam mais, iriam ao teatro toda semana, e andariam com as famílias pelos parques no domingo, conversando com os amigos algum jeito de melhorar ainda mais no trabalho e no lar... E no campo os camponeses fariam cooperativas pra plantar juntos, colher juntos, dividindo irmãmente a colheita, mas a divisão das colheitas foi tarefa que na Rússia o partido pegou pra si, né, só que a gente não sabia, pra nós todo russo era soviético e portanto um santo revolucionário camarada de Lenin e de Stalin.

Tinham me aceitado logo numa célula, como diziam, porque afinal eu era moço mas veterano da coluna, que eles só escreviam com cê maiúsculo e falavam de boca cheia. Meus companheiros de célula eram um carteiro, dois ferroviários e um gráfico, mais um estudante que nunca pegava tarefa porque tinha sempre prova pro dia seguinte ou a mãe doente em casa ou quem quer desculpa, inventa. Mas era o que mais lia, decerto porque tinha tempo de sobra, e tinha a capacidade de falar meia hora pra finalmente fazer uma pergunta ou votar qualquer coisa. E, como eu era o que trabalhava sem horário, tome tarefa: pegar um pacote numa casa de burguesia, levar a um bairro operário, sem nada perguntar, depois encontrar um gráfico nos fundos da gráfica e pegar outro pacote, levar a outro lugar, evitando conhecer as pessoas por questão de segurança, mas conhecendo mesmo sem querer, porque a vida é assim.

Assim conheci companheiros que trabalhavam o dia inteiro, saindo de casa antes do amanhecer pra pegar condução, comendo marmita fria ou sanduíche no almoço, e depois do trabalho pegando reunião de horas, até poder ir jantar em casa tarde da noite. Mas lá estavam eles, piscando de sono mas agüentando a falação do nosso contato, do nosso estudante, do nosso gráfico que também gostava de falar. Quando algum não agüentava mais de sono, sino de igreja batendo meia-noite, ia molhar a cabeça no tanque de lavar roupa da casa, geralmente uma casinha alugada pelo partido com um casal morando pra disfarçar, igual faziam os tenentes.

Conheci mulher que entrou no partido por causa do marido e, com o tempo, separou dele por ser vacilante ou pequeno-burguês, como a gente chamava os que não se entregavam de corpo e alma à causa, a revolução, ou seja, o partido, ou melhor, os chefes do partido, a começar pelo teu chefinho. Nosso chefe era nosso contato, como em toda célula, só ele podia entrar em contato com outras células, para o caso de algum trabalho conjunto, ou entrar em contato com o comitê municipal, que comandava todas as células. Conforme o caso, nosso chefe entrava em contato com o comitê estadual ou, mesmo, com o comitê central, de modo que, naquele partido invisível e sem tamanho, que a gente nunca via reunido, o contato era o que a gente via, e tudo que ele contava ou dizia do partido era importante, era nossa ligação com o mundo novo que nascia, a revolução. E ele sabia disso, então contava de conta-gotas, uma novidadezinha agora, depois falação sobre leitura dos livros que a gente pegava ali e levava pra casa enfiando por baixo da camisa, eu já não andava mais de paletó, coisa de burguês.

Depois do troca-troca de livros e falação sobre leitura, vinha a hora de discutir a conjuntura, ah, quanto tempo de vida me custou tanta "análise da conjuntura", a conjuntura política, social, econômica, militar...

— ...que são as condições objetivas para a revolução — falava o contato — enquanto o partido é a condição subjetiva, o partido é que vai acender a chama da revolta contra a opressão, iluminar o caminho e orientar a massa para a tomada do poder, no grande levante operário-camponês-militar que o próprio camarada Luiz Carlos Prestes comandará!

Desta vez, não seriam militares contra militares, não, desta vez os revolucionários eram uma mistura de toda a sociedade explorada, os operários, o pessoal do comércio também, e o povo do campo, os pequenos proprietários, os meeiros e parceiros, os peões e vaqueiros, todos se uniriam no grande levante se o partido fizesse sua parte, fosse o fermento e a luz da massa, daonde viria o calor e a força da revolução, força maior que a das armas, a força da maré popular que quer e leva tudo adiante quando quer. Eu sonhava. Lia na cama até madrugada, de manhã lidava com o quintal, o pomar e a horta, almoçava, ia fazer tarefas pro partido, voltava a ler na rede, já vendo o mundo novo ao alcance da mão. Na célula, comecei mais de uma discussão com nosso estudante, sobre o que teria mesmo escrito Marx ou Lenin, pois notei que, na boca dele, uma frase deles virava um discurso.

De Lenin li O Estado e a Revolução até decorar trechos. No O que fazer, parecia que ele tinha escrito pra nós ali, pra mim, que sempre é possível fazer alguma coisa pela revolução, mesmo que o revolucionário esteja exilado num país distante de língua estranha, quanto mais na própria sociedade em que nasceu e vive. Eu capinava, podava, plantava, adubava, pensando nas frases de Marx e Lenin. Que ainda estamos na Pré-História da Humanidade, que a verdadeira História começará com o fim da exploração do homem pelo homem. Que a revolução é sangrenta, sim, como o parto, o velho sangra para parir o novo. E os fins justificam os meios, a lição de Lenin, colocando os fins — a revolução — não só adiante mas acima de tudo, acima do bem e do mal, como os padres colocam o paraíso, só que a revolução promete o paraíso na terra, mas se me dissessem isso naquele tempo eu brigava.

Como os fins justificam os meios, aprendi a mentir e até a roubar, mas para a revolução. Como tinha cama e comida, e roupa não me encantava mais, sobrava muito salário no fim do mês, passei a dar ao partido. O contato passou a me elogiar muito pros outros, até eu pedir pra parar com aquilo, os outros passavam apertado pra mal sustentar a família, eu parecia o riquinho num partido de pobres.

— Desculpe, camarada, não vai acontecer mais.

Realmente nunca mais falou do meu dinheiro mas, quando mudou pra outra cidade, o novo contato estranhou a quantia, até então chegava ao partido só metade daquilo... Foi um choque pra mim. Mas o novo contato garantiu que era um caso isolado, oportunistas e aproveitadores sempre existem até entre revolucionários sinceros, justamente porque sabem fingir bem, parecendo sinceros...

— *...mas o caso vai ser investigado, o camarada fique tranqüilo, quem errou há de responder pelo erro. E essa metade do dinheiro te será devolvida, aí pode doar de novo ao partido ou fazer o que quiser.*

Até hoje estou esperando o tal dinheiro, e o nosso contato, anos depois fiquei sabendo que continuou no partido e chegou a ser do comitê central...

Mas a causa parecia tão boa, a companheirada tão dedicada, com olheira de passar lendo o domingo que devia ser da família, que a gente fazia que não via defeito, a gente engolia sapo, a gente se fazia de cego, a gente aceitava tudo pra estar a serviço da revolução que ia mudar o mundo. O partido nos pagava com a moeda das tarefas, dos elogios, da visão de que logo-logo o povo ia se levantar e, finalmente, o partido sairia da sombras e se mostraria na luta à frente das massas! Igualzinho como na coluna a gente tinha sonhado que o povo ia se levantar, mas a nova paixão tinha feito esquecer de tudo pra trás...

— *Mereceu elogios do comitê regional o desempenho do camarada na pichação de outubro.*

Bastava um elogio assim, na boca do nosso novo contato, pra eu me achar recompensado de todo o tempo, dinheiro e trabalho que dava ao partido. Em outubro de 33, aniversário da Revolução Russa, fizemos pichação na Estação da Luz, na Praça da Sé e vários outros pontos, gente de várias células, que nunca tinham se visto, ou que já tinham se visto sem saber que eram do partido, cada grupinho com dois latões de piche e as broxas pra escrever as letras nos muros. Cada latão de tinta ia na rabeira duma bicicleta, dentro duma caixa com uma cesta de legumes por cima, de modo que, escondendo o latão na caixa e tapando com a cesta, ia parecer algum madrugador levando comida do mercado pra casa. Assim, os dois de bicicleta ficavam nas esquinas, como vigias, dois pichavam, o quinto ficava de olho em tudo, toda janela, todo passante, fosse gente ou carro. Às vezes era preciso esconder os latões e parar com tudo, até que passasse o perigo, um grupo grande de gente, uma viatura, agora a polícia já usava carro nas ruas, a repressão, como diziam no partido, e a gente não podia levar nem arma curta...

— ...porque o partido quer levantar as massas, camarada, não se bater contra a polícia em escaramuças, isso é coisa do tempo dos tenentes. Mas foi a experiência da coluna que me mostrou como era possível fazer pichação mais depressa e com mais segurança do que jamais tinham feito. Nossa célula pichou dezoito quarteirões em três horas, com uma média de meia dúzia de frases em cada quarteirão, letras quase da minha altura, sem nenhuma prisão, nenhuma correria, só usando o improviso, a invenção, como dizia Siqueira. Vinha lá um casal, eu me escondia fino atrás da sombra de um poste, os dois pichadores fingiam que urinavam no muro, com o latão entre as pernas, o casal passava ligeirinho sem nem olhar mais. Abria uma janela de repente e um velho botava a cara pra fora, eu já pedia desculpa, explicava que a gente era da prefeitura e estava limpando os muros, o velho dizia que já era hora, voltava pra cama satisfeito. Vinha um caminhão, eu mandava — é, quando era preciso ação em vez de falação, eu mandava — continuar a pichação, ao volante ia um trabalhador, um camarada, era pra ele que a gente escrevia nos muros, não era? Mas, no fundo, ficava torcendo pra não ser caminhão do Exército, e acho que tivemos sorte, ganhando elogio até do comitê central, como exemplo pra todas as células, lembro até das palavras, exemplo de eficácia, a palavra ficou tempo rodando na cabeça, eficácia, portanto eu era eficaz... Só não consigo lembrar da maldita frase que a gente tanto escreveu a piche... Ficaram lá muito tempo as palavras mas não consigo lembrar! A memória parece que brinca com a gente, lembra de coisinha à toa, mas de coisa importante faz questão de não lembrar, ou então quer dizer que não era importante...

— E da intentona comunista de 35, o senhor lembra?
— Tá querendo brincar comigo? Se eu lembro de 35?!

Começa que não era pra ser intentona, era pra ser uma revolução, ao menos era isso que se falava e se repetia no partido, que chegava de golpe militar, de tomada de quartel ou briga de trincheira, ou marcha país afora, tudo isso podia ser até muito bonito mas não era eficaz, não tomava o poder com o povo. O partido queria levantar o povo não só porque é a força maior que existe — depois, claro, da terra, do vento, da água e do fogo — mas também porque só com o povo a revolução ia ser mesmo popular, proletária, camponesa, em vez de se perder nos palácios do poder, onde todo revolucionário virava ditador, mesmo que fosse só um ditadorzinho de repartição.

Mas antes é preciso lembrar que, em 35, quando fizeram a tal intentona, que eu chamo de intontona, eu já tinha subido no partido, não era mais base, graças ao prestígio da pichação, veja só, uma simples pichação, mais o passado da coluna e de 32, pronto, já confiavam em mim de olhos fechados. Passei a contato, quando nosso novo contato recebeu uma herança e mudou de vida e de idéias, como dizia Marx, né, a consciência da gente é fruto da existência, de como a gente vive, se tem dinheiro no banco ou não, se precisa trabalhar pra viver ou se vive do trabalho dos outros, se é empregado ou se tem empregados... Mas, enfim, foi pra mim mais um choque, um espanto, uma coisa que eu não conseguia entender, como um homem podia falar da revolução com fogo nos olhos e o coração na voz, e de repente virar um desconhecido, dizendo assim:

— *Quem recebeu a herança foi minha mulher, eu não posso pedir a ela pra abrir mão, nem posso deixar que cuide sozinha de tudo!*

Tinha herdado junto com a mulher, entre outras propriedades, uma fazenda que ia tocar com um cunhado, e o gráfico ainda disse que ele podia fazer "trabalho camponês" lá, ou seja, politizar gente do campo:

— *Você pode ser rico e continuar no partido, camarada.*

— *Eu tenho filhos pra criar, não posso arriscar a segurança deles!*

Também temos filhos, disseram todos os outros menos eu. A reunião era nos fundos da gráfica, onde o gráfico morava, num quartinho tão pequeno que a gente sentia o cheiro um do outro. E eu já tinha sentido aquele cheiro na coluna, o cheiro do suor de quem sua frio, não o suor de cheiro azedo do trabalho ou do calor, mas o suor de cheiro adocicado de quem sua de medo, como aquela moçada que entrou na coluna no Maranhão e no Piauí, mas que logo acostumaram e lutavam rindo. Já nosso contato a gente via suar desde que tinha recebido a notícia da herança, a cada reunião falando menos, frio feito funcionário em repartição. Pensei no que podia fazer a polícia com um bicho medroso daquele nas mãos, então naquela noite, depois que falou de deixar o partido, na saída, antes que saísse alguém, pois saía um de cada vez, falei olha, fulano, só lembre uma coisa:

— *Tudo que você sabe do partido deve ficar só com você, senão seus filhos ficam sem pai do mesmo jeito, entendeu?*

Passei a ser o novo contato da célula e, logo, de outra célula também, e depois mais outra, porque eu tinha tempo e era solteiro, podia me dedicar à revolução quase como os padres se dedicam à religião, e digo quase porque ainda trabalhava no casarão das três irmãs, até pelo salário, que ainda ia quase todo pro partido.

Nas outras células vi que o fermento da revolução, os revolucionários, homens e mulheres que soubessem pra onde guiar as massas revoltadas, o fermento crescia. Toda semana cada militante conseguia um simpatizante, no trabalho ou na vizinhança, ou entre os conhecidos e amigos, de modo a ir formando mais uma célula, passando a ser contato dela também. Na minha cabeça, aquela rede de células ligadas por contatos, ligados aos comitês regionais, ligados ao comitê central, formavam uma rede imensa e profunda pelo país, enraizando nas fábricas, nas firmas, que é como a gente chamava as empresas, e nos quartéis, nas fazendas, nos portos, uma rede que agitaria e levantaria as massas na hora certa, guiando para a vitória nas armas e em seguida o poder revolucionário, jogando fora as velhas leis, arrombando as velhas repartições, o poder repartido como pão entre os operários, os camponeses e os soldados...

— Temos já as condições subjetivas, camarada, o partido cresce e se infiltra — garantia nosso contato com o comitê regional — Mas faltam as condições objetivas, uma grande insatisfação popular, que estamos preparando, para que as ações militares se dêem no bojo de uma revolta de massas!

Como sempre em revolução até então, militares iam tomar quartéis e fortes, primeiro, e em seguida nossa milícia ia tomar delegacias e prédios de governo, com apoio da massa que devia ir pra rua procurando o que fazer, a gente ia mostrar. E virei instrutor de milícia. Célula por célula, durante vários fins de semana, lotava um carro de praça, quatro camaradas e eu, pra ir até beira de rio, com tralha de pesca, na verdade pra treinar desde pontaria até formação de linha de tiro. Inventei uma linha de tiro de quatro homens, dois atirando e dois avançando pelos lados, até que esses passam a atirar cruzado e os dois avançam já de arma recarregada, pra formar nova linha de tiro mais adiante pros dois laterais avançarem mais. Assim era possível avançar com arma curta ligeirinho até se poder jogar granada e invadir delegacia. Mapeei todas as delegacias da nossa região, arrumei vários esconderijos pras armas — revólver, carabina, espingarda, submetralhadora, fuzil, garrucha, tinha de tudo — e então fui promovido a contato regional.

Getúlio governava como bem queria, a polícia prendia, batia e fazia sumir comunista, a gente tinha de ser discreto e, ao mesmo tempo, conseguir mais simpatizantes que virassem novos militantes. A rede tinha de crescer na sombra, como dizia o gráfico, um dia ia sair na luz do dia, mostrar a cara e mudar o mundo. Sim, porque o nosso horizonte já não era um Brasil melhor, era um mundo melhor!

Lembro do olhar dele como brilhava, como a voz até tremia de entusiasmo, um fogo aceso naquele homenzinho menor que eu, corcunda do trabalho, magrinho, mas pronto a pegar um revólver velho e ir pra rua morrer pelo mundo novo. Só não lembro o nome dele, como não lembro o nome dos outros, e só anos depois atinei por que: eram nomes de guerra, questão de segurança, e a cabeça, por isso, deve ter tomado a liberdade de apagar, que não gosto de mentira, falsidade, mesmo vendo que, na política, na revolução, na vida, se não existisse falsidade, como seria? Já pensou todo mundo sendo sincero o tempo todo?

Pra ter uma idéia de como era a vida da gente naqueles dias antes da intontona, lembro que eu acordava de madrugada, jogava água na cara, lia um trecho de livro, amanhecendo ia pra cozinha tomar café, que a irmã maior acordava sempre antes do sol e já fazia café. Depois começava a lidar no jardim, esperando passar um camarada, meu contato com o comitê regional, que trazia ou levava aviso de reunião, a gente se falava através da mureta do jardim, naquele tempo muito casarão como aquele não tinha muro nem grade, só uma mureta baixa, de arcos de cimento, de modo que dava também pra passar coisas pelos arcos sem dar na vista. Em seguida eu lidava com o pomar, cuidava da horta, tomava um banho, almoçava e ia fazer tarefa do partido.

Uma célula andava muito esquerdista, levava lá O Estado e a Revolução, o livro de Lenin que muitos acham direitista. Se outra célula andava muito direitista, levava lá O que fazer, o livro esquerdista também do Lenin... Ia encontrar com um estudante entusiasmado demais, desses que querem logo botar fogo no mundo em nome da revolução, e andava horas conversando com o bicho pra amansar, jogando água e bom senso na fervura. Ou ia esperar na saída do trabalho um camarada vacilante, era como se dizia, vacilante, meio quebrado na fé, e levava pralgum canto de boteco, pagava-lhe umas pingas, falava de como avançava na sombra a revolução, quieta e muda mas crescendo feito uma imensa raiz, espalhada pelo país todo, e que ainda ia se levantar da terra como uma árvore grande brotando de um dia pro outro, e o camarada acabava se enchendo de entusiasmo, mesmo que só pra falar da revolução, sem nada fazer, ou então falava baixinho e olhando pros lados...

Final de semana, tocava a ensinar guerra de rua a cidadão pacato, que normalmente não era capaz de matar nada maior que rato ou mesmo mosquito. Linha de tiro, granada, garrafada, que depois viria a ser chamada de coquetel Molotov.

— Mas a verdadeira arma do revolucionário no levante popular — eu ensinava conforme tinha me ensinado o contato — é o povo, é a força e a fúria da massa, que devemos orientar de forma eficaz, tomando a frente da luta e mostrando como lutar!

O mapa das delegacias, corpo de bombeiros e correios, que as células do centro de São Paulo iam tomar no tão esperado dia, ficava enterrado numa caixa de metal dada pelo Samuel, usada pra guardar material de cirurgia. O mapa mostrava não só onde atacar, mas também quem, que célula ia chefiar a massa no ataque, e que tipo de armas e quantos homens teriam de enfrentar em cada ponto.

— Vamos atacar depois dos camaradas militares, que vão tomar os quartéis. Então o rádio já espalha a notícia, e chovendo notícia de quartel caindo em muita capital do país, o povo vai sair pra rua pra chutar o defunto do governo, ou pra fazer farra, ou de curioso, e aí é nossa hora, camaradas!

Um assalto bem-feito a uma delegacia, um só, que não custasse muita gente e fosse rápido, ia fazer a massa sentir o gosto da vitória, que nunca sentiu, garantia meu contato, contando que na Rússia tinha sido assim:

— No começo, a massa duvidava da própria força! O partido tem de ser a ponta da lança, a vanguarda do assalto, mas sempre com massa junto, ou morremos sozinhos na luta e a massa fica confusa e se dispersa...

Corina, a irmã caçula, também tinha virado comunista como o noivo Samuel, é, noivaram logo, e eu achei até bom pra acabar de esquecer aquela mulher, agora eu era casado com a revolução. A irmã mais velha tinha virado carola, batia ponto na igreja de manhãzinha e de noitinha, casada com Cristo, e a do meio tinha azedado, uma solteirona casada com a amargura e o rancor, dava chute na sombra, batia gaveta e espancava panela, vendo ela cozinhar eu sempre lembrava do carinho que Venâncio tinha com as panelas, minhas meninas, ele dizia. Mas bem, agora Corina era minha parceira de mentira, mentia que eu tinha uma caderneta de poupança, e que ela mesma depositava a maior parte do salário pra mim todo mês, sabendo que ia pro partido, menos o que eu precisava pra tomar um café aqui ou ali ou pegar bonde. Pegava três bondes pra ir a qualquer lugar, primeiro um bonde numa direção, vendo quem subia também naquele ponto, e descendo mais adiante, vendo também quem descia, sempre disfarçando, né, que ia amarrar o sapato, ou ver uma vitrine, e aí, certo de que não era seguido por ninguém, tomava outro bonde de volta, pra pegar outro ainda até o destino, questão de segurança.

— *A segurança de cada um, companheiro* — *o contato sempre falava* — *é a segurança de todos, porque a repressão arranca tudo que pode de cada preso, para pegar quantos puder da célula ou da rede, portanto não cair preso é o primeiro dever do revolucionário!*

Eu era moço, mas envelhecido, e fui vendo que agradava a moços e a veteranos do partido, os que queriam a revolução logo, com o partido funcionando como faísca para a explosão das massas, e os que queriam a revolução na hora madura, com o governo bem fraco e a revolta popular bem forte. Era bom se sentir assim, esperado e respeitado em cada encontro ou reunião, o camarada Venâncio, meu nome de guerra, o único que não esqueci. Mas me doía ver que o partido se dividia entre os novos e os velhos, os afoitos, como diziam os velhos, e os chá-com-biscoito, como diziam os novos. Os esquerdistas infantis e os direitistas senis, como também se chamavam nas conversas entre si, em reunião não, todos se tratavam com respeito, como se trata com respeito um aliado de hoje que, você sabe, vai ser teu inimigo amanhã. Não tinha sido assim na revolução russa?

Assim, a nossa união era uma mentira. Era um partido de muitas mentiras. Em São Paulo, mentia que São Paulo devia se separar do Brasil, pra contar com o separatismo dos paulistas, no Rio Grande do Sul a mesma coisa. Já no Rio, o partido dizia que o povo carioca precisava lutar contra a separação de São Paulo e do Rio Grande. E, no Nordeste, dizia que era preciso lutar contra tanta regalia que tinha o Sul. Era preciso agitar a massa, dar-lhe fermento e calor, pra ir crescendo a revolta, mesmo que às custas de mentiras.

A Aliança Nacional Libertadora, criada pelo partido, também era uma mentira. De fachada, era pra combater o fascismo, que começava no Brasil com os integralistas, e também era contra o imperialismo anglo-americano, como a gente dizia, que naquele tempo a Inglaterra ainda era tão importante na ordem das coisas como os Estados Unidos já eram. Na verdade, a aliança, com vários outros partidos, quem é historiador há de lembrar quais, a aliança era coisa criada pelos russos, estratégia do Comitê Internacional[25]*:*

— *Uma estratégia genial, camarada, somando forças contra o governo, criando canais legais de luta e colocando o camarada Prestes como líder nacional!*

---

[25] Comitê Executivo Internacional, o Komintern, encarregado de estimular e coordenar revoluções socialistas em todo o mundo.

Eu estava lá no Rio, quando Prestes foi eleito presidente da aliança por aclamação, primeira vez que eu via aquilo, mais uma mentira: se era uma aclamação, todo mundo batendo palma, não era uma eleição, porque eleição é secreta, e bater palma não é! Passeei pelo centro do Rio com o tenente Cabanas e o capitão Agildo Barata, tirando roupa de integralista no meio da rua, é, não me olhe com essa cara, moça, é isso mesmo. Integralista vestia aquela camisa verde ridícula, parecendo papagaio, e mesmo sem a camisa era fácil reconhecer pelo cabelo cortado rente, que nem esses malucos da TFP[26]. Quando a tenentada via algum sozinho ou um grupinho pequeno, partiam pra cima dando pancada e arrancando a roupa, camisa e tudo mais, pra completar a obra, como diziam. Era o lado carnaval da revolução, ou, pensando bem, o lado mais religioso, né, quando a gente destratava o inimigo como o padre enxota demônio...

E vi que também a santidade revolucionária era uma mentira, a gente era movido a ódio, e a ressentimento de revoluções passadas, e amargura contra patrão, e falta de ter coisa melhor pra fazer, como os veteranos que já encaravam o partido como pensão, esperando casa, comida, despensa e, se possível, roupa lavada e pouca tarefa.

No Rio, em março de 35, num tal Teatro João Caetano, onde foi fundada a aliança, já fui como guarda-costas pra Prestes, que ia aparecer em público mas podia ser preso a qualquer momento, tinha de contar com uma tropinha pra segurar qualquer rojão e um esquema de fuga. Pra receber a notícia de que ia ser segurança do chefe, o Cavaleiro da Esperança, como diziam de boca cheia, fui levado a uma reunião do comitê estadual, que achei muito sem segurança e sem graça, discutiam meia hora resolvendo cada palavra de um discurso pra Prestes ler quando fosse eleito por aclamação no teatro, tinha de ser mesmo num teatro... E, quando Prestes me viu, fez o papel dele direitinho, me chamou de camarada Venâncio, me deu um aperto de mão seco, só foi falar comigo no mitório, urinando do meu lado:

— *É um prazer te ver no partido, Menino, mas não grude muito em mim pra não pensarem que tenho guarda-costas...*

Mais uma mentira. E mais outra, quando vi como vivia Prestes, prisioneiro da própria segurança, levado pra lá e pra cá como um baú, com cuidado mas

---

[26]Sociedade civil Tradição Família e Propriedade, defensora e pregoeira do tradicionalismo católico e do conservadorismo institucional.

depressa, de modo que não via nada, não falava com ninguém que não fosse do partido, não me admira que tenha ordenado a intontona pra 27 de novembro, revolução com data marcada no calendário como festa ou quermesse, fizesse o tempo que fizesse, enquanto eu garantia ao pessoal nas células que a coisa ia rebentar num dia que tivesse massa nas ruas. Agora isso também era outra mentira, a coisa seria de repente:

— *Pra contar com a surpresa, Menino!*

Mas que surpresa, pensava eu, marcando tão antes, dando tempo pra espião delatar, deixando o medo dar mau conselho... De qualquer forma, avisei as células, visitei os camaradas que escondiam armamento, gasolina, garrafas, dinamite, a todos avisando pra ficarem de prontidão, na hora outros viriam pegar o material com eles e, aí, era o combinado, cada grupo ia receber um mapa e saber o que fazer.

— *Só que agora* — *avisei* — *vamos com massa ou sem massa, pra contar com a surpresa!*

Surpresos ficavam eles, me olhando de boca aberta, imagino quanta coisa passando na cabeça diante daquela mentira, ser preparados pra uma coisa e depois ser jogados em outra... Só o gráfico me abraçou:

— *Te vejo nas barricada, camarada!*

— *Não vamos ter barricadas, vamos atacar rápido, nada de se entocar em barricada.*

— *Certo, camarada, é só um jeito de falar!*

Mas era, isto sim, um jeito de sonhar em voz alta. Barricadas, reação, massa, vanguarda, agitação, tática, estratégica, palavra de ordem, condições objetivas e subjetivas, esse palavreado rondava na minha cabeça como um fantasma rondava a Europa[27]. *Eu me fazia um homem prático, de fazer mais e falar menos, mas me sonhava discursando pra massa, trepado assim com os pés num daqueles postes de ferro de São Paulo, abraçando o poste com um braço com o outro acenando pro povo, igual Lenin aparecia nas cartilhas e livros que passavam de mão em mão, falando pra massa armada na estação ferroviária, chegando pra chefiar a revolução russa... Assim eu era um prático sonhador... uma mentira também, mas com a revolução já de data marcada pra começar, não*

---

[27]Referência ao início do Manifesto do Partido Comunista, de Marx e Engels, decorado pelos comunistas: "Um fantasma ronda a velha Europa"...

dava pra pensar nisso, as mentiras todas podiam ficar pra depois, inclusive a mentira de contar com outros partidos que depois, na ditadura do proletariado, seriam "naturalmente proibidos":

— *Porque é da natureza do socialismo um partido só, camarada, é muito mais racional, afinal nós vamos representar quase toda a sociedade, inclusive setores da pequena burguesia e da burguesia nacionalista! Só estarão contra nós os imperialistas e os fascistas...*

Sempre que falavam nos tais setores da pequena burguesia, eu pensava nas três irmãs do casarão, a mais nova comunista, a do meio azeda, indiferente à política, e a mais velha igrejeira, escapulindo já pra outro mundo, então os tais setores só podiam ser a irmã do meio, e eu preferia confiar na mais velha, minha inimiga declarada, do que na do meio que nem me olhava...

Outra mentira da revolução era que Prestes mandava, enquanto quem mandava no comitê central, e em Prestes também, era um alemão.

— Alemão, seo Juliano? Por acaso o senhor não está falando de Harry Berger, está?

— Esse mesmo, moça, o alemão do comitê internacional que veio dirigir de fato o partido pra revolução. Passou um tempinho em São Paulo numa casa que aluguei no Brás, larguei tudo pra ajudar na segurança, duas turmas dia e noite.

Então vi que a própria chefia do Prestes era uma mentira, ele era o homem que lia manifesto, fazia discurso, dava entrevista, era o santo do andor, mas quem tocava a procissão era o vigário. E o vigário era um alemão profissional de revolução, mal falava com a gente, cara fechada, sempre com a mulher, que servia de disfarce quando saía, o casal bem vestido, de braço dado, ele de gravata, nenhum polícia ia pensar que era o revolucionário número um do Brasil. Aí vi também a mentira de chefes que falavam em igualdade mas tratavam a gente como patrão trata empregado.

No casarão, a irmã mais velha também queria me tratar como empregado, querendo saber por onde eu tanto andava à tarde, que gastava tanto sapato, ela vigiava até sola de sapato, enquanto Corina me tratava como chefe, chefe no partido, claro. E Donana, como chamavam a mais velha, estranhava muito aquele tratamento, as broas que a irmã levava pra mim na casinha, a troca de livros, e os dois saindo à tarde... Um dia, Donana não agüentou, tascou na mesa do café da manhã:

— Minha irmã, você está tendo algum... alguma coisa com esse homem? Se Donana queria ver nossa reação, tentando descobrir a verdade com sinceridade, o que viu mesmo foi a reação de Beatriz, a irmã do meio. Corina primeiro se espantou, depois riu, mas Beatriz levantou branca, ainda segurando uma fatia de pão e uma faca com manteiga, olhou pra mim com espanto, pra Corina olhou com ódio, e deixou o pão e a faca, deixou a mesa, bateu a porta do quarto e depois ficou aquele silêncio falando vai embora, Juliano, vai embora desta casa... Mas eu não tinha pra onde ir, nem como viver sem meu salário de jardineiro. Podia virar um profissional da revolução, vivendo do partido, podia passar a gastar o dinheiro que coletava da rede, mas...

Dava saudade da coluna, onde, por pior que fosse, estava todo mundo junto e ao menos um fogo se fazia pra gente se esquentar. O partido era um gigante sem tamanho, com a cara dos poucos que se conheciam, mas um gigante espalhado em pedacinhos, formado por uma rede de encontros e reuniões, leituras e relatórios, análises e discussões, planos e sonhos, e esse gigante-rede só ia se encher de carne, ganhar corpo, com a massa popular, a carne da revolução. Só o sonho da revolução me fazia aceitar o mundo de mentira do partido.

E então o alemão cobrou, como é, vamos ou não vamos com essa revolução? E Prestes marcou a data pra 27 de novembro. No café, falei pras três irmãs que ia embora, pedi o salário, era quase fim de mês. Donana disse que deviam pagar metade, o jardineiro que ganhava mais na vizinhança ganhava metade do que eu ganhava! Mas Corina me socorreu:

— Ele também cuida do pomar e da horta.

Beatriz só ficou me olhando, olhando Corina, e disse que antes do almoço ia na Caixa pegar o dinheiro.

Depois nem sei como contar que eu pelejava lá no quintal arrancando batata-doce, macacão molhado de suor, essa mulher me chega abraçando e dizendo diga que não é verdade, você e a Corina, diga que não é verdade! Bom, resumindo, foi um custo fazer a mulher desgrudar de mim, o vestido ficou todo manchado de suor, mas ela disse que não tinha importância, que eu podia fazer o que quisesse com ela, e eu que nessas coisas ainda era um rapaz bobo, fiquei tão espantado que só consegui falar bem, então vai buscar meu dinheiro enquanto eu acabo de arrancar essas batatas. Acho que ela achou que aquilo queria dizer que eu ia ficar, me deu mais um abraço bem forte, manchando todo o vestido, e foi trocar de roupa antes de sair. Mal ela saiu, eu tirei o macacão e saí correndo, só com a roupa do corpo de novo e mais uma muda de roupa e um cobertor numa sacola, de novo sem dinheiro mas agora tinha um rumo, a revolução com dia marcado, e tinha a grande família sem cara do partido.

Procurei o contato, que foi levar o caso ao comitê regional, afinal eu era também uma questão grande de segurança, conhecia muita gente e, olhando minha figura mirrada deviam pensar que não ia agüentar pancada, coisa que jamais vamos saber porque jamais fui espancado nem torturado, e daqui pra frente acho difícil acontecer...

— Você fala tanto — Joana fala alto lá da cozinha — que um dia vai acontecer!

Ele baixa a voz, quase um murmúrio:

Acabei na casa do gráfico, que agora morava numa casinha com uma irmã, a mãe tinha morrido, eu devia ficar entocado ali enquanto o partido não arranjava lugar mais seguro, mas eu não me importei porque a revolução ia ser dali a dias e nada mais importante podia acontecer antes na minha vida, mas aconteceu. O gráfico saía pra trabalhar de dia e eu tinha minhas tarefas, no corre-corre de vistoriar armamento, avisar as células, distribuir os mapas, um pra cada contato de cada célula, pra só mostrar aos outros no dia, por segurança. Por experiência, fui rondar as delegacias, sondar o movimento, cheguei até a entrar numa, como entrei nos correios, não tinham mudado nada, nenhum sinal de defesa ou alerta, guarda dobrada, sentinela esperto, nada, tudo na rotina. Isso já era um alívio, e também na casa do gráfico preferi deixar tudo na rotina, não contei a ele que a revolução já tinha dia marcado, contei só ao contato da célula, pra contar aos outros só na véspera, evitando medo à toa e confusão nas famílias. Mas cruzei na rua com um novato que só tinha visto uma vez numa célula distante, me agarrou pelo braço:

— Então, camarada Venâncio, dia 27, hem! — *e continuou rua afora, feliz feito moleque indo pra quermesse!*

Baixa a voz:

Fui saber então que todo mundo já sabia do dia marcado, a segurança no partido também era uma mentira ou até mesmo uma piada, se tivesse alguma graça arriscar a vida de tanta gente. Fui pra casa do gráfico, e lá passei os dias antes da revolução esperando ordem, enquanto a irmã dele rodava por aquela casinha arrumando, limpando, cozinhando, e fui vendo como, além de bonita, ela era jeitosa, alegre, cantava trabalhando e falava com o papagaio, o cachorro, o gato que vivia com o cachorro, o passarinho que sentava no muro, comia os farelos que ela punha ali, depois cantava e ia embora... Chamava Eulália, era amiga de todo mundo na vizinhança, nova ainda, só uns anos mais velha que eu, e já benzia criança contra mau-olhado, receitava chá pra isso e aquilo, ajudava parto, tinha uma horta num quintalzinho, tão apertado que estendia roupa num varal ao lado da horta, mas dizia que não tinha problema de pingar água das roupas nos legumes, porque só usava sabão de coco...

— Quer uma limonada, seo Venâncio?

Me chamava de senhor, fazia limonada com o sumo do limão e também um pouco da casca raladinha, ficava uma delícia. Fazia um quibebe que era um creme, cantava umas modinhas lindas, com uma voz tão bonita...

— Dessa eu não sabia ainda — Joana está de pé na porta da cozinha, as mãos amassando o avental diante da barriga — Pode falar alto, tá com medo do quê?!

Ele suspira, resmunga que ela tem ciúme do passado, volta a falar normal:

Fiquei não sei quantos dias, uma semana mais ou menos, naquela casinha, esperando o dia de pegar o armamento e ir pra rua, já com a massa levantada pelo ataque aos quartéis, a cidade já deveria estar militarmente tomada, a massa sairia pra rua e aí a coisa ia ser com a gente, os civis do partido. Cortei as unhas, o cabelo...

— Você mesmo ou ela quem cortou...? — Joana continua em pé na porta, ele só suspira e continua:

Cortaram meu cabelo, e ajeitei uma mochila com carne-seca, umas lingüiças, um queijo, goiabada, caso acabasse entocado defendendo alguma delegacia ou repartição de contrataque, eu pensava que numa revolução tudo podia acontecer, menos o que aconteceu.

Joana: — Uma paixão no meio da revolução...

Aconteceu foi que uns tontos, daí o nome intontona, lá no Rio Grande do Norte, sabe-se lá por que, resolveram começar tudo quatro dias antes, no dia 23, e no dia 24 São Paulo já fervia de boato, o gráfico entrou em casa branco e elétrico:

— Começou, sabia?! Cadê minha arma, irmã?!

Ela só deixava ele ter arma em casa desde que ela guardasse, subiu numa mesa e pegou um revólver e uma dois-canos lá no alto dum armário, ele já municiou, acho que, se eu deixasse, saía pra rua aquela hora mesmo, mas era preciso esperar a ordem. E a ordem demorou dias, enquanto a farra fervia em Natal, a capital do Rio Grande do Norte que de repente ficou famosa... Que fiasco! Até hoje tenho vergonha de pensar que eu tinha acreditado naquela revolução. O governo, com a desculpa de Natal, saiu caçando e prendendo no país inteiro, e os nossos militares, com a desculpa de Natal, que tinha acabado com a surpresa, não fizeram o combinado, a não ser aqui e ali, como o Agildo no Rio e alguns outros, e talvez por isso a massa não saiu pra rua como se esperava, o que serviu de desculpa pro partido também não fazer sua parte, de modo que essa foi uma revolução em que não cheguei a disparar um tiro, esperando numa casinha uma ordem que nunca veio...

Joana: — Mas deve ter achado o que fazer com a... como é o nome dela?

Ele fala então diretamente para Joana, balançando leve a cabeça, como se cada palavra pesasse:

— O gráfico não agüentou, um dia pegou o revólver, enquanto eu dormia, saiu. Foi pra Praça da República, trepou num banco, começou a fazer discurso de arma na mão, e era ruim de falar, até gaguejava, perdia o fio da meada, mas contaram que falou bem, juntou gente pra ver o homem de arma na mão falando em revolução. Até que chegou a polícia, deu voz de prisão, ele quis atirar, levou bala. Alguém do partido passou pra contar e me avisar que eu devia sumir urgente, me levava pra outro aparelho, como chamavam, triste nome também, como se a gente fosse peça dentro de aparelho... E nunca mais vi Eulália, que nem ficou sabendo do meu encanto por ela, dona Joana, era só um encanto, mas quem sabe, quem sabe se eu continuasse a viver com ela, como uma pessoa normal, com casa, família, quem sabe não tivesse mais entrado em revolução e a vida toda tinha sido outra... Quem sabe...

— Então — é Joana agora quem fala baixinho — eu tenho ciúme do passado, mas é melhor que você, que tem saudade e remorso...

— Remorso? — ele se ouriça — Do que?!

— De nunca ter sido uma pessoa normal — ela vira as costas voltando para a cozinha — De sempre ter sido casado só com esse fantasma.

— Que fantasma?!

— Você tá cansado de saber! — ela fala alto — A tal revolução!

Na casa em silêncio, só se ouve a faca picando miudinho tempero na tábua.

— Seo Juliano, o senhor participou de mais alguma revolução?!

— Moça, mais uma meia dúzia: imitação de revolução, tentativa de revolução, guerrilha sem pé no chão, até golpe militar eu vi chamado de revolução, mas revolução mesmo, pra mudar fundo e melhorar pra valer, no Brasil pelo menos eu ainda não vi nenhuma.

— Alô, doutora? Aqui é a Juliana.
— Qual Juliana? Eu estou em campanha, só na agenda tem quatro Julianas.
— Juliana Prestes, doutora, ainda em Foz do Iguaçu.
— Oi, menina, e o seu xará aí?
— Pois é, doutora, é sobre isso, sabe, ele já saiu da coluna faz tempo, já passou pela revolução de 30, pela de 32, de 35, e diz que vai passar por outras!
— Você conferiu se as fitas estão saindo bem gravadas?
— Sim, mas...
— Então, enquanto ele tiver lembrança, vá gravando!
— ...mas ele saiu da área da minha tese faz tempo, doutora, será que...
— Ora, esqueça sua tese! Talvez valha a pena é você mudar a sua tese! O que não pode é perder uma fonte viva de tanta memória! É teu dever histórico! Você tem algum herói?
— Como?!
— Você admira alguém na História do Brasil, do mundo?
— Bem... — *quantos, quantos heróis desde menina, lendo biografias de santos, livros de História e arte militar, Spartacus, Tiradentes e Felipe dos Santos, Santa Tereza e São Francisco, Joana d'Arc e João Cândido, Euclides da Cunha, Monteiro Lobato, Esopo, o escravo que deixou para todo mundo uma grande herança, Jesus, o menino que discutiu com os doutores e chutou os vendilhões do templo, e Gandhi e...* — Claro que tenho heróis, doutora, mas por que?
— Pois dedique aos seus heróis essa missão que você recebeu, e vai se sentir bem melhor, mulher!

Na cama com Miguel, deitada de bruços, ele lhe faz massagem nas costas, ajoelhado no colchão com ela entre as pernas. E é já com voz sonolenta que ela pede:
— Fale de árvores, Miguel.

Massageando ele fala que então vai contar uma história que contava a Miguelzinho antes de dormir, chamada *A peroba e a capoeira*.

No tempo em que a terra era coberta de floresta, uma plantinha começou a crescer, abafada pelas outras na capoeira debaixo das grandes árvores. A capoeira era trançada de plantas e cipós, galhos podres caídos, e de vez em quando algum bicho pisava na plantinha. Mas ela se endireitava de novo, e insistia em viver e crescer. Via de vez em quando algum fiapo de sol lá acima das grandes árvores, e se prometia que um dia ia chegar lá.

Conseguiu crescer acima da capoeira, e aí teve de vencer também palmitos e outras árvores, no caminho para cima, para cima. Viu que havia outras como ela, de tronco reto e copa pequena, como se feitas mesmo para conseguir caminho até o alto. Até que chegou lá, acima de todas as outras, e viu o céu, tomou sol em todas as folhas, conheceu o vento pleno e a chuva aberta, e grandes pássaros pousaram em seus galhos, onde um gavião-bandeira, a maior das aves da floresta, fez ninho para olhar longe e caçar por todo o vale.

Era uma peroba muito feliz, até o dia em que chegaram os homens. Eles foram derrubando a mata pedaço a pedaço, com motosserras que pareciam berrar de raiva quando mordiam as árvores. Depois queimaram tudo, deixando a terra descoberta ao sol e à chuva debaixo do céu. Pelaram todo o vale, mas deixaram a peroba, sozinha no meio da terra deserta, onde logo surgiram as plantações. As plantações eram de plantas iguais, plantadas em linha, e a peroba pensou: bem, se antes eu era a mais alta da floresta, agora então, não há o que se compare a mim!

Aí uma ventania derrubou a peroba e, caída, agora na altura das plantações, ainda tonta, pensou em voz alta (as plantas falam, embora a gente não consiga ouvir):

— Ah, eu queria entender! Por que cresci tanto se podia cair tão fácil?

Uma plantinha qualquer, dessas que brotam à toa, explicou:

— Ora, peroba só cresce tanto porque acha que precisa vencer, vencer a floresta toda, tomar sol acima de todos, mas com isso, fica com o tronco muito reto e raízes pequenas. Agüenta muito bem, com a floresta em volta protegendo do vento, mas, sem a floresta, qualquer ventania derruba peroba...

A peroba ficou ali, secando deitada, mas não lhe botaram fogo. Ficou como lembrança da floresta; virou brinquedo de crianças, que corriam por seu tronco deitado. E ali apodreceu, vendo as plantações se sucederem todo ano...

Ela espera o fim da história. Ele agora mais acaricia que massageia, as pontas das unhas riscando a cabeça, ela quase dorme, mas:
— E o fim — voz molengóide — da história, Miguel?
Ah, diz ele, não sabe, só chegou até aí, Miguelzinho sempre dormia antes. Ela começa a sentir alguma coisa dura nas costas.
— Nossa, Miguel, de novo?!
— Mas massageando você, queria o quê?!
— Tem camisinha ainda?

Que loucura, menina! Menina não, mulher, agora você tem um homem, tem uma missão... Que loucura, mulher! E agora ele dormiu e você perdeu o sono! E não sai da cabeça a tal história da peroba, e também os heróis da doutora, é só pensar que as perobas são os heróis, os que tentam ir mais alto, retos, e a capoeira é o povo, sempre por baixo, se contorcendo em galhos tortos, vivendo abafado — e entre uns e outros está a mata média, os medianos, indecisos entre voltar a ser capoeira ou subir acompanhando os heróis... E as perobas caem, a capoeira fica... Por que você não dormiu quando pôde?

Põe os fones de ouvido, liga o gravador. A voz grossa e clara de Juliano Siqueira, em diferentes momentos e ambientes:
No quintal, ao fundo passarinhos. *Sabe, moça, enquanto existia floresta o tempo era bem marcado, tempo de frio, de calor, mas hoje tá tudo misturado no tempo e no povo, faz frio hoje, calor amanhã, e o povo casando homem com homem, mulher com mulher... No caso do tempo, é a floresta que tá faltando. No caso do povo, não sei se tá faltando ou sobrando, nem se é no sangue ou na cabeça que desregula, não sei e sabe duma coisa? Nem me interessa saber, gente deve ser assim mesmo.*

O diabo é que, na política, gente que não quer saber de nada também vota, e o voto deles vale igual o voto da gente que se interessa...

Ainda no quintal, mas já outros passarinhos cantando. *Laranja de antigamente, de maio a agosto os pais já não deixavam criança chupar, que estava passada. Hoje, tem laranja o ano inteiro, laranja mestiça, híbrida, laranja fruto de pesquisa, é bom, mas dá saudade do gosto da laranja caipira, cheia de caldo e de semente, a gente chupava o caldo e cuspia aquela sementeira...*

Na varanda: roncos de motores, gritos de crianças. *Ditadura maior de todas é hoje!*
Fechando os olhos, ela revê o velho relaxado no cadeirão, mas se enrijando e retesando conforme foi falando:
Isso mesmo, ditadura maior de todas é hoje em dia! Hoje tá todo mundo assaltando o povo, mas o povo também se vende tanto... Com essa história de bobalização e reforma... — ela volta a fita, ele falou globalização ou... — *Com essa história de bobalização e reforma, salário de ninguém aumenta, a não ser de político, juiz, militar e delegado... e os cupinchas dos políticos. E tome imposto, e mais imposto, e imposto provisório que vira permanente, e vai reclamar pra quem, pra eles mesmos? E tome propaganda de governo, enquanto o posto de saúde não tem esparadrapo e a ambulância não tem gasolina... Mas a água aumenta, a luz aumenta, o telefone, o correio, tudo que é do governo e que não tem concorrência, como aumenta tudo que deixou de ser do governo, passou a ser de uma empresa só, que o governo diz que fiscaliza mas também só aumenta preço, e vai reclamar pra quem? Tudo aumenta e você não tem pra quem reclamar, porque ou é do governo ou é empresa mancomunada com o governo! Nunca o cidadão ficou tão pequeninho e a exploração tão grande! Querem cortar até aposentadoria, mas cargo de confiança não cortam nunca, o próprio salário não cortam nunca, e despesa de governo só cresce, vive gastando mais do que ganha e querendo que os outros façam economia! E tome parente de político empregado em governo, e tome parente de juiz empregado em gabinete de outro juiz, pra não dar na vista, né, e tome privilégio pra militar, e tome corrupção, e tome pouca-vergonha, tome asfalto que esfarela, tome remédio caro e falso, tome transporte caro, tome eleição milionária, tome lei que não funciona porque o governo se vende e o povo também, vende já até o voto por um boné ou um sanduíche...*
Desliga o gravador. Da sacada, com Miguel ressonando ali na cama, ela vê lá na esquina as meninas de saia curtinha, e um tipo de paletó sem camisa, que abre o paletó mostrando os seios para os carros que passam devagar.

P̲assa a noite no apartamento de Miguel, dorme só de madrugada e acorda com o sol na cama e cheiro de café. Ele vem com bandeja, *café na cama, ah, você já passou por isso, mulher, o romantismo que logo virou enjôo quando você engravidou e ele sumiu, lembra? A clínica, a dor, a conta maior que o combinado, o médico cínico, a enfermeira bruta, a menina assustada que te olhou de passagem num corredor, como a pedir socorro, cada uma numa maca, oh, Deus, que não se repita!*

Miguel está ali sentado na beirada da cama, com a bandeja no colo. No seu lugar na cama, uma pilha de grandes fotos:

— Quer dar uma olhada? São para o álbum das árvores. Vou comprar pão.

Toca a campainha. Miguel deixa a bandeja e vai atender. Ela ajeita o travesseiro e está vendo as fotos quando começa discussão na porta, a voz alta de Miguel, a voz metálica de um homem, Miguel quase gritando:

— De jeito nenhum, de jeito nenhum!

Ela se enfia num roupão, vai ver, é um sujeito de paletó surrado, com uma pastinha de couro numa mão e na outra um envelope, o porteiro atrás atarantado. Miguel fala frio:

— Volte pro quarto, Juliana.

O homem fala metálico:

— Bom dia! Juliana Prestes? Uma intimação judicial para a senhora — e estende o envelope, ela pega, Miguel põe as mãos no rosto.

O homem já tirou da pasta um caderno preto, abre na página onde já está uma caneta:

— A senhora assina aqui.

Miguel diz não, não, você não precisa assinar coisa alguma, mas o homem diz que pode esperar lá embaixo, uma hora terão de sair do apartamento, e continua ali com a caneta e o caderno, Miguel abre os braços:

— O que pode o dinheiro!

— Posso chamar ajuda policial e prender o senhor por desacato!

Miguel suspira fundo, vai fechando a porta — Com licença... — mas ela abre:

— Intimação judicial?

— Vara de Menores, a senhora assina aqui.

Você não precisa assinar nada, diz Miguel engasgado, mas ela pega a caneta e assina. O homem fecha o caderno, enfia na pasta, dá meia-volta e vai, o porteiro fica sem jeito:

— Desculpe, seo Miguel, mas...

Tudo bem, diz Miguel fechando a porta, tudo bem...

— ...devem ter dado uma nota pro porteiro — diz baixinho encostando na porta — mas tudo bem...

Ela abre o envelope enquanto ele diz que só pode ser armação *dela*, sem dizer o nome, *oh, Deus, pensar que um casal possa acabar assim!*

A intimação é para comparecer ao Juizado de Menores, *no prazo de 48 horas, a partir do recebimento desta, como testemunha em processo de custódia, sob pena de intimação policial decorrido o prazo.*

Miguel pega o papel, lê e relê:

— Não acredito! Quarenta e oito horas! Sob pena de intimação policial!! De repente a Justiça começa a funcionar a todo vapor!

Estão diante do juiz, um homem grisalho e simpático que deve estar perto da aposentadoria, extensão viva dos móveis, livros e carimbos, até o paletó e mesmo a gravata parecem gastos de um uso fino, que não pui nem arranha, assim como paira na sala uma poeira tão fina que nem se vê, mas ali está no ar, tornando os gestos mais lentos, as vozes solenes e as posturas contidas, como se tudo dissesse calma, devagar, atenção, estamos na Justiça. E o juiz resmunga folheando o processo, quase cantarolando as frases:

— Agradeço ter vindo logo... A urgência é por causa do menor, não é? Adolescência já é uma fase difícil... O senhor também, sempre pode ajudar... — tirando os óculos para encarar — Mas gostaria de esclarecer, antes de tudo, se há algum interesse que eu deva conhecer, que possa motivar a mãe a desqualificar o pai com... — abre um envelope, manuseia fotos — ...fotos de comportamento pessoal.

Ela ouve o suspiro fundo de Miguel, estende a mão:

— Posso ver, doutor?

— Não, porque não vejo relevância nesse material e vou simplesmente manter à parte do processo. Não é obrigação da Justiça acatar toda prova ou denúncia. O que importa é o bem-estar do rapaz.

— Mas eu gostaria de ver essas fotos, doutor — ela continua de mão estendida.

O juiz balança a cabeça, parece balançar os pratos da Justiça no cérebro, até dizer bem, é um direito seu. Ela pega e vai se vendo na piscina com pai e filho, ou com Miguel no jipe se beijando, ou andando abraçada com a mão dele quase na bunda.

— Não tem nada aí que eu não faça com a minha mulher em público — o juiz pega as fotos de volta — Portanto não há o que considerar nessas fotos.

— Há, sim, doutor — Miguel com a voz doída — Ela quer provar que eu sou um devasso e não mereço ficar com meu filho, mas...

— O senhor sabe — o juiz se inclina levemente, a sala toda parece se inclinar — Falam muito da Justiça, mas há juízes honestos, não me pergunte se a maioria ou não, só posso falar por mim. E não me interessa a fortuna do seu sogro, até porque está aqui no processo que o seu casamento é em separação de bens.

O juiz mantém a voz e os olhos calmos, quase como quem fala a uma criança:

— Não me interessa também o que o senhor faz com essa moça, ela é maior de idade. Mas tenho de considerar que esse tipo de situação, separação recente dos pais e uma nova relação do pai, em pouco tempo, ou ao mesmo tempo, para o adolescente pode ser demais... A inclinação do juizado, nesses casos, é sempre pela mãe.

Inclina-se agora para trás, a sala volta junto.

— Mas intimei a senhora Juliana Prestes porque a mãe, para comprovar a denúncia de comportamento imoral do pai, apresentou tantas fotos, em tão diferentes locais que configura não digamos uma perseguição, mas uma obsessão, e o juizado podia estar sendo levado a cometer um erro.

Bota os óculos, folheia o processo, levanta os olhos baixando os óculos, *como parece a doutora!*

— Sem querer invadir vossa privacidade, mas, sempre em função do bem-estar do menor, o senhor pode me dizer, e responda apenas se quiser, quais suas intenções com a senhora Juliana Prestes aqui presente?

Ela ouve Miguel engolindo um caroço, e fala antes:

— Eu me apaixonei por ele, doutor, sem saber ainda que era casado, e eu é que talvez devesse ter tido o cuidado de...

Miguel lhe pega a mão:

— Doutor, por mim eu casaria com esta mulher agora.

As mãos se apertam de branquear os dedos, e o juiz olha para um, para outro, para as mãos, aí sorri:

— Não sou juiz de paz. Mas posso garantir que, a partir do momento em que o senhor estiver casado, pode pleitear com mais chances de sucesso a custódia do seu filho. Por enquanto, ele fica com a mãe. O senhor poderá visitar uma vez por semana, em dia a escolher de comum acordo, sempre apenas durante o dia, considerando o quadro geral do caso por enquanto.

Levanta já indicando a porta:

— Agora o senhor passe pelo escrivão para assinar o termo e boa sorte.

Sorte... Parece que o inferno astral continua depois do aniversário, isto sim. Quando te aparece um homem na vida, mulher, um homem que te dá segurança e tesão e te faz gozar várias vezes seguidas, e você nem sabia que isso era possível, junto vem um pequeno inferno. Como quando teu pai comprou o segundo carro de praça, você menina, um Mercedes quase novo, era de um contrabandista e o pai contava isso com orgulho, queria dizer que o carro tinha sido bem tratado, não tinha andado por estrada de terra, não grilava uma peça. Só que, na primeira semana, alguém atirou no carro, pensando que ainda era do contrabandista, naquele tempo os táxis não eram diferentes dos outros carros, e na segunda semana alguém furou os quatro pneus, e volta e meia era parado por polícia querendo um dinheirinho... Aí o pai te mandou pintar a palavra táxi em letras vermelhas, em quatro folhas de caderno, e colou uma no canto do pára-brisa, outra no vidro traseiro, mais duas nas janelas, tão bem grudadas que o vidro descia, abrindo a janela, e voltava a fechar, e a folha continuava direitinho. Em pouco tempo todo mundo ficou sabendo que o Mercedes agora levava vida decente, e seria parte da família durante muito tempo. Mas a mãe dizia que atraía muita inveja.

— Miguel.
— Hã?

Estão na rua, ele ainda com a cabeça no juizado.

— Você é um Mercedes-Benz, sabia? Bonito, potente, mecânica ótima, mas atrai uma inveja!...

Juliano Siqueira anda pelo quintal procurando entre ramas de abóbora. Da aboboreira, diz, quase tudo se aproveita, as pontas das ramas, chamadas de cambuquira, para sopa; as flores, para salada; e as abóboras mesmo, que dão

sopa, cozido, quibebe, geléia, doce cristalizado. Acha uma abóbora grande, arranca o talo, ergue nos braços como um bebê, leva para a mesa da cozinha, com uma faca grande corta em quatro grandes pedaços:
— Pra creche, é grande demais pra nós.
Joana coloca três pedaços numa sacola, diz que vai levar para a creche:
— Assim o senhor pode falar à vontade, né...
Sai pisando macio, como se andar doesse, ele balança a cabeça:
— Ciúme é um veneno triste...
Ela liga o gravador.
— Seo Juliano, o que o senhor fez depois de 35? Continuou no partido?

*F*ugi. *Fugi do partido, fugi de revolução, acho que fugi até de mim mesmo, queria ser outro, mudar, aquela morte besta do gráfico me fez pensar. Pensei muito, vendo passar o mundo pela janela do trem, a caminho do Três Bocas de novo, que agora já se chamava Londrina. Ia de novo me entocar lá no povoado no meio da mata, mas agora já era uma cidadezinha de casas de madeira, com só um ou outro rancho de palmito, já umas vinte ruas com postes de troncos, e luzes que acendiam e voltavam a apagar, avermelhando, porisso chamavam lâmpada de tomate. Tinha também já um ou outro sobrado de material e até Casas Pernambucanas, mas o barro e o pó continuavam os mesmos.*
Entro no escritório da companhia, pra procurar serviço, que não tinha um tostão no bolso e uma fome do cão, dou com Jorge como se nunca tivesse saído dali, bem diferente do Jorge que eu tinha levado pra casa ferido e doente em São Paulo, quase careca por causa de tifo, ou do quinino que davam contra o tifo, tanto que a primeira coisa que a mãe dele tinha falado, quando viu, foi o que fizeram com meu filho? Mas agora ele estava ali com cabelo de novo e bem-vestido como antes, me deu um abraço, comida, roupa e serviço. E à noite, quando ficamos sentados num tronco vendo longe a linha de fogo duma queimada, ele disse que de revolução não queria mais saber, e que não pretendia mais sair dali, ao menos enquanto continuasse sendo uma terra "dos ade", como ele dizia:
— *Honestidade, sinceridade, verdade, bondade.*
Perguntei da mulher do médico, ele disse que tinham voltado pra São Paulo, a voz magoada:

— Ela teve caso com vários aqui, Juliano (Jorge não me chamava mais de Menino). Mas esqueci dela.

— De verdade? — perguntei brincando, ele começou a chorar. Nem sei por que conto isto, saí da História, né, desculpe.

Mas se não tivesse ido a Londrina, fugindo de revolução, não teria topado de novo com Honório e não teria acabado no meio de mais revolução. Virei corretor de novo, logo ganhava bem e já comecei a ter roupa boa novamente, fazer barba em barbeiro, usar creme no cabelo e loção na barba, bigodinho aparado, tenho vergonha vendo foto daquele tempo, tem várias no baú. Engraçado, dinheiro e vaidade andam de mãos dadas. Tive três ou quatro galochas, meia dúzia de sapatos, uma dúzia de ternos e uma mulherada danada, o café começava a dar dinheiro, cada ano mais cafezal começava a dar carga, e em cabaré acho que deixei o que dava pra comprar várias fazendas, mas isso também acho que não interessa, né...

E foi num cabaré, se dá pra chamar assim um barracão de madeira com salão e quartos, foi num cabaré que dei com Honório de novo, numa mesa com mulher e garrafa de uísque, meia dúzia de puxa-saco em volta. Quando me viu, ele mandou todos embora da mesa, a mulher também, e me encheu um copo, já bêbado, falou que eu sim, era um homem, e que ele era um merda mesmo:

— Vivo de vender terra ruim a gente boa, Menino! Mas vou largar desta vida, logo vou largar!

Jorge já tinha me contado, Honório era um dos picaretas que os ingleses queriam ver na cadeia. Eles vendiam terras por perto, dizendo que eram corretores da companhia, e deixavam muito colono sozinho no meio da mata, sem um tostão, numa terra já com dois ou três "donos"... Honório já tinha sido preso, mas a cadeia era uma casa de madeira, que era também delegacia, com delegado e meia dúzia de soldado, daonde ele já tinha fugido ou saído duas vezes tranqüilamente, sem amassar o paletó, diziam os ingleses, querendo dizer que nem chegou a dormir na cadeia, picareta tinha dinheiro e pagava de puta a delegado. Mas o delegado, ele contou, tinha exigido que ele não aparecesse mais na cidade, ao menos na cidade séria, na putaria podia.

Agora dizia que andava enjoado, que queria mudar de vida, ficava bebendo e repetindo isso, com aquela cambada de corvos chegando devagarinho, puxando conversa, de olho na garrafa. De repente Honório levantou armado — Xô, bando de urubu! — e atirou pra cima, o salão ficou quase vazio, a cafetona sentou do lado e pegou a garrafa:

— Se você der mais um tiro na minha casa, eu te quebro esta garrafa na cabeça!

Honório então pegou uma mulher e foi pro fundo do casarão, onde ficavam os quartos.

— A garrafa é sua, Menino!

Os outros logo sentaram, a garrafa pela metade, ficaram me olhando, olhando a garrafa. Podem beber, falei saindo, e eles avançaram pros copos. Eu andava bebendo bastante, naquela cidadezinha onde a diversão era ver corrida de cavalos na rua, a raia como chamavam, ou pescar no Tibagi, onde os médicos e comerciantes levavam as famílias pra piquenique, ou se entocar num bar ou casa de mulherada e beber até enjoar, até, como disse Jorge uma noite, até o navio balançar. Que navio, Jorge, perguntei, urinando juntos no meio daquela clareira já tão grande, debaixo de tanta estrela, e ele disse ah, o mundo é um navio, a vida é o mar...

— ...e o navio balança quando bebo demais!

Aí senti uma pancada na cabeça e escureceu. Quando acordei, deitado na lama, Jorge disse que deviam ser dois, um me bateu, outro lhe enfiou um saco na cabeça e o primeiro lhe bateu também, uma pancada só, no alto da cabeça, sabiam o que faziam. Então, falei, já tem assaltante na cidade da honestidade, ele falou que não só isso:

— Chegou o trem, chegaram os vigaristas. Por essas casas aí tem carteado e até roleta...

E o comércio aumentava os preços em vez de baixar, agora que as mercadorias vinham de trem todo dia com chuva ou com sol. Muito bar e até boteco continuava a ter uísque escocês, mas "batizado":

— Misturado com água, um uísque que é um verdadeiro licor! Como são sem-vergonha!

Disse que às vezes sentia vergonha da sua metade brasileira, e eu disse que, se o uísque chegava a preço de custo pro pessoal da companhia, e acabava nos bares, vendido então a bom preço, devia ser porque o pessoal da companhia vendia por baixo do pano aos comerciantes, não?

— Então você pode ter vergonha das suas duas metades... Vamos embora daqui, Jorge, enjoei desta vida!

Balançando de bêbado, ele disse que, porisso mesmo, porque podia ter vergonha das duas metades, ia continuar ali, e ia endireitar o torto, prender os picaretas, pregar a honestidade, dar exemplo de bondade, dizer só a verdade, e, além disso...

— ...com toda a sinceridade — falou chorando de novo — Aqui eu ainda tenho pelo menos a lembrança dela...

No dia seguinte saiu sol, começando mais uma vez a secar Londrina, dali a pouco já teria poeira, então botei minhas roupas nas malas, agora eu tinha duas malas grandes, depois de um ano corretando terra, e mesmo assim deixei galochas e alguns sapatos com os peões que abriam as primeiras valetas de esgoto. Jorge não estava no escritório quando acertei as contas, e o trem partia só depois do meio-dia, então não me despedi, embarquei numa jardineira e toca a esperar o último passageiro. A lataria esquentando, mulheres se abanando com leque, criançada começando a correr no corredor, a infernizar, nenê chorando, o motorista disse que ia partir sem o homem, o cobrador disse que o homem era capaz de pegar um táxi, ir atrás do ônibus...

— ...e até mesmo lhe dar um tiro, duvida?

Não duvido, disse o motorista, desligou o motor e cozinhamos mais um pouco ali até que aparece Honório, andando torto, a mala levada por um peão, paletó amassado, camisa aberta, sapato desamarrado. Bom dia pra todos, disse quando entrou. O lugar vazio era do meu lado, ele sentou, me deu um tapa na perna:

— Fala pro Venâncio fazer um chá daqueles, Menino — e dormiu.

Acordou já em terra paulista, viu o areião em vez da terra vermelha, falou bem, voltamos pra civilização. Falei que dependia do que ele entendia por civilização, ele falou então vou te mostrar. Em São Paulo, não me deixou carregar as malas, chamou carregador, fomos pra hotel com banheira no quarto, espelho cobrindo parede, lustres, móveis estofados, coisa que eu nunca tinha visto, perguntei quem ia pagar, falou pra não me preocupar, eu era convidado. E mandou vir champanhe enquanto tomava banho:

— Sempre comemoro a volta à civilização...

Num restaurante comemos bacalhau com vinho português, e quando veio a conta vi que era verdade, os picaretas ganhavam e gastavam fortunas como dizia Jorge:

— Dinheiro que entra fácil, sai fácil. Já dinheiro que custa trabalho duro...

Naquela noite, andando por cabarés e cassinos levado por Honório, vi mesas de carteado onde rolava dinheiro bastante pra comprar fazenda. O preço de uma dose de uísque dava pra uma garrafa em Londrina. Mas Honório pedia garrafa inteira, e prato de camarão frito, ainda arrotando a janta. Quando começou a falar que ia mudar de vida, falei que ia urinar, voltei pro hotel, peguei minhas malas, botei num táxi e mandei rodar por onde tivesse bastante pensão e hotel barato. Escolhi pela limpeza da fachada e pelo nome, Hotel Renascença, e pensei comigo: vou renascer, chega de revolução, chega de gastar dinheiro à toa, vou montar um negócio, ou comprar já montado, vamos ver o que vem, como dizia Venâncio.

Pensei em abrir bar, pastelaria, casa de armas, churrascaria, cheguei a namorar um galpão, onde podia começar com poucas mesas... Uma pessoa com dinheiro no bolso e tempo pra matutar, ah, vai longe, sonha, viaja na imaginação, eu já via minha churrascaria cheia de gente comendo costela à moda da coluna, assada em fogo de chão. Já tinha até escolhido o canto onde ia ser o fogo, quando o galpão foi alugado. Procura daqui-dali, um dia fui com um corretor ver outro salão, e na conversa descobri que teria muita despesa além do aluguel: alvará, taxa disso e daquilo, fiscal da prefeitura, fiscal da higiene, cada um querendo uma graninha pra não botar areia no negócio, pensei ih... será que quero tanto assim ser comerciante? Andando a caminho do salão, já mudei a idéia de churrascaria pra casa de armas, ao menos não teria nada com higiene. Não, disse o corretor, aí é com a polícia. Mas, bem, fui pensando, eu sempre podia abrir uma loja de tecidos, coisa que fica empilhada, as bobinas quietas na prateleira — e de repente vem aquele tropel descendo pela rua.

Era uma passeata integralista, um batalhão de camisa-verde num bate-pé danado, blam, blam, bandeira alta na frente, blam, blam, levei um susto, perguntei que tropa é essa? Não é tropa, disse o corretor:

— É um bando de besta quadrada que fica zanzando pra cima e pra baixo, quase todo dia, porque não tem mais o que fazer na vida...

O grande buraco da política é que a maioria das pessoas não quer saber de governar, mas de ser governada. Acham que político é tudo ladrão, mas não deixam de pagar imposto em dia pros ladrões, já embutido em cada coisa que se compra, mas não querem nem saber de política, como se não tivesse nada a ver com a vida da gente. Li que na Grécia antiga, onde nasceu a democracia, esses que não queriam saber de nada eram chamados os idiotas, aqueles que só sabem de si mesmos...

Então me deu um nojo ali daquele homem, corretor como eu tinha sido, da corretagem vinha meu dinheiro que esperava destino no fundo das malas na pensão, eu tinha dividido em duas partes pra não perder tudo no caso de perder uma mala. Dispensei o corretor, voltei pra pensão com pressentimento me apressando, *abri a primeira mala, o dinheiro tinha sumido, mas as roupas ainda bem arrumadinhas. A outra mala já estava meio revirada, e a outra metade do dinheiro também tinha sumido. Pra encurtar a história, acabei numa delegacia com um detetivezinho me cantando uma gorjeta boa pra dar um aperto no pessoal da pensão, alguém acabaria confessando... Em vez disso, peguei as malas na pensão, fui bater na porta de Honório, atendeu de garrafa na mão às onze da manhã.*

— *Entra, Menino, arranjei serviço pra você, coisa fina!*

Contou que tinha conhecido numa boate um irmão eu sabia de quem? Do presidente da República!

— *Isto mesmo, Menino, e o homem anda precisando de uma porção de guarda-costas! Falei que você também foi da coluna, pode se considerar empregado!*

Lembrei a ele que eu tinha sido guarda-costas de Siqueira Campos, isso decerto não ia me recomendar, mas ele disse que ao contrário:

— *Já contei, e o Beijo disse que quem serviu pra Siqueira serve pra qualquer um!*

Beijo era o Benjamim Vargas, irmão do Getúlio, que não confiava em segurança militar pro irmão, achava que um gaúcho ou sertanejo por perto, bem esperto e alerta, valia mais que um pelotão:

— *Você é daonde, Menino?* — *perguntou o Beijo quando Honório me levou ao hotel do homem.*

Falei que tinha nascido em Foz, ele falou bom, é mais perto do Rio Grande.

— *E gosta muito de dinheiro?*

— *Não-senhor, só do que ele pode comprar.*

Ele riu, disse que dinheiro eu ia receber só de vez em quando, mas podia contar com vida boa, vivendo em hotel com roupa lavada, comendo em restaurante, noutra mesa, claro, e sempre alerta.

— *E vai vestir só terno completo, paletó com gravata e colete, pra ficar parecendo doutor e poder entrar e sair de qualquer lugar com militar batendo continência e civil puxando o saco!*

Ele mesmo vestia bombachas com paletó sem gravata, mas era irmão do presidente, todo mundo conhecia, e eu já ia dizer que ele podia ser o que fosse, eu não queria trabalhar pra ele, não fui com a cara do homem, mas então ele falou nos tais integralistas e fiquei curioso.

— *O Exército anda cheio de integralista, na Marinha já devem ser uns setenta por cento, e no país todo as tais milícias já passaram de meio milhão!*

Quantos homens vocês eram na coluna? Dois mil? Então imagine o que podem fazer meio milhão, tomando as capitais enquanto nos quartéis os militares lutam entre si! Vai ser tiroteio de todo jeito e por todo canto! Ou então tentam matar o presidente, pra tomar o poder sem ao menos lutar! É nessa hora que a gente entra na peleia, defendendo o Getúlio que nem fera defende filhote, dando tempo de chegar reforço e controlar a situação!

Ele falou e sentou, dando por terminada a conversa, e eu ia dizer que desejava boa sorte, agradecia pela confiança, mas não tinha interesse, queria era abrir uma pastelaria, quando ele ergueu os olhos e falou que Getúlio tinha ficado contente de saber que eu tinha sido da coluna:

— E quer te conhecer, fique de prontidão.

Eu não sabia que ter uma conversa era uma coisa que ele fazia com todos que o Beijo contratava pra cuidar das costas dele, que pela frente Getúlio se cuidava, dizia com orgulho o irmão:

— Ele enxerga tudo, vê tudo, até por dentro da gente!

Então, por orgulho ou vaidade, sei lá, ou até por curiosidade, ou também pelos vinhos, pela boa vida talvez, fui buscar as malas no hotel de Honório, e notei que já não andava firme o mensageiro da coluna. Pediu dinheiro emprestado, só pra passagem de trem e o passadio até a terra vermelha, ia vender mais umas terrinhas...

— Mas você gastou uma fortuna em poucos dias, Honório!

— Pois é, e vou voltar pra cá de novo com mais dinheiro e gastar tudo de novo!

— Mas então, Honório, e a coluna... por que você...?

— Por que andei feito um demônio naquela coluna? Esperando ser preso e poder sair, mas nunca me prenderam, nem me pararam, acho que eu parecia tão caboclinho que... E enquanto isso eu ia ficando, porque afinal aquilo podia dar certo e a gente governar o país, já pensou?

Ele ainda bebeu o resto duma garrafa antes de sair só com uma maleta, tinha várias malas em hotéis de várias cidades. Me deu um abraço forte, falou que eu me preocupava demais:

— Perdoa e esquece, tudo acontece à toa! O negócio é viver bem!...

— ...não importa a custa do que, Honório?

Ele me olhou um tempo, aí falou mais uma vez que malandro só existe porque existe otário:

— E a tal democracia que o teu Siqueira tanto falava é igual qualquer governo, os tontos governados pelos espertos e outros espertos na oposição, querendo ganhar no voto ou fazer revolução. O resto é só conto de fada, Menino, vê se cresce! Até em comunismo você já acreditou! Vai viver bem, rapaz, que é a melhor coisa que você pode fazer neste mundo!
 Eu andava tão desencantado que pensei não é que pode ser mesmo? Por que não? E, quando vi, já tinha botado minhas malas no hotel do Beijo, e fui com meu melhor terno me apresentar ao homem:
— Seo Benjamim, estou à disposição. Que é que tenho de fazer?
— Nada, esperar pelo trem pro Rio, você vai conhecer Getúlio Vargas! Toma!
— me deu umas notas e eu peguei, sabendo que ali começava não só outro tempo na minha vida, mas também uma vida no outro lado da história, no poder, servindo não a quem queria, mas a quem mandava..
 Já no hotel e depois no trem, e no palácio no Rio, vi tanto beija-mão, tanto puxa-saco, tanta falsidade, tanta bajulação, em volta do irmão do presidente, que imaginei como devia ser muito pior com o presidente, então pensei não vou agüentar esse serviço, se está me dando nojo já! Mas aí conheci Getúlio, se é que alguém pode dizer que conheceu aquele homem. Parecia um gigante quando falavam dele de longe, mas de perto era antes de tudo um homem baixinho, dava uma certa sensação de micheza, de engano, isso era a primeira coisa que se sentia diante de Getúlio, outros me disseram ter sentido a mesma coisa. Mas me apertou a mão olhando nos olhos, com calma mas fundo, e disse poucas palavras, prazer em conhecer um veterano da coluna...
— ...e lembre sempre, senhor Juliano (e só por me chamar de senhor Juliano acho que já me ganhou): servindo a mim, o senhor está servindo aos mais altos interesses do país!
 Mais tarde eu veria — pois é sempre tarde que a gente começa a ver — que aquilo ele fazia com todo capanga novo, pra conquistar o coração, ganhar a confiança, a admiração e a lealdade, dando também uma missão fácil de qualquer caboclo entender, proteger a ele era proteger o presente e o futuro do Brasil, uma missão gigante, e ele também virava um gigante na cabeça da gente, um gigante encarnado naquele homenzinho com uma imensa missão. Assim ele tinha do lado homens prontos mesmo a morrer por ele, e não apenas a segurança militar que pode ser um punhal nas costas na hora de um golpe, e o tempo provaria como ele estava certo.

Naquele tempo a capangada ainda era só uma dúzia, morando ali em pensão ou hotel por perto do Palácio Guanabara, onde o presidente morava, ou também por perto do Palácio do Catete, onde ele governava. Quem não era gaúcho era nordestino, conforme Beijo:

— Neste país, só gaúcho e nordestino entram em luta pra valer, o resto só faz de conta!

Ninguém trabalha direto sem dormir, porisso daquela dúzia estavam de serviço sempre só dois ou três, ou até quatro, conforme o dia, se ia ser só dia de beija-mão no palácio, ou se o homem ia se misturar com o povo na rua, ou se ia a cerimônia civil ou militar. Se era cerimônia militar, ou com muita tropa no meio, ia a capangada inteira, vinte e quatro bocas de revólver, que cada um levava dois, tive de comprar paletós grandes pra disfarçar um 32 debaixo do braço e um 38 nas costas. O paletó pesava de tanto chumbo, tinha de ser paletó com bastante bolso por dentro, conforme Beijo:

— Pra que não seja por falta de munição...

Se era turno pra dois, escalavam um gaúcho e um nordestino. Se era turno pra três, escalavam um gaúcho, um nordestino e eu. Se era serviço pra quatro ou cinco, escalavam gaúchos e nordestinos e eu de novo. Também só depois fui perceber que o plano do homem era que gaúcho vigiasse nordestino e vice-versa, eu vigiando tanto uns quanto outros. Volta e meia ou Beijo ou o próprio Getúlio me perguntava se ia tudo bem, falando baixo, sempre quando sozinhos, entre uma audiência e outra. O homenzinho recebia gente numa sala, mandava esperar, passava pra outra audiência noutra sala, no corredor pedia pega lá um café, seo Juliano. Eu pegava, o ordenança sempre a meia dúzia de passos, que ele exigia e a gente mantinha como um cordão invisível em volta dele no palácio, só chegava dentro do cercadinho, como a gente dizia, quem ele queria ou chamava. E volta e meia me perguntava, falando baixinho, sempre quando "sozinhos", né, quer dizer, dentro do cercadinho, o ordenança distraído, ninguém olhando:

— Se souber de qualquer coisa que queira me dizer, seo Juliano, sobre o país ou sobre o pessoal, é só falar.

"Sobre o país", o que eu podia falar sobre o país, naquela idade e com aquela cabeça? Era claro que me queriam vigiando a capangada, que decerto também me vigiava... O país era um caldeirão fervendo, o integralismo crescendo, os comunistas sempre agitando feito mato que se corta ou se queima e brota mais forte, e a milicaiada se dividindo pra lá e pra cá, boataria correndo, ameaça de golpe, *alarme falso, mas pra capangada aquilo tudo era rotina, a gente só tinha de estar sempre de olho vivo e pronto, mas era rotina, diferente seria no dia e na hora em que fosse preciso meter a mão no paletó e defender o homem à bala. Porque defender no braço era todo dia, defender de abraço muito apertado, a não ser quando ele queria, ou defender de ajuntamento de gente, todo mundo querendo pegar, dar um tapinha, um aperto de mão, puxar cabelo, pegar os óculos, puxar pela roupa, se dependesse do povo faziam do homem picadinho.*

Gregório Fortunato ainda criava ovelha pra Getúlio lá no Rio Grande, a capangada não tinha chefe além de Beijo, que era mandado diretamente por Getúlio. Então não existia um capanga que mandasse nos outros, de forma que nenhum aparecia sempre colado no homem, era aquele rodízio, mas olhando foto a gente vê sempre ao menos um ou dois de paletó largo e mãos juntas nas costas ou na frente. Se o homem ia de carro, ia um junto no mesmo banco. Se ia de trem, iam quatro no vagão, mais dois no vagão da frente e dois no de trás. Só a segurança militar, Beijo e os mais chegados sabiam daquela tropinha engravatada pronta pra morrer pelo homem a qualquer momento.

A outra tropinha que devia fazer a mesma coisa, a segurança militar do presidente, aproveitava pra cochilar, já que a gente estava sempre alerta. Mas a gente também começou a amolecer, com a vida boa que levava, mesmo alerta sempre e pronto pra morrer, ou até por isso, né, a gente também queria aproveitar a vida. Que o homem aproveitava, ah, como aproveitava, ele gostava de comer bem, beber bem, fumar charuto, prosa boa, churrasco bem-feito, sobremesa fina, licor do melhor, era um céu pra mim que antes nem sabia o que era licor. Turno era de doze horas, nisso igual militar, e depois o descanso dependia dos dias seguintes do homem. Podia precisar de todos pra viagem longa, tocava a arrumar mala, mas o bom foi conhecer mais ainda o Brasil, e eu, que já tinha andado tanto por esse país, mal tinha visto o mar, agora tomava muito banho de mar.

E tomava uísque escocês que nem em Londrina, licor francês, mesmo pinga era da melhor, trazida por parentes da capangada nordestina, ou vinho trazido pela gauchada. E tome churrasco gaúcho, e tome sarapatel, feijoada, risoto, lasanha, macarronada, maionese, bisteca, batata frita, o homem gostava de tudo que é bom e engorda. E tanto gaúcho quanto nordestino abusava da boca, logo um daqui e outro dali foram trocados por outros mais novos e magros, Beijo até avisou:

— Vocês estão aqui pra cumprir com o dever, não pra cochilar de cevado.

Mas era duro resistir. O dever é questão de consciência, mas a carne tem tanta tentação... Eu gostava de cinema, chegava a pegar um filme depois do outro, depois do turno, antes passando na pensão pra deixar aviso de qual cinema, pro caso de ser procurado. O último filme terminava meia-noite, ia pra pensão tropeçando de sono, caía na cama, dormia pra acordar num dia que nunca sabia como ia ser, ou um dia de nada pra fazer até o próximo turno, ou um dia de correria atrás do homem em viagem de repente. Por questão de segurança, Beijo explicou, muita viagem só era decidida de última hora, ou adiada de última hora, ou antecipada, pra atrapalhar qualquer tentativa de golpe ou de atentado. E tome resto de banquete, tome uma garrafa de conhaque pra agüentar o frio, tome um balde de cerveja pra agüentar o calor, tome vinho, tome pinga, conforme o lugar ou a estação. Mas esteja em pé e com a cabeça clara e limpa sempre que for chamado...

Um a um, a capaganda velha foi sendo trocada, por cochilar ou por perder hora, engordar ou distrair demais, um foi dispensado por ter pegado doença de mulher, outro por jogar. Eu vivia um tempo de anestesia, vamos dizer assim, juntinho do poder mais alto e muito longe do povo, até porque mesmo na pensão ninguém se atrevia a falar nada contra o governo ou contra Getúlio perto de mim, sabidamente um homem do homem, mesmo eu nunca deixando arma ou munição pra arrumadeira xeretar, mas carro de chapa de bronze volta e meia ia me buscar...

Digo anestesiado porque eu vivia sem sentir, sem sentir a vida do povo, sem sentir dor pela miséria mais, distante e acostumado com vida boa, mas também sentindo cada vez menos prazer naquela vida. Era o céu, mas o céu parecia vazio. Tinha vez de sentir até saudade de Londrina, no meio de um banquete, ouvindo discurso de político, ou vendo como o homem mais uma vez encantava com seu jeito de falar com todos como se fosse com cada um, e com cada um como se fosse com todos, sempre falando para a pessoa e o país, o país e a pessoa, daí o sucesso dele como pai da pátria.

Quando fiquei o único veterano da primeira capangada, vi que também ia ser usado como se usa um cavalo, uma mula, um arreio, até que não sirva mais, e também ia acabar só com um maço de dinheiro na mão, um abraço de Beijo e um aperto de mão de Getúlio, mais a oferta de trabalhar nalguma estância no Rio Grande. Essa era a nossa aposentadoria, e não era pouca coisa naquele tempo em que nem aposentadoria existia. Chamavam retiro; vou pro retiro, diziam os *gaúchos; vou me retirar, diziam os nordestinos, só pra não falar igual.* De um nordestino lembro que uma noite, de plantão, vendo nascer o dia, me confessou ter sido jagunço perseguidor da coluna:

— Matei vários da coluna de tocaia, seo Julim — me chamava assim.

Era 1937, Getúlio tinha fechado todo partido político, era ditadura mesmo e, quando aquele cearense me falou aquilo, vi que eu tinha dado uma volta completa na vida, estava junto com o inimigo de ontem. Fui falar com Beijo que queria me retirar, ele nem quis ouvir:

— Getúlio diz que pode dispensar até a mim, só não pode dispensar o senhor, seo Juliano! E mandou aumentar o seu ordenado, eu ia lhe contar.

Engoli aceitando, mais pelo agrado que pelo ordenado, que porém ia valer muito. Fui guardando na Caixa, quando ia a São Paulo; era tão tonto que não sabia que podia depositar o dinheiro no Rio mesmo. Na agência da Caixa às vezes via uma das três irmãs, e Corina um dia veio falar comigo, contou que tinha casado com Samuel e que o pessoal sentia minha falta.

— Que pessoal?

— Você sabe que pessoal — ela baixou a voz, olhando em volta, mas eu falei alto:

— Olha, dona, de comunista eu quero distância, que detesto covarde e aproveitador!

Ela chispou, e um gaúcho que estava comigo falou você é louco, uma mulher tão bonita... E era verdade, ela tinha ficado ainda mais bonita, e naquele dia mesmo comecei a beber firme, beber forte, em toda folga que tinha, não ia mais a cinema, só bebia, bebia profissional mesmo, acho que no fundo queria ser mandado embora. Mas ao mesmo tempo os camisa-verde já incomodavam demais, pipocando passeata por todo canto, quase um milhão em todo o país, e sabe lá quantos nas Forças Armadas. Eu ficava curioso de conhecer aquilo, um movimento popular com mulherada, velharada, rapaziada e até criançada, uma coisa de respeito portanto, tanta gente acreditando em Pátria, Família e Liberdade, e naquele tempo, antes da guerra, muita gente admirava a Alemanha de Hitler e a Itália de Mussolini, o próprio Getúlio, e até o Príncipe de Gales... Mas, ao mesmo tempo, eu tinha medo de me apaixonar de novo, o comunismo me tinha ensinado a ter medo de ismo.

Além disso, eu acho que nasci pra ser leal, trair me dá nojo, mudar de banda só na vitória, nunca antes da luta. Beijo dizia que o presidente pedia olho-vivo, *a coisa podia estourar a qualquer momento* — e então eu acordava de ressaca, me enchia de café preto e ficava de olho estalado feito um zumbi, parecia alerta mas por dentro estava longe, arrotando comida boa e bebida da melhor, sonhando com o que ia fazer quando me retirasse... com vinte e oito anos!

O diabo é que não tinha vontade de ir cuidar de ovelha no Rio Grande nem ser jardineiro de palácio, que até isso podia escolher, Getúlio mandava empregar capanga em porto, repartição, palácio, onde a gente quisesse. E eu andava pensando nisso, entre uma ressaca e outra, quando peguei plantão no Palácio Guanabara naquela noite de 11 de maio de 1938[28]. Eles tinham gente na guarda do palácio, até o próprio oficial do dia, que meia-noite mandou recolher a munição da guarda, na hora mesma de começar plantão. Perguntei ao oficial que saía por que aquilo, respondeu que a guarda ia ficar em alerta — mas pensei comigo que diabo, em alerta deviam era pedir mais munição, em vez de guardar munição! Passei de guarita em guarita no jardim, cada soldado tinha só o pente de munição do fuzil, no cinturão nada...

Voltei pro palácio, falei vem coisa aí, fui direto pro salão onde Getúlio atendia gente de noite, ele estava lá lendo, falei chefe, vem coisa aí. Era mais de meia-noite, e ele fechou o livro, me olhou, suspirou fundo, levantou dizendo bem, já era hora... Daquele minuto até acabar o maior tiroteio da minha vida, aquele homem ficou calmo, tão calmo que hoje também acho que ele queria aquilo, era uma cartada que ele esperava[29]. Precisava ser atacado e ser defendido, e não estava com medo, ou a primeira coisa que fez não teria sido pedir um café. A segunda coisa foi abrir uma gaveta e pegar um revólver, falei chefe, arma curta vai ser de pouca valia e a guarda tá quase sem munição. Ele me olhou sorrindo, dizendo eu sei, seo Juliano, estamos nas mãos do senhor, e primeiro pensei que ele falava do Senhor, Deus, depois entendi que falava de mim.

Saí correndo e já ouvindo um tropel lá fora, era a tropa integralista marchando acelerado pela rua, e a guarda começou a atirar. Corri pro quartinho, como a gente chamava o quarto onde Beijo tinha tido idéia de guardar a munição da capangada e um baú que, dizem, era cheio de dinheiro. Lá fora o tiroteio parou

---

[28]Os integralistas planejaram tomar o poder através de um clássico golpe militar: tomada de quartéis, edifícios públicos representativos e rádios, prisão de oficiais em suas casas, incêndios para gerar pânico etc., enquanto um grupo tomaria o Palácio Guanabara e prenderia Getúlio, que seria levado a um navio já para o exílio. O assalto ao palácio foi dos poucos a tornar-se realidade.
[29]Muitos historiadores consideram que Getúlio negligenciou a repressão ao golpe integralista, para depois usá-lo como pretexto para consolidação de uma clássica ditadura pessoal e carismática, que ironicamente seria chamada Estado Novo.

logo, sem munição a guarda se entregou depressinha. Metade da tropinha de segurança do palácio se entregou também, e ali no segundo andar ficamos nós, a capangada, municiando arma, trazendo mais munição, enquanto Alzira, a filha de Getúlio, ficava perguntando o que é que acontecia.

— *Um ataque, dona, e aqui vai ser a defesa, se a senhora parar de atrapalhar!*

Depois me arrependi, ela ia acabar até ajudando a municiar arma debaixo de fuzilaria. A capangada era meia dúzia, e da guarda tinha ficado outra meia dúzia, fuzileiros navais de verdade contra os integralistas fantasiados de fuzileiros lá fora. Parecia até brincadeira, mas deixou de parecer quando tentaram invadir o palácio e o tiroteio recomeçou, agora contra nós, bala de fuzil quebrando tudo e espirrando caco, vidro de janela logo não ficou um inteiro, e dava dor no coração ver cada móvel mais bonito estraçalhado à bala. Os fuzileiros defenderam a entrada, nós defendemos a escadaria pro segundo andar. Eles morreram lutando, e da nossa turminha só me salvei eu.

A gente não sabia que o inimigo era miliciano, mal armado e mal treinado, mas no meio do tiroteio, com o palácio enfumaçado de tanto tiro, um gaúcho falou que a gente devia era contra-atacar... e foi a última coisa que falou. Aí outro gaúcho pegou um fuzil sem munição mas com baioneta, deixado ali pela guarda, e desceu a escada berrando, chegou a lutar um tempinho, deve ter levado junto ao menos algum. O cearense, municiando tranqüilo, me falou isso não é lutar, é se matar. E continuamos atirando de dupla, um municiava, outro atirava, pra manter fogo sempre. Cheguei a ter de embrulhar lenço na mão pra poder atirar, de tão quente a arma.

Alzira uma hora me jogou uma luva de mulher, serviu justinha, também justo na hora em que o cearense levou um tiro na testa, a cabeça caiu me olhando e meio sorrindo, nunca mais vou esquecer, sorrindo como quem diz agora é com você, seo Julim. Alzira jogava revólver municiado deslizando pelo chão brilhante do palácio, eu pegava e continuava a atirar, já sem mirar nada, só a mão pra fora, assim quase sem risco de levar um tiro, olho fechado contra estilhaço, só pra manter o fogo, já era certo que aquele ataque parava diante de qualquer fogo, ninguém lá fora queria morrer por coisa alguma....

Mas era uma dúzia contra oitenta, e da dúzia só restava um, já gritavam lá de fora que era melhor se render, e agora até o sorriso do cearense parecia me dizer que não ia dar pra agüentar mais um minuto, adeus, Julim, adeus, quando chegou socorro quase amanhecendo o dia. Aí apareceu Beijo me dando abraço e perguntando o que eu queria, eu podia pedir uma fazenda:

— Peça o que quiser!

Enquanto isso, ali do lado, outros fuzileiros recolhiam o corpo do cearense como se fosse lixo, enquanto o do gaúcho, pesado, ia sendo levado com os pés já descalços arrastando pelo chão, ele que só usava sapato do melhor, talvez porisso mesmo, já deviam estar nas mãos de alguém... Fuzileiro era recolhido com cuidado, iam ter funeral de honra militar. Até os falsos fuzileiros, os integralistas, eram enfileirados no chão com respeito, dois homens carregando cada um. Já capanga ia sendo arrastado como saco de batata...

— Hem, seo moço, peça, peça o que quiser!

Pedi o pagamento do mês, acaso não me queriam mais? Beijo riu, foi pro quartinho, voltou com dinheiro e era o pagamento de um ano inteiro. Vá descansar, mandou, mas volte amanhã. Agradeci, fui pra pensão, tirei a roupa, vi que não tinha mesmo nenhum ferimento, só arranhado de estilhaço na cara e nas mãos. Tomei banho, dormi, no dia seguinte tirei o dinheiro da Caixa, juntei tudo em dois maços, um em cada mala, e fui de novo pra Londrina, procurando aquela cidadezinha honesta, amiga e boa do Jorge, um exílio dentro do próprio país, longe de revolução e de poder...

Quando Joana voltar, eles estarão na varanda, bebendo cerveja que ela buscou no bar da esquina depois da ameaça dele:

— No começo, até churrasco! Agora, nem uma cervejinha?! Assim não abro mais a boca...

Pensou que era brincadeira, mas ele nada respondeu quando ela perguntou alguma coisa sobre um documento do baú. Então ela buscou uma dúzia de latas geladas, ficaram bebendo na varanda enquanto ia morrendo o sol, na proporção de duas latas ele, uma ela. Ele conta que em 38 a Londrina povoado já tinha sumido do mapa, nenhum rancho de palmito existia mais, casas de madeira cobriam o centro da clareira, agora tão larga que a mata caminhava para o horizonte. Com o trem, tinham chegado também os vigaristas e os malandros, contou Jorge, mas também mais colonos, que a partir dali iam para as novas cidades que pipocavam em volta. Martelos batucavam em todas as ruas, erguendo ou aumentando casas, mas nos quintais ainda se via algum toco da mata, encarvoado da queimada.

Com as malas de roupas e o dinheiro, viveria ali como um lorde na terra dos ingleses, alojado em hotel, no pioneiro dos quartos com banheiro na cidadezinha. As lâmpadas continuavam apagando e acendendo como tomates amadurecendo, mas água já não faltava, inclusive a escocesa engarrafada ou em barril, como o que chegava todo mês na ferroviária para o prefeito, vindo diretamente da Escócia como peça para a ferrovia. Que honestidade é essa, disse a Jorge, que contrabandeia assim? Ora, respondeu Jorge, o único prejudicado é o governo, até mendigo bebe uísque em Londrina.

— E o governo pode perfeitamente ser enganado, o importante é não enganar gente... — como faziam os picaretas, agora tantos que não era possível mais mandar embora, uma praga de gaviões voando baixo pelas ruas, flanando de mão no bolso à procura do trouxa, o otário, o loque, para comprar sítio já grilado, mata já raleada das madeiras de lei, escritura fria para pagamento à vista, uma pechincha...

Agora era preciso cuidado também com os jogadores de baralho, profissionais em dupla, um se fazendo de otário, no entanto ganhando sempre, para fisgar o verdadeiro otário. Antes do trem, tudo que alguém esquecia ou perdia era encontrado depois, às vezes até dias depois, no mesmo lugar, fosse embrulho, bolsa, mala, paletó com carteira cheia. Agora, afanadores passavam a mão logo em qualquer coisa que se esquecesse em qualquer lugar, e assim acabaram-se as portas abertas e sem trinco.

Os pioneiros ainda se cumprimentavam na rua, mas já não eram maioria, e assim acabava-se também o costume dos homens tirarem o chapéu para as senhoras, talvez prenúncio de que logo acabaria até o próprio costume de usar chapéu...

A companhia ainda mandava na cidade, seu dedo grande escolhia o prefeito que o governador devia nomear, mas a cidade não parecia mais aceitar muito mando. As ruas já cresciam além do limite planejado em Londres, deveria ser uma cidadezinha para dez ou vinte mil no máximo e agora o sucesso já estava atropelando o plano, conforme Jorge:

— Chega gente do mundo todo, todo dia! Até acreano vem pra cá, sabe lá o que é mudar do Acre pra cá?!

Não era só vida nova, era uma revolução na vida que as pessoas queriam indo para Londrina, dizia Jorge, aumentando a sua teoria dos "ade":

— Terra de grande fertilidade, colheitas em grande quantidade, e o café voltando a ter preço bom, alta rentabilidade, o resultado é muita prosperidade!

E muita vigarice, grilagem, putaria, sem-vergonhice, malandragem, muito roubo, picaretagem, carestia, sacanagem, jogatina, agiotagem e luxo, e até desperdício de comida onde antes se roíam os ossos, com elegância, imitando os ingleses, mas se roíam. Agora cachorros de rua andavam fuçando por baixo das mesas dos restaurantes, que tinham portas na calçada, de modo que a cachorrada entrava fácil, varejava ligeiro e saía quase sempre com osso na boca, ou com pão inteiro, ou com meia bisteca, que os fregueses davam, enquanto várias esquinas já tinham mendigo pedindo um tostão pelo amor de Deus pra comprar um pão.

Jorge não via isso, ou via mas não dava muita importância, a prosperidade acabaria com os problemas de todo mundo e todos acabariam vivendo numa terra de amizade, sinceridade e bondade. Mas peões da roça, com as mãos calejadas de derrubar mata, chegavam de bolso cheio de dinheiro, para passar um mês festando na cidade, e em três dias estavam sem tostão, depenados por bodegueiros, putas, mascates, camelôs, jogadores de baralho, dados ou vermelhinha, o jogo das três cartas ou das três cascas de noz com ervilha, que já depenava muitos ainda empoeirados na rodoviária.

Jorge dizia que tinha dó mas não tinha piedade:

— Tenho dó de ver como são tontos, mas não tenho piedade porque sei que vão aprender.

A produção de otários porém não parava, sempre chegavam novas levas e os otários veteranos também voltavam a cair nos mesmos golpes, só variando o golpista e um ou outro detalhe, do golpe do suadouro ao sinal de compra. Quer um ótimo Citroën, em ótimo estado? Veja só a lataria, perfeita, estou vendendo por micharia, minha mãe morreu em São Paulo e preciso de dinheiro para viajar e cuidar do funeral. Mas não precisa me dar tudo agora, que é sábado, banco fechado, me dá só o sinal, viajo e na volta me dá o resto, combinado? Muito otário comprou assim muito carro naquela Londrina, que o dono deixava de janela aberta, com a chave ali, pois quem ia roubar um carro para fugir para onde naquelas estradinhas de terra? Era só o delegado telegrafar à polícia de Ourinhos, ou de Jacarezinho, caso a fuga fosse para São Paulo ou Curitiba, e o fujão acabava preso em barreira de estrada. Mas o que acontecia mesmo é que o otário acabava rodando com o carro alheio até acabar detido, às vezes dias depois, por dirigir carro roubado, surpreso e indignado...

Fazendas na região eram vendidas várias vezes, às vezes picadas em sítios imaginários, onde uma cerca de pasto podia figurar como cerca com outro sítio. Muito do dinheiro, ganhado assim pelos picaretas, acabava na mão das putas e dos jogadores, ou dos bodegueiros que agora vendiam bem caro e misturado o ótimo uísque que conseguiam barato; o peão sofria na bebida e no preço.

Ele não, tomava escocês puro comprado de Jorge, cuja santidade ainda não tinha chegado ao copo, continuava bebendo, muito fim de tarde ficavam bebendo e vendo o sol morrer na clareira cada vez maior. Passava família de colono arrastando baú pelo barreiro, saqueiros saíam dos botecos para ajudar, Jorge apontava com orgulho:

— Aqui todo mundo atola mas se ajuda e vai em frente!

Mas ele via também os que chegavam com economia de anos e, depois de dois ou três anos lutando com a mata e os mosquitos, voltavam com uma mão na frente e outra atrás. Via puta velha virar cozinheira e ir vendendo um a um os vestidos e jóias da noite. Via também soldados e polícias tomando dinheiro dos camelôs, via cada saqueiro tão musculoso mas tuberculoso, via descalços os meninos engraxates, os peões feridos nas derrubadas de mata, alguns aleijados para sempre, ganhando gorjeta do patrão pelo aleijão e virando mendigos conhecidos e festejados pelos outros peões, mas mendigos. E não via mais o casal de araras que cruzava a clareira do povoado de palmito engolido pela cidade de madeira.

Joana vem lá adiante pela rua, parando para conversar com uma ou outra vizinha, e então ele suspira e diz que, pra resumir, passaria em festa aqueles anos em Londrina, corretando terra, sendo chamado de doutor pelos homens e de meu bem pelas mulheres, vivendo em hotel e cheirando a perfume, barbeado em barbeiro duas vezes por dia, comendo em restaurante e andando de táxi, foi um reizinho enquanto a sorte durou. Nem com a guerra a cidade parou de crescer, já não se via mata no horizonte, tudo cafezal — e o aeroporto, de pista de terra, da cidade era visto como um poeirão no horizonte, de tanto teco-teco chegando e partindo com compradores de terra, corretores, caixeiros-viajantes, putas, músicos e cantores. Conforme o café ia ganhando preço, vinham fazendeiros paulistas comprar sítios e sítios até formar fazendas, de modo que o plano dos ingleses, de colonizar com muitos colonos em pequenas propriedades, foi sendo atropelado pela própria valorização da terra, enquanto os colonos eram atraídos pela cidade. Parecem mariposas, dizia Jorge, mas ele mesmo não gostava de sair da cidade:

— Quero luz, mas também queria paz.

Londrina mesmo na guerra era barulhenta, muito baile no Quadrado, um casarão de madeira que era o clube dos pobres, ou no Redondo, um bangalô coberto de sapé que era o clube dos ricos. E muito tiro noite adentro, peão atirando nas estrelas. Muito rádio alto, as notícias chegando fanhosas de longe. Só se podia falar bem do governo, então era viva Getúlio, Getúlio sempre, sempre Getúlio e viva Getúlio. Prestes preso. Comunistas sendo caçados a ferro e fogo. A Alemanha invadindo a Áustria, a Checoslováquia, a Polônia, a França. A aviação salvando a Inglaterra da invasão alemã. Aí submarinos alemães afundaram navios brasileiros...

— ...e a estudantada foi pra rua e o Brasil foi pra guerra junto com os Estados Unidos e a Rússia comunista, que salada...[30]

Os aliados ganharam a guerra, acabou o racionamento de óleo *diesel*, acabou o recolhimento dos colonos japoneses, alemães e italianos...

— ...que durante a guerra tiveram de ficar quietinhos, que nem tatu na toca depois da queimada, sabendo que com o campo limpo o gavião enxerga de longe...

Joana chega subindo a escadinha da varanda:

— Já estou vendo, moça, que de novo esse negócio de história vira bebedeira, mas ele sabe o que vem depois: a hora que o fígado cansa, dá o troco e como dá!

Passa entre eles e na porta se volta:

— Aí chega a alterar até a cabeça, briga até com a sombra, mas insiste em beber todo santo dia!...

Pra mim nenhum dia é santo, diz ele:

— E Jesus não falou que mal é o que sai da boca?

Joana vai bater gavetas e panelas, ele volta a falar para o céu borrado do poente. Prestes saindo da cadeia. Os Estados Unidos exportando democracia para o mundo, formando frente contra o comunismo soviético e chinês, metade do mundo era comunista:

— Comecei a pensar se eu não tinha errado em deixar o partido, se não tinha ficado fora do nascimento de um mundo novo...

---

[30]O torpedeamento de navios brasileiros no litoral nordestino, por submarinos alemães, motivou protestos em todo o país, com passeatas estudantis exigindo a entrada do Brasil na guerra ao lado das Forças Aliadas.

Mas acontecia que tinha pegado nojo de política. Nojo de ver Prestes no mesmo palanque que Getúlio. Nojo de ver revolucionário virando autoridade ou funcionário. Nojo de ver que mudara governo e a vida do povo continuava sofrida como quando era menino... E para que procurar confusão se finalmente vivia uma vida boa? A terra vermelha fazia fama no mundo e negócio se fazia até sozinho, ganhava dinheiro de corretagem muita vez só por apresentar comprador a vendedor, pronto, uma conversa, um aperto de mão, dinheiro no bolso. Pegou até mania de dançar, virou mesmo dançarino de salão, pé-de-valsa, a maior despesa era gorjeta para músicos da noite. A putaiada aplaudia quando ele chegava.

— Getúlio caiu em 45? Eu dançava samba. Elegeram Dutra? Eu dançava foxtrote. Getúlio voltou eleito em 50? Eu dançava rumba!

O que não faltava era cabaré ou boate onde dançar naquela Londrina "capital do café"... O aeroporto mudou para mais perto, agora também aviões grandes despejando mais gente na cidade que se via crescer todo dia, a rodoviária sempre fervilhando, o calçamento se estendendo pelas ruas, postes de cimento no lugar dos postes de madeira, carros e caminhões estacionados onde antes amarravam cavalos.

— Fui rico e feliz...

...até 55, quando a geada-negra matou todos os cafezais e, em 54, Getúlio já tinha se matado, parando o país uma semana. E depois da geada, os negócios de terra e de café pararam de vez. Teve de curar uma doença pegada de mulher, gastou um dinheirão. Mas ainda tinha tanto dinheiro na Caixa que achou que nunca ia acabar, continuou gastando como sempre e, em menos de um ano, o dinheiro acabou. Jorge tinha esquecido a antiga paixão, mas se apaixonou de novo, agora por uma moça vinte anos mais nova — pois eles já eram senhores de quarenta e cinco anos, bons partidos até que começaram a ficar grisalhos, viraram solteirões. Conforme Jorge:

— Até agora foi a subida, agora começa a descida...

A família mandou a moça para longe, Jorge passava a madrugada bebendo pelos bares, depois pelos botecos, cerveja, pinga, que os ingleses tinham vendido a companhia a brasileiros já durante a guerra, e junto com eles foi-se o uísque. Jorge tinha ficado, arquivo vivo, sabia de cada gleba, cada sítio, cada contrato, mas agora também queria ir embora, não sabia para onde. Uma noite quase morreu afogado no próprio vômito, aí parou de beber, vendeu os terrenos que tinha, fez as malas e foi dar adeus. E então, vendo que o amigo ia embora sem nem saber para onde, os pais tinham morrido, não tinha ninguém no mundo...

— ...resolvi ir junto.

Em São Paulo, mal saíram da Estação da Luz, pararam numa roda de gente ouvindo um pastor. Uma semana depois, Jorge andava com Bíblia debaixo do braço. Um mês depois, pagou a pensão dos dois e quis lhe dar todo o dinheiro que tinha, ia ser missionário evangélico no Araguaia.

— Fui junto. Pra quem tá perdido, qualquer rumo é caminho.

Sete anos subiria e desceria rios em barcaça, cuidando de Jorge enquanto Jorge cuidava das almas do povo ribeirinho, gente magra de comer só peixe e farinha mas com barriga grande de vermes.

— Comi, dormi, matei muito peixe e mosquito.

Parecia que o sentido da vida era deixar o tempo passar, mais nada, ver sol nascer, sol morrer, cochilar com o sol alto depois do almoço, tomar banho de rio, beber lá uma ou outra talagada de pinga ofertada por caboclo ou vendeiro agradecido. Jorge não tinha muito jeito para pastor, mas como enfermeiro se saía bem, vacinava criança, fazia curativo, dava remédio, aplicava injeção, a grande barcaça evangélica era um hospital com enfermarias no lugar dos camarotes. Doentes graves embarcavam para ser cuidados rio abaixo ou rio acima, depois eram deixados em casa na volta, curados e geralmente também evangelizados, perdiam a febre e viravam crentes ardendo de fé.

A barcaça tinha um médico, mas Jorge cuidava até de osso quebrado, botava no lugar, engessava, a pessoa urrando de dor, ele falando calmo que esta vida é da dor, mas o paraíso é da fé.

E como seria o paraíso, perguntava Juliano:

— Ninguém vai sentir dor? Mas então vai ser sem desastre, sem briga nem ciúme, sem doença nem morte, né? E como pode ser vida sem morte?

Jorge não respondia, só sorria e mergulhava no trabalho, ele mergulhava no rio. Jorge não rezava, só cuidava dos doentes, fazia a limpeza, ajudava na cozinha, trabalhava desde madrugada até meia-noite, sempre alegre, jamais falando de Jesus como faziam os outros, que metade do tempo rezavam ou descansavam depois das rezas, até porque Jorge trabalhava por todos. Eram meia dúzia de voluntários brasileiros, a barcaça era amazônica, comprada já com muita navegagem pelo Araguaia, e o dinheiro era americano. Um jeito de rico gringo aliviar o remorso, dizia ele a Jorge, que só sorria e continuava trabalhando.

— Um dia, ele limpando peixe, falei que não entendia por que trabalhava tanto. Não podia servir a Deus sem se matar de trabalhar?

Jorge olhou fundo e disse, Juliano, eu já morri:

— Isso que você vê é só o corpo trabalhando.

— Eu acho é que você trabalha tanto pra não pensar, não lembrar. Eu acho é que você já era esquisito desde que resolveu sair de São Paulo pra ir pro sertão! Depois foi se apaixonar primeiro por mulher casada e bem mais velha, depois por uma mocinha bem mais nova! Você parece que gosta de sofrer!

Não, disse Jorge:

— Sofrer é pra quem está vivo, e eu lhe falei, já morri — e continuou limpando os peixes, com o sorriso de sempre, sempre sorrindo, mas era um sorriso morto mesmo porque o olhar era triste.

E foi com aquele olhar azul, triste e fundo, que Jorge perguntou então levantando os olhos do peixe:

— E você, por que está aqui, Juliano? Você também está querendo matar alguma coisa dentro de você, o quê?

Ele ficaria pensando naquilo, o que andava afogando a subir e descer o Araguaia? Era ajudante geral de todo mundo, do cozinheiro ao médico, e também pescava para a cozinha. Nadava com meninos beira-rio, era tratado com respeito pelos outros, devido a Jorge, mas sentia-se velho entre os meninos, estranho entre os crentes, com saúde entre os doentes. Aí, catando na mata pau para fazer uma muleta, viu uma macacada pulando de galho em galho, duma árvore para outra, e um dos macacos mais animados, ao pular na galharia balançando, caiu e se machucou.

— De repente vi que eu andava igual macaco que muito pula, leva um tombo, vai ficar quieto num canto...

Desde 60 se falava na nova capital, Brasília, que Juscelino mandava construir no meio do Brasil ali em Goiás. Em 62, quando a barcaça ia pelo alto do Araguaia, soube que agora uma estrada ia de Barra do Garças a Brasília. Sonhou que era julgado por uma corte marcial formada por Prestes, Miguel Costa e outros comandantes da coluna, e condenado a sete anos de exílio, um por cada morto, que os mortos eram sete: Venâncio, Ari, Siqueira, Franciscão, aquele gaúcho da costela, o cearense que lhe chamava de seo Julim, e Jorge morto-vivo.

Acordou assustado, o dia amanhecendo, fez as contas, fazia sete anos vivia naquela barcaça, exilado flutuante, e no mesmo dia fez a trouxa das roupas, nem mala tinha, nem despediu de Jorge — mas lhe deixou o canivete alemão sobre o travesseiro, diante do nariz, de modo que a última lembrança que levaria daquele amigo seria o canivete embaçando com a respiração.

Pegou a estrada a pé, ganhou carona sem pedir, devia ser um bom sinal, e o motorista do caminhão nem perguntou para onde ia, só existia mesmo aquela estrada e ia para Brasília, na direção do sol nascente. Pensou que bem podia ser na direção duma vida nova e, quando se deu conta, estava pedindo a Deus, estava orando sem ser crente!

— Acho que, de tão vazio, agora eu queria alguma coisa, qualquer coisa.

Foi a uma imobiliária, podia ser vendedor de terrenos nas cidades de peões que brotavam em volta da capital, mas o exílio no rio tinha feito dele um caboclo, não parecia um corretor, e só tomou chá de cadeira e logo desistiu. Foi ser ajudante de pedreiro, aprendiz de carpinteiro, ajudante de caminhoneiro, aproveitando para aprender a dirigir e também mecânica.

(Da cozinha começa a vir o cheiro de tempero fritando, ele acelera:)

Juntou dinheiro, foi a São Paulo procurar o velho baú da coluna, os caixotes, e agora eram só duas irmãs na casa das três irmãs, Donana tinha morrido. Corina abraçou forte o homem grisalho, começando a ficar grisalha também:

— Seo... Menino, não, não é menino mais!...

E choraram juntos abraçados, Samuel olhando e sorrindo triste e sábio de cachimbo. A irmã do meio, porém, disse que ia dormir na casa duma tia e se foi, assim puderam jantar em paz e falar de política, do partido, a revolução cubana, a revolução brasileira. Samuel e Corina eram duma dissidência do partido, como diziam, dissidência, e ele falou que parecia nome de doença, Samuel disse pois é, sou médico mesmo... Riram muito duma coisa tão boba e a partir daí passaram a noite conversando com sinceridade e amizade, ele falou que isso lembrava Jorge, contou de Jorge e sua sina de morto-vivo no Araguaia.

— Existe destino, sim — cachimbou Samuel — Mas também existe mudança, e mudança é a gente que faz.

Contaram que a dissidência era diferente, sem a burocracia do partido, sem aquela paranóia, nunca mais esqueceria a palavra, a desconfiança de tudo e de todos.

— Até porque só se fará revolução com o povo, então não deve ser nada sigiloso, mas um movimento de massas! Veja os sindicatos se levantando, os estudantes, os marinheiros, são as ondas da maré da revolução!

E ele começou a sentir bater de novo, no coração, a revolução, e voltou para Brasília de caminhão com o baú, os caixotes e até com saudade da velha companheira, a revolução. Voltou a ler jornal, ouvir rádio, prestar atenção no que diziam as pessoas, em todo canto, tinha aprendido, pode-se semear a semente da revolta, colocar na massa o fermento para ver crescer a revolução. Mas não queria mais saber de partido, obedecer a ninguém, servir a coisa alguma, a não ser à revolução, que, conforme Samuel, andava pelo ar e, como na Rússia ou em Cuba, desabrocharia um dia e tropa nenhuma ia segurar, mesmo porque soldados e povo iam marchar juntos.

Caiu doente o caminhoneiro para quem trabalhava, vendeu-lhe o caminhão para pagar durante um ano. Fazia uma mudança atrás da outra, cobrando bem, gente mudava para Brasília todo dia — e ele, gastando só com comida e juntando cada tostão, em seis meses pagou o caminhão e reformou. Começou a carregar tanto mudança quanto material de construção, a mesma carroceria que de manhã levava cama e mesa, de tarde levava tijolo e areia. Trabalhava tanto que nem tinha muito tempo de prestar atenção em política, quando rebentou a revolta dos sargentos, bem ali em Brasília. Cuba tinha chutado para o mar a invasão americana na Baía dos Porcos. No Nordeste, a revolução tinha as Ligas Camponesas de Francisco Julião. No Sul, tinha os Grupos dos Onze do Brizola. Os sindicatos faziam comícios de milhares, parecia que o povo ia perdendo o medo de mostrar a cara, ir para a rua, fazer passeata, gritar contra o governo, pedir reforma agrária, contra o imperialismo americano — e o Exército e a Marinha, conforme Samuel, e também a Aeronáutica conforme Corina, eram ninhos de revolucionários mais que nos anos 30.

— A revolução — tinha cachimbado Samuel — é uma maré de ondas que pode levar décadas, juntando força, tomando lições, achando caminho, até que um dia invade a praia, arrebenta e leva embora o mundo velho, deixa a praia livre para o mundo novo!

Juliano Siqueira agora conta rápido, antes que a comida venha para a mesa: era setembro de 63, primavera, tempo mesmo de renascer, e de repente quinhentos sargentos estão revoltados, na maioria revolucionários, do partido ou de dissidência do partido, dissidência de linha trotskista ou anarquista, cubana ou chinesa, cada qual vendo a revolução do seu jeito, com as suas táticas e estratégias. Mas enfim, sendo militares, concordaram em concordar ao menos durante a revolta, a intenção era tomar o poder a partir da capital, de um dia para o outro, depois resolveriam diferenças e detalhes. Na hora em que soube pelo rádio, ele pensou ora, em 30 eram tenentes os revolucionários, agora são sargentos, é melhor, mais quantidade:

— E Marx não diz que da quantidade nasce a qualidade?

Mas ali Marx errou feio: quando ele se apresentou no Ministério da Marinha tomado por sargentos marinheiros e da Aeronáutica, viu logo que, sem oficiais, a sargentada se perdia em detalhes e tropeçava na própria sombra. A desculpa para a revolta era que o governo ia cassar um sargento eleito deputado pelo Rio de Janeiro, e que discursava no Congresso Nacional clamando por revolução; e agora, a revolução estava ali e não sabiam o que fazer além de ocupar quartéis e prédios do governo, enquanto esperavam adesão do Exército.

— E muito puto fiquei quando desconfiaram que eu podia ser espião!...

Perguntou espião de quem, ele, veterano da Coluna Prestes, veterano de 30, 32 e 35, de quem eu ia ser espião? Do governo?! — espumou de raiva, lhe pediram desculpas, andavam de cabeça quente, tinham cortado os telefones e agora queriam telefonar para o resto do país, saber de outros levantes que deviam acontecer ao mesmo tempo, e não conseguiam religar as linhas:

— Então estavam esperando, esperando como a coluna esperou o povo se levantar, esperando como em 32 os paulistas esperaram apoio... Em vez de agir, esperavam... Revolucionário brasileiro é forte em esperança...

Tinham prendido e soltado o presidente do Congresso, tinham tomado uns quartéis, outros não, esperavam adesão do resto do Brasil mas não tinham como receber ou mandar notícias... O Exército não aderiu e começou o cerco, ele acabou no ministério cercado, com um fuzil velho, uma centena de cabos e sargentos assustados, tropa e tanques chegando lá fora. Os chefes começaram a discutir e se acusar, até um chegar ao cúmulo de dizer que tudo já tinha começado errado por causa do dia, era dia 13, dava azar. Aí alguns riram, outros choraram, cada baita homem chorando feito criança, depois se aprumaram, foram se render.

Perguntei ei, e eu? Era o único civil imbecil de arma na mão naquela merdinha de revolução, e agora? Ninguém me deu atenção, encostei o fuzil, fiquei num canto quando todos saíram se entregar. Quando entrou o pessoal do Exército, falei que tinham me prendido porque ia passando bêbado de noite, voltando de uma festa na obra, e procurava apertar a mão de todos pra sentirem que era calejada, então me mandaram embora e eu dei graças a Deus de ver que continuava lá fora meu velho caminhão. Vou viver a vida, pensei, quem quiser que faça revolução, que melhore esse mundo, eu vou é batalhar pra ter um caminhão novo! Joana chama, a janta está na mesa, três pratos, mas ela diz que tem compromisso.

— Ele pode esperar, moça. Vamos jantar e depois quero que grave mais umas coisas.

Ela vai lavar as mãos, senta, comem, uma comida simples e boa como da mãe. Depois Joana traz café, liga a tevê e, quando ela está levando a xícara à boca, sua foto aparece na tela. Deixa a xícara, ajoelha diante da tevê para aumentar o som, fica assim ajoelhada ouvindo e vendo sem piscar:

A professora é acusada de de ter agredido brutalmente o estudante Miguel Tailã, de tradicional família da cidade.	ZOOM SOBRE FOTO DELA, EM RODA DE CAPOEIRA NA RUA, RINDO. FECHA ZOOM NA ARGOLINHA NO NARIZ. DESFOQUE.
O estudante fez exame de corpo de delito, e exige punição administrativa para a professora na universidade, enquanto corre o inquérito policial.	FOCA EM OLHO ROXO. ABRE ZOOM ATÉ ENQUADRAR TAILÃ.
O caso pode ser decisivo na eleição, já que o trote também divide os candidatos. O reitor considera que trote nunca é violência, e o vice-reitor entende que todo trote é sempre uma violência, por ser uma imposição aos calouros.	CENAS DE TROTE, CALOUROS SUJOS, PEDINDO DINHEIRO NO CALÇADÃO.

Agora, no entanto, é uma professora a praticar violência, e partidários das duas posições prometem se manifestar aqui na reitoria, na próxima sexta, quando o Conselho Universitário julgará a professora por infração disciplinar grave, conforme os estatutos da universidade!	REPÓRTER DIANTE DA REITORIA. ATRÁS, UM GRUPO COM CARTAZES: <u>TROTE É TRADIÇÃO!</u> <u>TROTE, SIM, VIOLÊNCIA, NÃO!</u> VOLTA CLOSE COM ZOOM NA ARGOLINHA

Em seguida, notícias do carnaval que começa, costureiras de fantasias, bailes e blocos, Rei Momo. Mas ela não vê mais, de olhos fechados, procurando lembrar: um dos que seguravam cartaz não estava com Tailã naquele dia?....

— Que dia é hoje?

Sexta, diz Joana. Ela pega a bolsa para ir, Juliano diz calma, com a voz de locutor de repente apertada, calma:

— Antes grava só mais umas coisinhas que eu vou dizer.

Atarantada ela liga o gravador e não ouve uma palavra do que ele fala. Ele enfim é que desliga o gravador, apertando com cuidado o botão, diz que não tem medo de nada no mundo, só de aparelho elétrico. Joana sumiu, ela estende a mão, o homem miúdo lhe pega pelos ombros e abraça forte, ela sente os ossos, o cheiro de arruda na roupa, e no portão ele deseja boa sorte.

— Mas você já começa com sorte, tem uma semana pra se preparar. Vai à luta!

3

À LUTA, MULHER DO DESTINO

Menina, decorou de tanto ler "I-Juca Pirama":

> *A vida é combate*
> *que aos fracos abate*
> *e aos fortes, aos bravos*
> *só pode exaltar!*

Quem sabe a mãe sempre tivesse razão, talvez devesse ter brincado de casinha com as outras meninas, em vez de jogar bola com os meninos. Talvez também devesse ter lido O pequeno príncipe, *em vez de* A vida de Joana d'Arc. *Ou talvez fosse feliz fazendo Letras em vez de História; defenderia uma tese sobre um tipo qualquer de metáfora na obra de sabe lá quem, e também poderia casar e tardezinha passear com o marido e os filhos, ou cuidar do jardim, uma dúzia de aulas por semana, um vidinha calma, tranqüila, pacata e sossegada.*

Mas não, tinha de escolher História, o curso com menor mercado de trabalho e os professores mais cricas, e ler tantos livros chatos e, depois de tudo, em vez de ir dar aula em cursinho e ganhar bem, tinha de fazer logo pós-graduação — podendo escolher História Moderna ou Antiga, acabaria visitando a Europa ou o Egito, mas não, tinha de escolher História do Brasil, e aí, em vez de se especializar, por exemplo, na cafeicultura ou na escravidão, ou no movimento de cargas no porto de Paranaguá no século passado por exemplo, não, tinha de se apaixonar pelas revoluções e seus heróis. Ah, João Cândido, ah, Tiradentes, ah, vocês todos, soldados pardos nas fotos antigas, caboclos guerrilheiros com seus fuzis velhos e espingardas de caça, descalços e maltrapilhos mas prontos a morrer lutando para não viver mais penando, tinha de escolher vocês, e achar vocês encarnados num velho menino em Foz do Iguaçu...

O ônibus vara a noite sem lua; só quando passam faróis é que mal vê Miguel dormindo ao lado. Olhos fechados, escuridão; olhos abertos, escuridão; e tudo vai passando na cabeça. Tia Ester abrindo os braços — Vem, filha, vem! — e ela chorando naquele ombro cheirando a alfazema, os hóspedes parando de comer, Tia Ester dizendo chora, chora que faz bem.

Na cama com Miguel: teve de dizer hoje não, ele disse tudo bem e foi se vestir, só então contou que ia no mesmo ônibus, para fazer as fotos das perobas no *campus*. Esperando a meia-noite para tomar o ônibus, ele viu um filme, ela ficou olhando a telinha, vendo ali um olho roxo a piscar, uma boca a dizer e aí agora, sua putinha, está gostando? Você pode ser expulsa da universidade, simplesmente perder a pós-graduação conforme Santelli no telefone:

— A pena para infração gravíssima é essa, Ju. Mas volte logo pra gente armar uma defesa.

— E tem defesa, Santelli? Eu bati no desgraçado, não bati? Será que não mereço a pena?

Depois a mãe no telefone:

— Eu bem que avisei, minha filha, Deus é testemunha de quanto eu falei, eu via que essa capoeira não ia acabar em coisa boa, pois quem estuda luta é pra lutar, não é? Por que vai se preparar pra briga quem não quer brigar? Eu falei, eu...

Desligou, a mãe voltou a ligar.

— Você desligou na cara da sua mãe?!

— Não preciso de sermão, mãe, e a senhora nunca vai me entender mesmo, nem eu ouço mais o que a senhora diz, então por que perder tempo e gastar saliva?!

— Acontece, minha filha, que já era tempo disso acontecer pra você aprender que...

Desligou de novo. Faróis passam na janela, Miguel se mexe. Ela pega o gravador, põe o fone de ouvido, vai ouvindo o que Juliano Siqueira anuncia como "testamento histórico de um revolucionário", pigarreando em seguida e:

Bem, antes de dizer o que quero, moça, só pra você não se perder nessa história toda, vou resumir porque só minha vida de caminhoneiro dava um romance. De Brasília voltei a viver em São Paulo, já com caminhão grande, levando carga pra cima e pra baixo, de modo que vi o Comício da Central, no Rio de Janeiro, vi João Goulart no palanque, ali diante do Ministério da Guerra, cercado de comu-

nista e sindicalista, muito funcionário público trazido na marra, povo levado de ônibus e caminhão pra bater palma e gritar o que mandassem gritar, pra muitos era só um grande circo, uma grande diversão com direito a sanduíche.

E tome discurso valente, na hora de discursar todo mundo é valente na frente da massa urrando, parece que dá uma febre, a pessoa mais pacata vai virando fera. E fera depois de fera, falou marinheiro, falou soldado, falou sindicalista, falou mulher, falou operário e falou camponês, como diziam, todos pedindo ou reforma ou revolução, enquanto aquela massa urrava e aplaudia como se já tivesse ganhado a luta... Pensei comigo não é por esse caminho, ou será que é esse o tal movimento de massas tão falado? Será que pensam tomar o poder gritando na rua? Ou estarão só alertando e reforçando o inimigo?

Eu tinha ido pegar uma carga ali numa rua entupida de gente já desde a tarde, assim tive de esperar o fim do comício, tarde da noite, acabei dormindo no caminhão, vi gari limpando a sujeira da revolução de manhãzinha, lixo tão lixo como de qualquer comício ou circo ou festa ou jogo de futebol ou missa campal neste país de povo porco. Aí carreguei aquela mudança pensando como pode melhorar um povo que gosta tanto de sujeira?!

Voltei pra São Paulo. Chego lá, trabalho uns dias com frete curto na cidade mesmo, vendo em banca de jornal que o país parecia pra explodir, a esquerda até já dizendo que estava no poder, a direita falando que era preciso manter a ordem, resistir contra o comunismo internacional. E de repente botaram até Deus na história, naquela primeira Marcha da Família com Deus pela Liberdade, coisa de padre e mulherada, um milhão rezando pela rua, prometendo no dia seguinte continuar a vigília, alertar outros contra o comunismo ateu, e começou a pipocar marcha com Deus por todo canto do Brasil.

Enquanto isso, a esquerda foi buscar ajuda do diabo, na forma daquele motim da marinheirada no Rio, tendo como chefe o tal cabo Anselmo, tido como homem do Partido Comunista e depois, foi se ver, era espião, pau-mandado dos Estados Unidos, quem diria. Olhando hoje, vejo que os chefes eram tudo pau-mandado, ou mandados por partido, ou por interesse, que muitos já tinham se enfiado em cargo de governo e queriam continuar no governo depois da revolução, de modo que sinceridade mesmo quem mostrava era a mulherada rezando na rua contra o comunismo. João Goulart, o presidente vermelho, como dizia a direita, era pau-mandado dos sindicatos, desde sindicato de estivador até sindicato de marinheiro.

De volta pro Rio entreguei outra mudança, depois fui até o Sindicato dos Metalúrgicos, onde a marinheirada se reunia, fazendo discurso contra o governo e pela revolução. Vi a tropa de fuzileiros cercar o sindicato, vi quando umas duas dúzias deixaram o fuzil no chão e entraram no sindicato debaixo de palmas, acenando como heróis. Enfurnados ali fazendo discurso, a marinheirada não viu que era Semana Santa e a mulherada marchava com Deus pelas ruas. Cercados de estudantada, politicaiada e pelegada de sindicato, não viram que estavam sem armas, sem plano e sem comando pra resistir a um golpe militar.

E o golpe da milicada me pegou a meio caminho entre Rio e São Paulo, com barreira na estrada, o jeito foi ficar ouvindo notícia em rádio de posto de gasolina, quando fiquei sabendo que o golpe militar estava sendo chamado de... revolução! Ao menos, pensei, tinham gente junto, ao contrário da coluna, que assombrou o povo, ao contrário de 35, ao contrário dos integralistas em 38, só 32 também teve povo na revolução, e agora em 64 de novo... Mas o mesmo povo eu ia ver em 68, marchando em passeatas contra a tal revolução militar já chamada de ditadura mesmo. Depois, em 74, ia ver o mesmo povo votando contra a ditadura. Então vi que o povo também é pau-mandado pela hora, pelo momento, pende pra cá ou pra lá dependendo da vida que leva, do salário, da inflação, do feijão, tanto pode querer revolução como ter saudade de ditadura.

O povo é acomodado como capoeira da mata, vai vegetando por baixo do arvoredo grande, procurando espaço sem achar, florindo uma flor ou outra por falta de sol, se enroscando que nem cipó se quiser subir na vida, invejando o arvoredo médio que vive debaixo das perobas... E, assim como a peroba não pode deixar de lutar, de subir pra ver o céu, a capoeira não consegue subir, não foi feita pra isso, mas pra se espalhar, se trançar, não vê que casa de pobre é tudo juntinha como planta na capoeira? Você há de dizer que ser pobre não é destino, a gente pode deixar de ser pobre, mas não pobre de espírito, quando digo pobreza, digo pobreza de espírito. A mesma herança que some na mão de um herdeiro aumenta na mão de outro.

A peroba luta, a capoeira se conforma, e o arvoredo do meio vive na dúvida se é peroba ou capoeira. Daí que hoje vejo claro, toda revolução já nasce condenada a meio fracassar, pois não se faz revolução só com as perobas, e também tem a peroba morta que pára em pé só sustentada pelos próprios cipós... como o velho que foi revolucionário e hoje disso só tem as lembranças...

Como também vejo que combater revolução é o mesmo que querer na mata acabar com as perobas, no lugar de cada uma abre um claro que enche de luz a mata, faz nascer e crescer mais peroba...

E de muita perobinha que nasce, porque é planta muito sementeira, só uma ou outra vai chegar a achar luz e espaço pra subir, muita perobinha é revolucionária só na juventude...

Vi a estudantada de 68 fazendo passeata e não chegando a lugar algum, depois falando em luta armada e ficando só no falar, embora roubando uns bancos, que dinheiro não pode faltar nem em governo nem em revolução... Um dia dei carona a dois que, quando comecei a falar de política, logo queriam me doutrinar, garantindo que a guerrilha, a partir de um ou vários pontos do Brasil, haveria de receber o apoio das massas, os estudantes já estavam organizados, os sindicatos voltavam a se organizar, e as Forças Armadas, como sempre, também tinham muitos revolucionários...

— Ah — *falei* — *sempre tem milico revolucionário, e civil revolucionário também tem muito, mas velho revolucionário só mesmo sendo chefe ou vivendo disso, já notaram? O resto acaba cuidando da vida... E os países também são assim, uns fazem revolução, outros cuidam da vida...*

Mas que nada, disseram eles, o caminho era o Vietnã, onde o povo unido ao partido dava uma surra no imperialismo capitalista. Eu ainda lia jornal, ouvia rádio, perguntei se achavam vitória mais de dez vietnamitas morrendo em combate pra cada soldado americano. Disseram que a revolução tem seu preço, cochicharam, pediram pra ficar no primeiro posto, me olhando desconfiados. Afinal, eu sabia coisas demais, tinha idéia própria, né, podia até ser um cagüeta da repressão...

Mas o que eu via, mesmo, é que quem chega a pensar pela própria cabeça não se encaixa mais em partido, em grupo, em movimento, em nada que não seja a revolução de todo dia, o que dá pra fazer pra mudar ao menos um pouco, melhorar alguma coisa, nem que seja uma horta, uma pessoa, você mesmo, reclamando, exigindo, denunciando, fazendo o diabo se for preciso, menos aquilo que não quer pra você mesmo, com honestidade, com sinceridade, com...

Lembro de Jorge, que fui ver só depois da ditadura, lá por 80, pouco antes de parar de dirigir por causa dos setenta anos. Londrina tinha virado uma baita cidade cheia de prédio que nem um paliteiro, nenhuma mata à vista, só plantação, indústria, rodovia pra todo lado, casa de madeira só uma ou outra, rancho de palmito só no museu. Entreguei a mudança que eu levava, agora com um caminhão-baú muito bom, depois fui visitar o museu, vejo lá um par de botas logo na entrada, e escrito ali, nem acreditei, "botas do primeiro pioneiro de Londrina, George Smith". Perguntei se o homem ainda estava vivo, disseram não só tá como vem aqui quase todo dia, e nesse momento chega ele. Lembra de mim, perguntei, ele me olhou, olhou, com aquele olhar tão azul, aí falou que não era possível, tinha ouvido tanto que eu tinha morrido!

Não morri, falei, e ele:

— Você não morreu e eu renasci!

Contou que eu tinha razão, tinha sido um morto-vivo naqueles anos todos no Araguaia, até que purgou a paixão, um dia se sentiu livre, se sentiu leve, e voltou pra Londrina, onde achou outra paixão:

— Mas essa é uma paixão que não machuca, Juliano, é a História.

A História de Londrina, explicou que de repente tinha se dado conta que era o primeiro londrinense numa terra onde, até a guerra, a maioria era de gente nascida fora, londrinense era quem passava a viver em Londrina. Então agora ia de escola em escola, contando pra criançada a história da cidade que nasceu povoadinho no meio da floresta, com gente de trinta países do mundo e de todo canto do país, vivendo em paz porque havia entre eles liberdade, honestidade, sinceridade, verdade, bondade...

— Peraí, Jorge! — perdi a paciência — Você acredita nisso, você não vê o mundo como anda, não vê o homem como é?!

E ele, com o velho olhar azul e o mesmo sorriso de moço:

— Que me importa? Eu faço a minha parte, meu amigo, digo que tudo só vai melhorar quando a gente voltar a ser como naquele povoado...

— Mas esse povoado só existe na tua cabeça, Jorge!

— Será?

Não, achava ele que o povoado do povo bom anda espalhado pelo mundo, por toda cidade, por todo canto, onde existe gente honesta, sincera...

— É a humanidade, Juliano, sempre lutando com a desumanidade.

— Ora, Jorge, você parece criança acreditando em conto de fada, daqui a pouco vai dizer que é preciso dar a outra face e que o reino do céu é dos pobres de espírito, coisa que aliás acho que Jesus nunca disse, sabia que muito escriba escreveu o que quis na Bíblia?

Acho que eu queria mostrar que não era mais um tonto ou um alienado, como dizia a estudantada, ou talvez queria chocar Jorge, ver se abalava aquela santidade, mas ele de novo sorriu:

— Só sei que é preciso melhorar aqui — e botou a mão no coração.
  Aproveitou pra enfiar a mão no bolso da camisa, tirou meu velho canivete alemão, brilhando de cuidado, e disse que, quando ia saindo de casa de manhã, tinha visto o canivete, pensou em doar ao museu, enfiou no bolso, só lembrou quando botou a mão no coração ao conversar comigo...
  E eu hoje, depois de tanto tempo, enquanto falam de novo milênio, eu vejo tudo velho e também tudo se renovando o tempo todo, e nesse redemoinho que é existir, hoje também só acredito mesmo no coração.

Miguel acorda, olha a escuridão lá fora, pergunta onde estão. Mais ou menos no meio do caminho, ela lhe diz no ouvido, e ele todo se arrepia. Sussurram: você vai ficar na minha casa, tá? Não, o que seus pais vão pensar? Ora, que é que eles podem pensar: que você está enfiando este pintão em mim, né? Juliana, tira a mão daí. Dorme então. Tá, mas vou ficar no hotel. Faça o que seu coração mandar.
  Ela vira a fita no gravador.

Acredito no coração daquele japonês que ficou entocado lá numa ilha do Pacífico, acreditando que a guerra não tinha acabado, e trinta anos depois entregou ao imperador o fuzil enferrujado e a espada conservada pelo uso como facão de caça e faca de cozinha.
  Acredito no coração daqueles dois americanos[31], Herbert Young e Robert Thomas, guardei os nomes e as idades, cento e dois e cento e três anos, está no baú a foto dos dois, brindando com champanhe ao receber a maior medalha da França, porque foram lá lutar pela liberdade já na Primeira Guerra Mundial, se alistando no exército francês porque negros não eram aceitos no exército americano.
  Acredito também no coração de Gandhi, que sem armas lutou contra um império.
  Acredito no Jesus que expulsa os vendilhões do templo e manda atirar a primeira pedra quem não tiver pecado.

---

[31] A fala foi gravada assim, com os plurais corretos, indicando ter sido escrita previamente e decorada.

Acredito em Siqueira Campos como em Castro Alves, que morreram cedo e assim não tiveram tempo de se trair depois...
Acredito numa quadra do Venâncio:

> *Existem dois tipos de*
> *gente na democracia:*
> *os que vivem do poder*
> *e os que vivem todavia...*

Acredito em Tiradentes, porque é acreditar no que tem de melhor um povo, aquele que tudo faz por todos e, abandonado, não culpa ninguém, encarna o destino por que lutou, e a luta é mulher do destino, também manda na gente como o mundo manda.
Acredito na força louca do povo quando quer, de repente e sem rumo como a tempestade que cai e se vai, como vi em Curitiba a Guerra do Pente em 59, três dias de quebra-quebra e correria, multidão enfrentando polícia e exército, sem que nem por que, só se sabia que tudo tinha começado numa discussão de comércio, por causa do preço de um pente...
Acredito que a massa sem chefia é louca, é a mesma que agora apedreja o tanque de guerra, como vi nessa Guerra do Pente, e depois também ajuda a empurrar o tanque quando enguiça...
Acredito que a massa com chefia acaba sempre usada pelos chefes, e pelo partido ou gente dos chefes, porque é assim a natureza humana, a não ser que comecem a funcionar as Leis de Jorge: honestidade, verdade, sinceridade...
Acredito é no coração dessa senhora de noventa e um anos, dona Doris[32], que tá varando os Estados Unidos de ponta a ponta, a pé, pra protestar contra a corrupção na política.
Acredito no coração do cidadão que ganha a primeira eleição na associação de pais e mestres, cheio de entusiasmo e idéias, mas, se for candidato a reeleição, já não acredito mais...
Acredito no coração de quem dá sem dizer que deu, de quem faz sem dizer que fez, de quem ama cuidando e quem perdoa sem cobrar.

---

[32] Doris Haddock, o sobrenome decerto omitido pela dificuldade de pronúncia.

Não acredito mais em paixão, esse excesso do coração, esse motor tanto de revolução quanto de religião, a paixão por Marx como a paixão por Deus, a paixão por Guevara ou por Jesus, é tudo paixão que pra muitos passa, pra outros não, passam a viver pra política ou pra religião, e a gente tem mais é que viver pra vida.

Acredito na vida, acredito nalgum menino que, um dia, vendo um canivete num museu, vai perguntar por que aquilo está ali.

Não sei se acredito mas espero que o povo, as pessoas boas, como dizia Jorge, passem a ver melhor a vida que vivem e como podem melhorar sem esperar de político ou de governo.

Acredito que a esperança é uma puta que se dá a todo mundo, mas tenho esperança que desmontem mais essa ditadura que taí, cobrando o preço que quer na água, no esgoto, na luz, no imposto, no banco, até a casa popular virou arapuca de governo esperto pro povo otário!

Acredito que um dia o povo vai ver que paga muito em imposto embutido em tudo que compra, sustentando governo caro que só governa pra si e pros grandes, os pequenos que se ralem, as pessoas que se cuidem que é terra-de-ninguém!

Não sei se acredito mas espero que um dia governo vai quebrar tanto, mas tanto, e porisso vai ser tão vigiado, que só os homens de bem mesmo vão querer governar.

Acredito que o povo pode muito, quando quer, como naqueles comícios de milhares pela anistia, depois comícios de milhões pela constituinte, e milhões vestindo amarelo, pedindo eleição direta, ou de cara-pintada xingando presidente corrupto, gritando que o povo unido não é vencido.

Mas acredito também que o povo é vencido, sim, porque só se unem um dia ou outro, pro comício, pra passeata, pro protesto, enquanto os políticos se reúnem todo dia e todo dia nas repartições se encontram os funcionários públicos, como nos tribunais se encontram os juízes e nos quartéis os militares, sem falar nos sindicatos, mas sindicato do povo não existe, quartel do povo não existe, banco do povo não existe, empresa do povo não existe, tribunal do povo não existe, não existe governo do povo. Porisso o presidente cassado foi inocentado pelo supremo tribunal, porisso eles podem aumentar os próprios salários quanto e quando bem querem, porisso é um país pra eles e outro país pro povo.

Mas também acredito que assaltam tanto o povo porque o povo também se vende muito, desde o voto comprado por boné, camiseta, sanduíche, dentadura, gorjeta, amostra grátis de remédio vencido...

Acredito que nessa ditadura que estamos vivendo, chamada porém de democracia, só existem duas classes: os que vivem do Estado e os que vivem pro Estado. Os que vivem do Estado são eles, os que ganham cada vez mais enquanto o resto ganha cada vez menos, o resto vive pro Estado cobrar imposto e sustentar marajás, corrupção, desperdício, preguiça e mamata. Peroba tem parasita, tem cipó e até flore orquídea lá nalguma forquilha, mas parasita demais mata a peroba...

Mas quero acreditar na juventude, nas crianças, como também acredito em quem não deixa de ser ao menos um pouco criança.

Acredito que aquela perobinha ali no fundo do quintal, sozinha, logo vai entortar, não vai crescer reta e alta como na mata, já vi peroba nova entortando no meio de pasto. Então quero é dizer que o certo é peroba e capoeira viverem juntas, senão a peroba entorta e a capoeira resseca por falta de sombra, como o herói sem povo é um desastre, como o povo sem herói também é, herói e povo são fermento e massa.

Acredito na ação, no coração, na revolução que vem de dentro e não precisa de arma nem de poder para mudar, porque já é a própria mudança, como o filho que fala pai, não vou ser igual você nem como você quer.

E acredito em lutar, até porque é mais divertido que se conformar, como acredito que têm de existir também os que tudo suportam sem lutar, gente é assim, o bicho mais complicado que existe. Só nós cuidamos dos feridos e dos doentes, só nós casamos, não só uma pessoa com outra, como também casamos com religião, com revolução, com partido, igreja, causa, crença, tanto o terrorista como o sacerdote é casado com sua crença!

Mas acredito também que casamento bom, crença boa, é aquele e é aquela que não obriga ninguém, que vai bem porque vem do coração.

Então seja feliz, você que me ouve, seja feliz ouvindo o coração, e, se for dos que gostam de lutar, lute nem pra matar nem pra morrer, lute pra melhorar e lute bem!

Na rodoviária de Londrina, vendo um grupo de mascarados, volta a lembrar que é carnaval. Filas na roleta, fila no ponto de táxis, filas nos telefones, *haverá país com mais filas? A ordem das filas, o povo cordeiro...* Pega a maleta de Miguel, que vai com o tripé e mala de metal da tralha fotográfica, sobem a encosta ajardinada onde os dois pivetes tentaram assaltar a ela e Bran. Porisso olha para trás, apenas os mascarados vêm apressados e, quando estão passando, ela sente o cheiro de um perfume — conhecido daonde? *Tailã!* Ao mesmo tempo sente também a pancada no alto da cabeça, mas nem consegue levar a mão, já caindo.

Acorda deitada entre sua mala e a maleta de Miguel, a cabeça doendo. Miguel passa a mão, vê que não está sangrando, aponta no chão um rolo de jornais amarrado com fita:

— Um te bateu com isso, daí foram pra cima de mim.

Só então ela vê as mãos dele sangrando de vários cortes, como cortou?

— Ah — ele aponta dentes quebrados ao lado da maleta — te falei que treinei boxe no Exército, mas nunca tinha lutado sem luvas...

Sorri, e ela vê que não são dele os dentes ali no chão.

O porteiro arregala os olhos quando ela chega com o homem de mãos enfaixadas, passaram antes num pronto-socorro.

— Parente da senhora?

— Não, seo Misael, meu namorado, e vai dormir comigo. Pode me passar a correspondência?

Ainda estão entrando no elevador, o porteiro já fala ao interfone... No apartamento, ela sente primeiro de tudo a ausência de Chico, depois o cheiro podre, esqueceu lixo na lixeira. Vai à garagem deixar o saco de lixo na caçamba, pára mal acreditando no que vê: o síndico abraçando por trás a empregada de algum apartamento, ela ainda está com as mãos na borda da caçamba, deve ter jogado o saco de lixo quando ele abraçou, e devem estar acostumados com a posição, os corpos rebolam se esfregando. Quando a mulher se volta e seu olhar encontra o dela, o síndico também se volta e dá com ela sorrindo:

— O senhor, hem!... Já pensou se o pessoal do prédio sabe disso? Quando é a próxima assembléia?...

No apartamento, Miguel não entende por que ela ri, está preocupado:

— Andei pensando, sabe, que motivo teriam aqueles três caras pra bater na gente? Assaltar não queriam, usavam roupa de classe média. Mas já pensou que estavam de máscara porque podem ser conhecidos?

— Um eu conheci pelo cheiro. Mas como ele podia saber a hora que eu ia chegar aqui? A não ser que...

— ...alguém de Foz contou. Andavam me seguindo, devem ter me visto comprando as passagens, perguntaram o horário, avisaram minha ex-mulher, ela deve ter visto teu caso na televisão, ligou pra cá avisando esse teu conhecido...

— Só conheço de dar e receber pancada. Mas é isso mesmo. Aqueles dentes eram dele?

— Estavam mascarados, né?

— Sabe que você, com as mãos assim, parece um urso panda? Quer que desabotoe as roupas pra você?

Acabam no sofá e, como ele não pode usar as mãos, ela toma todas as iniciativas; lá fora os passarinhos comemoram cantando desvairadamente.

Toca a campainha, é o porteiro:

— É o seguinte, dona, o síndico mandou falar que vagou uma garagem boa, num lugar daonde dá pra ver da portaria, fica sendo da senhora, e aí eu fico sempre de olho no carro.

Ela vai colocar o carro na nova garagem, e vê que é uma manhã azul, quem sabe sejam bons presságios.

M as escurece à tarde, da janela vê Santelli chegando com o fusca, e ele mal entra já vai falando com capacete nas mãos:

— Não será melhor você arranjar um advogado de verdade? Nosso caso ficou famoso, saiu até na *Veja*, viu? — tira da jaqueta a revista aberta já na página com Tailã de olho roxo, foto menor dela com o brinco no nariz e o título:

Mestre em pancada

Ela senta com o peso da revista nas mãos, Santelli ajoelha feito cavaleiro com o capacete nas mãos:

— Vai ser uma guerra... Não será areia demais pra mim, Ju?

Ela ouve longe a voz: *lute bem*; e lhe agarra o braço:

— É, vai ser uma guerra, mas você quer lutar?

Ela chega a ouvir o caroço de saliva que ele engole, balançando a cabeça e soltando um fio de voz:

— Quero.

— Então vamos lutar e lutar bem, tá?

Ele suspira, levanta, deixa o capacete na mesa e só então vê Miguel, ela apresenta como um amigo de Foz, corando.

— Amigo não, mulher — Santelli ri — Diga namorado, tá com medo do que? E bem, se quer mesmo que eu defenda você diante dessa inquisição, saiba que vou dedicar nossa luta a aqueles trezentos gregos que romperam o exército de Ciro pelo meio, matando milhares de persas, lutando até a morte em duplas, costa com costa, até porque eram todos casais, né.

Miguel olha para ela querendo entender, Santelli explica:

— Eram casais de homens, coisa comum na Grécia e em Roma naquele tempo... E isto quer dizer também, Ju, que vou optar por uma linha de defesa agressiva, atacando como fizeram os trezentos. Portanto você não deve ficar na postura de culpada arrependida, mas de vítima injustiçada e indignada.

— Eu estou indignada, sabe o que fizeram com a gente hoje cedo?

Ela conta, Santelli pergunta se foram à delegacia para o boletim de ocorrência.

— Mas eles estavam mascarados!

Santelli explica que o boletim não é para que sejam achados os mascarados, a polícia decerto nem tentaria, mas a agressão ficaria registrada.

— Para que?

Santelli abre os braços, deixa cair, diz bem, então vamos preparar nossa defesa. O Conselho Universitário não deve ser mais que um júri, e um júri, conforme um professor, é uma mistura de corte, teatro e circo, é preciso ensaiar.

Chove à noite quando vai com Miguel para a casa dos pais. Estacionando o fusca, conta que está doida para perguntar uma coisa à mãe. Mas a mãe não pára de falar desde a varanda — que ela precisa tomar muito cuidado, que não é brincadeira lidar com gente poderosa, e bem que como mãe avisou que isso de aprender luta não é coisa pra moça, mas ela faz questão de não escutar a própria mãe, agora taí aparecendo até na televisão que nem bandida — e só pára de falar no quarto que era dela, agora sala de fisioterapia e tevê do pai.

Ali está o pai na poltrona, na mudez forçada e, por isso mesmo, com os olhos cheios de coisas por dizer.

— Pai, este é o Miguel, meu namorado. E, antes que a senhora pergunte mãe, ele ainda é casado mas está se divorciando, tá?

A mãe coloca as mãos no rosto, suspira, baixa as mãos olhando longe, forçosamente conformada, pede licença e sai. O pai escreve:

Q B~ CONT PRINCES

Ela traduz:

— Que bom. Conte... é isso, para eu contar? Contar o que, da... princesa?

Miguel até recua espantado diante do nome da ex-mulher, mas ela explica:

— Quando eu era menina, ele me contava uma história pra dormir, que existia uma menina linda como uma princesa, e que essa menina ia virar moça, e um dia ia conhecer um moço, e ia gostar muito desse moço, e o moço ia pedir pra casar com ela, e o pai dela ia dizer podem casar, mas se ele maltratar você, filha...

Ela cora, o pai resmunga, chacoalha-se na poltrona e ela continua:

— ...se ele maltratar você, filha, eu corto o saco dele!

O pai ri o riso torto do derrame. Depois de chá com bolo, quando vão sair, a mãe vai com eles até o portão, sem falar nada, então Miguel pergunta se ela não tinha nada para perguntar à mãe. Ela diz que não, e só no fusca confessa:

— Ia perguntar se ela ainda faz bolinho de banana, mas aí ela ia querer fazer, tinha bananas na fruteira, e eu teria de agüentar lamentação e reclamação, e eu não agüento mais! Eu tenho quase trinta anos, será que ainda não sei o que fazer da vida?!

— Falou, fera — ele fala apenas isto, e ela se vê quase bufando, cheia de raiva; precisa ver Bran.

Na academia, Bran está numa grande roda de moços e moças, Justina numa roda de jovens e crianças. Olhando da porta, ela arrepia com o cheiro de suor e cânfora; turma nova sempre passa pomada nas dores. É fim de aula, Bran e Justina deixam a moçada brincando numa grande roda; apertam com cuidado o cotovelo de Miguel, já que não podem apertar as mãos feridas, depois que ela apresenta sem corar:

— Meu namorado.

— Eu não resisto perguntar — Justina já pegou o nenê no colo — O que fez nas duas mãos, pegou tacho quente?

Caiu a tampa do chassi, diz Miguel. Ela pergunta se Bran conseguiu substituir todas as suas aulas, ele diz que não, fecharam alguns horários, juntaram turmas:

— Perdemos só um punhado dos novos alunos, tá bom.

Está ótimo, diz Justina:

— Voltei a dar aula pra criançada, é uma delícia, eu nasci pra ser criança a vida inteira! Não é, filho?

O nenê bate palmas, a roda bate palmas fortes cantando o ponto, alguém chama — Vem, mestrina! — mas ela diz que não está com cabeça para capoeira, Bran diz baixo que capoeira é antes de tudo questão de coração.

— Desculpe, Bran, mas esse caso no *campus*... O meu futuro está em jogo, entende?

— Não só entendo como vamos estar com você nessa luta — e, na hora, ela pensa que são apenas palavras.

Palavras, palavras, campanha eleitoral é só uma guerra de palavras, diz a doutora com grandes olheiras, magra e totalmente careca; já nem saem fios de cabelo pela borda da touca na cabeça, e está quase deitada numa poltrona com os pés sobre almofada num banquinho.

— Palavras, palavras, cansei de tanto falar. Minha candidatura era mesmo de protesto, uma candidatura educativa, pra ver se chacoalhava um pouco esse jogo de cartas marcadas, né? O pessoalzinho de esquerda e os sindicalistas indicam o candidato a vice-reitor na chapa do atual vice-reitor candidato a reitor, enquanto o pessoal de direita e os liberais se unem para indicar outro candidato a vice-reitor na chapa do atual reitor, também acreditando que quem é vice hoje vai ser reitor amanhã, e, mesmo que perca esta eleição, ganha nome para disputar melhor a próxima, sempre os mesmos, sempre com os mesmos assessores de campanha que vão depois ganhar cargos de confiança, um joguinho de cartas marcadas... Eu ia pedir voto de quem não aceita mais isso, mas a doença evoluiu muito depressa, e aí a terapia quase me matou, então retirei a candidatura, quando já estava mesmo tão cansada de só falar, falar... E continuo falando tanto, imagine se não estivesse cansada... Fale de você, e aquele velho maluco?

Ela conta de Juliano Siqueira, e que quanto mais transcreve as fitas, mais fica confusa:

— Não vejo mais o que fazer com minha antiga tese, e também não sei como usar tanto depoimento.

A doutora diz que ela achará como, tem certeza, e pergunta quem é o bonitão.

— Doutora, este é o Santelli, que me defende no caso com o aluno, lembra?

— Se lembro?! Mas como esquecer se só falam nisso?

— Ele veio lhe pedir para comparecer à reunião do conselho e falar por mim...

— ...recomendar, falar do caráter e do desempenho da Juliana, só isso.

— Mas a senhora está cansada, não precisa ir.

Eu vou, diz a doutora:

— Nem que seja de maca.

Telefonema do vice-reitor. Lengalenga, piadinhas, é uma luta danada, mas vamos tocando, finalmente entra no assunto:

No seu... caso com aquele aluno, professora, eu, como vice-reitor, encarregado também dos assuntos estudantis, não pude deixar de pensar numa... sugestão que pode sensibilizar o CU[33]. A professora reconhece a culpa, pede perdão e recebe uma advertência, ou uma suspensão curtinha, praticamente simbólica... Em retribuição, desde já lhe peço que, ao falar com a imprensa, manifeste-se contra o trote, que também é uma violência, não é?

Ela diz que vai pensar, abre a porta e toca a campainha, diz que precisa desligar porque tocou a campainha. Logo em seguida, telefonema do reitor. Lengalenga, piadinhas, é uma luta, mas vamos tocando; até que:

— Naquele seu... caso, professora, com o aluno, como reitor não pudemos deixar de pensar numa, digamos, sugestão, que pode sensibilizar o Conselho Universitário. A professora reconhece a culpa, pede perdão ao aluno, inclusive pela imprensa, mostrando arrependimento — não é? — e decerto não vai ganhar mais que uma suspensão curta, praticamente simbólica. Só lhe pedimos, professora, que lembre de diferenciar, para a imprensa, o que é violência, como a que foi cometida contra o aluno, e o trote tradicional e sadio.

---

[33]CU: Conselho Universitário. Na universidade, que se considera reduto humanista, muito se fala por siglas, como nos quartéis, laboratórios e grandes indústrias.

Se quiser, pode até dizer que, na verdade, querem fazer do trote cavalo-de-batalha da campanha eleitoral...

Ela abre de novo a porta.

— Agradeço muito, reitor, mas conforme meu advogado só devo falar diante do Conselho Universitário ou juiz — e toca a campainha — Desculpe, mas tenho de desligar.

Depois fica ouvindo o coração ressoar na cabeça, e fica olhando Miguel, até que diz é, meu destino está em jogo, e ele diz é, o destino é o mais pesado dos jogos.

Na quarta, com o fim do carnaval, os pauteiros da imprensa olham suas agendas e folheiam jornais passados:

— Que que deu aquele caso da professora que bateu no aluno?

Ela nunca deu aulas, nunca foi professora, mas a imprensa apelidou, colou, pronto, é professora e, lendo só o título, parece que bateu em um de seus próprios alunos!

Professora que agrediu aluno
vai ao Conselho Universitário

Imprensa é assim, diz Miguel antes de sair com Santelli para "resolver umas coisas", e ela fica ligada no computador e nas fitas de Juliano Siqueira.

Na quinta, até as tevês já anunciam um clima de guerra no *campus*, ou como diz o repórter de rádio:

Estamos percorrendo o campus e o que se vê é uma rótula ocupada por manifestantes pró-trote, com camisetas eleitorais do reitor, outra rótula ocupada por manifestantes contra o trote, com camisetas eleitorais do vice-reitor. O trote e a violência tornaram-se não só os motes da acirrada campanha para a reitoria, como também estão dividindo a universidade, entre os que acham o trote uma tradição sadia, desde que sem excessos, e os que acham uma tradição que deve acabar porque é sempre humilhante e doentia. Prevê-se até enfrentamento de grupos e o reitor pediu esquema de segurança à PM, para o julgamento amanhã, pelo Conselho Universitário, da professora Juliana Prestes, a mestre de capoeira que nocauteou o aluno! Reportagem volante da sua Rádio Coroados, num serviço de Macarrão Galo para você, Macarrão Galo é de grano duro, não amolece demais e também não gruda, é o macarrão que a mamma pediu a Deus!

O pior de tudo, diz ela deitada com a cabeça no peito de Miguel, é que o nome da rádio é nome dos antigos índios da região, os coroados quase extintos... Dorme, diz ele lhe passando nos cabelos os dedos ainda com curativos, descansa que amanhã é o dia.

Miguel dorme em colchão no chão, ao lado da cama de solteiro onde ela rola até levantar, pega leite na geladeira, liga a tevê no último noticiário da noite. A apresentadora anuncia:

Agora mais detalhes do caso do idoso que baleou dois policiais militares em Foz do Iguaçu!	PM FERIDO EM ENFERMARIA. OUTRO PM FERIDO.
O dono deste bar, onde tudo aconteceu, conta que Juliano Siqueira — de noventa anos! — interpelou os dois PMs quando estes conversavam com duas meninas de programa que entraram no bar.	REPÓRTER DIANTE DE BAR COM CURIOSOS. ZOOM SOBRE FOTO 3 POR 4 DE JULIANO.
"A gente abordou as duas perguntando a idade, né, é nosso dever, e então o cidadão começou a desacatar"	PRIMEIRO PM, FALANDO DA ENFERMARIA.
"Ele aproveitou uma distração minha, me tomou a arma e começou a atirar."	SEGUNDO PM, FALANDO COM DIFICULDADE.
Uma das garotas de programa dá outra versão do que aconteceu:	APRESENTADORA.

"Eles sempre querem que a gente vá com eles na viatura pra fazer programinha de graça, mas aí aquele velho ouviu e falou pra eles parar com aquilo, mas eles falaram ah, velho, fica quieto aí ou vai preso, aí o velho pegou a arma de um deles e falou presos estejam vocês, aí foi aquele tiroteio!"

MENINA DE SEUS CATORZE ANOS FALA RÁPIDO, COM MANCHA ELETRÔNICA COBRINDO OS OLHOS.

"O PM atirou primeiro, aí o velho também mandou bala e não vi mais nada que me pinchei no chão."

MENINA RESPONDE A PRESUMÍVEL PERGUNTA DA REPÓRTER.

O idoso Juliano Siqueira, depois de balear os policiais, foi ferido para casa, que foi cercada pela Polícia Militar.

FOTO DE JULIANO.

Ele resistiu à prisão armado até de baioneta, conforme a PM, e está hospitalizado em estado grave. Os PMs estão fora de perigo.

APRESENTADORA.

Telefona ao hospital, vozes profissionais pedem um momento, aguarde por favor, vamos tentar, continue aguardando por favor, até que Joana atende e ela pergunta como ele está.

— Está entre a vida e a morte, né, com pancada na cabeça, muita costela quebrada de levar chute no chão, depois que levou duas balas... Mas não se preocupe com ele, pelo menos agora não tá bebendo nem fazendo besteira, né?

— Joana, por favor, posso fazer alguma coisa? Posso ir praí!

— Não, pelo amor de Deus, moça, fique longe, isso sim, que o que você podia fazer já fez!... Eu falei que ele desvaria quando bebe demais, e com você aqui ele nunca bebeu tanto, né...
Desliga, e ela fica ouvindo o zumbido do telefone.

Amanhecendo, Miguel descobre na sala uma mulher de olheiras, sentada na posição de lótus sobre a mesa encostada na janela, olhando o sol nascer com os olhos vazios.
— Que foi?
Ela não responde, ainda ouve a voz de Joana.
— Nada, depois te conto. Dormiu bem? — e então agarra Miguel e chora no ombro, chacoalhando de soluços, até conseguir contar.
Não come nada, bebe só água, chorando de novo ao lembrar de Chico morrendo de sede.
Toma banho como se fosse alguém lhe dando banho, vendo-se de fora do corpo, ao lado de um velho apoiado numa enxada.
Quando Santelli chega, ela está com olhos vermelhos, as olheiras cresceram e afundaram, Santelli pergunta pelo brinco, ela diz deixa pra lá, ele insiste:
— Ponha esse brinco no nariz, ou você desmonta minha defesa.
Ela põe a argolinha, tão abobada que Miguel acha melhor dirigir, Santelli vai no banco de trás dando laço na gravata:
— Primeiro vai falar o advogado dele, vai mostrar as fotos e tudo mais. Vamos esperar numa sala do lado, depois é nossa vez.
De longe, o estacionamento da reitoria parece em festa, mas é uma guerra de cabos eleitorais agitando cartazes e faixas, gritando tanto ao mesmo tempo que não se entende nada. Mais perto, vêem que uma câmera está filmando, cada grupo quer gritar mais alto para o telejornal — e de repente alguém aponta, o câmera corre para o fusca, que acaba cercado e ela tem de sair já no meio de microfones:
— É verdade que a senhora já fez acordo para reconhecer a culpa e se livrar da expulsão?
— O que acha do trote físico, professora?
Santelli lhe pega uma das mãos, Miguel pega a outra, vai levada por eles. Na sala onde ficarão esperando em carteiras escolares, Santelli explica que trote

físico é quando obrigam o calouro a se arrastar, ou medir um quarteirão com um palito, ou pular sempre que um veterano mandar...

— ...e trote químico é o uso de óleo e tinta pra lambuzar os calouros. E tem quem diz que é tudo sadismo. Portanto o trote é físico, químico e psicológico!...

Miguel nem sorri, Santelli abre uma fresta na cortina e fica olhando a farra eleitoral lá fora. Os contra o trote, de cara limpa; os a favor, de cara pintada, trocando palavras de ordem:

Quem não gosta de trote
bom sujeito não é
ou é fresco ou é lelé!

Cavalo trota, sádico troteia
acabar de vez o trote
essa é uma grande idéia!

Trote é muito legal
trote é comemoração!
Violência é acabar
com uma tradição!

Freud explica, meu irmão
todo trote é humilhação!

Abaixo a ditadura
(**três palmadas**) *da frescura!*

Tortura nunca mais
o trote já durou demais!

Então um terceiro grupo invade a cena, todos vestidos de branco, cantando e batendo palmas, homens, mulheres, moços, crianças, saindo de carros cheios, vindo descalços pela grama, alguns andando sobre as mãos, de pernas para o ar, outros dando saltos-mortais, rindo e abrindo cartazes enquanto a gritaria silencia. Que é isso, pergunta Santelli, e ela não precisa responder, abrem lá uma faixa:

> *Mestre Ju, nós*
> *estamos com você!*

Os caras-pintadas começam uma vaia, mas surge Bran batendo berimbau e cantando forte, os outros logo acompanhando:

> *Minha fé é a verdade*
> *a luta é minha luz*
> *sou filho da tempestade*
> *eu sou irmão de Jesus!*
>
> *Enforcaram Tiradentes*
> *acabaram com Zumbi*
> *mas eles estão aqui*
> *bem no coração da gente!*

Ali estão alunos das suas últimas turmas e até da primeira, aquele rapaz gordinho e inseguro virou um cidadão já com filhos pequenos, e aquela mocinha lá é a menina que tinha medo até de bater palmas, agora dá piruetas, como aquele outro que mal conseguia andar, de tão travado, e agora está ali dançando a girar. Aquele bancário, que tinha dores de coluna, dá uma corrida curta antes de saltar pisando nas mãos entrelaçadas de outro, aquele que antes era magrelo e mal conseguia levantar o próprio braço, e que agora joga o bancário para o alto, para girar no ar duas vezes, enrolado feito um feto antes de se abrir dançando já de novo na grama. E aquela senhora é aquela que ia ver aula da filha menina, um dia tirou os sapatos e falou será que eu também não consigo, agora está aí remoçada com a filha já mocinha.

Aqueles meninos lá, ela mal conheceu, são de turma que deixou para se dedicar à tese, essa montanha de palavras, e com eles trocou não mais que algumas palavras, no entanto estão lá batendo palmas e cantando de boca cheia. Os olhos enchem, e Santelli fala eu não sabia que você era tão querida, mulher, ela diz nem eu. Lá fora, os dois grupos voltam a gritar palavras de ordem, que agora não dá mais para entender, com o canto e os atabaques da capoeira, enquanto as câmeras voltam a filmar e repórteres agarram os microfones, procurando capoeiristas para entrevistar.

Esperem aqui, diz Santelli:

— Vou ouvir o que o advogado dele vai dizer.

Volta depois de uma hora, quando lá fora o calor já dispersou os ajuntamentos, a gritaria enrouqueceu os caras-pintadas, não gritam mais, e o cansaço levou muitos para a sombra das árvores; só o berimbau continua, voz de metal a ressoar insistente, dom, dém, dom, dém, sim, não, não, sim... Bem, diz Santelli, vamos lá? Vão atrás dele, ouvindo o eco seco dos sapatos pelo corredor, até uma porta dupla, que se abre para um salão onde estão sentados os conselheiros — em carteiras escolares, não enfileiradas certinho como nas turmas novatas, mas desalinhadas conforme as personalidades e os grupinhos. O reitor também está numa carteira, virada de frente para as outras, mas alta sobre uma plataforma onde, numa aula, ficaria a escrivaninha do professor. O vice deixou vazia uma carteira ao lado do reitor, sentou em outra junto com os conselheiros, mas na primeira fileira. E os conselheiros, alguns anotam, outros conversam, um lá no fundo aproveita para corrigir um maço de provas, enquanto o reitor cachimba remexendo papéis.

O advogado de Tailã enxuga suor com lenço de papel; ao passar por eles fala baixo — Boa sorte — e Santelli responde alto:

— A sorte no Direito é um contra-senso, doutor!

O advogado senta com um sorriso espantado, cessa a conversa dos conselheiros. Miguel ficou no corredor, sentado num banco com um rapaz de cabelos roxos, e a porta foi fechada e agora estão ali de pé diante do Conselho Universitário, o CU, o órgão máximo da instituição, a cúpula dos luminares, a instância final, o último círculo, a encarnação coletiva das leis e da ordem com todos seus parágrafos e alíneas. Ali estão o padre do Museu, com sua bengala medieval e sua batina com manchas de gordura; o diretor do Hospital Universitário, olhando o relógio, médicos são médicos, o mundo é uma cirurgia aberta e cronometrada; e a decana das enfermeiras, miúda e forte como uma instituição em si mesma, levemente vesga mas sempre encarando; o contabilista nissei de olhos miudinhos caçando detalhes; o advogado ex-deputado, sempre passando a mão nos cabelos e ajeitando a gravata; o veterinário de guarda-pó branco e bosta seca nas botinas; o diretor do Festival de Teatro com a cabeleira armada feito tenda de circo; a diretora do Festival de Música com os cabelos escorridos como se vivesse na chuva; o chefe da Computação, um mocinho com cara de guri e óculos tartaruga... e outros que ela não conhece, nunca viu, olham de alto a baixo, enfim procuram no rosto o brinco na narina, focando o olhar, grandes macacos a mirar fruta miúda.

O reitor aponta uma carteira, ela senta. A grande sala está cheia, são cinqüenta conselheiros, cem olhos olhando, cada gesto parece devagar como no fundo da água, que água, como no fundo de um tanque de gelatina, ouvindo longe o vozerio e, de vez em quando, um coro rouco que não se entende mais, mas ainda se ouve bem o canto dos passarinhos, nas muitas perobinhas plantadas no lugar de cada peroba que cai.

Para Santelli o vice-reitor aponta uma cadeira, mas ele continua de pé e junta batendo as mãos, a secretária escrevendo até assusta, o salão silencia, o reitor tira o cachimbo e fica ouvindo de boca aberta:

— Senhor reitor, senhores conselheiros, estamos aqui para procurar a verdade e encontrar a justiça, ou, mais claramente, condenar ou não a mestranda Juliana Prestes a uma pena administrativa. O advogado do estudante mostrou fotos do agredido, e nós não refutamos essas fotos, mas refutamos que a agressora tenha sido Juliana Prestes. Vamos apresentar a vida pregressa e a ficha, inclusive policial, desse aluno, que não veio hoje acompanhando seu advogado não por constrangimento, como foi alegado, mas porque pode estar ferido, depois de tocaiar e espancar Juliana Prestes, quando ela chegava de viagem no sábado de carnaval.

O reitor volta a enfiar o cachimbo na boca, Santelli fala andando:

— Ali fora, no corredor, está o namorado de Juliana Prestes, que o prezado advogado qualificou de amante, como mais uma forma de desqualificá-la moralmente. Mas, se estamos numa universidade, templo do conhecimento e fonte de humanidade, não podemos aceitar que seu órgão mais alto julgue a partir de preconceitos. Assim, se é namorado ou amante, amigo ou compadre de Juliana Prestes o senhor Miguel Costa, que ali está com as mãos feridas por defender-se dos agressores, pouco importará para este conselho, certamente respeitador da privacidade como um dos valores essenciais da democracia. Além disso, mais de dois terços dos nossos professores são casados mais de uma vez, digamos assim. Não é, pois, para defender Juliana Prestes de um preconceito moralista, mas é por dever de respeito aos senhores e à verdade que vamos, antes de tudo, apresentar Miguel Costa.

Santelli abre a porta, chama com o dedo e Miguel entra, Santelli aponta a própria cadeira vazia, dono do ambiente como nos filmes de tribunal:

— O senhor pode se sentar e nos contar como conheceu Juliana Prestes?

Miguel conta do estacionamento, o fusca sobre tijolos, Juliana brava, depois não viu mais.

— Mas já deixa evidente — diz Santelli — que a acusada de agressão foi vítima de uma brincadeira... besta, para dizer o mínimo. Agora pode nos contar como o senhor conseguiu esses ferimentos nas mãos, e como os agressores poderiam saber da vossa chegada na rodoviária?

Miguel conta e conclui:

— Só podem ter sabido da nossa chegada avisados por minha ex-mulher.

O advogado de Tailã ergue a mão, o reitor com um gesto lhe concede a palavra, ele interpela Miguel:

— O senhor está partindo do pressuposto de que seu xará, Miguel Tailã, estava entre esses mascarados que supostamente agrediram o senhor e sua... acompanhante no momento. Mas como pôde identificar Miguel Tailã se estavam mascarados? Está nos parecendo, senhores conselheiros, que pior que um preconceito é um pressuposto falso. O senhor sabe que pode ser processado por difamação?

— Ocorre porém — é Santelli quem responde — que o senhor Miguel Costa, que tem experiência de boxeador, defendendo-se golpeou no rosto cada um dos três agressores, o que certamente terá deixado marcas. Caso o nobre advogado queira apresentar queixa-crime por difamação, certamente concordará em apresentar seu cliente para perícia médica...

— É estranho — o advogado senta calculadamente — A defesa quer que a vítima vire réu...

O reitor tira o cachimbo para esclarecer que não é um tribunal, não há vítima nem réu, isso é coisa para a justiça civil:

— Isto é apenas o final de um processo disciplinar, que começou com uma sindicância e poderá aplicar penalidades apenas no âmbito universitário.

— Mas é preciso ser ressaltado, senhor reitor — Santelli continua — que foi a sindicância mais rápida na história da universidade, tangida pela "necessidade" — aspeia com os dedos — de apresentar um bode expiatório à opinião pública, à imprensa, ao moinho de mitos da campanha eleitoral...

Reitor e vice se aprumam nas carteiras, mas Santelli não dá tempo de qualquer reação:

— Pretendo demonstrar, aqui, com prova testemunhal, que a mestranda Juliana Prestes não agrediu, embora intensamente provocada, como vimos peio depoimento do senhor Miguel Costa, não agrediu, repetimos, não agrediu com violência bastante para deixar qualquer marca, professora de capoeira que é. Foi um golpe, isto sim, educativo, muito mais moral que contundente, para surpreender e humilhar o provocador machista! Um golpe, sim, mas ditado pela necessidade de defender a auto-estima e a dignidade da mulher!

A enfermeira concorda com a cabeça, começa um universitário burburinho, o reitor vai tirar o cachimbo, Santelli não dá tempo:

— Entrego ao reitor fax do agrônomo e botânico Henrique Lorenz, professor emérito das maiores universidades brasileiras e de várias grandes universidades no exterior, pedindo a gentileza de ler para os conselheiros.

Ao som do nome famoso, fez-se universitário silêncio; e em silêncio o reitor pega o fax, lê em diagonal, olha bem a assinatura, vira a folha no vício burocrático de ver se já há despachos e carimbos no verso, pigarreia e lê:

Magnífico Senhor Reitor etecétera, é com satisfação e orgulho que apresento nosso colaborador em vários livros sobre árvores brasileiras, o fotógrafo Miguel Costa, pessoa de quem posso atestar a perfeita lisura profissional e qualidades pessoais que ganharam minha admiração e amizade. Ao saber que o prezado amigo e reconhecido profissional está para ter seu testemunho apresentado ao Conselho Universitário, tomei a iniciativa de vos dirigir este depoimento. Cordialmente, Henrique Lorenz.

O reitor passa o papel à secretária, que já arquiva na pasta do processo e volta à caneta da taquigrafia enquanto começa a voltar o burburinho. O reitor coloca o cachimbo com um olhar autorizatório para Santelli, que volta a bater uma palmada seca, acorda um conselheiro que cochilava, indica a porta para Miguel. Quando Miguel sai, do corredor espia o rapaz de cabelos roxos, mas a porta volta a fechar enquanto Santelli volta a falar:

— Antes de apresentar, senhores conselheiros, a testemunha que esclarecerá de vez este caso, a consciência impõe o dever de apontar ali, no nariz da mestranda universitária e mestra veterana de capoeira Juliana Prestes, ali, no seu nariz, o símbolo de muitos preconceitos.

O advogado abre os braços — Ainda os preconceitos?! — mas Santelli continua com voz suave:

— Aquele brinquinho ali, senhores, simboliza, sim, montanhas de preconceitos. Temo, sinceramente, que aquele pequeno brinco possa prejudicar mais Juliana Prestes que qualquer golpe que ela tenha dado em alguém. Pois esses brincos de argolinha não parece que descendem dos brincos de argola dos piratas? Não dá até para ver um papagaio no ombro dela?

Alguns conselheiros sorriem olhando para ela, outros olham sérios para Santelli, mas ele continua suavemente:

— E brinco no nariz não é coisa de adolescente, de marginal, uma clara mensagem de fora-de-ordem já na cara?

Ela cora.

— Mas vejam, ela está corando! Será uma drogada doidona ou uma tarada militante uma pessoa que cora assim, mesmo com brinco no nariz?

Aliás, o apego a objetos é próprio do ser humano, ou teríamos de julgar também o cachimbo do reitor, a calculadora do professor ali, a bengala do padre, é daquelas que têm conhaque dentro, padre? Imaginem se fôssemos julgar que são beberrões furtivos todos que andam de bengala, porque no começo do século foi moda bengala com garrafinha embutida!... Mas Juliana Prestes pode ser julgada pelos preconceitos contra um brinco no nariz, apesar de lá fora estarem famílias inteiras de seus alunos de capoeira!

Nesse momento, como por mágica, ouve-se a voz forte de Bran começando a cantar, um verso longo e quase gemido, a que responde um coro forte, enquanto batem palmas, bate o atabaque e ponteia o berimbau.

— Sim, lá estão eles, senhores, gente que veio de carro, de moto, de bicicleta, de ônibus, perdendo aula ou trabalho, para apoiar a sua mestra! Mestra de coerência, essa virtude acadêmica: pois a capoeira foi arma histórica dos negros pela libertação, foi luta histórica pela dignidade e pela liberdade, e a mesma menina que aos dez anos adotou a histórica capoeira, é a mesma mulher que escolheu o curso de História e, na pós-graduação, escolhe pesquisar os anseios mais profundos da alma coletiva nos momentos de intensa evolução política e social, as revoluções!

— Não pode ser um sinal de caráter violento? — pergunta ligeiro o advogado, quase como se pensasse alto, e Santelli também ligeiro diz que não, pode ser sinal de caráter e cidadania...

— ...coisas certamente desconhecidas de vosso cliente.

O reitor pigarreia mas o vice-reitor concorda levemente com a cabeça, a secretária sopra cabelo dos olhos, taquigrafando maquinal.

— Aliás, senhores, íamos apresentar aqui a vida pregressa de Miguel Tailã, sua ficha policial inclusive, mas para quê? Para que saber que já foi denunciado duas vezes por agressão? Para que saber que já cometeu estelionato contra o próprio pai? Para que saber que é um dos líderes da campanha pelo trote violento?

— Trote humilhante — corrige o reitor prontamente — Não existe mais trote violento nesta universidade.

Mas a humilhação, insiste Santelli suave, não é uma violência moral?

— E é também uma humilhação para a própria universidade, pois expõe na rua, na forma de calouros sujos e mendigando, a mais conhecida imagem pública do ensino... superior...?

O reitor bate a caneta na escrivaninha:

— O senhor se restrinja ao caso em pauta, por favor.

— Mas tudo faz parte deste caso, senhores: com a morte do calouro de Medicina da USP, o trote tornou-se símbolo de violência, e de repente as pessoas perceberam que não têm de agüentar esse costume bárbaro perpetuado por grupinhos de sádicos! Os calouros despertaram para a própria dignidade, e a universidade para as suas responsabilidades! — o vice-reitor concorda com a cabeça, o reitor discorda — Chegou a hora histórica do trote acabar, tanto que se tornou tema dominante na campanha para a reitoria! — reitor e vice se mexem nas carteiras — E, justamente nesse momento, a mestranda Juliana Prestes, cedendo a intensa provocação, com a cabeça literalmente quente do sol de verão, agride um contumaz agressor e se vê no centro dessa disputa entre o velho e o novo, entre a tradição estúpida e a nova cidadania que quer erguer a cara neste país!

— Só falta dizer — diz o advogado — que é uma mártir...

— Caso fosse julgada culpada de agressão violenta seria mesmo uma mártir, condenada por preconceitos e mentiras — Santelli vai para a porta — Mentiras, sim, pois a próxima testemunha confirmará que o toque, digamos assim, o toque de Juliana Prestes em Miguel Tailã não foi violento, mas moral, com o sentido não de machucar ou castigar, mas humilhar e fazer ver a própria conduta.

Santelli pega a maçaneta mas não abre a porta.

— Na capoeira, quando aparece algum novato grande e forte, pensando que capoeira é pancadaria, a mestra põe para jogar com algum menino já veterano, que bota o grandão no chão em questão de segundos, com uma rasteirinha leve, usando o próprio peso do corpo do outro para lhe dar o tombo, e dando-lhe também uma lição para sempre... Acham que uma mestra assim daria um golpe de deixar marca em alguém?

Fotografia não mente, diz o advogado, o reitor bate a caneta, Santelli abre a porta:

— Mentirosos mentem, mas sempre há gente que conta a verdade. Por favor, entre.

O rapaz de cabelos roxos entra, rebolando levemente, os quadris para a frente — e, quando senta na cadeira ao lado dela, dá para ver que os peitinhos duros cutucam a camiseta por baixo da camisa aberta no peito. Nos pés, sandálias de sexo indefinido. Burburinho forte no salão. Santelli esfrega as mãos.

— Bem, aí está mais uma oportunidade para os preconceitos. Sim, o senhor Antonio de Assis também é Toni, sim, ou Tonica, que importa? O importante é que vem aqui espontaneamente, para colaborar com a verdade e a justiça, mas principalmente por nojo, no-jo.

Lá fora começa um canto triste, só com o atabaque batendo mole, enquanto Santelli pergunta com voz formal e o rapaz responde com voz rouca e tremida:

— Como o senhor me conheceu?

— Entrei numa banca, pra comprar uma revista, alguém falou no caso, coitado do aluno que apanhou da professora ou coisa que o valha, foi aí que eu vi no jornal a foto dele com olho roxo, falei: sei não se é coitado, conheço a peça...

— E então?

— Então você me chamou pra conversar e contou da tramóia dele e me convidou pra vir dizer a verdade.

— O senhor mora onde, por favor?

— Chácara Londres, no vale do Lindóia. Meu padrasto é o caseiro lá, e eu moro só com ele porque minha mãe morreu já faz uns anos, nem sei quantos...

— A chácara é da família Tailã?

— Sim, infelizmente.

— Infelizmente por que?

Porque, conta mexendo mãos e dedos esmaltados, aquilo já foi bom. Quando era menino, Miguelzinho ia lá e brincavam que nem irmãos, a mãe ainda era viva e fazia bolinho de banana para eles, ou pipoca, isso quando não estavam cheios de comer fruta da chácara.

— Até que a gente cresceu, o corpo cresceu, né, tudo cresceu no corpo e... um dia ele quis me comer.

O advogado pula na cadeira:

— Isso é difamação, magnífico reitor!

E comeu, completa Toni, enquanto o reitor tira o cachimbo da boca para falar, mas Santelli se antecipa:

— O senhor por favor restrinja-se aos fatos que interessam ao nosso caso.

Toni chacoalha a cabeça, agitando os cabelos roxos, suspira fundo, balança a cabeça de olhos fechados:

— Certo, desculpe — abre os olhos — Mas ele não só comeu como também foi comido, isso faço questão de dizer, porque acho que o problema todo dele é não assumir!

O advogado fica repetindo alto que isso é difamação, é difamação, enquanto Toni fala mais alto:

— Foi comido, sim, e não só por mim mas também por um vizinho que brincava com a gente desde criança...

O reitor bate forte a caneta, o advogado se cala, ouve-se só a voz rouca de Toni no silêncio:

— ...e tinha um pau enorme!

Alguns conselheiros riem, outros se olham, outros se coçam, o padre olha para cima, uma conselheira cobre o rosto com as mãos, murmuram que isso virou circo? Infelizmente, diz o reitor, teremos de dispensar a testemunha caso continue assim.

Santelli ergue as mãos, inclina-se para Toni:

— Poderia apenas nos dizer se esteve com Miguel Tailã no dia em que ele ganhou aquele olho roxo?

— Claro — se ajeitando na carteira com requebros de ombros — Me lembro perfeitamente. Eu estava saindo da chácara, vestido de homem mas com minha sacola de roupa pra trocar na cidade, fim de tarde, chega ele com mais dois, esses que vivem com ele pra cima e pra baixo, enchendo a cara pra tomar coragem de bater em travesti.

— Bem — o reitor bate agora a mão na escrivaninha — A testemunha está dispensada.

Mas o vice sobe na plataforma, cochicha com o reitor, que cochicha também contrariado, murmúrios correm a sala, até que o reitor bate de novo a caneta:

— Continua a testemunha, se possível com respeito nas expressões e responsabilidade nas acusações.

Toni fecha os olhos, começando a contar antes de reabrir: que estava saindo da chácara aquele dia, chegou Miguel com mais dois, perguntou cadê teu pai...

— ...falei foi pra cidade e ainda não voltou, pode demorar. Então vem cá, ele chamou, quero te mostrar uma coisa. E eu fui, esquecendo que ele já tinha tentado me pegar na marra várias vezes, parou porque ameacei contar pro meu padrasto.

Agora faz silêncio até lá fora.

— Me agarraram na garagem. O que mais me deixou puto foi me rasgarem a roupa, pra que, né? Aí fingi que deixava, que lutar era pior, mas fiquei esperando a hora. Eles fizeram lá o que quiseram, fica assim, faz assado, e eu fiz tudo, né, mas esperando a hora. Quando ele achou que eu devia estar até gostando, soquei o saco de um, mordi o pau do outro, e nele dei uma cotovelada bem dada quando quis me agarrar por trás, fugi correndo e depois só na banca de revistas fui ver que fez aquele olho roxo.

Santelli sai com Toni pelos fundos. Miguel pega a mão dela e saem pela frente, para um dia azul, e a primeira pessoa que ela vê é Justina com o nenê no colo — mas não consegue se alegrar, ouvindo ainda as últimas palavras do reitor, depois de receber um papel de uma secretária que entrou e saiu de olhos baixos:

— Antes de dispensar as partes, para que a comissão disciplinar decida sobre o caso, lamentamos informar que...

Botou os óculos, leu o papel.

— ...acaba de falecer, no Hospital Universitário, a doutora Aparecida de Novaes...

— *Eu vou... nem que seja de maca!*

Vão pelo jardim, entre as turmas despertadas de repente do torpor, cartazes sendo empunhados, câmeras se levantando, repórteres testando microfones, alô, alô, meu Deus, diz Miguel, e apertam-se as mãos. De uma sombra grande de peroba, os contra o trote começam a gritaria, os a favor respondem gritando a caminho da passarela por onde vão ela e Miguel, os capoeiras começando a formar um corredor. Recebe tapas nos ombros, ouve Justina falando alto atrás, e ali está o bancário que virou gerente, a comerciária que tinha espinhas e ainda tem mas agora também tem um belo sorriso, e o menino filho do rapaz que foi seu primeiro colega de turma, e os a favor do trote já rodeiam o final do corredor de capoeiras cantando e batendo palmas, ouve quando um cara-pintada fala baixo a Miguel através de dentes quebrados:

— Hoje você me paga, cara!

É também quando ela sente, passando no vento dos corpos em movimento, um perfume conhecido, e vira-se a tempo de ver Miguel Tailã golpeando Miguel com a ripa que segurava um cartaz, ao mesmo tempo em que também o sem-dentes começa a golpear.

À noite, na cama, revêem as imagens no último telejornal, filmadas de cima de uma carroceria, onde o cinegrafista acabava de subir quando começou a batalha do *campus*, conforme a tevê.

Revêem o tumulto começando no meio da massa já agitada, os capoeiras batendo palmas, os caras-pintadas gritando de braços erguidos, punhos cerrados, de repente abre-se um claro, começa correria e lá está ela, no meio da clareira, girando e golpeando com os pés, enquanto a apresentadora fala com a voz alegre das boas notícias:

Durante o tumulto, a professora Juliana Prestes, mestra de História — e de capoeira — que acabou de ser absolvida de agressão a um aluno, deu uma verdadeira aula, não de História!...

Ao som de uma sanfona desvairada de Hermeto Paschoal, a briga passa agora em câmera lenta, a clareira abrindo, o câmera acertando o foco, Miguel caindo com a mão na cabeça, a ripa do cartaz era de peroba, e em seguida caindo o sem-dentes com o golpe dela; e Miguel Tailã avança de novo erguendo a ripa, de costas para a câmera, mas dá para ver que é ele quando recebe o golpe e gira, cai e ela já está se defendendo de outro, pernas e braços de capoeiras e caras-pintadas lutando por todo lado, cada capoeira querendo abrir espaço, alguns caindo porque antes de começar a luta recebiam abraço de caras-pintadas e em seguida cabeçada.

— Olha eu! — Miguel aponta alegre: está levantando no meio do tumulto, com a mão na cabeça, tonto. A luta se espalha pela massa, enquanto os de cara limpa correm para fora de cena, a câmera corre para a direita e para a esquerda, capoeiras e caras-pintadas abrem pequenas clareiras lutando aqui e ali, a câmera foca Justina com o nenê nos braços chutando o joelho de um grandalhão que começa a se curvar, a câmera volta para a clareira que acaba de se abrir de novo no meio da massa e lá estão ela e Bran girando costa com costa, rodeados por meia dúzia de caras-pintadas, mas um a um vão caindo conforme tentam avançar e recebem seus golpes, quando a sanfona de Hermeto endoida de vez e tudo passa de novo em câmera acelerada, até que a apresentadora conclui:

Dos envolvidos na batalha do campus, nove precisaram de atendimento médico. Conforme a vice-reitoria, oito deles já eram conhecidos como organizadores de trotes violentos. Conforme o mestre dos capoeiras, estes apenas se defenderam, como mostraram as imagens.

Toca o telefone, é Justina:

— Menina, sabe o que eu fiquei fazendo até agora? Atendendo telefone de gente querendo entrar na capoeira!

— Justina, por favor, chame Bran.

Miguel baixa o volume da tevê.

— Bran, vou voltar a dar aula, viu, quantas você quiser. É, pro resto arranjo tempo.

Mal desliga, toca de novo.

— Filha, o teu pai quer falar com você — a voz da mãe continua magoada mas agora também respeitosa — Entenda como quiser.

Ela ouve grunhidos, quase como um cão latindo grosso, engasgado, e de novo a mãe:

— É isso aí, acho que ele quer dizer que gostou de ver você... na televisão, né, *ele* gostou.

— Que bom, mãe.

O silêncio fica falando no outro lado da linha, até ela dizer boa noite, mãe, pousando o fone devagar e com cuidado. O que seu pai falou, pergunta Miguel, ela responde com grunhidos, riem, e se amam gemendo também pelos ferimentos. Depois ficam quietos abraçados, até ele parar de suar e ela rir de repente:

— Lembrei do jantar com o Santelli.

Ficam sorrindo, vendo no teto a cena, a mesa cheia de pratos e travessas e garrafas, Toni se abanando e Santelli falando entre baforadas de charuto:

— O advogado deles me ligou no fim da tarde, quer um acordo. Retira a acusação de agressão, tanto na polícia como na universidade, tudo é arquivado e não se toca mais no assunto.

— Credo — Toni mordiscando azeitona — Por que ele tem tanto medo de que saibam? Mais cedo ou mais tarde vão saber, porque ele é *gay* mesmo e pronto.

Miguel se coçando até perguntar:

— Toni, se me permite perguntar, por que você quis depor?

O homem de cabelos roxos olha fundo e longe, sorrindo leve:

— Porque eu posso transar até com três ao mesmo tempo, sabe, posso transar dentro de carro, até em pé na rua de madrugadona, mas na marra, meu querido, na marra, meu irmão, simplesmente não — batendo o caroço da azeitona no prato — nã-o!
Então ela resolve de repente:
— Miguel, vou pra Foz.

Juliano Siqueira já devia até estar enterrado, dizem no hospital, morreu naquela noite mesmo:
— Chegou a falar comigo — conta um médico — Disse que queria doar o corpo para os estudantes de Medicina.
— Ele falou isso? "Quero doar meu corpo para os estudantes de Medicina"?
— Não exatamente assim, exatamente ele falou, lembro bem, "quero doar o corpo pra estudantada de Medicina".
Ela engole concordando, é como ele falaria. O médico conta que, como estava na UTI, não levou o pedido a sério, mas ele insistiu tanto que trouxeram o termo de doação, ele assinou, depois entrou em coma...
— ...e em seguida veio a falecer. Mas ainda está no Instituto Médico-Legal, depois é que vai para o curso de Medicina. Era seu parente?

Ela olha os escombros da casa, as paredes de madeira viraram cinza, as telhas estão negras de fumaça, muitas quebradas pelo pisoteio dos curiosos, meninos ainda fuçam aqui e ali. Com a casa no chão, dá para ver a perobinha lá no fundo do quintal, já torta por falta de mata em volta, mas coberta de folhas novas.
Os degraus da escada da varanda ainda estão ali, salvos do incêndio, conduzindo para uma casa que não existe mais. A privada, enegrecida, continua incrivelmente inteira no meio das cinzas. E ali está — ela agacha — um dos estribos. Miguel remexe nas cinzas, acha o outro.
As plantas mais perto da casa ficaram chamuscadas, algumas já secando. Miguel pigarreia, ela se volta, ali está Joana, escolhendo onde pisar no trilho aberto pelo povo entre as cinzas e cacos. A mulher encara com a mão sobre os olhos, o sol do meio-dia acaba de sair das nuvens.
— Procurando o que ainda?!

Ela estende a mão negra de cinza, com o estribo:

— Posso levar?

Joana solta um riso engasgado, claro, pode levar, pode levar tudo que já fizeram a perícia.

— Perícia?

A mulher amiúda os olhinhos se enrugando, sim, perícia:

— Pra receber seguro é preciso perícia, a professora não sabe, não?

Vagueia os olhos em redor, falando como para si mesma:

— Vieram, fuçaram tudo, viram que queimou tudo, móveis, tudo, e eu não estava em casa porque estava no hospital com ele, sempre cuidando dele, né, então não tem dúvida que foi incêndio mesmo, ninguém botou fogo na casa...

Passa um ventinho mexendo cinzas.

— E ele sabia desse seguro, Joana?

— Ele sabia só arranjar confusão, isso é o que ele sabia fazer, pensar no futuro nunca pensou — a mulher treme de raiva entre as cinzas tremendo de vento — Se dependesse dele, nem aposentadoria tinha, e eu nem ia ter de onde tirar dinheiro pro seguro, mas graças a Deus agora vai ficar tudo bem, pode levar fechadura, baioneta, capacete, tudo isso que, se não derreteu, deve estar por aí ainda, pode levar — mexe com a ponta do pé um montinho de cinza, que desaba e se espalha ao vento.

Vai chover, diz Miguel. É bom, diz Joana virando de volta para a rua:

— A chuva lava tudo.

Ficam vendo a mulher ir pelos escombros, até que se volta com um sorrisinho e um dar de ombros, e diz querem saber duma coisa?

— Se disserem que eu falei, digo que é mentira, quem vai acreditar? Mas se um dia quiserem queimar uma casa assim, é só deixar uma vela acesa dentro de um baú cheio de papel com uma garrafa de álcool... — e ri baixinho, virando de volta para a rua, entra numa casa em frente.

Eles ficam ali vendo as cinzas, cada um com um estribo na mão. Depois Miguel puxa água do poço, lavam as mãos e os estribos, a tampa do poço sumiu e vêem o sol lá no fundo. Uma mulher com meninas vem do quintal com abóboras e passam ligeiras por eles, a mulher apressando as meninas.

Laranjeiras e pés de poncã com galhos quebrados, frutas verdes pelo chão, plantas medicinais pisoteadas, plantas de tempero arrancadas com raiz. Colheram pimenta arrancando os galhos, e a pimenteira, que parecia uma arvorezinha salpicada de pimentas vermelhas, virou um arbustinho arrepiado. Um mamoeiro está deitado, o tronco talhado a facão, os mamõezinhos verdes caídos e flores ainda abertas recebendo insetos.

A vida continua, diz Miguel, vamos. Na rua, já no jipe, vêem um homem sair da casa onde Joana entrou e, com uma marreta, fincar no jardim chamuscado uma estaca com uma placa: *Vende-se.*

Miguelzinho corre para o jipe no pátio do Lírio Hotel, conta antes até que desçam do jipe:
— Pai, a mãe me deixou morar de novo com você.
Miguel não acredita:
— É mesmo? E ela não pediu nada em troca?
— Só me ver de vez em quando, pai, nas férias. Ela... — Miguelzinho baixa os olhos mordendo os lábios como o pai — ela arranjou outro homem, pai. Aquele segurança dela, não o gordão, o outro.

Que bom, diz Miguel suspirando fundo:
— Vamos comer aquele arroz-feijão da Tia Ester? — e ela vai abraçada pelos dois, nas mãos os estribos.

A caminho do refeitório passam pela sala de tevê e ela estaca ouvindo a apresentadora:

Na eleição para a reitoria da Universidade de Londrina, uma surpresa: a surpreendente votação para uma candidata falecida! A professora Aparecida de Novaes, que era candidata mas faleceu a poucos dias da eleição, recebeu mais votos que os dois outros candidatos somados, obrigando a convocação de nova eleição!

A grande votação da candidata é atribuída a vários fatores, e também a um apelo feito pela professora Juliana Prestes, absolvida da acusação de comportamento agressivo, apelo que ela fez após a chamada batalha do campus, *e que divulgamos na ocasião.*

Ela aparece ainda respirando rápido depois de lutar, a blusa rasgada no ombro, falando frases curtas para respirar:

— *Chega uma hora, a gente tem de lutar. Chega uma hora, tem de dizer chega! Chega de violência, chega de corrupção, chega de safadeza, chega de politicagem, chega de sacanagem, a gente precisa dizer chega, nem que seja a soco!*

A repórter puxa o microfone para perguntar rapidinho:
— *E, como a eleição para a reitoria praticamente virou plebiscito contra ou a favor do trote violento ou humilhante, vai votar em quem?*

— *Vou votar na professora Aparecida de Novaes, mesmo que ela tenha morrido, que é uma forma de negar tudo que está aí e dizer quero mais, quero melhor!*

Volta a apresentadora:

Ainda não está marcada a data para a nova eleição, mas já se sabe que os dois candidatos, derrotados pela candidata falecida, não serão mais candidatos. Em Maringá, o preço da soja...

Dois meses depois, em Londrina, na cama com Miguel.

Muito bem, Juliana Prestes, aqui está você, grávida, bem que você pensou que ia engordar em Foz, né, e agora está aqui deitada ao lado do seu homem, toda úmida como nunca pensou que pudesse ficar, e com o corpo todo frouxo, bambo, Deus, como ele consegue fazer isso com você? Terá sido aquele chá de seo Juliano?... Ah, esqueça os mortos e pense na vida. O que você vai fazer? Sua bolsa acaba em junho, e você simplesmente podia juntar todos os depoimentos de Juliano Siqueira com um título abrangente, tipo "Reminiscências Revolucionárias — As transições ideológicas de um militante político" e pronto, vira mestra também na universidade, passa a ganhar mais, dando lá meia dúzia de aulas por semana, ou já vai fazer doutorado e nem aula precisa dar, só as de capoeira que dão prazer. Na capoeira, com turmas tão grandes agora, você ganhará mais que na universidade e, somando tudo, poderá comprar um carro novo e até uma casa com quintal grande, mas é isso que você quer?Certo mesmo é que agora você vai comer melhor, com um homem que sabe cozinhar...

— Juliana.

— Pensei que você estivesse dormindo.

Não, diz ele com a boca em seu ouvido, estava pensando:

— Vou mudar pra Londrina com meu filho — suspiro — mas não quero morar em apartamento. Vou querer morar...

...numa chácara, ela fala junto e sorriem abraçados no escuro, sem ver mas sabendo que o outro também está sorrindo.

Telefone.

— Você está fazendo o que agora, minha filha?

— Estou na cama com o Miguel, mãe, e quero contar uma coisa para a senhora, o Miguel já sabe.

— Vocês vão casar?
— Não, mãe, eu estou grávida.
Silêncio.
— Ouviu, mãe?
— Ouvi.
Silêncio.
— Se for menino, vai se chamar Venâncio, e, se for menina, vai se chamar Antonia.
— Nossa, filha, eu... eu nem sei o que falar, meu Deus, nem sei o que falar.
— Que bom, mãe, não fala nada uma vez que seja, só pra variar.
Silêncio.
— Mas Venâncio, Antonia, daonde tirou esses nomes, posso ao menos saber isso?
— Venâncio foi um dos cozinheiros da Coluna Prestes, mãe, e Antonia é devido a Antonio de Siqueira Campos, um tenente revolucionário. Mas escolhi esses nomes porque alguém, que morreu, ia gostar.
— Alguém que morreu?!
— É, mãe, um menino que morreu com noventa anos.
— Você está bem, minha filha?
— Estou, mãe, e tenho outra notícia pra você. Nós vamos morar numa chácara.
— Mas e a segurança, filha?! Tem tanto ladrão, assaltante, pense bem, minha filha!

Mas não há o que pensar, mãe. Miguel está certo: claro, uma chácara, nenhuma gaiola e muitos passarinhos... Ouvir o coração, e o coração diz sim, sim, sim! E não, não, você não vai se enganar na vida, mulher, não vai fazer doutorado nem mesmo vai buscar o seu diploma de mestrado, para que? Só se for para pendurar na parede da academia, por que não? Uma coisa é certa: você gosta de dar aula é de capoeira, onde todos os alunos estão sempre interessados, de olho vivo, ouvindo cada palavra e prontos para tentar até conseguir, ao contrário de tantos universitários de olhar morto à espera da sirene do intervalo.
— Miguel. Agora você tá dormindo?
— Quase — voz de sono — Que é?

— Não vou dar aula na universidade, só na capoeira.

— Certo... — ele suspira, a cabeça dela ergue e baixa repousada no peito peludo; fala com a boca bafejando no mamilo:

— Talvez eu nem escreva mais a tese, sabe? Já tenho quase todas as fitas transcritas, posso dar a elas o destino que quiser.

Clar... — ele começa a ressonar, ela sobe a mão pela cabeça dele, puxando para um beijo, sente a cicatriz da pancada da ripa de peroba, revê ele sorrindo com a cabeça ensangüentada:

— Não foi nada, já estou me acostumando...

Bom humor, mulher, ele tem bom humor até na dor, que bom. E que alívio ter resolvido o que fazer da vida, como é bom ter uma vida nova pela frente, igual moleque que vai atrás de circo, atrás de revolução — seguindo a sorte ou lutando contra o destino? Quem sabe o que é sorte e o que é destino? Mesmo quem não aceita destino, quem vive lutando contra o destino, não é porque tem o destino de lutar? Mas já pensou se todos gostassem de lutar e lutassem, que pancadaria seria o mundo?! Talvez seja isto que te atraiu em Miguel, mulher, essa segurança de quem não precisa lutar, ou talvez seja só tesão mesmo de menina por homem maduro, mas você não é mais uma menina e ele também não é mais que sete anos mais velho. Sete anos de pastor Jacó servia... Quanta bobagem passa pela cabeça...

Começa a rir. Com voz mole de sono Miguel pergunta se ela quer que ele pergunte do que ela está rindo, ela ri mais ainda.

— Estou rindo de você ontem na casa dos meus pais...

O pai perguntando, por escrito, se eles vão casar. Miguel dizendo que, antes, precisa divorciar.

— Mas, pai, eu não quero casar, ao menos por enquanto.

A mãe, com as mãos juntas como se ela estivesse com alguma doença muito grave:

— E os teus filhos não vão ter sobrenome, filha, só primeiro nome?!...

— Mãe, a gente pode registrar filho com os nomes dos pais, sem precisar casar. Só não pode batizar, mas eu não sou religiosa, a senhora sabe, nem Miguel.

A mãe suspirando fina e fundamente, parecendo derreter por dentro; até perguntar com voz vazia:

— Mas vão ao menos viver juntos para essa criança ter uma família?

— Não pensamos nisso ainda, mãe.

Miguel erguendo a mão, feito escoteiro a fazer juramento:

— Mas eu pensei, e posso garantir para a senhora que, enquanto sua filha me quiser, vou estar com ela e nosso filho, com casamento ou sem casamento, nós vamos marchar juntos pela vida.
A marcha! O dever, o prazer, a marcha!

— Mas uma coisa me preocupa, sabe.
— Hummm...
— O que fazer com essas fitas, dar um destino que valha a pena, pra não virarem só palavrório numa tese de mestrado na prateleira da biblioteca, consultada de vez em quando por outro mestrando interessado em ter mais uma fonte na bibliografia, só. Queria alguma coisa que mostrasse pras pessoas que existiu e ainda existe gente que já lutou muito pra melhorar isto aqui, e que isto só muda com luta, sei lá como, mas luta com povo, ou vai ser como sempre, uns fazendo a História, né, e o resto sofrendo a História...

Ela desce a mão pelo peito peludo, o mamilo eriçou, roda o dedo ali.

— Queria alguma coisa que falasse não só das lutas de Juliano Siqueira, mas da falta de luta do povo, as ilusões do povo com lideranças, partidos, crenças, enquanto todo governo continua governando para o governo à custa do povo...

E então, enquanto ela ainda desce a mão para o umbigo, onde também rodará o dedo antes de descer mais, ele diz que ela não se preocupe, vai conseguir tudo; e ela então pergunta por que ele tem tanta certeza, como a doutora, como Bran, por que todos têm sempre tanta certeza de que ela há de conseguir dar conta de tudo? Às vezes fica pensando se não será uma forma de deixarem que quebre a cara sozinha, já que é tão teimosa, não? Não, diz ele arfando quando a mão chega ao meio das pernas, não, não é nada disso, mulher; é só que isso de querer e lutar até conseguir, isso de procurar chifre em cabeça de cavalo, escolher o caminho mais difícil, mexer em ferida, fazer perguntas, levantar véu, fuçar em baú, procurar a verdade, lutar por justiça, fazer direito e fazer bem feito, o melhor que a gente possa fazer, isso está no coração das perobas.

Este livro foi composto na tipologia Minion,
em corpo 11/15, e impresso em papel Chamois
Fine 80g/m² no Sistema Cameron da Divisão
Gráfica da Distribuidora Record.